粤食记

三生三笑 著

花城出版社
中国·广州

图书在版编目（CIP）数据

粤食记／三生三笑著. -- 广州：花城出版社，2024.2
ISBN 978-7-5749-0093-6

Ⅰ．①粤… Ⅱ．①三… Ⅲ．①长篇小说－中国－当代 Ⅳ．①I247.5

中国国家版本馆CIP数据核字(2023)第235489号

出 版 人：	张 懿
责任编辑：	邓 如　李 谓　曹玛丽
责任校对：	梁秋华
技术编辑：	凌春梅
封面设计：	王玉美

书　　名	粤食记 YUE SHI JI
出版发行	花城出版社 （广州市环市东路水荫路11号）
经　　销	全国新华书店
印　　刷	广东鹏腾宇文化创新有限公司 （广东省珠海市高新区唐家湾镇科技九路88号10栋）
开　　本	880毫米×1230毫米　32开
印　　张	13.875　1插页
字　　数	350,000字
版　　次	2024年2月第1版　2024年2月第1次印刷
定　　价	58.00元

如发现印装质量问题，请直接与印刷厂联系调换。
购书热线：020-37604658　37602954
花城出版社网站：http：//www.fcph.com.cn

目录

001 第一章　粥粉面饭，四大天王
006 第二章　财神茶楼，八大金刚
021 第三章　饮杯凉茶，祛湿清热
027 第四章　又来一位，天生饕客
045 第五章　竹匾肠粉，俗世功夫
067 第六章　斗彩斗菜，百凤成汤
085 第七章　人均一千，无界餐厅
096 第八章　第三口鲜，牢底坐穿
105 第九章　追本溯源，西上觅食
115 第十章　为贺大寿，重启金房

132 第十一章　火候不对，汤里出错
151 第十二章　青苏红荔，天下至艳
167 第十三章　玉堂春芯，鱼片双飞
185 第十四章　白龙戏雪，故事新编
192 第十五章　饕餮献艺，奢华堂烹
211 第十六章　折戟吃瘪，险被净口
220 第十七章　聚会议论，没有结果
228 第十八章　整理遗珠，兵分两路

245	第十九章	风摇草色，日照松光
259	第二十章	逢考必过，学院之面
268	第二十一章	君子一面，绝迹江湖
288	第二十二章	步步高升，步步寻味
299	第二十三章	霸王升出，食材有记
309	第二十四章	龙巢岛上，金鲛皮干
323	第二十五章	同行交流，行业峰会
336	第二十六章	食物本味，最为根本
343	第二十七章	一羊九鱼，五更早汤
350	第二十八章	九爷传艺，老饕刀功
363	第二十九章	悠悠南音，久久绕梁
371	第三十章	热火朝天，纷纷进驻
385	第三十一章	名师收徒，厨艺传承
393	第三十二章	活鱼打花，剪如月舞
400	第三十三章	无常之火，化为乌有
416	第三十四章	薪火须传，未雨绸缪
427	第三十五章	各方合力，重新开锣
430	第三十六章	叶落归乡，开枝散叶（大结局）

第一章　粥粉面饭，四大天王

阳春三月，正是金三银四的求职季。

麦希明无视对面面试者的失望眼神，再次翻开文件夹，说："继续吧，下一个。"

这次走进来的，是一位年轻姑娘，短发圆脸，进了门之后在椅子上坐下来，盯了麦希明一眼，又垂下了眼睛，特别乖巧的样子。

林佳茵心里其实在打鼓："前头那姐姐进来没两分钟黑着脸走人了，她还是毕业好几年有工作经验的呢……我会不会第一个问题就被刷掉？"

默默地给自己打着气，她直了直腰，等待对方问问题。第一个问题来了："五分钟时间，给我一些你简历上没有的东西。"

脑子里飞快过了一遍自己的简历和掌握到的公司资料，林佳茵找到了切入点："立行是食品行业的翘楚，我本人在餐饮行业已经有十几年的从业经验，熟悉工作流程，我还有会计证，会做账，我还……"

麦希明手里的文件夹欲合未合，盯着林佳茵："你才22岁，就有十几年的行业从业经历？你那餐厅用的童工吗？"

也是被逼急了，林佳茵脱口而出："不是用童工，是家里的生意……帮家里卖牛腩粉！那句俗话怎么说来着：粥粉面饭，四大天王。我们中国人谁也离不开这四大天王，我们家牛腩粉是老字号，开了几十年了。我从小在店里帮忙，这不是有十几年工作经验了吗……我……我很能干的，不懂的事情我都可以学！"

麦希明身子渐渐前倾，产生了一点点兴趣，他紧追不舍地问："那你为什么不留在家里帮忙？自己当老板不比做打工人好吗？"

面对麦希明的逼问，林佳茵有些招架不住，向后缩了一下，但还是很坚定地说："我想要证明一下我自己。"

麦希明重新打开文件夹，细看："想要证明你自己，很有想法。你的履历也很优秀。但是，你的本科专业是管理学，和我们公司需要的专业不对口。而且我开公司需要的是能干的员工，不是给应届毕业生提供试炼场——很遗憾，请回去等消息吧。"

林佳茵霍地站起来，喊道："我有双学位！"

哗啦啦一阵翻，麦希明眼睛飞快扫着文件夹："管理学和食品工程学学士。很好。那么我还有一个问题，刚才你为什么刻意隐瞒你专业不符的事实？"

好像做错事被抓现行的小学生，林佳茵躲闪了一下，说："我姐教的……"

麦希明取出另一份简历来："你姐姐是不是叫林小麦？"

"是。"

人事总监老陈在旁边低声说："林小麦面试表现很优秀。"

这基本上等于间接提示，准备录取她了。麦希明看了陈总监一眼，说："我们公司只招一个人，你不惜跨专业来跟你亲姐姐抢饭碗？"

林佳茵说："麦总，我刚才说了，我来参加面试只是想要证明我自己的能力。能够得到立行公司的认可，就已足够了。如果真的只能录取一个人的话，请录取我姐，她比我更优秀。"

麦希明开口了："公司招人有章程规定，不是谁愿意上谁就能上的。林小姐，感谢你参加本次面试，请回去等通知。"

摸不清对面底细，林佳茵轻轻地站起来，很有礼貌地欠了欠身子，打开门，走出去。门一关上，陈总监不由得叹了口气，惆怅道："多好俩姑娘啊，可惜是亲姐妹。根据回避原则，不可能一起进公司的了。这么好的人才，就只能用一个。"

正在林佳茵那份文件夹上沙沙写着什么，麦希明说："话不必说死，某些时候可以破格。尤其现在我们公司刚到大陆，正需要人才……需要无数对本地餐饮熟悉的触手来为我所用。"

闻弦歌而知雅意，陈总监震惊地瞪大眼睛，看着麦希明。合上了文件夹，麦希明取出下一份："继续吧。"

面试室外面，林佳茵原本应该高兴得飞起的。然而目光落在等候在门口不远处的身影上，她收起了笑容，小圆脸板得紧紧的，眼神也凝重起来。林小麦迎上去，看到妹妹的眼神，原本泛在眉梢眼角的笑意飞快消失："佳茵，行吗？"

林佳茵说："姐，我发挥得还可以。面试官问的问题我都回答了。但是……"

林小麦眉头皱得越发紧："但是没能录取？没道理啊，简历我给你修得很完美了，筛选顺利通过，没理由不要你。"

林佳茵说："但是面试官说，他们只要一个人。姐，要是我们俩都中了，你说谁去上班呢？爸爸那儿，又该怎么交代？"

她边说边扁起小嘴，很是无奈的样子。一字不落地听着妹妹的话，林小麦垂下眼皮，带着一丝沉重地说："如果是那样，那就你去上班吧。我留在店里帮忙。爸爸肯定不高兴，多哄哄呗，反正从小到大他都不舍得动我的，最多也就挨一顿骂就完事儿了。"

偷眼观察着姐姐的神情，恶作剧成功，林佳茵没撑住："噗——"

林小麦讶异地抬起眼皮，看着妹妹，不知道她笑什么。

林佳茵说："姐，你也太单纯了。如果是我，我就会说让我去上班……不过，我总觉得，这次我们俩都能成！"

林小麦一愣，好像听到什么笑话般，笑着摇头："你又在说傻话了，人家公司是有回避制度的。我俩能成一个就不错了。反正你自我感觉好就行。"

林佳茵一把揽过林小麦脖子："我没你会思考问题，反正我就是——靠第六感！"

林小麦任由她摇晃，忍不住笑了，说："不对呀。如果我们俩都录取了，店里怎么办？从爷爷的爷爷开到现在的老字号，难道到爸爸手上就没了？要不，佳茵，你去上班，我留在店里吧，也不用爸爸烦恼。"

林佳茵说："那怎么可以？老爸也说了，店是给我的。要不，还是按照他老人家安排好的呗，你去上班。业余时间回来帮忙，不也是可以的吗?"

似乎找到了一个理想中的万全之策,如释重负地,姐妹俩相视一笑。还没乐完,两部手机就跟二重唱似的,一高一低响起来。

——"喂?七婶吗?"

——"什么?爸爸中风了?!"

——"现在在医院?!"

话音一起一伏,姐妹俩各自跟各自手机来电的人对答着,那话题却诡异地能够对接得上。挂掉电话之后,林小麦看着林佳茵说:"佳茵,七婶是不是在医院给你电话?"

看到林佳茵点头,林小麦二话不说掉头就走:"去医院!打车去!"

出租车一路风驰电掣,赶到了洋城市中心医院,急诊室外面,围拢着好些人,人字拖加大裤衩子、碎花薯莨布大裆裤加大襟衫,一眼便看得出是本地居民,看起来就跟在菜市场里买菜路过似的。

那个穿着碎花薯莨布大襟衫的七婶,看到从出租车上跳下来、大步朝这边狂奔的林佳茵,指着她扯开嗓门喊:"来了来了来了,细妹,这边啊,来这儿!"

林佳茵身后,负责结车钱的林小麦紧随而来。姐妹俩到了急诊室门外,街坊们"哗啦啦"地围了个密不透风。七婶说:"你们快进去看看老窦啦,无阴功了,我买菜经过,看见他睡在店里,叫又叫不醒,拍又没反应,我都不知道多惊慌……好在你们莫叔刚好在门口看报纸,我就叫了莫叔过来,大家一起帮忙才送过来的啊……真是吓死我啰……"

絮絮叨叨地,转来转去,说了有七八声"吓死我",林小麦温和坚定地打断七婶的车轱辘话:"七婶,现在钱交了吗?爸爸怎么样?"

被她握住了手,七婶定了定神,说:"你莫叔去交钱还没回……"

林小麦扭头对林佳茵说:"中风的黄金抢救时间是6个小时,爸爸及时送到了医院,应该不会有什么大问题。妹妹,你先进去陪老爸，我去缴费处找莫叔。如果要签字手术什么的，别怕别慌，放着我来。"

好像找回了主心骨，原本还有些乱的街坊们，顿时安静下来。林佳茵自己脸蛋苍白，嘴唇也青了，但还是很坚强地冲着姐姐点了头："好！"

林小麦一路看着指示牌直奔收费处，正好看见轮到莫叔交钱。她一个箭步冲过去，赔着笑脸跟后面排队的人道歉："不好意思不好意思，一起的一起的。"

与此同时，侧着身拦住莫叔，把早就攥在手里的银行卡塞进了缴费窗口……

第二章　财神茶楼，八大金刚

从阿茂粉馆略显陈旧的招牌底下走过，莫叔发泄般咬了一大口糯米鸡："死人大声公，那口粉愣是有瘾，一天不吃浑身不对劲。啥时候才舍得从医院里死出来……"

麦希明紧跟在莫叔身后，停在阿茂粉馆前面，对着紧闭的铁闸门发愣。莫叔嚼着糯米鸡，含含糊糊地说："后生仔，来吃粉啊？现在不开啦！"

麦希明说："不开了？那这老味道岂不是没有了？"

"没有啦！天要下雨娘要嫁人，有什么办法！"莫叔拍拍年轻人肩膀，说，"后生仔，吃糯米鸡啦！"

莫叔走了，麦希明打开手机备忘录，上面列了一些名字，有的标红有的标蓝，手指停在"阿茂粉馆"名字上，正想要把标注颜色由蓝改红，终究还是停了手……

"阿茂还没回来开档，他的病怎么样啊？"

"刚刚我买菜回来看到大妹去了医院。"

"档口也不知道怎么办……几十年的老店，还有酱汁秘方。"

"不是传给大妹就是传给细妹的啦，难道传给你家儿子咩！"

不远处，坐在树底下闲聊的几个三姑六婆吸引了麦希明的注意。轻步走过去，瞅了个空子，麦希明有礼貌地问："请问，你们说的阿茂，是指阿茂粉店老板吗？他……是不是有两个女儿，今年都才大学毕业？"

几个师奶齐刷刷噤了声，唯独七婶，从头到脚审视了麦希明一番，开口问："你是谁？"

……………

医院，吵闹不堪的大通铺病房里，医生对林小麦说："你爸爸的病情不太好，这么多天了语言功能、运动功能还没恢复。如果不及时换进口药并且动手术的话,你们要做好心理准备。还有,就算是不换药,住院账户里的钱也不够了。"

竭力瞪大满布红丝的眼睛,掩饰着连日没有休息好的疲态,林小麦说:"医生,请让我再考虑考虑。"

医生走了后,林小麦走到走廊上,很是无助地一屁股贴着墙坐下来。她没有发现拐角处站着的顾长身影……麦希明来到林小麦跟前,认出了这个女人,低声说:"果然是你,林小麦。那天林佳茵提到的,帮家里干了十几年活儿的那个牛腩粉店,就是阿茂粉馆吧?"

好像大白天见了鬼一样,林小麦被吓得整个人贴在墙上:"麦麦麦麦总?!您怎么会在这里?"

视线落在门里面静卧病床的林茂上,麦希明说:"里面的人就是你的爸爸,也就是阿茂粉馆的老板林茂?三十多年的秘方,做出来的传统牛腩粉,品质保证,口碑极佳……对吧?"

从警惕到伤感,最后挤出一丝苦笑,林小麦说:"不愧是打算进军本地传统美食市场的国际大集团,功课做得真够。可惜,您来迟了。"

"迟?我不觉得。"麦希明说着,拿出手机打了个电话,"蔡老头,你现在在不在医院?"

……十五分钟后,国内赫赫有名的心脑血管专家蔡旭东出现在阿茂跟前。麦希明看着蔡旭东,扬起嘴角,说:"蔡老头,出国交流深造那会儿天天到我们家打牙祭,说什么西餐满足不了你的中国胃,解决问题还是得粥粉面饭……山水有相逢,刚好你在这个医院,我需要你帮忙。"

翻了翻阿茂的病历,蔡旭东拧着眉:"行吧,把这个病人转到我的床位就是了——希明,这又是你家哪位长辈?难道你们家在国内还有亲人不成?"

不等麦希明说话,脑子转过弯来的林小麦接过了话:"不不不,他是我的爸爸。我是麦总的……下属?"

麦希明飞快截住:"你还不是我下属。"

林小麦傻眼:"那你为什么帮我?"

麦希明淡淡地道:"我只是想要得到我想要的东西而已。"

转身,把手机备忘录打开,快速在阿茂粉馆的名字旁写了备注,视线滑落下一家名字——"水之源"鸡汤米线。瞥了一眼麦希明手机中的备忘录,小麦有些忐忑地低声说道:"如果您在按照美食推荐榜单来寻找老味道的话……这家店或许……比较一般?"

眉毛微微一挑,麦希明略带几分戏谑地看向小麦:"一般?你家的牛腩粉排名,可还在这家店之后。这么说,你家牛腩粉的味道,也不过如此?"

再次瞥了一眼麦希明手机中的美食店铺名单,小麦越发笃定地应道:"您的手机记录里标注的店铺,绝大多数是最近冒头的网红店。卖的或许真不是味道,而是概念?情怀?"

或许是为了证明自己所言不虚,小麦索性伸手指向了自家店铺的推荐理由:"我家的店被推荐的,也是牛腩西施姐妹花,根本就不是味道。当然,如果麦总您一定要去尝试一下的话,那就得抓紧了——那家店从来都是网红打卡地之一,很早就排队了。"

麦希明将信将疑地看向了小麦,犹豫片刻,说道:"现在你爸爸的病情已经有人关注,如果你有时间的话……陪我一起去看看这家在你口中很一般的网红店?如果真是你说的那样,那么,或许你能带我去找一家你能看得上眼的美食店。"

也才刚过了上午十一点半,"水之源"鸡汤米线店门外等位叫号已到了三位数。妹子占了八成,剩下两成汉子里,还有超过一半陪着自家妹子。有人自拍有人被拍,哪怕没轮到自己,这些人也丝毫不以为意,店门口的招牌也好,店外形象墙也好,甚至连喊号带位的咨客小姐姐也没放过,把人家当成了人肉背景板猛地一阵拍。瞥一眼旁边一身甜酷风格的青发辣妹,发现她正在做探店直播,麦希明眉头皱了起来。他刚想去取号,林小麦拿出了手机,笑道:"我已经在网上取了号了。这样不用等太久。"

麦希明点点头,绅士风度地拉过一把椅子给林小麦坐,自己坐在林小麦身边,耐心等位。终于轮到他们进店,桌子上贴着大大的二维码——手机点单。服务员忙得没时间过来招呼他们，林小麦手脚麻利地斟茶倒水洗碗涮筷子，麦希明仔细地看着菜单，问："你想吃什么？"

林小麦说："不用不用，不客气。"

麦希明也没勉强，点了一个小份的招牌鸡汤米线，先付后吃。不一会儿，上菜了——精致的网红碗放面前，连筷子座都是一色配套的。汤色浓厚，闻了闻味道，麦希明的视线落在米线上堆得整整齐齐、明显不入味的码子上，脸上表情已写了"失望"两字。

低头，尝了一口汤，眉头皱得越发紧。再吃了一口米线，放下了筷子："我现在只想干一件事，就是把那个厨师给杀了！"

林小麦被吓得眉头一挑："没有那么夸张吧？"

麦希明黑着脸说："这明显糟蹋食材！"

走出了这家店，麦希明下了决心，把"水之源"鸡汤米线从备选名单去掉了。迟疑了一下，把整份名单从手机备忘录上删除掉。扭头看着林小麦，麦希明说："你带我去正宗传统老味道的地方。"

林小麦笑了笑，说："喏，这不就到了吗？"

麦希明这才发现，两人边走边聊，不知不觉间转到一条安静的小巷口处。这家店的门面陈旧，店招牌写着"肥肥"鸡汤米线。细细的药材香，仿佛有形迹一般，从写着"冷气开放"的门的缝里沁出来，林小麦推开门，麦希明跟在她身后，才走进店里，最里面提着个大胶桶出来的小年轻头也不抬地说："不好意思，店里的东西卖完啦！"

林小麦一声喊："豪仔，把你家的私家货拿出来！"

豪仔应声抬头，立刻笑成一朵花："原来是大姐头啊！妈，大姐头来了！姐姐，茂叔怎样啦？"

一个胖乎乎的妇人从厨房角落直起身子来，答应着："来啦来啦，小麦来了，你老窦现在怎么样啊？"

林小麦带着麦希明进了后厨，径直在角落处原先妇人坐着的小矮几旁坐下，说："托赖，现在总算有着落了，找到个好医生！"

"哇,那就真是好啰。我就说阿茂好人会有好报的啦!"胖妇人和林小麦一问一答着,麦希明看见她麻利地把泡发好的干米线倒进锅里煮,动作如同行云流水一般。

他看得入神,林小麦看了他一眼,笑了,说:"肥姨这店开了十几年了,用的是方形干米线,泡发了,吃起来很有嚼头,很香。汤底加了清补凉,药材味有点重,胜在有滋补的功效,是我从小喜欢吃的。"

视线仍然停留在胖大妈身上,她正在运刀如风,把从菜缸子里拿出来的六十日菜飞快切碎,麦希明问:"那黑黄黑黄的细咸菜,就是六十日菜?"

林小麦说:"对。所谓六十日,原材料小萝卜苗长在地里,从播种到收成刚好六十天,一天不多一天不少。用传统方法做成腌菜,和一般的咸菜、酸菜都不一样,夏天吃了可以清热解暑,开胃消滞。"

说话间,两碗小份药膳鸡杂汤米线就送上来了,外加两碟切得细碎的六十日菜。麦希明拿起筷子,刚要开动,坐在他对面的林小麦拿起小碟子装的六十日菜拨到他的鸡汤米线里:"六十日菜吸收了鸡汤会更加滋味饱满,鸡汤米线里有了六十日菜的咸味,就不用另外放酱油放盐了。所以这两样东西,是最佳搭档哦。"

好像看到了这个姑娘的另一面,带着些许惊喜,麦希明忍不住嘴角轻扬:"很好,从今天开始,你就是立行集团的员工了。"

不料,小麦一口拒绝:"对不起,现在我去不了了。很遗憾……不过,您还是另请高明吧。"

麦希明说:"你先听我把话说完,不是先前你应聘的岗位,而是做我的私人助理,主要工作内容就是带我吃遍这洋城里的传统特色美食小店。工资日结。至于你的妹妹,也同样被录取,你们可以姐妹轮班,这样就不耽误照料你父亲了吧?"

条件可以说十分诱惑了,林小麦心里权衡着,犹豫道:"可是,工资日结,岂不是从稳定工作变成打零工的?"

"话说得没错,然而——"麦希明黑黢黢的眼睛,盯着林小麦,很是坚定,"你爸爸病着,家里的店没法儿开,你们姐妹两个还没有工作……"

仿佛是命中了她的要害,又仿佛是一锤子下去给她定了音,林小麦点了点头:"好,我答应你。那么,明天我们先去哪里?"

"先喝早茶吧,来到洋城,怎么能错过粤式早茶?"

丝毫不怀疑眼前这女孩将会带自己吃到和国外完全不一样的早茶,麦希明拿出手机,飞快录入日程:"那么,明天的时间、地点?"

林小麦说:"早上6点,越王西路,财神茶楼。"

她话音落下的时候,麦希明也备注好了。

…………

次日一早,麦希明准时来到财神茶楼。林小麦已经到了。茶楼还没开门,卷闸门外面,已候着好些白发苍苍的老茶客,要么腋窝下夹着报纸,要么聚精会神地听着收音机,夹在这么一群老人中间,林小麦格外显眼。麦希明走过去,感到自己成异类似的,就离林小麦更近一些,说:"这茶楼几点钟开门啊?"

林小麦对了对表,说:"马上就开了。"

话音才落下,电子卷闸门缓缓上升,也才升高到离地1米多,那些阿公阿婆纷纷弯腰低头从正在上升的卷闸门下钻进茶楼里,身手矫健冲向各张桌子。仿佛一场无声又激烈的战斗——"抢茶位",最先把手搭在椅背上的那位,默认赢家。

林小麦带着麦希明,拣了个过道旁的小桌子坐了。屁股才挨着椅子,林小麦响亮地说:"靓姨,开茶!"

穿着白色对襟衫、黑色长裤的中年大妈服务员闻声而至:"靓女,要喝什么茶?菊花、普洱、铁观音?"

林小麦征询地看向麦希明,麦希明说:"听你的。"

林小麦就说:"菊普两位。"

阿姨一边大声答应,一边飞快地在手中的单子上划拉着,写完之后,把底下垫着塑料板的单子往桌面上一放,"啪",完事儿。麦希明说:"点菜呢?"

林小麦说:"喏,在车子上。"

顺着她手指的方向,麦希明看了过去,同样穿着白色对襟衫黑长裤的靓姨,推着一部小推车走进人声沸腾的茶楼大厅里,车头上挂着写了点心名字的牌子,白色塑胶底衬着红字,分外显眼。林小麦说:"财神茶楼,可能是全洋城,最后一家还保留着点心车的传统粤式茶楼了。"

"靓滚水到——"一记中气十足的吆喝,伙计提着个大肚子水壶,快步走到他们这一桌旁边。他麻利地撕扯开一包菊花普洱茶,倒进石湾陶瓷茶壶里,使了个漂亮的青龙过肩的斟茶姿势,热气腾腾的开水从一尺多长的茶壶嘴里,倾泻而出,落入茶壶中。

第一遍洗茶,茶水照例不要;第二遍才是沏出汤色如蜜的好菊普茶,能够益气消滞,清肝明目。默默地把观察到的一切牢牢记在脑海中,麦希明礼节性地用两指轻磕桌面,以示对伙计感谢,边问林小麦:"为何这儿不是用酒精灯和套装茶具自己煮水泡茶,要这伙计大费功夫?"

林小麦说:"那种套装茶具紫砂壶拇指头大点儿杯子,是潮汕工夫茶。广式早茶,就是眼前见到的这副模样。粗器滚水热茶。工夫茶好喝,是另一种喝法。既要来吃粤式早茶,那就按照我们传统的来。"

麦希明微微点头:"有道理。那么吃什么?"

林小麦说:"四大天王八大金刚,来一套?"

麦希明说:"四大天王我知道,是虾饺、烧卖、叉烧包和蛋挞,可八大金刚——"

林小麦说:"八大金刚就是牛肉烧卖、排骨烧卖、肠粉、糯米鸡、沙琪玛、甜蛋散、煎堆仔、咸水角。"

毫不犹豫地,麦希明说:"牛肉烧卖不要,排骨烧卖不要,肠粉不要。剩下的五样各来一份。"

带着赞同地看了麦希明一眼,林小麦笑着点头:"老板会吃。牛肉烧卖是为了照顾附近特殊居民的口味才有的,排骨烧卖更是后来才出现的新鲜玩意儿。"

本城开埠数千年，自唐代以来，就有外埠商队在洋城登岸做生意。他们聚族而居，在长久相处中，渐渐影响到周围居民生活习惯，比如说喜食牛羊肉、喜用香料入馔等，汇聚了无数舶来物产和粤菜交融过后出现的美食。

麦希明看着林小麦，说："在外面别叫我老板，叫我名字就行了。你不问我为什么不要肠粉？"

林小麦不假思索："那很简单嘛，肠粉当然要在街头巷尾，找到那门口有石磨的，用石磨磨出米浆，配上新鲜食材足料现做的布拉肠才好吃呀！"

很难得，麦希明露出了微笑。

一辆早餐车丁零当啷地走过，林小麦拦住早餐车，逐个蒸笼打开看里头的内容物，很快找到了凤爪、烧卖、糯米鸡、叉烧包。她忙着摆上桌，另一边推车的靓姨拿起塑料夹子托底的点心卡，往上头戳上一个个数字不一的章子。林小麦殷勤地用公筷夹了一个凤爪放在麦希明碗里："来，尝尝这儿的紫金凤爪，古法炮制。"

麦希明夹起凤爪，首先咬下爪子中间名叫掌中宝的那颗肉珠，只觉得甜咸适口，汁水饱满。凤爪皮炸得酥软，又保留了嚼口。底下垫着的，是卤水花生。花生粒粒饱满，胖胖的，煮得入味，拿来垫底收凤爪汁正好，却又不会抢凤爪的风头，简直就是最佳配菜。

得了麦希明的肯定，林小麦说："觉得不错就好。话说，你的筷子使得很好啊。我以为你们在国外长大的，只会用刀叉呢。"

林小麦明显比昨天放松了很多，麦希明却很认真地说："我们家一直用的是筷子，吃的是中餐，从我会吃饭开始就学用筷子，又怎么会用得不好？"

"咦，后生仔不忘本啊。番书仔吗？"旁边一桌上原本低头看报纸的阿叔，忽然很自来熟地搭讪。所谓番书仔，其实就是老一辈口中对在国外念过书的年轻人的称呼。林小麦点了点头："才从国外回来。"

阿叔来劲了，指着桌上的凤爪，说："财神这地方的凤爪做得还算可以。虾饺就很一般了，也就勉强能够入口吧。"

听见阿叔的话,麦希明夹起了一个虾饺。半透明的皮裹着馅料,隐约可见里面粉粉的虾肉颜色,他尚未评价,阿叔对面的四眼阿伯徐徐地放下收音机,把音量调到最低,笑道:"疍家佬,你又在教坏小朋友了。财神的虾饺不正宗吗?半月形,蜘蛛肚,一口吃完,不流汤汁。"

正宗好吃的粤式虾饺,讲究三分虾肉七分猪肉,以少许竹笋吊鲜味,好吃,分量却小。一口一个足矣。阿叔说:"四眼佬,你又不是不知道,我当年做什么出身的?这儿用的虾是明虾,不是河虾,虾味上不就差了点儿?"

随手打开了手机备忘录,麦希明飞快地划拉着要点笔记,说:"这虾饺用的虾,难道还有讲究?"

四眼阿伯一指那阿叔,笑道:"喏,这你得问他了,他疍家的,河底清道夫都没他懂水产的脾性和味道!"

有人听自己说话,阿叔越发抖擞精神,给自己斟了一杯汤色碧青、一看就是自己私家带来的好绿茶,呷了一口,说:"疍家人苦命啊,人随船流转,船顺风漂泊。生老病死,喜丧嫁娶,全都在那三丈长的渔船上。真的就是'命随流水风漂泊,身世飘零雨打萍'。"一边说,一边眼睛直直地看着远方,很是感慨。

四眼阿伯说:"得了得了,你又来了,说重点啊。人家靓仔靓女听得好认真,拿着手机做笔记呢。我说,你们是不是大学生出来做功课啊?我孙女也在读大学……"

眼见阿叔阿伯说话就跟脚踩西瓜皮似的,越滑越远,林小麦勾着回正题:"叔叔,你说的河虾,是河里捞起来那种大小不一的野生虾子吗?那种东西,以前到处都是,如今却很难见到了,一斤要好几十呢。用来做虾饺,会不会浪费了点啊?"

阿叔说:"就是嘛,以前这边是河网地带,一网下去全是河虾。这些河虾中,不要抱子的,不要直尾的,不要太小的,单单只要那长一寸许,枪尖鳌有力,见到人就张牙舞爪凶巴巴的。把这些河虾剥壳取肉,才做成你们如今见到的半月形蜘蛛肚十二褶的虾饺。河虾的肉爽口弹牙,只只完整,又岂是这些切成一粒一粒的明虾肉可以媲美的？"

阿叔口才了得，说得活灵活现，阿伯听得馋了，忍不住夹起一个虾饺塞进嘴巴里吃掉。

哐当哐当又一辆小推车来了，三层的小推车里，装着一个个直径十来厘米的白色瓷碟，上面放着炸货点心。林小麦眼睛一亮："蛋散、蛋挞和咸水角，各要一份。"

林小麦取了蛋散和咸水角之后，把手伸向那仅剩下一碟的蛋挞，谁知道对面也伸过来一只戴着翡翠玉镯子的、枯树般的手，和林小麦同时搭在那装着蛋挞的甜白瓷小碟子上。

林小麦松开了手，眼睁睁看着那个烫卷发、穿着粉色家居服的老阿姨把最后一碟蛋挞拿走。老阿姨对面，坐在BB椅里的小宝贝，直直盯着老阿姨手里的蛋挞。

老阿姨笑着说："靓女，真是不好意思啦。小朋友没耐性等，你让我先？我家乖孙女最喜欢吃这里的蛋挞了……"

话音未落，那剪着蘑菇头的小宝宝伸出肉嘟嘟的手，朝蛋挞抓去，老阿姨咯咯笑着，用自带的塑料小勺子挖出一点点蛋挞里的馅儿喂到宝宝的嘴里。

林小麦回过头对麦希明说："老板，你不介意多等一会儿吧？"

麦希明耸肩："不介意。"

阿叔戴起老花眼镜，重新拿起报纸来，边摊开报纸边说："好啊，小孩子多吃蛋好。我们以前在船上挂个笼子来养鸡，下的蛋不舍得吃，要么攒起来换油盐钱，要么就是给老人孩子吃，而且还要男仔才有得吃，女仔没份儿。现在好了，可以随便吃。财神这儿的蛋挞用的正儿八经清远山里的土鸡蛋加炼乳，没有花巧，真材实料，大人小孩都喜欢。"

老太太说："你们疍家佬旧阵时重男轻女，我们家如今就反过来了，家里八个孙子才得了这么一个女孩儿，就算她要吃龙肉，我们都想办法给她弄过来。"

发现麦希明听得仔细，还在做笔记，阿伯笑道："后生仔你不用记那么多,百写不如一试,等会儿你试过那味道,你的舌头会帮你记住的。"

疍家阿叔摆开了龙门阵,说他年轻时候,财神的蛋挞可是很奢侈的,卖一毛钱一个。那时候阿叔刚出来做工,财神在那边有个门市,每次走过那蛋挞香味就跟长了手似的,把肚子里的馋虫抓着直往外拽。后来经人介绍,有了对象,出来轧马路,阿叔就买了两个:"我和我对象一人一个,那味道真是一辈子都忘不了!"

阿伯撇着嘴:"啧啧啧,又来了,又开始吹牛不上税。旧时财神酒楼做的蛋挞和现在的根本两码事吧。蛋挞,蛋挞,你知道为什么叫蛋挞吗?就是因为它本来是洋人的点心,水果挞啊,牛肉挞啊,个个都四五寸大,蛋挞里只有蛋浆,就叫蛋挞啰。很久之前,刚传进来的时候蛋挞也有三四寸大,一个人吃一个蛋挞,就够当份下午茶吃到饱啦。再后来渐渐地才有了小蛋挞。就算你当时十八二十很能吃,你老婆一个姑娘仔,怎么可能吃得完一个蛋挞?"

疍家阿叔笑道:"四眼佬,我比你年轻十几岁呢!我十八二十那会儿,财神正好推出小蛋挞。那你又知道,后来这边的师傅去了澳门重新学过了番鬼佬的做法,重新改良了挞皮的做法吗?"

"我当然知道了。"很是不服输地撇撇嘴,四眼阿伯另拿一把小巧的紫砂壶,给自己倒了陈年熟普洱,那茶汤看起来跟墨汁似的。如此浓茶,四眼阿伯一口气喝下去,却甚为惬意:"他们师傅出去取经之前,还特意跟我打过招呼,说蛋挞暂停供应一段时间,有怪莫怪呢!你看看现在的蛋挞挞皮,其实汲取了葡萄牙人的做法。手擀做皮,一层油皮一层水皮,反反复复,精工细作,层层起酥,最多可以做到200多层,能不好吃?"

"新鲜出炉蛋挞来了——"服务员阿姨笑盈盈地托了个托盘,把一碟还冒着热气的蛋挞放在林小麦桌上,"靓仔靓女,这是刚才欠你们的蛋挞。"

麦希明拿起一个蛋挞,说:"这个蛋挞皮真的有200多层吗?"

服务员阿姨说："200多层？没那么夸张，我们家的师傅经过反复试，最后做出来的最佳口感是99层。那时候试做蛋挞，先是找总厨试菜，然后轮到我们全部员工一起试，边试吃边给意见边改进，真是吃蛋挞吃到怕。一直到现在，我们都不吃蛋挞的。"

撂下这番话，服务员阿姨扭身忙去了。好像脸上有些挂不住，四眼阿伯拿下眼镜，擦了擦脑门子上的汗，殷勤招呼麦希明道："原来是99层，我都是今天才知道……后生仔你看看，油光水滑，你闻闻，是不是很香？新鲜出炉的蛋挞和刚才那个又不一样了，蛋浆好像会跳舞一样。快点趁热吃吧！"

麦希明说："才刚出炉，会不会太烫？要是烫坏了食客怎么办？在国外曾经有过类似的事情，有家快餐店没控制好咖啡的温度，烫伤了一个老太太的嘴巴上皮，老太太请了律师来打官司，让快餐店赔了一大笔钱。"

四眼阿伯说："不会不会。这蛋挞在烤炉里的时候，随着烘烤，蛋挞里的蛋浆会慢慢膨胀，就是开始'跳舞'了。然后临出炉的时候，会让它稍凉一下，等蛋浆收缩一点点，那才能出炉，是最好的口感。所以说'三分手艺七分炉'，就是这么来的。"

笑眯眯地，疍家阿叔说："这四眼从小一事无成，最讲究吃喝玩乐。舌头挑剔得很，什么味道都能尝，是不折不扣的'皇帝脷'。"

阿伯说："什么皇帝脷啊，你们说着好听而已。那会儿没什么吃的，一年到头也就杀两次鸡，吃肉的日子数得着，有点什么稀罕玩意儿还不仔细尝清楚了，春鳊秋鲤夏三黧，鳙鱼头鲩鱼尾，都是我们疍家人水上千年吃出来的心得。"

林小麦看着麦希明尝了一口蛋挞，几乎可以听见他牙关处传来的清脆入耳的"唰唰"的声音，自己也饿了，吞了口馋涎，吃自己那一份蛋挞。尝过了蛋挞味道之后，麦希明指了指桌子上半个巴掌大的蛋散，虚心请教："老先生，我在唐人街听到有人骂别人'蛋散'，就是它吧？"

四眼大伯比了个大拇指，说："蛋散外表看起来一大块，实际上一压就碎,完全经不起压力,所以骂人'蛋散',意思就是说这人空有样子,半点用没有。不过呢,骂人归骂人,蛋散其实很好吃的。以前过年之前,起了油锅,炸蛋散、煎堆、油角、糖环,过年的气氛就来了。所谓'煎堆碌碌,金银满屋;油角弯弯,家财百万',其中这个蛋散里加了猪油、糖浆,讲究点的,还点了花生碎、芝麻,又香又脆,说起来都流口水。"

麦希明吃了一口,说:"有姜味?"

林小麦说:"熬糖浆的时候加了姜汁,可以起到祛风祛湿的作用。"

"你们吃了这么多东西,怎么不点个主食填肚?"疍家阿叔看了一眼他们那一桌,叫了起来,"点心好吃,也得有点米面下肚才行!"

麦希明说:"老人家指点得是。请问两位,还有什么好介绍吗?给我们指个路呗。"

疍家阿叔看了看手表,笑道:"现在这个钟点,再坐半小时就差不多午饭了,去东区市场门口阿贰云吞面店吃云吞面啦,包你吃过返寻味。"

"阿贰那个反骨仔的面有什么好吃的?"四眼阿伯梗起脖子说,"要吃云吞面,当然去阿壹那里啦。后生仔,我跟你说,阿壹云吞面店,就在阿贰过去两个档口,认准了招牌啊。他是阿贰的师父,也是东区市场一带最老字号的云吞面店,正宗鸭蛋压面,无论是鲜虾蟹子云吞还是冬菇瘦肉云吞,都好惹味的!你不试试就走宝了!"

好像打擂台般,疍家阿叔提高了音量:"阿壹老啦,压面的大竹竿都压不动了,哪里有阿贰年轻力壮做出来的面好吃?而且阿壹的面馆分量太少了,都什么年代了,还卖细蓉,贵夹不饱,揾笨的!"

四眼阿伯不甘示弱:"那也好过吃反骨仔煮的反骨面啊。当年阿贰他老娘带着阿贰,提着生鸡水果去拜师的画面,我这脑子里还记得清清楚楚。阿壹对阿贰,就连阿贰的名字都是他改的,简直带儿子一样带,没想到几年工夫,教会了阿贰他们家那手策马过桥的压面手法之后,阿贰转头就去跟银行借钱在旁边开了家新店跟师父打对台。这小子,不光后脑长反骨,还胆大长毛啊!他做的东西也敢入口?"

两人争执起来,旁边茶客纷纷投来诧异眼光。林小麦插嘴说:"两位各有各道理,耳听为虚眼见为实,不如索性带我老板去试一试这两家面店,不就知道到底师父水平高,还是徒弟的云吞好?"

她说话不卑不亢,语调不高不低,很是入耳,顿时就得到两位叔伯同意。林小麦拿起点心单来,高高举起:"买单!"

"一起买单。"麦希明拿起那两位老人家桌子上的点心单,交给林小麦。

阿叔、阿伯吃惊道:"那怎么好意思?!"

麦希明和气地说:"听君一席话,胜读十年书,今天在两位身上受益匪浅,这是应该的。就当是学费了!"

阿叔、阿伯又客气了几句,但坚持不过麦希明,也就让他买单了。一行四人离开了财神酒楼,才刚走出门口,一股热浪扑面而来。只见麦希明被那股热浪撞得闭口皱眉的模样,方才还有些口舌争执的两个老人齐齐大笑起来:"七月天流火,八月晒死鸡。九月十月街边走,凉茶莫离口。番书仔,第一次来洋城吧?"

林小麦已然一个箭步冲进了茶楼隔壁的小杂货铺,眨眼工夫便抓着两顶遮阳帽回到了麦希明身边……戴上遮阳帽,道了谢,把衬衫领口两颗扣子解开,麦希明问两位老人家:"刚才两位说的东区市场怎么走?"

四眼阿伯微笑着说:"跟着我走就行了。"

有人热心带路,麦希明和林小麦自不会拒绝。路上问起两位老人家的姓名,四眼的阿伯叫翁振中,疍家阿叔叫欧勇,于是分别以"翁伯伯""欧叔叔"称呼之。

沿着大路走了大约十分钟,路过一个菜市场,马路边有些走鬼档。那看着又黑又瘦的本地人,骑着一辆小电动车,车后座上左右挂着新鲜带水的青绿蔬菜,瓦楞纸板上写着"正宗郊区靓菜4块钱一斤"之类的；又或者是地上铺开一张塑料布，布上整齐两排打开了的塑料袋，露出那些草头木根，上面插着"火炭母""鱼腥草""五指毛桃"等签子。

如果家里有小儿积食大人上火等，在菜市场里买完菜之后，家庭主妇捎带手地就能买点儿汤料药材，回家煲上一道绵茵陈煲蜜枣、火炭母煲猪横脷之类的兼具食补的家常靓汤。路过凉茶铺的时候，翁伯伯站住了："刚才又是蛋散又是蛋挞的，吃了那么多热气的东西，来饮几杯凉茶吧。"

第三章　饮杯凉茶，祛湿清热

说起凉茶铺，也算是岭南特色了。

三五平方米大的铺子，醒目处立个大葫芦。长方柜台上一字排开少则五六个多则十来个不锈钢大肚子茶壶，标注了品种名字和功效。看也不看那些台牌，翁振中直接对老板说："凉茶王，整四杯凉茶来！"

那个穿T恤人字拖的凉茶王，熟门熟路地倒了两杯火麻仁给翁振中和欧勇，说："你们两个老不通，又要来滑肠了……咦，靓仔，外地来的？看你的脸色，有些水土不服啊，舌头伸出来看看？"

麦希明依言照办，那凉茶王笑道："舌头红舌苔厚，肠胃湿热难适应，喝五花茶啦，要冷的还是热的？"

"给他一杯加热的。"林小麦说，"我要夏桑菊。"

凉茶王凝视了她片刻，说："夏桑菊是清肝明目的，靓女我看你比较像是心火燥啊！难道是紧张这个靓仔，紧张到心头燥热？不要着紧，缘分自然到。命里有时终须有，命里无时莫强求嘛。"

小脸一红，林小麦窘迫道："阿叔你真会开玩笑……不过我最近确实很燥热，痘痘都冒出来了，这边脸上又红又鼓胀将起未起，疼死人。夏桑菊不行吗？那就换癍痧啰。"

麦希明站在一边，满脸欲言又止，要解释，又不知道怎么解释，索性不说话。翁振中从裤兜里拿出一沓现钞来，边数钱给凉茶王，边说："喏，靓仔，你请我喝早茶，我请你喝凉茶。有来有往啦。"

麦希明点点头："谢谢老伯。"

喝着凉茶继续走，翁振中抬起头来，一愣，欧勇跟着他的视线看过去，乐了："东主有事。今天阿壹没有开店啊？"

既然阿壹不开档，就去阿贰店里试试吧。从阿壹云吞面略显陈旧的生铁卷帘门向前走不到十米，正好两卡铺面，就来到了阿贰云吞面店的玻璃门前。林小麦抬眼打量一番，又惊讶又佩服："全透明玻璃厨房，现点现包，大手笔够新鲜。"

玻璃厨房临街，来来往往就可看到两个阿姨一色一样的白色厨师服，黄围裙，白帽子，透明口罩，在厨房里交错对面，都在包云吞。隔着玻璃，欧勇看着两个阿姨行云流水般的动作，说："广式云吞，馅料要新鲜而且要少。'清汤底、金银粒、金鱼尾。'清汤底，指用虾、鸡骨、猪骨熬出来的汤要清澈见底；金银粒，指汤里吊味的那点点韭黄碎；金鱼尾，就是云吞了。这家店开放了厨房，从包到煮，大大方方任人看，吃都吃得放心一些。"

很是不以为然地摇头，翁振中说："阿壹才是老字号，味道就是比这边要对一些。而且几个阿婶学几天就能做出来的云吞，能好吃到哪里去呢？"

麦希明说："您老人家的意思是说，她们都是这里的学徒吗？"

翁振中说："是啊。阿贰自从开店之后，也收徒弟。不论男女老幼，谁来了都能学，交学费就是。学了就可以出去开店。这两个大婶，你看她们的手势，只求个'快'，包出来的云吞是紧做团的。那样的云吞放到汤里一煮，就成了定底沉的秤砣，哪儿还会在清汤里载浮载沉，头透虾肉红，尾如白纸扇，就像蝶尾金鱼一样好看？就因这件事，阿壹才对阿贰光火，觉得他不珍惜好不容易学到的功夫。"

欧勇说："工多自然艺熟，你也说了，这两个大婶最近才来，总会越包越好看的。关键是味道差不了，不就行了？"

麦希明说："那就真的要试一试才知道了。"

走进了阿贰云吞店，服务员小妹笑盈盈地迎上来，态度殷勤，笑容甜美，不会过分热情又不会恶劣吓人。几个人被带到座位上，林小麦发现这地方还能微信点餐，拿出手机一扫，盯着屏幕上出现的菜单："蛮方便的嘛。我来看看有什么吃的，哇，花样好多。光是云吞就有荠菜猪肉、冬菇猪肉、鲜虾蟹子……咦？还有炸云吞，这个少见。怎么还有鱼蛋云吞双拼？老板，你来看看，想要吃哪一种？"

手里拿着服务员送过来的印刷精美的菜单，麦希明也在低头研究："老样子，点最经典的品种，冬菇猪肉和鲜虾蟹子就好了。另外再要一个招牌细蓉。"

服务员为难道："老板，不好意思噢。我们这里没有细蓉卖呢。"

麦希明惊讶了："做云吞面，竟然没有细蓉？"

翁振中脸上闪过一抹讥笑："这就是老虎学猫啰，老虎跟着猫学艺，以为本事全学会了，正想要欺师灭祖，没想到猫儿还留着一手，刺溜爬到树上去了——学做云吞面，学不会做细蓉，不就是老虎学不会爬树吗！"

欧勇看向麦希明略显失望的俊脸，说："炸云吞要不要尝一个？这炸云吞是阿贰特色，把普通云吞馅料减到只有六成，好让它容易炸透，放进油锅里炸至金黄，蘸番茄酱或者泰式甜辣酱来吃，甜中带酸，又香又脆，很受老人和小朋友欢迎呢！"

麦希明点了头，很快，他们点的东西就送了上来。麦希明第一眼看向新品种，炸云吞。摆在黑色质感很好的小碟子上，分量不是很大，用吸油纸托着底。旁边另有一个小碟子装着两片切好的雪梨，服务员说："炸云吞热气啊，雪梨是送给你们下火的。"

欧勇谢过了服务员，说："我喜欢阿贰这里呢，就是因为品种多，服务好。吃云吞送水果，这种服务，在阿壹那里就找不到了。所以有没有细蓉都无所谓啦！"

翁振中不置可否地笑。

炸云吞毕竟是香口炸物，刚炸出来，咬下去唰唰作响的，蘸了番茄酱吃，酸甜、香脆，简直充分满足人类对油和脂肪的需求。麦希明点点头，评价道："难怪老人和小孩喜欢这道炸云吞。老人味觉迟钝了，小孩味蕾还没发育好，炸云吞……对味蕾可是刺激得很啊！"

一番分析下来，云吞也吃差不多了，正欲起身离去，戴着兔子耳朵的外卖员，冲进了阿贰云吞店里。出品窗处，已经打包好一份一份的外卖，用精致饭盒分开汤水和云吞装好，每一个袋子上还贴着打印好的鸡汤短句子。

外卖员迅速找到自己的那个袋子，扫码，出门，呼啸离去。看着那外卖员的背影，麦希明问欧勇道："云吞最好的口感在出锅新鲜吃那会儿，外卖送过去的，会差点意思吧？"

欧勇说："嘿，现在中午点餐高峰期，附近许多写字楼，点外卖的多半是上班族，把走出来吃饭这十来分钟省下来趴多会儿桌子不好？有得吃就不错了，哪里还顾得上口味？真不乐意委屈嘴巴的，还得翁伯和我这种闲散人士。"

翁伯说："所以我才说，阿壹比较有原则嘛。不做外卖，只限堂食，不收徒弟，一个人撑起一家店。后生仔，这种固守老味道的传统店，少一家是一家的了。你下次有机会，一定要去试试他的云吞面。"

麦希明说："翁伯伯您放心，我一定会试的。"

走出了门口，却发现原本铁闸门紧闭的阿壹云吞面店开门了。翁振中一下子来了劲儿："哎呀，这打工皇帝竟然开门了！"

他站在阿壹云吞面店门口，冲着正忙里忙外的中年男人一嗓子："阿壹，不是东主有事吗？怎么又开门了？来来，我带两个新朋友来尝尝你家的细蓉！"

阿壹的嗓门也不低："来就来，进来坐就是了！我先进去干活儿，你们自便！"

比起阿贰店面的光鲜，阿壹这家店略显陈旧，就连收银机都是老式的。据说是阿壹老婆的肥大女人，沉默地坐在收银台后面忙碌，在她身后贴着两行字："只限堂食，只收现金"，扫了一眼店堂，麦希明找了个位子坐下。林小麦犹豫了一下，在他对面坐了，说："老板，我有点儿吃不下了。"

麦希明说："难道为了这个细蓉，我们日后还来走两趟？再坚持一下呗。"

两位叔伯跟着进来，翁振中笑着说道："靓女肚子窄，很正常啦。不过不用担心,细蓉就是为了你们这种胃口小得跟猫咪似的小丫头准备的。"

仰起头,拖长声音:"阿壹,两碗细蓉——"

厨房里传来阿壹响亮的声音:"好嘞——"

麦希明问翁振中道:"翁伯伯,这家细蓉正宗吗?"

这回答话的是欧勇:"这你就不能质疑阿壹啦。他那个老古董,如果他做的细蓉都不正宗,全城就没有正宗的细蓉了!"

说话间,两碗细蓉就由阿壹亲自端上来了。听见了欧勇的话,阿壹扭脸对欧勇说:"算你识货!"

也不多话,回身就走。

一个也就三四寸直径的小号青花瓷碗落在他们面前,里面放了约莫一箸分量的面,点点金银浮在清澈见底的汤面上,是韭黄丁子。"这就是细蓉了。"翁振中说,"后生仔,你看出这碗面和别的云吞面有什么不一样没有?"

林小麦说:"我知道,别的云吞面,餐具自取。这一碗细蓉,却是搭配了一个陶瓷勺子,伸进汤里托着面条。只见面不见云吞,如果我猜得没错,云吞是被面盖住,沉在碗底的。"

"小麦有点见识啊!"翁振中道,"你说得没错。所谓'云吞汤中滚,芙蓉风里开',云吞面分为'大蓉'和'细蓉'。而这个细蓉呢,本来也不是一般人吃得起的,是专门给西关大小姐们吃的。你知道啦,西关小姐,家里都十三行里做生意的,身娇玉贵,口味刁钻,有一个算一个,胃口小得跟猫咪似的。她们想要吃云吞面,吃不下一大碗,就减少分量,做成这种细蓉。但因面条分量少,又是用的细面,浸在汤里一会儿就软烂不好吃了,云吞面吃的就是个爽口嘛,就得用汤勺把面承起来,不使这些鸭蛋面过多地浸在汤里,保持它爽口弹牙的口感。记得,先吃面,再吃云吞,最后喝汤——后生仔,我刚才都已经想要提醒你的了,以后吃云吞面,可要注意啊。"

麦希明拿出手机,把翁振中的话录了进去。林小麦却把一碗细蓉吃完了,说:"真是奇怪,明明都很饱了,还吃得下!"

翁振中笑道:"所以我就说,细蓉就是专门给你们这些小姑娘过口瘾用的嘛!肚子饱了嘴上还没够,那就对了!"

吃完了细蓉,林小麦说:"不过这会儿是真吃不下啦!老板,你呢?"

麦希明说:"我也差不多了。那么今天就到此为止吧。"

买了单,一行人走出了阿壹云吞面店,麦希明谢过两位叔伯。林小麦问:"那么明天的安排是怎么样?有什么要求吗?"

麦希明说:"明天让你妹妹来安排,另外……我会再带一个人来。"

第四章 又来一位,天生饕客

"……所以呢,事情就是这么着了。"

医院的洗涤池旁,听完姐姐说话,林佳茵没吭声,低着头卖力地洗涮着手里装过汤的保温壶。白色的泡沫沿着水池冲了进去,哗啦啦的,林佳茵才问:"姐,这事儿听着挺玄乎啊。靠不靠谱的?"

她们都把声音放得很轻,林小麦说:"现在这情况,也没有办法啊。就算再不靠谱,好歹也真的能领到工资对不?"

林佳茵默然。

林小麦抬起头来,盯着妹妹的眼睛说:"再说……我们已经没有别的更好选择了。"

很是接受现实地,林佳茵点了点头。

商量完毕,林小麦拿起手机一看,发现自己被拉进了一个微信小群里。小群里,除了麦希明之外,还有另外一个不认识的人,麦希明发信息到群里:"这儿是我们的本地寻味群了,把你妹妹拉进来。"

林小麦依言照办。林佳茵进群秒发:"大家好!我是林佳茵!"

麦希明@("艾特")了一下那个网名叫"David"的,说:"人我给你找到了,时间、地点,你们自个儿商量。"

然后麦希明就不再吱声,可是那个叫David、中文名程子华的人,发了一个问好的表情包之外,也没有吱声。林佳茵递了个询问眼色给姐姐,林小麦道:"今天我带麦希明去的,全都是我们当地的老字号,财神酒楼啊,阿壹云吞啊。"

林佳茵说:"明白了。"

微信上有人申请加好友,林佳茵通过了申请,简单地问好之后,对面直接发了个地址和时间过来。

翌日。

有些惊异地看向了西装革履的程子华,林佳茵艰难地咽了口唾沫:"程……子华先生?"

同样用略带着几分惊异的目光看向了林佳茵,尤其是着重扫了几眼林佳茵身穿的夜市风T恤和卡通兔头塑胶凉鞋,程子华的语音里也有了几分迟疑:"林……佳茵?"

确认了彼此都没找错人,程子华的目光中越发多了几分疑惑:"林小姐,你确定你的衣着,适合去这家酒店吃饭?For this?"

转眼看了看身侧金碧辉煌的酒店,林佳茵的话语中也有了几分疑惑:"吃酒店菜?可我姐姐说,你要吃最好的菜啊,那种菜怎么可能是在这类大酒店里?"

"Michelin-starred做出来的粤菜,你觉得不够好吗?"

"Michelin……米其林?米其林轮胎我就知道好用……问题是,这类的酒店菜从来都做得中规中矩,吃起来不会出一丝差错,但那个感觉不对。就好像之前,有个机器炒河粉的噱头,这些大酒店里做出来的菜也就是这样了!"

"那你觉得哪儿的菜才是你认为的佳肴?"

林佳茵胸有成竹地笑了笑:"跟我走!"

"邹记"并没有开在马路边上,而是在洋城旧手表厂居民小区里。姜黄外墙皮的旧苏式楼房,墙皮甚至有些残旧斑驳,旁边的花圃低低矮矮地长满了兰花草,苔藓厚厚,一楼处有一个很低调的入口。程子华说:"如果是鸡的话,刚才我选中的酒店不会比这儿差吧?"

"当然不同啦。这地方有文昌鸡啊。"

"文昌鸡不是琼菜吗?我要吃粤菜。"程子华有点想走,"我们还是回去刚才的酒店吧,我觉得,嗯,cook with fixed routine(固定程序烹饪)没什么不好的。"

三步并作两步追上程子华,林佳茵拦住他,坚持道:"等等嘛,这地方的文昌鸡就是粤菜,而且,是一道很有来历的粤菜。我姐说了,你们要吃好东西,要讲信用啊。"

程子华想起临出门前哥们儿说的话,半信半疑地停了下来。邹记店面不大,进门是个财神爷神龛,财神爷长胡须,胖墩墩、笑盈盈,很是和善。原来这家店是沿着居民楼原有的格局开过去。小小的店里坐满了食客。这店里坐了这么多人吧,也不见很吵,粤曲小调的旋律在空中回旋着,座无虚席。就连等位的空间里,都坐满了人。

程子华见状,规规矩矩要拿号排位。林佳茵说:"别等了。现在晚市才开始,按照我们老广的吃法,最少得两三个小时,等到第二轮的时候好东西都沽清了。"

她拉着程子华,直接绕到了后厨:"邹叔叔,邹叔叔!"

忙得热火朝天的后厨里,应声走出一个人:"哦?是细妹啊!什么风把你吹来的啊?"

"邹叔叔,我有客人。"

"呵呵,前面没位子了是吧?到旁边坐着去。"

大厨把他们安排在旁边透明窗户的老板房里,这地方能直接看到厨房里的动静。也别管什么空调雅座了,直接把办公桌清理出一角来,林佳茵和程子华面对面地就坐下来了。过一会儿,那大厨上了两碟小菜:"来吧,你最喜欢的花生和咸酸。"

眼瞅着平平无奇的咸酸,入口鲜、脆、酸、甜,程子华眼睛当时就亮了:"Delicious!(好吃!)"再来一煲粉葛鲮鱼汤,大厨见程子华喝得很香甜,笑道:"识货哦。"

林佳茵说:"当然啦,邹记出品,必属精品!邹叔叔,我想吃文昌鸡。"

"文昌鸡?那东西很费功夫啊,我不搞这道菜很久了。不如我给你们弄几道拿手小炒?一样好吃。"眼看邹叔叔直摇头,林佳茵带着几分撒娇地,不依不饶道:"我这个朋友从国外回来的,一定要吃到我们最正宗地道的好鸡,那怎么少得了邹叔叔的文昌鸡呢?好嘛,就一次那么多啦。"

邹师傅只好说:"好好好,叔叔给你做,给你做就是了。"

转身进了厨房,听说邹师傅要做文昌鸡,厨房里的人顿时炸了锅,大家纷纷放下手里的活儿围上来。

"师父要做鸡了!""做文昌鸡。""快点来学啦!"眼瞅着厨房乱起来,邹师傅赶人了:"走开走开,去干活儿,前面还有客人等着呢,都不干活儿了客人吃什么?"

"星仔、辉仔,还有你,阿荷留下。"

大家鼓噪起来:"师父你偏心啊!"

邹师傅大声说:"什么偏心啊,让你们看了,能学会吗?特别是你啊陈肥仔,切个黄瓜萝卜摆盘都还没切得整齐,快干活儿去,不许偷懒!"

于是除了被邹师傅点到名字的几个人,其他人作鸟兽散,厨房里恢复了先头忙而不乱的景象。程子华趁机来到邹师傅身边,黑洞洞的镜头对准了——林佳茵喊道:"老板,厨房重地本来就闲人免进的,现在破例带你进来了,再拍摄就不合适了吧?"

程子华还没说话,却被邹师傅听见了,笑道:"没关系,让他拍好了。我手上这道文昌鸡没有二十年的功夫做不出来!想要偷师?不容易的!"

程子华说:"谢谢师傅。"

邹师傅很是自豪地指了指身边几个年轻人,补充道:"比如说这几个年轻人,都是腿勤口乖,眼到手到,心意诚,脑子活的。趁着这个机会,就让他们学点东西啰!"

林佳茵催促道:"邹叔叔,快动手啦。我肚子要饿扁啦!"

"就来,别急。"邹师傅很是宠溺地呵呵一笑,抬眼一扫已经宰杀好的一批鲜鸡,邹师傅微微一摇头,转眼看向了厨房门口备着的几个鸡笼,"那只三花拢尾鸡,取过来。"

答应一声,站在邹师傅身边学艺的一名学徒利落地走到鸡笼旁,伸手便将一羽尾巴上生了三种颜色的尾翎、聚拢起来像是一朵松花的肥壮母鸡取了过来。说也奇怪,被提出了鸡笼的那只肥壮母鸡,居然丝毫也没有挣扎惊叫的动作,极为温顺地被那名学徒提到了邹师傅面前。

只一看那名学徒抓鸡时的手势动作,邹师傅满意地点了点头:"拢翅提颈擒凤凰,星仔这抓鸡的手势,倒是下了几分功夫的——阿辉,我考考你,为什么抓鸡要用这拢翅提颈的手势?"

像是早料到了邹师傅会有此一问,身形格外高大的阿辉应声说道:"拢翅提颈,能让被擒的鸡鸭禽类不叫不动,不惊不惧,这样的鸡鸭禽类宰杀放血之后,肉里不会带有惊恐禽类被宰杀后的酸骚味道。"

"那为什么不用已经备好的鲜鸡?"

"师傅这是要给我大考啊……老版的《粤菜三百六十散手》里记载过,要制作文昌鸡,最好是现杀现做,整鸡处置完之后,腿肉、颈肉、翼肉还要能微微跳动的才算是上品。这些鲜鸡宰杀了都有三四个小时了,肯定不适合师傅用来制作文昌鸡了。"

唇角微微一提,邹师傅转眼看向了另一名学徒:"阿荷,过来摸摸看。"

依言伸手在星仔提着的母鸡身上摸索了几下,长相很是憨厚的阿荷颇有几分紧张地应道:"师傅,这只鸡收拾干净去骨留肉,差不多……一斤七两的纯肉。另外这只母鸡应该是正在下蛋的小母鸡,且是第一次下蛋,肚子里还有存着的软壳鸡蛋。"

抬手捻起一柄只有小拇指大小、双面开刃的尖刀,邹师傅倒转刀柄,将尖刀递到了阿荷面前:"一分钟,放血煺毛。刀口不许过半寸!"

阿荷接过鸡,尖刀过处,鸡血长流,热腾腾的鸡血流了满碗。阿辉轻松地提着一个铁皮桶过来:"桃胶熬好了,别说师兄不关照你啊。趁热用啦!"

对着辉仔憨憨一笑:"谢谢!"阿荷把肥鸡浸进那桶胶里,提起,几下抹弄,鸡毛脱落,那松花鸡眼瞅着成了一白条鸡,连半点绒毛都没剩下。目光烁烁地看着阿荷煺除鸡毛,程子华禁不住低声咕哝:"这手法……不就是菜市场里用沥青给鸡鸭鹅鸽各样禽类煺毛的路子?"

嗤笑一声,给阿荷送来桃胶的阿辉很是带着几分自傲地应道:

"看山不是山,看水不是水!同样是靠着黏胶煺毛,可用沥青煺毛,各样禽类身上就带着一股焦臭味道,真正的老饕都不要入口,一闻就要摔盘子退菜。哪怕是寻常人吃不出来这里面的门道,可吃多了也伤身败胃。进门拜师的时候师父就教过,做菜是要给人入口的,半点马虎不得,更加坏不得良心!那种图省钱省事的下三烂手段,我们邹记肯定不得做!"

显然是想打破砂锅问到底,程子华顺着阿辉的话头追问道:"那用桃胶煺毛就没了这些坏处?"

朝着程子华瞟过一眼,邹师傅抬手止住了还想要开口的阿辉:"后生仔,桃三杏四李五年。再多给你说一句——桃养人,杏伤人,李子树下埋死人!想知道为什么要用桃胶煺毛,想明了这两句话,你也就懂了!"

言谈之间,阿荷已经把处理好的白条光鸡交还给邹师傅,几乎同时,邹师傅手边的电子钟尖厉地响起了嘀嘀声,邹师傅把白条鸡往电子秤上一放。

"一斤九两!"

阿荷有些惭愧,低下头去,邹师傅看着她说:"你的眼力还是差点,得继续多练习。"

阿荷默默点头。

"这是在果园里长大的鸡,你看看这鸡脚鸡爪子,又尖又细又有力。平时散养在荔枝园里,身壮力健,能跑会飞,基本上见不到影。想要捉到它们还得趁晚上它们在树上睡觉的时候,拿张大网在树底下兜着,用力摇那棵树,让鸡掉进网里才好捉呢。"

旁边有人忍不住笑出声来,被邹师傅听见了,不免一顿呵斥偷懒偷听不干活儿之类,语气并无怒意。星仔说:"师父,你这套手法是传说中的'合浦采珠'法吧,听说用这种手法取出鸡腔子里的鸡春,可以蛋皮不破,同时还不撑大鸡身上的刀口,保持皮肉完整,好神奇的!"

又是满意地一点头,却发现星仔提着一桶自来水站在旁边,邹师傅皱眉道:"你呢,讲就天下无敌,做就假扮勤力。要做文昌鸡怎么可以用自来水？快重新打水来。"

星仔答应着，转身就把自来水倒了，要去接直饮水。邹师傅又发话了："直饮水也不行。"

"师父，二十七层过滤的纯净水噢，直接喝都可以的，这样也不行吗？"

"用过滤纯净水是让客人安心。但是水至清则无鱼，太纯净的水少了好多矿物质，是没有灵魂的。要用那边专用设备存储起来的山泉水。"

看着星仔改了方向，林佳茵却等不及了，盯着邹师傅说："邹叔叔，快点取鸡蛋啦。是不是真的有那么神奇？"

其实，邹师傅口不停，手也一直不停，在鸡身上捏弄着。这会儿注意力回到鸡身上，面带微笑，很是轻松自如，甚至对林佳茵说："细妹，你老窦应该教了你不少东西。我又来考考你了，鸡春为什么要叫鸡春，不叫鸡蛋？"

"邹叔叔好过分哦，连我都要考——不过，难不倒我。我爸跟我说过，蛋离开母体，就叫蛋，蛋尚在母腹中，就叫春。因卵是母体精华所凝，由一枚小小细胞长出心肝毛爪完整小鸡，如春天催发万物生长，所以叫鸡春。不光如此，鱼、鸭、鹅，都有这个叫法。说起来，鸡春比鸡蛋的营养价值更高，因它表面有卵衣，也就是尚未硬化的蛋壳，里面含有丰富的钙质以及别的营养物质。我们可以吃鸡春卵衣，却不好硬吞蛋壳啊！"

今天的邹记后厨可真的热闹了，师傅们边忙着手里的活计，边支棱着耳朵听着邹大师傅那边的动静。那些徒弟瞅着空子，就往前面钻，都要看邹师傅如何合浦采珠。

"这鸡春也有讲究的，又是另一道菜了。三只鸡春就叫'连中三元'，四只就叫'四星报喜'……最多的是九只，叫'久久归元'。"辉仔代替了邹师傅，在旁边讲解着，或者说，在背着书，眼睛也是一刹不敢眨地盯着正在用尖刀探入白条鸡体内取卵的邹师傅。只见邹师傅寸着劲儿，挑出头一个鸡蛋，林佳茵一瞧那果园鸡初生蛋的品相，不禁赞道："壳软脂白卵流黄，初生鸡春赛凤髓。

这东西可是大补之物啊。咦,第二个也出来了。哇,这色泽好完美,金灿灿的!"

一瞥眼,发现程子华举着摄像机的手在抖,说:"老板,需要我帮你拿着吗?"

"好啊,你拿着,我正好做笔记。"程子华不客气,把摄像机递给林佳茵,又从裤兜里拿出一支录音笔。林佳茵说:"都有摄像头了,为什么还要用录音笔?这不是脱了裤子放屁,多此一举吗?"

程子华说:"这道菜我之前没有在网上查到过,刚才那个高个儿男人还说,有本书叫《粤菜三十六道散手》?我一会儿要跟他们做个专访,记录好这些……definition(定义)。"

"定义?"林佳茵听懂了最后一个单词,讶然,"你这是准备回去写论文吗?"

没空儿搭理她,欢呼声、惊叹声又起,大家伙注意力全都在邹师傅身上。白条鸡旁边的碟子上,整整齐齐地放着一串九个由大到小的鸡春!邹师傅擦着手,眼睛盯着那完好无损、表皮都不破一点的鸡春,对星仔、辉仔和阿荷说:"慢探手,轻挑刃,廓清肌理,不疾不徐,自可覆巢之下取完卵。明白了吗?"

得到徒弟们齐声应答之后,邹师傅又一次驱散人群:"快点去做事啦。今天真是反了天了。"

"师父,菜已经出完啦,就连要送的果盘都切好放前面了,直接传菜就行。"

"对呀,就行行好,让我们也开眼嘛。"

"手学不会,眼睛见过也好啊。"

徒弟们纷纷恳求,听得程子华都心软了,帮着说:"在厨师学校里,大厨也会允许所有学徒一起参与学习的,你要,要be fair(公平)。"

很给林佳茵面子的邹师傅,这会儿很不给程子华面子,摇头道:"不行,晚市虽然快收尾,保不齐会有迟来的客人。他们可都是冲着我家地道食材明炉热炒来的,可不能拆招牌。"

"行了行了，都回去做事。谁的功夫火候到家了，谁就可以来学！"邹师傅注意力回到鸡上，"刀来。"

从墙上整整齐齐挂着的三排型号大小功能不一的刀具里，准确取出八号刀，阿荷转手把菜刀递给邹师傅。这是一把剔肉刀，邹师傅手擎尖刀，目及鸡身，刀尖而触，足履用力，唰唰作响，邹师傅的动作似乎有节奏般，进退自如，厨房内寂然无声。

程子华说："天，这刀功也太高超了吧！"

阿辉说："做文昌鸡，也有很多流派的。有些人只拆鸡肉，不拆鸡皮；师父这一派，除了拆鸡肉，还整鸡蜕皮，名叫'朕与将军解战袍'。在刚才取卵时，通过特殊的手法，已把鸡的关节脱松，正式落刀的时候，刀锋顺着鸡的肌肉纹理游走。就连鸡肉和筋络、皮肤相连的地方，也都是一刀两段。你看师父动作慢的地方，就是到了特别结实的骨肉相连处了，那就要'凝神静心手快'。这样顺着切，可以最大限度减少对肌肉纤维的破坏，到时候摆盘看起来，还是完整一只鸡，既美味，又美观！"

"何止啊。"星仔提着山泉水，在旁边插嘴，"最牛的还是根本不伤刀啊！别看那把刀看起来很新，实际上啊，比师父年纪还大哩！在这把刀底下拆过的鸡，可以装几艘货船了！可是那刀刃还是纸一样薄，锋利无比，第一是因为这套刀材料难得，第二就因为讲究刀法，不用蛮力切筋肉，不使蛮劲斩大骨，所谓顺势而为，方法得当，就连刀，都特别耐用。"

说话间，邹师傅已经把鸡拆解好了，庖丁解牛神乎其技，除了鸡身上有个半寸许长的刀口之外，外皮细腻完好不破损，不见半点乾坤。旁边的徒弟们大声叫好！很是满意地打量着自己的杰作，邹师傅头也不抬："星仔，整个厨房都是你在呱呱吵……山泉水呢？"

星仔嗫嚅："师父，山泉水早准备好啦！我这次没有贪看功夫而做错事噢！"

扫一眼那山泉水，邹师傅眉头才略一皱，星仔立刻明白地转过身："冰块！冰块！"

邹师傅说:"知道怎么做吧?"

"知道!"

过一会儿,星仔拿着一桶冰走回来,没有直接把冰块往山泉水里倒,而是把冰块倒进一个略大的桶内,再把装着山泉水的锅坐了进去。邹师傅点点头:"直接用冰块易食伤肠胃,只用冰块搁套筒里取其凉意,同时不使泉水受污染,这就对了。"

把白条鸡放进高汤里浸熟,再放冰水里过冷河,每一个步骤时间掌控极其精确。邹师傅说:"记住,三冷四热,品人间冷暖味。欲擒故纵,知诸葛擒孟获。知道诸葛亮七擒孟获最后得了什么吗?"

程子华说:"……总不会是得了只鸡?"

邹师傅哈哈乐了:"小帅哥,刚才听见你讲英文很标准,肚子里一定很多洋墨水了。不过呢这次你错了,七擒孟获得的是个'服'字。文昌鸡是粤菜里的一道精品,旧时是奉上状元郎席面上的,如今也是接待贵客才用,所有一切这些加在一起,就得让客人吃得服气。服口味,服韵味,服刀功火候,服人情世故,服心之所向,就好比那孟获被七擒七纵之后,稽首顿拜诸葛孔明,从此南疆服汉家。"

手里随意转动着高汤里的白条鸡,使它加热均匀,手法圆转如意,随心所欲,邹师傅娓娓道来:"第一热,知晓江湖路远须谨慎。第一冷,明白人情更赛春冰薄。第二热,知晓山外有山懂谦虚。第二冷,明白世事如棋局局新。第三热,知晓心广体胖能容人。第三冷,明白人善被欺须棱角。第四热,知晓人贵自知要修身。"

三冷四热过后,白条鸡已熟,鸡皮变成淡黄,散发出浓郁香味。

邹师傅对阿荷说:"取鸡肝来。"

阿荷说:"师父,一只鸡的鸡肝不够,用其他鸡肝取两副来行不行?"

"凑合吧,只是那些鸡杀了有几个小时,这样风味就略逊一筹了。"阿荷很快从那些三光鸡处取来了鸡肝，邹师傅说："你来把这些鸡肝切成薄片，自己选刀，切出来的鸡肝片透光能视物，整张不许断。"

另一边，看守冷库的阿伯倚在门前，沉迷收音机里的讲古："前文再续书接上一回……"

头顶落下一道高大的黑影，阿伯睁开眼睛来："辉仔，缺什么料啊？"

"师父说，要用冷库里头，二十年陈的那条至尊火腿。"

阿伯一下摁掉了收音机，瞪大眼睛："那条火腿……好贵的哦！不但贵，而且有钱现在也没处买了啊！"

阿辉说："是啊。快点拿出来吧，师父等着用呢。"

披上军大衣，把自己裹得厚厚的，阿伯打开冷库门，整个仓库弥漫着食品的味道，或许有陈年的海味，或许有陈年的火腿，还有所有岁月积淀出来的味道都融合在一起，让人闻来的时候，仿佛置身在岁月的长河之中。

走到最深处，一排完好的火腿悬挂在横梁上，每一条火腿上都挂着标签。郑而重之地取下了一条挂着金色标签的火腿，阿伯有些恋恋不舍地道："二十年陈的好腿啊，手摸过都留香。金华火腿也好，湖南熏腿也好，每个人做的路途都是不一样的。所谓火腿，不过是用火取其味；所谓风腿，不过是用风具其形。不知道今晚是谁那么好口福，真是撞见食神了。"

阿辉深表赞同，说："谁说不是呢。先不闲聊了，师父等着用呢。"

宝贝似的取了火腿，阿辉回到厨房里，邹师傅说："阿辉，你知道要切哪个部分吗？"

对今晚的大考已适应，阿辉流利地说："真正的好火腿，应取靠近骨头部分。四方不过三寸。见油不见脂，见肉不见筋，色泽当红润。"

邹师傅微微点头，取出刀来，一刀下去，切出一个口子："你们看这火腿颜色。"

这回插话的是程子华:"听闻最好的火腿经过岁月发酵之后,会产生非常丰富的营养物质,口感更是丰盈饱满,无与伦比。这个火腿红色就像保加利亚玫瑰一样润红,润而不油,肉质紧致细腻。嗯,我已经很想咬一口了。"

邹师傅乐了:"不愧是浸过咸水的,识货。这个火腿确实可以生吃——但不是现在。这还没切好呢,别心急啊。"

眼瞅着那边阿荷的鸡肝已切成片片巴掌大的薄片,一片一片整齐叠在盘子里,就像那古老的贝叶经经书。邹师傅微微点头:"一叶障目不见泰山,泰山不动如仁者独乐其乐。心定如水,手稳如山,这刀功也就到火候了。"

回头看向阿辉,阿辉已经知道师父这次要考自己什么,从刀架上抽出一把尖刀来,开始动手。屏息静气凝神提腕,那火腿看着紧致结实,阿辉落刀下去却很轻松。邹师傅问:"现在是什么感觉?"

"像切沙子。"

"那就对了,继续。"

刀刃离开以后,火腿分开了,放在旁边静静地躺着,在灯光下面反射出一种让人喜欢的光芒。邹师傅拈起一片火腿,说:"这道菜里切的火腿,每一片的厚度不能超过一毫米,这样子的话才能够把火腿的咸味和鲜味融进去,但是绝对不会喧宾夺主,这个叫作君臣佐使,主次分明,各司其职上下无怨。"

眼巴巴盯着那有钱都买不到的火腿,林佳茵馋涎欲滴:"邹叔叔,先给我尝尝鲜呗?"

白了她一眼,邹师傅笑眯眯又微带生气地:"馋猫。现在还不能吃。所有火腿拿出来切开之后,要先散风。不然的话,风味发挥不出来还在其次,在冷库里挂了这许久,你啊呜一口吞了就不怕闹肚子?"

林佳茵嘴里说得馋,实际上很听劝:"好,那就先不吃了。不过,散风又要怎么散?拿风扇吹吗?"

邹师傅认可了林佳茵的办法,但光是用风吹就太急了。心急吃不到好火腿，还要做点功夫，等这条在冰库里睡了二十年的火腿，回回魂。他命徒弟阿星准备木炭冰块，冬天打鸡煲用的红泥小火炭炉都是现成的，放入荔枝木炭，随着炭火愈旺，渐渐地弥漫出一股清香。邹师傅说："春有兰花秋有菊，夏啖荔枝不怕火。冬日无雪也无晴，满天冰霜赛银河。风扇前面放五分钟的炭火，再放五分钟当年的胎菊，最后放五分钟的冰，让它重回一趟四季，这块火腿才够'醒'过味儿来，可以摆得入口。星仔，你平时最坐不定的，这桩水磨功夫交给你了，能做到吗？"

星仔一口答应！另一边，阿荷切好了所有鸡肝，邹师傅一张张检查过了，觉得可以了，就浇上滚水。把薄薄的大片鸡肝张开在架子上，用开水往下淋，林佳茵瞪大眼睛看着，也不过五秒钟，眼瞅着那鸡肝刚断生，邹师傅说："行了，再烫就过头了，肝属木，当舒展，当嫩滑，当平顺，如新妇过门，小乔初嫁了。要是成了'煲老藕'，那就没吃头了。"

程子华转头问林佳茵："煲老藕什么意思？"

林佳茵羞红了脸，眼光闪避着程子华："自己回家上网查去……"

用手里的炒勺在锅边缘轻轻敲了两下，邹师傅把已解好的鸡肉、鸡皮、鸡肝和火腿层层夹好，仍旧摆成有头有尾、振翅欲飞的模样。衬盘是一圈鲜莲子，新鲜从莲蓬里剥下来灼熟围一圈，琼白如玉。欣赏一番自己的手艺，邹师傅颇为感慨："好了，现在到最后工序啦。勾个玻璃芡，这道文昌鸡就算是做成了。芡汁用原汤，颜色要清，味道要鲜、甜、淡，浓一点都不行。"

程子华问："为什么？"

"古方留下的粤菜嘛，以前哪里有现在这么多浓汤宝、鸡精、高甜度的糖、各种浓度的酱油？靠的都是食材本味，清清淡淡的，让人吃了还想吃，齿颊留香。"说话间，邹师傅已把原汤煮开，快速放入味料，再用剁碎了的鸡肉蓉一收渣末。待撇去浮沫之后，露出的芡汁晶莹剔透，澄澈如镜。

勾淋芡汁上盘，顿时如锦上添花，熠熠生辉起来。

"状元楼上状元郎,红花一朵贺满堂。文昌星前献文章,文昌鸡出百味羞。"就算是饭店后厨办公室里临时整理出来的饭桌,摆上这么一道古意盎然的文昌鸡,愣是有了宴席的感觉。上好菜之后,邹师傅对林佳茵说:"客人第一次来我们这儿,吃的又是文昌鸡,细妹,你要来为客人介绍一下怎么吃了。"

林佳茵说:"好啊。"

夹起一颗摆盘的莲子,放到程子华碗里,程子华咬了一口,皱眉:"苦的……这莲子,没有去心?"

林佳茵说:"别吐,咽下去。莲子心是一味珍贵药材,可以清心火,除烦闷,莲子心是个收敛东西,这中了状元,平步青云的人啊,寒窗苦读无人问,一朝中举天下知,人就未免飘了浮躁了。一颗莲子清心火,忆起十年寒窗苦,这是忆苦思甜,定定神,才好接着吃下面的好东西啊。"

程子华赞许地微微点头,咀嚼咽下口中的莲子:"苦过之后,有一阵回甘,嘴巴里味蕾好像全部打开了似的。"

"接着呢,就要吃鸡春了。"林佳茵说,只见那九个从鸡腹中取出的鸡蛋,按照从小到大的规律,夹在一株青绿植物中。程子华见那植物笔挺笔直的,征询地看向邹师傅,邹师傅说:"这是芝麻,芝麻开花节节高,说的就是它。吃这道久久归元呢,就要从最小的一个蛋吃起。"

等到那小指头大小的蛋放入口中,程子华不禁叫道:"这味道……里头还放了肉?!"

邹师傅说:"是的,把蛋皮挑破,放出里面的卵黄,再将一定比例的肉胶酿进去。这是蒙童入学交束脩,拜师启蒙'三百千',卵黄含有丰富卵磷脂,适合孩子食用。古时候学生开笔礼上拜孔子,写'人'字,才算正式入学开始启蒙,那时候的蒙童就如这小小的鸡卵酝酿巢中,充满无限可能。"

程子华吃掉了那颗酿鸡春,说:"这菜,吃的不单是味道,还有它的意头……那么,久久归元,到底是给谁吃的呢?如您所说,又是启蒙,又是拜孔子的,应该不是给状元的吧?"

邹师傅说:"孺子可教,这是谢师菜啊!教出状元郎,难道他的先生就不值当专门一道菜?在过去,席面上规矩多,一道菜下来,新科状元一步不得错,错一步就会被人笑话不懂规矩。可是现在哪儿还有那么多规矩,就像这久久归元吧,在过去,你刚才吃的那个最小的蛋,是要塞翠鸟舌的。"

程子华惊讶了:"这……也太珍贵了吧!!"

"现在当然不行了,翠鸟已经是保护动物了嘛。所以呢,我们的传统美食里,取其精华,好的传统继续发扬,不好的就要改革。做一些既传承又创新的好东西来,才算上对得起祖宗,下对得起子孙,中间还对得起自己面前的炉火案板和菜刀啊。"邹师傅说,"好了,这道文昌鸡和久久归元呢,你们自己吃吧,我不打扰了。细妹,你记得文昌鸡还有什么要注意的吗?"

林佳茵响亮道:"记得!不能贪嘴,少食多滋味,六六大顺,吃够六块就好停筷子了嘛!"邹师傅微微点头:"行。细妹记性好,阿茂识教女!"

一句话,赞得林佳茵眉开眼笑的,又叙过了别,邹师傅带上门走出了办公室。程子华说:"稍等,既然不光做有学问,吃也有,等我把设备都开起来。"

林佳茵等他把家伙都插好电摆起来了,才说:"既有师生之情,也就会有同窗之谊,可是呢,科举又很残酷,何止千军万马过独木桥那么简单。三年一考,才取得一个状元,独占鳌头。金榜揭晓的时候,是几家欢乐几家愁,所谓'同窗学友三五位,冠带朱紫吾一人',这鸡头当之无愧是给状元郎吃的。记得破头取脑,蘸芥汁,这鸡脑子口感肥美丰腴,仔细品尝,齿颊留香。"

"鹏程万里今日始,登天路径步步难。鸡翅烹调得法的话,家常吃的蒜蓉鸡翅、可乐鸡翅、红烧鸡翅,皮多肉少容易入味,老少咸宜着实是好东西。至于鸡腿,就不用说了,是一只鸡的精华所在。古时读书人,不但读万卷书,一旦得幸中了乡试,便即取得进京参加殿试的资格,是为'天子门生',就要开始行万里路,上京赶考。两条好腿子必不可少,吃个鸡腿,让状元郎回想起当日连中三元,步步过关的艰难,那是不亚于关二爷过五关斩六将啊。"

程子华各样尝了一小口,仔细品鉴鸡中诸般滋味,慨然动容:"这么说来,我想起当时我申请大学的时候,除了准备A-level考试之外,还专门准备了一篇关于本专业的、三万个单词的论文。查过的资料堆起来比人还高……"

林佳茵说:"所以,你也是状元吗?"

程子华道:"国外没有这么一说。但是我们都想当优胜者。"

"好吧,国外的事情我不了解。我们继续吃鸡。"林佳茵夹了一块鸡胸肉,"考了状元,授了缺,就能够做官了。做了官之后,千万要做好官,本心莫忘黎民苦,为官自然如水清。一片鸡胸肉,里面夹了肝片、火腿,尝一尝这错综复杂的滋味。最后点一点玻璃芡,看这芡汁如水清,那是希望状元郎可以做个青天大老爷啊。"

把图像和语音资料一一保存好,程子华按照林佳茵提点的那样,用筷子头点了一点玻璃芡,结束了这顿饭。见他陷入沉思中,林佳茵拿眼偷偷瞄着他,忐忑地问:"老板……难道有什么地方不满意吗?"

程子华说:"嗯,好吃是好吃,顶级是顶级。毫无疑问,这道文昌鸡做工、用料都是上上之选。不过,制作这道菜,用时要多长?刚才师傅说他练习了多少年……二十年?如果全凭老师傅口传身授,凭的是眼力和手头经验,就连教授学生,都要进行特别筛选,这样的菜式要怎么才能够制式化——我的意思是,According to the standard procedure?"

暗暗庆幸自己大学成绩还过得去,林佳茵听懂了:"按照标准程序?您什么意思呢?难道说,做个文昌鸡,还要像洋快餐那样,5克盐,200克鸡肉,下锅炸3分钟再起锅开卖?"

程子华竟点头:"Right!(对)"

林佳茵不敢苟同:"精品粤菜如果能够量产,怎么能叫精品呢?功夫菜功夫菜,难道师傅二十年经验锤炼出来的精品菜,随便就能让一个刚学拿锅铲的毛头小子做得到吗?"

摇了摇头,程子华两手交叠在桌面:"不是的,正所谓'人治不若法治'，多公平聪慧的君主抵不过一部《民法典》，同样道理，经验再丰富的厨师，也精密不过设定好的程序。如何用现代人能够接受的速度去做出比如文昌鸡这种传统美食来，做到可以开枝散叶口味没有出入变化的，才有前途。"

林佳茵一时给哽住了，程子华的话，细听似乎有道理，但槽点太多没法儿吐。最终千言万语汇成一句话："老板，你说得有道理。"

扭头小小声自言自语："你给钱，你都对。就是糟蹋了我的好鸡！"

…………

"姐，你说，那人是不是有毛病啊？"

晚上，关了灯，房间里黑黢黢的，睡又睡不着，躺在自己的单人床上，确认对面的林小麦也在翻身没睡着之后，林佳茵忍不住朝着林小麦吐槽起来："要吃鸡，要吃好鸡，我就带他去邹叔叔那儿吃文昌鸡啦。把老脸都豁出去了，谁知道那香蕉人竟然说什么，'好吃是好吃，要把工序程序化'，那不是瞎子教画画，胡扯吗？"

林小麦说："话说回来，我带麦希明出门，也是专门找特色的地道早点，他吃得仔细，问得也很仔细。我想起来投简历的时候看过公司，立行在国外是做中餐起家的。会不会是打算推广中厨到国外去？这么说倒是能够理解了，我们这边做菜是凭经验的，比如说，从前铺头还在的时候，爸爸煮牛腩，基本上就是说，煲好这煲牛腩，用厨房里挂着那个老瓢来量料，该下多少八角多少香叶多少桂皮，诸如此类怎么搭配，那比例也是在爸爸心里。我们两个天天看，从小看到大，到现在也不敢说煲出来的牛腩有爸爸十足的功力。这样放在国外是不行的吧……"

"对对，"欣然借着姐姐的话头，林佳茵顺着思路往下捋，"就用老外心目中地位最高的米其林餐厅评选标准来看，我读专业课的时候翻过资料，要评米其林星级，从历史沿革、服务质量、厨房管理、选料标准都有明确的规定。并且最为重要的一条标准，就是出品要制式化。"

林小麦翻了个身:"米其林?路边早餐,能进米其林吗?"

林佳茵说:"应该不会走低端的,我看那公司是要走精品路线,在高端市场里捞钱吧?二八定律我们都学过的啊,在头百分之二十的客户那里去赚钱。"

林小麦说:"如果不是跑市场的话,那个老板为什么要满大街小吃店地试吃?我觉得他们以后的业务重心一定在平民路线薄利多销上,只是相对那些网红品牌比较注重口味罢了。"

"不对,肯定是做高端的,你想想,卖一只文昌鸡能顶多少碗牛腩粉了?而且我们这儿还有无数的功夫菜精品菜没有带他们去吃呢!要是真的把这样一个精品复古粤菜保留下来了,那些土豪还不排着队来吃啊?"

"嘿,你说不对就不对吗?薄利多销也没什么不好的啊,我们这儿早餐的市场多大?做好做细,打响招牌,那是细水长流源源不绝的买卖啊。"林小麦说,"再说了,你自己不也说了吗,文昌鸡那种菜,他们想要弄程序化来做……那不白瞎?"

林佳茵说:"姐姐,我只赞成你最后那句话,想要绕过人工进行彻底的中餐程序化,那就是毛病。至于前面的……保留意见!"

林小麦还想再说话,床头手机忽然亮了。从被窝里伸手拿起手机,林佳茵就问是谁。把手机倒扣好,林小麦说:"是麦希明在群里说要吃肠粉呢,这活儿我来干吧。明天你到医院陪老爸。好了好了,睡觉吧!明天抖擞精神干活儿!"

第五章　竹匾肠粉，俗世功夫

"一年之计在于春，一日之计在于晨，一天早餐没吃好，走路不稳人无神。"

麦希明说："林小麦，这是你瞎编的吧？"

"对呀，就是瞎编的。"林小麦微微一笑。

天才微微亮，绿蕉街街口的"阿银"肠粉档已冒出袅袅白烟，水蒸气带着肉香和米粉香，弥漫得半条街都是。档口停着一辆三轮车，穿着大围裙的中年男人正在把东西往车下搬。林小麦打了声招呼，带着麦希明进了店："银姨，今天我要吃你的竹匾肠粉哦。"

在透明玻璃厨房里，站着一个穿着围裙的中年妇女，长得平平无奇，朗声笑道："是小麦啊，今天的竹匾还没有蒸好，你要等一等啊！"

林小麦看了一眼麦希明，麦希明毫不犹豫点了头。两人进店坐下来之后，麦希明说："我要吃肠粉，布拉肠或者卷拉肠都行。怎么你会给我弄个竹匾出来？竹匾，又是什么？"

林小麦指了指厨房里，说："在那边的大灶上蒸着的，就是了。"

原来沿着肠粉店厨房里头，贴墙砌了一口柴火大灶，上面架着已被多年蒸煮浸润得油光水滑的大铁锅，一锅水沸腾不休，上面叠罗汉似的，叠着油润发亮的竹匾。麦希明脱口而出："这东西，不是村子里人用来装东西的竹匾吗？原来你说的是这个啊？这个东西和肠粉又有什么关系？"

"关系大着呢。"林小麦微微一笑。她走进厨房，对银姨说："银姨，可以借你一个竹匾看看吗？"

"可以可以。要小心点，别烫着。"银姨说道，她正忙着磨米。两个桶，里面装着已泡好的米。麦希明只看了一眼，说："一边是长而细的丝苗米,一边是圆胖的珍珠米,丝苗米香,珍珠米弹牙。是不是用来磨米浆的?"

银姨惊讶了:"咦,后生仔是个行家哦。不止这样,桶里的米在泡发之前,按照三陈七新的比例搭配好了。新米水汽大,磨成米浆米香不够浓郁,必须掺一些陈米才行。再用传统石磨来打米浆,这个粗重功夫,一般都是我老公做。"

麦希明和林小麦让开一条过道,那个从刚才开始就一直沉默做事的中年汉子穿过二人,来到石磨前,抄起葫芦瓢舀米倒进石磨里,看他动作如同行云流水一般,麦希明就知道这男人肯定已经做了几十年,是真正的老师傅,丝苗米和珍珠米的比例,一勺准。仿佛猜中他的心事一般,耳边传来林小麦细细声补充说明:"一斤米八两水,老板一勺一个准,误差不会超过一钱。米浆打完还要'停'两分钟,这样做成肠粉才够顺滑。"

竹匾蒸好了,竹子的清香满布厨房。林小麦取下一个来,展示给麦希明看:"这些竹匾用的广宁琴丝竹编成,你看,这儿还能看到琴丝竹表皮特有的金丝银线斑纹。好的竹编匠人,能够把匾底编得细密,说是滴水不漏是夸张了,但倒水进去,能停留个十分八分钟,完全正常。银姨这些竹匾每过半年就换一批,竹子香味散尽,就不能用了。"

麦希明夸了一句林小麦知道得多,林小麦就道:"我家也开早餐店,你有所不知,洋城可以说是餐饮业的修罗场,单单一个早餐,竞争惨烈到什么地步。能活一定岁数的老字号,谁不是削尖了脑袋想出品?味道稍微不对,老食客转天就走了。"

"好吧,你别玩人家的揾食架罉了。我们准备尝味道吧。"麦希明从林小麦手中取过竹匾,还给银姨。银姨接过那竹匾,放到一边去,看样子今天是不打算用它了。他走回位子上坐下,随手拆了一对一次性竹筷子来,漫不经心地把玩着,视线不离开银姨:"既然是独门秘方,那么竹匾怎么做肠粉?"

林小麦神秘一笑,做了个"看就知道了"的嘴型。然后吊高嗓门:"银姨,我要一份斋肠、一份牛肉肠加两个鸡蛋,再要一份排骨肠粉！"

"好嘞！斋肠要加菜吗？"

"什么都不要。"

"行！"

林小麦跟麦希明解释，她平时很少吃斋肠。不过今天想让麦希明尝尝本味，才点了它。炉火正热，水温刚好，银姨抄起长柄大铁勺，舀起两勺米浆倒在竹匾上。身子前倾，借着力，左手如拨云弄月，一个漂亮的圆弧转圈，一"泛"一抖，米浆均匀挂在竹匾底部，半点不漏。林小麦略带骄傲地对麦希明说："看到了没，银姨这手功夫，是跟她妈妈学回来的。老银姨做了四十年肠粉，一直做到做不动为止，从来没有用勺子和粉刮刮过竹匾底，光凭泛、滚、翻、转四手功夫，能够把一竹匾的粉浆挂好。"

麦希明问："这算不算是功夫？"

林小麦愣了一下下，说："如果你觉得是，那就算是呗。反正要把挂浆泛浆的手艺练到家，腰、腿、肩、腕的力气，少一分都不行。也算是练功吧。"

国外的人受李小龙的影响，觉得所有的中国人都会功夫。可事实上麦希明觉得所谓的功夫，大多数类似于健身操之类的运动。养生保健足够，实战起来，未必打得过拳击。虽然武侠小说里什么降龙十八掌之类是小说家瞎编的，但是西江边上，一直有学武术的风气。远的不说，眼前的阿银，就是正经食过夜粥①的！

这条绿蕉街，跟红荔街不一样，红荔街上本地郎，绿蕉街上来佬货，这里的人都是国营工厂的工人，有瓷器厂，有纺织厂。那时候白天工厂做工，晚上就搞民兵训练。最出名的，是金银双妹唛，也叫绿蕉街两朵花。金花蔡李佛，银花虎鹤拳，都跟师父学过的，还在武术大赛上拿过奖！

有晚，几条烂仔跑来骚扰纺织厂的女工人，阿银正好路过，听到有女孩子尖叫。她二话不说停下了自行车，捡起过路人家门口煤

---

① 食过夜粥：广州俚语。原指习武或有两下子功夫的人。现多指在某方面有专长或者经验的人。

炉旁边的火钳子，钳打下山虎，脚踢过江龙，几个身高力壮的大只佬被她打得抱头鼠窜……阿银还了人家火钳，第二天继续上班。还是那两个女孩子父母把锦旗送到了工厂里，大家才知道她做了好事不留名。就是那一天，让银花一战成名！

后来金花银花都出来干了个体户，金花是个多面手，周身刀，张张利。煎炒焖煮炖，选洗切剁砍，从选料入货到做菜单，样样在行，所谓庙小容不下大方丈，这条小街小巷又怎么能够留得住金花这只金凤凰？她的早餐店越做越大，积下第一桶金之后，金花就找到门路过了大海，在西九龙开了个茶餐厅。用功夫做噱头，叫作"功夫茶餐厅"，好多明星名流去打卡，还上过好多电视报纸，名扬四海！

然后阿银呢，厂子没了之后，就回来跟着上一代老板娘，学了这一手竹匾肠粉功夫。

"你别说，青出于蓝而胜于蓝。自己食过夜粥，又得了老妈子真传，阿银的肠粉，冇得弹。"此刻，给他们讲这段往事的是隔壁桌的老食客，说到酣畅淋漓处，忍不住高声叫，"阿银，来份招牌酸梅酱！"

麦希明发现了，粤地早餐店，食客自来熟搭讪，是普遍现象。粉香扑鼻，由远而近，银姨的竹匾肠粉还没上桌，香味就飘过来，勾人食欲。银姨一边给林小麦和麦希明上菜，一边扭脸骂那老食客："老熊，整家店都是你的声音，陈芝麻烂谷子的事都翻出来讲，有得吃都塞不住你嘴巴！"

她把巴掌大的小瓷碟放到老熊桌上，碟子里是数得清的几块排骨。酸香混合肉香，味道很清爽，酸梅酱里还拌着成块梅子肉，色泽红润。老熊挨了骂，也不在意，乐呵呵地夹起一块排骨送进嘴巴里嚼起来。

接着，银姨把一碟热气腾腾刚出炉的肠粉放在了他们桌上，麦希明问道："我记得我们点了三碟肠粉。一碟斋肠、一碟排骨肠粉，还有一碟牛肉肠加两个鸡蛋？"

银姨说："竹匾肠粉只能一碟一碟地上。由简单到复杂，先做了斋肠，我这就给你做牛肉窝蛋的。你们有食神啊，昨天晚上我乡下亲戚才送了两斤走地鸡初生蛋来，那些走地鸡养在果场里，平时捉虫吃草籽，养足130天才出栏，生出来的鸡蛋都在草丛里，要人工捡回来，每天爬山捡蛋都得走两万步咧……"

林小麦听得眉开眼笑地连声催促，银姨说："好啦，好啦。老熊，你听到没，靓仔靓女两个人要三碟粉，你今天就要多等一会儿啦。今天这碟排骨我送你当补数。好不好？"

"好，好，好。那我怎么好意思啊？你家小本生意。"老熊欣然答允。银姨嗔怪着说："瞧你说的，一碟排骨还是请得起的！"

像是叫一番话语勾起了心头回忆，银姨左手一抄长柄大铁勺，舀起大半勺米浆后猛地一抖手腕，勺内米浆如同长鲸喷水一般，笔直朝着半空中泼了出去。也不等林小麦与麦希明惊呼出声，银姨右手一排竹匾，斜侧着宽大的竹匾朝着骤然坠下的米浆一抄一晃，半旋身子将兜住了米浆的竹匾稳稳放进了锅中。

吊着嗓门叫了一声好，老熊口中啧啧有声地赞道："银河倒挂金匮收，这一手功夫，阿银可是好久都没露过啦……后生仔，你们不但有口福，更是有眼福啊！"

眼见着不过片刻工夫，肠粉便堆在不锈钢碟上，恰如浪花叠起千堆雪，莹白细腻，裹着竹子清香……被银姨神乎其技般的手法震惊得双目圆睁的林小麦，忙不迭把筷子和一次性环保碗放到麦希明面前，朝着同样看得目瞪口呆的麦希明说："我忘记跟你说了，斋肠要搭配银姨独家做的酸梅酱吃。喏，就是那个蒸排骨的酸梅酱。酸梅酱可是银姨店里的绝活儿，好多人专门从别的地方开车来，也是为了吃这一口。之前我爸爸眼馋银姨的酸梅酱，想要买配方，结果没搞成。我们姐妹俩馋了，也只能到店里来吃……"

麦希明感到奇怪："为什么没搞成？"

林小麦说："这个酸梅酱做法和别家酸梅酱一样，难得的是她的原材料。银姨老家山里，长着品质最好的'麒麟梅'。那麒麟梅名气不显却好吃，皮薄馅大，产量很低。因为皮特别薄，稍有不慎就碰坏了。坏了皮的麒麟梅，不好卖也不好存放。当地人就学会了一手做酸梅酱的绝活儿。银姨把麒麟梅酱带了出来,我们家又哪里有渠道去找正宗麒麟梅?所以我爸爸就放弃了。来吧,快尝尝。"

她把石湾陶瓷调料罐上刻有"梅"字样的盖子打开,敞口大肚的罐中装了大半罐质地浓稠厚重、泛着光泽的酸梅酱,林小麦用定制长柄小瓷羹,沿着罐底来了个海底捞月,捞起来一颗梅子核。她笑眯眯地说:"梅子皮、梅子核味道都带苦,一般的梅子做酸梅酱会有个开水冲泡,去核去皮的步骤。唯独麒麟梅,因皮太薄,苦味不明显。核极小,索性不用去,整个做酱。古书记载,梅核仁有清暑、明目、除烦功效,保留了皮、核的麒麟梅酱,除了开胃爽口解腻之外,还能清肝明目……"

"什么都是清肝明目,那还不如喝夏桑菊?"听了麦希明的吐槽,林小麦也不生气,耐心解释:"关键是口感好啊。带着一颗颗梅肉的麒麟梅酱,真材实料有保证。"

麦希明给自己碗里的斋粉加了一勺麒麟梅酱,莹白的粉身配上浓稠红汁梅酱,光是配色,就够赏心悦目了。把梅核夹到一边,夹起一箸肠粉送入口中,就好像各种不同的香味,两两结伴在舌头上跳起了交谊舞,时而跳到"酸"字区,时而跳到"甜"字区,最后跳到"香"味区,层层爆炸,麦希明原本只打算吃一小口尝尝味道的,等回过神来的时候,发现自己面前的小碗已经空了。

麦希明看着对面笑得开心的林小麦,倒是坦然:"很好吃,真的很好吃。这绝对是我回国之后吃过最简单又惊艳的一道早餐了。"

"最早的肠粉,就是斋肠。竹匾、大灶、石磨都是百姓家里常备的东西。来吧,吃牛肉肠。"话音传来,银姨又从厨房里出来了,把新鲜出炉的牛肉肠放下,旁边的老食客小口多滋味地一边吃排骨一边看报纸,那碟排骨竟还剩下半碟子,银姨经过他的时候,他说:"阿银啊,老样子,肉碎蛋加多一个蛋,要最大份。"

银姨说:"知道了,他们还有一碟排骨肠没做呢!你再等等啦!"麦希明说:"银姨,老人家等很久了,先做他的吧。我们不急。"

一边说，一边又要去舀酸梅酱，手才伸到调料罐盖子上，被对面伸过来的小手按住，麦希明一怔，抬眼看着手的主人——林小麦。林小麦拿开他的手，笑道："一物治一物，青椒配牛肉。牛肉肠粉蘸酸梅酱，酸味夺走了牛肉味和鸡蛋里的蛋白质香味，不大合适，要用旁边的辣椒圈酱油。"

快刀切得均匀的青椒圈，浸在浓赤酱油中，用料扎扎实实的，林小麦舀了一大勺，手腕一抖，青椒天女散花般均匀落在了牛肉肠上，酱油迅速沁入粉体中，一股咸香扑面而来，林小麦说："这是刘备得了诸葛亮，唐僧有了孙悟空，辣椒圈可以直接吃，金标酱油的咸味早就融化了辣。看看麦总你在这一碟牛肉肠粉里，能吃出多少种味道来。"

麦希明反问："你这是考我吗？"

林小麦说："你是老板，我可不敢……"

夹破了肠粉，仔细对比，斋肠薄如纸，韧、透、亮、香。牛肉肠的粉体略厚，就像一段雪白膀臂，把牛肉紧紧抱在怀中。这略厚的粉既能兜得住牛肉，又能和蛋液融为一体，最后可以饱饱地吸收酱油汁。麦希明不禁又看了一眼厨房里忙活的银姨："两种口味的肠粉差异如毫厘之别，银姨却能精准把握，真的是没有几十年的功夫不行。"

"麦总，我的问题，你还没回答呢。"林小麦说。这次，麦希明把整整一份肠粉吃完，才品评："牛肉是五花趾黄牛肉，带着油脂甘香。土鸡蛋打入了米浆中，让米浆带着蛋白清甜。牛肉和椒圈一起吃是肉香满口中带着微辣，肠粉和牛肉一起，清甜加鲜。一碟肠粉，五种食材，能吃出十种味道变化，真是不简单。"

林小麦还没说话，旁边的老食客拍起手来，连连夸赞麦希明是识家，会吃！他如数家珍，介绍了好些地道小吃，什么河边粥、田头面、水边糍，每一样小点都有几百年历史，每一种味道都各有特色！老食客一边说，麦希明一边记录下来。等老食客说完，银姨也把他的肉碎加料蛋肠端上来了，放在老食客面前："上菜。吃早餐啦，今天在我这里耽误许久，不用去买菜接孙放学了？"

老食客微微笑,说:"见到后生仔女长得好看养眼,我老人家多说几句闲天而已……好好好,趁热吃,我不说话了。后生仔,以后常来啊。"

　　肚子已饱了大半,排骨难熟,又是另一道工序去炮制。据说要先炸后蒸,等的工夫长。左右看着街景,鼻端嗅着丝丝缕缕食物的香味,麦希明不由自主地伸展了腰身,用力伸了个懒腰。恰在此时,一只在店门旁打盹的狸花猫也拉扯着身子,大张着嘴巴伸开了柔软的身板。眼见此景,林小麦忍俊不禁,扑哧一声笑出来。

　　颇有些尴尬地讪笑半声,麦希明很是带着几分掩饰地拿起了上一轮食客遗留在桌上的一份报纸。只是粗粗扫过一眼报纸上花团锦簇的广告栏,麦希明顿时好奇地低声自语:"这两家酒楼……倒是有意思。"

　　探头看了看报纸上印着的广告,林小麦疑惑地皱起了眉头:"酒楼开张很稀奇吗?"

　　将报纸递到了林小麦面前,麦希明朝着广告栏努了努嘴:"看看这两家酒楼的地址。"

　　两家酒楼,在同一条街,门牌号还相连。那不是在隔壁就是在对街!开业时间还都是在上午十一点零八分,这摆明是要打擂台呢!

　　忙里偷闲地扫过报纸,听到了林小麦与麦希明低声议论的银姨接口应道:"都在抢吉时开铺,这可不光是打擂台那么简单,说不定就要当街斗彩!"

　　转头看向了银姨,麦希明与林小麦异口同声地说道:"斗彩?"银姨说:"就是斗菜啦!讨个好口彩,这才叫了斗彩。放在旧年间,斗赢了的宾客盈门,斗输了的……虽不说门可罗雀,名声上多少也要吃个明亏,有时候还会破财伤命!"

　　彼此间对望一眼,林小麦与麦希明都从对方的眼神中看出了想要前往这两家酒楼一睹盛况的念头……眼见早市已过,银姨放下了手中竹篦,顺势坐到了林小麦与麦希明身边:"你们年轻后生仔,生在平安世道,吃穿不愁、百事无忧,哪里晓得当年揾食艰难咯！"

很是灵醒地将银姨放在了灶边的粗陶茶缸端到了银姨面前，林小麦的话音里满是探究与好奇的意味："银姨，这斗彩左右不过是比拼厨艺高低，比输了最多就是技不如人，少赚几个而已，怎么还会有破财伤命的场面出现呢？"

抿了一口温热的茶水，银姨微微眯起了眼睛："旧时……也就是旧社会啦，能开酒楼的，哪个不是黑白两道通吃，身后盘根错节，站着各路神仙妖怪？就这些站在酒楼后面的人，又有几个拿厨房佬当人的？他们的面子大过天，厨房佬的性命薄如纸！能有斗彩的场面，都算是命数大过天了。"

抬手指向了街角的一间超市，被勾起了心头回忆的银姨侃侃而谈："听老人家讲古，那超市原来是一家叫沪上坊的食肆，为了赚到那些到洋城揾食的沪上人的钱，专门从沪上高价请了三个大师傅来料理厨房。可这样一来，就坏了另一家做本帮菜的酒楼火红生意。两厢不愿之下，都请了粤北的刀手，一夜间把两间酒楼五位师傅，全都装麻袋沉了珠江！"

不由自主地打了个寒噤，林小麦讶然应道："这么凶残？！"

爱怜地抚摸了一把林小麦的如瀑长发，银姨还没来得及开口说话，麦希明却是接口说道："这种事情……在檀香山的老人，也都说起过。乱世之中，平民百姓，挣扎求活都极其艰难。所以才有'宁做太平犬、不做离乱人'的老话。"

瞟了一眼麦希明，银姨赞同地点了点头："后生仔倒是还有几分见识。可哪怕是斗彩，这里面也都有不少叫人想起来就心惊肉跳的场面。就好比当年有两家做内堂菜的馆子，大师傅当街斗彩。一个拉了自己的大女儿的胳膊当砧板，在胳膊上切牛肉丝。另一个让自己五岁的独生子光着身子躺平，在肚腩上打鱼蓉。也不知道是哪个促狭鬼趁机捣乱，突然就朝着场面中间丢了个炮仗。那打鱼蓉的师傅心头一乱，手上失了分寸，生生一棒把自己独生儿子打到吐血。寻遍全城的大夫，一条命也没救下来。到头来……那错手打死了自己亲生儿子的大师傅也疯了，成日里在街头游走哭喊……"

叹息一声，银姨仰面看向了从头顶榕树树冠缝隙中洒落的阳光："还是如今好啊……只要肯落力，总能有口太平茶饭吃。哪怕是斗彩，也都不再出现这种惨事了。"

耳听着银姨细述从前旧事之时，对斗彩颇有几分了解，林小麦禁不住撺掇道："银姨，那今天这斗彩的场面，你带我们去看看呗？要是有看不明白的地方，我们也好问你。"

瞥一眼已经临近收档的铺面，银姨欣然站起了身子："也好！久不出街，去舒散舒散筋骨，顺便也见见老友。"

眼睛一亮，麦希明应声说道："银姨认识今天要斗彩的大厨？"

利落地解下了围裙，银姨摇了摇头："斗彩之前都有狮子采青的场面，这广告上的地址左近几条街，都是当年跟我一起学功夫时候的师弟打理规整。有了他帮衬，找个能看明白斗彩场面的位置，也就不愁了！"

行至酒楼门前，狮子采青已近尾声。眼见着两头南狮不分伯仲，齐刷刷采下了挂在高杆上的一株水灵灵的生菜，麦希明顿时喝彩不迭："好厉害的采青功夫！上次见着这样的狮子采青场面，还是几年前在大都会唐人街，一家金铺开张的时候。我依稀记得……这个叫采'山上青'？"

话音落处，一声笑已在麦希明几人身侧响起："哈……这可不是山上青，这是天上青！哎哟……师姐，许久不见，还是见面就打？"

很有几分嗔怪地在一名身穿唐装的健壮汉子身上拍打了几下，银姨话音里却满是关爱："师父不出山门，你这猴儿就真是敢翻天？没有十年功夫，不敢采山上青。不下二十年苦功，莫碰天上青！这话还要我再教你不成？你看看现在舞狮的这班后生仔，哪个有超出三十的年纪？"

唐装汉子侧身躲闪着银姨捶打，眉开眼笑地说："不一样，不一样！以前物质多缺乏，师父想尽办法也只能给我们找些骨头熬汤算是补充蛋白质。现在我们武馆都配了专业营养师，师父教祖传功夫套路，营养师配科学营养餐，徒弟们营养跟得上，身体素质就好，长得结结实实，又好看又好打。"

"唐兴，我带两个小朋友来看今天的热闹。带一带我们到前面去，担凳仔霸头位啊。"银姨打蛇随棍上的，唐装汉子爽快点头："凳仔就没有了，一律站着看，保证前排看得清楚就是了。今天这场斗菜精彩啊。我是外行人，就擦耳朵听了两句他们的内行话，说什么'一比刀功二比火候，三比传统四比创新'，最后还有个大杀器……"

林小麦和麦希明异口同声："是什么？"

唐兴耸肩："不好意思，后面的没听清楚。"

占着地利，唐兴把三人带到了前头。比邻的两家酒楼，总厨带着各自徒弟各就各位，两套大同小异厨房架罉摆在马路边上，闪着雪亮银光，颇有兵临城下利器先行的气势。两家店中间一个大海鲜池子，打着氧气泵，生猛海鲜在滚滚白浪中游弋。银姨低声对二人说："为保公平，两家店共用一池食材，看来今天他们主打是做海鲜。哇，拿出这么一池子海鲜出来斗菜，舍得下本钱啊。这两位老板什么来头？财大气粗哦。"

话音未落，顺景酒楼那边的总厨走了出来，是个四十来岁方脸浓眉瞧着很稳重的中年男人："第一道菜，开门迎客献宝珠！"

林小麦"咭"地笑出声，惹来麦希明好奇往回望，她忍俊不禁道："老板，你看他拿的是啥？扇贝，我们这边叫元贝，元气当头嘛，我倒知道那道菜。其实啊，我们也叫它老蚌生珠，是个求子菜。如今却被强行延伸，成了开门大吉。嘻嘻……我倒是想要看看，他的做法是不是和老蚌生珠一样？求子变贺开张，哈哈……"

嬉笑声中，顺景总厨吩咐徒弟道："选十个扇贝，要肉肥壳薄的。敲壳听声知生死，看尾观色晓肥瘦，你们应该都练过的了。选好之后洗干净，一点污渍不许有。"

有人在旁边猜，是不是蒜蓉粉丝开边清蒸？现在是大夏天，清蒸元贝倒是爽口清淡合口味。顺景总厨微微一笑，道已经开了边的元贝，那就是门板都被人卸掉了。怎好叫开门大吉？——当然不是。那人就愣了,不蒜蓉蒸?难道,滚汤?白灼?原只搞隔着壳又怎么入味?随手拈起一只巴掌大的肥硕元贝,顺景总厨打开了话匣子:"我做这道'开门迎客献宝珠',是要原只扇贝上锅蒸,完完整整进蒸笼,吃的时候由贵客亲手打开,所以叫'开门迎客'。"

路人喧哗声不绝,就有八卦人士追问:"听起来不就跟原只口味烧生蚝一样?有什么特别的?"

"那你们就要放亮双眼好好看看了。"顺景总厨胸有成竹地微微一笑,把扇贝交还徒弟,另一名徒弟送上一碗新鲜剔壳河虾肉,那半透明质地的虾肉兀自微微搏动。时值夏天,龙眼正当造,备菜席上准备的龙眼小小圆圆,连枝带叶,那叶子兀自绿油油的,龙眼枝断茬散发着木质清香。林小麦看到顺景总厨选了一串个头均匀的龙眼,微微点头,麦希明说:"这龙眼忒小个,如果用来入馔,一煮就缩了。我们那边做水果沙拉,偶尔也用龙眼点缀,喜欢用芭堤雅或清迈所产龙眼,每个直径有二厘米,饱满诱人。"

"那味道怎么样?"林小麦问他。麦希明说:"甜是很甜的,肉质绵软点。"

银姨笑着插嘴道:"后生仔,你以为选龙眼是番鬼佬买拖鞋,十九大九不输吗?没错,泰国龙眼是很大个,外皮亮黄,肉质细嫩。但毕竟远道运输,欠了'新鲜'二字。这是不是就差了那本地龙眼一层?"

眼瞅着麦希明赞同地微微点头,银姨受到鼓舞,接下去说:"第二,那位大师傅选的龙眼,是本地名种石硖龙眼,它的特点就是外皮带点儿石灰色,蒙了一层灰似的,个头也不大,看起来毫不起眼。但是败絮藏金玉,石硖龙眼肉质爽脆,味道清甜。在它开花的时候,我们就专门有卖'龙眼蜜',结出的果子,也是有蜜味。味道好。"

城南郊万亩果园长着无数荔枝龙眼黄皮杨桃,早上采下来不到半个小时就到了市场上,比清迈空运隔天才到的龙眼要新鲜,又实惠。而顺景酒楼的师傅,用的就是这种本地佳果。眼瞅着小师傅们把龙眼剥壳剔核,把虾肉调味剁蓉再九转九翻打出胶。接下来就是总厨炮制扇贝的重头戏,从刀山上取下一把长短不过三寸、厚薄不过白纸的藏锋短刃,大家不约而同伸长了脖子,想要看看总厨是怎么个"开门迎客"法。

众目睽睽之下,顺景的总厨又在刀山底部抽出一件小玩意儿,长不过寸,色泽紫亮柔润:"这是我请四会玉器名师专门设计做的玉环套顶子,一会儿我会把元贝顶开,剔出它不能食用的肠子,放入桂圆,闭合贝壳再行清蒸。这颗去核嵌入了虾滑的桂圆肉,就是献给各位来宾贵客的'宝珠'了。"

他说得神乎其技,玄而又玄,就有人大声质疑了:"虾滑酿桂圆小儿科,但你把桂圆嵌进扇贝里,扇贝都死啦。死了的贝壳,就算蒸熟了那贝壳口子也是闭得紧紧的,刀切打开腥死人,叫什么开门迎客?"

麦希明看到身边林小麦微微摇头,银姨也摇头:"扇贝在水里活动、开合靠的是它那肥硕有力的'瑶柱'收缩控制。到这边市场买菜,随便一个海鲜池里都有的生猛海鲜,时不时地看到花甲喷水、扇贝游泳。所以呢,如果师傅的动作够快,在扇贝死之前完成剔肠嵌桂圆一套套路,扇贝凭着本能反应闭合起来,立刻上蒸笼,能起到蒸活扇贝的效果。就好比那黄河鲤鱼,杀、切、炸,做完上桌,鱼嘴巴还会动的。这一道菜,考的是眼明手快。要做到眼明手快,最重要的是专注。凝神在目,心手归一,做完一例十个扇贝,总用时应该不会超过一分钟。"

她话音一落,麦希明立马翻起手腕对表,心里默默读数,眼睛盯着顺景总厨。就在大家讨论的时候,总厨已把虾滑酿入了剔掉核的桂圆中,小小玻璃碗中,虾滑桂圆成宝塔状堆着。

"小小元贝精气藏,千斤玉鼎定乾坤。女娲补天五色石,不周山顶藏烛龙。"总厨朗声念着,取出一只单边眼镜戴在右眼,左手持扇贝右手利刃轻轻一转。扇贝紧闭的两面壳应声而开,开到三分刚能见肉处,总厨中指顶出,翡翠玉顶就如千斤顶一般把扇贝壳撑住。迅如疾风,一团黑乎乎的东西从扇贝里被挖了出来,精准无比落入装废品的大塑料兜里,与此同时,作为"宝珠"的虾滑桂圆被塞了进去。

总厨手腕来了个三百六十度平花回旋,弧光闪动,玉顶跳回他的掌心处,扇贝复又合上,一切好像什么都没有发生过!喝彩声中,小心翼翼地把扇贝放在蒸碟上,总厨如法炮制,行云流水不做须臾停歇,等十个扇贝做好被徒弟双手捧着搁到蒸笼上,开大火开始蒸的时候,麦希明才放下手腕,吐出一句话:"一分……十秒。"

银姨就笑:"哎哟哎哟,老了老了,估时间都估不准了!"

林小麦道:"没有啦,戴眼镜的时间,还有徒弟走动的时间扣掉,光是师傅填宝珠的时间,确实是十只扇贝一分钟没错。"

趁着等扇贝蒸好的间隙,大家把注意力转移到旁边的同丰酒楼一行身上,顺景酒楼"开门迎客"展示出来的刀功那是相当精彩,不知道同丰酒楼又用什么菜式来相迎?

同丰酒楼的总厨长得黑黑实实,比顺景酒楼的师傅年轻些,迎着大家的注视,他毫不怯场,不慌不忙道:"我要做的菜是'童子笑迎四方客',用的是清明虾。俗语有说,'清明虾重阳蟹',如今清明时节刚过,鲜虾正在积蓄营养等待繁衍,正是肉质最肥美的时候。"

把挂在海鲜池侧面的网兜用力往上提离水面,网兜底下是一只只食指大小、活蹦乱跳的鲜虾。同丰总厨让学徒抓出两只河虾来展示给大家看,那河虾青壳身肥,尾如凤翅,两只螯足足有身子两倍长,张开超过了90度,威风凛凛。

大家看着徒弟把河虾放进碗中,剪虾枪去虾尾,拿出一个白毛小刷子把河虾抱着的虾子刷下来。林小麦"嘻"一声笑:"工欲善其事必先利其器,顺景酒楼的师傅有四会老玉工的翡翠玉顶,这边就有猫须刷。那是老猫胡须做成的小刷子,柔中带刚,软软韧韧,清洁力极强,用来刷那比头发尖大不了多少的虾子最合适不过。"

刷下了虾子,收集起来拢共一小匙羹,起出来的虾肉剁成虾胶调味。同丰酒楼总厨取出一个巴掌大的小玉磨,为了极致提取出虾子鲜味,他要把它们磨成虾子蓉。把虾子均匀倒入玉磨盘中,暗力细磨，很快，点点滴滴浓紫色的浆汁从玉磨那不过筷子头大小的口中汩汩而出，磨浆过程中专注盯着玉磨盘的同丰总厨这才露出笑意："巴掌磨盘天青色，研磨淡紫得味来。将虾子蓉拌入虾胶中，这就是鲜上加鲜。"

"这么鲜味的虾胶，他想用来做什么呢？"麦希明嘀咕着，陷入思考中，"而且刚才他们抓出来的河虾，已全部用完了——那么，主料在哪里？"

"银姨快看，他在抓九节虾！哇，好大！"林小麦用力扯了扯银姨胳膊，低声叫道。麦希明扭过头，和银姨一道望向海鲜池方向，看到同丰酒楼的小徒弟又从海鲜池里抓出了八只巴掌长的九节虾来。

修身尖枪硬壳，身如九节竹，肉爽脆又甜，九节虾是虾中上品。林小麦看着同丰酒楼徒弟手中那舒展开去有巴掌长的九节虾，眼珠子恨不能黏上去，脱口而出"贵嘢"！银姨大加附和："除了贵，真是没什么缺点。不过呢，虾肉好吃，用虾入膳就考师傅眼明手快兼皮厚啦。九节虾枪尖，濑尿虾弓强，这两种虾是名副其实的虾虾霸霸。你看看那九节虾多凶狠，以前，整治海鲜是要冒生命危险的，虾有枪鱼有鳍，上面沾了无数来自海洋的细菌。我就听说过，解放前黄沙涌入海口族疍家人，专门做贵价海鲜，捉那些最难捉的石斑、龙虾、琵琶虾。谁知道打的雁多被雁啄了眼，有次收拾一笼海胆被海胆刺穿了手，第二天就肿到变透明，人发了高烧，三天就到了下面卖咸鸭蛋……说白了，就是感染。就算是如今，酒楼里面，碘伏、纱布、双氧水，都是常备的。"

林小麦心有戚戚焉："我在店里帮忙的时候，也没少受小伤小痛……不过，我没想到会这样危险。"

"大妹你有所不知，我们经常吃的海鲜，很多没煮熟之前都带毒的。就好比市场天天见的黄脚立，它的背鳍就有毒性，被刺伤了又痛又痒，惨过蜜蜂蜇呢！"两个女人一唱一和好像说相声，麦希明竖起食指到嘴边："嘘，看看师傅拿出来的针筒，后面还连着加压泵，莫非是要现场做分子料理？"

"怎么可能？分子料理的厨房架罉都需要专门定制的，城里是有那么几家贵价菜玩分子粤菜，据我所知，不在这条街上……咦？"林小麦眼光落在同丰总厨手里那支闪着银光，很有科技感的针筒上，说话就戛然而止，黑水晶般的眼底闪过惊讶。

同丰总厨调理好了加入了清明虾子的浆液，身边的徒弟也把九节虾洗干净挑走了虾线，虾大虾线也粗，生抽出的麻线粗细的虾线在阳光下闪着幽幽蓝光。同丰总厨说："吃虾的上品，取它的鲜甜爽脆。但再好的虾肉也不免寡淡，所以，我这道'童子笑迎四方客'，要为新鲜九节虾注入浓味虾胶，再用高温蒸熟，一口吃下去有两种虾的味道，才滋味错综复杂，回味无穷。"

口不停，手不停，同丰总厨手底下仿佛长了眼睛，快狠准，竟把浓稠淡紫的虾胶汁通过挑虾线的那第二节虾壳上不过毫厘的小孔，注入九节虾内。一直专注地看着同丰总厨的麦希明，情不自禁叫了声好！

"妙啊！虾线原是贴着壳长，趁着鲜活的时候整条抽出来，虾壳下就存了空隙。把另一种虾的虾胶打进原本虾线的位置，李代桃僵，不知道味道如何？"林小麦百忙中抽出空儿看一眼顺景酒楼，拿出手机看了看时间，说，"顺景酒楼的开门迎客差不多可以出锅了。"

银姨说："咦，这么说，留给同丰酒楼的时间不多了哦。斗彩，就是同一时间同题作文。就好比今天这第一道菜，你用海鲜我用海鲜，你虾胶酿桂圆我虾胶酿大虾，这样才公平公正，能够服众……同丰酒楼之前准备花去太多时间了，那九节虾肉又比一般的麻虾罗氏虾厚实，怎么也得蒸个五到八分钟，那就落了下风了。"

同丰总厨打完了虾胶，朗声道："我们这次要用高压炉来蒸虾，一分钟搞定。请！"

徒弟打开了高压炉门，把排盘完毕的九节虾放进炉子里。一分钟转眼即逝，临到最后十秒的时候，竟然开始全场倒数："十、九、八、七、六、五、四、三、二、一！"

随着一左一右两只闹钟不约而同跳起来响个不停，顺景酒楼和同丰酒楼的两道开门迎客菜同时出锅。

"当当当当——"

两家酒楼里的服务生捧着红色的抽奖箱,笑嘻嘻地走到了围观的街坊之中。顺景酒楼一名佩戴着随身音箱的服务生更是略略提高了调门叫道:"食入百人口,自有百人味。天气好不好,雷公说了算。菜式好不好,客人说了算。箱子里有卡,各位街坊每人限抽一张啊!"

无独有偶,另一名同样佩戴了随身音箱的同丰酒楼服务生接口叫道:"箱子里有九折卡,抽到后进酒楼消费,全场九折。有赠菜卡,赠送什么菜,各看手气。要是抽到了品尝卡,那就了不得啦……两道刚出锅的新菜想要分出高低胜负,全都由试菜的街坊说了算!"

"哇,有这么大的着数!那我必须不能吃亏啊。"有个带孙阿婆,左手抱着小宝宝,右手伸进顺景酒楼抽奖箱里,抽出了一张卡,"伙计,帮我看看上面是什么卡?阿婆眼蒙耳又聋,看不清楚啦。"

顺景酒楼的伙计就着阿婆的手一看,眉开眼笑道:"阿婆,九折卡啊。全场九折。快点回家叫家里人来帮衬啦!"阿婆也高兴,笑得眼睛弯成两条细线:"这么好啊!全场九折啊!那我星期六就叫我女儿女婿回来吃饭哦……"

不甘落后一般,同丰酒楼的伙计也捧着他们家的抽奖箱上前了:"来嘛来嘛,阿婆手气旺,来我们这儿抽一张试试啦?"

"好好好……"阿婆雨露均沾,先把那张九折卡放进挂在婴儿车把手上的妈咪袋里,擦擦手汗,再伸手进同丰酒楼的抽奖箱里抽奖……不过片刻工夫,两个抽奖箱内的卡片已经被一抢而空。几名手中抓着金色品菜卡的街坊,也被两家酒楼的伙计请到了摆放两件菜品的长桌旁。只一见站在桌旁的街坊之中一高一矮两名中年男人,银姨莞尔:"到底还是做了手脚啊。"

麦希明愕然看向了银姨,应声问道:"做了手脚?银姨,你是说这品菜的街坊……"

朝着那身形高大、眉眼却颇有几分男生女相的中年男人努了努嘴，银姨低声说道："这高个子是大湾区出了名的老饕，一条皇帝舌能吃得出青虾出水后的时辰。"

同样注目看向了身形矮壮的中年男人，林小麦也是低声说道："矮个子大叔我都认得，号称是探店网红，对很多菜品的评价剖析倒是非常中肯。遇见了那些名不副实的菜品，言辞中很是刻薄揶揄。他好像还有个网红公众号，叫毒舌探店！"

左右打量着两名老饕，麦希明不禁微笑着点头应道："皇帝舌配毒舌，刚好出现在斗彩的场合，这要说不是店家刻意安排，恐怕谁都不信。不过这也正常——寻常食客吃到好菜，交口称赞回头光顾是会有，但要说出好在哪里，却是难得做到。有了这两人现场解说，倒是真能为食客解惑，更能为酒楼扬名。"

言谈之间，身形高大的老饕已经捧起了分菜的小碟子，举在眼前来回观察起来："元贝似开似闭，恰好是半掩珠门待客至。肉香喷薄而出，带着新鲜石硖龙眼的果肉清香。真是妙。"

取过小银刀，高大老饕伸刀入贝壳缝隙，沉腕快转轻用巧力，那犹抱琵琶半掩面似的元贝壳轻轻巧巧就打开了，白蒙蒙的水蒸气喷薄而出，高大老饕合上眼睛，深深吸一口，嘴角笑容越发深，用小银刀直接戳了元肉入口，细细咀嚼，回味良久："虾胶弹牙不必说，因为火候控制得好，竟然连石硖龙眼特有的爽口口感都保留着，这就很难得了。水果入菜，最难的其实就是口感的变化。所以说为什么榴梿是水果菜之王，全因榴梿上品在'湿苞'，本身软滑如冰激凌……煮熟入菜之后口感变化不大，反而更增香浓。而苹果雪梨之类，煮熟了和生吃，不是说不好，苹果雪梨煲瘦肉，那是治小孩儿咳嗽气喘的良方，口感跟当水果那会儿的爽口清甜，完全两回事，两样东西。"

高大老饕一番侃侃而谈，吸引了不少听众。那名矮小老饕非常适时地把直播间摄影机对准了高大老饕，让他出现在自己的镜头里："说回这石硖龙眼，除了甜如蜜之外，最为外人称道的，就是它和储良、大乌元、古山等龙眼不一样的爽脆口感。咬下去唰唰响,不腻不齁。这道'开门迎客献宝珠',就借用了虾胶的质感,保全了石硖龙眼的爽。很好。"

把镜头转向自己,矮小老饕对着镜头说:"各位老铁看到没有?这就叫食家了,这一位是我刚拜的师父!师父厚道人,嘴巴没我臭。等我吃过这颗香口薄荷糖,也来试一试这道'老蚌生珠',不对,是'开门迎客献宝珠'……嘿嘿嘿,没听过老蚌生珠?这是一道后堂菜,顾名思义,给大门不出二门不迈的后堂坐的女人们吃的。宫斗戏都看不少啦,女人多的地方,讲究大,有上下身份的女人,人生大事为求一子,母凭子贵,生得越多越好,就算是老蚌,都想要再生两个珠。现在时代变了……就变成开门迎客献宝珠啦。来,粉丝先吃。"

把分菜小碟子放到镜头下无死角拍一圈之后,矮小老饕拆出元贝肉来,放入口中细细品尝,顿时眉毛跳起:"嗯,新鲜!弹牙!肠子去得干干净净而瑶柱保留得完完整整,刀功着实惊人,更牛的是,瑶柱还保留着弹性,能够让两扇壳保持紧闭,在蒸的时候再徐徐打开,那说明了师父剐肠入元肉的时候,扇贝还是活生生的,厉害,厉害。可以给这道菜点个赞了。"

吃过了扇贝,矮小老饕没有多看屏幕,径直把视线移向了九节虾:"开门迎客没有翻车,那么这个红衣童子味道又如何呢?咦,颜色很好看,红红火火,春节去逛花街都不用换衣服了……"

屏幕上的弹幕疯了一样炸裂,看着那矮小老饕把手机放在碟子前面,右手麻利地拆虾解壳。同样拿到了金试吃卡的麦希明扭脸对林小麦说:"虾壳蒙汗,肉微微收缩了,正好可以开始吃。"

看着很结实的九节虾壳,其实非常容易拆开,拆枪卸甲之后,只见紫绶白肉,以岔开的凤尾立起整个虾身,林小麦道:"原来如此,虾受热之后肉质变硬,恰如红袍童子直立迎客,在酒楼喜宴上,我们本地人必不可少的,除了'无鸡不成宴'的靓鸡,就是一碟粤语谐音'笑哈哈'的虾。这就是菜名'童子笑迎四方客'的由来。"

麦希明用筷子把虾肉一夹两半,放一小块入口品尝。还没来得及发评价,旁边矮小老饕已对着他的直播间里的粉丝开口说话:"看到没有,师父怎么说的?研磨淡紫得味来,这紫色的就是虾子浆,完全看不出颗粒感了,味道很浓。我想起粤东海边的名产咸虾酱,好的咸虾酱也是带着淡淡紫色,用来炒飞天通菜,好吃到飞天。但是咸虾酱靠发酵,这虾子听说是师父用玉磨盘磨出来,可惜我来迟了,没能赶上亲眼看见。没关系,能吃到就行。"

放了一块入口中,评价:"浓,虾味太浓了,好吃。肉质非常爽口弹牙,加上虾子的香味,真是好吃到停不下来,真可惜,每人只能吃一个。如果粉丝里面有动手能力强的,可以学起来做起来了——"

旁边高大老饕摇头晃脑道:"一口吃两种虾,清明虾加九节虾。说起来,咸水虾肉质鲜甜但嫌肉质粗糙,淡水虾肉质细嫩却是味道寡淡,唯独是生活在珠江河入海口一带咸淡水相交的九节虾,兼得了咸水虾和淡水虾的长处,鲜美又细嫩。就好像《红楼梦》里的秦可卿一样,既有黛玉之袅娜风流,又得宝钗之鲜艳妩媚,当得起'兼美'的芳名啊。"

那矮小老饕就把镜头对准了这边:"哇,各位看看,吃虾吃到《红楼梦》都出来,我们的毒舌直播间几时这般有文化了?简直可以改名叫文化直播间啦。有一说一,大家看看这个剥下来的虾壳,蒸熟之后都很明显,一浓一淡间隔着的,有说是像竹节,所以起名'九节虾',对不对?"

弹幕如子弹墙,嗖嗖飞过……孰料那主播话锋一转:"大家都错了。九节虾起这个名字,实情是九节虾一落入渔网被困住之后,会立刻分泌出一种黏液,让自己活活憋死。就像我们的英雄般气节十足,宁为玉碎不为瓦全,勇猛刚烈。这个节,是'气节'的节,汉语之中,九为极大数,所以起名九节。不好意思啊,师父,这次我也有文化了一回,班门弄斧,小孩子不识世界,莫笑,莫笑。"

最后一句,是对着高大老饕说的,高大老饕不以为意,微微一笑。说话间,扇贝和虾已被分食一空,顺景酒楼端盘子分菜的学徒把事先留起的一个扇贝放在单独与众不同的黑底湖蓝曜变天目建窑分菜碟上，快步走向对面同丰酒楼的总厨："刘师傅，这是我家师傅请您品尝的。"

不约而同地，对面迎面走来的，是同丰酒楼总厨学徒，大红大紫，昂然翘首的"红衣童子"九节虾，在他手中白色滚金边骨瓷分菜碟上格外醒目："廖师傅，我们师傅请您指教指教。"

就好像上晚自习的教室里突然来了班主任，原本喧闹试菜抽奖的街头安静下来。银姨笑道："好啊，互相试吃互相品评，这不光是考味道，还考心胸比人品。"

林小麦说："银姨，我从小吃你家的肠粉吃到大，不也一直有赞没弹吗？"

银姨眼神慈爱地瞥了她一眼，笑道："你是小孩子，怎么一样！对面可是师傅对师傅，还是斗菜现场互相评。你快看看他们怎么说。"

很明显，和他们一样好奇有想法的人不少，齐刷刷地朝着两个总厨看去。顺景酒楼的总厨首先用一分钟洗手法洗干净了手，双手接过同丰酒楼学徒手里的分菜碟，很有礼貌地道了谢，仔仔细细品尝了九节虾，脸上带了笑："嗯，虾够新鲜且不说，肉质自然弹牙爽口没话说。九节虾下面，以荷叶托底，更加增加三分清香，难得。气泵针筒打虾胶，做出精致口感，用高压炉来快速蒸熟，又提高了出菜效率，是我们做厨房最为追求的效率与美味并重，真是后生可畏。"

"前辈谬赞！"同丰酒楼的总厨朗声道，"我刚才看到前辈玉托顶壳嵌宝珠的手法，如行云流水一般，就已经心悦诚服！等尝了这开门迎客献宝珠的鲜美滋味，更加佩服得不得了。能够好吃好看又好玩，菜好，意头也好！"

言谈之间，两家酒楼里负责打荷的师傅已经各自将下一道菜需要使用的餐具食材摆放整齐。只一看顺景酒楼准备下的食材，同丰酒楼的师傅立刻竖起了大拇指："老鹅胗、牛骨髓、青蟹膏、鳊鱼子、龙虱肉、甲鱼裙、竹荪胆……敢用这七种最难把握火候的食材做菜，廖师傅好胆色！"

浅浅一笑,廖师傅却是抬手指向了同丰酒楼备下的食材:"走地鸡鸡蛋不难找,走地鸡鸡春却是难得。尤其是这十几枚鸡春都是同样大小,色泽润亮,肯定是刚刚取出来的。隔腹摸春的功夫不难学,整个洋城餐馆里有几分火候的打荷师傅都会,但要摸出鸡春大小,没有二十年打荷的功夫,真做不来!有这么一个功夫过硬的打荷师傅,同丰酒楼……真舍得下本钱啊!"

得了廖师傅夸赞,一名身穿同丰酒楼制服、年纪不过三十岁的打荷师傅顿时眉开眼笑:"廖师傅客气了!要说起隔腹摸春的功夫,还得谢过廖师傅指点——我师父曾经给廖师傅做过打荷,年纪大了才收了我当介挂徒弟。真要论起辈分,我还得叫廖师傅一声师伯。"

眼见着两家酒楼的师傅彼此间竟然攀起了交情,围观的街坊之中,顿时有人笑着叫嚷起来:"好啦……好啦……人情交道过后再说,赶紧露一手真功夫吧!我可是抽到了尝菜卡的,刚刚就吃了一口,正是瘾头上来的时候呢!"

第六章　斗彩斗菜，百凤成汤

重新归置架镩，再次燃起炉灶，顺景酒楼的廖师傅来到了料理台前，主动讲解："这次要做的菜，叫作'七君子欢聚竹林'。要用的材料比较多，有一些已经事先处理过。老鹅胗事先用高汤泡发了十二个小时，再原汤小火煨煮一小时，去掉了鹅胗的腥味，保留了烟韧口感。"

手里拿了雪片般的熟食专用片肉刀，一刀切下去，老鹅胗露出里面的溏心部分，香味溢出。麦希明微微点头，溏心鲍鱼屡见不鲜，溏心鹅胗，却需要风干的时日恰到好处才有，鹅胗常见而溏心鹅胗不常见。林小麦道："你看师傅，把鹅胗削成七个小圆球，色沉厚重而带油光。真的是好东西啊。我爸爸常说，火候足处，下脚料都能变龙肉，这就是时间对食材的魔力。"

银姨满脸感慨，说："要说到看火候的功夫，选材料的眼力，还有处理食材的耐心，大酒楼里不敢说，我们附近几条街的小餐小饮里面，没有一个比得上你爸爸……我还记得后生时，我和阿茂都刚开始学厨，帮家里买菜打下手，那会儿他就比我细心得多了。到了菜市场，恨不得一块一块牛肉全看过，什么是牛腱什么是吊龙什么是里脊，哪一块要怎么煮，还要问。这也就算了，就连选八角也都摸一番，也是生药批发行的老板好脾气，从前节奏慢，大家人情味足，要是换了现在，说不定要被人赶……"

絮絮叨叨话旧时，林小麦竖起食指到唇边："银姨，别说啦。我爸已经很啰唆了……快看师傅料理鳊鱼子。咦，春鳊秋鲤，如今倒是吃鳊鱼的时节。青蟹膏、牛骨髓，都要小心烹调，一过了火就会'缩'，缩了的牛骨髓、青蟹膏失去滑嫩口感，还会化成水，彻底不能吃了。这两样东西怎么做？"

只见廖师傅取出一方紫云砚，把鳊鱼子、牛骨髓和青蟹膏放入砚台中重重捣烂:"端砚,最老的坑道自唐代开凿,故以老尊称。'端溪从天降,带落紫云来',这方老坑端砚质地致密,入水即沉,能呵气成墨,最大限度保留水分,用来研磨肉泥,同样地,不需要掺入半星水分,就能够把食材打磨成浆,不损半分鲜味。"

话随手走,手如轮转,不过片刻工夫,三样珍贵食材已打磨成泥。学徒龙虿焯水去肠,只取一点背心肉,以最小号绣花针,嵌入老鹅胗中。银姨顺着廖师傅走去的地方一看,眼睛蓦然一亮:"好新鲜的竹荪!"竹荪是不能洗的,一入水那层雪白如纱的衫裙就很容易坏了。银姨说,早年竹荪养在深闺人未识,大家吃到的都是干品,不知道它原本长什么样子,是什么来头……还有谣言传说,竹荪是竹筒内部的那层食用纤维,一朵竹荪就要毁掉一竿竹子,是和国宝大熊猫抢食物……让人哭笑不得。实际上竹荪是长在竹林里的一种食用菌,营养丰富。用风筒来吹干净竹荪上的脏东西,这法子很不错!

处理干净了竹荪,菌头和菌柄摘掉不要,只保留雪白轻盈如羽纱般的伞裙。把手里长不过四寸,薄如纸的快刀往刀山上一插,徒弟挺起胸膛,展示手里的甲鱼裙:"师父,搞定了!不能太薄,薄了影响软滑口感,不能太厚,厚了包不起来。要好像饺子皮一般,两边薄中间略厚,然后把外皮裹上了肉泥的老鹅胗,好像包元宝饺子一样包入,以阴力拢圆收口。"

廖师傅很满意,微微颔首,说:"嘴巴上说得不错,不知道手上功夫如何。这就来练练,包好了馅儿,交给我。我这边要料理竹荪。"

"咦?不应该啊?竹荪不能入水!"银姨惊呼声中,林小麦倒是看到了一锅清澈见底的汤:"哇,好浓的鸡味。这是传说中的百凤汤吗?"

廖师傅打开一直煨在明火炭炉上的瓦煲,顿时鲜浓的鸡香伴随着白蒙蒙的水汽,飘了半条街。那汤面上微微沸腾,汤色清澈见底,林小麦拉着银姨:"银姨,你快看看,真的是百凤汤啊,用乌鸡、杏花鸡、三黄鸡、胡须鸡……每样二十五只,搁大桶里熬足五个小时的高汤……他们好舍得下本钱啊,这锅高汤好贵的!用鸡汤给竹荪过水,煮软,那竹荪裙那么薄软透,只要十秒,不对,只要五秒,就足够吸收百凤汤的鲜味了!"

她一惊一乍地,着实被顺景酒楼的财大气粗给惊到了,麦希明扑哧一笑:"每样二十五只,那个瓦罐有一间房那么大吗?百凤汤我也知道,古方高汤用的其实是头颈翅爪四个部分。之前在唐人街有个厨师也做过,不过我们那边难寻走地鸡,用的大农场养殖统一宰杀取肉之后剩下的鸡架,汤色就没这么好看。"

"啫,靓仔就是真的懂行了。没错,百凤汤用的是五种名种鸡的精华部分,外加鸡胗熬成。以前还有人用鸡牡丹,据说那地方有油脂腺,味道越发浓郁。不过鸡牡丹味道大部分人都不喜欢,那种做法就被人舍弃了。"银姨微微一笑。麦希明问:"银姨,什么叫鸡牡丹?"

林小麦说:"鸡牡丹就是鸡屁股——原来是这样,我还以为百凤汤真的用一百只鸡来煲呢。但鸡骨好容易上火的哦,一唱雄鸡天下白,鸡是天底下至刚至猛至阳的动物,所以这个百凤汤,一般是给阳虚的人补身子的,说句不好听,特殊人群才适用……好少有人用来做一般的吊味汤底,师傅用百凤汤调竹荪底味,会不会吃到人一脸痘痘啊?"

银姨说:"不会。竹荪本身长在竹林阴凉处,清热解毒去肿消炎,正好中和鸡骨火。再说了,就煮那么几秒钟,怕什么上火呢?样样都怕上火的话,也不用吃东西了。"

说话间,打荷师傅已把准备打底的嫩笋备齐,竹笋做底,三种食材包裹好了老鹅胗,托入了蒸汽炉。启动了开关,白蒙蒙的蒸汽蒸腾而上!不过片刻工夫,学徒打开炉门取出来,只见青翠欲滴的甜笋面上铺着七枚泛着紫光的胭脂红丸子,蒸汽散尽之后,混杂其中的浓郁海鲜香味,更是勾人食欲。

"好!!"高大老饕带头,没命地拍起巴掌来!掌声中,廖师傅用不锈钢三勾爪一抓抓起盘边,左手一晃,七枚丸子接二连三在盘中跃起,鱼贯落入他右手的大网抄上,接着就沉入了油锅,三起三落炸了个金黄酥脆。好油增香炸增色，眼瞅着那七枚丸子外皮冒起细细的泡泡，内里还散发出微弱噼啪声，一看就是嘎嘣脆超美味，不少人眼定定瞅着那丸子，咽了一口唾沫。

林小麦说："厉害了，根据食材的不同受热，一层层从内到外处置，最终不影响任何一层口感。包上软熟片好甲鱼裙边，竹荪胆包裹，七种食材，裹作五层，合五五梅花之数，七味归一，是竹林七贤志同道合的典故……真是艺高人胆大，不是对食材有着绝对了解，不敢用这种做法啊。"

而这道菜最后的处理，非煮非蒸非炸，是直接以沸水淋。学徒手持新鲜大毛竹筒，中接沸水一道接着一道淋到竹荪丸子上，直至香味传出，就是熟透。与此同时，廖师傅的玻璃芡也打好了，依然百凤汤做底，以大量的"三肉糜"——猪肉、牛肉、鸡胸肉剁细蓉——煮沸，吸收百凤汤中残渣，得到一小碗清澈见底的清汤。以此再调芡汁，细细淋到熟透的竹林七贤上。菜成，春笋细嫩竹做底，取清香，取意境。七样食材做一味，中间一点是龙虱肉。那龙虱肉原本是最淡而无味的东西，如今却包在了老鹅胗里，吸了老鹅胗的陈香味，青蟹膏、牛骨髓、鳊鱼子的鲜香味，甲鱼裙的甜香味，竹荪的清香味和百凤汤的浓香味，五味精华尽在其中。不愧是竹林七贤，一肚子精华尽藏内心。

银姨浅笑着，微微摇了摇头："老一辈人讲过，竹林七贤，满腹锦绣文章，却都不愿出仕。这道菜这么香气四溢……太招摇了，跟菜名不太搭配。"

话音刚落，正在操持菜肴的廖师傅却是眼眉一动，像是不经意般地朝着银姨站立的方向投来一瞥，猛地洪声笑道："看来真是草莽有遗贤，市井藏识家！这竹林七贤，最最出名的倒也算不得锦绣文章，而是一个'酒'字！这道菜若是没有这最后的烈酒烧香，怎算得竹林七贤的真本色？"

抓过身侧打下手的徒弟递过来的一个拳头大酒壶，廖师傅手腕一抖一挥，瓶中纯净透明的烈酒，已经轻轻洒到了几近成型的菜品上。顾不上放下手中酒壶，廖师傅翻手抓过另一名徒弟递来的点燃的柏木枝条，在菜品上不过三寸处轻轻一扫，淡蓝色的火苗顿时喷薄而起。火焰起处，原本很有几分张扬的菜肴香味，顿时朝内一敛。搁下手中酒瓶，廖师傅很是满意地点了点头，再朝着银姨驻足处看了过来："古来圣贤皆寂寞，唯有饮者留其名！这道菜做到这一步，方才算是有了几分颜色。还请识家鉴赏。"

眼看着廖师傅如同耍弄杂技般将菜品收拾妥当，人群中叫好声方起，那边厢的同丰酒楼总厨刘师傅已经热锅温油，单手将巨大的铁锅舞弄起来。大半锅上等清油加上铁锅重量，怕不也有二十来斤，却丝毫也不见刘师傅有些许吃力的模样。朝着注目看向了自己的廖师傅微微点头致意，银姨在周全了礼数之后，方才转眼看向了单手操弄大锅热锅温油的刘师傅："好漂亮的大圣闹龙宫！"

麦希明也跟着那矮小老饕主播，拿出手机对着拍了，一边凝神看着手机屏幕不时调整焦距，一边问："什么叫大圣闹龙宫？我在国外也看过四大名著，那是《西游记》里的一段吧？而这位师傅锅里只见油没有菜，难道闹出这么大动静来……仅仅是为了润锅？"

银姨点头说："一锅东海波涛起，万丈狂澜不离瓯。学厨是手艺活儿，也是苦活儿累活儿体力活儿。在从前，厨师练掂锅，单手抓锅，锅里装沙，一练练两个时辰。坚持三年五载，从二两沙练到四五十斤，能够圆转如意，掂锅不撒，才算是功夫练到家。你看这位刘师傅，半锅清油耍得团团转而半滴不漏，可见基本功扎实，是练过硬桥硬马真功夫的。"

刘师傅兜转约莫一分钟，把清油倒掉，旁边的打荷师傅一个大肚宽口石湾陶罐，放到了刘师傅手边。从那陶罐中倒出来的，是一坨二三斤分量的雪白油脂，阳光下闪着白玉般的细腻微光。只见刘师傅掂锅的胳膊只是微微一沉，巧妙卸掉了油脂入锅的冲力，旋即再度以蟠龙闹旋涡的手势，急速旋转起来。伴随着那急转的沉重铁锅，油脂坨坨渐渐融化，荤油特有的香味溢出。

银姨吸了吸鼻子，叫道："是猪油！这是荤油开锅！琼脂赛琼花，千金换碎金，琼脂就是猪油，碎金，就是炸过的蒜蓉，这两句话说的就是这种以遍撒碎金手法熬出的猪油。在从前，一瓮新炼好的猪油,是极品奢华啊。我记得有个老字号饭馆子,叫玉来香,炒菜中规中矩,但那锅白米饭味道甘腴丰满,让人吃过返寻味……但是限量供应……"

大家听到有段古,眼睛停留在越发运臂如风的刘师傅身上,同时还伸长了耳朵听银姨说话:"有一次西关的侯小姐和通利行的徐太太不约而同差人来买饭,谁知道只剩下最后一份了。两个女人前有风月矛盾,后有一饭之仇,回头竟分别挑起各自相好在街头械斗,死伤好几条人命。事情闹大了之后,玉来香的老板越想越害怕,连夜关了店逃去了南洋。过了几十年,玉来香老板后代回来拜祖屋的时候,我又见过一次,问了一问他们现在还做不做饭馆了,他说,早就转行卖服装了。"

一片惋惜声中,银姨绘声绘色继续道:"我问为什么,那碗白米饭要是继续发扬光大,怕不是什么煮饭仙人都要往一边站?那老板后代苦笑一下,告诉我,什么玉来香,说白了,就是在煮饭的时候事先放了一定比例的猪油,再等饭七成熟,米水将干未干之际,插上葱白辟腥……那个年代缺少油水,所以猪油米饭吃起来不就特别香咯。现在大家大鱼大肉的,早就吃腻了,再放猪油到米饭里,只会挨骂哩……"

大家听傻了眼,林小麦微微一笑,道:"是这样的,我爸爸常常说,食客的口味时时变。他二十多年前刚接手我爷爷做阿茂的时候,大家口味较清淡。这些年可能生活压力大了,客人们的口味重很多。从前我爷爷那会儿放的甜辣酱,如今基本上全都换成了蒜蓉辣酱。有时候我爸会可惜,有些客人贪味浓,把辣酱放太多了,掩盖了我们的牛肉味,等他有时间了研究一种新的辣酱,既能衬出牛肉味,又够辣够惹味的呢。只可惜还没等到新辣酱做好,他老人家就……"

说着说着,小麦的声音低沉下去……麦希明就转移话题:"小麦,你看,猪油全部融化之后,只晃了三十秒,师傅就倒了这批油,又换了一种油啦……COCONUT,嗯,椰子油?"

一句话把林小麦的精神提起来,眯着眼睛细细一看:"真的……"正想表扬麦希明眼神不错，银姨大声叫好起来："好啊，一素一荤一果，用气味清淡、祛毒清瘟的椰子油来收尾，把清油的菜籽味、猪油的肉荤味一举祛除。这种润锅的法子，叫作'三军过后尽开颜'，润好的铁锅，就算是炒一碟冷米饭，都能炒得金黄松脆，变成黄金炒饭，粒粒米不沾底。"

刘师傅听见了银姨的话，微微一笑："果然是识家，看看这手法，又如何？"

他迅速放薄油，接住了打荷师傅备好的鸡春，入锅开炸。银姨说："十星连珠满天星，一朝翻转乾坤倒。小麦，希明，你们看，那鸡春是软皮的，落锅受力了就是扁圆，且外皮仅仅是一层薄膜，稍不留心就戳破了，光凭师傅转锅的功夫，让它们均匀受热，晃成浑圆。别看很简单，考的全是师傅手眼协调功夫，因为鸡春得一个个入锅，而到出锅的时候，是要一锅出的！"

眼看一个鸡春外皮略微变色，刘师傅迅速放入下一个……如行云流水般逐个放入，最后锅中十个鸡春一起晃动，令人眼花缭乱。银姨说："如果我猜得没错，这道菜最终是要把鸡春彻底炸熟透，外皮脆口，内里爆浆，才叫成功。嗯……师傅的锅底，竟没有贴着火头？！"

经过银姨提醒，麦希明方才发现，刘师傅手中铁锅是悬空的，林小麦说："我明白了，因这是一道火候菜，为了防止鸡春爆开变成一油锅蛋浆，不能明火用力炸。那锅边锅底的温度，寻常人觉得差不多，实际上内行人都知道，是有细微区别的。刘师傅不停地转动鸡春，就是让鸡春均匀受热。距离不远不近，火头不大不小，鸡春不抛不洒。虽然说某些高科技的仪器也能实现晃动食材加热的功能，不过，机器比起刘师傅这功力，差远了。"

小灶上，刘师傅的徒弟把蛋清急火宽油爆炒，炒至雪花般洁白无瑕蓬松，交由那打荷师傅摆盘。刘师傅眼见鸡春浑圆如发胖，色泽渐深如镀金，没有片刻犹豫，手起锅离火，把鸡春倒入雪花蛋白上。麦希明道："好看，荷叶底，雪花蛋白，金黄鸡春……看起来做法很简单，没有顺景酒楼的做法复杂，实际上全靠基本功，半点不含糊。这个菜叫什么名字？雪山月夜？"

林小麦道："我们中国人喜欢含蓄，不会直愣愣的啦……我猜猜，又有荷叶，又有圆月，这是'萧何月下追韩信'？"

眼看麦希明翻了个大白眼，银姨笑了："小麦你这是书读太多了，没那么复杂。这个菜是从前酒楼里考师傅基本功的厨师菜之一，同时也是春天的季节菜，所以名字就叫作'春雪晓月'。也有的酒楼，会撒入一点花瓣做装饰的，就叫'春花晓月'。这个菜，得配酸甜汁吃才正宗。"

眼看领了试吃金卡的人一个个吃得眉开眼笑的，麦希明小心咬了一口沾了酸甜汁的春雪晓月，惊艳无比："这酸甜汁汁水轻薄得像一层纱似的，怎么味道还带着果香？嗯，果汁应该是寒凉的，刚好中和了炸鸡春的热……热气？"

银姨大笑："哈哈哈哈哈，靓仔学会讲热气了，对啊对啊，煎炸的东西好吃是好吃，但是容易上火热气。不过，要祛除热毒，我们一般不是靠生冷寒气，是靠正气，扶正祛邪嘛！这个酸甜汁，是用黄皮果来调和过的。黄皮是出了名的正气果，酸甜可口，荔枝热、龙眼寒，这几样水果味道好，吃多了容易生病，唯独黄皮是怎么吃都不怕的。黄皮做成黄皮干，甜咸皆可，还能够化痰止咳呢……刘师傅的黄皮汁一看就知道是用秘方制过，汁液澄清，色泽浑厚，比一般的卖相要好。"

正吃得热闹，已经再度交换菜式品尝完毕的二位师傅，再次回到原位。正在对着直播间喋喋不休的那矮小老饕，不经意间一偏头，眼神就变了："咦？不是吧，一样菜十样碟？打荷师傅疯了，这是要做什么菜？镜头先探探……腊肠腊肉，韭菜韭黄……不是吧不是吧，要搞小炒皇？鸡肋菜来的哦，我一般自个儿去饭店吃饭的话，非必要都……都不会点！"

银姨很自来熟地抢白道："靓仔，你又太武断了，小炒皇都算是经典粤菜小炒啰，家家饭店都有，价格实惠。不过呢就很考师傅功夫，功夫不到，就变成鸡肋菜，如果炒得好，很好吃的！"

那矮小老饕自然追着银姨问，怎么个好吃法，但银姨笑着躲开他的镜头，摆着手，朝着廖师傅努了努嘴："你别拍我，你拍大厨，啧啧，你看那刀功，师傅就是师傅，特别不同。咦，为什么不见有虾米？奇怪了，半点水生货都没有的？这套路看不懂啊！"

矮小老饕的镜头果然转移了过去，林小麦追着银姨问是不是小炒皇一定要用虾米。银姨合握双手，用考究意味很浓的目光看着正从打荷师傅手中接过一碟萝卜干的廖师傅，嘴里答："是啊。所谓小炒皇呢，其实是一桌宴席里的垫脚下饭菜，用韭菜来炒什锦，味道要咸鲜入味，色泽要清爽明亮，香气要浓，锅气要足。必不可少的韭菜，出锅的时候绝不能发黑变黄，那就是一道合格小炒皇了。"

麦希明道："那我也见过这道菜。唐人街三号巷里有一家中餐馆，平时卖的都是酸甜肉炸鸡和炒面什么的，每年春天，他们家的大厨就会拔花盆里的草……我的意思是，他们自己种的韭菜，剪一些下来，加上广式腊肠、荸荠、虾干明火爆炒。这个菜是菜单上没有的，他们自个儿炒来吃，我见他们吃得很香的样子。"

林小麦就好奇了，问："老板，你不会问他们买一份来尝尝？"

麦希明不答，转向银姨问："原来这道小炒，在粤地竟是能上席面的传统名菜？"

银姨说："广东人摆宴席请客，一点汤二点鸡，三点时令绿叶菜，不然就不成宴。但是红花虽好也要绿叶扶持，粤剧台上如果只有花旦小生，没有了那些热场殿后，敲锣鼓打梆簧的又怎么能称得上一台好戏？小炒皇，就相当于梆簧师傅了，别当师傅不是角儿，要是功夫出色，那是可以直接决定食客印象和评价的。在食以味为先的粤地，这份口碑，是能决定一家酒楼生死的！"

所以……顺景酒楼的大厨没有准备虾干，就不对劲了。

看到顺景酒楼的大厨取出一条不过四五寸长的萝卜干，色泽微金，用快刀薄薄片出一片来，放在阳光下看，竟能透光。那矮小老饕用近镜头对焦来看，忍不住叫起来："灯影牛肉就听说过，灯影萝卜干见过的次数是一巴掌数得过来。这萝卜干是半点儿筋都没有,肉质水嫩纤细,还得是自然阴干,不经明火不催熟,才能出这效果啊!"

廖师傅对着他微微点头:"苔花如米小,也学牡丹开。别小看这萝卜干,也是我们酒楼老板才有的渠道,在粤北山里冬至前后采收回来的,那几天的萝卜,叫作'赛人参',生吃可解冬滞,熟吃能滋阴补气。做成萝卜干,能久放不坏,越陈越香!刚才这位识货阿姨嫌我们的小炒皇没有虾,却不知道,吃虾自然吃鲜活大虾。前面既然已经用过虾了,现在自然不能接二连三。这道小炒皇,也该要承前启后、画龙点睛。"

话刚出口,周遭街坊中几个尝菜的老饕之中,已经有人疑惑地低叫起来:"说破天去,哪怕是拿龙肉炒了端上来,小炒皇也不过是个下饭菜、点缀菜,甚至是白送的心意菜,想做到在一桌菜里承前启后……难哦!"

笑着一摆手,廖师傅也不多说什么,中规中矩地端起炒勺,将打荷师傅准备好的原料一一下锅,像是万般随性般翻炒起来。旺火热油催逼之下,不过十几秒工夫,佳肴荤香已经涌入在场街坊鼻端。还没等闻到食物香味的街坊用力咽下一口口水,廖师傅已经顺手抄过一柄高温蒸汽喷枪,猛地朝着锅内喷出了一团灼热的蒸汽。银姨顿时讶然叫道:"连炒……带蒸?!这做法原本该是金银三味鱼的路子,怎么用到了小炒皇上面?而且当年做金银三味鱼,还要有套特殊的工具,廖师傅这……"

话没说完,喷枪喷出的蒸汽已经散去。顺手将薄如蝉翼的萝卜与翠绿的韭菜齐齐下锅,廖师傅笑道:"小炒皇从来讲究的就是个锅气十足,开胃下饭,但难免有点焦燥。等得一碗饭吃完,口中也难免会有多余的咸味残留,叫人忍不住想要饮茶解渴。可经过了这高温蒸汽一冲,去其燥热,留其温润,这样的下饭菜吃起来,才能叫人食有余味。"

伴随着廖师傅娓娓道来,几名酒楼的伙计已经盛好了珍珠米饭,双手捧到了一众试菜的老饕面前。夹一筷子小炒皇放进口中,几名老饕品味之余,却都不着急对这道小炒皇给出评价,反倒扒了一点米饭入口,细细咀嚼起来。待得咽下口中食物,几名试菜的老饕全都瞪圆了眼睛,齐刷刷放下手中碗筷,朝着廖师傅竖起了大拇指!

同样吃了一小口米饭,银姨眯了眯眼睛,道:"人为一口饭,佛为一炷香。煎炒烹煮,山珍海味,最终都要落在一口米饭上。这才是小炒皇承上启下的真意啊。这家店的饭煮得很不错,三成丝苗米加七成靓虾王,软硬适中。如果饭煮得太软,就失去了米香味,只适合给生病消化能力不好的病人来吃。如果饭煮得太硬了,吃到肚子里对肠胃不好,饭要甘香,垫了肚子,让肠胃有米气,人才有力气。"

矮小老饕一口小炒一口米饭,细细尝味,对着镜头道:"没错,这才是米饭杀手,下饭神器。咸萝卜干代替了虾仁,反而有一种虾仁没有的回甘……每一种的滋味都不相同。"

顺景酒楼的廖师傅就笑了:"对,对,对,是有这个意思,所以才用了滋味更加错综复杂的原材料替代了虾干。但是,真正的路子,其实是这一小碗白米饭。无味方为真味,所谓四大天王——粥粉面饭、白粥、斋粉、油盐面、白米饭,都是无味胜百味。这个菜的好处,是让跟着菜吃的每一口白米饭,都能淡然生香,所以才叫承上启下。"

摆明是要打破砂锅问到底,矮小老饕朝着廖师傅问道:"那还有画龙点睛四个字呢?难不成……整桌菜肴,都是为了给这一道小炒皇垫台脚?那可就不是画龙点睛,反倒是喧宾夺主了吧?"

廖师傅笑着朝矮小老饕摆了摆手,应声答道:"这里且容我卖个关子,且先看同丰酒楼的刘师傅准备了些什么。"

林小麦转头朝着同丰酒楼的刘师傅看去,目光所及之处,却看见同丰酒楼的打荷师傅用一个精巧的量杯,分别从不同的精致口袋中盛出了分量相等的大米掺和到了一起,仔细淘洗干净了之后用嫩荷叶包裹起来,放进了一个个修整得极其仔细的竹篦之中。银姨低声赞道:"都说食不厌精,脍不厌细,这刘师傅倒是当真做到了。"

麦希明同样注目看着仔细量米的打荷师傅，皱起了眉头："这样仔细……是不是有当众表演的造作之嫌？既然是要把不同品种的米混在一起，那完全可以全部混合好了之后再进行清洗分装。"

不等银姨开口作答，林小麦抢先说道："那肯定不一样！全部混合好了再分装，分装后的每种米分量肯定有差别。寻常人或许吃不出来，但真正的老饕入口就知。我记得小时候看到的中药店里，老师傅称量药物的时候，就特别讲究这个。只是后来不少人只图快捷，也就不那么讲究了。"

银姨宽慰地伸手抚了抚林小麦的长发，感慨地叹道："虽说老规矩不是样样都对，但有些老规矩，的确是用性命锤炼出来的。有些要紧的中药，一钱一分多少，就是一生一死差别。做饭其实也是这样，多一分盐糖，差百般滋味。当真要做好菜，那就真要下苦功夫，更要精细讲究——快看，炊饭的功夫，许久不见了呢！"

看着那些装着荷叶包米饭的竹篓被细铁线挂在了一口瓦罐当中，离罐内滚烫的木炭只有一尺远近，林小麦顿时来了精神："呀！小时候见过的，瓦罐盛炭火，细米悬半空。香起半空时，急盼三月雨……"

转头看了看满脸不解神色的麦希明，林小麦不禁微微一笑，赶忙朝着麦希明解释道："这是乡下种田时的一种煮饭手法啦。尤其是农忙的时候，天热带饭怕馊，田边煮饭又懒得带那许多家当，就把淘洗好的米和菜用荷叶包了带在身边。等快要吃饭时，用炭火煨得米粒焦香时，再喷上些水后搁在瓦罐旁用余温催熟。这样的饭，干香饱腹。要是饭里加上些肥腊肉粒，那味道真是……"

看着林小麦一脸都是陶醉回味的模样，麦希明也是忍俊不禁。他也知道，这饭看起来确实很好吃。只是今天这炊饭每一包也就鸡蛋大小，分量着实小了些。还没有别的配菜……话没说完，米饭的焦香隐约飘来。早守候在瓦罐旁的刘师傅迅速从瓦罐中取出荷叶包仔细分拆开来，再又从早已经准备好了的打荷师傅手中取过一只只料理干净的乳鸽，将米饭塞进了只剖了个小口子的乳鸽腹内。

说来话长，可刘师傅的动作却是飞快，等腹内填满了米饭的乳鸽整整齐齐排在了案板上的漏勺之中，微微嘘了口气，刘师傅抄起漏勺，亮开了嗓门朝着身侧打荷师傅叫道："滚油好了没？"

打荷师傅应声答道："蟹眼落，鱼眼起，正是滚油最靓的时候啊！"

斜眼一瞟身侧大锅内烧得气泡起落，但油面上丝毫不见翻滚的一锅熟油，刘师傅抬手将漏勺朝着滚油内一抄，再又迅速提起。连续起落之间，滚油热香，顿时如同清晨薄雾般，在围观的街坊之间荡漾开来。喝彩一声，矮小老饕明显是在凑趣，更是在卖弄着自己的见识，朝着直播镜头略作夸张地叫道："大提篮！各位家人有眼福了啊！这炸乳鸽的手法各家不同，但用漏勺盛了乳鸽在滚油中不断提起落下，利用滚油的热量与瞬间离油后的细小温差变化，让乳鸽皮更酥脆的手法，已经有多年不见了！在古法烹饪手段里，这手法的名号叫大提篮，取的是蓝采和药篮提壶，百病祛除、身心康泰的意头……"

银姨恍然大悟地咕哝起来："用炊饭的手法将米饭炊了个半熟，却不添水，反倒是塞进乳鸽腹内，利用油温将腌制好的乳鸽汁水精华逼入米饭。且乳鸽不至于太过油腻，又有焦香荷叶阻隔，这口炊饭的味道，想必不错！"

麦希明嘀咕道："有乳鸽不吃，吃饭？这岂不是……买椟还珠？"林小麦道："老板，可不是买椟还珠，正儿八经地留珠去椟。乳鸽是椟，米饭是珠。师傅已经开始剪乳鸽啦，快去看看我说得对不对？"

刘师傅手持利剪，剪刀过处，已然炸得金黄酥脆的乳鸽外皮应声而开，甚至带着些皮肉裂开的咔嚓微响。简直不费吹灰之力剪完了乳鸽，鸽腹中的米饭如金山泻地，落入早就准备好的白骨瓷碗内。打荷师傅把刚切碎的芝士碎，放在了不过巴掌大的黄铜小筛上，不过片刻就筛出一层薄薄的芝士粉落在了饭面。配合默契地，刘师傅拎起了便携喷火嘴，对准了芝士面一阵猛喷，灼热的火球腾空而起，一阵烈火滚过饭面，芝士融入了米饭当中，踪影不见，而空气中的香味，越发浓烈！

高大老饕一看那米饭颜色，眼睛发光，喜不自胜："好米粒粒香，弹牙不黏牙。好米粒粒长，好米饭胜过佛跳墙！我奶奶教落的歌仔啦，这些田头街尾的歌好久没有人唱了，今天不知道为什么就想起来了。这是取了西洋人芝士焗饭的手法，融入了大提篮炊饭中……嗯，光是闻到香气我这饭桶就开始觉得饿了！"

刘师傅一声吆喝："开饭！"

拿了试吃卡的食客们，立刻井然有序地排队上前去领饭。有说乳鸽饭齿颊留香有米味的，有夸小炒皇锅气足配香米饭滋味长的……麦希明细细品尝过，做足了笔记："传统菜新做法，这三斗传统四斗创新，是混作了一处比拼过了。据我所知，一桌广东席面，没有那样东西，就跟没有鸡一样，不成宴……就算远在旧金山、檀香山一带，华人聚餐，也都得汤打头，鸡压阵。少了一鼎好汤，太公会不高兴。"

银姨看着他笑："麦总，没想到你这个浸咸水的番书仔知道得很不少啊，没有忘记老祖宗。没错，南粤之地物产丰饶，我们这里有山有水有江河有湖海，山里出产各种药材，水里地上飞禽走兽品类丰富，最适合用来煲靓汤。"

麦希明道："不对啊，银姨。广东人煲汤，不是因为南粤瘴疠之地，自古以来多瘴气容易得湿热，所以需要多一点汤水来下火和滋润吗？"

银姨很是不以为然地摇了摇头，微微一笑："对，很多人，甚至很多本地人，都觉得这才是广东靓汤多的原因。但是你仔细想想，一样靓汤十样料，就用当季最简单的一个祛湿汤来说吧，素的要赤小豆、薏米、花生，荤的要章鱼干、鸡脚、瘦肉，调味的要陈皮，如果身体是寒凉底子的，陈皮要换成生姜。鸡脚瘦肉焯水的时候还要放料酒……这不过是我们家常菜里汤的简单做法。如果不是物产丰富品类多样，经得起我们广东人这么造吗？"

一席话，说得麦希明连连点头："是有道理。就算是在唐人街的亚洲商店里，调味菜和调味料的品种，蔬菜和肉的品类，也是比外面洋人量贩式超市要多很多。食不厌精，脍不厌细，我们国人从来没有输过……"

"靓汤来了!"一声精神奕奕、炸雷般的断喝,伴随着响亮铜锣声,顺景酒楼的打荷师傅,用推车推着一个窄口大肚的大汤煲,从内厨走出来。而在打荷师傅身后,一些酒楼伙计也都各自捧着一些不过拳头大小的陶瓷汤盏,见者有份地分发给了聚拢在斗彩现场的街坊手中。伸手取过一个一看就已经用过许久年月,已经被高温与各色汤汁浸润得见了紫红色的酒吊,廖师傅抬手用酒吊从汤煲内盛出了颜色清澈的汤水,手腕如同凤凰点头般一啄一提,满当当一酒吊汤水,刚好分到了三位街坊手中的汤盏中。

瞥一眼手中只有三分之一满的汤水,高大老饕顿时大声说:"廖师傅这手凤凰三点头的分汤手艺,倒是比得上潮汕老茶客们分茶的功夫,雨露均沾、点滴不漏。可就是这汤水的分量……虽说是少吃多滋味,可分量也太少了吧?"

廖师傅朝着高大老饕一笑,一边继续分汤水,一边朗声应道:"这可当真不是我吝啬,只不过这汤的喝法……内藏玄机哦。"

疑惑地皱起了眉头,高大老饕先是浅浅啜了一口汤水,眼睛顿时一亮:"这是……鼎上鼎?!"

低笑一声,同样得了半盏汤水浅尝过后的银姨却是连连摇头:"鼎上鼎的汤水,是拿十八种珍贵食材慢火煲成,要用鳙鱼头、鲩鱼尾、双头鲍、金花胶、鲨鱼腩、鲤鱼唇、麋鹿尾、云豹胎、骆驼峰、叶猴脑、黑熊掌、野象拔、血燕窝、梅花参、乌鱼蛋、鲥鱼子、甲鱼裙、飞龙脯这十八样奇珍食材,煲足十八个钟,方才成菜。可现在很多食材都已经绝迹,或者是受法律保护,不可以再食用。鼎上鼎……从此也就只是个菜谱里的传说,再也不可能出现了。"

用力吸了吸鼻子,同样得了个汤盏却还没来得及分到汤水的林小麦很是急不可待地看向了分汤的廖师傅:"银姨,那你尝出来这是什么汤了吗?而且我看这汤……清清淡淡,就像是清水一般,完全不像是我以往尝到过的老火靓汤啊?"

再细细啜了口汤水,银姨犹豫着应道:"这汤里用到的料头……我也说不完全。但是从口味上判断,这汤应该不是煲出来的,而是……蒸出来的?"

眼睛朝着银姨一瞟,廖师傅甩动手中酒吊,再又为银姨添了少许汤水,顺带着也分到了林小麦与麦希明:"这是当真遇见识家了!没错,这道汤就是走了鼎上鼎的路子,取了十八味煲汤荤料入新瓦罐慢火细煲,等得煲到了汤料连皮带骨尽化,再把煲汤材料去之不用,只留吸足了汤汁的瓦罐内放进上好冰块,封口后大火猛蒸。得其意,去其形,留其味,守其真!所以这道汤……刘师傅,这汤的名字,还是你来说吧?"

刘师傅说:"守真抱朴,所以,叫作形意汤——不过,您这道形意汤,只成了一半,另一半是在我这里。"

大家也早就留意到,几乎同一时间,旁边的同丰酒楼里也是推了一个汤煲出来,唯一区别就是汤煲口是敞着的,阵阵清冽香味顺着风飘来。浓厚的草木香,让银姨不自觉低声惊呼:"全素汤?!"

同丰酒楼的打荷师傅取出一个干净簇新,还带着甜白气息的分汤器,注汤入器先顺时针转三圈,再以飞石点水的手法,逐一点到诸位得了瓷碗的食客手中。高大老饕点头道:"肉要煲得久,素要煲得清。装肉汤用旧,装素汤用新。色香味形器,素汤色清淡味道更淡,且素食寒凉,需要用火气重的新陶瓷来装,壶嘴长,在过壶嘴的时候已把热汤降温,落到碗里,就是最合口的味道。这是沙门里'十菩萨'汤的法子……师傅,你这十菩萨,够不够料?"

刘师傅微笑道:"够不够料,看看不就知道了?我们这边同样也是走的'鼎上鼎'路子,素菜比肉更难浸润入味,因此是用了三套一模一样的材料来养那宝鼎,以求全部入味。区别是以素换肉,老规矩,材料全都保留着,以过诸位宝眼。"

矮小老饕早就把直播摄像头对准了汤煲,嘴里不停歇地画外音:"喏,老老实实是老广,就是这么实在。各位家人记着了,以后去粤菜馆子,一定要点老火靓汤。点了靓汤的还要像我们这位师傅一般,把汤料全部当面打捞出来,好比那粤剧大老倌走了圆台之后来亮相,不然怎么知道你是不是真材实料?所谓的全素汤,顾名思义，全都是用素菜来煲的，材料有莲子、百合、沙参、玉竹、红枣、松茸、羊肚菌……哇，五种清心温补营养丰富的菌菇，再加上五种性味甘平的中药材，这是传说中的'十菩萨汤'……"

轻轻一口饮尽碗中素汤，仔细品鉴那悠长的汤中滋味，麦希明看着那色泽缤纷的十种汤料被打荷师傅舀出来，垒成宝塔状，问银姨道："银姨，你刚才不是说，煲汤不离陈皮姜吗？这煲素汤里，却既没有陈皮香，也不带姜辣味。按道理说，任凭如何煮，素菜也掩盖不掉这两样食材的味道呀……"

银姨笑道："十菩萨，十菩萨，第一取来源，所谓沙门菜，也就是佛门菜，沙门弟子不吃荤腥，姜葱蒜等味冲之物，也属于荤菜，自是万万不可入馔。第二取性味，菌菇来自大自然馈赠，性味温和，莲子百合沙参玉竹都是清心性平，可搭万种汤料食材，是寻常人家吃得起又对身体有益的恩物，就如那菩萨般，平易亲近……所以，这道汤水，也必定是入口滋味平淡中见鲜美，滋味悠长且清淡，不必放陈皮或者姜块了。"

"好！说得好！"高个老饕鼓起掌来，"不愧是地道广东师奶，只听阿姨你说话，就知道必定煲得一手好汤！说来也对，我们这边的女人，谁不是从小耳濡目染，懂得一些中医阴阳平衡大论，会看得十头八种能煲汤煲凉茶的草头木根？小姑娘，想必你也不会差吧？"

银姨说："你别看人家靓女年轻脸嫩，专对着人问。鼎上鼎的汤嘛，就好比从前那宜兴老紫砂壶，从开壶之日开始就用上好茶叶泡茶汤养着，等天长日久之后直接以滚水冲进，出来的就是一壶好茶，这叫取百茶之精华成一茶之绝味……嗯，刚才师傅说，荤汤占一半，那么刘师傅的素汤，又是占一半。大妹，你留一口靓汤在碗里。"

正准备把碗中汤喝完的林小麦被银姨一声喝止，硬生生来了个急刹车。银姨扭脸对廖师傅说："荤汤、素汤都分别尝过了。如果我猜得没错，是不是就可以直接合二为一，真真正正地来一碗可以让食客'得意忘形'的形意汤了？"

"好吧。识家说话了，不敢怠慢，何况汤也要趁热喝。"廖师傅朗朗笑声中，徒弟们再次上前分汤。这些年轻人虽然个个脸嫩，手上的功夫却半点不含糊,十分钟不到,两家酒楼的两套班底,已再度为抽中试吃卡的幸运儿们斟上了汤。

荤素合二为一,香味越发浑厚,麦希明入口一尝,旁边的矮小老饕已很夸张地大声叫好:"好喝,这才是阴阳调和,造化无极,几乎失传了的形意汤啊……话又说回来,十八种荤料,十菩萨的素料,分别熬制再分而啖之,这么麻烦的做法加上吃法,难怪它会失传。今天托了两位酒楼师傅的好功夫,能够品尝到这般美味。这次斗彩热闹没有白凑,精彩,精彩!"

热闹间,两边酒楼伙计爬到高梯上,放起了电子鞭炮。顺景酒楼内穿着光鲜亮丽的服务生快步而出,齐声道:

"顺景酒楼开张大吉,饮茶吃饭丰俭由人,走过路过不要错过——"

"同丰酒楼同日开业,名厨主理出品保证,开业头三天全场菜品酒水九折优惠啊……"

麦希明看着收拾架罉整齐回撤的斗彩双方,笑道:"一场斗彩精彩好看,倒是比什么电视广告促销手段都要好使。尤其是双方打个平手、不分伯仲,这才是锦上添花的大彩头啊。如此一来,这两家酒楼的生意,该是会火爆一段时间了。"

银姨淡然一笑,却是摇了摇头:"虽说这两家酒楼拿来斗彩的菜肴,都是上得台面的正经菜式,可说到底,做的还都是街坊生意。菜式靓、价格平,三五散工凑钱打平伙也吃得饱,八九宴席排场论彩头也面上光,这样的生意才做得长久,更能保得住一盅汤、一钵饭、一道菜该有的风味。现在世界,样样事情都讲究个快,能耐得下心思做这般生意的老板不多啦!"

耳听银姨话里有音,麦希明微微皱了皱眉头。林小麦说道:"麦总你就没发现么?当真做到口味地道、菜式精致的酒楼,就没有一家是能做到高楼殿堂的场面。有句俗语——萝卜快了不洗泥,想要图快做量,就难保菜式质量。想要精益求精,又难免扩展艰难。所以这种两难境地,真是无解之题!"

第七章　人均一千，无界餐厅

　　下午五点半，正是华灯初上的时候。红荔街街口，林佳茵穿着可爱的小洋装，站在路口左顾右盼的。不一会儿，一辆小轿车由远而近，在她面前徐徐停下。程子华下了车，绅士风度地给她打开车门。点头致谢，林佳茵在副驾驶位子落座后，从倒车镜里看着从车后绕回驾驶座旁的程子华，很有些不适应地拉了拉身上的洋装。

　　显然是看到了林佳茵的细小动作，身穿正装的程子华一边上车启动了引擎，一边打开了车座前的导航系统："安全带。"

　　身穿洋装，再被安全带一勒，林佳茵越发地感觉到了不适。微皱着眉头，林佳茵扫了一眼导航上显示的地点："这是要去什么地方？那里好像没什么出名的饭馆。"

　　程子华熟练地驾车依照导航行驶，应声说道："我也不熟悉。是我一个朋友介绍的，在洋城的海外华人或是留学生圈子里很有名，叫无边界粤菜。会员制，还得提前四十八小时预约。"

　　眉头越发紧锁，林佳茵咕哝着应道："这不会是那些故意玩弄噱头的网红店吧？"程子华摇头说道："人均消费一千二以上的网红店？真要是菜做得不好，不怕人掀桌子啊？"

　　言谈之间，车已经在一堵砖墙前停了下来。扫了一眼很有几分斑驳模样的砖墙，再看看砖墙前用射灯打出来的饭店LOGO，林佳茵一边下车，一边越发坚定了自己的看法：还说不是网红店？招牌都打在地板上……

　　也不与林佳茵争辩，下车后的程子华摸出了手机，拨通了预存在手机里的号码，报出了预约号码。话音落处，斑驳红墙应声裂开，显露出了一条栽种着各色花树的甬道。甬道两旁的细碎灯带轻盈闪烁，就像是路标一般，指引着走进甬道的人前行的方向。左右看看周遭的建筑物，再看看甬道的走向与长度，林佳茵不屑地撇了撇嘴："这餐馆明明就是在虹湾大厦里面，非得叫人绕一大圈，故弄玄虚……"

没有大厅，只有包房，进了屋子后，林佳茵直奔主题，就问这儿的招牌菜。程子华道："没有招牌菜，就是这儿的招牌菜……你别瞪着我。留学生前辈口口相传教下来的，这家店按照时令、季节来配菜。价格分一千二、二千四、三千六三档，无须点菜。嗯，通俗说，有啥吃啥。"

林佳茵笑道："呵呵，按照价格来分了档次，怎么不把人分了三六九等？满满的套路……老板，你会不会被人哄了啊？现在走还来得及哦，我知道附近有个做粥的很不错……"

程子华却已叫来了服务生，按照三千六的最高档上菜。服务生礼节性十足地下去了，很快，就端上来一个汤，盛器是雨过天晴瓜棱小盅，服务生戴上了防火手套，把瓜棱小盅放在面前，用旁边的敞口小壶，一手太极初生分两仪的手势，从敞口小壶里异常均匀倒出一层淡蜜色的液体，林佳茵吸吸小鼻子，惊讶道："蜜蜡？蜜蜡封汤壶倒是传统手法中炮制靓汤的一门小众法子，但……一般是用在炖汤中的，叫作'千里蜜封，万里香飘'。可这种瓜棱小盅，应该是装的煲汤才对啊？服务生大哥，这是什么汤？"

服务生很有几分霸总范儿，高冷道："这是适合春天喝的鳄鱼尾煲八重豆。采用可食用鳄鱼尾中最精致弹牙的第二节尾椎骨，加入长刀豆、蛇豆、百年诃子、八丈菩提、芡实王、王莲子、长柏实、牡丹子八种集大自然精华的果实，先煲八个小时，把鳄鱼尾彻底煲融化之后，再放入另一尾用十八年女儿红制过的鳄鱼尾巴尖，再煲一个半小时，方才成汤。"

竖起耳朵仔细听着，心里默默念一遍，林佳茵眼珠子一转，发现不对："煲汤的配伍是对的……但是，您好像没有回答我的问题。为什么要用蜜蜡封口呢？您也说了，这是煲汤，不是炖汤。据我所知炖汤以蜜蜡封口，再小火微温点燃一遍，既能够让上桌已微凉的炖汤保持滚烫的最佳口感，又可以把炖盅内外对人体有害的水蒸气蒸发掉，蜜蜡封过的炖汤，滴水不漏，滴滴精华，香味特别浓郁……所以才有了这么一个'不见蜜蜡非正盅'的说法……而鳄鱼尾汤,又叫神龙摆尾汤,讲究生猛外放,用蜜蜡一封,那是封住了神龙不得施展手脚,味道不对啊?"

被她问得有些哑口无言,服务生不说话了,程子华道:"或者,可以先操作一番,尝一尝看看?"

借着他给的台阶下来,服务生明显舒了口气,道:"两位看官,看好了,我们的火舞金龙汤。"

一边说,一边迅速点燃手里早就准备好的一束鹅梨帐中香,明晃晃的火头点燃了蜜蜡,不过一两分钟工夫,已尽烧融化,服务生这才打开了碗盖,馥郁的香味飘满了斗室。微微一抽鼻子,林佳茵心头越发疑惑,脸上神色也不由自主变得古怪起来。朝着林佳茵瞥过一眼,程子华略凑近了些许,低声朝林佳茵说道:"怎么这表情啊?又有哪里不对?"

注目看着融化过后的蜜蜡残渍,林佳茵压低了声音应道:"蜜蜡不对……蜜蜡的味道应该是纯正平和,不伤不扰,这才能不在烹饪中影响菜肴的味道。这蜜蜡融化的时候,有些呛鼻子的味道。而且用鹅梨帐中香去融化蜜蜡?菜的香味没闻到,一屋子都已经是香料的味道。我总感觉……有点划水餐厅的意思?"

程子华愕然看向了林佳茵,脸上全是不解的神色:"划水餐厅?这什么餐厅?"

林佳茵说,肉不新鲜就使劲放酱油,菜不新鲜就出菜前洒明油,食材不正甚至腐败了,就长时间飞水、过水、漂水,用来掩盖食材的异味……如数家珍一长串,程子华眼内全是不相信:"不至于吧?人均大几千的餐厅,应该不会这么做吧?"

再次抽了抽鼻子,林佳茵注目看向了倒进盏内的汤汁:"至于不至于……尝过就知!"

充满仪式感地,服务生把两盏汤分别顺时针转了三圈,才先后放到二人面前,声称这是最佳品尝温度。程子华端起汤盏,看它颜色,只看不真切,就拿出手机来。不等他动手,服务生阻止道:"先生,我们这里提倡鼓励客人专心吃饭,用餐时不建议使用手机及一切电子设备的。"

入乡随俗入店随例,程子华依言收起了手机,林佳茵已轻舀了一小口汤送入口中,小嘴一抿,低声道:"味道果然……不大地道,鹅梨和蜜蜡过于香甜,挡住汤香,这也就罢了。鳄鱼汤本应碧清见底,如白水般清澈无形的,这个汤面上却还浮着丝丝浑浊……程先生,你尝一尝?"

她抬眼看着程子华,程子华同样舀了一口汤入口,眉头一皱,扭脸对服务生道:"请问可以把汤渣捞出来给我们看看吗?"

服务生有些意外,但程子华坚持,他也就依言取来了一个纯白骨瓷汤渣专用碟,从瓜棱碗中舀出了汤渣来。只看了一眼那些汤渣,林佳茵就皱起眉头,用筷子拨弄两下,再次确定了什么:"这汤渣……渣不对板啊!说好是神龙摆尾鳄鱼尖,而这块雪白晶莹肥厚的部位……应是鳄鱼腹!鳄鱼腹的肉不是说不好,但药用价值是没有连皮带骨的鳄鱼尾巴高的……莫说在这种人均过千的高价菜馆,就算是在市场上买,价钱也差着一倍哩!"

程子华顺着她筷子翻动的方向一看,微微点头:"确实,鳄鱼尾肉薄如纸,绝不会有这么肥厚脂肪多的部分。这么说,神龙摆尾,是不是成了肥龙晒肚腩?"

林佳茵没忍住,"扑哧"笑出了声,又有了新发现:豆子的品种也不对。长刀豆最少要大拇指般长,日子够老,才能够经得住久煲不烂,且煲出清甜味,这刀豆太嫩了,连豆衣都煲了出来……所以汤就不够清了。这也就罢了,还少了百年诃子和牡丹子两样豆子,用的是跟诃子外形相近的毛诃——百年老树上的诃子,是利咽神药,一颗诃子下去任你嗓门如何火烧火燎,都能立刻上台开演唱会,恰好跟鳄鱼肉的清肺止咳功效相得益彰。普通毛诃就逊色多了!牡丹子能够提升食材鲜味,只能放两颗,多了不行,这边索性连两颗都没有。

林佳茵皱起了眉头:"这货不对板啊,服务生小哥哥,你可以跟我们解释一下吗?"

林佳茵絮絮叨叨,如数家珍的一席话把服务生说得脸色顿时不自然起来。迎着程子华加林佳茵四道交织一起的问询眼光，服务生略显僵硬地鞠了个躬，语调明显放软："真的是很抱歉，这个……我不是很了解。还请二位贵宾稍等，我立刻去了解一下。"

服务生转身出了包厢，不过片刻工夫，一名三十多岁年纪、浑身上下都收拾得异常干净利落的男子走进了包间。迎着程子华与林佳茵探究的目光，那三十多岁的男子上前一个标准九十度鞠躬，抬起头来时，已经是满脸诚恳歉意的模样："真是抱歉，给了两位贵宾不好的用餐体验……本店传菜过程中出了纰漏，把两道不同品类的菜肴上错了包间，两位贵客见谅！"

既然上错了，那么真的东西在哪儿？

部长扭过脸去，吩咐那服务生道："赶紧去把正宗的'神龙摆尾'端上来，识家难得，菜逢知己。稍后我这边再另外送两道餐后甜品给两位品尝，餐后费用也给两位打个对折，日后还请继续照顾我们的生意。"

伸手不打笑脸人，更兼道歉诚意十足，程子华和林佳茵也就重新落座。也就等了五分钟不到，服务生重新端上了一个瓜棱碗，花分一脉般的手法，均匀淋上了蜂蜡汁液，点火的时候，用的是气味微小的纸媒子，也不过一两分钟工夫，蜂蜡燃尽，部长亲自打开碗盖，顿时一股极清冽的水雾微香笼罩了屋子。分汤到盏，垂眸看一眼汤盏里的颜色，林佳茵微微点头："蜂蜡火气润而不燥，不疾不徐，香味纯正……也没有了那些棉絮状的杂质了，就像5A级水晶一般纯净透明。这次应该是对了，程先生，您尝尝味道？"

送汤入口，细品慢咽，程子华说："汤水看起来比上一鼎清薄，但喝起来滋味悠长。从前我家雇了个厨子，也是老一辈华人，他跟我说，好汤出自好料。最好的料莫过于原产地，纵然是私人包机空运各种草头木根到国外，煲出来始终不是味道。比如刀豆的讲究，诃子的细节……确实只能回到原产地来才能吃得到这个味道。"

说话间，部长已主动捞起了汤渣，和之前一样放在了甜白瓷荷叶盘中，笑盈盈地奉上。放好了那直径一尺的荷叶盘后，他张开手掌如莲心，把不过拳心大一小盏色泽金黄透亮的油润液体展示给他们，程子华吸吸鼻子："咸香味？盐度很高啊！这是什么来的？有点像……酱油？这是提纯过的酱油？"

部长说："先生识货，这味金龙津是我们店里的独家秘方，利用原子能技术分离掉百菇酿制酱油里的色素，仅取其咸口鲜香的味道。为了让它的口感能够和汤里的鳄鱼尾完全融为一体，相得益彰，接下来还有一道小小工序……"

放下酱油，他从送菜小推车底下，取出一个低温喷枪，一顿左摇右摆宛如赌圣周星驰摇骰盅般戏耍一轮，才对着酱油猛地一顿喷，酱油碟子瞬间凝起一层薄霜，酱油液面上凝固成薄冰来："让极低温的酱油锁住了香味，淋到鳄鱼尾上，冷酱油收缩热鳄尾，让本来已经酥软绵烂的鳄鱼尾口感更佳。汤，是火舞金龙汤，汤渣另有名称，叫作玉龙雪尾。"

用精致长筷一划两边，鳄鱼尾从中间骨头处一分为二，分到了分餐小碟上，奉到林佳茵和程子华面前。夹起一块雪白软腻的鳄鱼尾肉送入口中，细细咀嚼，林佳茵才满意地点头。汤好喝不说了，鳄鱼肉就恰到好处地软烂，急冻的汁液让鳄鱼肉快速收缩因此有了嚼头……至于火舞金龙，噱头很厉害，实质上就是《金瓶梅》里面孙雪娥一根荔枝木煨软一个猪头肉的路数。倒也不失为传统烹饪技巧。长够了日子的刀豆，口感坚韧，吸收了第一灶火的鳄鱼味，甜而不腻，不是肉而胜有肉。

二人不约而同地，浅尝即止。伴随着淡淡的酸香味飘来，服务生端来一套竹胎陶瓷，打开外层，夹层放冰，如纸薄的竹膜瓷芯外观如竹笋。打开这最里层才是吃的冷盘。底层垫干冰，随着服务生如解套娃般的动作，干冰化出薄薄雾霭丝丝缕缕，萦绕面前："林中仙子月桂香。"

部长站在旁边介绍："这道头盘冷菜，是用狮头鹅脑子，加入葱白和朗姆酒低温煨煮三个小时，待鹅脑熟透且祛除了腥味之后，打碎重做成竹荪蘑菇形状，凝固后加入特定比例的丹桂蜜汁，之后再不入半滴水，直接入特制竹套筒，隔层冰块冷冻成型。因为没有额外加水,所以不会影响鹅脑柔腻口感,且有丹桂清香……"

以蜻蜓点水般轻快手法,夹起那造型酷肖的鹅脑蘑菇,放到了林佳茵面前的分菜碟上。林佳茵拿起配上来的尖头薄身小银勺,轻轻舀了一小勺送入口中,才抿了抿嘴角,不禁闭上眼睛:"嗯嗯,好吃!俗话说'十肝不如一脑',鹅脑是大鹅精华中的精华,这家店把鹅脑里的血筋在打碎重做的时候全部挑走了,鹅脑的口感就比上等鹅肝更嫩滑……就好像顺着喉咙滑下去似的,鹅脑多吃了容易腻,这么小的一口,正好开胃又不影响吃后面的菜。"

看她吃得香,程子华也尝了一口,开心了些许:"荤菜素做的路子,加上西式低温烹调,完美地补上了鹅脑久煮即老韧的短板。对得住我打听、预约花的功夫和时间了!嗯,另一道凉菜,是不是也准备好了?难道就是……哈,一只黑羽鸡?还带毛?"

边把布置成鸡窝的竹篮子端上桌,拿起长粗筷子,夹住鸡腿以阴柔劲儿旋转一拧,原来那是一只粘了假毛发的鸡,随着鸡腿拔下,从鸡腹中飘出缕缕白白的凉爽雾气。林佳茵一看,乐了:"好可爱的像生盛菜盘,把干冰藏在鸡肚子里保持食物低温。倒是有心思。"

程子华已拿起筷子,说:"别顾着玩了,尝一下这个……嗯,冷炸鸡腿?外面这些粘着的,自然不是鸡毛,是九层塔烧成的灰烬。应该是加了黄油和调味处理过,看着黑不溜秋的,实际上可以食用,既可以做装饰,又能替炸鸡增添香味和丰富它的口感。"

咬了一口冷盘,看着粉嫩雪白的肉,林佳茵试探地细嚼:"咦?难道是……"

又咬了一口骨头,直接就咬下来了,她眼睛一亮:"真的是——难道,这是传说中的石子鸡?石子鸡,是北边南岭山里一种鸡,喜欢栖息在石头缝里而得名。这种鸡是长不大的,椰子身拇指腿,肉乎乎黑溜溜,铁憨憨似的很可爱。早十几年前,被人带来城市里,当作宠物来养。这种鸡野性难驯,难养极了,后来人们发现它的肉很柔嫩好吃,像鸟肉,价钱又没有鸟贵,就喜欢买来吃。吃着吃着,就越来越少了,现在已经很难见到正宗的石子鸡啦!好多都是用一般的半大野生果园鸡来冒充，肉就柴了，骨头也硬得不能吃的。"

"你说的那种鸡我也听说过……但，这个口感我倒觉得不像是鸡肉。氨基酸的鲜香味过于浓郁了，如果是鸡肉，除非放了很多鸡精。"程子华说。林佳茵不敢置信地夸张低叫："不至于吧？难道又不对板？部长先生还在呢！"

一直在旁边礼貌倾听的部长，忍不住莞尔："先生味觉好灵，我们这道凤鸣青菽，看起来像鸡，吃起来像鸡，原料却和鸡没有半点关系。而是用豆腐和花生打碎了重新糅合，使之有了肉味，掺上豆干纤维，让它有了肉的口感，缠到低温急冻冷脆的蘑菇干上，成为鸡腿形状，表面再点缀九层塔灰……这是素菜荤做，和上一道菜做法相互呼应……同时结合了许多西式的烹调手法，为的是彰显粤菜洋为中用、荤素搭配、营养相宜的长处。"

林佳茵佩服得五体投地，连道长见识了，程子华眉梢眼角也添了一二分得意："不愧是无国别粤菜的翘楚店家，这种素菜荤做的做法，能够给食客耳目一新的尝试！而且纯素的多种做法，也符合国外环保素食的理念。凤鸣青菽就算拿到国外的顶尖素食餐厅，也毫不逊色的！那么，汤垫底，凉菜开胃，接下来应该进入戏肉——上热菜了。我很期待，不知能够见识到怎样的惊喜。"

听了这话，坐他对面的林佳茵，也不自觉挺胸收腹坐直了身子，小脸转向了包厢门口上菜的方向……服务生从门外推了一架小推车进来，拿起车子上的遥控器，摁下开关，四周墙壁缓缓下降，露出墙体后四面透明的巨大水箱。海草脉脉，碧波涟涟，林佳茵张大嘴巴没说话，程子华已讶然低叫："昆布景细沙底，死火山岩镇海床，这是……静态海缸？嗯，没有养鱼，这是赏石造景的主题海缸吗？"

林佳茵指了指那死火山岩的背阴处，说："不是的，这里面还养了东西。像是些贝类？呀，还有龙虾！"

一只尺把长的龙虾缓缓地翻过了死火山岩，在昆布林中悠闲爬过，已经穿戴好一套防水设备的部长亲自登上了小舷梯，手上的可伸缩网兜三翻四抖的,就把那龙虾给兜了起来:"我们这道碧海寻珍求真味,讲究的是现场烹调,用料新鲜。这些海鲜都是纯正野生的,出自北部湾暖流经过之处,沿途专列运输,从离开真正的大海到这个海缸里,不会超过五个小时。而且,我们的海缸做过处理,不会飘出海水腥臭味,影响客人体验……"

殷殷介绍着,服务生手脚麻利地给龙虾放尿离壳肢解,眨眼工夫把龙虾处理干净,只取了龙虾头拆出眼、肠,挑出虾黄中的血筋,重新放入虾头内,放置在早就准备好的岩石壳上面,外面细心围起一圈烧红的石子,堆成宝塔状。

烹煮虾头的工夫,服务生抽出纸片般厚薄的快刀,处理龙虾肉。眼见他单独剔出虾尾处的肉片,部长不疾不徐地做着介绍:"龙虾的精华,一处在虾头,一处在虾尾。虾头的虾黄含有丰富的维生素和卵磷脂,能够增强记忆力,口感更加丰腴饱满。龙虾尾是龙虾在海底活动的平衡器官,肌肉紧致而细滑。我们把龙虾的两处精华汇于一壳,恰如斛中藏珍。"

随着炭火微焙,烧红了岩石,虾头散发微微咸鲜香味,服务生取过一双细长无比的特制筷子,把快刀切成牙签粗细的龙虾尾肉夹入虾头内,不过略微翻搅,一看龙虾肉变成银白,便即用夹子把龙虾头夹出上桌。林佳茵看一眼兀自沸腾不休的虾头:"好丰满的虾膏,这是借鉴了日式松叶蟹的经典烹饪手法——甲壳烧吧?那松叶蟹属于长脚蟹的一种,壳大如茶壶,肉又略嫌粗糙,所以发展出以蟹壳为锅,烧煮蟹肉的吃法。龙虾头比松叶蟹要小很多,要做这道菜,关键是要找到头大膏多尾有力的龙虾品种……"

说话间,龙虾头中沸腾已平复,服务员另外取了一个尖头肥肩的小挖勺,把龙虾头里的虾膏虾肉平均分给林佳茵和程子华。程子华仔细看了看色泽,吸吸鼻子,尝了一小口后,嘴角不觉勾起微笑:"如果我刚才观察得没错,这种龙虾头大钳短,尾如羽扇……应该是生活在南洋海底深处,有着海底猰貐之称的'青龙王'。在四五月间,正是龙虾繁殖季,海洋逆时针流动,青龙王随着海流抵达我国南海附近,每一只都脑满肉肥,既相对容易捕捞,又正是品尝的最佳时节……青龙王的虾母肉膏肥厚,也适合做这道现烧现吃的菜。所有海鲜都带着天然咸味,原本不必放盐,你们为了口感,还是用了这个喜马拉雅黑盐岩来进行烹煮,彻底把虾膏给拔除了……嗯,保留了食物的本来味道,用最简单的烹饪手法,很好。"

听见程子华这么说,林佳茵忍不住好奇地研究起那块看起来平平无奇的岩石来:"程先生,我们这边多半吃的是海盐,这些年来市面上也逐渐有卖湖盐、井盐和岩盐的……你提到盐岩,难道和岩盐有什么关系吗?"

因着"岩""盐"同音,林佳茵特意换了粤语来发问,程子华微微一笑:"Cantonese? OK,冇问题,我也玩得转!没错。这种盐岩就是提取岩盐的原材料,这一块是曾和某种矿物共生过,所以呈现出纯正黑色来。盐岩相对海盐来说,咸度低一些,反而适合方法简单的烹煮方式。当然啦,如果是盐度低大颗粒的海盐,也是味道一绝!"

说到这里,程子华扭脸对着那部长赞许道:"这道菜做得很好,感谢你们带给我美好感受……"

部长说:"先生,很高兴你喜欢……但,龙虾头,实际上只是碧海寻珍求真味中的第一味……接下来,请品尝第二味……"

部长身后的服务生已在蹬梯上池,握牢了一个自动开合伸缩不锈钢夹子,一看就是夹娃娃高手出身,精准无比地从池子底下夹起两个巴掌大的鲍鱼。眼看着那俩水淋淋的、边上还泛着幽幽绿光的大海鲍,程子华摸着下巴,沉吟道:"鲍鱼得吃干品才得其鲜,尤其以东洋外海寒暖流交汇处,得海洋精华生长缓慢的鲍鱼为贵……这么大的海鲍,怕是……肉会老,裙边会发咸。"

这次换了部长动手,部长展开小推车,转动机栝,把放置了若干架镩的第二层升上来。服务生在旁边把鲍鱼撬壳开边,迅速剖出不过二寸见方、半寸厚的鲍鱼心。不过片刻工夫,就把鲍鱼心放置在备菜盆中,由部长亲自展示给二人看:"识家识货,这两头鲍鱼正是来自东洋外海,凌晨出水,专机运送,快车直达。同样不超过五个小时，就从大海来到我们面前。东洋鲍鱼生长缓慢，鲍心肉质鲜嫩甜口，我们将会以热蜂蜡来密封烹熟，再点上薄荷柑橘酱来食用……"

部长展示完毕，回到小推车旁边，小心地把鲍鱼心放在一个九寸长、五寸宽的金色软模中，拎起旁边颇有希腊风情的大肚长嘴双层保温壶，把金黄透明的蜂蜡倒在了软模上，彻底封住了鲍鱼心。林佳茵既期待，又担心："低温烹煮的话，会不会不太卫生？吃东西的话，还是要讲究卫生、健康，然后才是味道。否则的话，就本末倒置了……"

第八章　第三口鲜，牢底坐穿

很是认可地边听边点头，部长等林佳茵说完了之后，方才笑着微微鞠躬："听行业内的老前辈说，贵宾分三种，能吃会吃懂吃。能吃会吃的贵宾常见，懂吃的贵宾倒是真不多。没想到今天当真见到，鄙店还真要打起十二分精神了啊！"

瞥一眼只剩下一分钟的计时器，林佳茵目光落在那翠绿欲滴的调理汁上，程子华说："听部长说，这是用柑橘叶萃取液调和的汁液，闻着还有淡淡的薄荷香……可以先让我尝一尝这个调味汁吗？"

部长说："当然可以。"

另取了小勺子，点了一点调味汁送入口中，程子华微微一笑："柑橘加薄荷，都是清新提神的，中间估计是加了可以直接食用的橄榄油之类……果然健康。这个酱汁看着颜色稍显浑浊，就像祖母绿翡翠中的麻点，看起来是没有彻底淘澄，实际上应是故意为之……如果我猜得不错，鲍鱼心做熟之后，应是雪白的，颜色和碟子属于同色系，不免略显单调，调味汁恰好可以增添色彩，提高摆盘的饱满度。在国外有个明星厨师，以景入菜，把家乡地中海沿岸小镇的风景韵味融入菜式中，据说是文艺复兴之后开创的流派……没想到同样的理念，同样在本国可以体会到啊。"

听到他这么说，林佳茵不免骄傲了，她告诉程子华，洋城自古以来就是通商口岸，程子华说起的以画入菜，打从解放前的十三行就有。计时器的蜂鸣响起，时间到了——服务生戴上手套，按照一拍二翻三抹的步骤，那鲍鱼心就完完整整地从蜂蜡里脱模而出。果然如程子华所说，淡绿暗麻的柑橘调味汁给略显单调的摆盘增色添彩。尝过了鲍鱼心之后，程子华说："我知道了，这道碧海寻珍求真味，是按照海鲜三重味来设计的。都说海洋的味道其实有三重，嗯,通俗说法就是……热带水养鲜,冷热交叉甜,冷水味悠长。刚才我们吃的第一味青龙王是生活在南太平洋中,第二味鲍鱼是在冷暖流交汇处……这么说来,是不是还有第三味,而且这一最后一口鲜,将要来自冷水水域?"

"是的,也是这道菜的压轴之味!"部长登上舷梯,叫道,"在我国的冷水水底里,海藏珍馐。它们性喜低温,随着全球变暖,海洋温度升高,越发族群减少,珍贵无比。在本市,只有本店才有这美味。此螺只适宜清泉水白灼,即做即吃,别的做法都是浪费……请看……"

水落螺出,五彩斑斓的一个硕大之物映入二人眼帘。程子华一怔,林佳茵嘴更快:"……'牢底坐穿螺'?部长,这东西不能吃啊!保护动物啊!!"部长手中兀自擎着网兜,神色自若之中,带着几分诡谲自傲:"两位,我们打开门做生意,总要有些特色菜,要对得起人均三千六的价格啊……不如我们换个说法——这是一种长得很像'牢底坐穿螺'的珍贵海螺,形状味道都无差别,只是不犯法。"

程子华脸色"唰"地黑了下来,沉声道:"不行,不是钱的问题,更不能捏着鼻子哄自己!食而有节,食而有度。我们可以追求美味,但不能因此违法……违禁品是绝对不能吃的!"

觉察程子华与林佳茵并不妥协,部长也警惕起来,把那"牢底坐穿螺"往水里一抛:"既然贵宾坚持,那我们立刻为贵宾更换菜式,还请贵宾稍等……"

扑通声中,海螺入水。部长手脚飞快地想要关闭水族缸前的挡板,试图蒙混过关。眼见部长这副搪塞架势,程子华飞快地举起手机,朝着刚刚坠入水底的"牢底坐穿螺"拍摄起来。神色一变,部长脸上的谦恭模样全然不见,一迭声地朝着举起手机拍摄的程子华叫嚷起来:"贵宾,本店不提倡在用餐时使用电子产品……你拍什么……不能拍……快把手机放下来。"

怪叫声中,那服务生也撂下手中的工具,张开双臂遮挡着程子华手机拍摄的方向。眼见部长与服务生全力拦阻程子华进行拍摄,林佳茵眼珠一转，站起身一边往后退步，一边高高举起了自己的手机："我不是录像，我这是在直播……这儿吃保护动物，要报警处理！我已经录音报警了！你们谁敢动粗，我就给谁大特写……"

包厢里顿时陷入一片混乱，嘴上喊着直播，林佳茵却是迅速拨通了手机内早已经设置好的一键报警，提高了嗓门叫嚷起来："我们在虹湾大厦的荔影无边界粤菜餐厅，这家餐厅里在卖'牢底坐穿螺'，是国家二级保护动物。现在餐厅的领班在拦阻我们拍照取证，我觉得他们会威胁到我的人身安全……"

眼见林佳茵真的报警，部长脸色越发难看："两位何必闹到报警呢……伤和气嘛！就算报警也不怕，我们的东西没问题就是没问题……只不过是长得相似而已……两位请马上离开这里，生意我们不做了。"

部长嘴里絮叨着，飞快地打开了包厢门。门口站了几个服务生，随着部长一声"送客"，服务生们围成"品"字形，簇拥着仍旧举着手机的林佳茵与程子华往外走。这次他们走的不是来时的路，而是直接来到贴了红砖墙纸的墙面上，按了很不显眼的电梯按钮。林佳茵皱眉道："这儿就是虹湾大厦五楼的电梯啊……别以为贴了墙纸我就不认得了……"

服务生们脸色微微一变，默不作声。也没等多久，电梯门打开了——两名穿着制服的警官走出了电梯。其中一个两鬓斑白年纪大点儿的国字脸警官说："刚才谁报警，说这个餐馆吃野生动物？"

部长满脸堆笑道："警官，没事，一场误会而已。现在已经解决啦。那只是看起来像是'牢底坐穿螺'的养殖食用螺，两位贵宾肯定是看错了，这才……"

不等部长把话说完，程子华打断了他："部长先生，如果你那个螺是外观看着像是'牢底坐穿'，内容物已置换过……那么刚才我们吃的龙虾、鲍鱼等，是不是也是用类似手段来处理过的呢？我们花了三千六一位的高价来吃饭，图的就是个真材实料，好食材、好手艺……贵店却把货不对板的东西往里面塞，这算不算是……涉嫌欺诈？"

空气突然凝固。

眼珠子转了两下，林佳茵飞快接上："对啊对啊，警官，这就是不诚信经营啊！刚才我们喝汤的时候，说是用鳄鱼尾来熬汤，最后上来的是普通鳄鱼肉。鳄鱼尾可是比鳄鱼肉贵两倍的……那就是说刚才根本就不是上错了菜，而是存心糊弄？见我们糊弄不过去了，这才换上真东西？还会员制？还要预约才能吃？这是定点捕捞，精准收割，黄皮树鹩哥——不熟不吃啊！"

部长狂叫："证据呢？"

程子华扶了扶眼镜，上前一步拦在林佳茵和部长中间，说："部长先生，要证据的话，很简单，不妨回到刚才的包厢去取出螺来看看？是欺诈，还是卖保护动物，有警官在，我们依法论处……"

这时，电梯口的动静已惊动了其他包厢的食客，离电梯口近的包厢门都打开了。眼见矛盾渐渐扩大，部长焦急起来，语气急促地说："行，去就去。我们真金不怕火炼……"

离得最近一个包厢里，一个单只耳朵戴着耳环的青年忍不住问："阿Sir，发生咩事啊？系咪呢间店有问题？我提前好耐预订呢间店啦……同我条女庆祝周年，人均三千几……成份人工为呢餐啦……领班先生啊，讲好一阵俾我个求婚庆典礼物同惊喜呢？仲有冇呢支歌仔唱啊？"

眼睛从那满口粤语的青年惶惑的脸上划过，林佳茵微微叹了口气，说："小哥哥，你和我们点了同等价位的套餐啊？这种网红店闹得神神秘秘的，实际上看人下菜碟。遇到有钱的，能蒙就蒙，不能蒙的才给真材实料……还要在法律边界疯狂来回蹦跶……"

听了她的话，那青年脸色唰地绿了，不只那青年一个，越来越多食客被惊动了！众目睽睽之下，部长只得又穿回全套装备，往那水池里捞起了那只螺，水淋淋地往两名警官面前一放。眼见两名警官拍了照片之后，一个打起了电话，一个发微信回传，程子华忍不住说："两位……是不是没办法拿捏这螺是不是就是那种保护的螺？刚才是我们报警的，或者可不可以先听一下我的证词，也好一道作为口供保留了？"

那个国字脸警官看了程子华一眼，答应了，将佩戴的执法记录仪对准了程子华。挽起袖子，程子华蹲在网兜前面，轻轻翻开不住蠕动的螺："'牢底坐穿螺'是从史前孑遗的生物，看起来外观是个螺，实际上跟章鱼、鱿鱼等头足纲才是近亲，外观看起来像脚的东西实际上是它的触毛……它的外层其实是它的脊椎骨，里面有一格一格的气室，长年生活在热带海域。而正常的螺是腹足类软体动物，外层为厚石灰质，足部肥厚有肉……"

部长做作地哼道："讲这么多，谁知道是真是假？难不成你还是动物专家？"愕然张了张口，程子华急声应道："虽然我不是动物专家，可是我……"

部长夸张地转向了两名警官，声音越发急促："喏……警官，他都说他不是动物专家，可见他讲的话也信不过。我怀疑他是故意上门来捣乱，想搞乱我们的生意之后吃霸王餐，讹诈！"

部长倒打一耙，程子华气得脸色发白。缩在程子华身后冷眼旁观的林佳茵眼看着程子华被部长几句话诬蔑得乱了方寸，猛地开口朝两名警官叫道："我虽然不是动物专家，可我家里就是开餐馆的，十几年厨房佬做下来，餐馆里的套路我倒是真比一般人清楚。但凡敢做这种划水生意的人，厨房里肯定备得有料，不可能只有一只'牢底坐穿螺'，甚至可能有其他的保护动物。有胆就让大家一起去厨房，到时候一眼见真章！"

听她说家里开餐馆的，两名警官交换了个眼神，年长国字脸警官缓声道："领班，麻烦带我们去厨房看看。"

部长只得带着众人去了厨房，后面跟了一溜儿人，到了厨房门口，一待有关人等进去之后，两个服务生不约而同打横跨出一步，并排拦在厨房门口，俩门神似的拦住了。一行人走进厨房，原本正在忙的人们纷纷停下了手里的活儿，熄火关水，扭脸茫然看着骤然闯进来的警官。部长指着收拾得干净齐整的厨房，略带得意地说："阿Sir，我们真的是诚信经营啊！所有人员的证明都齐全公示的！厨具用的也是牌子货，每天早晚专人检查。"

部长一边说，一边从墙上挂钩上取下吊着的账本，主动交给年长国字脸警官。看着那警官认真翻查账本，林佳茵说："阿Sir，不知道有没有听说过阴阳账？既然他们要卖违法食材，当然不会明目张胆地把进了什么货放在明面账上，甚至绝对不会放在厨房冰柜里，而是存在独立私库里的，专门一本账登记支取，用多少领多少。既有阳账，必有暗账；既有明库，必有暗仓……也叫老鼠仓……"

部长呵呵冷笑："还设暗仓？你这是谍战片看太多了啊？事实摆在眼前，有就有，没有就没有。我们是真的诚信经营，遵纪守法哪。反而这两位年轻人，有口说，没证据，我会把今天的情况向我的老板报告，保留起诉权利！"

林佳茵说："你这是吓我吗？证据都在手机里了，只不过现在要找更多证据而已！我搭档说得没错，要方便处理食材，又要方便藏匿……老鼠仓必然在厨房附近，不是楼上就是楼下。一般的食肆里，除了有客梯，还有菜电梯，为了传菜方便，不起眼的角落处安装小型升降机，方便传菜运输……比如说……在备料处附近。"

她背着手在厨房里转来转去，转了一圈之后，站在了打荷师傅身旁。那打荷师傅原本环抱着手臂挨在碗橱旁，一副袖手旁观事不关己的模样，此刻脸色一变，两名警官齐刷刷盯着他，他只得挪开了。林佳茵打开碗橱门，碗橱门里面，赫然挂了一本不过巴掌大小的黑皮小本，她取下了小本递给警官："阿Sir，这本应该就是他们的暗账了！因要和守库人对数，一式两份……这本估计是月账，按时上交销毁再领新本。也不知道总账在哪儿。"

一探碗橱，林佳茵说："竖井往上，电钮装在背面，所以看不到……来，我们来玩玩电梯。"

她摸索着一按，伴随着轰隆隆机械转动的声音，升降机从楼上落下来，一尺见方的小平台上，放着用得油润光滑的铜盆子……从那个碗橱里发现升降机开始，两个阿Sir脸色就越发严肃了，年轻警官举着摄像机不住拍摄，年纪大那个翻了翻本子，皱眉道："这是……天书账啊？都用了暗号来写，这个……'L'是什么？这个

'W'？算了，先保存起证据来，交回所里处理。"

把本子交给了年轻警官，国字脸警官对还在强作镇定的部长说："领班，这楼上是什么地方？"

话音才落，林佳茵举着手高声叫道："阿Sir，我知道！我带路！这栋大厦我从小走得很熟……嗯，从甬道旁的走火梯走上去比较快！还有不要让他们通风报信啊！不然会毁尸灭迹的！"国字脸警官忍不住笑起来："靓女，如果真的有食材冷库，东西一定不少，就算要转移也没那么快的……走吧，麻烦你带路。"

林佳茵带着警察们从厨房出去，这时，食店里早就陷入一片混乱了……她闷头向前冲，沿着来时路来到那条甬道上，拐到一棵盆景旁边随手一推，贴着砖墙墙纸的安全门应声而开，露出走火楼梯来。

年长警官赞许地点了点头："果然是地胆……熟门熟路啊！这边长大的？"

林佳茵一边迈开大步一步跨过两三级楼梯往上跑，一边亮开嗓门大声说："我就住在红荔街啊，这一区里三排四条街，两条活水渠，我们从小走到大……"

边走边说，很快来到上一层楼，推开防火门，林佳茵指着门里说："看！那道里面上锁的门后面，一定就是他们的老鼠仓！"

国字脸警官目光落到那扇铁将军把门的双扇大门上，越发面沉如水，回头冲部长伸出手去："领班先生，麻烦把钥匙交出来，我们要进去检查。"

部长支支吾吾地说："钥匙……钥匙不在我身上，在仓管员身上，我马上联系他。"

两名警官配合默契，年轻警官快速短捷地跟上面汇报，国字脸警官冷哼道："那还不快点去找仓管员来？"

年轻警官打完电话，凑到国字脸年长警官身边，说："苏警官，破门需要时间……我们人手又不够，万一他们铤而走险起来……"

眼珠子转了两下，上前试探着拉了一下门把手，又通天彻地地上下看一轮，林佳茵果决道："不对！暗仓从来都是真假门，这道门的锁头只是障眼法，里面根本是焊死的！是用来遭遇检查的时候拖延时间用的……真门还在别的地方！"

年轻警官和程子华闻言，一左一右上前去拉扯那门，果然纹丝不动。林佳茵胸有成竹指出真门的位置——在店的楼上，还有另一条走火通道直接连通到旁边虹富大厦里面去，那大楼背后就有电梯直下，而且卸货区一出来就是蜘蛛网般的老城区单行线。

真门，就在那边！

一言惊醒，国字脸警官对着电话那头说："喂……队长，我是（报警号姓名）……我们接到报警，虹湾大厦的'荔影无边界粤菜'贩卖国家保护动物做食材，经过初步检查情况属实。现在不法分子正在转移证据！他们转移货物的出口应该是虹湾大厦旁边的虹富大厦卸货区，请派人支援……"

处理好所有事情，整个窝点被查封了。等程子华和林佳茵配合好调查，终于离开虹湾大厦时，外头下起了瓢泼大雨……

摸了摸还没装多少东西的肚子，正值消夜的点，林佳茵提议去附近吃消夜。

停好车，程子华拿了一把大雨伞绕到车子另一边把林佳茵接下车，两人共打一伞一溜小跑进了用塑料布铺成凉棚的消夜档里。

虽则外面下着大雨，却丝毫无损大排档的热闹。大火大灶，人声鼎沸，大排档坐了八九成满，划拳行令的声音不绝于耳。林佳茵找了个靠里的干爽位子坐了，程子华在她对面坐下来，倒是很自然自在。扫了一眼只有一张纸的过塑菜单，林佳茵高声叫道："靓姨——来一小锅艇仔粥，一碟炒牛河，一份炒田螺，一碟炒油菜！"

南方的暴雨，来得骤然去得快，才啜上了炒螺、吃上了炒牛河，雨势就小了。目光扫过熙熙攘攘的大排档，只见有一边吃粥一边目不转睛盯着英语书本背单词的，一看就是准备考研；有浑身酒气满脸通红的业务员，坐下就解开白衬衫上的风纪扣，拿着勺子送粥入口的手都微微发着抖，偏偏电话一响，接听电话的声音无比温柔:"老婆啊……等阵就返屋企啦……今晚谈成了个大单啊,有五千块钱提成,下个月发工资就给你换新手机……"

肥佬大排档的皮蛋瘦肉粥,水米柔腻如一,装在小砂煲里端上来,敞口小砂煲还咕噜咕嘟冒着泡。香气氤氲扑面,林佳茵给程子华打了一小碗粥,拨了些许切得细碎的葱花、脆片,筷子头点了一点点胡椒粉进去,递给他。看着道过了谢小口吃粥的程子华,林佳茵黑葡萄般的眼睛亮晶晶的:"好吃吗?"

吞下了嘴里的食物,程子华很认真地说:"味道寻常,食材也不过堪堪过得去的水准。要是在酒楼里端上这样一煲粥水,怕是食客都会不屑一顾。可是这大雨滂沱的时候,饥肠辘辘的人面前有一煲这样的粥水,暖心润肠……不求至味,但求温饱,寻常饭养活寻常人……这味道,倒是刚好。"

他目光流连在这洋城瑰丽的夜色中……久久不能移开。

第九章　追本溯源，西上觅食

洋城一地，自古以来即为交通枢纽，尽管现在既不是大时大节，也不是周末，大早上的客运站，还是挤满等车的人。林小麦过了安检，把简单的背囊拎在手里，东张西望寻找麦希明的身影。麦希明站在检票员旁边，冲她摆手。林小麦来到他跟前，说："早上好！"

麦希明翻腕看了看手表，说："还早吗？我都到了五分钟了。嗯，你还真会卡时间，还有不到五分钟大巴就要开车。"

林小麦说："以前经常和老爸坐这趟车，早就心里有数了。老板，现在大巴车次越来越少，这班去北茛的直达车从以前一天五班减到上下午各一班。幸亏我和跑车的那个司机熟，昨晚连夜打电话请他给我留票……不然这一大早的，车坐满了，坐下午那班车去，天都要黑了。"

说话间，8号检票口上方滚动屏红色字迹一变，显示出他们马上要坐的班车车次序列，开始检票上车了。林小麦见麦希明对这一切很陌生的样子，就拿出车票走到队伍最后。一边排队，一边侧过身对老实跟在她身后的麦希明说："老板，真不是我要难为你，不让你自驾车，实在是山长水远，你的那辆城市跑车不太适合走山区路。按照你说的，要拜访粤式咸酸，尤其是黄金腌脆瓜的发源地，那就得往山清水秀活水长的地方去。说白了，那些脆瓜、酸嘢、腌菜，就是在西江上游跟着从前行船船工们一路流传，船走到哪儿，就流传到哪儿，最终开枝散叶……最远的，甚至下到了南洋、西洋。"

麦希明微微点头："就比如上次你带我吃的六十日菜，类似的腌菜，在唐人街的华人咸杂店里也有。做得比较好的那些口味上能够和俄式酸黄瓜一较高下。我们华人用来送粥下饭拌面，洋人也喜欢它们错综复杂的滋味,他们习惯夹在三明治里一起吃,或者作为意粉、牛排的伴碟。不过那些口味已经改良过了的,就跟左宗棠鸡似的……我想要吃得更正宗一点。既然你有办法和资源,就别让那些原汁原味的东西埋没了……你说那位阿伯从前在洋城做咸酸生意做得好好的,为什么要退回老家去啊?留在这地方不是更好吗?"

跟着排队检票的队伍向前蠕动,林小麦道:"厨房佬里有个私底下的顺口溜,金热厨银白案,萝底橙,卖咸酸。做咸酸这种东西,就算做得飞上了天那么厉害,也不过是伴碟配菜,赚钱有限。但是一缸好咸酸,也是哪一样功夫都不能少的,真的就是操着卖白金的心,收着卖白豆腐的钱。所以梁伯等到几个子女一出来工作,立刻战略转移回老家,他临走之前还买了生果到我店里跟我爸告别,笑着说自己这是什么……老年版'逃离北上广'哩。"

麦希明听着,没忍住也笑了:"哈……老年版逃离……好吧……我开始期待了,自古冲锋猛将多,急流勇退有几人啊。"

大巴开出了城市,一路风景不住变,高楼大厦渐少,青山绿水渐多。路上两人断断续续地聊着天。到底起得太早了,到了半路林小麦靠着椅背睡着了。等她一觉睡醒,已是两个半小时之后,身上盖着麦希明的外套。侧过脸看向窗外,只见一条碧水如玉带环腰,碧波粼粼迤逦而下,江面上不时可见小渔船和货船开过。道路的另一边是翠绿青山,山上披着厚厚的翠绿植被很像一床天鹅绒。

走高速就是舒服,而林小麦小时候是没有高速的,尽是这些盘山路。再早一些时候,没有公路,就要走船。这条水脉堪称中国南部的生命线,一路往云南去……听老辈人说,解放前沿着这条西江水路,衍生出无数特色菜肴,真的是百镇百味,千市千菜……最后汇集于洋城。那时候的洋城,就跟个大养蛊场一样,最有实力的店家才能生存下来。卖咸酸的祖师爷就经历过那段日子,先在码头上卖咸酸,等扎下根来,又不忘本村兄弟,回头带着兄弟们一起到了洋城,就像麻雀四散般,拎着腌好的咸酸,挨家叫卖,遇见面善的索性半卖半送……终于靠着味道硬,腿脚勤,嘴巴甜,打出了"北艮咸酸"的名气,鼎盛的时候,有头有脸的酒楼伴碟,都是他们家提供的。后来解放了，店子连同配方一起改了国营，梁伯成了关门弟子，又跟阿茂相识。

人和人之间，是投缘的……

好像被绕得有些晕，麦希明嘟哝道："这中间的关系，隔了好多层……怎么听你口气，还说得亲人似的？"

林小麦就笑了："老板，我不知道你们在国外的亲戚关系怎么样啊，不过对于我们来说，街坊邻里，叔伯兄弟，都是亲人一样的关系。你听着觉得绕，实际上我管梁伯叫爷爷……嗯，一会儿见面之后，你也跟着我这么叫就行了。"

巴掌大的小镇，在镇车站下了车，又在车站门口坐上了三蹦子。暮春大太阳，麦希明戴上墨镜，扫了一眼风景，甚觉舒适。等到了北艮村口，下了车，二人却失望地看着村口已经拉下了闸门的街铺……那街铺，本来应该是梁伯的咸酸铺子。吃了闭门羹，林小麦犯起了嘀咕，老人家又没有手机，她只得边嘀咕着，边往前走。走了十来分钟，来到一排簇新三层房子前，三间房子紧挨着拔地而起，门口共用一个院子。麦希明透过铁闸，看到里面一个头发全白的老头儿坐在屋檐下，正在拣摘脚边一个大箩筐里装着的枇杷。扫一眼院子里两个坐在猪仔车上追逐的小孩，麦希明扭过脸，疑问地看着林小麦，林小麦已亮开嗓门高声叫道："爷爷！"

梁伯应声抬头，眯着眼睛看了好一会儿，才眉开眼笑道："是大妹啊，好久不见了。什么风把你吹来了啊？怎么都不打个电话过来？我让你幺叔开车去接你嘛……来来，快进来！发仔，丁丁，快来跟姐姐打招呼……"

推开没有上锁的铁闸门，挨个儿抱过了孩子们，林小麦来到了梁伯面前，从鼓鼓囊囊的背囊里取出糖果饼干礼盒送上，说："无事不登三宝殿，我是来出差的。我来介绍一下，麦总，是我现在的老板，也是做餐饮的。这个季节不是小黄瓜正当造吗，我们想找正宗黄金脆瓜，就专程来到这里了。"

梁伯摇了摇头说："没有了，老了。""没了？！""脚力手力跟不上啊……就不做啦。门市我都关掉了，现在专心带孙啦。你看看这两个小的，可爱不？很快要上幼儿园啦，还有两个大的上学去了，在镇上的小学寄宿，周末才回来。"

麦希明说："手力脚力跟不上？难道说做这种腌制品，还得像波尔多那边酿红酒一般，还得姑娘下脚丫子去踩？"梁伯倒是没有嗔怪他唐突，道："开口就是红酒什么的……听你口音……番书仔？"见麦希明点了点头，林小麦说："不是下脚丫子去踩……做咸酸离不开水边。要踩水车上水嘛。至于手力，应该能够理解吧，杀苦、摇匾、翻晒、腌制，样样都要亲力亲为。这才是正宗古法做咸酸啊。"

梁伯看了看麦希明，站起身说："如果只是要尝尝味道……也不是不行，现做就是了，不过家里只有我一个老头儿在，做不来许多功夫。你们两个来帮个手？"林小麦不禁踌躇："我倒是无所谓……不过老板……"

"我就更OK了。"麦希明外套一脱袖子一撸，朝着梁伯走过去。叫来邻居大婶帮忙看娃，梁伯穿好了雨鞋斗笠，胳膊套上两个袖套，全套的工具带齐，说："来吧，家里的枇杷不够。我们先去摘些枇杷。"

二人一脸纳闷，但乖乖听话，跟在梁伯身后，来到了菜园子旁边。一棵一人合抱粗的枇杷树亭亭如盖，山风一吹，掀起了宽大的枇杷叶子，露出又黄又圆的枇杷果来。梁伯指着那棵树，说："这棵树是我阿爷种的了，是本地品种的白玉枇杷……当初种树的时候，我才比发仔大一点，帮着阿爷拔草看着他老人家挖洞，下了足足两担粪肥做底哩！别看它个头不大，很甜很有果味。不过呢，枇杷好吃难摘，这棵树长太高了，最顶的那些最甜，摘起来也最麻烦，从前是我爬树摘，后来轮到我仔，再到我孙……本来打算让年轻人放假回家帮忙把果收一收的……嗯，番书仔你别这样看我，不用你爬树，阿伯这儿有工具，来吧！"

把一根长长的竹竿递到麦希明手里，竹竿一头用铁丝捆着锋利的弧形刀，还装了网兜。这是摘果神器，名字叫"如意兜"。试探性地掂量着那神器分量，麦希明眼睛看着转动的刀锋，耳边传来林小麦"不要砸到脸"的叮嘱。他就问:"你是不是被砸到过脸?"

林小麦笑而不语,梁伯也忍不住莞尔:"老板有意思,别逗我们小麦了。来吧,抓紧时间,趁着太阳没过西……中午过后恶雀来,专门啄我们的枇杷果,有雀鸟干扰,就不好摘了。做黄金脆瓜得用新鲜枇杷榨汁调理味道,没有了那几滴枇杷汁,就少许多正气啦……摘满一筐就行,一会儿还有别的活儿等着!"

掌握了诀窍之后,用如意兜摘果子也不是那么难。麦希明小心翼翼地从如意兜里取出来一枝挂果累累的枇杷,放进了竹筐中:"一边摘果子,一边顺道疏了枝,一举两得。这种枇杷叶子,就是做蜜炼枇杷膏的原材料吧?"

林小麦先说了是,又说不是,因为这一棵树的分量不够做枇杷膏。依言又摘了两挂枇杷交给负责打下手的林小麦,麦希明不禁又问起了酸瓜的事情来,他以为摘了枇杷就能开工了。梁伯乐呵呵地说,时候还早呢。到了瓜田,用竹剪剪下了短不下半掌长不超全掌的嫩黄瓜,趁着麦希明和林小麦干活儿的时候,梁伯又顺便去看看今天的溪水好不好。他特意叮嘱,如果一会儿没回来,就说明溪水不错,大妹到田地尽头的山溪边找他。如果他回来了,那是溪水不好,就只能去打井水了,那就只能说他俩没食神了……

北艮村倚着北艮山而得名,山区是典型的喀斯特地貌,绿植茂密,里面有无数溶洞、无数泉眼……每天早上起雾气,白茫茫伸手不见五指,空气湿度大得能拧出水!再往里走,沟壑纵横,地势险要,尽是密林,那儿还有天坑,天坑里长了无数珍稀药材。这里千泉成溪,千溪成河,水质极佳。

至于为什么同样是地下水,溪水比井水强,那是因为从喀斯特地貌里出来的水里含有超多的钙和镁,溪水流动快,井水几乎不流动,沉淀下来的杂质多,做出来的咸酸味道上有细微差别……不过,不是内行人,其实吃不大出来。梁伯是想把最好的口味呈现给他们,故有此苛求。

可喜的是梁伯没有回,证明溪水不错。麦希明主动帮林小麦拿起她脚边的那篮白玉黄瓜,提到田边树荫处。林小麦道:"老板,就近扯一些草来,一层黄瓜一层草这样放着,别让它们相互之间碰破了皮……再摘些草叶子把黄瓜挡住,不然黄瓜嫩太阳毒,得晒坏了!"

如此一来,反倒成了麦希明按林小麦指挥做事,按照她说的一番忙活,也就是多花了十来分钟。林小麦双肩背着装枇杷的箩筐,麦希明左右提着装黄瓜的篮子,行不几步,麦希明猛地皱起了眉头:"我们是不是……那句俗语怎么说的来着?笨蛋和懒汉总是挑着重担去长途跋涉?"

眨巴着眼睛,林小麦片刻间便明白了麦希明话中含义:"懒人挑重担,笨伯过长河,白费力气做无用功——老板你是说我们应该先把收获的东西送回家,再去打溪水开工?"

朝着林小麦点了点头,麦希明还没说话,林小麦已轻笑着朝前走去:"溪水旁边还另有玄机——梁伯没回来,就是在等着我们带着采摘的瓜果过去。哼……梁伯还是那个促狭脾气,越老越小,就爱逗人玩。"

麦希明紧走几步,赶忙跟上了林小麦的步伐:"溪水边还能有什么?"

"老板,到了你就知道啦!"

潺潺山溪水流湍急,不知从哪儿而来,润泽了北茛山脚这一片良田。越往上游走,溪水越清澈,两岸郁郁葱葱。梁伯正坐在溪边一块大青石上抽烟,见到麦希明和林小麦深一脚浅一脚走过来,乐了:"小麦这身装扮看起来真像当年来我们这插队的女知青,真好看啊……那时候我还是个放牛娃,她们就在大青石上劳作……还会唱歌,我记得唱的是《红莓花儿开》:田野小河边红莓花儿开……"

看着眼睛微闭哼着旋律,陶醉在往事里的梁伯,林小麦说:"爷爷,不好意思我要打断你了,你再唱下去,这黄瓜就要蔫啦——从前听你跟我爸闲聊的时候,提起过做黄金脆瓜少不了的那样东西,你只惋惜保鲜不易带不到洋城,没办法做出最完美口味的黄金脆瓜来。也就我们姐妹放假跟你回来的时候才有那口福,吃过那么一两次。而且那时候说我们小孩子太小,不许我和妹妹来……所以我知道有那么一个工序,却不知道到底是什么宝贝,让白玉黄瓜口感大变?"

梁伯把烟灰倒了,边踢土埋起烟灰,边说:"大妹从小对这些细节记性就好,不是爷爷偏心不带你和细妹啊,实在山溪水太危险了,不能带你们来。"看了一眼面前显得平静无害的小溪,麦希明道:"山洪暴发是很危险的……如今还马上到汛期了,没有防汛措施吗?"

林小麦说:"谁说没有?看到那边的小房子没?那地方就是看水人住的。到了汛期暴雨多发的时节,镇上村里会组成工作小组专门驻守在那屋子里观察水情。上下游也修筑了很多水利设施……"

梁伯点点头道:"现在好啊……小小一条山溪水都有人管。要放在解放前,谁有闲心管这个?山溪水一漫上田地,我们就得背上锅碗瓢盆讨饭去。祖师爷就是这么着,混上了那条花尾渡,下了洋城的……好了,老皇历不说了,做正经事,这水边长了一种带刺的红色小刺果,喏,长这样子的。"

打开放在手边的一块白背木叶,盖着约莫掌心大一捧小野果,梁伯示意二人尝尝,边看二人吃得满脸眉开眼笑惊艳万分的,边略带笑意地说:"是不是甜甜的很好吃?把这种急脚果摘下来,立刻清洗干净,立刻抹到洗干净的白玉黄瓜上生腌,然后我们就可以回家了!"

仔细观察品鉴着那小野果,麦希明问:"看起来像是树莓科目的果实,为什么名字这样奇怪?这是土名吗?"

梁伯哈哈一笑:"是啊,农村人不叫土名叫什么……要弄那些弯弯绕绕的洋名字,我们记不住。果子这么叫,是因为它离了树枝后时间一长,就会酸到完全不能吃。所以在这边做完生腌的步骤后,两个小时之内我们必须带回家洗干净,不然就会腌过了头,黄瓜就废了。"

听了梁伯这么一说,麦希明微一凝思,就对林小麦说:"既然需要赶时间的话,小麦,要不然这样,你负责洗黄瓜,我去寻果子？"

林小麦拨了拨落到鬓边的长发："老板，你能认得出这急脚果吗？溪边土地湿润肥沃，是各种灌木生长的乐土，有好几种不能食用的果子长得跟急脚果很像的，要是搞错了吃坏肚子可是很麻烦哦。"

麦希明却有底气——他用软件识别了这种果子，现在，它的学名和拉丁文名字，乃至食用价值和药用价值都已经印在他的脑子里了。于是二人分头行动，摘果子，洗黄瓜。梁伯也没闲着，在下游砌起了石坝拦起了鱼。他叫林小麦开好了录音，长声吟道："捻捻转，转圈圈，如炒茶，力更圆。一转玉身满红光，不见片甲稍滞留；二捣急脚果肉酱，五彩锦绣衣上披；三杀苦把盐皮脱，开尽黄沙始见金；四把石膏点三点，苦卤顿成点金水；五味俱全请入瓮，大石砸去涩怪味；六见红日再开瓮，金瓜灿灿初见人；七起瓮来沐浴过，始是承上宴席时。"

还没等林小麦发话，摘完了急脚果的麦希明从灌木丛里冒出来，失声道："六见红日……要腌六天？我们怕是没这么多时间……"

林小麦抿嘴一笑，说："老板，六见红日不是六天。红色的太阳每天出现多少次？"

麦希明说："……你是指，日出和日落？"

林小麦道："是啊。见六次红色的太阳，那就是三天……不过，这个时间确实也有点儿长。从前车马慢，没有许多工业手段，许多食物都是用天然手段来发酵、腌制……做时间的朋友。现在的话，有一些手段，腌个酸黄瓜什么的，两三个小时就行了。所以咯……能尝一尝，知道个味儿就好了。"

麦希明沉默不语。看见林小麦接过了急脚果，过水清洗干净沥干水分，太阳下略晒一晒，从小溪里捞了块光洁鹅卵石，用力捣碎，依着梁伯的吩咐涂抹在小黄瓜上。不多会儿，麦希明过来帮忙，林小麦讶异地抬起眼睛看了他一眼，他却认真做事，浑然无觉。也就是十来分钟的工夫，俟二人把果酱抹好到白玉黄瓜上，麦希明端详了一下，问道："这黄瓜明明是嫩绿的，并无半点白，为什么要叫白玉黄瓜？"

林小麦就给他解释道："白玉黄瓜名字由来，有两个。第一，不是皮白而是肉白。所谓老黄瓜刷绿漆——装嫩，我们一般炒菜吃的尺把来长那种，都是嫩黄瓜，黄瓜老了之后，实际上皮是黄色的。那个时候的白玉黄瓜切开，内里的瓜肉白如脂，瓜子光洁，跟泛黄的外皮一体看去，就像那带着石皮的和田玉似的。第二，首次嫁接栽培成功这种黄瓜，是一个叫白玉的自梳女。喏，她生前住的姑婆屋，如今还在村尾呢！"

麦希明哑然失笑："白玉种出来的黄瓜……所以叫白玉黄瓜？嗯，这就跟左宗棠鸡一个理由咯。自梳女呀……"

已经把螺蛳小鱼收拾干净，又把几个箩筐大大小小堆叠整理好，梁伯蹲在溪边掬起一捧水泼了泼脸，很是感触地说："清末民初，我们这一带有许多女子梳起不嫁，又或者嫁不落夫家。白玉姑婆家里兄弟多，北茛村又穷，兄弟们娶不上老婆。她十六岁那年，父母做主让她梳起，送到城里的大户人家做妹仔给兄弟们攒老婆本，白玉姑婆学了一手好厨艺和整治菜园花圃的功夫……后来兄弟们娶了老婆置办了田地，就把她从主家接了回来。那时候她也好大年纪了，按照规矩，姑婆不能在兄弟家过，兄弟们就凑钱给她买了姑婆屋，和她几个同村梳起姊妹住一起。"

麦希明轻叹："这些女性很伟大，牺牲自己，成全了家人。"

梁伯呵呵一笑，站直了身子："行了，抓紧时间赶紧回去吧。不然的话生腌的时间过长，这一批瓜就废了。番书仔，你会挑担吗？"

原来来的时候，梁伯挑的是空担，大筐装小筐的，不费力。回去多了许多收获，分量可就不一样了。林小麦看着麦希明在梁伯指点帮助下挑上了担子，笑得直不起腰来："老板，辛苦你啦……嗯，我来提枇杷和小鱼吧。"

梁伯只把装着小鱼的桶递给了她，说："这个轻一点，大妹拿这个。我来挑枇杷就行了。"

他用那根如意兜杈充扁担，挑起了枇杷筐，满载而归。才穿过田基回到大路没走多远，耳后传来摩托车的声响，麦希明对着林小麦喊"小心"，林小麦下意识往路边靠了几步，扭过脸来，只见一辆绕着车尾挂了一圈鸡的男装摩托车擦着她的身边开过，梁伯大声叫："作死你啊，你个鸡佬山，车子开那么快……载那么多鸡去哪里？"

鸡佬山应声停车，笑着对梁伯道："去龙石村送货啊，白三元阿公做百岁大寿，搞盆菜宴，'男做整寿，女做一'，所以这次全村发大了来搞，白阿公发散了他的子子孙孙到处收靓嘢，什么三头鲍石斑鱼，果园鸡荷塘鸭，就连垫底的支竹，都要北艮山半山腰那家山水腐竹厂的贵价货！咦？这味道，又酸又香，这么多枇杷，四伯公你准备重新出山了吗？是就好了，三阿公今天早上还在跟我叹气，说你的门市关掉之后，找不到合口味的咸酸了。你这边多搞一点带给我，我去跟三阿公说，他一定高兴！"

得了梁伯的爽快答应，鸡佬山又风驰电掣地开走了，山风吹得他车尾倒吊着那圈鸡的鸡毛翻飞，好像披了条亚麻色的围脖，麦希明看着那圈鸡，很是感到新奇："这样带鸡……不会死么……"

林小麦心转的却是另一个念头，若有所思地道："不会，那些都是果园鸡，生命力顽强得很。不绑严实了，能从摩托车飞下来，三个大男人都逮不住……不过，爷爷，这边做盆菜宴要用黄金脆瓜，时间上……好像赶不及啊？"

第十章　为贺大寿，重启金房

梁伯道："先回去再说。"

还是用如意兜做担子，变挑为抬，梁伯和林小麦抬了担子走得快了些，三人加快脚步回到家里。一个胖乎乎的中年妇女从左手边第一间房子里走出来，穿着洗得褪了色的围裙，说："爸，你回来了，龙石村白三元阿公百岁大寿，喜帖派到我们家啦……"

把东西放到院子里，梁伯摆了摆手说："我知道了，贺金贺礼你们两公婆商量着办，要往宽里花钱，带两支好酒过去……我要集中精神做黄金脆瓜，金房钥匙，我之前收山的时候交给了见湖的，不知道他有没有扔掉？没有的话就拿给我吧。"

那中年妇女道："没有呢，收起来了。当时你说要收山，见湖就说了，你一定会忍不住重新搞的，没想到才一年不到，这日子就来了。"

林小麦低声对麦希明介绍："梁伯三子一女，以江河湖海做名字，大的两个在省城工作，小的两个一个在身边包山搞农林场，一个在附近的镇上上班。这个婶婶就是排行第三那位叔叔的老婆，当年我还来喝过他们结婚的喜酒来着。"

抢在中年妇女扭身进屋之前，林小麦上前去有礼貌地高声问好："阿凤婶婶，好久不见啦！我是大妹啊！"

阿凤打量了林小麦两遍，才惊喜地高声道："真是大妹啊！长这么大了！你变得这么漂亮了！真是女大十八变咯……上次见你们的时候，你们还读……读……"

林小麦笑嘻嘻地说："我们才刚考高中，后来功课紧，就没来了。今年我和细妹都大学毕业啦。"阿凤连连点头："是是，你们现在在哪里工作啊？阿茂叔呢？怎么不跟你一起来？这个靓仔又是哪位？你男朋友啊？"林小麦说："话不要乱说啊！麦总是我的老板，专门来寻找梁伯的黄金脆瓜的。至于别的问题一时三刻可回答不完，等说完了急脚果浆也都变酸了……婶婶还是赶紧把专门腌咸酸的'金房'帮我们打开吧。"

阿凤忙奔到了楼上，很快拿了一把有些年头的黄铜大钥匙下来，带着东西绕到屋后。一间收拾得很齐整的独立屋子赫然在后院，屋前有半月形净水池，一条海碗粗的入地管开口在水池上方，潺潺流水从管内注入池中，再顺着一条水泥渠流入屋内。麦希明说："池子里的水是来自刚才那山溪吗？只见进不见出，想来是屋子另一头自然有排水的地方？"

梁伯说："没错。腌咸酸的水至关重要，最好莫过于山溪水。我跟村里报备过，从山溪上拉了一条管通过来，中途还有两三道过滤设备。每年疏通保养，要花不少功夫。这个池底部是按照专业净水装置配的净水层，共夹了八层，再流入金房中使用。在金房里的正北面有另一个沉降池排出污水，那边的配方又不一样，是用的活性炭、珠母贝、细河沙、火山渣、方解石、熟田土来做的净化层，如此才能过滤干净污水，然后全部排到村旁边的环腰小河里，不会污染环境。"

麦希明听罢，肃然起敬："多层过滤，确实是净水器的基本原理。我原本还担心在家做腌菜排出去的大量污水会导致环境污染，原来在建造金房之前已经考虑到了……嗯，环保和传统，本来就不是冲突的。"

梁伯说："是这个道理，我家从太公那辈就住这儿了。我赚了钱，把房子翻修了再盖，准备留给孙子、曾孙……城里一间房，不及村里一块地塘。要留给子孙的东西，当然不能污染啦。腌菜水还算是小儿科，大宗的比如猪粪牛粪这些，早就集中起来无害化处理了……你们没发现，从村头走到村尾，都没闻到猪屎味？"

麦希明一听，顿时又无话可回答，林小麦倒是一拍巴掌："真的……这么说村子里不让养猪了？那往年你给我爸捎的腊肉腊肠又是哪里来的？"

这时阿凤婶婶打开了金房，自己回前面带娃做饭去了。梁伯提着生腌瓜往屋里走,边走边说:"养啊,养殖户集中养在了半山的猪场,用山泉水来洗地洗猪,加上山风透气和科学喂养,就不会像从前那么臭了!……扯远了,来帮忙。一个人挤枇杷汁,用石臼捣烂挤出汁来,不能过了铁器;一个人清洗黄瓜,沥干水分,半点水雾不许沾。"

林小麦和麦希明交换了个眼色,麦希明说:"小麦,你跟我说怎么用石臼,回头去洗黄瓜就好了。在参观都会博物馆的时候,我就一直很想尝试下这种古老的工具……可是工作人员用红绳拦起来了说是珍贵的文物,连碰都不许碰。"

闻言,正在走向角落堆满坛坛罐罐的货架的梁伯,回头惊讶地看了麦希明两眼,说:"不至于吧,老板,这东西虽说是我阿爷那辈传下来的,也不能说有资格进博物馆啊。这么说的话,我们村祠堂的那架金漆神台,还有年底拜太公的那套三四百年前留到现在的架罉,岂不是都可以上……上电视那些鉴宝节目?"

林小麦笑了:"麦总是在国外长大的,他指的是国外博物馆吧?那边统共也就建国了两百多年,梁伯阿爷的话,也是清朝末年了吧,在那边是够得上资格拉红绳保护了!行吧,老板,你看看我示范……用这个石臼,要巧力加大力,有点技术含量的。"

看着那副年龄是自己三倍长的石臼,踩板已磨得光滑了,落锤因常更换,还显得簇新,石臼里明显一层光滑的壁,麦希明和林小麦一起把枇杷扒皮取核,连同那层薄薄的贴着核的带酸涩味的膜也撕扯干净。林小麦手里不停,嘴巴也不停:"用石臼呢,最要紧是手眼如一,及时调整落锤方向,确保所有果肉都能锤烂……说起来半点不难,无非细心二字。把枇杷果肉捣得筷子插入即倒,就可以了。然后用玻璃滴滤压壶挤出枇杷汁来,就地取材用石渠活水湃凉。枇杷汁,不是落入黄瓜里的,是一会儿爷爷炒熟盐的时候,挤入盐里的。"

麦希明听到这里,一边用心记,一边有疑问:"既然如此,为什么不用舂米的机器,又或者打浆机之类的来打浆,岂不是更快?"

林小麦道："手工舂确实费时费力一些，不过眼睛看着心里有数，下手下脚有分寸。机器舂的话，是定时定量数秒数，三十秒是三十秒，一分钟是一分钟，到了点就停，对于这种用量不大而仅仅起到点睛之笔的秘料来说，反而手工制作性价比高。要流水线生产量产化，又是另一回事了——再说，那种腌菜也不会想到用枇杷汁落熟盐啊。按照配比配料，工序到了定时定量投撒最后灌装就完事儿了。"

默默点头，麦希明自去工作，另一边梁伯大声催促让林小麦抓紧时间。抬腕看了看手表，心里略一算时间，林小麦两手并拢提着一桶生黄瓜到了水渠旁，水渠仍旧是活水流过，在中段水流湍急之处，修了一架水车。麦希明见到此处，才明白早前林小麦说的踩水车是什么意思，他看着林小麦往返两趟把生黄瓜倒入泡在水渠里的一个疏眼竹笼里，安置好，人就脱了鞋子挽起裤腿，露出两条白生生的修长美腿，踩到了水车上。

随着林小麦有节奏地踩动，原本平缓的水流骤然加急，哗啦啦的清水冲击着竹笼，把黄瓜上红红的浆果汁冲得干干净净。小麦不断调节着竹笼角度，片刻工夫，已把果酱清洗干净，被急脚果生腌过的白玉黄瓜色泽淡了些，隐约透着一层红意，如美人初上胭脂，带着一丝艳丽。

冲洗干净，林小麦打开竹笼上的掩门，分批取出已然失去部分水分，变得柔软的白玉黄瓜，来到金房东北角的凉台上沥干水分。麦希明捣好了枇杷果，收在纱布里，等果汁缓缓滤出。趁着这当口，他走近林小麦道："小麦，有什么需要帮忙的吗？咦？这个瓜……已经开始脱水了？"

林小麦把那些黄瓜列队般整齐摆放在通风透气的方形竹匾上，说："是啊，才结出果子不多长的小瓜，水分含量大，皮肉嫩，脱水也特别快。如今天气很热了，哪怕才下了秧子带回来两三个小时工夫，也不够水灵了，何况还有高酸度的野果浆腌渍。老板你如果有空儿，就帮我开个风扇吹干水分呗。一会儿下瓮腌渍，不能带点滴水雾的，一沾了水，腌菜就会生'花'，吃不得了。"

打开了角落里的大功率风扇，原本就相当通风透气的屋子东北角顿时充斥着阵阵凉风，麦希明才发现这凉台设计特别，底下穿了无数空洞，头顶的砖墙也是通风的，就说："这房子建造的时候，已经考虑到各方面的功能了？下有水渠北有风口，南边还有火灶……北面是放着盐巴的货架……已经是一座工作坊了啊。"

梁伯很是得意地扛着一袋子盐巴，在他们身后快步走过来到灶边，大声说："这种金房，是祖师爷们传下来的风水格局！我们县城里的咸酸工坊差不离都是这么个格局。据说是最早的时候一名风水先生设计的，里头暗合了九宫术数，一数坎兮二数坤，三震四巽数中分，五寄中宫六乾是，七兑八艮九离门。再配上'灵龟诀'，南边必是离位，也就是火灶的位置，东北是巽位，也就是凉台，通风。此外水渠、石臼、搁盐、压石发酵的位置都合这么个讲究……"

听着听着，麦希明就拿出手机搜索起资料来了。梁伯看了一眼在屋子里踱来踱去，口里念念有词的麦希明，笑着摇摇头，对林小麦说："大妹，瓜晾好了，去收枇杷汁，我要开火炒熟盐啦！"

林小麦加速把最后几根黄瓜晾好，走到石臼旁，把搁在桌面上滴滤干净的一扎壶枇杷汁拿到了灶上。梁伯蹲在灶台旁，用吹火筒呼呼吹松毛干蕨草引燃生火。听着那主柴引燃的"噼啪"响，林小麦吸吸鼻子，惊讶道："爷爷，你好奢侈啊……竟然烧荔枝沉柴？不对啊，这东西你哪儿找到的啊？"

空气中弥漫起一股穿透力极强的气味，直通鼻窍，梁伯拿起火钳子不停调整着柴火："哈！大妹你个城里丫头也知道什么叫荔枝沉柴？说来听一下。看看你是真识货，还是闹了个一知半解的假把式。"

林小麦不慌不忙地说："我是之前听我爸提了一嘴，后来有心查资料看回来的……旧时最好的柴是荔枝木，耐烧少烟；最差的柴是沉香木柴，沉香是香中极品，不过沉香木木质疏松水分大，能结香的沉香是宝贝，不能结香的沉香，只能砍了当柴烧，又难烧，又多烟，还得被嫌弃！不过有一种特殊的柴，是沉香树落到被劈开了的荔枝桩子上,两树最终相抱而生,你中有我,我中有你,不分彼此。又经过百数十年之后,老树枯死,砍而为柴。这两棵树中的荔枝树吸收了沉香油脂,烧起来带着沉香的味道,是罕见的'荔枝沉'木。说白了……这东西在古代,是要被烧成香炭,供达官贵人享用的!"

缕缕青烟从灶里升腾而起,那股通魂穿窍的气味越发浓郁,眼见一口熟铁大锅锅底被烧得通红,梁伯当即凝神,把半条手臂长的盐袋子打开,如倾泻泥沙一般倒入铁锅内,抄起沉香木锅铲,用力翻炒起来:"大妹,听我读数,每三十下,放一次枇杷汁!"

林小麦双手擎着枇杷汁,眼睛凝在锅中盐上。梁伯脚步沉稳,右手大开大合快速翻炒锅中盐,左手稳中有力配合右手转抟抖翻。不过眨眼工夫,热浪轰轰,直把站在灶旁的林小麦热得脸蛋红扑扑,晶莹汗珠黄豆般沁出来,梁伯却浑然无事,专注炒盐。

等麦希明详细记录好金房的布局,来到灶旁,看着林小麦往锅里生盐顺时针三圈洒入枇杷汁,果味被热力一蒸,芳香馥郁,他忍不住问小麦:"小麦,这些盐看起来颗粒细小,微微带着黄色……不像是寻常细盐,又不像一般的粗粒海盐。"

林小麦答道:"老板你眼力真厉害,没错,这些不是海粗盐,其实是上等盐——只不过,这些盐,年纪比你我都要大了。是存放了四十年的上等老盐!"

梁伯道:"小麦,加料!"

依言再以凤凰点茶的手法顺时针加了三圈枇杷汁,林小麦对着屋子北面的货架子努了努嘴巴,说:"盐和陈酒一样,越陈越香,越老越宝。好的老盐是乡下人一味救命药,小则治牙疼杀菌消毒处理红伤伤口,大则健肾补元救命延年。五味之中,咸味入肾经,古时患者有尿潴留的病灶,一味验证有效的土法子就是用老盐……这附近有专门的积年盐商,专门经营老盐。老盐存放的法子倒不怎么讲究,干燥凉爽通风即可……最理想的状态,是藏在地下室。但是金房里有活水水渠,地板往下挖潮气很重,放不住盐,所以做了个货架,把盐袋子放在货架上,随用随取。"

麦希明微微点头："原来是这样，有专门的商人窖存发卖老盐啊……那怎么保证老盐的品质过硬？"

不等林小麦说话，已悄然停止翻炒的梁伯带着微微喘气，说："靠眼力，靠味觉，靠经验。甭管是茶楼大厨、咸酸师傅、街边小吃掌柜……但凡这些需要跟五味打交道的积年老人，谁没有一条皇帝舌，一双饕餮眼？老盐的质量，和出产盐场、采盐年份、窖藏水平都有关系，我这一袋极老盐，采自海南千年老盐田，已经48年了。那一年是大旱天，西海岸边连续三个月滴雨不下，农作物歉收。唯独那年的盐质量极好，于是就有识货的商人买下来窖成老盐……要不是白三元百岁大寿，我还舍不得拿来用。大妹，你这是沾了光啦！"

林小麦撒娇道："爷爷，我一向有食神的啦……我记得当年来吃见湖叔叔的结婚喜酒，那鸡有鸡味，鱼有鱼味，就连河虾只是简单白灼，也鲜美得跟加了糖似的……我们说正经的吧，现在不用继续炒盐了吗？我看那色泽，似乎还没有把枇杷汁吃透呀？"

从大开大合疾风骤雨般的猛烈动作，迅速切换到轻拢慢捻，梁伯把炉门关剩下一条小缝，看着炉膛里的柴火小了下去，他划拉盐粒子的动作，如今既慢且缓，看起来甚至有些懒洋洋的。嘴角边带着笑意，扫了一眼已拿出手机对着拍摄的麦希明，梁伯道："大妹，你还说你有食神……难道这点诀窍，你还看不懂吗？阿茂白教你了？"

林小麦方才恍然大悟："对哦！无论什么炉灶都好，要火候恰当，那就得文武相结合……刚才第一轮是武火快炒，如今自然该文火细烘，等那老盐吸收枇杷汁之后，再来一轮武火……那才叫成功。"

老盐窖存的时候，多少会吸收一些空气里的水分，凝结成粗粒子。等到文火烘脆了，第二次大火炒制的时候，就可以彻底把粗粒炒细碎，最终达到的效果是细幼晶莹，可以在手指缝间溜走，像丝绸般顺滑，就大功告成。接下来的活，是文火期间要匀着分量把枇杷汁分批滴入，恰好收完最后一滴的时候，再吹旺柴火，这中间需要眼明手快经验足，由梁伯亲自掌控。

林小麦眼巴巴地看着梁伯，说："爷爷，寿宴是什么时候啊？是不是明天？刚才你说有法子提前做好，是用什么法子？现在瓜已晾上了，盐也快炒好了，你就别做那铁拐李的葫芦，有口都不说啦……"梁伯边划拉锅中盐，边不紧不慢道："你急什么，去，把瓮子准备好，再把压缸石拿来。马上就要炒好老盐了，番书仔，别拍了，把货架上的白瓷盘拿过来，起锅晾盐要用。"

麦希明去取那两个大锣似的瓷盘子。第二轮武火翻炒越发声势浩大，然而时间极短，鸣金收兵也不过花了一两分钟，等梁伯大喊"熄火"，早就准备着的林小麦关上炉门，隔绝了氧气，已是燃烧到强弩之末的荔枝沉柴彻底熄灭，袅袅余烟中，一锅细滑如丝的极老盐徐徐散发着热气。按照老规矩老法子，撒盐调理揉拌入缸压石等序列，大差不差的林小麦也心里有数。在用不过巴掌大的小耙子耙盐促使它们冷却的时候，林小麦见梁伯出去一趟，回来手里抱了一捆小树枝，开始削树皮露出里面的木芯子，再把木芯子打磨光滑削得两头尖，她问："爷爷，这签子干什么用？扎孔透气吗……嗯，这法子倒是行得通的。"

梁伯笑了笑，说："大妹，道理是这么个道理。再一个，我这新砍下的黄花梨木，带有天然酸味。插在黄瓜中间，促进发酵，又是锦上添花了。不过食品安全卫生最重要，来，你寻个干净锅，开水略煮一下这些签子。动作麻利点。"

林小麦恍然大悟，爽快答应着装好签子往外走。麦希明讶然道："黄花梨？！是哪种黄花梨？！如果是北艮本地纬度，适宜生长的，应该是黄花梨中的顶级品种——海南花梨？用这种签子来穿黄瓜会不会太奢侈了啊……"

林小麦笑出声来，说："如果用已经成材了的黄花梨……那确然是很奢侈，怕是不会有那样的傻子。黄花梨要成材，需要漫长的过程。至于黄花梨本身，不是什么名贵树种，树苗也就二十来块钱一棵而已……折一些带有树心的枯枝子下来串黄瓜用，纯粹取之自然，不妨事。

梁伯说:"大妹好大口气。不过倒是说得没错。早先时候,海南花梨是我们这边常见的绿化树种……岭南街头三大霸王,榕树、杧果、花梨木。后来花梨的市场价值被人发现,越炒越贵,于是才替换了别的树种。现在种紫荆的也有,种木棉的也有,也都很不错。以前我在洋城做工,经常去阿茂的店里蹭吃,他们街上就有好几棵大木棉,春天的时候捡回去晒干了煲汤,祛湿效果一流……我常惯起湿疹,每年就一定要喝木棉花汤……大妹,阿茂今年还有没有晒木棉花啊?"

林小麦黑水晶般的眼底微微一颤,垂下长睫,低声道:"有呢,还是往年那样,穿好一串串晒在阳台上,收在壁橱那个透明玻璃缸里。这次来得急,都忘记拿两串来给爷爷你做手信了。"

梁伯笑道:"呵呵,有心啦。带木棉花算什么啊,啥时候不是带老板,而是带男朋友回来给爷爷见见就最好啦!"林小麦的脸腾地成了熟透番茄,恼了。梁伯大笑,说:"哎呀,急眼了啊!好好好,爷爷不说了,快去煮签子。我去收拾整治一下那些黄瓜。"

林小麦消毒好了签子,整理干净。麦希明帮着她用洁净毛巾擦干水,拈在手里,开玩笑般说:"'海黄一两黄金万两',新木也致密坠手。如果有老的,收一块回去倒是不虚此行。"

林小麦白了他一眼,撇撇嘴:"老板你长得美也就算了,可别净想美事啊。"

梁伯道:"好了,黄瓜阴干了,用签子穿上,记得三签六洞过,一签忒穿肠。然后就上盐入坛吧。东南角是放瓮子,用透明玻璃瓮,别用粗陶瓮。粗陶厚实吸热慢,用透明玻璃瓮吸热才快,加上海南花梨签为'骨',可以在一天之内做好黄金脆瓜。幸亏这次是小批量地做,多了,就不能用这法子了,成本高。原本就是从前为了应付某些挑剔客人想出来的法子……没想到今儿十八般武艺都用上了。"

三人齐心合力,麻溜利索地把黄金脆瓜统统入了瓮,接下来梁伯说,还得每两个小时来看一看,就跟照顾刚出生的小婴儿似的照顾这几瓮宝贝,丝毫马虎不得。走出院子,夕阳西垂,村子里炊烟袅袅,各色不同的饭菜香味从四面八方一起飘来。麦希明看了看手表说:"时候不早了,应该是回不去了,打扰了梁伯一下午……请问村子里有没有旅店民宿?"

"……住什么民宿?自己人,住家里。"

吃过了住家饭,住在梁伯家新建的大屋,还是一人一间房。远处传来《新闻联播》的开头音乐,天边最后一丝光亮消失了,村道上的路灯次第亮起,不多,但有,昏昏黄黄的。麦希明和林小麦聊了一会儿天,就被梁伯赶去睡觉了。

这一夜,格外宁静。

到了第二天早上九点整,村道上的人明显多了,穿得齐齐整整,脸上喜气洋洋,呼朋唤友地往外而去。麦希明对这浩浩荡荡的饮宴大军表示惊奇,当他得知这些人都是同个宗族之后,就越发惊讶了。热热闹闹,敲锣打鼓舞狮子,离龙石村酒堂还老远,主干道上就摆出了大红吹气拱门,上书"祝贺白三元老先生百岁大寿"一行大黄字,简单粗暴醒目。

一行人来到了地方,林小麦缠着梁伯,把自己和麦希明带到了后厨。梁伯让麦希明和小麦帮自己捧着玻璃瓮,自己手里拎着一个小的,边走边说:"村子里摆酒,不兴去什么茶楼酒肆,都在酒堂。请了大厨带了班底来做,主家出材料酒水,既保证真材实料,又确保火候刀功味道,还能方便村子里的亲戚朋友……龙石村的酒堂翻修了好多次了,从光绪爷那会儿到现在,一直大格局没怎么变。现在是年中,还不算兴旺,到了年底婚嫁旺季,得提前一两个月排期哩!"

进了厨房,十来个大厨忙而不乱。眼看离自己最近的一名厨师手脚利索地把一条大石斑起出鱼排来,大胆落刀细心摆盘。打荷师傅在旁动作迅速地把垫底辟腥的葱丝姜丝均匀放在白瓷盆中,待得鱼排备齐层层叠叠十个碟子放进大蒸笼里,异常顺手地调好了厨房闹钟,准确定好时间。麦希明微微点头,道:"地方是老的,烹饪方式却现代。如今乡村大厨也这么高水平了吗?"

林小麦还在往前走,朝着他看的方向瞥了一眼,笑吟吟道:

"老板,你刚才没听说吗?这些也都是正经大厨,有执照有证的!我听老人家说,其实厨子这一行当在以前就有一门专门上门做宴席的,叫作'行脚厨'。行脚厨不专门受雇某个酒楼,也不专门受雇某个人家当私厨,而是自立门户。俗话说,没有金刚钻不揽瓷器活儿,敢这么当门立户的行脚厨,往往还有几手绝活儿,或精切脍,或会炖煮,或专一会煲汤。哪家要设宴了,提前带了帖子前往商议,到了日子,行脚厨就带了徒儿挑了担子来了——他们的担子里,就是独家秘制的调料,概不外传,甚至等主家吃完了,他们的徒儿还会回收了泔水,拌上香灰,不教外人把师门绝活儿学了去。"

麦希明说:"这又是为什么?我从前也看一些国内传出去的古文献,厨子和主人之间,也有推心置腹的。比如说著名的袁枚先生,他雇用了一个叫王小余的私人厨师,二人一起研究,创作出许多私房菜来,袁先生也并未藏私,尽数记录在《随园食单》中,流传后世。"

厨房很热,林小麦捋了捋汗水打湿的头发,说:"老板,我也很希望可以多一点袁枚和王小余这样的美谈呢……"

她对面的师傅举重若轻般,把一尺多高的玻璃瓮放到水泥灶台上,俯身细细审视一遍,赞道:"汁水晶莹皮色似金,生津止渴开胃消滞……特别是小孩子这个季节,湿毒积食,又不好胡乱用药的时候,炒一道紫苏小脆瓜,又香又开胃。自从几年前吃过一次之后,惦记到现在。"

跟在大肚子厨师后面,麦希明把自己手里用麻绳网兜穿着的两瓮也一左一右放了上来,不知道是谁传出了消息,说是梁伯出山了,昨儿用的四十年极老盐赶急做的黄金脆瓜送来。开瓮之时,周围人都围拢了过来。梁伯亲自净手开封,一股极清的酸香味在烟火缭绕的厨房里传出来,清晰可辨。

趁着前排地利之便,麦希明拿出手机拍摄成品照片:"没想到短短二十小时,就能做出如此完美的黄金脆瓜。只可惜错过了出水的时刻,没能准确掌握时间……"

林小麦说:"老板,难得来一次盆菜宴,要不要参观一遍后厨?虽说鲍鱼必须提前72小时炖好,花胶也需要炖上一天两夜,烧鸭烤制时间倒是不长,个把小时就够了,想要达到皮光肉紧,前头的腌渍晾皮功夫,又不能马虎省略,怎么也得腌三晾五,才成了个样子……这些预备功夫,是来不及详细全程跟随了,只看个收尾归总功夫,也算是此行的意外收获。"

眼看着蒸鱼师傅已掀开大蒸笼,白茫茫的水蒸气夹杂着鱼肉鲜香冲天而起,麦希明很难拒绝林小麦的建议……

等到参观完厨房回到外面,宾客们已陆续来到,真的就是高朋满座,有人打牌有人打游戏,热闹非凡。麦希明拿起手机拍了百八十张照片,才开口道:"好热闹的场景……我这些日子来,也见识了不少意头菜、形意菜……或者,盆菜也有其中一种意义?"

林小麦一拍手:"老板好聪明……盆菜按照档次高低不等,最少八道,最多十八道菜,除了汤和伴碟,一桌俱全。图的就是个团圆美满,兄弟姐妹一条心。当然……味道很重要。盆菜堆叠不是乱来的,讲究先素后荤,先平后贵,就用今天的来说吧,总共十六道菜,最底下是'四方来贺':焖煮好的支竹、萝卜、西兰花、十字花菇;中间层是'五岳朝天':发财就手、发起猪皮、门鳝干、脆炸虾球、鱿花;第三层是'大四喜':溏心鲍鱼、葱烧海参、红烧裙翅、东海黄鱼肚;最后一层是'大三元':白切鸡、清蒸石斑、明炉烧鸭。一共分四层,应和四季福寿绵绵不尽的祝福。"

正在厨房门口聊着,安置好了咸酸的梁伯却来喊他们回头。二人走过去,只见一名戴着白帽子的师傅正在看两名打荷忙碌。梁伯介绍道:"这是我四侄阿敏,如今专门做盆菜,这次盆菜宴的统筹大将军就是他了,现在师傅们开始摆盆归置,他负责料理盆菜酱汁。大妹,爷爷不知道你为什么突然回来,还要带着这位大老板。想来你们是想要做什么大事……就带你来看看。我跟阿敏说了,能拍照能录像。"

麦希明向对着他们和气微笑的阿敏拱了拱手,说:"酱汁在西餐里,被称为一道菜的灵魂。调理不容易,在某些米其林餐厅里,哪怕是主厨外出做客座厨师，也是把调理好的酱汁采用技术手段密封急冻，带去客串的餐厅。您的酱汁这么大刺刺地给我们看，没问题吗？"

不等梁伯说话，梁敏大大方方地一笑："听先生说话，就是餐饮行的行家！应是精通西厨。我们中餐来说，酱汁也是很重要，所谓的'鱼淡肉咸，烧腊配酸甜'，蒸鱼的调味要淡，炒肉的芡汁要咸，烧鹅烧鸭，少不了一味酸梅酱，腊肉腊肠，离不开一碟甜酱油……至于这一盆盆菜，要使十六道风味各异的佳肴最终混为一味，就要我烧制的这味'和味芡'了。不过更重要的，是以艺会友，货遇识家。"

麦希明闻言动容，林小麦连连点头，说："我也早就听说过，盆菜最后关键，是加一勺酱汁拉力画龙点睛。今天是饱了眼福的同时也要饱口福了，爷爷说得没错，我这是有食神啊！"

看着双手合十在胸前连连对空气拜拜的她，麦希明淡淡一句："迷信。"

不气不恼，嘻嘻一笑，林小麦说："老板，看看这边准备的是什么？那煲高汤好香，有海的味道，火候已经到了……是海藻和青红萝卜一起熬的素汤，此外还有……百菇粉。"

正从汤锅里往外捞出一个装得鼓鼓囊囊的料包，梁敏闻言抬头笑道："对，这是百菇粉……说是一百种，其实夸张了，我这个菌菇包是专门跑到菌菇王国云南去，用那里的冬菇、松茸、虫草花、竹荪王、牛肝菌、干巴菌等，统共三十八种食用菌，炮制晒干用破壁机打成粉，代替味精来进行提鲜调味。这些菌里，有一些带了微毒，比如说牛肝菌，要经过去毒处理；有一些鲜味内藏，比如说干巴菌，要经过处理提鲜……最后才得到一坛百菇粉，用一次性的无纺布袋线装封好，专门上门宴席服务的时候用。"

林小麦笑得眼睛弯弯，赞道："果然很方便。我以为还得像从前那样，大把大把调料往里面撒呢！嗯，当时见湖叔叔的婚宴，就是这样的。果然年代不一样了，这样提鲜比味精强多了，健康很多……"

只见梁敏尝味首肯过后，打荷师傅便即捞出汤锅底料，随即投入晒得精干的柴鱼花，沸腾不休的高汤顿时归于平静，梁敏也不说话了，集中精神在照料高汤上。麦希明道："这些高汤，就是调理酱汁的底味吗，看样子是鲜味汁？"

梁敏咧嘴一笑，说："鲜味是鲜味，不过，眼前这锅急就章的鲜汤不过是配角而已。主角是它！大妹，你看看今天我们一共有多少盆盆菜上桌？"

这时诸事咸备，所有备好的材料集中到一张拼起来的长方大案前，直径逾尺簇新敞口大盆整整齐齐地列在大案上。师傅们一起上阵，忙而不乱地流水价把道道菜肴井然有序排好。林小麦伸长脖子一看："一行五盆，一共二十行，这不是刚好一百桌，一百盆吗？咦……这儿，为什么多了一盆，而且，所有师傅似乎约好了一样，优先摆好了这一盆……"

一声"起"，第一百零一盆盆菜被提到小推车上，径直推到梁敏跟前来。早就生好了炉火，梁敏手下两名打荷师傅把盆菜搬到了炉子上。麦希明看得清楚，讶然道："这多出来的一盆盆菜，盆身看起来已有岁月痕迹，盆口有螺旋状扣纹，盆底有活门，倒好像是……特意设计过一样？"

梁敏一听，顿时眉开眼笑："识货，识货。没错，这个盆是我们这一流派的盆菜中的传统工具，名叫'和味盆'。盆菜有许多流派，既有流传最广泛的'原味派'，即无汁无酱，百味合一，从上吃到下，越吃越鲜美，滋味百变；有沿海地区的'海味派'，即连鸡鸭都舍去不要，全盆皆水生海珍，顶多加鹅掌鸭翅做代表，生猛新鲜，名贵无比；还有一种，就是我们山区穷人家后来发展出来的'和味派'。越往西江上游，山越多，越险峻，山里缺盐少物，一年到头合族吃一顿盆菜，我们的盆菜不算咸酸、不放叶子菜，皆因这两样东西山里俯拾皆是，不够资格入盆。同时需要盆菜够味杀食，于是加上了汁酱。把多出的一盆'母菜'温火加热流出酱来，和高汤混在一起，再加上这一包老汁，各取三分之一的分量，浇入盆菜中，取原酱原味，咸鲜重口……渐渐地约定俗成，形成我们这一片山区的独特味道。"说话间，一百盆已经列装好的盆菜满满当当，热气腾腾，如沙场点兵，远远看过去，端的是气势非凡。负责"点青"的师傅是最后停手的——把一小撮香菜芹末葱青点在盆菜最顶上，和味汁分作四大碗，由四名大厨分列浇入盆中，团团一圈。那些盆菜因了那一点青绿和一圈带金属色泽的厚重酱汁，睡醒了似的焕发出勃勃生机来。

梁伯轻轻打了个响指，示意正忙于拍摄的麦希明和林小麦回到自己这边来，说："走吧，我们要回座了。我坐在寿星旁边的那一席上，你们两个是外来贵宾，跟我坐一起。可不能让三阿公看到我们开饭了还不在位子上。"

林小麦和麦希明一听，忙跟在梁伯身后往酒堂里撤退。他们身后，站在扎了红绸布的小锣旁边的梁敏扬起鼓槌用力击打，铿锵有力余音袅袅，梁敏扬声吆喝："上盆菜——开席——"

喜庆的祝寿民乐在酒堂临时装上的大音箱里循环播放，听到那一声锣响，原本串台子闲聊的、嗑瓜子的、打牌的、合影的、联机打游戏的……纷纷回到自己桌上，就连围着老寿星唠嗑叙旧的几位老叔伯婶婆，也被各自晚辈子孙搀扶着规劝着，恋恋不舍地归了位。

麦希明坐在一圈白发苍苍的耆英中间，细致周全地执足了斟茶倒水分纸巾等默认成规的晚辈功夫，林小麦想要帮他，被他按下来了。扎着红绸子的盆菜上了桌子，祝寿乐大作，酒堂内气氛热烈高涨，按照规矩，寿星剪彩。已经一百岁的白三元老爷子短发如银，方面无须，双目有神精神矍铄，首先用小剪刀剪断了围着菜盆的红绸子，再亲自夹起一块鲍鱼，一块鸡腿，一块猪手，凑齐了海陆空福禄寿三星。

麦希明很是羡慕向往地看着啃猪手的白三元老太公，不免提起在国外如果这种百岁老人，就得引起媒体蜂拥而至，却没有这样合族大联欢的韵味和意义了。

土法焦化猪皮，石斑鱼柳，边吃边聊，言谈中又提到了分子料理。出乎林小麦意料，麦希明说不过是个术语罢了，难道真的能够改变食物分子结构吗？在工科实验室里，一个原子显微镜造价多少，一个分子级的设备，又造价多少？哪怕真的用来做吃的，如何能达到高楼殿堂的场面？所以啊，许多分子料理，不过讲究个创意、混搭，改变食物口感、材质……不闹噱头，就算是有良心了。这一道炸猪皮，先炸后吹，在原已油炸疏松的真皮层外面，再以风筒吹出无数细微泡泡，大口嚼松化小口闷溶于舌尖，就有点儿分子料理那意思了。

莫说是林小麦，席面上一桌宾客也听得入了迷。同桌正对面的一个戴着小孩围兜的老人忽然闹起脾气来："啧，不好吃，不吃！又说带我吃好的……净给我没味道的东西。三哥过生日，你们就给我吃这些……"

旁边的年轻女子不气不恼，用哄小孩的脾气说："奶奶听话，乖，这东西还没够火候，一会儿就有味道啦。要不然我们先吃个酸味来开开胃好不好？梁伯亲手做过来的咸酸啊，好久没有吃到啦，你尝尝是不是跟你年轻时吃过那些味道一样？"

嘴里不停歇地哄劝着，语气格外温柔，女子夹了一筷切得薄如纸，色如金，清香扑鼻的黄金脆瓜，喂到老人口中。老人瘪着没剩几颗牙的嘴巴咂巴了几下，才笑了。耳听见旁边一人低声说："四婆也九十五了，虽然眼蒙耳朵背，走路都要扶拐棍，但心水清记性好，几十年前的旧事都记得……唯独这样，特别难伺候。幸亏小孙女孝顺，真是几辈子修来的福气……"

麦希明听在耳中，不禁扭过脸，压低声音问林小麦："这个村的人是有什么长寿诀窍吗？普遍都能活到九十岁以上！那位阿婆都九十五了，怎么还给她吃腌瓜这种亚硝酸盐含量高的东西？"

林小麦无奈道："老板，讲饮讲食我就会，营养养生我外行。再说了，抛开剂量谈毒性，那就是耍流氓啊。把菜式都分割成营养成分，那不如干吞维生素？可那样的话，又有什么人生乐趣呢？我就觉得，好吃就完了。极端点儿说句，这边还有民谚，'有烟有酒，活到九十九'呢……来吧，尝一尝黄金脆瓜。这道菜可是有老板你的辛勤汗水在里面的哦。"

且不必形容那色泽卖相如何，脆瓜一入碟，麦希明就愣住了："这脆瓜……"

咽下口中的溏心鲍鱼，梁伯似乎早就料到他想要问什么，说："我们这边吃盆菜口味腻重，用来醒味开胃的咸酸就得留三分生性，所以昨晚半夜提前出瓮。一会儿我们吃完宴席回去出瓮的黄金脆瓜，就是刚刚好了。"

梁伯笑容坦诚真挚，倒是让麦希明颇为尴尬，不由得揉了揉鼻尖，为了掩饰尴尬，吃了一大口脆瓜，酸酸甜甜凉凉，上头得很。林小麦看在眼里，莞尔一笑，说："要说真的留一手绝活儿，还真的就是绝活儿。大酒楼、高等私房料理能够不惜工本创新研究，精益求精各式蹊跷菜、精致菜、创意菜。我们街头食肆、乡邻生意，就得讲究个人心周到，体贴人情。比如说，爷爷这一手提前出瓮留三分生。哪怕是我们家档口，哪个熟客喜欢咸，哪个熟客爱吃辣，我爸爸心里也有杆秤。就好比上次你见过的那个莫叔，他有个侄女从小在我们店里吃到大的，最喜欢吃牛杂汤河粉，胃口又跟小鸟似的……莫叔第一次带她来，就跟我爸爸打商量，付大份的钱，但粉下少一半，牛杂多放一倍，就这么着吃了十年，后来那小姑娘有次跟同学打赌，说正常人家的大份牛杂粉就是她从小吃的那样，西洋景才算拆穿，闹了不大不小一乐子。"

第十一章　火候不对，汤里出错

就在麦希明跟林小麦从北艮村带着土特产，做好了记录往回赶的时候，洋城里，又是一个华灯初上的星期天傍晚。穿了一条贴身连衣短裙，显得青春逼人的林佳茵站在街口老位置上，如期等到了程子华那辆车。仍旧绅士风度地为她打开车门，依然上了车就递给她一张卡片，只不过，这次上面列着四个署名。

林佳茵一看，吐了个槽："四个署名，啊哈，所以谁是福尔摩斯，谁是华生……"

被程子华看了一眼，玩笑戛然而止，程子华很认真地说："洋城如今现存四个最老字号做正餐大席的饭店，我给你四个晚上，带我完成它。"

把玩着那张散发着香味的小卡片，林佳茵小嘴边犹带笑意，说："不用四个晚上，我一晚上完成这个KPI都行。"

程子华脑门上好像用章子凿了"我才不信"四个字，眼睛在眼镜片后面透着审视："上次吃到了一家违法餐厅，是我失策了。现在这几家餐厅都是老牌子大饭店，号称用最平凡的食材就能做出真本味，每家都有招牌菜。一晚上吃过这四家店？你吹牛呢！"

林佳茵伸手指点着卡片上的餐馆名称，连连摇头："这四家店的主厨都是同一个人，洋城出了名的一肩挑四方，名字快没人记得了，都叫他担山文，或者叫大只文。要是他亲手料理出来的餐品，那倒是当真有几分火候。可现在他当了主厨，又是一人看四家店，哪还有太多机会亲自上手做菜？"

程子华皱了皱眉头，疑惑地应道："不是吧？即使是主厨不动手，身边带着的二厨肯定也有主厨七八分功夫，否则主厨也不会敢于放手。只要不是吹毛求疵，那做出来的餐品应该也能跻身美食行列了。"

林佳茵让自己在副驾驶上坐得更加舒适了一些："眼见为虚，尝过才真——就按照由远及近的方式来，免得浪费时间走回头路，鼎尚天汤，出发！"

发动了车子，程子华似笑非笑地看了看林佳茵："我有个小问题——我们俩谁是老板来着？"

林佳茵顿时端正了脸色："作为一个认真且尽力的员工，我建议老板先从鼎尚天汤开始尝试。"

时值周末，洋城的堵车自然会耽误些许时间。当程子华驾车来到鼎尚天汤门前时，门童立刻飞快迎了上来。扫了一眼酒店门前挤得满满当当的停车场，程子华笑着说："就看这生意火爆的程度，这家店的菜就差不了。"

林佳茵不置可否地撇了撇嘴，跟随着程子华走进了餐厅，在预订好的一张桌子前坐了下来。扫视着人声鼎沸的餐厅内觥筹交错的场面，再看看在餐桌间穿梭往来为食客服务的服务员彬彬有礼的模样，程子华脸上顿时浮现出了一丝笑容："忙而不乱，看得出来是经过严格训练的。服务人员年龄也都在二十多岁到三十多岁，显然也是经过了专门挑选的。连服务细节上都舍得下本钱的餐厅，其他方面……应该也不会差了。"

依旧笑而不语，林佳茵伸手接过服务员递来的菜单，转眼看向了程子华。程子华很是绅士地伸手比画了个请便的手势："给你个机会，让你找找这餐厅里的错处。"

林佳茵低头看向了菜单："老板，我可真没打算吹毛求疵，只是要——优中选优。比如说，这个'是担'菜，看起来就不错，还有来个豆豉鲮鱼炒薯苗。既然是鼎尚天汤嘛，自然要喝汤了，四月湿五月毒，来一鼎祛湿解毒的鸡骨草炖猪横脷，再来一个去肾湿的猪小肚煲二黑吧。"

她连珠炮地点完，合上菜谱交还服务员，服务员还有些愣神，脸上保持职业笑容："美女，就这些菜吗？两个人吃似乎不够啊？要不要试试我们的当造新菜？有新鲜现到的河虾、海边徒手现采的辣螺，还有从山区专门农场运来的正宗乌鬃鹅……都是如今当时令的好菜，美容养颜又好吃呢。"

林佳茵礼貌拒绝。看着服务员下了单转身离开，程子华说："是担……粤语'随便'的意思，因谐音的缘故，在某些新派餐厅甚至干脆就是个豆豉炒蛋，讲究一些的地方就会做个混炒……嗯，此其一。豆豉鲮鱼炒番薯叶，虽说这季节番薯叶新上市，鲜嫩好吃，但实在说不上什么贵价细菜，普通主妇发挥得好了，也能炒得鲜软好吃……此其二。你点这两道菜，是要给我省钱吗？不用客气啊……"

林佳茵还没说话，服务员再度来到桌边，双手捧着一个托盘，里面陈列了六道精致餐前小食。林佳茵一扫，视线落在那碟凉拌水晶鱼皮上，亮光一闪："我就要那碟鱼皮，谢谢。"

服务员留下了鱼皮，转而去服务别的桌子。程子华看着林佳茵用筷子灵活地把鱼皮卷起一颗搭配的花生米，并一根香菜，夹到他的碗里。她自己也依样画葫芦，搭配一套送入口中，满意地眯起了眼睛，嘴角边笑意渐浓："嗯，好吃。鱼皮是好鲮鱼皮，薄韧如纸，做得地道……老板，你快点尝尝看，不然一会儿香菜梗被辣醋汁泡软了，就不爽口了，搭配起鱼皮不免失色。来来，大口吃，一口吃下去，鱼皮就得这样吃！"

闻见对面小女生语气很是柔软耐心，还带着点儿哄小孩的味道，程子华很不自在，不过还是把鱼皮依言夹了吃掉："鱼皮卷花生，再加新鲜香菜，这是为了丰富口感层次吧。辣醋里也是加入了一点点的山葵，形成了复合的辣味。小小一道开胃前菜如此用心，后面的主角肯定错不了。林佳茵，要不然现在就补点两道大菜？你不用太多考虑KPI的问题，我有足够时间给你完成任务……"

林佳茵说："老板，既然我收了你酬劳，就要对得起我这份人工啊。不是说了优中取优吗？刚才那小菜里，就是鱼皮比较有技术含量。要片出好的鲮鱼皮，除了需要师傅刀功到家之外，讲究的还有鱼要鲜活，取山泉活水里长大，一尺到一尺半的泰鲮最佳。鱼捕获之后，要放不超过5℃的低温水中，让它净身吐沙，皮紧鳞收。制作的时候，就不需要再冰镇，直接手快切皮，放入沸水中四起四落即可上桌，而且必须新鲜现做，才能入口。你跟那泊车仔交涉的时候，我看了看海鲜池，海鲜池那最不起眼的角落里，专门用冷水养了半池鲮鱼，池子壁上还有温度……等服务生端碟上来，就知道那水晶鱼皮的来龙去脉了，这才放心点给你吃。至于别的酸辣萝卜、卤水花生、盐焗凤爪等物，冬令萝卜胜人参，现在是初夏，不适合吃；盐焗凤爪一定是外头大工场进货；卤水花生是很不错的，平时倒能够一尝，不过那一碟子里我看到有四粒八角，就放过量了，味道想来很香，但和一会儿我们要喝的汤相冲了。至于拍黄瓜和酸辣木耳……你喜欢吗？"

很仔细地思量过林佳茵的话，程子华果然摇了摇头。很快，两味汤端了上来，都用考究小鼎装着，鼎上有盖，盖上镂刻了汤品名字。放在程子华面前的小鼎，上面古体篆文猪小肚煲二黑；放在林佳茵面前的是鸡骨草煲猪横脷。

根据老规矩，先淡后浓，先清后浊的顺序，从猪横脷开始，请来服务员分汤。一人份的炖盅，分到两个小碗里，正好一人一碗的分量。另一边，程子华把搭配汤渣沾味的炮制熟酱油和胡椒粉放到桌子一角去。林佳茵闻了闻，看了看，说："汤色清如水，香味有还无，药味淡，肉味浓，比例恰恰好。嗯，江湖八卦，担山文出身贫穷，十三岁出门走街头卖黑盒饭，十四岁正式入门学厨，偏生少年初生牛犊不怕虎，胆子大得能包人，为了精进厨艺，十七八岁骑了一辆男装摩托遍访名师。他的汤不只是广东的特色手法，还汇集了某些北派手段，博采众长，所以符合近年外地人渐多的洋城食客口味。看这个汤色，应是用肉蓉打过淘澄的，我倒是希望能够打一番自己的脸了……"

服务员分了汤，仍旧是取了一个小小碟子出来，把汤渣带了出来。鸡骨草煲过之后色若淡绿墨金，带一股难以笔墨形容的清香；猪横脷切厚片，软嫩适中，程子华用筷子轻轻夹开："这么说来，又是一位红尘英雄了，真刀真枪厮杀出来的，会有两把刷子……也有个隐患，特别容易歪了路数，嗯，这个切猪横脷的刀法，看起来就不大对劲。"

先喝了一口汤,品咂了下味道。林佳茵收起了嬉皮笑脸,拿起筷子去翻动猪横脷:"这鼎炖汤有讲究,基本上是'老带新',一个大鼎里熬出底汤来,客人点了之后再以原汤分装小鼎加新料重新煲煮。大鼎里的汤需要厚实足料,取其火候老到。小鼎新料需要轻巧纤薄,取新鲜口感。为了达到最佳口感,小鼎内的汤料配比,应是三比二,老三新二,三块厚的两块薄的。但现在五块猪横脷都是厚厚实实分量足,乍一看是用料十足,实际上……应是全部出自大鼎底汤兑了水至稀薄,再以肉蓉打清之后放小鼎速成。嗯,不能说是不行,就是味道上有了差别……不是行家吃不出来。"

把自己汤碗里的汤喝了两三口,碗就见了底。暂时按下对猪横脷汤的疑惑,目光放在了猪小肚上。程子华有个疑惑,不明白为什么服务员默认把这道汤放他面前。只是一问,林佳茵尴尬地转移开了视线,嘟哝道:"因为民间传说,这是补肾利湿的汤……特别适合男人喝……嗯,那时候我们街上七婶的老公做了个小手术,拆掉导尿管之后排尿不畅,七婶就专门跑菜市场去,让猪肉明给她多留两个猪小肚,回头用黑芝麻和黑豆这'二黑'一起,加一点车前草,给七叔喝了。也就两天工夫,七叔就尿出来了……效果显著哦。"

听音知意,程子华也尴尬了,转移话题说:"原来是这样。中医的书我也读过一些,说是黑色主北方,主水,所以能代表水,肾脏又是属于泌尿系统的……颜色、水、方位……苹果与橙也能扯上关系,也是绝了。算了算了,我们撇开这些不谈,只谈味道吧。猪小肚是要整个入鼎煲汤,等汤成之后,再剪开上桌,没办法再用老带新的法子来以大分小,这么一人份,不知道他们是怎么配料的呢……"

林佳茵这次抢了先机,用公筷把鼎内的汤料夹出来,两道小炒也上了桌了。抬起眼皮看一眼冒着热气的"是担"——辣椒豆豉炒鸡蛋,林佳茵小嘴露出淡淡笑意:"炒鸡蛋最要紧油多锅热,打发了的鸡蛋加上适量水,里头松软的空间能够吸收跟它体积一半的油,这道'是担'是做到家了。"

只可惜——猪小肚炖二黑是不需要老带新，却火候不对，煮过了，带了一股水味。原来是今天的汤煲过火了，厨房发现不对，就加一点儿水重新糊上封皮纸再煲。这本来也是酒楼里常犯的错误，不算是什么大错。然而既然林佳茵尝出来了不对，那就没必要继续喝汤，把鱼皮和"是担"吃完，留点儿肚子到下一家。

顾着聊天吃喝，也没留意到什么时候桌子旁边多了一道白衣身影，头上戴着高高白帽子，心口别了个名牌，正是"鼎尚天汤"饭店的二厨。林佳茵言笑晏晏，眼角余光看到多了个人，微讶噤声。

那名二厨态度却好，带着笑意上前道："真的是不好意思了，打扰两位用餐了。刚才听两位一番品评有纹有路，关于火候的问题更是一针见血，师傅带入门修行在个人，本人学艺不精倒是给师门添了羞……这里再另送一道卤水拼盘给二位做补偿，请二位千万不要见怪。"

林佳茵客气地说："师傅不用客气，我们这边也快吃完了，送菜就不必了……你放心，对于今晚的汤品问题，我们绝不会声张，也不会影响你们继续做生意，随口说几句罢了。既然师傅如此虚心，想必也是听得进意见的。那么，希望下次来的时候能够有所改进，也是我们食客的福气了。老板，你说是吧？我们时间宝贵，还有下半场要赶呢……"

一边说，一边对着程子华挤挤眼睛，程子华闻歌知意地取出信用卡来递给服务员："是的，我们下半场赶时间……买单。"

从进饭店到出来，才花了不到三十分钟。列表上第二个名字是"蒸有煮意"，这是才开了三年的健康饮食门店，主打清蒸菜，真材实料加清淡烹调，讲求原味本味，生意火爆。"蒸有煮意"离此地倒是不远，林佳茵趁着程子华买单的时候，用排号软件抢了号，此刻走过去刚刚好。

也就十来分钟的步行距离，穿过了一栋大厦，背后又是一条独立房屋的街道，程子华看到蒸有煮意的招牌，还有门口已经坐了两排的轮候人群，说："这个城市倒是有意思，高楼大厦旁就是古董房子……嗯，我们是几号来着？"

林佳茵边走路边低头看手机，说："毕竟建城两三千年了，老房子要都圈起来不住人，我们这地方就不用搞建设了……小桌13号，软件显示下一桌就到我们。"

时间恰好，两人来到没一会儿，门口叫号就轮到他们了。跟着咨客直入喧闹的大厅，落座，程子华看了一眼服务员送上来的菜单，主动拿过来说："要不然这次我为女士服务到底。原汁原味的话，就应该点海鲜。"

林佳茵笑道："好啊。不过海鲜也讲季节，这个季节最好吃虾和螺，离第一波六月蟹还差着点时间。鱼的话，最好是淡水鱼，淡水鱼里，又以鯿鱼为先，鲮鱼也行。实在要吃咸水鱼的话，这个季节黄脚立最好，再希望能够有好点儿的泥鯭……"

话音未落，程子华已把菜单递了过来："来来来，菜单给你，你来点，如果按照你刚才列出来的那些菜，都吃了的话，今晚应该是去不成四个地方了……不过没关系，我不会介意的。"

接过菜单，林佳茵对着程子华狡黠一笑："老板，没事的话最好看看我们老祖宗的古书哦，比如说《三十六计》里的激将法……蒸有煮意，既有蒸，又有煮，囊括粤菜两大特色烹饪手法，那么服务员，我就要一道蒸茄子、一道黄豆酱煮春菜。行了！"

眼看着林佳茵笑吟吟地合上菜谱，服务员带着些迟疑地问："两位会不会点太少了？而且两样都是素菜……我们这边今天新到咸淡水交界的泥鯭鱼，要不要来一例咸酸菜煮泥鯭试试？如果是茹素的话，也有生蒸老百合或者冰心玉洁，都是我们这儿的招牌菜，很养生的。"

林佳茵略一思索，说："好，听你的，把黄豆酱煮春菜换成冰心玉洁。除此之外不变。就这么决定啦，请尽快上菜，谢谢。"

看着服务员改好了单子走人，看了一眼又是泥鯭又是黄脚立吃得热闹的邻桌，程子华说："如果是野生海钓的泥鯭，味道倒是不错。就是不知道你们女孩子能不能接受，因为要钓最好的泥鯭鱼，就得用小蟑螂……泥鯭鱼是蟑螂天敌，一咬住就不松口。新鲜泥鯭处理干净黑膜肚肠之后，不放一滴水直接进烧红的铁锅里焗熟，香味能飘回到海岸上……"

林佳茵也注意到了邻桌,很是赞成地说:"对呀。我看他们的黄脚立也是好东西,蒸了之后鱼鳍还根根往上,显然是活杀的,生猛。烹煮海产,考验的是材料新鲜度,材料新鲜货源可靠,哪怕火候缺一点过一点,总有补救的法子。"

他们的对话引起邻桌注意,那边坐着的打扮得很时尚的港风年轻女孩就忍不住扭过脸来,好奇满满地问:"靓女,听你说得有纹有路的,你们是美食博主来探店吗?按照你这么说,吃清蒸的东西,应该点什么比较好?"

林佳茵说:"不是不是,我们就是来吃饭而已。你们也很会点菜啊,两种鱼都是当时得令的……还有铜盘蒸鸡,嗯,一张桌子上,总得有个荤菜顶饿。杂粮拼盘也不错。美女也是识家啊!"

她没口子的夸赞声中,港风女孩眉开眼笑。程子华偏偏要泼冷水:"你好像没有回答人家的问题啊。其实我也很想知道,为什么你要点两道素菜……以及,冰心玉洁是什么?"

和港风女孩坐一起的另一个穿着职业套裙的中年斯文妇女,笑眯眯地说:"冰心玉洁这名字听起来,像是姑婆菜变过来的。"港风女孩顿时好奇:"老师,姑婆不是已经没几个了吗,姑婆菜还能传下来啊?"斯文女教师说:"姑婆有侄子侄孙的嘛。逢年过节,侄子侄孙来接姑婆回家过年,姑婆要不要下厨煮两道拿手斋菜奉神?分给晚辈们吃一吃?老师家从前就有个姑婆,下过南洋又回来了,很舍得给利市钱我们这些侄孙辈的……她会做一种印糍,加了香茅,就是南洋风味。上次老师也给你带过啊。"

"对哦……老师还教过我做呢,不过步骤太烦琐了,我就忘了。印糍的味道是记得的,用了黏米粉和糯米粉掺在一起,口感不是糯糯的,而是咬下去糯中带着爽脆,夹着白糖花生馅,加上艾草香茅的味道,特别好吃!"港风女孩说完,女教师接着她的话头道:"我姑婆说,真正的姑婆菜是很讲究的。不能见肉,不能放葱姜蒜。但人生在世,怎么能不吃五味?就想了许多吊鲜提味的代替法子来……咦,上菜了,我们的铜盆蒸鸡……哎呀,那可怎么办,太大份了,我们两个人吃不完呢。"

不知道为什么,明明两道简单的清蒸菜,却上得很慢。眼见服务员给邻桌的师生俩端上一盘直径超过筷子长,热气腾腾的铜盘蒸鸡,林佳茵也不顾唐突,脱口而出:"这鸡选得不对啊!"

或许说得大声了一点,正在忙着给铜盘蒸鸡拍照且比心合影的师生俩,也都被惊动了。港风女孩倒也不生气,张口就问林佳茵怎么个不对。斯文女教师却是抿嘴一笑:"鸡肉大块,鸡爪骨粗,看看这鸡头,鸡冠有肉而不厚不大,这是一只骟鸡,不是我们认为的小母鸡。用来做铜盘蒸……也不是不可以,不过须得用乡下那种两尺大铜盘,加热慢,传热慢,讲究骨有味肉耐嚼,齿颊留香。"

港风女孩听得入神,林佳茵下雨天打孩子,闲着也是闲着,索性插嘴把女教师的话补全:"所以用这种小铜盘来蒸鸡,属于龙井茶叶煲五常大米粥,不能说东西不好,只是搭配不对。靓女,你试试味道怎么样。"

听了她们说话,港风女孩就有些尴尬地对着老师笑:"哎呀,早知道我就不嘴馋突然要吃鸡了……放心,吃不完打包。自己点的菜,含泪也要吃完。"

女教师夹了一块鸡腿到她碗里,笑得一脸慈爱:"总不会比当年你高中住校时的大锅蒸鸡难吃。来吧,吃就是了。"

她给自己也夹了一块鸡肉,港风女孩颇有些艰难地嚼着那块鸡腿,吞下去之后说:"味道调得挺好,只可惜鸡真的太大了。靓女,真不好意思,不会点菜让你看了笑话啦……咦,那边来了,是不是你们的菜?"

果然港风女孩开口就中,服务员端上了第一道菜——清蒸茄子。看着切成三角段整齐码放在红色釉下彩菜碟里的茄子,林佳茵发现,这不是普通的清蒸茄子,这是从沙门菜脱胎而来的"明镜台"!不,不是著名的"菩提本无树,明镜亦非台"——而是"身如菩提树,心如明镜台。时时勤拂拭,莫使惹尘埃"那首!

吃这个茄子,要分三步。第一步把茄芯单独剥出来,吃茄子,尝一尝茄子的本味。看似不起眼的茄子,其实清蒸起来是最考功夫的。茄子皮紧肉厚芯绵，就好像一块大海绵，火候不到会夹生，火候过了软绵绵味道淡，不好吃。林佳茵一边介绍，一边分菜，分好菜之后还很贴心地拿起筷子递给程子华，程子华略带忸怩地问店员要了一副刀叉……

笋髓，绵软清香。

茄子，顺喉而入。

一边支棱起耳朵听着程子华连串中英夹杂的赞美单词，一边用公筷用莲须卷起一枚笋髓茄芯，宛如拖地一般把盘底的透明芡汁轻轻一拖，把饱蘸了酱汁的莲须裹笋髓茄芯放进程子华碗内。这就是"明镜台"的关键一步，莲须入口。白莲须既是药材，也是食材。入心脉，性极寒，能清心火……在这道菜里应该代表的就是"拂尘"了。莲须很柔软，事先焯水制过，去了清苦的味道减淡了药性，同时方便裹着笋髓食用，设计这道菜的人很细心周到。但莲须始终是药，不可多吃。所以这一口浅尝辄止即可。

尝味过后，程子华说，这道菜如果放在国外的餐厅里，能翻三倍价钱，而且会让评论家和素食者们发疯。林佳茵看了一眼旁边不知道多少次叫服务员加水，喝着茶明显赖着不走了的师生俩，又看了看程子华，说："这才第一道菜呢。冰心玉洁不是还没上吗？老板，你刚才觉得笋髓茄芯定价便宜了，冰心玉洁可就是贵价菜了，我看了菜谱，放在第三页的呢……"

一言惊醒，程子华看了看时间，叫来服务员催菜。服务员好脾气地解释道："先生很抱歉，让您久等了。冰心玉洁是我们店里的名牌菜，需要等待25分钟的……我这就帮您去催一下。"

女教师笑眯眯地说："靓仔你不用心急，冰心玉洁确实需要费时费功夫。刚才我翻了翻菜谱才想起，果然就是改良了的出自姑婆屋里的姑婆菜。这家饭店做的冰心玉洁是玉环裹着干瑶柱上碟清蒸而成，而自梳女们的传统冰心玉洁，是一道全素做法……全素的，叫玉洁冰清，是一道瓜果素。早年间没有大棚温室种植，春天时难有新鲜蔬菜水果吃，就要用瓜果来代替叶子菜，叫作'瓜菜代'。玉洁冰清，就是春天的时令菜。"

"将节瓜去皮，挖空心，中间套上去皮丝瓜，底下垫片薄如纸的草菇，再以剁碎了的杂菇黄豆芽吊出高汤，用高汤先煮双瓜，等软了后热胀冷缩原理挤得环环相扣不带丝毫缝隙了，再挖空丝瓜瓤，酿入软炸草菇芯。最后上锅清蒸、淋原汤芡，方才成菜。做好了的玉洁冰清，层层鲜美，如玉环套金珠般美丽。在寒食这一天能和春卷、春饼一起做素宴席主菜的。"

女教师音色甜润，娓娓道来，还带着职业性的抑扬顿挫，很是悦耳动听："姑婆苦姑婆累，姑婆做工养父兄。姑婆亲姑婆爱，人人爱吃姑婆菜。姑婆老了要孝敬，福荫祖庭寿绵长……姑婆老了，味觉迟钝了，别说做不来冰心玉洁，就算一碟炒青菜都咸得发苦，我们做小的还是吃光光，为的是不伤老人的心。就好像我这个学生，现在愿意陪我这个快退休的老人家出来逛街吃饭，也是难得有心啊。"

莫说是程子华早就拿出手机录音，林佳茵也是情不自禁鼓掌叫好："哇，您说得好详细……我从前只是尝过味道，知道做出来很考技术，没想到还大有讲究啊……"

港风女孩很自豪地说："我老师是特级语文老师，还是传统文化教育的督学，对于本地的传统文化很有造诣的。今天这家饭店也是她带我来的，要吃一些传统食材新做法好东西。靓女啊，你们真的不是美食专栏作家或者主播探店吗？"

林佳茵很是羡慕地说："你们师生关系真好，我和我的中学老师早就没联系了……"

对于关键问题却是避而不谈了——也没有谈的机会，服务员来上菜了。一个相当有分量的大圆碟落到了桌面上，程子华吸吸鼻子，眼前一亮："嗯……用大号元贝代替了原本的素菜芯，这元贝的色泽饱满金黄，套在节瓜中，如同金镶玉一般。卖相很好，档次也直线上升。……来，女士优先。"

用空碗接过了程子华夹给自己的"金镶玉"，林佳茵看了一眼玉环底下垫着的底子，眉尖就微不可见地蹙起了些许："这垫底的，是冻干杂菇吗？"

服务员笑盈盈地说："客人真识货，我们这道菜是改良版本的，原来是草菇底，改成了冻干杂菇，很多客人吃过都说好的。"

道过了谢，遣走了服务员，程子华对林佳茵说："冻干杂菇做菜底有什么地方不对？"

也没有急着回答，林佳茵夹起一块冻干杂菇来，尝了一尝，说："草菇是菌菇类里的'鲜味王'，讲究的是个'三不为上'，即不开伞不发亮不沾铁。那种黝黑麻面没有光泽没有长伞的草菇，是没见天日的东西，蕴含了无数鲜味精华……取了来以竹刀或陶瓷刀切片，无论清炒荤炒，都鲜美无伦。"

用叉子叉起了一块冰心玉洁，把里头酿的整个元贝顶出来，在自己菜碗里转来转去的，程子华道："听起来有道理，但是……或者是因为它用元贝取代了原来的素斋芯子，元贝本身富含鲜味，就再也不必依赖草菇的氨基酸提鲜？"

默默夹了一筷子节瓜元贝送入口中品尝，林佳茵才说："老板，你说得也有道理……可惜在这儿却解释不通，节瓜压根儿没有吸收到元贝的味道。这两个菜是分开处理好，再塞入节瓜做的'玉环'中，后期经过了清蒸和调味，两个的味道却丁是丁卯是卯，再加上垫底的冻干菇，三个材料三个味……"

林佳茵看了看越来越凝重的程子华，低声道："现在用料是比原版的名贵了，味道却没办法和谐统一。打个不恰当的比方，中厨好菜，就像欣赏美人，分拆开来每个人都有缺点硬伤，A小姐下巴太短B小姐身高不够C女士牙齿微龅……看整体却有一个算一个活色生香……哪怕是之前我赴宴吃的元贝版冰心玉洁，也是改良得法所以好评如潮，那是担山文在开放厨房上亲自料理的。而今天这一位，我唐突说一句，似乎是徒弟想改良，却把西施改成了东施。"

她说话已刻意压低了声音，还是让旁边的服务员听到了，服务员跟领班嘀咕起来。看着程子华也认同林佳茵，女教师就说："人家打开门做生意嘛，冰心玉洁的名字虽然好听，说破天去也就是草菇加节瓜，要做好还得费工费力。倒不如塞上两枚大元贝，不说别的，光是材料价就配得起它的名字啊……"

港风靓女道:"确实,元贝这种东西属于大一圈价格翻两番的海货,成本不一样。冻干菇更是有科技含量,如果换作我,在不知情的情况下,也会先入为主觉得改良版的更好。而且,用了这么多元贝,味道应该不会差,只能说是……不怎么地道。"

女教师一边打包桌面上的剩菜,一边说:"也不能一棍子打死,你看靓女点的笋髓茄芯就很经典地道嘛。一个酒楼有那么几个亮点菜,别的出品也在合格线上,也就能做成啦……长板理论。你也是受益者啊,当年偏科偏得那个厉害,你班主任常找我唉声叹气,只管学好了语文英语,数理化一塌糊涂,最后不也上了大学,现在还请老师吃饭……"

嬉笑声中,师生俩打好包离开,程子华也对服务员说:"买单吧。"

扭脸对林佳茵道:"时间还来得及吗?"

拿出那张写着名单的卡片看了看,林佳茵说:"够呛,得抓紧点儿时间。下个地方要开车过去了……"

买了两道菜的单,离开了饭店回到车上,程子华一边调整导航路线,一边说:"刚才买单的时候,蒸有煮意的厨师似乎是出来了,一直在那边盯着我们。你没发现?"

林佳茵道:"早就看到了,无所谓啊,嫌我们点菜少话又多呗!就像那个老师说的,打开门做生意,难道还不让我们点菜吗?我觉得挺可惜的,担山文对冰心玉洁的改良很成功,如果那二厨学到了家,真的是一大亮点……"

程子华赞同地点点头,说:"改素为荤,变小众为大众,是许多大厨必经之路。好比说把普罗旺斯鱼汤推进大众的那位厨师,他在厨艺界很受争议,但让各种人尝到这种美味,推广接受,才能让古老的料理存活下来。可惜啊,担山文自己技艺高超,却没能教好徒弟。"

林佳茵道:"教徒弟不容易的,厨师学校统一上课也是教,按照老规矩那样,磕头奉茶从此带在身边如父如子口传心授也是教……嗯,这第三个地方,叫'文厨主理',听叔伯们相传,是担山文最常出现的地方，去看看能不能吃到全挂子本事的好菜？"

等到了文厨主理，此间越发生意火爆，程子华看了看满满当当的停车场和门口不断把宾客往里面引的咨客，毫不犹豫地扭脸对林佳茵道："听闻国内互联网发达，什么都能买……你有门路可以买到黄牛号吗——钱不是问题。"

话是从他自己口中说出来的，不过十分钟之后林佳茵真的拿着从网上买到的黄牛加塞号亮号入场时，程子华还是惊讶得很。林佳茵心情复杂地说："老板，我这是应该自豪我们互联网的便利呢，还是说……"

程子华拿起桌面上放置的菜谱递给她，说："你应该点菜。嗯，没想到这家店布置得倒是接地气。还有拖家带口来吃饭的，高级料理大众消费。"

眼睛扫过明厨亮档的烧腊前菜摊子，再看看直接簇拥在生鲜摊前点菜的食客，程子华又恢复了信心。见他看着透明玻璃橱窗内忙碌不休的热厨们，点好了菜的林佳茵不禁莞尔："不愧是担正了担山文招牌来做的店，丰俭由人材料正造，厨师班底个个功架能看能打，像点样子了。"

厨师们面孔嫩，手法老，就那两个切烧腊的，都是切的红烧乳鸽，林佳茵发现他们连摆盘都一模一样，乳鸽头朝向都不带变的……不说是科班出身，再不济，也是经过了店里统一培训的。如果真的沉下心来练几年，脱了学生气和匠气，倒是有望出一些人才。时势造英雄，担山文那样一辆摩托四方拜师最终闯出来的野路子，终究越来越少。

林佳茵扭过脸去，看到一名宽肩膀的白衬衫牛仔裤中年人独自坐在离明炉档最近的双人小桌上，她脸色一变，说："担山文果然在这里。"

等到程子华讶然循声看过去的时候，却只看到了一个背着双手离开的高大背影。两人也没有往心里去。点好了菜，不久，两个人走了过来。一个是服务员，一个是领班。服务员端着托盘，上面摆着菜品，男领班亲自上菜："两位客人，这是你们点的兰花新雨和鸭先知。"

只有两道菜,一荤一素,甫一上桌,林佳茵吸吸鼻子,顿时眉开眼笑。春季花入馔正当时,原本这道菜半个月之前吃最好。如今也算抓住了个尾造。看着碟子里成年人巴掌大的兰花,程子华有些发愣:"这是什么品种的兰花,怎么这么大?"

领班送来配套的刀叉,林佳茵切开了那朵看起来雪白无瑕含苞待放的玉兰花,同时解开了谜底:这不是兰花,而是佛手瓜。红楼梦里小姐们放在屋子里取香味的就是它了。来到粤地,最终成了一道菜。

程子华边拍照片记录,边又有问题了:"这也算是传统的食材吗?佛手瓜,让我查一下资料,属于柑橘科的一种植物,叶子和果实含有芳香烃。一些知名品牌的香水也尝试过使用它来做香水……嘿,柑橘大家族的东西啊。"

林佳茵说:"好的佛手瓜,讲究香炉蒂、金刚托、拈花瓣,瓜瓣不多不少正好五个,宛如拈花佛掌一般似开实闭,卖相最好。兰花新雨的主要原材料就是它了。按照老方子,先采了上好的佛手瓜,去皮留肉,中间以'探骊采珠'手法挖空瓜瓤,以猪网油包裹了上蒸笼生蒸三遍,如此三遍之后,佛手瓜的芳香物质被猪网油吸收殆尽,成为一片雪白无味的绵云。"

"乌鱼子、墨鱼肉、鳊鱼精、鲤鱼脑这四样腥味淡而甜味浓的水产,搅打成细蓉,以鱼露调味后放入裱花袋中,注入佛手绵云内。先温油略炸,再以热椰子油复炸,绵云膨胀后取出。放兰花炭上蒸熟,最后伴碟必有两朵真正的兰花,才是正宗地道。"

看了一眼切成薄片的兰花新雨,里外如一的白腻,做得跟真的兰花瓣一般,随意散布的乌鱼子就是"兰花"里的花粉了,以兰花做名字的菜却和兰花毫无关系……熟练地用刀叉把一片兰花新雨送到程子华的菜碟里,林佳茵说:"他们很细心。菜谱上用括弧备注了主要材料,就连可能导致过敏的食材也用星号标注出来了。这就是与时俱进了……嗯,就像另一道传统菜桂花扎里没有桂花一样,我们起名字,除了表意,还追求内涵。常用汉字只有几千个,可以表达无数意思，可不像拉丁语系，过几年就得扩列一次专有名词！"

程子华参照着林佳茵的模样，夹起切成片的兰花新雨，点取盛在摆盆装点的真兰花花兜内的水晶荚，送入口中嘴角已有了笑模样："嗯，利用佛手瓜厚实的果肉来隔开了油炸的火气，肉蓉细嫩入口即化，满口都是甜味，佛手瓜肉带了兰花清香，如今略散一散味道之后，反而更淡雅适口……不错。"

林佳茵尝过味道后，点了点头，又摇了摇头："这道兰花新雨也算是有了担山文八成功力了，但，用的乌鱼子还是老了些，咬在嘴里就带了一点咸味……之所以叫新雨，就是选用的四样水生材料必须当年出。乌鱼子最好是船上捕捞上来现场取出用阳光海风生晒，而这个乌鱼子该是冰鲜到了海岸上再剖腹取子的，就有了一些细微差别……算了算了，瑕不掩瑜吧，工序、火候、选料都对了。"

程子华琥珀般的淡棕色眼底闪过一丝阴翳，目光转向下一道菜——却听得林佳茵说，这就是一道普普通通的芋头焖水盆鸭而已，他就有些不以为然："随便一个路边大排档都能够点到的菜，特意来著名饭店里吃，是不是没有什么必要？"

取来公用匙羹翻动那红泥小火炉里的芋头焖鸭，使酱汁均沾，大块的子姜被翻到了面上来，人间烟火味顿时扑面而至。吸了吸鼻子，程子华骤然噤声。林佳茵似笑非笑地看了他一眼，说："你闻闻，你闻闻，是不是很香？鸭有鸭味，芋头有芋头味，你吃姜吗？"

程子华下意识地摇了摇头，看到略带随意地拍得松松散散、闪着酱汁光芒的子姜块，又改了主意。林佳茵就把一块鸭胸脯、一块子姜、一块拇指大小的芋头蛋蛋送到了他的菜碗里。程子华先吃了鸭胸脯，眉头情不自禁往上抬，眼镜片底下眼神一亮，然后就是芋头和子姜……察言观色，林佳茵小嘴嘴角禁不住上扬："看来味道能过关？"

程子华点点头，说："鸭肉很嫩，不柴。酱汁丰富。姜块完全没有了辣味,竟然带着点肉香。芋头块很小,应该是特殊品种的芋头,芋头里含有的天然的淀粉很好地把酱汁保持在浓稠度的适中状态。荤素搭配,鸭肉又是天然健康的低卡食品,嗯,又是一道可以让国外食评家以及记者们尖叫的菜式。"

叫了一碗香米饭,林佳茵用酱汁拌下,说:"人是铁,饭是钢,酱汁拌饭是王道。芋头焖鸭,是秋天的时令菜。到了秋天,芋头又粉又糯,是穷人家的恩物。我爸爸说,在旧时,穷人过中秋,桌上两件宝,就是芋头和田螺。能吃得起月饼的,都是殷实人家了。"

没什么共情,程子华专心吃饭,斯斯文文吃完之后点了点头:"浓厚的酱汁能衬托米饭甘甜。对,不光是米饭,哪怕是面条、面包等主食,都能够和它万能搭配。它是为了填饱肚子的菜式。"

林佳茵说:"老板,你说得没错,芋头焖鸭属于随便路边哪儿都能够找到的菜,同时也是很考材料丰俭由人的菜。有的酒楼采了手指粗细的芋头梗,略晒之后,上锅蒸出苦汁,再行烘干。用芋头梗加芋头一起焖鸭,叫作'鸭先知'。不是春江水暖鸭先知,是芋头熟了鸭先知……"

程子华翻了翻菜谱,说:"这道鸭先知没有用芋梗,算不算是不正宗?"

林佳茵说:"老板聪明,智商180!对呀,这就是不正宗的做法……担山文这里,选料更加精致,工夫火候掌握得老到。这种芋头不是什么特殊品种,是用上品粉芋,以刀功削成拇指大小,入油锅略炸至表皮肉松脆,再上锅蒸,让它的肉质松软容易吸收味道。鸭子,用的是两斤左右的水盆鸭,吃鱼虾大的。这两样东西,只需要一个可靠的农场就可以供应。"

程子华说:"你为什么会想到点这道菜?"

林佳茵笑着用眼神扫了一圈周围的食客,程子华跟着她看了一圈,恍然:"周围的客人桌子上几乎都有这道菜,看来是招牌菜啊!"拿起菜谱漫无目的地翻看着,林佳茵说:"既然有惊喜,老板,要不要再来一道菜试试?"程子华摇摇头说:"没有必要了。"

我倒是想问一下,中厨馆子里能不能见到做菜厨师的?我想要知道这第二道菜是哪位厨师经手。"

林佳茵指了指那道鸭先知,把砂锅边沿上贴着的厨师编号展示给程子华看。她扫一眼编号,眼底闪过一抹讶然:"这编号……竟还不是二厨,是个三厨做的?"程子华侧过脸,就着她的手看了,再取过兰花新雨菜盘子上夹着的厨师编号签子对比着看了,也是一样惊讶:"兰花新雨是二厨出品。啊哈,那可有意思了……"

正在讨论间,一名穿戴整齐头戴厨师帽的厨子来到了他们桌边,对着二人微一躬身:"两位客人,刚才听见这位靓女一针见血指出兰花新雨里存在的问题,真是难得识家。鄙人学艺未精,今晚二位享用的菜品就由本人请了,日后有缘,还请二位贵客多多帮衬。"

那人说得客气,逐客令下得坚决,林佳茵和程子华交换了个眼神,程子华取出钱夹子来,天下没有白吃的午餐……单还是要买的。

离开了这第三家馆子"文厨主理",林佳茵系好安全带,回眸看一眼兀自站在停车场路口目送他们的餐厅店经理,略带歉意地对程子华道:"老板,对不起,是我莽撞了……我只想着尽快完成KPI,没想到引起他们警觉。也是我考虑不周,我之前闻说似乎有人想要为难担山文,找了不少好手去他的店里挑刺。今天夜晚同一个晚上,我们两个频繁进出他主理的饭店,估计是引起了他们误会……"

开着车子缓缓前行,程子华倒没有什么责怪的意思,缓声道:"他们之间江湖事,你也别乱把责任揽上身,事实证明这是很高效的做法啊。基本上三家店的亮点和不足之处都显出来了,我觉得你这次做得不错。"

看了一眼导航,林佳茵忽然问道:"咦?目的地是'文家厨味道'。老板,人家都知道我们了,要赶客了,你还要坚持去第四家店吗?!你就不怕我们连门口都进不去,被人赶出来啊?!"

程子华一往无前,很是坚决地道:"打开门来做生意的店,不会还没接待就赶人的。有句中国老话怎么说来着？三十六拜都拜了，也不差这一哆嗦！倒不如趁着我们还没有上黑名单之前，彻底吃完，不然过了今晚，怕是从此这四家餐厅就把我们列入恕不接待客人序列了……"

从有独立门店、独立停车场的文厨主理驱车来到位于江心岛上的第四家店。从车上下来，看着程子华把车子侧停到了路边的咪表停车位上，林佳茵从马路牙子上蹿到从驾驶室下来的程子华身边，且及时奉上彩虹屁："老板好醒目，把车停在路边走过去，就不会打草惊蛇……"

程子华看了她一眼，说："你想多了吧，我查过那家店附近只有音乐厅和美术馆，没有停车位！"

拍马屁拍到了马脚上，林佳茵脸都没红一下，若无其事地在程子华身边大步走："对对，这条路上最大的坏处就是没有停车位。任凭食客们开多好的车来只能停路边，就这也没妨碍这家店生意兴隆贵客似云来，有人开过玩笑，说要看名车展览，不用去车展，来周末的'文家厨味道'店门口这段儿江边路就行……"

看了看打扮入时举止优雅的进店客人，再顺着客人的脚步，看着一左一右站在门旁，手里提着一竹篮，把竹篮子里扎成小束的白玉兰花交给进店客人，哄得客人笑靥如花的咨客，程子华忽然停下脚步，说："林佳茵……看样子，这儿是个闹噱头抬档次的地方。我们不用进去了，今晚……到此为止吧。"

第十二章　青苏红荔，天下至艳

林佳茵一笑："老板，赠人玫瑰手有余香你肯定是知道，送白玉兰的典故，估计你就不知道了吧？"程子华讶然道："送白玉兰……有什么讲究吗？"

引领着程子华朝着餐馆大门走去，林佳茵笑嘻嘻地接过了咨客递来的白玉兰，将白玉兰别在了自己衣领下："这就是考校厨师功夫的一种方法了。白玉兰花香淡雅，不容杂味，真正的好厨师做出来的菜，能让一桌食客吃完之后，依旧能闻到清雅的花香。按照老饕们的说法，这叫闻香识味！"

依样画葫芦地把接过来的白玉兰别在衣领下，程子华显得有些狐疑。走进了餐厅里，第一轮饭市已经有一些吃完了，大厅里没怎么坐满，脚步一拐，随意到餐厅人群较为密集的地方找了张空桌子坐下。程子华一坐下就下意识地找菜谱，早就候在桌子旁边的服务员有礼貌地道："我们的菜谱是按季换的，桌面上这两张就是。"

程子华依言从精致的金属桌子号码牌上抽出两张烫金字的菜单，说："走的精品路线吗？一个季度换一次菜单，成本很高啊。曾经国外有个米其林三星的餐厅这么干过，一个季度请一位客座厨师来主理，售价昂贵。在经济好的那几年，宾客如云，好多人提前一年时间预订座位……后来次贷危机影响，餐厅就没有了，也是可惜得很。我曾经有幸和餐厅创始人共进过晚餐，他说每一名客座厨师来，除了带他的班底之外，还要准备各种原材料，当地买不到的，还要空运，成本极高……若非出于对美食的热爱，他作为商人是决计不会做这项买卖的。"

耳听着邻桌传来一声似笑非笑，明显带着刁难口吻的诘问："现在是我给不起钱吗？牛气冲天里的牛海绵换成了牛骨髓？汤头稀薄，还有，这碟葱花怎么回事？我们喝汤，从来走青。"

被服务员请来的领班已站在了桌边，平视着牛尾汤喝了一半的尖下巴年轻女人："真是很抱歉，给了两位不好的用餐体验……我们这道牛气冲天是主厨亲自料理，按足规矩不花巧，熬了十个小时而成。如果两位不满意，我们马上更换另一道汤，希望两位多多包涵。"

那女人不依不饶，说："领班，牛气冲天这道汤，应该是把当天活杀小公牛的牛尾巴烫水取骨，塞入以黄酒煨烂去腥的牛海绵入汤熬煮。汤汁浓厚，补而不燥，是阳气生发之汤……把牛海绵换作了牛骨髓，又怎么生得起来，发得起身？"

听着尖下巴女人振振有词的言语，林佳茵毫不赞同地摇头："不对啊……老一辈传下来的法子，牛气冲天就该用牛尾巴、牛骨髓和牛肝来炮制才对。生生猛猛初生犊，干干净净头生蛋。牛力壮健，浑身是宝，牛尾有力，牛骨生血，牛肝益气，有这三样原材料煲汤，才合春天万物生发，强身健体的需要。"

她的话语顿时引起旁边食客注意，程子华说："你知道这汤的来历也不出奇……但那葱花，我看着也不对劲啊，我来到洋城这么长时间，就没见过喝老火汤配葱花的。如此说来，他们被刁难也不算全无道理。"

林佳茵抬了抬屁股底下的椅子，挪到程子华身边去，好正面对着那正撕扯热闹的邻桌，眼睛盯着那鼎牛气冲天汤："别的汤确实不能放葱花，怕被青臭味夺了汤的鲜味……唯独是这一道牛气冲天，葱和紫苏是不可少的。如果我猜得没错，葱花旁边那个小碟里，看起来酱不啦叽的，就是传统法子造的紫苏酱。"

程子华"哈"的一声，扭脸看着她："紫苏酱？难道也是用来拌汤？那么汤还成汤吗？"

林佳茵不服气地提高了半个调子："谁说酱不能入汤啦？大酱汤不是汤？豆瓣酱汤不是汤？几千年前，在精盐还没制作出来的时候，我们的老祖宗喝的就是酱汤啊！而且，是制作极为精致的酱汤，不是大酱豆瓣酱能够比较的……只不过后来我们烹饪技术发展了，倒是让那些不入流的二徒弟三徒孙们还抱着我们老祖宗不要的东西当宝贝。"

她完全没有发觉自己的说话声吸引了邻近好几桌食客把目光转移了来。那女人身边坐着的男伴，也扭脸看了过来。林佳茵对程子华说："春天湿热滞涩，舌头容易生腻，且众所周知，春天只要滋补调理得当，能够强健身体，特别对长身体的青少年来说，更加需要牛肉这种优质蛋白……所以，牛气冲天这道汤，熬出来之后，就需要用紫苏酱入汤，以紫苏叶提振味蕾，再以小葱点缀，用葱来解热祛痰，健脾开胃，增加食欲。"

程子华闻言，茅塞顿开："的确……小葱里含有大量挥发油，从科学角度解释，是促进消化和血液循环的。当然，抛开剂量谈作用不恰当，但用来配伍肉汤，很是合理。古代的国人已经会营养学了吗？"

林佳茵抿嘴一笑，说："说是营养学就言重了。不过这么简单的吃食配伍都没琢磨出来，我们五千多年不就白活了？说起来，反而是用牛海绵加入汤中，是近十年才兴起的以形补形的食用方法哩！牛海绵那种大阳之物，冬天进补尚且要看着人来，这都春末夏初的光景了，真要是吃了要流鼻血啊！"

旁边一个短头发浑身名牌的精干女人被林佳茵逗得忍俊不禁，短发都给笑乱了，逗得坐在她身边的男伴也莞尔。尖下巴女人就有些讪讪的，程子华事不关己地对林佳茵说："行了，我们吃我们的吧。这儿是最后一家了，你不是说想要快点完成KPI吗？"

邻桌似乎是消停了，服务员来到林佳茵和程子华的桌边，准备点菜。林佳茵看着菜牌，说："对了，今天我们还没有正儿八经吃炒菜呢。要一道肝胆相照，再来个红荔照青田。"程子华说："加一道主食吧。今天没怎么吃主食，你照着点就好。"林佳茵就对领班道："脆皮干炒牛河，有汤送吗？"

服务员道："除了牛气冲天之外，还有是日例汤。今天的例汤是牛大力青红萝卜煲猪骨。我可以送给两位一份。"

程子华道："一份应该喝不完？花钱无所谓，浪费就不好了。"

服务员很有礼貌地说:"先生,我们这儿的例汤也可以按位上的。"

林佳茵说:"那就只上一位,我们分着喝好了。脆皮干炒牛河也要半例就行。我看着那边有开胃小菜的双拼,应该是笑口常开和贵妃舌吧?这两样东西别处却是少见,我们也来一份。"

两道小菜很快送上来,放在一个一体分两仪的碟内,林佳茵看着开口笑形状的婴儿拳头般大的大红枣,两眼放光,馋猫似的道:"哇,卖相真好。老板,我不客气啦……"

她咬开了大红枣,露出里面香甜绵软的糯米来,糯米里面还另有乾坤,放了一小根削得细细的党参,林佳茵惊喜道:"党参红枣,妇女之友啊。煮熟了的上品党参甜丝丝的,嗯,好吃。"

就跟打擂台似的,邻桌那尖下巴女人嫌弃的声音愣是压了林佳茵声音半头:"红枣里面塞党参,不怕人流鼻血吗?火候蒸得也不对,打算用党参的甜味来掩盖红枣不够火候的生味?刚才那汤我也就忍了,连开胃菜都透着敷衍,叫你们领班来……"

女人音量着实不低,再次把周围人的目光吸引了过来。林佳茵看着远处领班匆匆向这边走来,忽然朝着程子华打了个眼色,低声说:"我好像知道谁来找碴儿了……能够知晓牛味冲天来龙去脉,又一口咬出笑口常开里的红枣肉带了三分生,全都是识家,不是外行人啊。"

话音才落,在尖下巴女人旁边坐着的粉色衬衫男人也放了筷子:"贵妃舌上还带了腥味,原本这种凉拌海贝,应是用辣螺煮了汤底,用那一口鲜汤焯水开口即起,成菜后口感爽脆,就算咽进肚内也满嘴海鲜鲜甜的,现在只剩山葵辣和海水腥……担山文忙着开分店,这是分身乏术,招牌都被徒弟们砸了?既然如此,就别学人家一肩挑四海啦?领班,你们的厨师呢?"

站在他们面前,气还没喘匀的领班,扭脸对正在把两道热炒放在他们桌面的服务员说:"去把今天的热厨师傅叫来……"

热闹滚雪球似的越滚越大,莫说邻近几桌人都停了筷子把视线投了过来,就连坐在远处的客人也都站了起身,伸长了脖子边看边举起手机往这边拍。见程子华一脸看热闹不嫌事大,哭笑不得地又往嘴巴里送了一颗笑口常开,林佳茵说:"老板,边吃边看啦。这家店的出品我倒是觉得没什么毛病,也许是担山文把最多精力放在这儿的关系?果然开店如种地,心思花在哪里,质量体现在哪里啊!"

穿着干净合身厨师制服,两只胳膊还套着袖套的师傅被服务员带了出来,走到那张桌子前。粉衬衫男人用公筷夹起一块色泽诱人的热炒送入口中,嚼了两嚼,抽出纸巾到嘴边吐了出来,边包起那块残骸,边仰脸对厨师说:"师傅……这道肝胆相照,应是选用不超过三个月的乳猪的猪肝、猪心剁成肉泥,以黄酒淋过那肉泥去了腥味,再以猪横膈包裹了,放入清油煎至两面金黄,嵌入挖空了的鹰嘴桃内清蒸。最后下热锅快速翻炒一分钟,讲究一个锅气充盈,外香里嫩。你怎么可以用白桃汁来取代鹰嘴桃的天然桃香?"

说话行事,无一不是标准老饕的态势,厨师保持着微笑,认真聆听,粉衬衫男人又道:"还有刚才的汤,嗯,抛开老规矩不谈,牛骨髓是很便宜的吧?牛海绵是贵东西吗?你们一鼎汤卖那么贵,值得这个价吗?开胃点心也不够火候……失望,我真的是太失望了。没想到提前了一个星期定的位子,号称担山文主理的饭店里最为精致地道的一家'文家厨味道',最终出品却如此敷衍了事!"

程子华忍不住笑出了声:"好一句抛开老规矩不谈……所以人家给传统正宗做法的汤你喝,反而不落好,宁愿花大价钱去喝一口壮阳汤?"

他耿直发声,顿时把火力吸引过来了。尖下巴女人带着敌意地似笑非笑斜了林佳茵一眼,说:"后生仔女小孩子不懂事乱说话,姐姐我当没事发生过。搬小板凳听着吧!汤水材料不对,小菜火候不对,热炒工序不对……你们不学着点,以后难保再被类似的店招牌唬到,花大价钱做了水鱼啊!"

林佳茵对尖下巴女人的挑衅不以为意,甚至有些好笑。程子华问她:"什么叫水鱼?是鳖吗?那不是一种食材吗?"林佳茵嘴角抽了抽:"这个也是俗语,不是什么好话……以后跟你解释。老板,我们的菜也来了,正好和他们的一样。实践出真知,是骡子是马拉出来遛遛就知道了,来,我们吃吃看,是不是出品真的那样糟糕。"

大家眼睛也雪亮,看着一模一样的菜由服务生端上来,先前发笑的短发女子连连点头,满脸赞许之色:"好像我们也有点这道菜啊?难道师傅是出了菜再过来?嗯……那很敬业啊。"

那师傅团团看了一眼四周,大大方方地说:"今天有幸得到各位识家来品鉴指点,真是一场难得的缘分!奇文共欣赏,奇味相与析,不如也一块听一下?"刚才林佳茵解释牛气冲天汤的时候,就已吸引了好些人注意,眼睛看过来的人更多了。程子华侧了侧身,挡住了林佳茵,眼见她尝过了肝胆相照的味道,胸有成竹一点头:"谁说这是放了糖提出来的味道?这是货真价实把煎好了的肝胆相照放入桃子里蒸出来,吸取了桃子的水果甜啊……只不过,今年雨水少,鹰嘴桃近乎绝收,师傅折中用了黄桃。黄桃的甜度比鹰嘴桃高,肝胆相照相应地也就甜了些许……"

粉衬衫男人冷哼道:"所以咯,也没错啊,就是味道不对。"

林佳茵摇头:"每一年的天气不一样,食材生长情况也不一样。食物不是工厂里流水线生产的机械零件,设定好参数就万无一失。哪怕是最科学化的农场管理,也难以控制到全部食材的甜度硬度一模一样。所以无论中厨西厨,因材施艺,因地制宜就是考校厨师功夫的又一个方面了。今年鹰嘴桃收成不好,但肝胆相照过去的名字叫作——桃园三结义,后来因为大家觉得不能亵渎刘关张,才改的名字。又因这道菜的来头,所以万万不能缺少桃子。"

"而且为了弥补甜度过高的问题……"程子华用筷子夹着一片肝胆相照,轻轻在盘底打了个弧圈,夹起来展示给众人,"师傅在芡汁上做了功夫,我发现芡汁的质地比一般肉菜要浓厚,经过煎、蒸、炒三道工序的肝胆相照表面已经是十分疏松,很容易吸收芡汁。只需要略刻意地多蘸一点芡汁来吃,就是咸鲜适口、味道层次丰富的一味热炒。"

文家厨味道那位白净脸师傅忍不住脱口叫妙:"没错!你们

太会了！今年采购一直没办法买成鹰嘴桃，就算去到了原产地的粤北山岭里，也只能收到一些婴儿拳头大小的小桃儿，根本没办法入馔。没有办法之下，我只好用口感较为相近，产地也接近的新季脆黄桃来代替……没想到一加热之后，黄桃甜味大幅上升。为了最大限度保持肝胆相照的口感，我和师傅共同研究出解决办法，就是改良了芡汁！"

走到林佳茵他们桌边，师傅用公勺，舀出碟内芡汁，让大家更加能够看得清那浑厚得几乎不能流动的质地："鲜味可以中和甜味，所以今天这道热炒调芡汁的时候，除了下包尾麻油外，还另多放了一勺银耳水，浓稠的质地并非淀粉造成，是银耳胶质凝固。趁着这个机会，也容许我对大家做个说明，今晚如果有点这道'肝胆相照'的朋友，记得蘸上芡汁来吃。希望来年鹰嘴桃丰收，我们可以为大家奉上清爽版的'肝胆相照'，期待大家还能继续来支持、捧场。"

师傅坦荡荡一席话说罢，顿时掌声雷动。

林佳茵又夹了一个笑口常开放入口中，说："至于笑口常开火候不足……只是表象而已。党参原是滋补食材，要保持党参的药性，做这道笑口常开，就要提前少许时间出锅。师傅做菜讲的是用心，心正则意正，意正则味道正。且一道菜成功与否，是师傅和食客共同完成，心念不正，吃到嘴里的滋味也会不正。古语都有说了，食不知味——不就说的这么个道理？"

一席话下来，周围人又是一阵叫好！两个找碴儿的交换了个眼神，女的狠狠瞪了林佳茵一眼，不再言语，直接叫买单走人。风波平息，二人回到座位上重新坐下，领班和师傅并肩过来，齐齐整整一个周全的平辈礼。那领班道："真是不好意思啊，刚才有兄弟店提醒我们，说是又有人来找碴儿，对方恰好也是一男一女，就平生了许多误会。原来二位是真正的爱吃会吃之人，真的是缘分难得，今晚的小菜主食，就算是我们的见面礼了，这儿还有张贵宾卡，凭卡可以终身全单八折优惠……希望两位笑纳，以后多多光顾。"

林佳茵乖巧退到一边，让程子华定夺。程子华道了谢，收了贵宾卡。那白净团脸师傅才开口道:"多谢两位。"林佳茵也是一样还礼:"客气客气。"看她说话行事动作,白净团脸师傅眼神又添几分意外惊喜:"小姑娘刚才说话品鉴有纹有路,我已经很想问了……莫非,你也是勤行中人?"不等林佳茵回答,程子华已代她说:"她是我的私人助理而已。"

他说得斩钉截铁,领班和师傅对望一眼,也不多言语,再次道谢。眼见餐厅里食客重新归置杯盘碗碟,回到原位继续进餐,刚才这场风波,平添许多助兴谈资,餐厅里的气氛无形中比先前更热烈多几分。又有一些好奇心旺盛的,临时找服务员加单,指定要吃那两名找碴儿食客点的菜式,让服务员们顿时忙了个脚不沾地……

程子华看着林佳茵又吃了一个笑口常开,碟子就见了底,不禁问她:"看来你蛮喜欢吃甜食?那么刚才肝胆相照的甜味过重,你到底有没有尝出来?"林佳茵不服气地白了程子华一眼,吞下了口中的食物,才说:"老板,我确实喜欢吃甜的,但你没听说过那句话吗?人对自己喜欢的东西,会越发较真越发触觉敏锐……所以我必须尝得出来呀!用白桃糖汁调和的味道,和新鲜桃肉蒸的味道差别虽然细微,但绝对是骗不到我的!"

程子华满意地点了点头,说:"道理是这么个道理,越喜欢,越较真……哈!!女孩子似乎对甜食都有渴望。"

林佳茵这才注意到程子华除了最先尝味那一口,之后再未动过甜甜的笑口常开,反而吃了不少贵妃舌,倒是勾起了她的好奇:"老板,我喜欢吃甜的,那么你有没有什么食物是特别喜欢的?"程子华说:"只要做得好吃,我什么都喜欢。不过现在我希望可以吃点儿主食。人是铁饭是钢,没有淀粉质供应能量不行。"林佳茵微讶:"你不是国外长大的吗?我以为你早就养了一副茹毛饮血的洋人胃咧。"程子华不由自主地摸了摸眼镜腿,遮掩了微不可见的忸怩羞赧,说:"虽然我们家早在三代以前就过了大海,不过变不了头发和皮肤的颜色,还有智商。从我懂事开始,父母就请了中文家庭教师来教我中文。家里自然也少不了中餐……"

林佳茵扑哧一笑,说:"原来如此,那可真的就是刻在基因里的胃口需求啊……没事,刚才不是点了个牛河吗,先吃个贵妃舌吧。话说回来,我也有点儿纳闷,刚才那两个找碴儿的也是内行人啊,却嫌弃贵妃舌腥?难道他们没吃出来,那是用辣螺调的汁再凉拌的贵妃舌,正儿八经的海边人原生态吃法?"

程子华漠然道:"那就不是我们能够知道的了。就如你说的,中厨这样师父领进门修行在徒弟的粗放式教授方法,还要加上按时节材料灵活多变的烹饪方式,想要在一道菜里挑出毛病来,真的是太简单了。就算是一只初生蛋,也能够挑出骨头来吧?"

想想果然如此,林佳茵又是笑出声来。边聊边吃,也不过十分钟左右,第二道热炒红荔照青田和干炒牛河,竟然一起上桌了。因着刚才那场风波,服务生如今对他们态度格外热情,并且带来了担山文亲自主理的干炒牛河!

别当豆包不是干粮,越是简单平凡的菜式,越考大厨功力。炒牛河要炒得牛肉细嫩粉条干爽,还要收住那股油烟味,保持白玉兰香味不散,半点不简单!伸手摸了摸领口的白玉兰,嗅了嗅那清幽淡雅的玉兰花香,林佳茵一脸陶醉:"我最喜欢白玉兰了,从前还有一些婆婆妈妈提了竹篮子满街叫卖,一毛钱一扎,放在房间里可以香一整天。但是我爸爸却是一般般。他说,素馨花才叫真的天下至艳……就像这道红荔照青田一样,是独一无二的存在。老板,你虽说是饿了,别急着吃牛河,先尝尝这道红荔照青田吧。"

听她这么说,程子华原本已经伸向炒牛河的筷子硬生生停在半空,看着林佳茵道:"炒牛河一定要趁热吃,出锅十分钟之内吃不到嘴里,牛肉里的美拉德反应就会让牛肉变老,粉也吸收了过多的油脂,不堪入口。何况这道菜还是担山文亲自主理的,你却让我先吃旁边徒儿二厨做的东西?"

程子华眼睛在那道红荔照青田上扫了一眼,说:"炒好了的菜品按照一口的分量,放在仿真荔枝壳里……难得荔枝壳也做得种皮毕现,惟妙惟肖。再加上青苏叶衬底,我承认这道菜卖相很好看,可是,女士,颜控要不得啊。"

林佳茵假装没听出程子华语气里淡淡的刻薄挑衅,娓娓道来:

"行吧。那我就给你两个理由。第一，担山文的炒牛河，是江湖上出了名的'心机粉'。别的牛河出锅十分钟就油腻腻不好吃了，偏偏他的是要放一会儿才好吃。这也是为什么他让服务员两个菜同时上，这是出题考我们呢。"

再次假装没看到程子华微微一愣的表情，林佳茵嘴角带了淡笑，继续道："第二，反而这道红荔照青田，必须赶快趁热吃。因为那个荔枝底座是用真正的挂绿荔枝壳打模，以薄巧克力手工急冻做成。巧克力这种东西，你也知道，如果不放凝固剂，热炒冷壳，一会儿就得融化了。"

程子华当即改变主意，一箸入口，眉头舒展，惊喜不已："新鲜荔枝菌撕扯成条，水稻田里放养的青蚌腿同样撕扯开去，温油滑炒，起锅的时候，只略放了一点盐来调味。火候把握极老到，荔枝菌的鲜甜、青蚌的回甘和巧克力的苦甜三味合一……还有，巧克力仿真荔枝壳里，有一层薄胶打的膜……一来模仿荔枝壳里面的那层透明薄膜，做到十足十相似；二来隔绝了热炒和冷膜，保证了食客正常用餐时间内荔枝壳不会融化。林佳茵，你竟然胆子大到骗老板。"

林佳茵眼珠子骨碌碌转，嘴上认错态度极不诚恳："我错了，老板……但是，确实需要趁热吃啊！还有，这个壳可不只是摆设，和青苏叶一起吃，可以清口醒味。这又是吸收了西厨里，香料入馔生吃的特点了！"

青苏红荔的搭配不光赏心悦目，更是刺激味蕾。林佳茵自己夹了一个红荔入口，苏叶清爽醒神直通鼻窍，她情不自禁打了个冷战。恰好那边桌子传来短发女士一声娇嗔："哇，好酸爽！"

二人不约而同回头一看，原来那边的人点了和他们一样的菜，短发女士正毫无形象地把荔枝整个往嘴里塞。程子华扑哧一笑，这才慢条斯理夹起一个红荔尝味。还没等面带得意笑容的林佳茵开口炫耀，那厨师去而复返，来到林佳茵跟前微微一侧身，把一位手中端着一盏带火瓷碗的中年人让到了林佳茵与程子华面前。也不等林佳茵与程子华说话，中年人手腕一晃一盘，将带火瓷碗中微微沸腾的酱汁均匀洒到了干炒牛河上,这才面带笑容地看向了林佳茵。

微微一抽鼻子,林佳茵飞快抓起了筷子,轻轻夹起少许蘸了酱汁的河粉放进口中:"天降甘霖助蛟龙!以前只是听老爸说起过做干炒牛河的老师傅,各自都有一种或是几种提味增鲜的酱汁,轻易都不亮出来,只有遇见真老饕或是积年主顾,这才偶尔拿出来镇压场面!今天真是有口福了。"

程子华微讶:"刚才河粉里不是已有酱汁了吗?这会儿会不会反而添了重味?"

林佳茵仍旧是一箸河粉夹到他碗中:"老板,你试试不就知道了?手中竹匾似淘金,晃得沙尽方成粉。这里的河粉是用竹匾加纱布,一层纱布一层粉浆,千摇万晃而成。吸收味道会稍微慢一点,也就是刚才让你慢慢吃的缘故了。而现在,师傅是在已炒得了的牛河上,再行锦上添花……"

这个高大的中年男人,正是担山文,对着林佳茵比了个大拇指,又对着程子华一个大礼。待程子华尝过了牛河之后,才道:"先生,感觉如何?"程子华微微一嚼:"不油不腻,风味无穷。牛肉嫩滑不柴,吞下去后齿颊留香,可以充分享受淀粉的快乐!"

担山文哈哈一笑,说:"今日有缘,得遇识家。真是缘分。我的这味甘霖助蛟龙也是很久没有使出来咯!就像这位女士所说,我们家坚持不用外面粉厂做的沙河粉,坚持自己工场加工,以竹匾制粉竹刀手切,加上每日现杀新鲜跳跳牛肉搭配,再加上底味调和,用来做生意就已经足够。今天在前面三家店里吃出无数问题来的,就是您二位吧?"

程子华摸了摸眼镜,略感尴尬。林佳茵大大方方地承认:"没错。我们说话是耿直了点……但是绝对不会有恶意。"

担山文叹气道:"我本来也以为你们是'那人'派来找碴儿的……我的这个师兄啊,当年同门学艺三年。后来他出师我游学,等我正式上灶掌勺,他已是正经二厨。谁知道我迟来先上岸,最后走运做成了如今一肩挑四海的局面……他心里就一直藏了道气,钻了牛角尖,收徒开店了还念念不忘来把我这个主厨的位子给挑了。

我们师兄弟的陈芝麻烂谷子，说出来让两位笑话……"

程子华拉开了身边的椅子让担山文坐了下来，林佳茵给他倒了杯茶说："一场误会，别往心里去。说句心里话，我和我老板都觉得挺可惜的，有一些菜明明可以做更好，却这这那那的原因，没有发挥出原有的水平。呃，只是我不成熟的小意见啊……"

担山文眼睛亮闪闪地盯了她一眼，说："小姑娘，你又说到点子上了。唉……只不过，如今收徒难啊。好多年轻人，从厨师学校一毕业，就直接上灶，再想要精进，又会说何必。就好比这道甘霖助蛟龙吧，光凭第一道汁水底味，已足够卖钱了。想要往前一步调出明火酱，就有人认为多此一举！"

程子华意犹未尽地再夹了一箸炒牛河，说："怎么会多此一举呢？加了二道提鲜汁，味道简直就是上了一个层次啊。"

担山文手指无意识地轻叩着桌面，点头不已："是啊……本来嘛，炒牛河这种东西，就是从前宴席到了收尾阶段，大家酒足菜够之后填肚子的。必须用料足，火候够，分量重，汁稠味浓，热气腾腾，才能够唤得醒被烧酒麻痹了的味蕾，压得住被菜肴填得将够未够的肚肠。想那东山少爷在画舫明楼里，才刚吃过了宴席，又赏罢了名伶浅酌低唱，看够了舞姬轻歌曼舞，撤下残席赏了底下伺候的人，聪明的厨子重新用猪油生抽调好了汁，烈酒烧掉猪油的厚重腻味，倒入冷掉的炒牛河里，立刻再次热气腾腾起来，辛苦一晚上的穷苦伺候人又有了打牙祭的机会……也是有了些奇妙缘法，这一甘霖助蛟龙的手法，不知道如何竟登堂入室，让城里的本地权贵富豪尝了鲜，更加投了原本爱油爱咸爱甜的洋大人的喜好……从此在沙面鹅潭十三行里流传开去。有那么一段日子，不管是炒牛河，炒什锦还是炒肉熘肝，都爱淋上这么一遭……后来又因为工序繁杂，在如今日渐式微。今日也是我这老家伙见两位识货，实在没忍住，一时技痒画蛇添足了一次啊。"

林佳茵深表赞同地连连点头，感慨道："不怕师父不教，就怕徒儿不学！从前也有人来拜师跟我爸学艺，也有吃不了苦离开了再没声息的，也有咬牙坚持下去创业成家了的……就算是学到了手的，愿意钻研和不愿意钻研，往往十年八年后差距也千万倍……"

程子华指着那道红荔照青田说："担山文……大师傅，这道仿生荔枝，是你自己创造的吧？粤菜中厨传统做法里很少见。"

担山文带着淡淡的骄傲道："大师傅不敢当，叫我大只文就行了。是，尝得千般味，拜了百位师，我有幸一肩挑四海，自不能墨守成规，要推陈出新，才不枉我的师父们教了我许多真本事！"

程子华问："从前的师父是如何授业的？也是厨师学校里统一教习考核吗？"

担山文摸出一根香烟，犹豫了一下，夹在耳朵上："南北不同，东西有别，不变的就是个勤字。厨师学校要交学费的，想我一个街边仔野孩子，哪里凑得齐学费？十三岁那年被二舅带去打杂，在厨房后门洗大饼……不许停手，停手就是偷懒；不许抬头，抬头就恐怕偷师学艺。就这么洗了半年碗，转去帮三墩师傅配菜，也是运气好，被放在了头墩旁边。手里剥蒜配菜，眼底偷看，夜里慢慢琢磨。抓住机会让师父看到我能把一把蒜片切得差不离纸片薄，就去做了头墩身边的二墩……直到我离开第一家酒楼，也就是个二墩师傅。"

"后来又到了一家，登堂入室能拜师了，我才算知道，有师父带和自己琢磨，那进境差距何止一日千里。眼到心快腿脚勤，子后辰前诸事行，高楼宾客宴四海，五脏庙神灶上临……那时候很乱，许多饭店摇摇欲坠，我因根正苗红，被师父推进了学校进修。进修出来后，同学许多进了国营饭店工厂食堂。我不想过那种天天西红柿炒鸡蛋、豆角炒瘦肉，掂大勺炒大锅饭的日子，就到外面去闯了……要说正儿八经拜师，也就那么一个师父。要说没有师父，五湖四海，处处都是我的良师益友。"

听着担山文的说话，程子华不禁入神，说："这么说来……你相当于没有进过学校了。一路摸爬滚打出来的成就，是很难得。可是万一徒弟没有你的天赋和勤奋，也就达不到你这种高度了。就好像我这个不成器的助理……她自己说，灶上的手艺，就不如她亲爹。"

林佳茵翻了个大白眼，担山文呵呵一笑，给程子华和林佳茵面前已冷了的茶续上杯，再倒满了面前空杯子喝了口茶，徐徐道："前面三家店的毛病，你们也都心里有数了……对啊，鼎尚天汤里，我那位大徒弟性情急躁，总是算不好火候。蒸有煮意的二徒弟，占了女孩儿心灵手巧的优势，做起功夫菜那是精细精致，已是和我相差无几，假以时日甚至超过我都不难……然而性子却有些虚荣浮躁，总喜欢用贵价材料撑起身价。"

"我接手文厨主理的时候，里头已有全套成熟的班底。这样有好处也有不好的地方，土生派和我带过去的外来派相持不下，这些年来也是各种小心翼翼如履薄冰，生怕砸了自己招牌。"

林佳茵道："我爸常说，到处掘坑，不如深挖一井。你一肩挑四海是真的很了不起，但老天爷给每个人都是24个小时，就算是铁打的人精力也是有限的。"担山文给自己斟了一杯茶，莞尔一笑："小姑娘，我总觉得你眼熟……长得和我一个老朋友有些相像。莫非你爸也是勤行中人？"

听见林佳茵落落大方地把家门报了，担山文哈哈大笑："果然！原来你是阿茂的女儿……嗯，我和他交往不多。不过我见过的人总有些印象！阿茂连同你们死鬼阿爷太公，三代人守一个档，确实……谁都没他有资格说那几句话！"

林佳茵赶忙客套几句，担山文话锋一转："道理是摆在眼前的。所以啊，等做完这个月，我就打算把一肩挑四海的局面结束了，把主要精力集中在这家文家厨味道上。鼎尚天汤、蒸有煮意、文厨主理三家店里那几个有潜质的小家伙，把他们统一收拢到这儿来，正式拜师收徒。"消息来得太突然，程子华和林佳茵都愣住了。担山文奉过来一张精致请柬："话逢知己千句少，江湖有缘再相逢。小弟冒昧，邀请两位届时前来观礼，不知道两位能不能拨冗前来？"

程子华双手接过了请柬，打开来细细看了，仔细放好："那就真的谢谢你了，到时候我一定准时出席。"

了然一笑，担山文道："那么……一个月后，还是在这个地方，我们不见不散。"他再斟了一道茶，饮过了之后，站起身道，"迎客茶送客羹，两位既是识家，就按老规矩来。请稍后吃过了送客羹再走。"

不久，一道装在透明玻璃器皿里，极清如水，只中间悬空一小白球的甜羹就奉上来了。林佳茵吸吸鼻子，吃惊叫道："这是……天下至艳素馨羹？！素馨花不是已经在洋城绝种了么？！"

程子华见她神色不对，问："素馨花吗？那是很常见的花，品种极多，南加州到处都是啊……怎的在洋城很稀罕？这道羹又有什么来头？"

林佳茵用特制长柄圆头小瓷羹轻轻一搅，那团白球应声而碎，随着她搅动，沁人心脾的花香味越发芳香浓郁，和她领口的白玉兰花一浓一淡，相得益彰。明明人在饭店内，倒像是身处花市中。女孩眼波流动，低声细语："素馨花自五代十国传入中土，被洋城人专宠千年，称为'天下至艳'……截至清代，城里城外的花市都只卖素馨花。就连洋城人临别送客的一碗甜羹，也离不开素馨……后来不知道什么原因，也就清末民初那会儿，素馨花短短十年间竟销声匿迹，从此绝迹洋城。素馨羹，更是只剩下传说了……没想到担山文竟有门路，找到可以入馔的素馨花，复原出素馨羹来！"

店里饭市已到了尾声，客人们买单结账，店堂里空了不少。素馨羹和白玉兰的香味渐渐混合、扩散，幽幽淡淡的，反而勾人食欲。林佳茵娓娓道来素馨往事，眼波流动，倒是难得显出纤薄脆弱之感。

"我姐有段时间很迷这些，我跟着她查了不少资料，后来还是在一个公园附带的小饭馆里，找到了说法。那个姊姊告诉我们，素馨花开的时候，采新鲜素馨花洗净晾干，清水冰糖，煮至冰糖融化，放凉了，素馨花为底，倒入白蜜糖，再倒第二层素馨花、冰糖水，放入冰鉴中存放两周，就可以得到素馨蜜。"

"做素馨羹的时候，以铁棍山药蒸熟，混入素馨蜜捣烂成糊状，搅拌均匀，压成或者手捏成素馨花的形状。再用银耳熬出胶作底，团好山药素馨花轻轻滑入。最后底部注入糖水，什么颜色的糖水都可以。足够胶质绵密的银耳羹和糖水密度不一样，就能够做出悬浮效果。如果是别的颜色的糖浆，就能见到鸡尾酒般的分层。这道羹功夫多，用料细，就连那个婶婶都只是听说过，我们姐妹两个原本闹着玩儿而已，问清楚之后也都泄了气，放弃了……"

低头尝了尝素馨羹，舌尖依稀可以辨别出假花瓣的幼滑颗粒感，解腻清甜，咽下之后，口齿间剩下清新花香味。程子华说："我明白为什么送客要用甜羹了。吃过了大鱼大肉，蒜片姜葱，难免口气不雅。这道羹能温胃抚舌，又能以花香清新口气。然而就真的奇怪了，一种植物，除非气候巨变，不然的话怎么会无缘无故销声匿迹？"

林佳茵摇了摇头："不知道，我又不是植物学家……现在洋城内外，几乎找不到素馨花了，只有一些地名传说跟此花有关。比如说出自古书'珠水之南，有村庄周里许，悉种此花，曰花田'的南田路，又比如说画家以花明志的十香园……记忆中唯一一次见到素馨花，就是中学的时候去十香园秋游。今天有幸吃到了'天下至艳'，老板，多亏了你对传统美食的执着较真呢。"

看着她眉眼弯弯的笑靥，程子华颇不自在地扶了扶眼镜腿，说："多亏什么啊，你没听担山文说吗，因为我们识货，所以额外赠送的！这功劳不分彼此……今天你的任务完成得很好，就连我都想不到，你竟然真的一晚上搞定了四家店。这么说来，是不是我之前小看你了？要不然下次我就按照今晚的KPI来？"

林佳茵原本越听越得意，胸脯都忍不住挺起来了，等到了最后一句顿时笑容僵住，嘟哝道："老板，不是我做不到，实在是洋城里头河南河北七区一山一条江，能做到担山文这般一肩挑四海的人物，一只手都数得过来……"

小嘴叭叭地，聊着天买了单。离开饭店，晚风习习，吹来白玉兰花香，林佳茵朝掌心吹了一口气，素馨的香味隐约犹在。

第十三章　玉堂春芯，鱼片双飞

大清早的阳光才刚刚投进医院，林佳茵穿戴齐整步履匆匆来换班。远远地，看到林小麦正在和医生说话。原来林茂的情况有所好转，已能发出模糊音节，最难的关口已过去了。医疗费用的缺口还是很大，让姐妹两个喜忧参半。一番商量之后，除了用心做事保住饭碗，却也没有更好办法。

从医院回来，林小麦到底闲不住，来到档口擦洗大门，看了看头顶上的金漆招牌，轻轻叹了口气。身后传来七婶的说话声："咦，大妹在家啊？你爸爸是不是醒了啊？"

停下手里的活计，林小麦转身对七婶说："七婶，怎么你消息忒灵通？我这边才从医院回来呢……"七婶笑眯眯地说："有什么奇怪，七婶是什么人啊，有点风吹草动就知道了……好啦，别那样看着七婶，我有个老姐妹的儿子在你爸爸的医院做护工头子，做了好多年啦。今天你是不是还跟人打听过身壮力健的熟手男护工的价钱来着？"

林小麦这才恍然，莞尔一笑："是有这么回事，早知道，就让七婶去帮我要个熟人价啦……医生今天说，爸爸过了最危险的时候了，接下来就是康复期。阿弥陀佛，这次可真的是鬼门关前转一圈又回来了。"

"那你们还够不够钱啊？现在住院就跟开水龙头似的。康复期好多费用医保不能报的哦。就算医保可以报销的部分，也得过段日子才能办下来吧。你们两个刚毕业出来，钱不够用的啊！"七婶絮絮叨叨地说着，林小麦心里暖暖的，婉言道："七婶客气啦，我和佳茵现在都有工作，能顶得住的。不过如果有熟手可靠的护工，懂康复的，真的要麻烦你介绍过来哦。"

又聊了几句，七婶想起家里要煲汤，就先走了。剩下林小麦在档口继续做卫生,有段日子没开业的档口打扫得干干净净,林小麦才关水关电关闸锁门。七婶去而复返,见到林小麦,老人家眉开眼笑道:"哎,还在呢。来来,小麦,别走!"

跟在七婶旁边的莫叔大步流星,两步越过七婶,来到兀自愕然的小麦身边:"来来,我们进去里面说。"

进了档口里,莫叔看了一眼张罗着要烧水倒茶放凳子的林小麦,阻止道:"大妹不要忙了,就两句话。你才搞了半天卫生,大家也别乱动,别让大妹累着了。她昨晚才陪完床,一路直落呢⋯⋯喏,大妹,这是街坊们的一点心意,你收好了。"

颇有些不解地,双手接过了莫叔递过来的信封,林小麦入手就觉得不对,打开往里面一看,顿时吃惊叫道:"这么多?!莫叔,不行不行,那怎么好意思!"

莫叔说:"几十年街坊,什么叫不好意思?你不收才是没意思!我和七婶只是代表,各家各户都表了心意的。这条街街头到街尾,谁没有吃过阿茂的牛腩粉?你说要没有希望也就算了,这不是都好起来了吗?该花的钱不能省!"

莫叔话都说到这份上了,林小麦再推辞就矫情了,问过了都有哪位街坊给了钱的,莫叔很大大咧咧地告诉她,所有人都有份⋯⋯林小麦眼圈红了,再三道谢收下。七婶给她带来了个可靠护工的电话号码,林小麦联系上了之后,把那护工的微信转给了现在医院轮值的林佳茵去见面联络。

林佳茵秒回:"收到。"

安排诸事完毕,七婶莫叔也便告辞了,总算是小小松了口气的林小麦坐在了档口前的小凳上,目光不由自主地望向了那曾经温暖了无数个清晨的厨房。

曾几何时,炊烟起处,便有一朝之始,便有一家安乐,而如今⋯⋯微微握住了拳头,林小麦低声喃喃自语:"老窦,你要快点好起来呀!"

⋯⋯⋯⋯⋯⋯

都说洋城风水好,单单说北郊区这条绿水河,北面倚一圈秀气小山，一路往东汇入珠江，维持得极好生态，如今绿水青山成了金山银山，一大早的绿水河码头交通枢纽上，既有忙着赶水巴去上学上班的市民，又有雇游船逆流而上游玩的游客，热热闹闹，一片忙碌。林小麦热心地指挥麦希明在停车场停了车，穿过了挨挨挤挤的码头时，还没忘记买了正宗盐焗鹅蛋。

"老板，上船吧！"林小麦走上了甲板，在层层叠叠停靠的游船上一串连环跳，来到最外围的一条小号船上。打扮跟河边卖盐焗蛋的阿姨大同小异的船娘忙前忙后地张罗，一个皮肤黝黑的汉子到船尾机房里开动船只，柴油机响中，船缓缓离开码头。

麦希明坐在船舱中，打开了窗子，任由清新的河风缓缓吹过船舱。船娘把盐焗蛋带壳切开用碟子装了上来，林小麦把辣椒盐细细撒在鹅蛋上，说："老板，先坐坐，等船进了主河道，就有艇仔粥来了。如今也就只有这种郊区地方，才有船上卖的艇仔粥。歌仔有唱，'艇仔快，艇仔来，千丝万滚灶火大；艇仔粥，艇仔卖，最怕艇仔无人睬'……艇仔粥生意依傍着画舫风塘，早出晚归，最紧要手快会招徕，手快就能多赚，可以上岸买米吃干饭，慢了就要一家人吃冻粥。"

林小麦不太懂唱咸水歌了，怪腔怪调地学着哼了两句，麦希明让她住口。正在你来我往斗嘴间，两三条小舢板分波划浪地来了，依傍着他们的大船而行，船上的古铜色皮肤汉子仰起脸叫："艇仔粥来——又香又绵艇仔粥——香蕉木瓜番石榴——"

几条小舢板犹未散去，江面上又来了几条卖粥小船，依傍着前后这三五条大船转圈叫卖。最先来的艇仔见这边没生意做，斜斜地行开粘到别家游船上去了。那是一条两层高的大船，透过窗子看进去，船舱里还挂着某某企业团建的横幅。船上黑压压一群人看着小艇顿时激动起来，蜂拥到船舷边下单，眼见有生意可做，两三条艇仔紧跟了过去。

麦希明说："这么多小船，怎么选出正宗味道好的卖家？"

目光不断在穿花蝴蝶般的艇仔上来回，林小麦对眼前繁忙景象颇不以为然，说："没有炉火炊烟香味飘出……估摸着是用开水冲兑半成品。别看船头上的卖家切菜丝蛋丝忙得欢，其实也就这两样东西新鲜，实际上，别说是粥底，连鱼片都是早上杀好了提前腌了赶快卖的……艇仔粥用的鱼片，这个季节应用鲮鱼或者不超过一斤的本地鲫鱼，才够鲜甜嫩薄。这两种鱼可都是杀了后超过一个小时，口感味道都不是那回事了。"

麦希明越听，眉头皱得越是紧，道："按照你这么说……跟洋快餐有什么区别？甚至卫生条件还没有老麦老肯那种固定店面定时检查来得有保障。说白了，也就是吃个风情气氛。"

林小麦打了个响指："全中，就是吃个风情气氛啊！青山绿水艇仔粥，就算只有五分味道，此情此景，也变成了十分滋味……不过坚守味道本心的店家也不是没有。但今天怎么没有见到他呢……有了，有了！"

她站起身来指着远处，一叶扁舟被那七八条艇仔远远地挤在外围，压根儿没办法接近这边的游船。和别的艇仔有所区别，那叶扁舟的船篷明显发黑发乌，阳光下油亮亮的，船尾能见到袅袅青烟若隐若现。林小麦说："靠着船尾的地方，肯定放着热粥的大铝煲和煤炉子。黑乎乎的船篷就是最好证据……没有经年累月的煤烟熏过，不会变成那样！"

她从船头舱门奔出来，双手卷在嘴边呈喇叭状："喂——是不是池叔——"

无奈肉声有限水面宽阔，那扁舟无动于衷。反倒是引来了好几叶别家艇仔来争生意，一个个挥手舞旗地招揽。林小麦看到对面那大船上，三四条船上的船家，一个个把做好了的粥放进竹篮里，用竹竿子挑起竹篮送到船上，引起大船上的游客阵阵欢笑；又看到后面来了两三条大游船，船上游客直接打开了窗子，呐喊着让船家来。她客气推辞了身边招揽生意的小艇，回身看着麦希明。麦希明毫不犹豫地说："我们只要最好的……船家，麻烦跟着那条黑顶扁舟走……他好像想要走了，看看去哪儿，我们跟过去。"

游船就缓缓转向，奋力离开了小艇们的包围圈。游船开出一段后，驶近了那停靠着诸多小渔船小舢板的分叉河沟码头。顾不得码头上坐着打牌的几个闲人讶异眼光，林小麦在游船船头一串连环跳，跳到了那刚刚近岸的小舟上，冲着扁舟喊："是不是卖艇仔粥的池叔啊？现在还有粥吃吗？"

从扁舟里钻出一个穿长袖长裤、板寸头环眼阔口的精瘦男子，说："有，有……想吃什么？要加点儿什么料吗？"

麦希明跟在林小麦身后，也只慢了一步到了扁舟上，说："就要最原始那种就行……不过，阿叔，能不能让我们在旁边看看？我想就在船上吃，有地方吗？"

阿叔说："有的有的，等我把茶几张开。"

扁舟上就只有阿叔一个人，只见他动作利索地把一张折叠茶几支棱到船头，林小麦自来熟地拿起船角落叠成一沓的塑胶小矮凳，说："我们自己来，老板你去煮粥就好。"

阿叔问："刚才听见你叫我名字，靓女你认识我吗？"

林小麦说："洋城荔湾粥香飘，飘落五羊从化山。从化河边惠食佳，流芳潭上七大家。自从洋城水面上的勤行没落之后，听我家老一辈人说，大家随水而安，渐渐转移到近郊这一带，其中艇仔粥最出名的，就是池姓人家。听说，你长期在这一带做水上生意，你们家的艇仔粥是少有的水上人家四代传，最是正宗地道，然后要认准了你家的黑船顶。"

似是欣慰地笑了笑，池阿叔说："没错，疍家人如蛋壳在水上漂，随风而聚，随水而散，三代以上就极少来往。能够在流芳潭一带流传了四代的，就只有我们一个姓的人。要吃艇仔粥对吧？等我先烧热了炉子……"

他一边和林小麦闲聊，一边回到船舱里，手脚麻利地给半掩了炉门的煤炉加入蜂窝煤，手里拿了一把大葵扇疾徐有度换着节奏扇了不多会儿，蜂窝内蹿出幽蓝的火焰来。眼见池叔把大铝锅内热着的白粥底倒入巴掌大的白铁皮长柄小锅，粥水如白练，米香伴着江风清晰可闻。池叔站在炉灶前，动作变得自信无比，甚至带着淡淡骄傲，显摆一般取两个长柄小锅来，把米粥如奥运健儿翻耍自由体操丝带舞般翻倒腾挪，眼前白光闪闪。林小麦偷偷看一眼身边的麦希明,见他早就拿出手机来拍摄,眉梢眼角带着激动。

女孩低声道:"粥粉面饭,四大天王,每一行里都有自己窍门,其中煮粥品的这行当里,讲究一个让粥软滑的技巧。低端的,就是往粥里拌淀粉拌菱粉,让粥吃起来如绵,说白了,掺假。而讲究的老手艺人,是用拉扯牵动功夫,能把粥水口感调和得完美……这叫白龙出水百炼如真。"

随着她的介绍,池叔耳朵尖微微一动,说:"难怪你们追着我过来……原来是真的识家!难得的是识家还年轻,今天也是缘分了。来,这是送你们的,自家渔船上生晒虾干,没有半点人工添加剂的!"

把两口小锅放在煤炉上,等待粥水翻滚,池叔把一个掌心大的小碟放在茶几上。不等林小麦道谢,人就矮身蹲下去,一声大喝一用力,拉着船板扣环拉起一块活板来,噼噼啪啪的动静不绝于耳,原来船舱底下另有乾坤,竟养了十来条活鱼!池叔说:"这些鱼都是今天凌晨四点钟才起水的,全都是一两斤重适合煮粥的'西施鱼'。"

池叔说话口音重,看到麦希明面露迷茫,林小麦低声给他翻译,又说:"所谓西施鱼,意思不是指鱼的品种,而是体形被养得袅娜纤瘦、肉质筋道有嚼头的鱼,都可以这么叫……这个季节最适合煮艇仔粥的,还是白鲫。我要那条鳞片泛银光,箭鳍带凤尾的!"

"好嘞——"池叔敏捷地捞起林小麦点名要的那条鱼,那鱼摇头摆尾地拼命挣扎,但池叔双手就像铁箍一般把它牢牢锁死。林小麦对麦希明说:"靠山吃山,靠水吃水,靠着这条河,小鱼小虾就是老百姓过日子的恩物。都说凤城厨师整治渔获有一套,靠着三把刀——大砍刀、剥皮刀、片肉刀,能把一条鱼整治得明明白白。其实工多艺熟,倒不必拘泥一地一城,但凡和鱼虾多打了交道的师傅,都有这手刀功。"

池叔越发添了欢喜,穿戴着手套围裙,三两下把鱼敲晕,眼见三刀就把鳞片去得一干二净。林小麦瞪大眼睛啧啧惊叹:"好厉害啊，肉松刮鳞慢，肉紧鳞自落……老板，这两句是我们搞厨房的整鱼口诀。"

接着她的介绍，池叔说："意思就是说，鱼肉紧致就容易刮鳞……如果那鱼肉松松垮垮的，鱼鳞片就粘着不好取了，搞不好就整张鱼皮给搞破了！"

"刚才池叔把鱼养在舱底，舱底水冷，鱼儿本能地收紧全身肌肉。在抓上来的时候他用特殊手法快速打晕了那鱼，一直保持着鱼肉收紧，你看他去鱼鳞不光特别轻松，而且鱼皮也没有破半点，依然银光闪闪的……哎，池叔，你怎么拿剥皮刀？我们要吃双飞蝴蝶，不能剥皮啊！别搞个鱼腩粥糊弄我们！"

林小麦不住地跟麦希明介绍着，冷不防看到池叔取出一把柳叶宽窄，形如新月，寒光闪闪的尖刀来，忍不住愕然无比。就连麦希明，也认出了那刀子是专门剥皮用的："师傅，这不对呀……鱼片不能剥皮吧？"

毫不犹豫地刺刀入肉，筷子长的鱼，不到一寸厚的鱼身，鱼皮更是比蝉翼厚不了多少，池叔愣是刀刃游走在鱼肉鱼皮之间，伴随着灵活的动作，左手配合徐徐剥出鱼皮，连牙签口宽窄的破洞都不见。池叔说："我这里的艇仔粥好吃，就是因为我够胆去鱼皮，再用去了鱼皮的鱼片出双飞蝴蝶！"

林小麦连送的炸虾干都忘记吃了，不由自主道："我终于知道，为什么古人把西施鱼的鱼皮，又叫作'玉堂芯'了。当真就像这个季节盛开的玉堂春花花芯嫩瓣一样……真美啊……"

把整块剥落、完整不见半点缺口的鱼皮小心归置在一旁，池叔说："看好了，能够去鱼皮片的鱼片，也不是个个季节都有的。要春江水暖，玉堂春花开的时候，养在舱底超过七天仍旧活蹦乱跳的西施鱼，鱼皮底下的那层结缔组织才有缔结鱼肉的韧度。一年也就只有这半个月有口福！"

林小麦只一看池叔的手势，拍着手道："力凝于腕二指控刀……这是粤北客籍人的手法啊！"兴高采烈一顿说，兴奋得两眼亮晶晶的，池叔却笑而不语，麦希明淡声道："厉害！鱼片片好了,真的是没有了鱼皮,也能连成双飞!池叔,别的不说,光是凭这手刀功,你随便城里找个大酒楼栖身,工资收入也比当个体户强啊!"

"呵呵,偏偏我这人喜欢自由自在呢。就算让我当了百年老字号大酒楼的头砧,也不过是个打工仔……"池叔说着,把鱼片归置好,在鱼肉面上小心地放了几颗大盐,他要等盐自然融化进鱼肉中。调整了一下煤炉火,看了看两口长柄小砂锅里的粥底火候。

有米粥叫作"庆丰年",讲究的做法,必须当年收的新米,先放一次少少水,煮成稀饭,再放二道水,三滚成粥。有米粥要吃米香气和米粒嚼劲,如果那些米粒软烂如糊,就失却三分灵魂了。过去丰收的年景,才吃得上有米粥。眼见麦希明听得津津有味的,池叔又问林小麦:"那冇米粥又是什么个说法?"

林小麦说:"冇米粥是要先把大米滴少许胡麻油和橄榄油,搅拌均匀,等大米把油吃透了以后,再用清泉水泡一个小时,以大肚砂煲文火慢熬成粥。这中间不能打开盖子,不能搅拌,等煲上冒出蚕丝烟,就是粥成。好的冇米粥,如果是用长粒米来熬,则如香云纱般顺滑爽透;如果是用短粒米来熬,则如龙袍云锦般稠密厚重,各有不同……共同点就是——米香扑面,味美养人。"

看了一眼已丝丝缕缕往上冒烟的长柄小砂锅,林小麦小嘴嘴角上扬:"池叔,鱼片本来就薄,这会儿应该已经够味了。蛋丝菜丝也切好,嗯?这颜色不对呀,池叔,你这蛋丝里,是放了什么配料吗?"

在专门切熟食的案板上,飞快地细细切出一式两份牙签丝粗细的蛋丝来,池叔笑道:"船上人家三件宝,鸡笼渔网赶鸭杆。我们既吃鸡又吃鸭,三只鸡蛋配一只鸭蛋,打匀了摊成蛋饼切蛋丝,一会儿你们尝尝味道和别家有什么不一样。"

麦希明插话道:"鸭蛋固然营养丰富,不过,鸭蛋和这鹅蛋一样,腥味很浓,所以一般要加工之后才好吃。这道盐焗鹅蛋不但用粗盐焗了很长时间,而且我……我下属懂行,额外加了椒盐,搭配着吃味道丰腴甘美,和别的蛋有不一样的风味。阿叔您直接打进碗里做蛋饼,那是有什么另外不传之秘的去腥方法?"

手里忙着把切好的配料分份,又取出一大块生黄姜,去皮切丝,池叔的手仿佛长了眼睛,根本不用手眼合一,就能切出头发粗细的姜丝。他看了麦希明一眼,说:"有什么不传之秘……酒到浓时腥自消,加两滴我们本地酒厂出品的纯粮食老大曲的53度烈酒,什么腥味都没啦。"

侧过身,掀开灶头旁一个纱罩子:"你不信,可以直接从阿叔这些摊凉了的蛋饼里拿一块吃了试试……不过这是专门用来煮粥摊的蛋饼,又冷又薄,不加热没什么吃头就是了。"

二人还真取了桌上牙签叉起蛋饼试了试味道,一吃之下,麦希明睁圆了眼睛,不禁讶然低叫:"完全没有腥味!而且……而且里面一粒粒的是……鱼春?"

就连林小麦都惊喜不已:"我常听说,陆上人家误会水上人只知父母不知祖,冷情薄幸。其实水上人有水上人孝敬的方式,一条船上老人病得动不了,再也无法打鱼晒网经营生计,邻近的船上人会伸出援手,其中一道专门给老人补充营养的菜,是用鸡蛋、鸭蛋和鱼春混合而炒……极高的蛋白质补充进去,往往能够让虚弱病人抵抗力加强,缓过劲来。这道三蛋合炒因此有个美名,叫'报得三春晖'……"

麦希明听见,乐了:"林小麦,别说池叔了,就连我都不信。水上人家不事耕读,'谁言寸草心,报得三春晖'却很明显出自唐诗。怕是后人附庸风雅编的吧?"林小麦倒也没急着辩解,只是看着池叔:"池叔,是不是我编的,你来证实下呗。"

这一看,却是看到两个长柄小锅里的粥先后发出咕噜咕噜的冒泡响了。两人暂停了争执,不约而同把注意力放在池叔身上。两个碗,一个碗里金塔层叠,厚薄错落有致放了三分之一碗的料,池叔抄起一只长柄小锅,如飞瀑落九天般,把滚烫粥水淋在了放了配料的大海碗内。就这么一步工夫,眼看着池叔笑盈盈地捧着大海碗端到了林小麦面前,麦希明挠挠鼻尖,问:"林小麦,这……"

林小麦看着回到灶边的池叔,说:"我们本地人吃艇仔粥,就是用这种过桥做法……够热够鲜味，当然啦，也得店家对自己的食材有足够信心才能用这做法……池叔对自己的手艺真是十足信心！"

也就只是两三个步骤，另一大海碗煮的艇仔粥摆在麦希明跟前。麦希明对比了一下，发现小麦的这碗看起来粥底清一点，他的浑浊些，还带了一点点淡青色，那是青菜丝煮掉的痕迹。两种做法，池叔说，要说比较香，自然是煮出来的香。但要论到入口清爽格调高，还是要靓女这种过桥的做法。也就是看到林小麦是识家，池叔才乐意费那份功夫。

林小麦把粥递给麦希明之前，她没有忘记往热气腾腾的艇仔粥上面加上一小撮胡椒粉和薄脆。胡椒粉辛辣味钻入鼻中，他不动声色地捏了捏山根，把喷嚏压下："这胡椒粉味道真冲……"

颇有几分王婆卖瓜一般，池叔笑道："从农场里直接采购回来的足日子老胡椒，磨成粉之后是黄中带着青的，辣度是外面卖的一倍。当然，这东西你别看不起眼，贵得很！小姑娘应该早就闻出来了，所以才加耳挖勺这么一丁点……你到别家去看看，用的都是白白的胡椒面。好了，不阻你们吃粥了。阿叔这里有正宗疍家糕，要不要来一份？"

麦希明说："那岂不是主食配主食……算了，还是得试试。"麦希明突然改口，是想起了刚才池叔送的小虾干是真的精彩。全都用的软壳虾生晒，鲜得能吞下舌头。池叔的疍家糕，却不是事先做好的，而是现炊。疍家糕的粉浆事先已搅好，池叔拿出一个直径不过五寸的不锈钢小碟子来，底部抹上一层薄薄的椰子油。从工具挂钩上取下一个特制的长柄小斗，仍旧吹旺煤炉火，水一开，架上铁架子小碟子，一平勺黏米浆倒下去，不多不少正好一层。

碟小粉薄，要不了一两分钟已经粉浆变色透出香气，池叔一层一层地把粉浆加上去，不疾不徐。扫了一眼馋涎欲滴的林小麦，麦希明道："这种千层糕，我们那边也有人卖。还在里面加上巧克力或者抹茶粉，味道是很不错……也是叫疍家糕。那位Uncle不但能做这种罕见美食，还是捣鼓帆船的好手，一连五年蝉联了学院杯联合邀请赛的冠军。他儿子和我在同个补习班补习拉丁文……没想到在这儿能找到原生态的做法。"

池叔来了兴致，问："靓仔，你从哪里来的啊？"

林小麦说："我老板是华侨啦，从国外回来的。没想到国外也有疍家糕流传了出去啊，那位Uncle是不是疍家人呢？"

吃了一口艇仔粥，徐徐咽下，麦希明回忆道："姓水的，这个姓很少见，又很好写，我们本地华人个个都认得。"

"哈"的一声，池叔拍着大腿叫道："那肯定是疍家人无疑了！水、池、翁、江……都是疍家里的常见姓氏。从前疍家人不能读书不能考科举，认字的人不多，后来到了民国，政府让我们上岸，还要我们起名字，好多人就指着身边熟悉的家伙什来起名了。但我们在水上漂的苦日子，又过了好多年……哇，你说他跑到了国外去，好像日子过得还很不错？那真是令人羡慕哦……"

麦希明不免谦虚了几句，又顺着池叔的话头，说了一些国外弄帆操桨，水上活动的趣事，池叔连连追问，兴高采烈。他越聊越添热情，把一碟子刚炊熟散发着米浆蔗糖清香的疍家糕反转拍落到白瓷碟上，抽出薄刃快刀把整块糕切成个八面开花的形状，双手捧碟，放到了小茶几上。

池叔放下白瓷碟，那碟还冒着热气的疍家糕竟当真如同清晨睡莲，徐徐盛开，香气越发馥郁。麦希明"咦"的一声，讶然道："这一手本领，水Uncle可不会！"

原来是切的时候刀锋做了稍微的偏移，碟子也不是水平面的，而是有微妙的弧度。两下一作用，等疍家糕上了桌，自然地朝着八面绽开。林小麦用公筷轻轻戳了戳疍家糕的中间，说："不只是好看，且能让客人看到晶莹剔透层层分明的糕体，表明自家买卖货真价实童叟无欺。池叔，我看你做得匆忙，应该是临时起意。如果真的有心提前准备，这疍家糕的花心部分，是要加点儿新花样的吧？"

"丫头脑瓜子举一反三，真是灵光。"不知不觉地，池叔对林小麦的称呼变了，"我的疍家糕呢，只能算半路出家，堪一吃，还不是最好的。我吃过最好的疍家糕,是我师娘做的。千层千般味,一糕翻江海……逢年过节的且不说,就说两个大节日,端午祭江,我们这条江面上,有一条百年老龙舟,将近二十年时间,必须是老龙舟带上我师娘做的糕到江面祭祀,才算是仪式完整。"

池叔说:"她做的千层糕,不用刀切,只用手撕,真的有人撕过一千零一层下来!我这上了年纪的老人家啰唆了点,真是不好意思……来来,尝尝味道。'顺风莲莲步步高',吃了我的疍家糕和艇仔粥,顺风顺水,步步高升嘞!"

林小麦眉开眼笑地说:"是不是真的啊……承你贵言哦!"

麦希明说:"小麦,池叔的这个鱼片粥……"

林小麦:"怎么了?"

麦希明道:"我以为去掉了鱼皮的做法会损坏鱼片美观,没想到生嫩鲜美,而且少了鱼皮不必要的黏滑。加上两种蛋混成的蛋丝、生菜丝、花生……简单不花巧,滋味十足,配料简单,反而更突出了鱼鲜味和甜味。"

池叔说:"嗯,我是特意这样做的,见到你们又鹅蛋又虾干又想吃疍家糕,就用了最简单的配料。不然的话,贪多嚼不烂,样样味道都试不真切。如果你们独沽一味,就可以多加咸肉丝、虾干。就算是现在,也能够用薄脆和油条混搭下去试试。艇仔粥的油条长短不许超过中指,半径不许超过拇指,以快刀切成指甲盖大小的薄片,口感却要跟薄脆迥异,才不至于喧宾夺主,为艇仔粥增添风味。"

夹起一小块疍家糕津津有味地吃着,林小麦眯起眼睛,很享受。远处传来鬼哭狼嚎似的歌声,麦希明扭过脸看去,原来是先头的画舫游船游弋经过河湾口。大船前面走过,后面跟着十来条卖粥小艇,就像牯牛旁边的牛蝇一般。林小麦也看到了,就问池叔:"池叔,刚才我们见到你的船被他们挤到外面去了……现在你家生意怎么样啊?"

纵然麦希明猛给她打眼色,林小麦只当没看见。池叔坐了下来,摸出一支烟点了:"还是那样咯,随缘做随缘吃……就当自己打份皇帝工了！"

一上午了，只有一单生意……这样也算皇帝吗？但是池叔的出品，是最地道正宗的吧？

很少有地，麦希明掩饰不住自己的惋惜和愤怒。林小麦轻声说："老板，别这样……做生意说白了也是竞争。尤其是同行冤家……池叔年纪大，人力单薄，用什么去跟他们挤？还有就是，不知道你有没有留意到，他们的船、衣服，乃至放在甲板上招揽生意的鱼篓粥碗，几乎大同小异。我估计，这些人应该才是真的打工仔。"

池叔颇有些惨淡勉强地一笑，说："丫头，你说对了啊。他们还真是有人统一配送的粥包料理，出品稳定又快，说句大老粗的话，有手就行。像我这样的老家伙，就被挤没了。其实从前这条水面上，还真的像靓仔说的，有人现煮卖贵点，有人兑水量大管饱……但自从那个公司来了之后，现煮的是彻底没活路了。原本水面上有七八条艇仔粥船，如今只剩下我，等哪天我熬不下去了，就洗脚上岸领养老金去……"

麦希明和林小麦面面相觑，林小麦不免安慰着说："既然这样，池叔为什么不考虑收几个徒弟传承下去？据我所知，艇仔粥早早地入选了名小吃的名录，应该可以得到扶持帮助的。"

池叔一拍大腿，指着那已然船去声消的河面："那些小船上的，就是我的徒弟啊！当初找人入伙，就是优先录用有功底的人。有些人舍不得家里，留在了水面上，还有一些人，是直接开进了城里去的。唉，我也不能怪他们，池叔年纪大了，儿女成家立业，现在是一人吃饱全家不饿。他们却正是要养家糊口的年纪，还有两个年轻的，没老婆没孩子，还在攒老婆本……"

一时之间，林小麦也不知道说什么才好，只好沉默下来。麦希明说："池叔，你意思是说……他们其实都是有公司统一雇用的，然后做成了中式粥包，兑水量贩？"

池叔说："没错。所以啊，他们量大管饱，个人是比不了量贩的。说句不好听的，从前阿叔也去帮过一段日子公家饭堂，也煮过食堂早餐粥水档。不过，好歹也是明火煲的粥底，正经粮食火候做的白粥、瘦肉粥。没有见过现在这种环境。"

麦希明疑惑的目光，就看向了林小麦。林小麦低声道："我们这边许多单位有食堂的，真正字面意义上的'大锅饭'……一般食堂供应三顿饭，早六午十一，晚饭四点半。现在基本上都改私人承包啦，是一门很赚钱的生意。"

她忽然坐直了身子，提高声音问池叔道："池叔，既然你说你的徒儿们是做游客生意，挤得你没生意做，那么你现在难道打算一直守着这地方吗？是不是太浪费你这一身本事了？说句不好听的，你这是抱着金饭碗等着饿死啊？"

池叔脸上闪过一丝不虞，嘴唇动了动，想要反驳，最终千言万语化成一声叹气。麦希明说："山不动我动，水不转人转啊……池叔，刚才我算了一下，你做一碗艇仔粥，不算熬粥底备料的话，大概是花15到20分钟时间……你也会看着不同地方来的客人来用不同做法，这明明很是会招呼客人了嘛。"

林小麦道："对呀！树挪死人挪活。艇仔粥也好，花尾渡也好，做的都是河上行船过江、货运走客的生意。从前没有交通路网，岭南地方河网发达，所以才有了艇仔粥的兴旺。现在时代变了，就该与时俱进啊。既然这条河上的游客吃的也就是个氛围，不在意味道，那么池叔可以到那些仍旧需要你的地方去！"

不管是写字楼的白领也好，还是骑车穿梭大街小巷的快递小哥，一天下来业绩压着，客户催着，老板脸难看，兜里钱咬手，于是很多事情都已经不需要过脑子，直接就是靠着肌肉记忆和环境记忆来完成。

可是，当真有一碗靓粥，在夜半时分被他们囫囵吞下肚后，或许能有机会，让他们的胃口给他们已经不关注这一切的脑子提个醒——今晚的粥，好像还不错！

那回味的几秒钟，会不会让他们稍微宁静一点，稍微松弛一点？稍微……开心一点？

池叔吸了一口烟，问麦希明："靓仔，你说得很有道理。现在我寻思一下，办法总比困难多啊。今天谢谢你们，这顿粥，池叔请了！能不能留个联系方式？老人家年纪大思维僵化，可能以后还要麻烦你，朝你讨主意。"

麦希明很是爽快地掏出了手机，含笑朝池叔点头应道："若是只吃今天这一顿好粥尝鲜，那您老人家请客，我自然是恭敬不如从命。可这么好的粥，往后我可怎么舍得再不享用？日后您老在洋城重新立起这明炉粥档的时候，我可还少不得要寻上门去呢！"

春风徐来，带着清幽花香，让人不由自主地感觉到了胸襟开朗。池叔很有些自豪地端下了明炉上的粥锅，再又手脚麻利地收拾起了案板上的各色鱼杂内脏，反身从略有些逼仄的船舱内取出了个像是几个小南瓜大小的细密篾笼："这就要讲到古早之前的事情了。还在我年轻的时候，这河岔口根本就没人打理。各色垃圾都是顺水入海，青红紫绿在海河岔口的回水湾堆了一层又一层。冬日还好，夏日的时候，苍蝇遮天蔽日，隔着几里路都能闻得到一股恶臭。"

将鱼杂塞进了精细的篾笼之中，池叔抬手将篾笼顺着船边垂挂到了水里，这才松开锚绳，任由小船随着海河波兴，沿着岸边漂流起来："再后来，大家都能填饱了肚子，也就开始注意收拾起了这些河湾海汊。你们看这沿河靠海的花树，严选过的树种，一年生根、三年成荫，五年开花、十年落子，这才有了这百里花海。就连被海风带来的海腥味、鱼腥味，被这花海树丛格挡过后，也都闻不见了。"

眼看着小船随波荡漾，本来已经想要上岸的麦希明与林小麦都有些许诧异。尤其是林小麦耳听着池叔讲古，更是觉得池叔这番举动肯定别有深意。转着眼珠子，林小麦伸手提了提挂在船边的篾笼，入手却是觉得异常轻巧："池叔，你这篾笼里塞了鱼杂……是要抓什么时鲜的海货吗？"

哈哈一笑，池叔略带几分自得地抬手指向了岸边花海："靠山吃山，靠水吃水，靠着这片花海，自然就有花海里的好东西可以吃咯。"

注目几近无垠的花海,麦希明带着几分疑惑地皱起了眉头,这片花海是进行过改良和扦插的红树,能耐盐碱,就算是泡在海水里,也能长得郁郁葱葱。毕竟才十年左右的工夫,养不出大的虾蟹。不过呢……倒是催生出了一种以前从没见过的虾,正好充当饭后的小点心。

抓过一只看上去就有了年头的钢精锅搁在了炉火上,再朝着锅内倒了一瓶纯净水。眼见着锅内水沸,池叔顺手熄灭了香烟,将离自己最近的一只篾笼提了出来。灯光照射之下,篾笼内扔进去的少量鱼杂已经被吃得干干净净,而一些只有橄榄核大小的粉红色半透明小虾,在篾笼内活蹦乱跳。

池叔熟练地将篾笼轻轻一抖,将那些粉红色半透明小虾抖入一个水盆中清洗,他刻意将灯光对准了那些一入水盆就呆滞了三分的小虾身上:"问过了许多积年的老渔工,都说不出这虾叫什么名堂。就连那些专家也只说这个叫……叫什么变了的种?"

才不过将虾投入沸水几秒钟的工夫,池叔已经迫不及待地将已经烫成了朱红颜色的小虾再次捞了出来,一股脑儿扣到了一个碟子上:"趁热,赶紧吃!"

眼见池叔抓过一双竹筷率先下手,林小麦与麦希明自然明白这古怪小虾必有乾坤在内,立刻齐刷刷抓起筷子夹起一只小虾放进嘴里,学着池叔的模样大嚼起来。一嚼之下,顿觉虾壳脆如薯片,在齿间咔嚓作响,且略带三分咸水滋味。而内里虾肉竟然全无弹性,只是迅速爆浆,一股浓香鲜美,顿时让麦希明与林小麦眉飞色舞,手中竹筷也是飞快地朝着碟子里的小虾夹去,两人异口同声叫道:"好!"

眼看着小虾迅速被一抢而空,池叔还没来得及动手,麦希明已经抢先一步,伸手朝着另一条系着篾笼的绳子抓了过去,一边问道:"这么好吃的东西,怎么就从来没在洋城听过?"

池叔摇头道:"这虾来历古怪,生性更是古怪。出水片刻虾壳即开始变色,再等得一支烟的工夫,活生生的虾就全都僵直濒死。哪怕打氧加冰,也保不住这虾的活命。勉强烹调来吃,味道更是差了十万八千里。有老渔工试过几十次之后，只能无可奈何，给这虾起了个诨名——花妆虾！"

麦希明微微一怔，笑着咕哝道："花妆虾……这名字倒是当真贴切。闺阁养成，不堪窗外风雨骤，还真是娇嫩得可以。"再次料理好了一碟花妆虾，池叔一边继续大快朵颐，一边却是笑着叹道："艇仔上岸虽说是个继续把艇仔粥好生做下去的法子，可是有些东西……就像是这花妆虾，无论怎样都离不开家园山水。就好似那些离了故园山水、漂泊在外的人，哪怕带去了家乡的料理手段，可离了家乡的水，骨子里却还是做不出那股家中味道了。"

耳听着池叔话语，麦希明微微皱起了眉头，却是欲言又止。就连品尝花妆虾的动作，也都慢了三分……

…………

原路返回，早先来的时候码头上热闹招揽销售的小商贩已散了大半，来到停车场门口，却另多了一批人在派传单拉客，各种高低起伏招徕不绝于耳。林小麦深知这些做游客生意的店水平着实不咋地，带着麦希明往停车场里快步走。成行成市，也就意味着鱼龙混杂，面前多了一道人影，看到是个不认识的尖下巴女人，林小麦微微一愣，停下脚步。尖下巴女人说："靓女，前脚在担山文店里当众亮彩露功夫，后脚就杀上门来踩场子？你是担山文的亲眷门徒，还是收钱给人抬轿子的抬桩？"

林小麦有些莫名地看向了那尖下巴的女人，愕然应道："担山文？是城里那个一肩挑四海的名厨？就他在洋城的名头，还需要花钱找人给他抬轿子、当抬桩？至于上门踩场子……你是不是认错花轿找错郎了？"

尖下巴女人冷哼一声，不屑地应道："敢做不敢当？你们姐妹两个到处踩场子，踩了一个不够，还来第二场？别以为懂点灶头火候、刀章碗盘上的东西，就有上门踩场子、给人当抬桩的能耐。须知道山外有山人外有人，不过蛟龙沉水不过江罢了……看到河湾旁那老院翻新的饭店没有，这一带最出名的厨师主理，而且年纪不会比你身后跟着的那相好的大多少，正儿八经年少有为且锋芒正盛，要进城取代那些老家伙不过时间问题……有本事就去试一试，没那本事的话，最好趁早乖乖回去照顾你那中风老窦。"

话音才落，尖下巴女人身边停着的车子车窗落下，露出一个男人的半张脸来："行了。说完话了吧？上车走人啦，师父叫我们早点回城里去，还有其他要紧事做呢！"

尖下巴女人瞪了林小麦一眼，扭身朝车上走去，口中却是依旧语气冰冷："看你的样子，也攀不上担山文的亲眷门徒之类干系。靓女，劝你一句——顺风扯篷走快船，可也要小心江心有怪石、湍流有旋涡！做抬桩的人物，翻船了会是如何下场，自己心照咯！"

目送那尖下巴女人登车扬长而去，林小麦回身看向了麦希明："老板，这些人好像已经查过我们了？之前佳茵跟我说起，我还没放在心上，是我大意了……"

已经拍下了那车子的车牌号码，麦希明往自己的车子走去："似乎收编河面小艇，给店家们提供半成品兑水主意的，是同一个班底。嗯，我们就去那家饭店看看吧。这不是正好吗。那家店叫'云上鲜'对吧？你上车后简单查查。"

第十四章　白龙戏雪，故事新编

陶大厨，诨名赛饕餮，从洗碗工到饭店主厨只用了九年时间，还是本区杰出技术青年人才，半年前跳槽到云上鲜。云上鲜因为环境优美、出品精良，大受好评，还吸引了不少名人来访。

林小麦、麦希明二人来到用彩灯装饰得流光溢彩的大院子前。房子有点年头了，厚墙小窗高瓦檐，走近就一股石头冰凉气息扑面而至。跨过刻意保留的快到膝盖高的大门槛，趟梭影壁上挂满了主厨和名人的合影。麦希明还是第一次来这种旧房子翻新的农家乐，很觉新鲜。这家饭店主打是河鲜，刚才进门看到门口水产池里有来去水闸，似是引了活水饲养河鲜。

名为"赛饕餮"，果真有两把刷子。

看看桌面上简单过塑的菜单，林小麦介绍，这一带是侨乡水乡，自古以来既是洋城绿肺，也被称为洋城鱼仓。菜式历经传承，做法成熟，只要不偷工减料不花巧，就能做出地道美味来。有些菜出现日子不长，各家配方就大同小异，就给了某些人做噱头的工夫……门口挂了那么多照片，有那工夫到处找名人合影，落入了林小麦眼里，就是搞了噱头了。

眼见林小麦慧眼如炬，麦希明就存了考校她的心思，故意逗她要点一道邻桌见到的牛奶田螺。但林小麦却有新发现——这家店里，有海上人做法的白龙戏雪，补气益血汤，雪花油炒双绿，还有南洋黄姜饭。

白龙戏雪，需要用鲈鱼。麦希明从服务员口中得知用的是日光鲈，当即决定入乡随俗，直接去鱼池旁点鱼活杀。眼睛盯着领班用长柄鱼抄子把那条选中的鲈鱼捞了起来，带到公秤上过秤，林小麦说："老板，你眼光真毒辣，这种鲈鱼生长在洋城下游入海口咸淡水交界，专门以当地生长在岩缝中的牡蛎、辣螺、招潮蟹为食，因此长得长吻短尾,力大无穷,凶猛无比,偏偏肉质鲜美。抓这种鲈鱼,得日出时分的涨潮,趁着海水倒入河湾之时,以螃蟹做饵才能抓住,所以得了这么个诨名。"

下意识地拿出手机来查了查潮汐表,麦希明讶然叫道:"这个月的涨潮恰好赶在了清早日出的时候……但是下个月涨潮时间就是白天了啊,到时候岂不是没有白龙戏雪?"

刚好拿着日光鲈过完了秤下好了单,负责跟他们桌的领班擦耳听见了麦希明这句,插嘴道:"哈哈,老板还真说对了!所以你们这次运气是真的好啦,赶上吃我们的招牌菜……来来,今天的沙虫也很靓啊,要不要整一斤?"

林小麦摇了摇头,说:"沙虫是本地名产,但要紫沙虫才是上品,你这沙虫肥胖发白就一般了。"听了林小麦建议,麦希明礼貌婉拒了领班,两人这就下好了单,离开河鲜池。回到座位上坐下,就有一名师傅推了一辆小厨车来到他们桌子旁边:"两位,这就是白龙戏雪。"

一个白木长方形的木板上,鼓起一坨雪白盐包。林小麦吸吸鼻子,点点头:"闻到这岩洞里厌氧菌发酵出的独特味道,是本地白裤山民藏的丹泉盐没错了。古代这地方已算是离海边远,上了岸之后进了山,山里有一群山民,就叫了白裤山民……那时候盐在山里是稀罕货,白裤山民的规矩,是由族里统一管盐统一分配。为了防潮防盗,他们把盐库设离地十丈的峭壁上,掘出岩洞来,以牛皮纸包盐抟成坨。其实这样保存也难免受潮的,没想到反复溶解结块,反而让盐砖带上了特殊的香气,特别适合做盐焗食品,白龙戏雪应运而生……"

师傅和气地说:"客人真懂,我们这道白龙戏雪,就是以白裤山民的丹泉盐焗日光鲈。如今雪山开,白龙出,请啊!"

话音未落,就见那帮厨抽出一把白骨瓷快刀,在隆起的盐堆当中水平线一划拉,盐堆被他平砍成两半,小心平移到旁边的大碟子上,露出冒着腾腾热气的日光鲈鱼身来。热烈的鱼香味扑面而来,还没来得及叫个好字,帮厨运刀从鱼尾切入,刀过而皮起,一整块鱼皮被他起了出来，那雪白晶莹的鱼肉躺在盐中，帮厨嘴角扬起笑："白龙戏雪！"

林小麦目不转睛地盯着那鱼肉，顺口问："白龙和雪都有了，如何戏法？"

话音未落，那条横卧雪山中的日光鲈，忽地"动"了起来——鱼嘴中喷出幽幽火焰，随即整条鱼如活了般在盐山里游动，数秒之后，才偃旗息鼓。这时，起了鱼皮的鱼肉也被火焰烤得微黄带焦。帮厨这才面带微笑地整鱼拆骨成鱼排，摆盘上碟。麦希明见摆盘用的是西式的吃鱼碟子，忍不住"咦"的一声："这道白龙戏雪……竟是西菜？那调和的酱汁也是西式的吃鱼酱吗？而这种燃烧，又是什么原理，对人体有害吗？"

师傅摇了摇头说："这是地道中菜西做呢，酱汁是白裤山民传来的酸汁，用来调和鲈鱼口感。我们用探骊采珠法取出鱼内脏及鱼鳃之后，往鱼肚内放入国外进口的食用级骨磷及混合食用胶，磷粉燃而胶融，迅速吸附鱼肚内最后的杂质残留，即成此菜。"

有心卖弄本事一样，师傅把鱼排全部去皮排列整齐，用镊子从小篮子里镊出一片片切成薄片的小金橘，均匀铺在鱼排上之后，从餐车下取出一个火焰喷枪，对准了铺了金橘片的盐焗鱼排猛喷。金橘被烤焦之后，精油挥发芳香徐徐上升到空中。林小麦闻了闻，说："金橘很新鲜。嗯，这些金橘片是弃而不用的，另外还用裱花来裱出鱼鳞……"

说起来慢，做起来快，从喷枪喷火到在鱼身上裱好雪白奶沫酱，只见师傅片刻工夫就把伴碟装饰得清新可人，又点滴上嫩青透绿的酱汁作为点缀。旁边的食客好奇不休，连连拍照，林小麦看着帮厨上菜，自己亲自布菜给麦希明夹了一道，然后才到自己。

夹了鱼肉送入口中，先是一口酸甜，过后是冷冷的奶沫夹着热热的鱼肉鲜甜，因盐焗让鱼肉略微脱水，最后越嚼越有味，林小麦说："果然是正宗风浪里长大，咸淡水中历练，啃食贝壳长的日光鲈，肉质特别紧致，经得起这般折腾。"

麦希明夹起一块鱼肉，饱蘸酱汁尝了："盐焗过的鱼肉很鲜甜，确实比普通的鲈鱼别有一番特殊滋味。如果放在国外，这道菜会大受好评的，无论是烹饪方法、食用方式还是赏心悦目的摆盘，都十分符合洋人习惯。"

似是听到了一些弦外之音，师傅不免试探地多问一句："先生这么说，是不是有更好的建议呢？可不可以详细指点一下，也好让我回头汇报给师父听，可以让我们进步……对于给出了绝佳建议的客人，我们将会列为贵宾的呢。"

旁边有好事者忍不住出声了："不是吧？这么别致的菜式，也能够挑出刺来？抛开味道不谈，就是刚才师傅表演的那一套刀功烹饪料理技巧，拍成视频放上网都能吸引不少粉丝啦……别是鸡蛋里面挑骨头啊，服务员，我要加菜，我也要点这个菜！叫什么名字来着？"

仿佛没有听到耳边此起彼伏喊加菜的叫嚷，也没有因为自己小小带货一波而感到嘚瑟，林小麦摇了摇头，说："没事，各人口味嘛。我们还有别的菜，都吃了再试试看。如果光凭一道菜的水平就来肯定或者否定一个餐厅，也太不公平……老板，你觉得呢？"

给了她一个赞许的目光，麦希明说："是啊，如果是国外的专业团队去测评某个餐厅，那是肯定离不开'两个时候、四个季节和全套餐单'的。两个时候，即午餐加晚餐；四个季节，都要去，看看这个餐厅是不是出品稳定，以及有没有什么因为季节变化带来的惊喜；全套餐单，包含了7到11道不等的菜式。"

唯独是这般全方位到近乎苛刻的考校，才能尽可能做到公平公正。

话说到这里，又上来了一汤一热炒。汤是祛湿汤，热炒是状元郎雪花油炒双绿，取的是当地真实存在过的前朝状元郎故事。食材里有种金龙藻，是本地山溪里特有，过一分则老，少一分则只一口包浆，毫无吃头。火候掌握好了，甚至不需要在锅里放油，只干煸至叶片变色水分溜走，吃起来是带着一股浓烈芬芳，更胜蒌蒿的清鲜味。

麦希明尝罢，评价："让我想起第一次到五大湖区游览那种清新精致的感觉……"

子姜黄炒饭，用的南洋做法，讲究酱如黑珍珠，米饭粒粒分明，要一个咸香醒胃、祛湿除秽的充饥食疗效果。服务员更是祭出了金箔酒，把金箔酒洒入饭面上，拿起加热喷嘴对准了炒饭一顿猛喷。蓝幽幽的火焰蒸腾而起，热浪过去，酒气散尽，浓油赤酱的炒饭如经年老照片般褪去了颜色，变得金黄养眼。经过加热之后，姜黄的味道越发浓烈了。这般讲究排场的炒饭，倒像是土大款做派。

无极豆沙，耗时久，乍一看那托盘上端下来一个仿真树桩般的盆子，上面插着真正的绿植叶子，异常精美。使用本地特产的洗沙红豆，以雪花油缓慢滴入七天七夜，做出极细腻柔软的豆沙来，因细腻无形，被称为无极豆沙。走的仍旧是像生菜的路子，很有点儿西餐道道分明、层层深入那味道。

二人正要吃无极豆沙的当口，领班忽然微笑着提醒道："现在如果两位到某点评APP上留言并且发带图片的15个字以上好评，我们可以免费送您这份店里的招牌甜点无极豆沙哦。"

林小麦愣住了。麦希明皱了皱眉头，说："谢谢，我们知道了。不过……我们只是来吃饭的，不是专业的食评家，连那个APP也没有听说过。不好意思。"

领班说："没有下载？那更好了，新用户评价的话，能够得到额外的积分奖励呢。靓仔，费不了你多少工夫的，几分钟就好。"

麦希明摇了摇头道："真的不会……谢谢你好意啦。现在天气热，你看看，那无极豆沙上都冒水珠了，再拖一会儿怕是口感不好。我们想要先尝一下，好不好？"

见他嘴上这么说，实际上把手机往口袋里放，伸手取干净的碟子去接林小麦给他分的菜，领班失望地转身走了，一边走一边不断回头看他们。麦希明权当不知道，看着林小麦一层豆沙一层叶子地细心铺到自己碗里，只有一汤勺的分量，不禁扬起一边眉毛："我怎么觉得……你的摆盘，比刚才上桌时那卖相，还要入眼一点？"

仔仔细细地摆好无极豆沙新造型，林小麦就像完成一个心爱积木的孩子一样，秀丽的脸蛋上笑容可掬。平平无奇的骨瓷汤勺中，下多上少，恰如宝塔冒尖尖，堆好了冻成了片的豆沙，一层豆沙一层细叶，不多不少五层，最顶上一点鹅黄，点亮了整个造型——用的还是树桩旁点缀的可食用雏菊。

冷不丁被麦希明一夸，林小麦顿时面红过耳："我也是瞎捣鼓一下，眼睛看了，手里说我会，就这么着了……如果老板觉得还能入眼的话，不妨吃吃看？吃着也还觉得行的话……就给我……加点儿人工？"

同样陷入尴尬中，麦希明不自在地垂下眼，没有继续接茬，举起汤勺，把无极豆沙送入口中。林小麦看见了，眼睛顿时笑得弯弯的："老板会吃，知道我这么捣鼓的用意，其实就是模仿了千层点心的做法，必须一口咬下，才能把豆沙的甜香、叶子的脆爽、花瓣的清雅汇聚舌尖，增加味道层次。洋城当中，做千层细点最厉害的师傅，据说可以把酸、甜、苦、咸、辛、甘、鲜七种味道，融汇一体，吃过之后返寻味不说，时间久了不吃，还会上瘾，茶不思饭不想的……不过那样的师傅，渐渐销声匿迹了。现在茶楼里能做到上次财神茶楼那样的，已是个中翘楚。"

悠然神往之余，麦希明说："千层虽好，终究是传统。师父带进门，修行在个人。我还没回国之前，认识一位学油画出身的厨师，他的餐厅马上就要被米其林列入考察范围了。我们也算是相识于微时吧。他给我印象最深的一句话就是，做菜就跟画画一样，也讲究想象力的……或者可以试试我的新吃法？"

林小麦一听，顿时瞪大眼睛盯着麦希明。见他取过白龙戏雪用剩下的盐壳子，只取最外面没有沾着腥味的盐粒，夹起一片冻豆沙，飞快在盐壳子外层一抹，投入到林小麦面前的柠檬水中。放了三四片之后，茶杯外迅速蒙上一层水雾，林小麦看着茶杯底沉淀的一层豆沙红，直了眼睛。

麦希明道："特调老盐红豆沙冰，可能会比较适合女士的胃口。"

小小地啜饮了一口，林小麦眼睛发亮："好喝！真的喝出了红豆冰的感觉！柠檬水吸收的是冻豆沙冷却下来的，不是生放冰块，喝起来透着自然的凉爽。可是……老板,无极豆沙吃了那么多的油,怎么这杯东西没有半点油花子?"

麦希明说:"无极豆沙制作过程中是用了大量的油,但不代表投入水中会释放出来啊。就好比我们花式咖啡里常常用到的手打奶油,里面最厉害的那种,含油量高达30%。手打奶油几乎都是直接加在饮品上的,那么喝花式咖啡的时候,我们见到油吗?"

连连点头称是,林小麦说:"我懂了。不过,表面不带油,不代表实际没有油。喝完了花式咖啡,洗杯子的时候常会觉得滑滑的,那些就是油脂了……哇,好可怕,感觉自己腰围会涨三分,老板,这算是工伤吗?"

"工伤?我看你健康得很……还有,我们公司是有严格规定的,年底会安排员工体检……你真的有顾虑,可以跟人事部打申请增加特定体检项目,比如说暴饮暴食常见的胆固醇项目等。"

看着林小麦哭笑不得的模样,似是掩饰笑意,麦希明把勺子里剩下的半口无极豆沙吃了,嘎嘣脆的爽利口感恰好中和了豆沙里的甜,丰盈于口,滋味无穷。他说:"豆沙滋味百变,说它是一道菜,倒不如说是一种可塑性极高的食材。冷吃热食各有风味,甚至还能够开发出饮品……但是,我个人认为,小麦你用这种千层手法来突出滋味,才弥补了它原本风味上的不足。一道菜如果需要食客来进行再加工,才突出了滋味,那么这道菜算是成功还是失败?"

听着他的问话,林小麦黑水晶般的眼眸底下闪过一丝悸动,似乎引起了某种共鸣。她说:"对呀……你说得对。老板你随手一做,就能发挥好,说白了,是豆沙好。至于这一道树桩子无极豆沙,又是冰块又是树桩又是植物叶子,拍照十分钟,吃起来不过三两口……这是,噱头大于实力了。"

"快看!主厨出来了!"

第十五章　饕餮献艺，奢华堂烹

　　目不斜视，脸上更是带着三分倨傲与矜持，赛饕餮才刚在一桌打扮入时的客人旁站定，几名服务生已经推着两台明炉烹饪车与相应的食材托架，在桌边摆开了堂烹的架势。微微一鞠躬，赛饕餮拈起一副薄如蝉翼的烹饪手套佩戴完毕，双手在烹饪车上来回一抹，两把锋利的厨刀已经握在手中。就像武侠电影里运刀如风的侠客一般，干脆爽利几刀过去，眼见着赛饕餮把一条倒挂鲮鱼片了个鱼片如纸片薄，那些鱼片离开了鱼皮，竟像雪片一样缓缓飘落在他面前的大盆子上。服务生们有意向两边分开，让大家能够更加清楚地看见把双刀舞动得越发圆转如意、如臂使指的赛饕餮。

　　赛饕餮取下鱼骨，手起刀落砍成段，投入一口锅中，边投入一样作料，旁边的领班就唱菜名一样报一样出来："巨胡椒、狼沙姜、香兰结、钻地蒜……这是来自黔地酿酒大师关门弟子去年手作古法萃取的精品米酒雪龙津。"

　　如珍似宝地平举着那不过一钱大小的透明水晶杯，赛饕餮亮相之后第一次开口了："一般来说，酒醪制作完成之后，会上槽榨取，目前来说大多数流水线生产的酒厂都是用大型自动压榨机来榨取，而古法榨取的法子，是利用杠杆原理，以巨石压榨酒醪，待酒液流出沉淀后，因还带着丝絮般细碎雪白的杂质，得名'雪龙津'。这种杠杆压榨法取出的雪龙津米酒，最高度数只有23度，口感层次丰富纤细。正因为机缘巧合让我得到了这种美酒，让我有了新的想法，推出今天这道新菜——贵妃醉酒。"

　　店内围观诸人脖子抻得老长，目不转睛盯着赛饕餮。幽幽酒香味飘到了邻近桌上，林小麦不禁吞了口馋涎："好香……老板怎么这样子看我？是不是觉得很奇怪，女孩子竟然喝酒？"

　　轻轻摇了摇头，麦希明说："不会，我身边的女士也有喝白兰地或威士忌的习惯，少量喝一点，没关系的。不过那种米酒不会掺了太多杂质么？一般来讲，去腥用的都是烈酒，他用低度酒，你觉得能起好效果吗？"

手不由自主地摩挲起下巴，林小麦陷入思考中："估计是……难……也许汤里面另有玄机，能吊出鲜味吧。讲真，是我的话，我会弄几滴实实在在老白干下去，那才叫简单粗暴有效。"

麦希明评价道："你这做法就太实了。"

林小麦一听，乐了，说："不实在，我们家的档口怎么屹立几十年不倒？不是我吹，洋城的食客最实在嘴巴也最刁钻。我们焖牛腩，也要加料酒。原来一直加的是河西老酒坊出的纯粮食双蒸酒，大概十年前吧，我爸发现食客变得口味重了，喜欢更软烂的。他老人家狠了狠心，换了口感更丰富的玉冰烧。这种细微的调整，就连食客也说不上来，只觉得好吃了些。然后我们的生意一直保持兴旺，活了下来，那几年里却有几家同行为了省成本没舍得调整口味，最终却因小失大，生意一落千丈……"

说起自家的粉店，林小麦眼睛发亮，整张脸蛋流光溢彩。这边厢把酒倒了一半进鱼骨汤的铸铁锅内，略翻炒几下，倒入一碗澄澈透明的高汤，领班介绍："因为时间关系，这碗汤是提前准备的，是南洋疍家的船上名菜七鲜汤。南洋疍家中有一种船，专门做餐饮营生，经营地点就在大船上，大船全身刷蓝，描画成海中大鱼鲸鲨的模样。因鲸鲨长了巨口，能鲸吞四海之水，这种鲸鲨船，又被称为四海船，这种南洋华人菜系，也就被称为四海菜。"

"每一条四海船上都必备七鲜汤，每一条船上的七鲜汤配方又会不一样，主打的，是那口鲜美悠长的滋味。我们主厨从小在四海船上长大，成人之后，他把属于祖父的美好回忆放在七鲜汤里。我们店里大部分的菜式，都用了七鲜汤来做汤底提鲜吊味，汤中主要含有南海贝、石斑鳃、海床螺、千足海葵、无毒海兔、南洋檀心、盘龙章鱼嘴七种原材料，熬煮时间倒不必太长，一个小时就足够了，完好地保留了海洋的鲜味……"

听着领班的介绍，食客们边听边拍，认真记录，俨然有了几分美食发布会的派头。赛饕餮仍保持着那副沉默矜持的模样，浑然事不关己的模样，反转刀身，以刀背重重击打在鱼片上。宛如鼓点般疾迟顿挫，不过片刻工夫，鱼片成滑，闪闪银光。赛饕餮摸出两把银汤勺，左右左一抹，眨眼工夫，鱼滑被他抹成椭圆小球。那桌坐得离赛饕餮最近的客人，是一名扎马尾高鼻梁，长得有几分像洋人的女士，眼睛都花了，满眼崇拜，不禁双手合十胸前，赞叹道："真的是太厉害了……师傅是怎么做到的？没有蛋清，没有面粉水……什么都没有，光凭着两个勺子，就让鱼滑成型上劲！"

紧挨着她身边坐着的嘻哈风格型男说："哈哈，要是我们知道怎么做到的话，也不用坐在这儿吃了，直接开餐馆赚大钱得啦。"

嬉笑声中，赛饕餮不卑不亢，垂眸集中注意力在两个汤勺上。按着那一桌客人人头数，不多不少做了四个鱼肉球。他低声说："这种鲮鱼看起来如普通鲮鱼，其实应叫作黄鲮，不知来历，不知去处，只有绿水河一带的深山水塘里天生天养，在杜鹃花开的季节，它们成群集结在白裤山民村庄附近的九星湖里求偶产卵，方可抓捕……早在三十年前已是特供海外富豪食用的专属鱼类，这鱼抓捕回来之后只能喂蚕豆肉和黄豆粉，肉质既细嫩又充满胶质，不需要任何加料即能成鱼球。"

食客们纷纷点头称是。简单地介绍过黄鲮的来历之后，铸铁锅里的七鲜汤也微微煮开了，冒出缕缕轻烟，鲜甜香味越发浓郁，充斥餐厅。赛饕餮轻扭身子，抓住了铸铁锅的锅耳，锅离火，膀臂用力，铸铁锅内的七鲜汤仿佛灵蛇出洞，猛地从锅内泼了出去，在空中划出一道彩虹般的弧度，透过赛饕餮早就握在手中的筛子，过筛入壶。

看清楚七鲜汤落入的黑色陶壶，扎头巾嘻哈客人瞪圆了眼睛，讶然拔高声音："天啊，这是景德黑陶大师米景云手制的品汤壶？！米大师的壶，调釉独到，窑变变幻万千，每一个壶都不一样自不必说了，更兼孔眼致密，特别适合烹调，他老人家年纪大了，近年少有产出。专门用于盛汤的壶，据我所知只有一批，限量两百套，一出窑便被来自全世界各地的厨师抢订一空。没想到，在这里能够见到其中一个！"

听了那客人的说话，跟在赛饕餮旁边的领班眉头一扬，欢声道："好！果然识货！正确来说，我们家不是拥有其中一个，而是其中连大带小七个的一套！米大师的这套品汤壶，专门为保存中餐不同的汤设计，煲汤、滚汤、炖汤、清汤、调汤、快汤、老火汤、浓缩汤。这一个调汤壶，壶底两层，可装发热包保持温热，壶口窄，壶身厚，能长时间保温，调汤装在其中，保持24小时的90度高温，足够烫熟黄鲮球。"

听闻领班这话，大家越发惊叹不已。

赛饕餮倒是眼观鼻，鼻观心，心静如水，把四个鱼球小心放入调汤壶中，不盖壶盖，取而代之是一片青柠。柠檬汁似有若无地在切口处滚动，看来不需要多久，就会有柠檬汁滴落到壶里。

大家围着赛饕餮啧啧惊叹之际，同样地看着赛饕餮，且自己也拿出手机录像的林小麦摇了摇头："那黄鲮是白裤山民视若珍宝了数百年的东西，还曾经送到南明小朝廷里做过贡品，东西确是好东西，壶也确实是出自大师之手的专用壶，以上等工艺仿出焖烧壶的功能来，比外面卖的行市物品要好很多。工欲善其事必先利其器，赛饕餮也是做到极致了……其实就这么简单地以七鲜汤滚熟了鲮鱼球，就极为美味。覆上这片薄皮柠檬，却有些画蛇添足。"

麦希明很赞同地点点头，说："柠檬的酸味，反而破坏了七鲜汤的鲜味，何况任由柠檬汁自然滴落，极容易控制不好分量。除了好看之外，我想不出他这么做的第二个理由……"

两个人的讨论，又被对面阵阵哗叫打断："孔雀鲍！天啊，是真的孔雀九孔鲍！！"

低着头，凝神肃立，赛饕餮再次在餐车旁一抹，抽出一把长不过三寸，刃薄如纸的黑柄快刀，左手轻轻抓起冰桶内埋着的湛蓝外壳的鲍鱼，右手刀锋飞快插入，一旋一扭，鲍鱼壳应声而开，露出里面淡黄肥厚的鲜鲍肉。侧脸躲过那鲍鱼喷出的一串水珠，赛饕餮刀锋蝴蝶一样翻飞数来回，放下快刀，以指腹摁住了鲍鱼肉，轻轻一旋，被切开六层的鲍鱼肉如扑克牌般展开一道完美扇形。

那高鼻子食客大声叫好,眉飞色舞:"厉害了!我压根儿什么都没看见,活生生一只鲍鱼就被切成片了!!"坐在她对面的波波头女郎说:"丹妮,你注意点形象好不好?就算有孔雀鲍鱼吃也不用那么开心啊⋯⋯"

高鼻子女人说:"你数数,是九个孔吧?我听说,鲍鱼里最稀罕的就是这种九个孔的孔雀鲍。味道怎么样忽略不谈,少见啊!就连那湛蓝的鲍鱼壳,磨成粉了,就是昂贵的颜料呢!哇,没想到贵妃醉酒这么奢华,这次来团建真的是大饱口福了!"

一桌子人越发兴致勃勃地,目不转睛看准了赛饕餮,波波头女郎甜甜地开口问:"厨师先生,请问这些鲍鱼片,是作为黄鲮球的伴碟来吃吗?你是不是在米其林餐厅里学过,我发现你许多精微搭配的手法,和我在国外吃过的高级餐厅很类似呢⋯⋯"

赛饕餮却没有答话,继续目不斜视地把孔雀鲍片分开。眼见九孔孔雀鲍被片成六片,上下两片弃之不要,仅保留中间肉质肥厚的四片,林小麦点头道:"还是按人头来备菜,属于主厨的基本素养。看那个小篮子里分格子放满了精细的植物叶子,看来这道菜是少不了精妙摆盘⋯⋯重中之重,是要突出一道'鲜'味。"

麦希明为她换掉了杯中的冷茶,说:"这才是个真正专业的厨师,不是光为网红明星名人服务,而是为一切到店里的食客服务⋯⋯只要机缘合适,就不吝啬展示自己水平。我开始对这个餐厅改观了,虽说菜品里有些微遗憾,但这个世界上谁是完美的呢?就算是我⋯⋯也不完美。"

赛饕餮以孔雀蓝鲍为底,从素材筐中取出一个拳头大的黑松露来,片出一片完完整整的松露片,放在孔雀蓝鲍上,再取出一片青绿的羽毛来——有识货之人,在远处失声喊道:"这是——绿孔雀羽?!"

赛饕餮难得微笑了一下,说:"绿孔雀是保护动物,曾经广泛分布在华南、西南一带。之前几十年一度几近绝迹。好消息是最近这几年听说在绿水河附近的山区里,又有发现零星的绿孔雀家族⋯⋯我们餐厅却是合法经营,绝对不会为了猎奇口味胡吃海喝,实际上，这是一片素食食材做的仿真孔雀羽。"

示范性质地，取出一支牙签粗细，眼看着就很柔韧坚硬，一头尖一头圆勺的物件来，用尖的那头轻轻一捋，"绿孔雀羽"微微抖动起来，飘飘摇曳，栩栩如生，大家却也同时看出了那摆动比真的羽毛略显僵硬，果然是假的，使用抱子甘蓝搭配了别的藻类制作而成。波波头女郎瞪大眼睛惊叹！！波波头女郎旁边的西装男眼睛早就一剎不眨地凝在了赛饕餮身上，纵使手臂肉眼可见地发抖了，举着拍摄的手机还没舍得放下来："可算没有白走一趟啊！哈哈哈，办公室那几个人没有跟来，那可真的是亏大了，我们赶紧把图片发小群里气气他们……"

麦希明问林小麦道："小麦，这么纠缠成一团，会不会烹煮不到位，反而造成风味损失？"

眼看着赛饕餮极快速度抖开了仿生孔雀羽，那孔雀羽毛随着他的动作越发散而不乱，一副饱满丰盈模样。配合无间地，领班取来一个带着雪白凹槽的碟子，碟子凹槽旁边，堆了一堆雪白晶莹的——盐！麦希明和林小麦视线交会，异口同声喊出一个词："盐渍！"

赛饕餮面无表情地抓起细雪般的盐撒落在四支绿孔雀羽上，来回反复均匀撒遍，林小麦看着看着，忽然说："老板，刚才我错了……如果绿孔雀羽是用盐渍，那么柠檬水倒是用对了。而且那个盐闪着淡淡的青色……如果我猜得没错，这道盐，应是和梁伯做黄金脆瓜那会儿的方式大同小异，用了特殊的植物萃取汁炒制过的。"

耳听着林小麦的说话，那领班边把七鲜汤壶上覆盖着的柠檬片以镊子取下，边回眸看了这边一眼，嘴角带了笑模样："这两位客人也是识货之人……没错，我们家的这些老盐，取自藏地地下800米深的一片地下远古海洋，众所周知，喜马拉雅山从前是海底，在那边还发现过三叶虫和贝壳化石，经过千万年的进化，沧海桑田最终成山。但在藏地的某些岩层缝隙里，还孑遗着不少原始海水……"

扎头巾的男客激动插嘴高叫:"对对对!这个我知道!我们那会儿徒步,就遇到过地下湖,当地向导说那是咸水,喝不得!"

同伴们乱糟糟一片叫,把头巾男客的显摆压了下去,领班娓娓说道:"聪明的当地厨师用海盐来烤牦牛肉、羊肉,比起一般的烤肉多了香浓美味。主厨亲自跋涉藏地,当地的藏厨朋友带路,找到了其中一片地下海,寻到这种高原海盐。制成盐粒后,再加入多种藻类萃取精华翻炒成盐,专门用于贵妃醉酒的盐渍蔬菜部分。"

高鼻子女郎扭脸对扎头巾男客笑道:"多亏老杨会找地方!这种盐不知道能不能零卖?我们买点儿回去,搞庭院烧烤的时候用,也让大家尝尝好东西。"

领班笑盈盈地说:"很抱歉哦女士,我们只限堂食用,不外售。"

一片失望声中,赛饕餮已把一圈特调咸奶油酱挤出精致花纹在骨瓷大碟上,再取出低温喷枪冷却定型。麦希明看着他娴熟如行云流水的动作,说:"裱花造型,又是西厨手艺……可真真儿是'学贯中西'。裱花这门手艺也属于易学难精的。有一说一,我们华人天生心灵手巧,尤其擅长精细动作,要么不学,认真学起来容易学会学精。——你看,黄鲮鱼滑上碟了。"

始终保持着专注与矜持,赛饕餮用力一拍品汤壶,清澈鲜香的高汤从壶中直直地扬起,中间四枚雪白椭圆的鱼球落入他左手的琴丝竹编笊篱中,反复滚动十数次之后,鱼球已变得光泽可鉴,玉雪可爱。再启机关,取出一碗浓紫浆汁,花香细细,沁人心脾。有人闻出这是牡丹花的香味。此地牡丹珍贵,自然也是空运而来,叫作——国色天浆!

大家看着赛饕餮,目光充满敬畏尊重。眼见他用一只金丝织就的疏眼网兜把鱼球放入国色天浆里三翻四滚,领班解释道:"诸位,只有用金丝编成的疏眼兜才经得住主厨这手举重若轻的颠翻,可以让鱼球均匀上色,请看……"

众目睽睽之下,原本雪白的鱼球染上瑰丽的紫红,放入碟中,衬着嫩黄鲍片、翠绿仿生孔雀羽、湛蓝一圈咸奶油裱花衬盘,色彩饱和明艳,煞是好看。赛饕餮喃喃自语:"侍儿扶起娇无力,从此君王不早朝。贵妃醉酒,岂能无酒?——酒来!"

领班飞快地从餐车后取出一个脖子细长的酒瓶,瓶中酒无色无味,酒瓶上的标签看着倒是有些年头。离他们最近的高鼻子女客吃惊高叫:"1983年?!这酒好几十年了?!"

领班微笑着说:"是,这是名副其实的老酒,产地就在本地,叫作'绿水河大曲',解放前就有土法酒厂,新中国成立后全部收归国营。如今已转型成功。这种酒清香型70度,性烈无比。至今还保持用少女踩酒曲、新造米做原料的酿造传统!从国营时代到如今,绿水河大曲陪着我们本地人婚宴嫁娶,红白喜事,属于我们当地人的故乡酒。"

女客道:"咦?听起来很普通啊。不过我倒是听说过,酒越老越值钱,这酒比我年纪还大,是不是很贵?"

扎头巾男客很是赞同地点头,眼睛里恨不能长出两只小手来把那酒抓过去,眼紧紧盯着酒瓶子,嘶哑低叫:"那必须啊!人家说得谦虚,实际上几十年前的酒,哪怕当时只值几块钱,如今也是有钱难买到。"

嬉笑声中,赛饕餮用力一掀实木塞子,把那瓶不知价格几何的酒泼洒了小半瓶到碟内,右手一抹,取出一根色泽沉厚、长不过巴掌的木柴,点着了木柴之后在空中一晃,碟里的烈酒遇火即燃。随着火焰燃点,伴碟周边的湛蓝奶油微微化开,露出七彩斑斓的彩色可食用圆珠。更是有浓厚香味,袅袅散开,直冲鼻窍,响亮地打了个喷嚏,忙不迭用纸巾捂住口鼻,高鼻子女客惊道:"这种穿透力极强的香味……是沉香?这根柴是凝香在内的荔枝沉柴?!"

林小麦也打了两个喷嚏,道:"把荔枝木打碎之后,混入沉香渣末,重新以高压压制成型,再略做加工,足以仿真成真的荔枝沉柴,成本却低很多,燃点之后也会起到一定的效果,就比较适合用在高楼殿堂的场面了。讲究些的用上野生沉香,那穿透力就跟赛饕餮手里的那根仿真柴相仿佛了。"

麦希明给林小麦递了张纸巾,说:"他真的很聪明,咸奶油是西点里一种特殊分子，冷吃清爽，热吃香浓，用咸奶油作为衬底摆盘，哪怕烈火灼烧，也不减口味。反而可以让客人以素菜蘸咸奶油汁食用，尝试新的口味变化……我敢肯定，赛饕餮对西厨研究一定很深，能够灵活融汇了。真期待，不知道这道贵妃醉酒味道如何。"

火焰将要燃尽之前，领班把一碗透明玻璃芡送到赛饕餮手边，赛饕餮从餐架下勾出一个金碧辉煌的勺子，飞快地舀出玻璃芡汁，团团一泼。芡汁淋漓把碟中贵妃醉酒的袅袅轻烟灭尽，眼见这道贵妃醉酒已是姹紫嫣红，嗞嗞冒香气。

微微一鞠躬，赛饕餮就退下了。

领班趁机对纷纷问价的食客们解释道："贵妃醉酒是主厨新的创意，季节限定款。为了给大家带来好的味觉享受，用料自是精益求精。新品推出期间八折优惠……"

果然又有人下单……乱糟糟一片地，自然也有人关注那桌准备开吃的客人。林小麦二人就是其中之一，服务生给四个客人按人头分好了菜，高鼻子女人喝了一口茶水净口，跃跃欲试地说："我馋这个鱼球好久了……嗯，主要是我喜欢吃鱼。点这个菜，也是我看到主要食材是鱼，不知道黄鲮鱼球吃起来味道如何呢？比起一般的鲮鱼滑有什么不同？"

她举起刀叉，正准备切下，扎头巾男客打断道："停一下，高妹。这贵妃醉酒做起来那么大的动静，吃——应该也有一番讲究吧？我知道有一些菜是有独特的品尝方法的。比如说洋城那家最美味的酸菜鱼，就要求先喝一口汤，再吃一口鱼片，最后才尝酸菜……区区酸菜鱼都有讲究了，何况是这种功夫菜。"

听了他的话，倒让满桌人踌躇起来。西装男客人说："你说得有道理……嗯，叫领班来问问不就知道了？"

说曹操曹操到，扎头巾男客才摁下了召唤电铃，领班后脚就来到了桌边上。林小麦看着那领班手里端来了托盘，里面一个缓缓散发着热气的暖酒壶，对着麦希明调皮一笑："原酒配原菜，老板你应该对这种做法很熟悉吧？"

麦希明说:"又是一种西为中用的融合做法了。在西菜中,众所周知的习惯做法是红肉配红色酒,白肉配白色酒,烹饪也是如此。刚才赛饕餮烹鱼的时候,用的两种酒都是白色的,也符合这个规律。但有时候不按牌理出牌,也会有惊喜。"

林小麦喃喃道:"说到酒就是另一门学问了,琴棋书画诗酒花是一挂,我们每天追求味道是另一挂,叫作柴米油盐酱醋茶。"

正在聊着,领班的说话声清清楚楚传来:"各位,我们的贵妃醉酒并没有特别的食用方法,它的创作理念就是:无论从哪一个部分先开始吃起,都是完美无瑕的。所以客人可以任意食用,不必拘束。主厨认为,随心所欲而不逾矩,才是中餐的最高魅力。唯一需要注意的,就是好菜不能缺了美酒,所以贵妃醉酒搭配雪龙津食用风味最佳。这是送的一两雪龙津酒,请诸位慢用。"

领班拿起酒壶,为四个客人斟满了杯,剩下的放在了桌子中央。扎头巾男客吞了口馋涎,惊喜得两眼发光,眉开眼笑地道:"哇,刚才听说雪龙津是用杠杆法榨取的古法制酒,我就很想试试了!"

很有些迫不及待地端起面前不到一钱的小酒杯,原打算一口闷,看一眼已经扭身走开的领班,扎头巾男客脸上就露出不舍之情,改大口为小口啜。大家碰过了杯,才分切那鱼球。高鼻子女客把鱼球一刀两段,用叉子背轻轻托着,吃入口中:"好嫩的鱼球,吃下去仍然是鱼的鲜味,好香,好嫩。哇,我都不知道说什么才好了,我也算是水边长大吃鱼专家了,从来没有吃到过这种口感,太赞了!"

用叉子叉起孔雀绿羽毛,蘸了酱汁送入口中,波波头女客眯着眼睛,叹了口气:"一咬就断,满口汁。如果我们公司楼下的素食馆子能有陶师傅一半水平,我的减肥计划也不至于屡战屡败……"

一桌人大呼小叫天下美味,赞不绝口。麦希明不再回望那桌客人,对林小麦说:"时候差不多了,我们走吧。"

话音未落,动静再起,后厨的门打开,赛饕餮仍旧带着矜持,走路飒然带风地直奔他们而来。领班推车走在他前面，来到了二人桌边，很是有礼貌地说："两位客人，方才看你们的言行举止也是识家。我们主厨有两道新菜想要送给两位，请两位品鉴品鉴。"

桌面收拾干净，服务员续上滚热的新茶，林小麦曲起食指轻轻叩了叩桌面，对服务员笑了笑，便即回眸看了对面一脸平静安坐的麦希明一眼："老板，这次可真的是有食神了……早就听说梅关小黄牛肉鲜嫩美味的大名，还有名厨主理，那可真的是黄蓉捡到打狗棍，嵇康遇着焦尾琴，伏羲氏见到了那背图之龟……"

专心盯着那肉质鲜红、筋脉兀自有节奏地跳动的大块牛肉，麦希明道："梅关是什么地方？为什么那地方的小黄牛会出名？"

打开手机地图，沿着绿水河往上游去，在三省交界的地方，自有南越王开国以来，几千年间，中原入粤的主要通道海陆水三条。海路就是海上丝绸之路，在古代属于九死一生之路，几乎忽略。水路是西江水，有运河连接，那是一条陆路，就是梅关。梅关之南，漫山遍野尽是野梅花，南梅和凌霜傲雪的北梅不一样，喜暖且开得热闹，生产梅子。在梅关一带的老百姓，千百年来使的是黄牛。一般家里养的黄牛是重要生产工具，除非到老了干不动活儿了才能杀。但他们有一种祭祀牛，专门养来敬天法祖用的，被称为"祭牛"，与别的不同。

祭牛，选的是年轻力壮母牛产的第二或者第三胎牛仔，那头小牛出娘胎断奶开始，就养在祠堂旁的牛栏里，在村子里专门选少年老成做事稳重的放牛娃看管，白日行走梅林之中，渴饮梅根水，饥吃嫩草青梅，不许牛虻伤了皮毛，不许山路硬石硌了牛蹄。夜晚一晚上六次新鲜豆料青料不断，伺候眼珠子似的伺候着，留到祠堂落成、年底祭祖又或者族中有人金榜题名衣锦还乡之类大喜事，杀了供奉吃肉。

这种小黄牛养起来费工费力，只在风调雨顺的年景，合一族之力才能供养一头，产量特别稀少。到了现在，有人按照原来的方法来养，却又发现这法子养出来的小牛长太慢了，成本高，划不来。于是梅关小黄牛就属于那种名气很大，产量很少的珍稀食材，古往今来，从未改变。

站在赛饕餮旁边的领班跟着林小麦说："女士果真是行家。这梅关小黄牛，却真的是有钱都买不到了，产量实在太低了！就算是我们，也只能每日限量供应五份。至于烹饪方法，对这么好的食材，自然用最简单的方法就可以了！"

对着二人微微躬身，赛饕餮从便携式刀架上抽出一把刀来，手起刀落，从那块手臂长巴掌宽一掌厚的厚实牛肉上，切下一片薄可见光的牛肉片。眼瞅着那牛肉片几乎是飘落到碟上，均匀雪白的雪花脂肪清晰可见，林小麦竖起了大拇指："真好！牛肉雪花均匀，光滑，有光泽而不油光水滑……真的是名不虚传！啧啧，这种小黄牛如果搞一块牛腩来，加上十三香秘料焖软了，加上牛尾牛骨髓，那可真真的神仙不换。"

麦希明说："你说得倒是在行……"

转念一想，想起林小麦家里老本行是做牛腩粉的，于是戛然而止。林小麦明眸略黯，转眼又若无其事："不过，这一块里脊肉最适宜爆炒。家常做法就是辣椒丝清炒，只要炒得干身爽利，就够好吃。嗯……西式做法的话，炭烤或者果木烤，哪怕进电箱烤焗，也都很美味。"

任凭旁边说笑热闹，赛饕餮仍旧保持专注，一言不发地不间歇切牛肉。两三分钟工夫切好了一碟大小均一薄可照人的牛肉片。领班拧着了酒精炉，看着赛饕餮把炒锅架起，这种炉子，要热油应是不够火力的……哪吒不闹海，龙潭如死水，锅都没办法充分预热的话，倒是要如何爆炒？只见赛饕餮狭长的眼底猛地闪过一丝精光，动作如闪电，把调料架上橄榄油、胡麻油依次落入锅中，左手握紧炒锅，迅疾如风火轮般转动起来，不两下锅中油就开始冒起热气，最后落入一小块牛油，牛油入锅顿时吱吱冒烟，肉眼可见地融化起来。

一手"哪吒闹海倒三江"的转锅本事使得出神入化，赛饕餮双目猛然虎睁，暴喝："火！"

抄起手边的烈酒瓶子，使劲一按高压喷嘴，烈酒入火，顿时蹿起老高，火焰映红了林小麦的俏脸。稍纵即逝的瞬间，赛饕餮手中炒锅里牛油融化殆尽，不见半点踪迹，只余一锅沸腾滚油！干脆利落地，赛饕餮团团三圈，宛如太极云手般柔中带刚，把炽热滚油倒入碟中牛肉。手臂高举，那足有十斤重的铸铁炒锅离碟足有两尺高，愣是半点滚油没有洒落到碟外！

吸吸鼻子，嗅着那扑面而来的肉香，林小麦眼睛亮闪闪的。赛饕餮把嗞嗞冒热气的梅关祭牛嫩片分到两个小碟上，由领班亲自奉上给林小麦和麦希明。领班特意提醒："请两位客人用筷子卷起牛肉片，稍为擦一擦旁边的盐石来提味。不过，梅关小黄牛运动充足，饲养精致，肉质香浓不散，口感细腻不柴，更带着淡淡梅子香，更建议不擦盐来品尝。"

林小麦依言卷起牛肉片，稍稍抬高筷子，牛油滴落到玫瑰色的盐石上，转眼被盐石吸收，正三反三抹上味道，一吃之下果然味蕾炸裂。她赞道："妙啊，这块盐石……其实不是盐石，而是用藏地地下古海洋的提纯盐，加上玫瑰晶露来炒制，以高科技重新压制成盐石的模样。"领班脸上忍不住挂上了淡淡的自豪，适时解释："女士说对了一半，这块盐石，确实像石而非石，用的仍然是古海盐。不过……并非压制而成，而是用实验室设备，3D打印出来的。"

林小麦震惊了："3D打印！"

她朝着赛饕餮一竖大拇指，赛饕餮礼貌地朝着她微笑了一下。

麦希明也吃了一口那入口即化的牛肉，说："香浓满口，软嫩适中，只可惜产量太少。既然北海道和牛也都能够做到产业化养殖，为什么这么好的牛肉不做产业化？如果作为一种高端食材来进行推广，应该也不会缺乏受众吧？"

林小麦慨然道："老板，不是没有人做过产业化，实在是黄牛性情暴躁，难以圈养，成本过高。"

领班说："靓女这么年轻，知道的却多。对呀，我就是梅关本地人，我们那地方从前很难走的。要不是现在交通好了，我们那边的梅关小黄牛，也没机会走到省城啊！"

麦希明说："如果是杀了之后运输分解肉，那就做不到新鲜了吧？"

领班微笑道："不好意思，客人，这是我们的商业机密，无可奉告。"

片刻间已经好几片牛肉下肚，林小麦说："老板，一般他们都是几家合伙买一条牛，到了地方现宰再按照各自的份子来分的。属于中小餐饮行老板之间的老合作模式了……对于一些稀有品种食材来说，这是最划算的。不过也要讲究彼此信任和默契。"

麦希明说："既然是合作，自然要落到合同和文件上。"

话音未落，林小麦忍不住扑哧一笑："过去文盲率高达九成以上的时候，就有这套合作方式了。那会儿勤行里的人，十个里面有八个不识大字的，怎么签文书？凭的是平日为人口碑。"

没几片肉的碟子被扫荡一空，麦希明若有所思道："所以，就算是陶师傅的关系人面，也只能拿到一天五份的量吗？"林小麦放下筷子，喝了一口热水，忽然说："陶师傅也是淘气，存心考校我们的舌头……只怕那五份里头，还不包括我们刚吃的这一份。"

麦希明不觉一怔，就连那领班，也愣了一下，征询的目光落到了林小麦身上。林小麦说："对，牛肉确然是梅关小黄牛肉……是，也不是。真正的梅关小黄牛肉，肉质要更加有嚼头一些，香味持久不散——也就是所谓齿颊留香！老板，现在你还觉得有牛肉香残留在口腔中吗？"

听了林小麦的话，麦希明就懂了："没有。"

林小麦说："香味浓而易散，入口化而不弹。这一道原始油烹高温梅关小黄牛，其实是小黄牛肉打碎之后，再重新压制的合成肉——也许，仍然是3D打印出来的肉？"

领班干干一笑，旁边一个声线沉稳略带嘶哑的声音说："3D打印牛肉……嗯，想象力真丰富，不过也不是不能做到，下次我会跟实验室那边再试验一下……"

哪怕是金口开了，赛饕餮仍旧是面带微笑，眼神矜持。从林小麦看到麦希明，赛饕餮又说："两位可真的是识家啊……看来，想要请两位喝一盅净口汤还真不容易。"

"净口汤"三个字一出来,麦希明见林小麦脸色变得非常难看,不明白了,问道:"净口汤是什么?"

林小麦压低声音说:"'滋滋味味没毛病,邋邋遢遢凭嘴说。'旧时那些酒楼食肆里,捧场抬桩的,靠的就是两片嘴唇一条舌头。一家酒楼有抬桩的去捧场,除了能说会道之外,也得有两分真本事,得懂吃会吃。旧时的抬桩混出名堂来,三言两语评论,甚至能够直接影响酒楼生意。他们的手段,相信老板你一定不会陌生的。"

点了点头,麦希明反应很快,说:"就是现在的探店网红、食评家那套呗,还真是古今中外一脉相承。"

林小麦说:"按照江湖规矩,抬桩捧场也踩场,各有各的规矩。一旦抬桩败下阵来,那么按照规矩,就得喝一碗净口汤。那碗净口汤用十八味中药食材熬成,看起来和一碗汤没有什么分别,闻起来香气扑鼻,看起来勾人食欲,但一旦喝下去,头一道鲜甜味道过后,从舌尖到食道,就跟用一把大铁丝刷子刮刷过似的,甜酸苦辣咸轮番在味蕾上滚过,令人生不如死,过后这喝了净口汤的人,一辈子甭想再尝出丁点儿五味来,粥粉面饭什么都好,一辈子味同嚼蜡!"

麦希明倒抽一口凉气。林小麦说:"原本嘛……也没有这种阴损东西的。大道朝天各走半边,各凭本事吃饭。到了那民国乱世里,相比起北边的战乱,粤地一带因为地方偏僻,加上当时的军阀势力大,护得住,反倒有二三十年的喘息,再虚假的繁荣也是繁荣,洋城里的餐饮也跟着兴旺不已,混迹各食肆的抬桩比珠江河里的鲫鱼还多。其中一位最出名的,叫作'狗仔鸭'。这个人嗅觉像狗一样灵敏,一道菜一鼎汤,光是鼻子闻两下,就能说出个子丑寅卯来。再就是为人谨慎圆滑好说话会抱大腿,长得也俊,特别会周旋在那些富婆之间,就得了这么个诨名。"

当林小麦说出狗仔鸭的字号来,就连一直矜持高冷的赛饕餮也不禁看向了她。

"且不说他的风流韵事吧,就说到干抬桩一行,狗仔鸭也是顶尖人物。他有三板斧,一看二嗅三尝味。看一眼知火候,嗅两下知用料,吃不到三口,就能出评价。当然,这里头的道道也有许多。好比我刚才说那句俗语那样,有些菜干干净净地看着没毛病,他一吃偏生就能说出不行的地方来。"

"常在河边走,终于湿了鞋,有次城里有个大酒楼开张,狗仔鸭去当抬桩,进场就说别人家的酒不地道,口味过淡过甜甚至还带着泡泡。谁知道那家酒楼用的是一种西洋利口酒,正经舶来上等货,狗仔鸭栽了个大跟斗,酒楼早有准备,端出一碗净口汤来当场灌了。狗仔鸭失了味觉嗅觉,也就失了谋生吃饭的本事,他能和那些女人缠夹不清,也是仗着能吃会嗅在这方面讨趣。没了看家本事,城里长得俊的后生多得很,他泯然众鸭。再后来,成了珠江河上的一具浮尸。"

林小麦越说,神色越是凝重:"净口汤的规矩,就是从狗仔鸭始。"

赛饕餮扬起嘴角,说道:"靓女,你既然这么懂规矩,那就更好了!你和你男朋友年纪不大本事不小,我这儿就行个好心,今天这顿饭算是我请客。这会儿恭送二位出门,回头的话——小店门面浅窄,招待不起两位大佛,从此江湖再不相见,各走各路吧。"

一边说,一边微微躬身,亲自提起茶壶来,给林小麦和麦希明斟满了热茶。

麦希明眯了眯眼睛,说:"这是,送客茶?"

赛饕餮不吱声,默认。

林小麦仰起头来,对着赛饕餮道:"陶师傅,既然打开门来做生意,就得受得住客人挑刺。明明我已经试出了梅山小黄牛的猫腻,怎么反倒要我们喝了你家送客茶?还要永不登门??走遍天下都没这个道理吧???"

麦希明还没怎么地,赛饕餮那胜券在握的神气顿时一扫而空,眼底里闪过一丝阴狠,说:"靓女啊,你这是不到黄河不死心,不见棺材不掉泪,铁了心要喝净口汤了?"

回身走到烹饪车旁,弯腰打开一个毫不显眼的格子,赛饕餮取出一个郎窑红大肚小口壶,拔开塞子,倒出半个玻璃杯的红彤彤液体:"那就按照规矩来,我再做一道菜,你这给人做抬桩的,要是倒了桩,那就得喝了这净口汤,从此之后再不得入我店门。"

林小麦还没说话,麦希明说:"倒两杯——我们有两个人。"

林小麦几乎不敢相信自己的耳朵,认真看了麦希明一眼,讶然低叫:"老板!"

麦希明把手藏到身后,悄悄地冲她摇了摇手,林小麦眼内蒙上一片水雾,转瞬即恢复理智,咬着嘴唇转过脸,看赛饕餮又倒出半个玻璃杯的净口汤……他微微一笑:"好!分汤同味,两位客人请坐。"

再度从后厨推着一辆满满当当陈列各种备料的备料车来到二人桌前,就连赛饕餮的打荷师傅也来了,甫一就位,那位看起来上了点年纪的打荷师傅极为熟练地备料磨刀,替赛饕餮做起准备工作。

说小不小、说大不大的庭院店面,食客们不知不觉地围拢了一圈,好多人再次举起了手机。今晚频繁使用手机,顾客们手机电量告急,放在店门口的共享充电宝,早就被抢租借用一空。等到打荷师傅备好了料,微微一躬,把位置让给了赛饕餮。难得主动开口,赛饕餮说:"不知道你有没有听说过三菇六耳?"

林小麦说:"那是常识吧?冬菇、草菇、蘑菇外加雪耳、桂耳、黄耳、榆耳、木耳、石耳。再加炸腐皮和白菜芯子左右护法,急火合炒入味,就是经典沙门菜——鼎湖上素。我们粤地敬天法祖,既奉神明,更是纪念祖先。逢年过节,初一十五,香火不绝,斋菜也不断推陈出新。哪怕是自家人,谁家饭桌上少过这道菜?"

赛饕餮难得脸皮肌肉松弛了一下下,似乎做了个笑模样,点了点头,说:"基本功很扎实,舌头鼻子也灵,也不知道哪里培养出你这姑娘。真是可惜……那么请看……"

麦希明看着赛饕餮从洁净竹篮上捻起一朵冬菇,惊讶道:"咦,这白花菇看起来怎么色泽如此饱满?"

头圆肉厚背白,矮脚爆花匀称,赛饕餮大大方方地拿出一朵花菇展示给麦希明和林小麦看,让他们充分嗅到那奇异的菌菇鲜香味,林小麦眯起了眼睛,忍不住露出小猫被人抚下巴时那种享受表情来:"很香,这是真正的松下菇。"

麦希明说:"松下……是松树下的意思吧?"

林小麦坐直了身子,小脸变得严肃,说:"是。而且不是一般的松树……这种松木,严格来说应叫丘山迎客松。同样地,也是梅关一地的特产。梅关后面的南岭延绵千里,山势宽阔雄奇,最高海拔超过2000米。在那梅花延绵尽头,就是无穷无尽的松柏。丘山迎客松是当地特有品种,树干精瘦,叶如钢针,一甲子才算开始成材,立百年而不倒。品质最好的松下菇,就与这种奇树共生。"

麦希明低声嘀咕:"你不是说没去过梅关一带的吗?"

林小麦笑吟吟地瞥了他一眼,说:"我没去过梅关,但洋城一地作为本省省会,集全省人才之大成,没去过梅关,不代表我不认识梅关人嘛。"

赛饕餮手下刀法如行云流水,把一朵天然开花松下菇切成了薄片吊入汤中,满堂越发浓郁的香味中,松下菇不过片刻,浮上水面即被捞起,色泽越发鲜亮诱人。林小麦忽然眼前一亮:"赛饕餮莫非,用的是客三菇?"

周围人议论纷纷:"什么是客三菇?"

"三菇六耳也是第一次听个齐全,就别问了……"

眼见赛饕餮从第二个竹篮子里取出数朵形容枯萎菇面凹凸不平,看起来着实不怎么样的菌菇,那才吃过了贵妃醉酒的两男两女,凑热闹不嫌事大地挤到了前面去。西装男客冒出一句客家话:"崖哋客家三菇个女仔竟然识嘢哦……"

高鼻梁女客瞪了他一眼:"说人话。"

清清嗓子,把手机屁股上接着的充电宝拔下来,继续拍摄,那西装男客说:"我们客家佬的三菇,和土粤的三菇不一样,用的就是刚才那女孩子说的三种深山老林里才有的菌菇,松下菇、夜枯菌、钻山蕈。喏,那个大厨手里拿着的,就是夜枯菌了,这种菌子清晨破土,中午开伞,太阳一西斜就呈现败象,到了晚上就枯萎。

而且开伞之前有剧毒，须得菌子破土，菌伞见了光破了早上雾气，菌伞大张的时候，毒素才会大幅降低到人体能够承受的水平，就得了这么个不好听的名字。别看这菌子有毒又长得不咋地，实际上洗干净了，用大蒜水去掉毒性激发香味，吃着鲜美无比。晒干了吃也可以的，风味稍逊，毒性也减弱，我们冬天拿来炖咸菜豆腐，比肉好吃。"

听说那夜枯菌有毒，大家不自禁齐刷刷向后瑟缩。麦希明低声嘟哝："世界上已知菌类高达数千种，其中国内可以安全食用入了册的不过数十种……"

瞟了他一眼，林小麦顺着他的话头往下捋："但实际上，在西南菌菇王国滇省，日常食用说不出名字的菌超过一百种！有些食用菌只在某个季节无毒可食，在别的季节剧毒；有些食用菌只在某地区出产可食，翻过一座山就让你看小人跳舞。"

她说得绘声绘色，旁边那两名高鼻梁、波波头女客忍俊不禁，笑声传染之下，旁边好些人也跟着越发来了精神。

大蒜是提前剥好的，赛饕餮点着了火，一块白玉猪油抛下去，大圣闹龙宫般润好锅，倒尽了残油之后，重新在另一个备料碟中挖出一勺猪油放入，透过油脂融化的缕缕青烟，清晰可见锅底点点晶莹油润的白点。猪油不化，底下却是玉石。原来这是一种冷僻试菌毒的法子，寻了一种藏地冷玉来，那玉石遇毒即变青色，玉与菌子同炒，至菌子毒性消解，玉石又会从青色变回雪白。因着这种奇异属性，所以这种玉又叫涤心玉。

第十六章　折戟吃瘪，险被净口

眼看着赛饕餮左右开弓配合默契，连连转动炒锅，猪油快速融化，烈火烹油之际，抓一把剥好的皎月蒜往油锅里一撒，不过片刻间，蒜片变成了焦黄色。看着放入夜枯菌快速翻炒的赛饕餮，嗅了嗅空气中那股美女抖开新裙裾般的诱惑奇异香气，麦希明道："……想来那赛饕餮既有藏地的关系搞到地下古海洋的盐，弄到一些藏地冷玉涤心玉也不是什么稀罕事。刚才说过，堂烹不适宜做大菜，他弄这么复杂昂贵的食材出来，是为了搞……搞乜鬼？"

耳听着麦希明字正腔圆的粤语，林小麦眼珠子转个不休："你想知道，我也想知道呢……"赛饕餮起了锅，任由打荷师傅收拾处理残局，他自己直接去拿第三个竹篮子里的一小把细细长长、柔软如丝般的物件，这，就是钻山薯了。

薯身韧如丝，其色如玉，其味如蜜……要掰开南岭潮湿的山体岩石缝，才能找到这种山珍。此刻赛饕餮手中的钻山薯上已绑好了结，是为了增加它们的口感。林小麦知道，钻山薯不能煮不能烫，得像香菜葱花似的，成菜后撒一小撮到盘上，上汤一烫就入口，否则就成了秋后收的老韭菜——又老又韧又卡牙缝。在众人为她的博学倾倒的时候，刚刚才大开大合爆炒过夜枯菌，如今的赛饕餮却仿佛绣花张飞——把钻山薯飞快地织成了一个网。领班扫了一眼净口汤，随即看向林小麦："小姑娘只知其一不知其二，知道钻山薯是山中奇珍，却不知道它们同样也是吊味良品。我们主厨这道创新菌肴，只需要用到钻山薯的鲜味而已。"

伴随着领班的说话，赛饕餮打开一鼎素香四溢的靓汤，领班陡然拔高了声音道："三菇六耳宴沙门，九笋一笙祭神仙，十香汇聚共一炉，屠夫立地成佛来。这是我们主厨根据古方复原的素宴极品上汤'十香汤'……以汤煨客三菇，请二位品鉴。"

赛饕餮似是举重若轻地，单手提起厚重的汤煲，微微倾斜60°，里面无色透明素香凛冽的十香汤笔直地沥出，透过钻山蕈网，眼见着那钻山蕈迅速软化变形，汤尽，赛饕餮就把蕈网弃置不要，只剩下一个深盘的素汤。把汤盘放在无味无烟化处理过的加热炉上，开始加热十香汤，同时把第四个竹篮子里已削成片的极品松露往汤里放，眼见他不要钱似的往汤内放黑松露，周围已是如同滚油锅入冷水，惊诧、咋舌……纷纷不休。

赛饕餮轻声说："你们知道——十香汤是哪十样吗？"

林小麦正要说话，抢在她前面的却是麦希明："我知道，我查过资料……十香汤和鼎湖上素一样，也是沙门菜。简单版的十香汤，就是三菇六耳，黄豆芽做汤底，按照不同的处理方法混为一煲，煮够了火候之后味自鲜美；陶师傅你的话，用的是豪华版，也就是我们出洋华人逢年过节共聚妈祖庙里时奉上的——夜十香。"

原本领班脸上不免带了两分不以为意，听麦希明这么一说，领班脸上的怡然自得顿时消失了。就连赛饕餮，也看向了他。麦希明继续说："夜十香，用的是山灵芝、半截夏、通天莲、齐云耳、黑松露、白松露、顶级九州茸、珍珠蕈、夜香花和竹沥水这十种或者喜阴暗，或者习性夜里生长的珍贵食材熬成。就算是我们在国外已算是经济上有点儿能力了，要凑齐也殊为不易，我也就见过三次，其中一次是在全国华人几乎齐聚的妈祖重塑金身日，我们牵头的筹备组成员，才有幸尝到……"

赛饕餮侧了侧头，认真看了麦希明一番。他把松下菇和夜枯菌往开始沸腾的松露十香汤里一推一转，飞快地撒上少许古海盐调味。领班回身想要接盘上菜，赛饕餮一声低喝："我自己来！"

双手捧着盘子，来到桌边，手腕用力轻轻原地一圈，盘中高汤点滴不洒，煨煮得异香扑面的三种菌菇在盘中微旋，最终定格成型，由里到外层层散开，宛如盘中幽幽绽开一朵素色牡丹。赛饕餮对二人微微躬身："新三仙，请二位品鉴。"

林小麦说："麻烦……给我拿两个勺子，和一个公勺来。十香汤大名鼎鼎，怎么能够不尝味，而光吃三样仙菇？"

这次由领班亲自送来了三个勺子，林小麦道了谢，分菜。一式两份分菜完毕，她喝了两口十香汤，脸色一变："果真真材实料……而且，他已经打算用黑松露换下客三菇里的钻山蕈，所以把十香汤里的黑松露去掉了。取了钻山蕈的鲜味做汤底，添了黑松露片作为正菜……只可惜这样一来，黑松露里带了两分生香味，就好像墙外公仔露白之财，似乎有些……肤浅。"

话音才落，麦希明吃过了松下菇，说："最好规格的花菇类菌肴，就是能够让食客以最方便的姿势食用……这松下菇正好一口一个，肥厚香浓，是上品。"

眼尾扫到赛饕餮唇角微微上扬，林小麦心里咯噔一下，直觉有什么地方不对。而赛饕餮黑黢黢的瞳仁底下闪过一丝微光，嘴角边的笑容消失得无影无踪，仍旧是面带三分矜持，徐徐开口："纸上得来终觉浅，纸上谈兵坑白起。小姑娘，这杯净口汤，你怕是喝定了。"

眼见着林小麦面沉如水，一言不发又喝了一口汤，那一小口抿了好久才咽下，麦希明也发现事情不对了。他低声问林小麦："怎么样？这个汤味道有不对？"林小麦说："老板，如你所说，无论是什么档次的十香汤，总归都是斋菜，如今这道顶级配置版本的十香汤里，我却总尝到有那么一丝丝似有若无的肉味？好像有什么地方不对……"

麦希明一怔，不说话了，自己舀汤尝味。眼见林小麦喝下去小半碗汤，话却越来越少，赛饕餮淡淡地开口："靓女，怎么不说话了？如果尝不真的话……我这儿还有十香汤。功夫不到喝不出来的话，还可以尝尝汤渣噢。"

领班连汤带渣地打出一海碗汤底出来，双手捧着笑盈盈快步来到桌边："两位客人，夜十香清汤一盏，请慢用。"耳听着领班刻意加重的"清汤"二字，林小麦眉头皱得越发紧了，眼见她已喝完了面前的汤，赛饕餮说："客人，需要再加一碗汤吗？"

林小麦犹豫了一下，点了点头。领班给她加了汤，看了一眼麦希明略带忧色的面孔，林小麦说："我再试一下，真的假不了，假的真不了……想让我喝净口汤,没那么容易。"

一碗汤下去,那丝似有若无的肉味萦绕不绝。眼见林小麦看向了汤渣,赛饕餮胜券在握,怡然自得地把钻山蕈也加到了汤渣上面:"想要吃汤渣尝味,欢迎啊……不要忘记还有钻山蕈。提醒你一句,我选用的汤料全都是有钱买不到的好货,这一大煲汤里也就只剩下拳头大一点渣末,如果汤渣吃完说不对,那就要按规矩办了。"

林小麦脸色凝重,微微点头。麦希明看了她一眼,又看了那两杯净口汤一眼,忽然取出一张黑卡,递给领班说:"买单,我们走。"

一片哗然!

赛饕餮脸色一变,正要说话,麦希明说:"我从来没有说过我是什么抬桩抬轿的,你打开门做生意,我堂堂正正来吃饭。如果我在你们这饭店里吃过了饭之后当场损失了味觉,那证明你们饭店里的东西有问题。我可以提供完整证据给我的律师团队,控告你故意伤害!"

这时急匆匆走来一个中年人,那中年人体形健硕,走路带风,就跟一座移动铁塔似的,正是担山文。服务员们自动往两边分开,为担山文让开一条路来,担山文一屁股在麦希明身边坐下,开口便道:"哎呀——可算是赶上了,听说这里有夜十香汤喝,我一路紧赶慢赶地,老骨头开老车,总算赶上了!"

看到一整套礼数周全做到的担山文,赛饕餮收敛了脸上的惊讶神色,示意服务员赶紧斟茶,就对担山文说:"文叔,你竟然从城里远道而来替这两个人撑腰?这不合规矩吧?"

担山文说:"既然都已经出动到净口汤了,那就按足规矩办啰。抬桩的规矩又没有说中途不许加人,我来讨碗汤喝一口,如果有说得不对的地方,赛饕餮,你这净口汤,还够第三杯吧?"

瞪了担山文一眼,赛饕餮依言弯腰取出那郎窑红大肚壶,倒了半杯净口汤出来,和先头两杯并排而放。领班取了干净碗筷过来,从新三仙的盘子里,连汤带料舀了一碗。道了谢,接过碗,担山文小口抿了口汤,毛毛虫般的眉毛不禁扬了扬:"好鲜!鲜味满满!用了黑松露,不惜工本啊。今年黑松露的收成不好,全球总产量总共也没几公斤。阿叔我今天有口福了!"

品了汤后尝料,三仙入口,更是称赞不已:"一菇鲜,一菇甜,一菇香,合在一起,是素香,更是肉香——能够把猪牛羊三大荤做出这般口感来,也算是仿生菜里的极致了!巧萃牛肉做冬菇,黑山羊皮似松露,千剁万搅大肉末,压出妙味成夜枯……从前我看旧菜谱,看到这几句,还以为是那些纨绔子弟编了来哄说书人的,没想到是真的啊。"

担山文对着赛饕餮咧开嘴笑了笑,习惯性地抬起一条腿到椅子上,被林小麦盯了一眼,他立刻把腿又放下来,勺子轻轻搅动着碗底清汤,说:"粤地满天神佛,敬天法祖,都是礼节!斋戒沐浴焚香祭祀的时候极多。什么初一十五啊,什么春秋两社啊,什么七大节日二十四时啊……有些不争气的有钱人家纨绔就想法子逃避吃斋,把肉做成斋菜的模样。看起来是菌菇,实际上吃的是肉。"

林小麦茅塞顿开,抿了碗底最后一口汤后,欢然道:"我也看过那本书!那就对上了!饮尽红尘,方知难舍。菩提明镜,终究成空。"

看着林小麦,担山文带着三分考究地问:"那我倒是问问你,这汤如果不是真的夜十香,那么该是什么?"

闭上眼睛,用心回忆,再次睁眼,林小麦笑容充满信心地说:"就算是十世金蝉,一饮此汤,也要忘却如来,不念真经……女儿国王费尽心机欲勾长老还俗,谁知金蝉压根儿选择不引不看不闻不问……所以,这个汤叫作红尘饮,也叫——佛门仇。"

她指着桌子中间剩下的残余菌肴,高声说:"这道菜,也不叫新三仙,而应该是——风尘三侠!"

快速打开手机搜索一番风尘三侠的典故来历后,麦希明既震惊又钦佩!担山文说:"我不敢说用的是什么高新科技机器做出来,没读过什么书,不懂事。不过呢,我从前有个兄弟,是做这种佛门仇的行家。他提起过牛身上有一条肉筋,约莫在牛心附近格外柔韧又松弛的位置,叫作'百变腱',取百变腱,先以三热三冷水脱了生,再每日以上好浓汤煨之,火候到了之后,汤是什么原料熬的,这块肉腱就会变成什么味道。"

麦希明仔细地把碗中剩下的最后一朵"松下菇"吃完,说:"文师傅,如果这么香浓的菇味,实际上是一块牛肉发出来……连月的熬煮只为了一口美味,也真的是煞费苦心。"

担山文礼貌微笑颔首,回过头来,看着赛饕餮,说:"陶师傅,不知道我说得对不对呢?"

得到赛饕餮默认后,担山文又用公筷夹起大盘内的一片夜枯菌,眼底隐约闪过亮光:"夜枯菌啊,我记得第一次吃它的时候,是在粤西一处叫'十二岭'的山里,这东西狡猾得很,要太阳升到树梢,才能捡,等到太阳偏西,又吃不得了。那时候年轻啊,体力好,两三个小时工夫翻了四五个山头,拾了一大篮子,这玩意儿打了雾水就毒素升高,我们现织一张草席子铺在篮子面上,急急脚赶回家里,在炭火上面直接烤着吃,别提多鲜美了……当年拾菌的兄弟都还在,就是全都上年纪咯!"

担山文又说:"山里长不大的石头猪下巴和身子连接的一块肉,平铺切开,恰好中间夹了三条肉筋,乍一看就像一个孩子啼哭,我们俗称'孩儿脸'的。以木槌把孩儿脸捶打稀烂,打断肉连着筋,滓去肉味后,巧手捏成夜枯菌……哪怕是手撕开,因着肉筋还在,也像极了夜枯菌身上的菌丝。"

领班终于忍不住,插了一句嘴,问:"那黑松露——"

夹起一片"黑松露"送入嘴里,担山文又夸几句味道好,接过林小麦递给他的纸巾擦擦嘴巴,担山文才继续话匣子:"黑松露每年全球总产量,都在交易所网站上明晃晃挂着,再细分到流到哪个国家,就跟黄金交易似的!通常来说,这宝贝也无法零散采购,必须一次性采足。如今光是在丫头这一桌子,就用了许多,哪怕按照最低比例——出一备十的规矩,好家伙!估摸这个星期你们店里用的黑松露产量,得超过全国总和!"

赛饕餮面无表情地说:"担山文老前辈果真见多识广,吃过的盐比我们后生吃过的米还多。请教一句,我自问做得天衣无缝,这道佛门仇甚至从来没有在菜谱上出现过,打算几天之后的四月八再推出的,不知道您是从什么地方看出的破绽?"

赛饕餮问出来的是很多人的心里话,一时之间,有猜测这一桌子人来历的,有抓紧时间拍摄的,甭提多热闹了。担山文也不客气,直指向赛饕餮的烹饪车:"你在用材料方面,那是真的无懈可击!我甚至怀疑靓仔说对了,你是用那个……那个打印机,打印出的这几样荤菜素做的仿真菌菇。只不过材料能够动手脚,本质是不会变。陶师傅的破绽,在这些锅碗瓢盆上……"

林小麦福至心灵地眼神一闪,失声叫道:"我知道了!"

麦希明问:"你知道什么?"

林小麦霍地站起身,走到赛饕餮身边,道:"陶师傅,请问能让我掂一下这个锅吗?"

不等赛饕餮说话,担山文笑了:"回来,坐下……冲动什么呢,那可是人家揾食架罉!不用上手,看就知道了。锅口广,锅身厚,传热快,散热慢。要知道素和肉需要的火候,是完全不一样的……要想把三大荤烹出素菜菌肴那样的口感,就得让它们的热度保持更久。"

林小麦回到座位上坐下,脸上落寞一闪而过。恰好这会儿担山文伸手去轻抚那个精致的装菜盘,听担山文说:"阴阳碗……用两种不同的材料做成,上面还印着你的名字……应是专门找工厂定做的吧。这种碗也是老东西了,外面摸着冷,里面仍旧热。在上碟装盘的时间,就能够用这里面的余热,进一步使荤菜火候完美,确保食客吃不出荤味。"

林小麦说:"所以,既然风尘三侠都去掉了荤味,那么我尝到的肉甜,就该来自这道佛门仇底汤,百荤之中,最甜莫过于乌鸡髓……"

担山文微微颔首道:"没错,就是乌鸡髓的味道!也是这道菜中,赖以假充素肴鲜甜的味道。不是行家,绝难分辨,就算是行家,也拿不住那一丝似有若无的甜味到底是荤是素。这正是,成也萧何败也萧何，所以乌鸡髓在这道菜里的名字，又叫作拜相髓。以乌鸡髓、狮鹅心、麻鸭蹼、黄鱼唇、鲟鱼尾、鲍鱼心、岩羊蹄、蓝豚骨、梅关牛尾，外加一斤礼云子，还要投入大量的葱白姜片去除肉腥……以大荤之汤，成全素之形，可不是真真正正的——佛门仇？"

庭院内外一片安静，片刻之后掌声如雷！眼睛从一张张神情各异的脸上扫过，赛饕餮瞪了担山文和林小麦、麦希明一眼，当着所有人的面把三杯净口汤泼得干干净净。

林小麦长长地舒了一口气，心头那根紧绷着的弦才算是松下来，耳听着担山文说："陶师傅，你是不是觉得，坐实了这两个年轻人是我家抬桩？"

赛饕餮不吱声，脸上表情就是直接用章子戳着一个大字："是。"

遣散了周围食客，担山文请赛饕餮坐下，才娓娓说道："恰恰相反……这两个年轻人跟我毫无关系，所以我才要赶来。刚才我的店里来了两个真正的抬桩，被我收拾了之后，他们告诉我，他们失败了，我这边也得折俩人手。阿叔我想想不对头，问清楚了情况，赶紧赶过来了。"

赛饕餮惊讶道："担山文，我得先声明，我虽然年轻火气大，可是从来不做那种背地里搞小动作的事。就算我要进城，也是堂堂正正凭本事——去你店里搞事的，我一概不知情。"

看看担山文，又看看赛饕餮，麦希明插话了："我刚才就说了，我从来不是什么捧场抬桩之人。今天的事情既然是一场误会，解开了就好……陶师傅，耽搁了您这许多时间，我们也是时候告辞了。"

从云上鲜饭店出来，天已经全黑了。看了看饭店门口满满当当的停车场，顺着停车场门口，林小麦见到两条粗粗的车龙好脾气地排队想要等位进来，不由得感叹："赛饕餮也真有本事，饭店开在郊外，还是客似云来。那些做抬桩的，乃至凑热闹不嫌事大拍视频上传做了免费推广的食客们，立下了不小功劳。文师傅，谢谢您仗义帮忙……我有个问题,您刚才说问清楚情况赶过来,不知道您之前认识我们吗?"

担山文看了她一眼,一直紧绷的脸忽然松弛下来,嘴角边带着笑模样:"别师傅长师傅短的了,叫我一声叔叔吧。"

听着担山文一长一短地把前阵子和林佳茵的瓜葛说了,林小麦才知道怎么回事。等他说完,三个人也到了麦希明的车子旁边。麦希明要送担山文回市区,担山文却道:"我要先去见一个人,两位如果不赶时间的话,就陪陪我这个阿叔?"

当然没问题。

第十七章 聚会议论，没有结果

担山文要去的地方，是洋城一个老茶馆。

茶香袅袅，挂着茶仙陆羽卷轴的宽敞包厢内，气氛却颇有些沉重。担山文落座后，后面又来了几个人，等所有椅子都坐满后，包厢门就关上了，就连斟茶倒水也换成了自己带来的人。圆脸浓眉留胡子、白色麻布中山装，坐在最上首一名很是富态的中年男人在茶过三巡、叙旧结束后，环视在场人一圈，轻轻敲了敲桌子："各位安静一下，我有话要说。"

他一发话，交头接耳的人渐渐停了下来，担山文坐得离他近，说："老貔貅，这都整整一年没有坐下来喝过茶了，大家难得见一次，就多聊几句嘛。都知道你一召集，肯定就有大事……回头就该没心情闲聊了。"

老貔貅翻了个白眼："担山文你个幼儿园园长，就是喜欢宠着那些小的。我现在已经没有心情闲聊了！行了，来边喝茶边听我说。最近这两三个月，我家酒楼里来了好几拨识家抬桩，闹得很是不愉快。我查了一下，发现他们应该是一伙的，目的是要吃出我金福楼里的所有招牌菜，我有理由怀疑，他们在打算复刻我的手艺。"

坐在担山文对面的一名单眼皮男人讶然叫道："这不是偷师吗?！我以为现在都新时代了，那套尝味偷汁巧取豪夺的手法已没人用了呢！"

单眼皮男人旁边，一名穿着双排扣衬衫，嘴唇上那抹笔直一字胡很像迅哥儿的男人就忍不住笑着看了单眼皮男人一眼："田鸡炳你反应这么大，是有阴影吗？当年你阿爷在洋城里研发出一道田鸡煲的汤汁，大卖大火之余秘不外传，结果有对小夫妻天天来吃，一顿加好几次汤，后来你阿嫲发现不对路，怎么一锅田鸡要加四五次汤？等下次那小夫妻再来吃饭的时候，你阿嫲打扮成服务员的样子，趁着他们结账故意碰了那女的一下，那女的当场'爆波'——这才真相大白，原来那女的藏了俩猪尿兜，趁人不注意偷汤水准备回去翻版。要不是她男人太笨，三番五次学不会，被迫几次出入，你们家的独门秘方早就被偷了去了！从此之后你阿爷就成了洋城勤行里出了名的妻管严，你阿嫲指东他不敢去西……"

眼看着脸皮逐渐发绿的田鸡炳，担山文低声呵斥道："林老西，你就少讲句啦！崩口人忌崩口碗！田老爷子在的时候对我们多少关照……嗯，老貔貅，你继续说。"

嬉笑声渐渐止歇，大家注意力重新回到老貔貅身上，听他往下说："说是偷师，也不是偷师。这批人都是有两把刷子的识家，挑刺专挑关键点，但又知其一不知其二的，屡屡露马脚。我敢肯定，他们应该是接受过统一培训的那种半桶水。"

担山文连连点头，眼睛也跟着老貔貅的话发亮起来，只不过没有说话。林小麦和麦希明并肩坐在外围的沙发上，看到好些人神情也跟担山文差不多。屋子里很安静，点燃的安神沉香青烟袅袅上升，越发增添上几分肃穆气氛。

长年被油烟熏得有些发红的眼睛扫视了一圈在座的人，老貔貅说："要找那种半桶水的年轻人容易得很，厨师学校里统一招聘过来，再闭关培训一个月，两个人一组分批行动，相互照应。在我打发了几批抬桩走之后，有人打电话到我办公室来和我交涉，想要直接买下我金福楼的五道招牌菜秘方，还跟我说，他的目标不止金福楼一家。我不知道在座有多少位遇到和我一样的情况，我把话摆在这儿跟大家交代了——我没有答应。"

老貔貅话音落地，着实引起一轮讨论。担山文刚放下手里茶杯正要说话，坐在靠远端一名中年男人提着嗓门喊："我们家卖馄饨的，倒是没有遇到正儿八经的抬桩。但有一桩怪事，我们这一区附近开了好些连锁作业云吞档，不买猪骨鸡肉大地鱼，就连韭黄都不备一条，统一配送成品汤包，急冻云吞真空面，一滚就能上桌。我原以为是我那不肖徒弟玩新花样，他又赌咒发誓说不是，现在我们两家店的生意都淡了六成不止啦……"

麦希明定睛一看那人,吃一惊道:"那不是阿壹……"

阿壹话一说完,也引起了好些人附和。有个不认识的大声说:"何止我们城里啊?就连郊区都受到影响啦,绿水河上面原本卖艇仔粥的散户现在统一被收购了,重新包装出来做游客生意。"

"那岂不是冇人再煲艇仔粥?"

"不然呢,就连艇仔池都快做不下去了。星期六我特意叫我仔带全家开车过去试过,就跟喝泔水没两样!全部都是开水冲料包加西生菜,冇文冇味。我仔说,这叫劣币驱逐良币。好在我仔媳妇都在上班,他说了,随时欢迎我退休,他生多件叉烧我叹……"

乱糟糟吵成一锅粥,说什么的都有。忽然一道粗嗓门响起:"……反正我呢,就没什么文化,总觉得我那么辛苦拜了十几个师父学回来的手艺不能丢。我担山文已经打定主意,只保留文家厨间餐厅,所有资金撤出来,就算打光全副身家,好歹守住这门手艺。"

此话一出,顿时就像牛皮鼓被泼了水——安静了下来。老貔貅看着担山文,长眉底下两眼弯弯,嘴角边带了笑模样。田鸡炳高声叫起来:"文哥!我跟你!我田家三代改良的方子,好不容易转型成功,不卖田鸡卖牛蛙和鸡煲,不能莫名其妙就被那些抬桩学了去,搞成不汤不水的半成品!以后人家吃了,还要骂田家做出来什么垃圾!真到了那天,我到了下面,没脸见我阿爷阿嫲!"

哄然附和声中,老貔貅虚抬了一下手,让大家安静下来,说:"阿炳,你先坐下。阿文也别急着整副身家扛出来跟人拼命!关键是,对面显然是个营销高手,我们只会拿锅铲,谁会玩他们那套市场营销的套路!"

隔着人群,忽然传出一个沉稳冷静的男声:"又是流水线供应产品,又是公司化经营,这是逐步蚕食低端消费市场,同时也是一个试水。我相信,下一步他们的抬桩探好了高端粤菜的底子,也该会有模仿品出现了……"

应声回头,都看向发话的麦希明,老貔貅眯了眯眼睛:"担山文，人是你带来的，他是你新收的徒弟？"担山文说："不是，这个靓仔姓麦，是卖牛腩粉那个林茂家大女儿带过来的……女婿？"就有人喊："阿茂？我认识他啊！要不是他突然中风了，今天这么多把椅子铁定有他的一把……怎么他女儿来了？小麦，小麦是你吗？"跟那个叔伯打了招呼，那叔伯紧着问："小麦，你男朋友啊？"

摸了摸发烫的耳根子，林小麦认也不是，不认……这场面也不合适，索性岔开话题："现在不是八卦的时候！我也是这样想的，再加上网红包装啊什么的，俨然已是流程化了。看着像是要用工业化来对待我们的传统美食……单从味道来说，我也吃过，工业化真不咋的。我想到一个更可怕的，就是如果食客们根本没有吃过真正地道的艇仔粥，那么，他们会不会就觉得，那个开水冲粥包再放西生菜的东西，就是正宗艇仔粥呢？如果，除了艇仔粥之外，这种做法到了云吞、牛腩粉、肠粉乃至太爷鸡、白切鸡、鼎湖上素等名菜上面呢？"

眼看着在座诸人脸色变幻纷纭，麦希明说："像文叔那样做，是很硬气，不过始终单打独斗。如果大家还是一盘散沙，资本的力量是很可怕也很狡猾的，会被分散包围，各个击破，最终一起死……咯咯，这么说可能不严谨，意思就是，市场被他们强占，食客不再为传统味道买单，大家可能真的要退休、转行，又或者被他们收编，成为一台机器里面的一枚螺丝钉……"

老貔貅原本一直带着三分笑模样的团胖脸变得严肃起来，喝了一口茶，说："后生仔，不知道怎么称呼？"

麦希明报了姓名，从夹子里取出一张烫金名片双手递给了老貔貅。派完名片后，彼此回座，老貔貅仔细看了麦希明名片上的头衔："原来是麦老板，幸会幸会。听你刚才说得很专业……所以你的意思是，要大家拧成一股绳？怎么拧？"

麦希明指了指在座众人："老前辈，或者此时此刻，不是我等外行人说话的地方。还是先听大家讲？"

看了一眼跟老貔貅客套几句后，重新回到担山文身后坐下喝茶的麦希明，林小麦终究没忍住，凑到他身边压低声音说："老板……看样子，大家是真的发愁了啊！就看阿壹，跟之前我们去他店里时见到的，整个人都脱了相了。"

麦希明呷了口茶："火烧眉毛嘛……我也没想到，竟然有人做在了前面，还已经成规模了……"

有人低声嘟哝着："有什么用呢？文哥、貔貅哥家大业大，还可以与之一搏。我们这些守着个档口揾两餐的，本小利微，本来就是小生意求活命，就算做得再好，又有什么用呢？"

麦希明看了那人一眼，他坐在阿壹旁边，双手异常粗大有力，手指缝里透着白，发际线因长年勒着厨师帽明显靠后，耳后也有面罩勒痕。阿壹说："老包，你也太丧气了。我前有反骨仔徒弟，后有不知道什么来路的流水线云吞，还打算回家数数养老金，打算把本钱凑凑，看看能不能顶住呢。"

老包也是摇头："你都说了，那些人搞不好是骗配方的。如果真的把我家的老配方骗走了怎么办？我怎么对得起我师父？我师父一辈子无儿无女，就只有我一个徒弟，我底下三个儿女，上面一个师父，还有乡下时不时要接济的亲戚，都指望我的包子店！"

"左也不行，右也不行。老包你也真是……"担山文摇头摇得比老包还厉害，"你师父当年也跟你一样，不舍得把配方传人，就连国营饭店找他加入做师父授徒都不愿意，后来社保出来了，又舍不得补交那万儿八千……搞到现在这么狼狈！你学了他的手艺，也学足了他的……算了，不说了！"

阿壹说："文哥，你不说，我代你说。就算不卖配方，不等那些抬桩来仿制，他也是王小二过年——一年不如一年啦。满大街速冻包，就算你坚持用靓面粉现出炉叉烧，味道胜外面十条街又如何？人家不知道啊——除了一些老街坊老食客，谁还知道包胜叉烧包？"

目光和麦希明带着询问的眼神一对接，林小麦低声介绍："他叫包家浜，外号包缩骨……包胜叉烧包是他们店里的招牌。只用新造小麦粉，加秘方调节了其他粉比例，你看他胳膊肌肉比健身教练还大块,揉了三十年面粉……不光面粉好,还自己烧叉烧,做出来的叉烧包暄软得像一朵云似的,又有外号叫'白云叉烧包'。他的师父外号包精……听说比他还厉害……"

两人在底下嘀咕,桌面上,包家浜扭脸不服气地对阿壹叫道:"阿壹,你有本事,可以撑着你的店。我呢,就算了,当一天和尚撞一天钟,等到真的做不下去,我就去送外卖、送快递……做什么都行,反正也饿不死人。做到做不动那天,就两腿一蹬算数!"

又有人附和着:"我也是这么说,反正我也买好社保了……真做不下去,我就回家收租。"

包家浜斜对面一个看起来有些娘的粉衬衫老男人说:"现在什么都讲工业化啦,我们这些手作厨房佬,又怎么敌得过高科技发展呢?趁早做别的打算了。虽然我自己做了几十年鱼汤粉,不过有时候吃一吃外面的味精水,觉得也不是太差……等我小女儿今年大学毕业了,我就收山养老。"

大家各抒己见,说什么的都有。看了一眼拿了支烟放在鼻子底下干嗅过瘾的老貔貅,担山文也只喝茶不说话。等满屋子乱糟糟的声音告一段落,老貔貅把香烟往耳朵上一夹,说:"我也已经把房子抵押了,放在了金福楼上!还有就是尽快教会我那几个徒弟做金福席。"

大家伙哗然,田鸡炳失声喊:"老貔貅,金福席面是当年粤西王陈大帅心头好!里面好几道菜,还指定接待过外宾。创始人福爷曾经开过金口,入楼内学艺五年,才可开始接触金福席。如果我没记错,你这几个徒弟,应该是前年才收的吧?"

"今时不同往日了!"老貔貅说,"时间不等人,现在的年轻人也比从前聪明多了,我觉得没问题!金福楼百年字号,从我太公一路流传至今,就算当年计划经济年代,我们也还能够保留部分个人股份,得到官面最大限度的尊重!自然要绞尽脑汁,想办法传承下去!反正,金福楼的招牌,绝不能砸在我手里!"

担山文率先鼓掌:"说得好!我也准备正式收徒了!我还打算开创我的文家厨品牌!"

临散场的时候,尽管大家意见不一,倒是都赞同老貔貅的一个建议,就是时刻保持密切联系,互相通声气,并且下个月同一天时间再聚茶楼。

....

"单打独斗一盘散沙的话,本土私人老板是很难跟成熟了的商业集团相斗的,但是如果有人可以把这些有特色的本土美食整合起来,在保留原汁原味的基础上,用商业手段进行运作推广……"耳听着麦希明说话,林小麦顾虑重重:"听起来不错,但是……但是又有谁有那个魄力和财力,可以把整个洋城的传统美食,还要不分高低贵贱的,全部保下发扬?"

看着她还是没有提起劲来,麦希明笑了笑,说:"最近不是一直在让你带我到处吃吃喝喝吗?"

林小麦眼睛一亮:"咦?难道,老板你的意思是说这件事,你来做?"

"不是我来做,是我们公司来做。"

脑子飞快地转,眼珠子跟着转,林小麦恍然大悟:"原来你让我和妹妹带着你们到处吃东西,一定要那种原生地道的……是为了做自己的餐饮?老板,这样行不行啊?你看看担山文,是铁定不肯交出他的技术的,也不会跟我们合作的……更别说其他人了!"

听着她絮叨完毕,麦希明才说:"我们可以先试一试啊。高端大菜暂时碰不了,就从低做起啰。比如说,粥粉面饭,四大天王?"

林小麦不知道想起了什么,忽地脸一红。她说:"这几种东西,除去饭,其他三样都是早餐,但是每一样,都有细分。就说粥吧,就是艇仔池、及第驷、生滚邱。艇仔池就是池叔,已经见过面了,剩下的两家都还在,也不知道如何……粉的话就更多了,一共有七家,不对,五家。"

麦希明问:"七和五,相差有点远啊?"

林小麦说:"有一家竹篙粉的已经没有了,现在市面上正宗做法的'三竿折桂竹篙'几乎绝迹,要找到正宗竹篙粉,得再往西跑一趟。还有就是我们家，如果我爸能够康复，厚着脸皮说，也算是有这么一号的。但我爸现在还在医院里……"

麦希明给了她一个明白了的眼神，说："你爸爸一定能够康复的。"

很是感激地嫣然一笑，林小麦继续说："所以，五家做粉的……嗯，还有做面的……这些人的话，目前我也还能找到。"

麦希明说："千里之行始于足下，要解决问题，先从最简单的问题入手。你带我去逐家联系这些早餐老板，就先整合起这些便宜益街坊的东西，想办法把它们原汁原味地保留下来，再扩大它们的市场……总之，就是让这些好东西一直活下去。"

眼前好像展开了一幅金光灿灿的画卷，林小麦摇了摇脑袋，让自己冷静下来，脸上已有了笑模样。

洋城炎热的夜，这才徐徐地拉开帷幕……

第十八章　整理遗珠，兵分两路

下午三四点的光景，健身房里撸铁的人不是很多。体能区里，麦希明和程子华一人一部相邻的椭圆机，调好了配速动作标准地踩着。刷完三集美剧，瞥了一眼旁边的老友，麦希明腾出一只手来拿下蓝牙耳机，道："有人抢在了我们之前。而且，已经把一些水货拉开架势卖起来了。有一些情况特别不好的已经收山不做，我打算开始试水，从粥粉面开始……"

在麦希明说话的时候，程子华同样地把蓝牙耳机取了下来，还习惯性地扶了扶空无一物的鼻梁，轻松地说："好啊！反正钱已经准备好了，大目标摆在那儿……我们这就开始登山了，嘿嘿。"

麦希明说："离担山文的收徒仪式还有一段时间，这段时间里，你有没有觉得我们还缺了一些什么地方没想到？"

皱起眉毛思索，程子华把自己的配速减下了一挡，放缓了脚步："有人带，吃饱快；没人带，乱劈柴。那些土洋结合说不清来路可就是能做出好味道的中档餐馆，我还没有去见识过呢。它们该才是餐饮市场的橄榄腰部分。"

麦希明说："对，这儿又要劳累你这位老饕了，吃到点儿什么好东西，记得通气啊……"

程子华"哈"的一声，笑道："你看看你说的什么啊。行啊，你就专心做你的事情，试餐厅尝味道这些，我最擅长了，就交给我吧！回头我会把资料整理好，一点儿不少地交给我们麦总！"

要找乱劈柴的江湖菜，这个任务自然留给了林佳茵。这日，林小麦如常到了医院里。替了护工下来，忙碌一番理顺了事情，一边陪着林茂，林小麦一边在床头小桌上打开笔记本新的一页。

首先在第一行列出了需要备注的项目名称，然后毫不犹豫地在第一行工工整整写下："阿茂粉店，业务，牛腩粉。"

笔悬空在第二行"继承人"位置上，林小麦看了一眼睡着了的林茂，跳过了这一行，把格子空了出来……

第三行开始，林小麦径直往下写。

——坚持了三十年活杀鱼做"第一鱼汤米线"的陈明豪，豪叔。

——早早老公死了，为了传下家中"火爆猪肠粉"，毅然答应家中公婆永不改嫁，从此既是"火爆冯"冯家儿媳，又是冯家义女，一守档口三十年，硬生生把火爆猪肠粉传到孙儿手上的孙二娣，孙伯娘。

——为了保护家中一口酱不被割"尾巴"，年轻时被打断了腿，四十岁才拖着残腿复出，在市场口坚守至今，送走一代代小孩子，如今又周六日迎来一辆辆小汽车，车上走下来的中年人携儿带女寻旧味的"秘酱捞粉"，捞粉李，李爷爷……

病房里静悄悄的，不知不觉地，林小麦手里的笔记本写满了一页，又重开一页……写得密密麻麻的，护工来接林茂，见此情状，疼惜道："小麦你别太辛苦了，如果工作忙，就把茂叔交给我吧……要注意身体，长命功夫长命做。"

放下笔，甩了甩酸疼的手，林小麦笑着迎上去："没关系，我可喜欢我现在的工作了，一点儿不辛苦，走，我们一起来……爸爸，我们带你去做治疗咯！"

大城市停车难，大型商场地下，好不容易找到个停车位。用精湛倒车技术停好了车，来到地面上，热风轰轰而吹，街上来往的人穿着清凉。林佳茵穿着精致的连衣裙，玲珑可爱，走在马路上颇吸引了一些路人目光。程子华跟在她身后，走过地下通道，从马路另一边出来已是到了商场对面。马路边上各色潮流食店门口摆出来的塑胶椅子上，已三三两两地开始有人等位。

这是一家楼上店，主人叫秋姐。林佳茵拉着程子华，从楼梯上二楼，来到这家名叫"秋姐私房"的小店内。从进门玄关一路看过去，程子华看见屋内两三张小桌子，一道门通往二楼架空平台，外面悬挂着节日小彩灯，平台上有四张露天小桌子。他留意到进门的地方有几个颇有岁月痕迹的菜缸,颇为满意地微微点头道:"嗯,环境干净整洁而不铺张。服务员勤快朴实不摆谱。人比人得死,货比货得扔,这私房菜比起之前那家私房菜,似乎完全不是一回事。"

颇为自豪地挺起胸脯轻轻一拍,林佳茵怡然自得:"当然啦!秋姐自学成才,真材实料,虽然说不出是哪种菜系流派,但是胜在会因地制宜就地取材味道好,是我们大学时候打牙祭的好地方……走吧,我们去点菜。"

她径直走向户外平台,程子华也就跟了过去。架空平台上种一架极茂密的使君子,使君子花架下面,放置着几口看起来很古朴的大缸,看着大缸旁的泵氧机程子华就知道,这几口大缸里面养了水产。

大缸旁边,两个年轻人围着一个中年妇女说话。其中一个年轻人说:"秋姐,既然有缘分让我看到这只五月艾叶蟹,就命中注定让我吃了它,大家那么熟,就匀给我们嘛。"

牙齿略带三分龅的妇人就是秋姐了,她温和且坚决地说:"不行啊,这只艾叶蟹是今天早上在我老家蟹田里意外发现的,统共也一点点……我答应了留给别人的……哎呀,细妹啊,你来啦!"

从那两个年轻人跟前走过去,回了个善意笑容当打招呼,林佳茵注意力随即转到了秋姐身上:"秋姐我听到了,你要留给我的好东西就是艾叶蟹?哇,那我可真的是有食神了!"

紧跟在她身后,程子华探究地看着那粗瓷酱色的大陶缸:"以我们北半球的气候而言……四月适合吃虾,九月才适合吃螃蟹,现在这个季节吃蟹,那是壳厚肉瘦,没什么吃头吧?"

花架下面站了这么些人,顿时显得逼仄起来。打发走两个年轻人,秋姐一边拿起抄网往水缸下探,一边眼光就看向了林佳茵身后的程子华:"后生仔,听你说话口音,不像本地人?知道四月虾九月蟹,也就是识家了!你说得对,现在天时才刚开始热,还没到吃蟹的时候,唯独我们乡下的艾叶蟹是例外。整个洋城里懂得吃艾叶蟹的,不超过十家人。"

程子华说:"艾叶蟹到底是什么?"

"这不就是了?"秋姐把网兜提出来,也不用手套,伸手进网兜里抓住那壳尖钳子圆的螃蟹,捏着蟹腹轻轻一提,亮给了程子华看,"壳身尖,腹如锯,钳圆脚粗,艾叶出时滋味好。这种蟹喜欢在岸上捕食,抓这种蟹,要在蟹田附近潮湿的地方,拨开草丛就可以见到,所以又叫'喜见青'……"

她动作娴熟,那螃蟹的大钳子兀自挥舞,却奈何不得秋姐半分。程子华一看之下,忍不住拿出手机拍照。这艾叶蟹看着个头不大,秋姐看着它,像看宝贝,说它最喜欢跟植物为伍,既然诨名"喜见青",自然也就要做一道秋姐拿手的牡丹百花蟹。无鸡不成宴,两个人又吃不完一只鸡,林佳茵点了马拉荷叶鸡,另有珍珠仁念榄、炒三春,秋姐用二简字下好了单,就让两人回座位旁边等吃。

临下单之前,秋姐看了看林佳茵的眼睛,说:"脸青嘴唇白,喝碗猪脚姜补补啦。靓仔,你呢……眼睛红鼻子红,肝火旺,还长湿热痘,滚汤适合吗?"程子华说:"滚汤的味道……应该比煲汤稍逊一筹吧?我想吃好的。"秋姐微诧地瞪大了眼睛,摇头咂舌地笑道:"后生仔,你以为粤地只有煲汤炖汤吗?秋姐的滚汤味道也不输给外面大酒楼的,你试试就知道了。不过这样一来,刚才点的菜就太多了,要不要减一个?"林佳茵笑道:"不用啦,吃不完我们打包。谢谢秋姐。"

点完了餐,林佳茵对程子华说:"秋姐出身中医世家,家里有好几个进了专家库的中医……有田有地的,只有她食而讲究则开店,半路出家转行做了饮食。她的意见还是可以听一下,不是乱弹琴哦。"

程子华打量着周围,道:"外面是商业旺地,这儿住改商,经营这么一个私房菜餐厅成本应该很高吧?"林佳茵说:"这是秋姐家自己的旧房子改的。不然的话,谁有那个底气?不过,我和姐姐私底下估算过秋姐的利润,应该过得很不错。"

眼见厨房低垂的布帘子朝着两边打开,服务生小心翼翼地端着一个托盘出来，上面放了四份汤。她首先来到林佳茵这一桌子，把一碗用鸡公碗装的猪脚姜放在林佳茵面前，然后另外一个青花瓷碗放在程子华跟前，里面是咸蛋白花菜汤。白花菜是中药田里套种的，细嫩无渣，与百药同生，药效很强。尽管以程子华的挑剔程度来看，这雪白汤汁香气莫名的百花菜汤，也是够特别且惊艳的了。

旁边传来甜如蜜的夸赞，夸秋姐的手艺果真名不虚传："难怪点评网上都说，这是羊城第一金酱叉烧。酱料是真的闪着金光啊，乌金闪闪甜咸细腻，清爽得很。"二人应声看过去，原来是刚才想要截和艾叶蟹的那两个客人，林佳茵看了两眼，压低声音对程子华说："这两人就没有要汤，倒是喜欢吃肉。刚才一直想要截和我们的艾叶蟹，应该也是识家。"

听到了林佳茵说话，早先那青年看了过来，对着林佳茵友善一笑，说："靓女……我们打个商量，一会儿那艾叶蟹上桌，能不能给我们拍个照，做个纪念？"林佳茵一愣，还没有反应过来，程子华客气婉拒："对不起，不可以。我们比较注重隐私，请尊重啊。"那青年听到他耿直的拒绝也是愣住了。他的同伴见机快，打着哈哈说："那就算了，我们还想要长个见识呢。有钱难买五月艾，从前是穷人吃的玩意儿，如今这新鲜艾叶倒是金贵起来，用鹅油吃入艾叶里，做出的艾叶印糍特别香。秋姐真是常常有惊喜给我们……"

林佳茵心里闪过一丝不对，但又说不上来。正好这时秋姐亲自来给他们上菜，牡丹白花蟹，姹紫嫣红丰盈饱满，肉嫩汁薄鲜味冲天，一碟六个花苞状的雪白肉团，明明是一碟蟹肉菜，程子华看在眼里，嗅着香味，愣是脑子里闪出"国色天香"四个字来！看过了阴阳壶中麻油芡的成色，只见秋姐高悬壶低压嘴地，顺时针转三圈，打上了麻油芡，碟子应声吱吱作响，"花苞"外壳迅速裂开，原本安静如仪的蟹肉花顿时应声绽放，露出花蕊处的橙红蟹籽。程子华眼睛一亮："这个碟子是加热的岩板？"

秋姐说："是的。所以遇热即沸，能把麻油香味逼出来。"

等麻油沸腾动静渐渐小下去之后，林佳茵夹起一朵蟹肉花，送到程子华碗里。那艾叶蟹个头不大，肉却不少，再加上用了虾胶、鱼胶挞成粘手不掉的肉蓉，外面再以蟹软壳裹了，上笼蒸的……又红又白，白雪里透着嫩红，与那名种牡丹玉楼春一般无异。尝了一口牡丹百花蟹，只觉味道极清甜，肉质弹牙汁水丰富，丝丝分明的蟹肉鲜美无比，一口气吃完了一个。

林佳茵打开话匣子："这道讲究菜，说起来从前也有类似的……我曾经在一本旧食谱上看过一道菜，叫常红将军或常胜将军。把九月的大肉蟹蒸熟拆了肉，以猪肉泥裹之，再把拆下来的蟹钳子插回肉上，裹粉炸熟，是走偏门的人给关二爷贺寿必上的一道菜，图的是在江湖上字头长红不倒的口彩。这道菜还不是每桌都有，只做一份，放在宴席开始之前拍卖，价高者得……在那些腥风血雨的岁月里，为了拍得这道菜，甚至还引起过帮派之间的厮杀，常常红，反倒成了刀刀见红。"

程子华问道："照你这么说，秋姐的灵感应该也是来自江湖传说？"

林佳茵明亮的墨眸中染上了笑意："这个问题，就只有秋姐本人知道啦。不过条条大道通罗马，倒也未必一定要有师承出处……自己琢磨出来的也不一定比学师父的差啊。更何况，秋姐的这道做法要比旧食谱上记载的精致得多。尤其是最后这一下花开富贵，必须做到花瓣完整闭合而遇热即开，只能用艾叶蟹硬壳底下刚刚生出的新软壳膜围拢在花苞外，油烫而软膜缩，才能做出这效果。"

用筷子夹起蜷缩成团，弃置碟上不做食用的软膜，程子华不禁问起了艾叶蟹的来头。原来是秋姐家里在乡下有水塘庄园，转包给别人养虾养蟹，顺带地捉艾叶蟹解解馋。每年四五月，艾叶蟹最多，过了这段时间它们就洄游海里去了。等到了六月，会有正宗六月黄。

说是私房菜馆，出品半点不慢，很快第二道菜上桌了。一打了照面，程子华不禁叫道："好——荷叶无筋，寒凉减半。"林佳茵扑哧一笑，带着两分调皮地道："老板，没想到你生长在国外，也知晓中医的虚实寒凉。你怎么知道荷叶是寒性的？"

手里公筷灵活地拆开包扎精美的荷叶，程子华极为自然地说："从前确实不知道，跟你吃过文昌鸡之后，回头稍微查了查资料……说起对植物食材的利用，中餐真是佼佼者。就以Nelumbo（莲）这种植物为例，从莲子、莲心到荷叶、荷花再到深埋底下富含淀粉的块根，或药用，或食用，无一不可用，大自然丰富的馈赠，是我们的福气。"

林佳茵纠正道："这话说偏了。我们这儿啊可没有一望无际适合大农场生产的平原，反而是山多地少。只不过我们有愚公移山，也有神农尝百草，一代代人发挥聪明才智，才变废为宝呀！"

边聊天边剥开了荷叶，才闻到那股不同寻常的香气，却听到邻桌传来那两名食客的惊诧叫声："秋姐，你又改菜单了？细腿细脖圆头圆肚，这是换了鸡，还是换了做法？"看着和邻桌一模一样的盘中鸡，林佳茵和程子华不由得对望了一眼。这时候，帘子一掀，走出来的却是个帮厨模样的青年人。青年略带紧张地来到邻桌面前，开口诚恳，不卑不亢："两位客人，秋姐现在走不开，我是这儿的二厨，请问这道鸡……有什么问题吗？"

那名憨厚青年皱着眉道："上次我来吃过，用的是胡须鸡里不足百日的小母鸡，所以肉质嫩滑。但你看看这个鸡头，明显不是胡须鸡嘛。"

就着憨厚青年筷子的方位瞄了一眼，二厨坦然承认："对，这不是胡须鸡。这段日子天气不好，太热，胡须鸡天天打架，不光闹得毛飞爪尖损，肉质更是又瘦又柴，不堪入口。所以我们改用了绿水河上游产的凤凰鸡，等天气凉快点儿之后才提供胡须鸡了。"

林佳茵听着，把自己桌面上那份鸡的半边鸡头夹到了碗里，说："其实凤凰鸡也不错啊，凤凰鸡是近些年才在市面上流行的鸡种，圆头细脖细腿，肉质很香……缺点是个头小，出肉率不高，胃口好点儿的壮汉一个人吃一只鸡就跟玩儿似的。"

她把鸡脑子夹出来，津津有味地嚼了嚼，眼睛一亮："连鸡脑子都入味了，很赞！"

邻桌听完二厨解释还不大满意："但我们就是冲着胡须鸡来

的，招呼都不打一个就给我换了，味道完全不一样，我听说凤凰鸡产量极少，保真吗？"

二厨用公筷翻出了鸡爪子，说："凤凰鸡之所以得名，就是因为鸡身细，尾羽长，鸣叫声清丽入云，且长年栖息果树上，双脚表皮纹理呈龟字纹，和传说中的凤凰有几分仿佛，得了此美称。我们的鸡进货时候都有脚环，现在脚环已经取下来了，但龟字纹仍在，两位请看。"

展示完毕龟字纹，看了两名食客点头不语，二厨解释，秋姐已经考虑到了鸡的品种不一样，所以相应地调整了马拉汁的分量，调汁更为稀薄通透，就连配菜的红枣也选了更为小粒的玫瑰枣作为替换。再把鸡肝酿入红枣中……现在正是春夏交替，湿热之时。红枣滋阴补血，但红枣核却是大燥极热，所以，把枣核去掉，以熟鸡肝泥秘法烹调后加入。到了秋冬，就能吃整个带核的红枣了。

殷殷勤勤一番话，那憨厚青年才作罢，他的同伴青年乙却摇了摇头："师傅啊，你说得有道理。但打开门做生意，把写在招牌上的菜换来换去的……我们之前看了网上的评论慕名而来的，来了吃过这道菜，也觉得好。这次食过返寻味……居然说换了！这不是扫兴吗……"

林佳茵忍不住悄悄翻了个白眼，低声嘟哝道："这不就是没事找事吗……只要稍微有点儿追求的做餐饮的，谁不按四时八节的调整菜单？不过大有大的换，小有小的搞罢了……就连我家的店，也是春放甜酱夏放清汁，秋冬除了辣椒酱、老陈醋之外，更少不了一瓶暖胃提味的胡椒粉。"

程子华微讶，把视线从邻桌收回，看着林佳茵说："那很了不起啊……但是你们家不是老字号，讲究传统味的吗？在国外为了保护一些老传统的菜谱，甚至会成立行业协会，不允许有丁点儿更替。"

林佳茵乐了："哈，怎么可能丝毫不换？世界上真的存在两头一模一样的牛？"

程子华说："真的……有句俗话，'有多古老，就有多新颖'，听说过没？知名的那些就不说了，比如说地中海，你应该是知道，那地方也是世界美食之圈，我曾经在地中海北岸一个小镇上吃到过一种美味的料理，叫橄榄汁煮小杂鱼，滋味鲜美。传说这种料理自文艺复兴时代流传下来，当地专门成立了行业协会保护它，必须含有鲆鲽、沙丁鱼、无须鳕、狐鲣鱼和小球贝这五种地中海特产海味，除此之外每一种原材料的加工步骤还得严格要求……"

林佳茵很是配合地问道："那……现在它们传承得如何？"

程子华说："我去年特意寻访了一遍，那种美食已经绝迹了。因为最后一名懂得按照传统方法处理小球贝的渔夫遭到了海难……根据行业协会的规定，不经处置的小球贝用来煮那道料理，属于盗版侵权。"

林佳茵忍不住笑出了声来，道："这么说，那道美食成了一道理论上存在，实际上也存在，但就是不能够煮出来的东西？"

尴尬且赞同地，程子华点了点头。这时小小的私房菜馆内，食客渐多，室内的桌子快要坐满，不少新到的客人熟门熟路地往天台露天座位走去……眼看邻桌两位拉着那二厨还是不依不饶的样子，程子华眉头微微皱起，带着点儿疑惑地说："他们莫不是存心来找麻烦？"林佳茵摇摇头："不是。从二厨来的时候，他们的身子就前倾，视线落在二厨身上，很认真地听二厨说话，还有些刻意地问长问短，应该是来偷师或者打听做法秘方的，那个胖子借着自己的体形优势挡住了手机，我估计在录音。"

程子华看了一眼过去，表示赞同："看来真的是树大必定招风啊。那胖子看起来还不大满意的样子？"

轻轻笑了一声，林佳茵调皮道："当然啦，荷叶马拉鸡，关键在这调味的马拉汁啊。难道你没吃出马拉鸡里那一丝丝辛辣呛鼻的南洋风情？在以前交通不发达的时候，美国菜还没传过来，我们好不容易有点儿海外亲戚回来，多半都是南洋亲戚。所以南洋风味也是跟本地菜融合得最多的。什么阿差咖喱婆罗鸡，马拉噏汁星洲米……"

程子华问："美国菜？"

吐了吐舌头，林佳茵说："老肯老麦……"

结果程子华很认真地吐槽："你这个机灵抖得一点不好笑。"吐槽的时候，二人也没忘记伸长耳朵听着那边动静，只见厨房门帘一掀，秋姐出来了。她右手平平举着一个碟子，目不斜视地经过他们这一桌，在邻桌前面停下，缓声细语，娓娓传来："真是不好意思，我来迟了！是这样的，这个季节的胡须鸡实在不适合入口。春夏之交万物蠢蠢欲动，那胡须鸡也到了繁殖的季节，公鸡见母鸡，翅膀点着地；公鸡见公鸡，成了战斗机……成天躁动的鸡群，那肉能好吃吗？凤凰鸡就不一样，性格温和，发情时间早，二月二龙抬头那会儿就把传宗接代的事儿干了，到了现在又把掉下去的膘养回去，正是肉最嫩身最圆的时候。我也是走了好几个地方，才最终解决掉这个难题的，今年才决定换新鸡品种，没想到就让二位给赶上了。"

秋姐说话，那就是巷子里赶猪——直来直去的，憨厚青年一脸恍然："原来是这样，倒是有道理。秋姐，二厨说马拉汁也调了味，我也没吃出个子丑寅卯来。大家那么熟了，我也就厚脸皮讨教了……"

意味深长地看了那憨厚青年一眼，秋姐眯起眼睛笑："后生仔，秋姐虽然不是勤行正统出身，不过半路出家，做了这么多年菜，吃过的盐多过你们吃的米。自从这个私房薄有名气之后，一年到头来，旁敲侧击地，开门见山地，转弯抹角地，偷偷摸摸想要来偷我秘方的人，也不知道有多少。我呢，做人直肠直肚，你也不用跟我家肥仔明绕来绕去，为什么选鸡，我理由就这些——断筋荷叶无核枣，一个清鸡骨火，一个助鸡肉香。斩鸡之前抖三抖，按摩全身好入味。三油合一减油腻，胡麻橄榄花生油，顺肉纹去鸡骨，留下大骨取鸡髓，鸡架熬出好汤汁，原汁好拌马拉汁……"

似是歌谣又似是顺口溜，半文不白地念了一段，也不管两个青年听得傻了，微胖青年下意识地摸了摸裤兜凸起的地方。念完之后，把碟子往二人面前推了推，秋姐很是豪气地说："对呀！你们想要的，不就是这个吗！谁来了我都照直了说，但迄今为止，能做出和我一模一样的荷叶马拉鸡的人，还没见过。"

微胖青年不相信地拔高了声音："没做到过？那怎么可能！"

秋姐瞥了他一眼说："嗯，反正就是没有人做到过，原因我也说不清楚。我自己用心做出来的菜，这份味道只有我才有。时不时地，都有回头客告诉我，谁谁又高仿了你啦，谁谁又学你在后头啦，可是做得都没有秋姐你好吃……类似的话，我听得多了去了。"

秋姐说这话的时候，笑盈盈的，黑豆豆似的眼睛里闪闪发光，平凡的面孔也跟着熠熠生辉起来。两个青年面面相觑，垂下眼睛，不敢再直视秋姐。憨厚青年已经把碟子里的一小包已打包好的调味酱收起，胖青年嘴巴微张，看了看秋姐的眼睛，把手机拿了出来，最后挤出两个字："买单。"

亲自把两个青年送到门口，目送他们离开，看到二厨已回厨房里了，秋姐轻轻吁了口气，又主动来到林佳茵和程子华桌前："怎么样？胡须鸡换了凤凰鸡，二位吃着还习惯吗？有什么意见尽管跟秋姐提呀……秋姐回头改良改良？"

程子华还当真毫不客气地开口就问："秋姐，请问你在南洋学过艺吗？怎的这马拉汁里，我吃到了南洋风味？粤人口味清淡，对鸡更是情有独钟……你这道鸡的做法味道是不错，会不会重口味了一点？"

林佳茵咂舌道："老板，你可真是水管里爬黄鳝，够耿直的……"

谁知道秋姐半点不在意，抿嘴一笑，说："谁说我们口味清淡的？除了不吃辣，我们可是兼容并包，什么味道都吃！"

秋姐话音才落，看到那边厨房里的打荷师傅打开帘子对着她招手，秋姐就道了声告辞，又道："你们的荷叶马拉鸡都冷了，冷了不好吃。回头我送你们个热菜吧。"

林佳茵笑嘻嘻地说："秋姐你对我真好，那我就不客气啦！我们还有个炒三春，传统手艺老菜式，听说你这儿的是出口转内销？"秋姐说："什么出口转内销，那是正宗食疗菜。你看看你脸青唇白又虚不受补的，吃点秋姐做的菜正好……行了，两位慢用。秋姐要回去忙啦。"

看着秋姐风风火火的背影，程子华问林佳茵："秋姐做事似乎有些随意？"

吃了一颗红枣，枣心处的肝极顺滑细腻，林佳茵仔细品尝着，一脸享受，嘴角尽是笑意："随意只是表面，实际上她做事可靠谱了。这个地方，几年前的菜式不过是些大路货菜式，做的味道比外面略胜一筹罢了……但一年比一年不同，味道一年比一年好，品种一年比一年多。进步这么大，如果不是真心热爱用心做，做不到那样程度……"

一边说，一边夹了颗红枣给程子华。程子华学着林佳茵的样子，把红枣整个送入口中大口咀嚼。外皮是脆脆的，里面是鹅肝一般的鲜甜。口感细腻，半点不腥。

拿起桌上凉菜碟子上的小菜，乍眼看那是用牙签戳好的一个个小小圣女果，拿到面前，程子华才发现竟是一种肉制品，他扶了扶眼镜仔细观察，鹅黄的射灯下它闪着鲜艳欲滴的光芒，林佳茵拈着牙签轻轻转动着，随着她牙签转动，那小食拉成一条薄可见光的长条。

林佳茵说："这是秋姐家传的一道小吃，用的是咸淡水交界处的一种红身鱼，一离水即挂在渔船上，这样等渔船靠岸，那鱼肉已然被海风吹得半干不湿。用秋姐家传的去腥提味中药汁略加腌渍，再揉入适量澄面打成鱼胶，以肉燕的做法捶打成皮，天然就是这样的殷红……所以，这种鱼又叫'小红绸'。把小红绸卷成拇指大小，再装饰上绿蒂子……甚至不用放盐，已鲜美无比。也是凭运气才能一饱的口福。

"秋姐告诉我，这东西原本是她爷爷下酒的小菜，被她偷师了来做成小食堂而皇之地卖。家里也曾经生了好大的气，觉得她不应该把家里闹着玩儿的东西拿到市面上去。后来也是用一通独乐乐不如众乐乐的道理说服了家里人。"

学着林佳茵的样子，把小红绸展开，凑近灯光看了一眼那瑰丽红润的颜色,试了试小红绸的味道,程子华很满意地比了个大拇指。小红绸虽好,却不经吃,不过是开胃罢了。厨房帘子又打开,二厨肥仔明客串了上菜服务生,手里端了一个酱色的陶瓷缸子模样的盛器走向他们,林佳茵抿嘴一笑,冲着程子华摆了摆手说:"老板别惆怅,原本这小红绸就是少食多滋味的,为的是把胃口打开了,还有就是借着这小红绸的滋味打开味蕾,好品尝接下来的这道菜——正宗炒三春。"

酱色的罐子,看着土气,实是正宗。这是一道好久之前已经失传的菜,一开始的时候,她还以为是自己原创,在食客中出了名之后才知道,这道菜就是在古书中记载然后失传的"勘破三春成一味,百味尽处尽荼蘼"的炒三春。在那老饕多方奔走帮忙之下,秋姐正式更改了这道菜的名字,并且还注册保护了起来。

秋姐曾经无数次想要把这道菜教给别人,奈何功夫太琐碎,竟无人愿意学。听了林佳茵的介绍,勾起了程子华的兴趣,他坐直了身子,探身去看那罐内乾坤:"功夫多?这又是什么说法?"

肥仔明也不多话,用随着陶瓷罐配的小木槌,沿着罐子齐刷刷地敲打了一圈,裂开,然后就能轻轻松松地把那罐子上半部分取下。原来这是一个椰壳纤维罐,专门用来搭配炒三春的。一分钟不到的工夫,原本大肚子小嘴的陶瓷罐子只剩下下半部分,炒菜特有的锅气热香扑面而来。

略有些自豪地挺直了背脊,肥仔明介绍:"林小姐说得没错,秋姐一开始创作这道菜的时候,使用老鸭腿、野兔腿、鳄鱼腿三种肉撕成细丝后打碎,重新绞成肉柳。再以小炒皇的手法翻炒出锅……一开始的时候是放在普通的碟子上,以炸金篮为底。在那位老先生建议下,改用了陶罐,风味果然有所进步。奈何陶罐不方便夹菜,秋姐就琢磨出这么个法子来,才有了今天的'瓮里藏春'——炒三春。"

喃喃重复着"瓮里藏春"四个字的程子华,夹了一箸炒三春送入口中,仔细品味,眉头轻轻一拧:"不对啊……除了这三个肉的味道之外,这道菜里是不是还加了什么别的东西?"林佳茵打了个完全不响的响指，声调不自觉地提高："哈，没错。开到荼蘼花事了，怎能不用荼蘼珠？荼蘼花广泛生长在南方，品种很多，采集三种可以食用的荼蘼花，提取出花露精华，做成荼蘼珠。荼蘼有个好处，能够承香收味，跟肉味特别相宜。我那会儿调皮，特意到后厨看过，在翻炒三春火最旺的时候，投入荼蘼珠，刹那间荼蘼珠破，荼蘼露滴落，香气四溢，转瞬即散，菜即可出锅。"

这种花在国外初夏时节田野上到处都是，极为常见。不过要辨别出能食用的品种，倒是需要一些功夫。林佳茵就说，对于一般人来说可能有难度，秋姐家里可是三代中药商，她姐姐林小麦也讨过一些荼蘼珠回家玩儿，用来炒肉确实特别香。她一边说，程子华自然就又是一番记录，林佳茵跟他念"十二月花歌"："正月梅花煮酒，二月兰花熏鱼，三月桃花用处多，酿酒做饼几相宜……老板，你不要笑，我这不是焚琴煮鹤有失斯文，实在是我们古往今来，都是这般雅俗一体。琴棋书画诗酒花，紧跟着就是柴米油盐酱醋茶……"

意外地，程子华很赞同林佳茵的话："我不会取笑你的。原本就应该这样……雅俗一体吧。就算我在国外长大，从小，家里也是请了家庭教师来教我中文，也学唐诗宋词。嗯，说起花的诗词，我也记得一句，稻花香里说丰年……"

听到这儿，原本还挺感动的林佳茵不禁笑出声来："对对对，稻花也是花。哈哈哈哈……"

被她笑得有些不好意思，程子华遮掩着扶了扶眼镜，颇有些生硬地把视线转移了开去。炒三春搭配秋姐特制煲仔饭，又是别有一番滋味，格外香。一顿饭边吃边聊，不知道时间过了多久。直到换过了衣服的秋姐笑吟吟地来到了桌子旁边："林家细妹，以前你们都是姐妹俩一起来的，怎么这次带了个靓仔来，不见你姐姐？你跟我订桌子的时候说两个人，我以为是你们姐妹俩呢。"

林佳茵不免含糊其词一番，又再三感谢秋姐把艾叶蟹留给他们，她能言善道，夸得秋姐心花怒放，笑得合不拢嘴，就说要送个新琢磨出来的甜品给他们尝味。林佳茵最喜欢尝新口味了，美滋滋地一口答应下来，看了一眼不置可否的程子华，忙又补了一句："老板……你觉得呢？"

程子华就有礼貌多了："那真是太好了，是我们的荣幸……谢谢秋姐。"

趁着秋姐回身进厨房的工夫，程子华对林佳茵说："到底谁是老板？"

林佳茵忙正襟危坐，很是正色地说道："当然是您！但是秋姐推出的新品，必定经过反复多次调研，才会正式写在菜单上的，所以千万不要放过啦。"

说曹操，曹操到。五颜六色布满盘，颤颤巍巍抖不住，巧克力和彩色糖霜装点得绚丽夺目的甜品碟子，被秋姐轻手轻脚地放了下来，饶是她已足够小心，显眼处的两个椭圆的彩虹气球还是在碟子中心微微颤动，似乎随时会爆开。直到气球彻底停住，秋姐极轻微地松了口气："这次做得太圆了，差点立不住……到时候失礼就不好了。我给它起了个名字，叫雨后彩虹，好听吗？"

打从看清楚了那彩虹气球之后，林佳茵的小嘴就惊讶得合不拢来，听了秋姐的话，方才合上："好听，秋姐你这么寸着劲儿端上来，这道甜品……难道里面是空的？"

秋姐微笑："真叻女，一看就知道，中间空，周围圆，没办法，秋姐就是爱美，贪图这雨后彩虹好看，所以，这道甜品上桌的时候啊，可就真的需要名副其实地——一碗水端平。"

把一个长方形碟子一分为二，原来是个巧妙不规则衔接的障眼套碟，只见摆盘也是精心设计过的巧妙对称，程子华露出笑意："秋姐是不是有美术底子？好几道菜的摆盘不输给米其林的厨师。这道甜点更是充满了建筑般的几何对称美。"

"从小拿毛笔练过两日童子功啦……我是随意按照直觉怎么好看怎么摆而已。"秋姐一边说，一边把两份甜品小心挪到二人面前。拿起一把小银壶，一道赤红如练的清冽汁液倾泻而下，把彩虹球冲开一道口子，淡淡冷雾喷薄而出。林佳茵看得有趣，撸起袖子主动请缨要自己来。巧克力做的外壳，是秋姐自己喜欢的，她年纪大了，口味还是和做女孩子那会儿一样，最喜欢巧克力了。把融化了的七色巧克力淋在吹胀气球上面定型，巧克力冷却之后，放掉气球的气，就得到完美的巧克力球了。

巧克力壳又薄又脆，口感爽利，程子华用筷子掰断一块块吃掉，顷刻间吃了一半，露出里面晶莹透明的茯苓冻。"要想健脾又祛湿，不离淮山跟茯苓"，把炮制好的茯苓粉、淮山粉、薏米粉按比例调和，冷水瀣开，加入芍药糖着色，不断地搅动熬煮至黏稠，就可以做成茯苓冻。三筛三冻之后，淋上秋姐自己熬的五月芍药糖浆，就是这小银壶里的宝贝，紫红也正好跟淮山茯苓冻相衬。搭配周围甜度极低的原糖做的特殊巧克力，这道甜品就做成了。

中餐的魅力，就在于它的千变万化。

聊得投契，吃得开心，买单之后，秋姐还送了一大包疏风散热帮助中风病人康复的药材给林茂，最后还换上衣服，亲自带着林佳茵，去拜了小区里一个专门煲汤的汤老板的码头，取了一只对林茂病情恢复极好的"千金角"。

喝汤，认人，打招呼，程子华看在眼内，没再吱声。但满眼的疑惑不解，又怎么逃得过林佳茵的澄澈双眼？离开的时候，小区路边灌木丛忽然扑簌簌地响动起来，一只瘦骨伶仃的三花猫从灌木底下钻出来，飞快地穿过小区的小路，从另一户人家的铁门底下钻了进去。林佳茵指着那猫说："招财猫，老板，你应该见过吧？"

程子华点了点头，林佳茵说："粤人对玄学这方面，算是讲究的……很多路边小店除了门口土地，还在收银台前面放招财猫。招财猫一只胳膊抬起来晃动招手，另一只胳膊抱着金元宝或者大铜钱。但是老板你又知道吗，其实从前来说，有一种特别的招财猫，抱着元宝的那只胳膊也是活动的。有些落难人走投无路饥寒交迫了，来到有这种招财猫的店里，点个最便宜的阳春面啊白粥啊斋肠啊果腹吃饱，买单的时候拍一下招财猫那元宝手，店主就明白了，也不收钱，客气送走，算是结个善缘，积个阴德。"

跟着林佳茵，也一起脸上泛起了笑容，程子华摇头道："那也太玄乎了吧？拍一下招财猫的另一只胳膊就能白吃？那要是多来几个吃白食的,不就把店给吃垮了?小本生意不是更应该做好成本控制,精打细算吗?"

脸上就跟拿章子戳了"我就知道你不信"这行字似的,林佳茵仰脸对程子华说:"你说的是做生意的道理。然而勤行之中,江湖之上,也讲做人的道理。我爸爸常说,人一生物一世的,谁没个三灾八难?要不是饿急了,谁拉得下脸皮跑到别人店里吃白食还得讲规矩拍招财猫?招财猫右手招财左手数钱,拍的那一下,意思就跟观音借库似的,借着招财猫的财。哪怕日后没有机会再回到这家店里,也得在别的地方还的!哎哟……"

"叮——"一阵清脆响声,银光闪闪,原来是林佳茵踢到一枚硬币。她弯腰捡了起来,是一枚簇新一块钱,程子华乐了:"有句中文俗语叫什么?地上拾到宝,问天问地要不到——林佳茵,你要交好运了!"

林佳茵却拿着硬币顺脚拐进了旁边小卖部,买了包纸巾出来。她说:"捡来的钱要尽快花掉,不然反而会坏财运。嗯,其实一样的道理呀,在招财猫里借到的财,也是必须得还,这不是一笔能见到的钱,是一笔……一笔良心债。"

程子华默默地听着,走了十来步,忽然问:"那你家有摆放这种样子的招财猫吗?"

林佳茵小嘴嘴角扬了一扬,却卖了个关子:"你猜?"

…………

话分两头休絮烦。对照着林小麦整理出来的名单,打印成表贴在记事本上。麦希明给林小麦定下了第一个要拜访的传人。林小麦又交了一笔费用,把林佳茵带回来的千金角如法炮制了一番,让林佳茵带到医院里去。安顿好家里,林小麦总算是坐了一回麦希明的好车,来到了洋城东头。

第十九章　风摇草色，日照松光

烟囱林立尘土满街，口罩笼鼻半日灰。麦希明打开了雨刮，把挡风玻璃上的薄尘洗掉，全神贯注地在各种泥头车施工车中间危险穿插，这一带是工业区，现在正在重新规划升级改造，工地很多。而松针面吴师傅的店面，就从旧城区搬到了此地。图的是此地客流量大，一个厂子里几千工人。林小麦说，她从前跟着她爸爸来过两次，有次恰好赶上了饭点，那节奏比自家店里快不知道多少倍，基本上来到就吃，吃完就走，连招呼都没空儿打一个。她粗略算了算翻台率，最起码是红荔街差不多面积的店面的三倍。

按照导航来到了地方，车子只能停在小路路口，下了车两人沿着一溜儿路边平房过去，经过一个蛮大的二手车店之后，食肆渐多，全都是主打经济实惠的大排档小餐馆。透过那些小平房看向远处，麦希明嘴角边忽地泛起一丝笑意："怎么在拆了一半的厂区园子里也有人种菜？看起来长势还蛮不错。"

顺着他手指的方向看过去，林小麦也忍俊不禁："嗯，中华民族的种族天赋呗，只要见到一块光秃秃的土地就忍不住要种点儿啥……我家阳台上也种了蒜苗香葱紫苏呢。"麦希明也被她逗得笑了起来："说起来也是，哪怕在国外，华人的后院里也会有一畦菜。这些菜该不会放到饭馆里卖吧？"林小麦摇头道："当然不是啦，自己种菜产量跟不上啊，城市里做餐饮，还是要进货的。"

来到了吴记面馆门前，门口一个女人和一个半大孩子相对坐着剥蒜，林小麦加快脚步上前去打招呼："吴婶！小弟今天放假吗？"被叫作吴婶的女人应声抬头，看到林小麦，脸上闪过一丝讶然，立刻笑起来："大妹，什么风把你吹来了？来来，坐，喝茶。"

二人进店里坐下来，吴婶放下手里的活儿，张罗着给他们倒了茶，手里捧着茶，林小麦仰着头问吴婶道："婶婶，麻烦来两碗松针面。"吴婶脸色忽然一变："松针面？今天没有备货了啊……要不要试试别的？红烧牛肉面或者大排面啦，好多人吃的了。大排今天早上五点起床焖到现在的，软烂入味，多送一碟油笋给你。"

　　林小麦失望之情溢于言表："哎呀……那真的太可惜了。我今天特意带我老板来吃的。婶婶，你们是不是已经不打算再做正宗松针面了？"吴婶叹了口气，倒也没有避讳："做一碗松针面的工夫，够做五碗红烧牛肉面了！工夫多，不顶饿，吃力不讨好。挣个一天三顿饭而已，何必搞那么复杂？你吴叔叔现在把架罉都收起来了。大妹，你想吃松针面，回去你老城区红荔街附近找，兴许还有两三家会做的，没必要大老远跑到我们东郊来啊……"

　　听完了吴婶的话，林小麦摇了摇头，很坚定地说："那还不是因为吴家才是松针面的始创吗？我们不将就，要吃就吃最正宗的！当年吴家十郎家道中落，南海才子沦落街头，昔日好友只有一名叫松君的仗义出手相救。后来吴十郎进了勤行卖面还债，松君却不知下落，十年之后吴十郎面馆开张之日，却得知松君贫病而死的消息……为了纪念松君，十郎特别做出松针面，享誉洋城之际，又成为令人唏嘘的传说……"

　　一声长叹，一个男人的声音在吴婶身后响起："我们家的老皇历，就连我家化骨龙都不一定能说得清楚明白，林大妹你倒是记性好，只是在几年前听过一次，就记到现在。"透过侧身让开的吴婶，林小麦看着从门外刚刚走进来的吴叔，站起来问好。吴叔抬头看了看墙上的挂钟，说："你们想要吃松针面？"

　　林小麦和麦希明一起点头，吴叔抬脚往屋后走，说："看在是你，我就破例做一次……阿梅，你和华仔先看着铺头吧。"

　　吴婶答应了，带着那少年继续干活儿。吴叔示意林小麦和麦希明跟着自己来到厨房。前店后厨，后厨后面一道门，打开门可以看到门后菜地。透过打开的后门，麦希明看到屋檐下菜地旁遮阴处摆着的茶盘和山泉水桶。指了指那张摆着简易茶盘的半圆折叠桌，吴叔说："地方浅窄……唯有委屈你们坐加座了。稍等一会儿，我去把松针面的架罉找出来。"

吴叔说完,一头扎进了杂物间里,好一会儿不见人影。二人回到店内最角落的位置坐下,看着外面来吃饭的人越来越多,麦希明和林小麦彼此默契地看向逐渐熙攘的店面。也就不到十分钟工夫,店里坐满了人,午高峰到了,吴叔的面馆生意兴隆,这就叫"禾秆盖不了珍珠",手艺过硬,搬到哪里做到哪样,都不缺顾客。

人越来越多,吴婶在厨房里忙得脚不沾地,华仔跑来跑去的,收款机不断传来收到钱的报账声,有些进来没找到位置的食客跟人搭台,到后来搭台的都满了,来到门口的食客看看座无虚席的店面,不免扬声问一句:"老板娘啊,今天怎么这么多人?"

弯下腰来把一碗刚煮好的红烧牛肉面从出品窗里轻轻推出去,吴婶扯着嗓子回答:"老吴今天有事……忙不过来啊。自己找位置坐下啦!"

那人又看了看正在埋头稀里呼噜吃面的食客们,勉强找了个位置挤下,仰脸对橱窗里喊:"一碗大份的红烧牛肉面。"吴婶答应着,那人又忙不迭地加一句:"大姐,我要少一点面条,多一点汤,今天胃口不好,怕吃不完浪费啊。"吴婶笑着说:"知道了,给你加一碟开胃海带!"

翻了一轮台,吴婶百忙中拿了水壶还有一碟子红油笋来到林小麦和麦希明跟前,说:"大妹,靓仔,先吃个开胃菜啦。我老公应该很快回的了,哎呀,找个东西都找不到,那双眼睛都不知道干什么使的!"

麦希明说:"真是不好意思啊,今天打扰你们做生意了……"

话音未落,戴着劳动手套的吴叔,拎了一套黄澄澄的架罉,微微喘着气从杂物间里出来:"总算找着这套架罉了!"

金光内敛色泽润,沉厚如磬质感十足,吴叔手里这套似是蒸笼似是花盏的架罉显然经过了不少岁月。吴叔把它平放在桌子上:"我刚出师那会儿,我爹带着我去龙源路老街找铜钱李给我打的。我拿去洗干净……你们怕苦吗?"

麦希明说:"不怕,有什么需要帮忙的,吴叔尽管开口。"吴叔一怔，笑了起来："哈哈……后生仔你说什么呢？吴叔是问，你们能不能吃苦味。"

用下巴指了指后门外绿油油的菜地，吴叔说，做松针面，要用青菜染上翡翠色。最好是用菠菜，但是现在手头上没有好菠菜，市场上卖的大菠菜总少点儿意思，个头大没菜味。他的意思是用夏天的油麦菜，就是味道略带了苦涩。

——那必须是没有问题啊！

吴叔到菜地里割青菜去了。看了一眼仍然坐满了食客的店面，催菜的声音此起彼伏，出菜窗口后，一张丈二长四尺宽的案板，早叫油盐酱醋腌得没了本色，却被擦拭得油光水滑，隐隐有了几分玉色闪动。百十只巴掌口、茶杯底的面碗层层叠叠摞了起来，倒是有几分杂技团叠罗汉的场面。

眼看吴婶忙得左支右绌，林小麦撸起袖子往厨房里去："我去帮忙。"

来到了忙着煮面的吴婶右侧，林小麦一手端过了盐罐，一手拈起了盐罐内已经裹了一层盐壳儿的塑料勺，狠狠挖一勺盐巴后，胳膊一挥、手指一抖，每个碗里已然有了星星点点的盐花，恰到好处半掩住了碗底。

三两挥舞之间，刚落到碗底的盐花还在轻轻弹跳之时，盐罐已经搁在了一边。抄起了酱油壶，林小麦用起凤点头的手势来，落入碗内的几滴酱油还没来得及与盐花完全相溶，一罐熬得翻花滚浪的猪油已经送到了手边，接过了吴婶递过来的猪油，林小麦微微一笑："自家熬的白板猪油……香啊，巨香！"

吴婶看向小麦的眼神充满赞许，油光满面的脸上泛起笑意："我也是老懵懂了！牛腩茂家的牛腩粉在红荔街的日子比我们吴家还长，从前我们没来之前，你阿爷就在开档了，你长久跟在你爸爸身边，虎父无犬女！"

原本很是忙乱不堪的厨房，因为有了林小麦的加入，就像缺了声部的乐队重新找到了调门，节奏稳固流畅下来。麦希明坐不住了，起身走进厨房里，说："我也来帮吴婶打荷！"

站在案板前，一手捧着装了半碗小葱香菜的不锈钢罐子，舀起满满一勺，三抖两停，替五碗煮好了的面上青。林小麦扭了扭腰，用身子把凑上来的麦希明挤开："老板，我可谢谢你了。你到外面坐着等去吧。这儿地方浅窄，腾挪不开。"

　　说着话，随手把面条端起来，送到出品窗外去。眼看着面条转眼被端走，麦希明颇有些不服气，还想用他在唐人街站过一线的经验反驳。却是被林小麦一句"国情不同，专业事情交给专业的人"给撅了回去。

　　抓紧时间忙活着，二十来分钟的工夫，又翻了一轮台。吴叔顶着一头暑热，手里提着几大棵生嫩油麦菜进来，看到厨房里自己老婆和林小麦两个人打着配合，很是惊喜。

　　他抖擞精神，打开水龙头，冲洗着因保管得宜并没有多少灰尘的铜架罉，整个人似乎也唤起了几分精气神，一边哐当哐当转着那蒸笼，让水冲到每个角落，一边问林小麦可还记得松针面的味道。眼眸底下闪过一丝怀念，林小麦陷入回忆中——

　　怎么会不记得？松针粗细，长短不一，色如翡翠，汤似琉璃。既可以做阳春吃法，又能够搭上新鲜的白灼虾、白灼鱼片，清雅脱俗，既有滋味，又有意境。以前她吃的时候还小，不大懂欣赏，后来读了大学看了书，才知道这道面点的由来。

　　吴十郎是前清秀才，如果不是废了科举，能够有资格参加考试做官的。后来家里被奸人陷害然后中落，他一身文人雅骨还在，后来能够翻身开面馆，跟他走街串巷做小贩的时候为人公道、童叟无欺，在客人里有好口碑有很大关系。最大的遗憾就是和好友松君失散，生死永隔。吴十郎流传至今的几道面点，基本都有文人菜穷人做的特点，意境高且用料便宜。

　　说话间，吴叔已洗干净了那套架罉，放在一旁晾水汽。店里最忙碌的高峰期已经过去了，眼见七八张桌面上只剩不到一半坐了人，吴婶伸了伸腰，看了一眼日光明晃晃的门外，眉梢眼角明显放松下来。吴叔走到水槽旁，做出一副先处置油麦菜的架势。他把油麦菜切掉了菜根，留着翠绿的叶子部分，洗干净切碎，兑入纯净水，放入榨汁机打成浆。趁着搅打菜汁的时候，吴叔筛了一箩面粉。麦希明不顾拥挤，来到了厨房里，瞥一眼他手里拿着的手机，吴叔笑道："拍吧拍吧。只是手艺生疏了，不知道还能不能做出原来的味道……我尽量做出来之前的水平。"

摄像头前抖擞精神，吴叔把榨汁机里的油麦菜汁倒出来。林小麦说，从前吴叔做面的时候，是用石臼捣烂蔬菜的。她有个疑惑，现在用机器的话，高速旋转的刀片会造成高温，会不会影响了蔬菜汁的口感？

吴叔呵呵一笑，说："普通的榨汁机是有这个毛病，不过我特意不惜工本买了个高科技进口冷榨机进来，完全没有这个问题。不信你看看？不过，大妹你说对了，光是用机器打，其实还糙了些。喏，你说的石臼，是不是这个？"

看着吴叔从柜子里拿出来，包得好好的石臼，林小麦就跟见到老朋友似的，眼睛一亮："对对……就是这个！"

把石臼清洗干净擦干净水分，林小麦帮着吴叔打荷，把浓绿的油麦菜汁倒入石臼中，按照吴叔说的"大力捣暗力磨，顺三圈逆三圈，乱打无序不上劲"的诀窍，林小麦耍开了那花岗石杵，片刻工夫把油麦菜汁打得不留半点涩滞，等油麦菜汁到了过筛不留的程度，吴叔取出一口玄木手柄小铜锅来，小火慢煮那油麦菜汁。

麦希明把吴叔单手晃锅的动作收入镜头底下，林小麦低声说："加热之后的菜汁绿得会更加稳定，同时还能去掉一些苦涩味。但又不能太过高温，不然就成了菜汤了……吴叔那手雀打圈的功夫，全都是用暗力，没有个灶上掌勺一二十年的功力拿捏不准的。从前讲究的牛肉面，是一字排开四五个单炉头，用带柄小锅单独做，雀打圈的功夫，就这么练出来的。现在吴叔虽不那么做牛肉面了，功夫却没荒废啊！"

果然，菜汁刚冒烟的工夫，吴叔就关了火，提起小铜锅，凌空转了有七八圈，陡然抬高胳膊，耍开了青龙过肩的功夫。冒着热气的油麦菜汁就像一条青龙般，从锅中倾泻而出，落在准备好的大海碗里，不等油麦菜汁在碗底定住，吴叔注入一勺橄榄油，随着油麦菜汁在碗内旋转的惯性，橄榄油迅速和菜汁融为一体，不见分毫痕迹。

麦希明忍不住喝彩："好！蔬菜汁搭配橄榄油，非常科学又有营养——吴叔，当年吴十郎的时候，就已经用橄榄油了吗？"吴叔笑了笑，说："怎么会没有？去十三行洋人聚集的地方买就是了。"

看了麦希明一眼，林小麦补充道："老板，我们这儿是千年商都，建城几千年来都没有关闭过的通商口岸！根据史书记载，我们从清朝开始就吃西餐啦！不过从前没多少人喜欢吃橄榄油是真的，也就是近年打起了健康牌，才兴起来。吴十郎能想到用橄榄油，我……我估计……"

吐了吐舌头，林小麦忽然不好意思说下去。吴叔呵呵一笑接过了她的话头："没别的意思，就是穷酸秀才图便宜。谁不知道猪油捞面香？在那个年代，猪油是大荤啊！我家祖爷爷没想到，用橄榄油做出来的松针面反而口感清爽，也算是歪打正着，就成了惯例。做出了名气之后，人们反而还夸我祖爷爷有文化讲心思呢！"

大家都笑了，麦希明却急着看面团，也急着知道那套铜器家伙什的用途。且按下了有些急切的麦希明，筛过了的面粉闪着雪白的光，帮忙打荷的林小麦把调好了温度的油麦菜汁调入面粉中，吴叔耍开了懒蛇转圈的手法，面粉一点一点成团的同时，染上了翡翠般的颜色。

少量多次，吴叔道，蔬菜汁上色慢，不能求快。"你看，这油麦菜汁刚倒进去，看着是染得差不多了，可是用猛劲儿一揉，把色素揉开了，就淡了。须得有耐性慢慢地搅和，才能让颜色吃进面粉里。不然一蒸那面团，颜色再浅三分，看起来就跟白面没两样了。松针面嘛，得是苍翠的。"

停了两三次之后，油麦菜汁用完，林小麦看到面团已然色泽墨绿，不由得夸了一句："真漂亮。"吴叔说："看到那个铜花盏没有？来给它抹油，橄榄油和色拉油的比例是1比1……"

林小麦依言照办，涂好了底油，眼看着铜色被油浸过，越发光泽油润,散发出南洋金珠般的光芒来。麦希明问:"这套家伙什看起来时日很长了啊,刚才吴叔说,这是定做的?"林小麦说:"龙源路嘛。那个地方离红荔街很近的,散步溜达过去就到。那儿从从前开始,就聚集了诸般能工巧匠,成行成市。光是制铜一行,有字号的就得有四五家。铜钱李、铜雀林、铜盆森、铜锁明……剩下的我也不记得了。印象最深的是铜雀林,他们家专门给城里显贵的伯母大小姐们打造玩意儿,其中有一副铜马吊,颗颗圆润光滑,轻巧细致。

"那套铜麻将其实是中空的,一家人都是地下交通员,利用那副铜麻将传递了不少情报出去。后来等对方查到,追捕过去的时候,那家同志安然撤退了。到了前几年筹建博物馆的时候,文物处的人收到热心人士匿名捐赠过来的铜麻将,经过了查实,才还原出那段历史,铜麻将被地方博物馆收藏展出下来……遗憾的是,铜雀林经过两代单传之后,没能留下传人,永远消失在龙源路上了。"

说话的工夫,纯铜蒸笼预热完毕,挑了一小块面团在铜花盏底部滑了一滑,吴叔拧起了眉头:花盏太长时间没有用,粘底了。从前还做松针面的时候,这套家伙什每天用完之后就得用油润一遍的。现在好些年不用了,就涩了。这时吴婶雪中送炭,送来了一把正宗猪鬃刷。

接过猪鬃刷,吴叔抬起头看着吴婶满眼喜悦:"还是老婆知我心!"吴婶啐了他一口,扭过脸去。吴叔用猪鬃刷子沾了二合油,再次在铜花盏上轻拢慢挑地涂抹,嘴角边泛起笑意:"要说涂油上漆,还得用这种猪鬃刷……别的人造毛什么的,都比不上它。"

面汤为骨,面码为魂,才盘活了铜花盏,麦希明又问,面码吃什么?吴叔挠了挠头,落入为难处。吴婶帮他们下了决定,说是主打酸菜鱼的川菜邻居就有新鲜活鱼,她自告奋勇,出门买鱼去了。看了一眼已经空无一人的店面,吴叔让华仔索性拉下了铁闸,让华仔也看看老窦的拿手好戏——松针面!

华仔却是一脸迷茫:"哎,爸爸,什么叫松针面啊?好吃吗?"吴叔笑道:"松针面就是长得像松针似的面呗。"

戳面观色，看成色对了，吴叔把面团放入花盏内，上蒸笼。调好了定时器，吴叔跟林小麦和麦希明解释道："松针面要用熟面团来制作，原本呢，我还有一套铜花模，熟面团一压就行。刚才翻找的时候那套东西坏掉了。没奈何，只有手切了。"林小麦顿时讶然低叫："手切松针面?!"吴叔很是自豪地仰脸笑起来："嘿嘿，到时候你看着就知道了……也算是吴叔练出来童子功啦。"

　　从刀山上抽出一把一尺长巴掌宽的菜刀来，在磨刀石上三两个来回已打磨得锋利无比。摁掉才来得及发出第一声蜂鸣的定时器，关火掀开盖子，眼看到面团泛出墨玉般的光泽，吴叔很是满意地点点头。举着手机调整焦距拍摄收音，麦希明问："吴叔，您就凭眼睛辨别颜色来定面条质量吗？"

　　吴叔理所当然地说："是啊！生面油绿熟面墨，不同品种的蔬菜决定不同的分量，不同分量的调汁决定面条的味道，调得好了，松针面清爽不俗，但一个错手，那面条就苦涩难吃。我比华仔还要小两岁的时候，就进厨房帮忙，跟在我师父也就是我爸爸身边，练了三年才算练出了一双眼睛，可以上手帮忙调面糊了。学厨做徒弟，那可真累啊……"

　　来到案板前面，翻转铜花盏重重地把熟面团甩到案板上，吴叔再一个鲤鱼翻肚，用铜花盏底部一路压过去，眨眼工夫就把面团压成平平的一大块。放下铜花盏，再用擀面杖补上，不过三两个来回，压好了面，随着吴叔手起刀落，头发丝般粗细的面条在他手边行云流水般呈现！

　　拈起一根松针面，对着麦希明手里的镜头，林小麦说："看，这就是松针面。炒时爽口煮时滑溜，还能够做成甜品。事实上，做成甜品是松针面一种冷僻吃法。做好了的松针面，拌上炒熟了的山药粉或者黄豆粉，用保鲜盒封好了搁冰箱里，过去没有冰箱，就放保温壶里，也行。煮好了绿豆沙红豆冰，最好的，是用鸳鸯冰……鸳鸯就是咖啡加奶茶，椰子奶打底，上面放上一筷松针面。咖啡焦香面软滑，属于旧时有钱人家小孩、女人们在洋行里逛街累了之后，喝下午茶时的讲究细点。"

手底下行云流水般切面，耳朵支棱着没放过林小麦说的每一个字，吴叔未语先笑："林大妹你倒是知道得不少，这种糖水如今都很少人做啦，几乎没有了。原是我们家祖爷爷首创的。祖爷爷后来和一个南洋亲戚认祖归宗了，那个南洋亲戚隔三岔五寄一些白咖啡回来，说是特产。于是就捣鼓出这么一道甜品来了，不过我祖爷爷没有放店面上卖，吃不起啊！干脆，整个配方卖给了龙源路口多多乐冰室。"

林小麦恍然道："难怪！我是小时候在多多乐吃的这道名叫'明月松光'的甜品。后来才吃了松针面，觉得两者很像，就特意去查资料，才知道是同一样东西。却不知道这背后的缘故。不过多多乐的老板退休移民之后，新的店老板只占了个招牌，却卖起了奶茶和水果捞，原来的老东西全没了……老板，不知道这里面会不会涉及知识产权方面的纠纷？不然的话，吴叔干脆拿回来自己卖好了。"

麦希明道："这个问题我暂时没法儿回答你，不过可以去咨询公司法律顾问。先把这个问题记下来就是了。"吴叔笑了起来："一百多年前的交易，就算字据还在，也够资格进博物馆啦……"

和麦希明交换了个眼神，林小麦说："话不能这样讲，吴叔。从前是环境不好，迫于无奈把很多好东西让给了别人。但是如果有一个地方能够固定地招揽到识家来，做得起价，赚得到钱，又能够保持祖爷爷留给我们的好东西……那岂不是刀切豆腐两边滑，一家便宜两家占？"

说话听音，吴叔一下子愣住了。不及发话，吴嫂买鱼回来了。话题到此为止，吴叔杀鱼去骨剥皮，撕扯干净鱼腹里的脏东西，他下刀又快又准，不多时已把鱼片成了标准的比翼双飞形状，一二十片比翼鱼片铺开在直径逾尺的大圆盘上，灯光下闪着透明的光芒。

炒锅烧猛放重油，吴叔耍开了哪吒闹海转龙宫的手法，迅速把油倒开，完成了滑锅的过程。放了点点底油，姜葱煸香弃之不要，一手稳稳把着锅，另一只闲着的胳膊伸长了耍开了海底捞月的手法，把鱼骨鱼头抄进了锅里，已锅热滚油的炒锅顿时发出噼里啪啦的爆响，浓烈的香味喷薄而出。

林小麦热情赞叹："好香啊！这条鳜鱼够日子了。鳜鱼身上骨刺少，肉嫩，特别难片鱼片。一会儿烫鱼片那会儿，才是真正考师傅功夫的时候。一不小心，鱼片就得散了！"

麦希明说："在过去也会花这么多功夫侍弄面码吗？划不来啊？"林小麦笑着说："从前多数用的是鲫鱼或者草鱼，不免带着点儿泥腥味，所以才多了葱姜煸油的步骤。鳜鱼肉嫩，鲜味突出，且鳜鱼在水里性情凶猛，一直不断地游动攻击别的鱼类，没有土腥味，不放姜葱也可以的。你看看，吴叔用了葱白，且一煸香了就捞出，而不是按照惯例把姜片留在鱼汤里，就是尽量不使那姜葱的些微苦味影响到鱼汤的味道。"

鳜鱼现在能够成规模养殖了，如果是在山塘水库里养殖的话，出品跟野生几无二致。这么说来，吴叔现在在店里随手可以买到用到的材料，已经是从前的顶级配置了。

松针面，有鱼汤做成的白汤，有草菇老抽做的红汤，甚至还有大地鱼馄饨面汤底的清汤。吴叔着重介绍了清汤，必须打了鸡肉蓉吸去杂质，既然要清，就得清到底……这叫作，青山绿水。有过一段时间，本城有新官上任，都要吃一碗清汤松针面，以表示自己一定要为官清廉的决心。不过在那个时代，怎么可能出清官？也就是几年工夫吧，那些当官的自个儿也没脸吃这碗面，这个规矩也就不了了之了。

单柄小铜锅，第一滚，放松针；第二滚，鱼入水；第三滚，春来了——所谓春来了即撒入葱花。做面的时间比煮面要长得多，做好了的松针面，直接铜锅上桌，掀开锅盖，锅中兀自冒着咕嘟泡，经过稍微焖焗过后的白汤松针面，香味四溢，浓而不腻，林小麦食指大动，看着吴叔亲自分面，掌心大的小碗里先放了一口大小的面，倒是放了许多汤，吴叔说："先吃面再喝汤，吃到饱时一口干。松针面是熟面，不怕坨——当然，尽快吃完感最好。从前也有客人是故意先等个五分钟，吃烂面的。青菜萝卜，各有所好。"

先吃面后喝汤，鱼片脆嫩，就连鱼皮也是脆脆的恰到好处。

尝过味道之后，麦希明又打开手机看了回放。身边忽地多了一道身影，吴叔问："大妹，无事不登三宝殿，无端白事地从红荔街跑过来，是不是遇到了什么难题需要吴叔啊？"

吴婶也站在了厨房门口，虽然没有说话，但一脸关心地看着这边。和麦希明交换了个眼神，林小麦主动开口道："是这样的，吴叔。我现在已经进了公司工作，他是我老板麦总。我们现在正在搜集传统的粥粉面行家，想要把这些老手艺保持美味，延续下去。"

意料之中，吴叔很有些漠然，他说："你是指松针面吗？好吃是好吃，费功夫，没市场。不然我为什么要搬出来做牛肉面？便宜大碗销量大，我做得很好，就不想折腾了。"

林小麦说："那是因为好货要卖识家呀，刚才我看你做松针面，明明很投入……如果，吴叔，我是说如果能够给到一些资金和场地的支持，召集一些识货会懂这些老滋味的食客来，不走薄利多销，而是质优好价的路子，你愿意卖只有你们独家秘方的松针面，还是继续这样身水身汗做别人一学就会的牛肉面？"

吴叔喝了一口茶，悠悠地摇头："道理我明白。松针面的做法……其实市面上少，也不是没有。最多也就没有我做得正宗好吃而已。就像你说的，咖啡松针甜品你都吃过了，世界上有头脑的人是很多的。大妹啊，如果你是想要学做松针面，那就尽管来学，尽管来拍，只不过你吴叔我……就想要守在这儿，好好把这两条化骨龙带大……"

吴叔拒绝得婉转而坚决，林小麦和麦希明面面相觑，看了看华仔，麦希明说："你有两个孩子？"

吴叔眼中顿时有了光辉，嘴角也泛起了飞扬的笑意："还有个大的，在这儿三公里之外的实验学校寄宿呢！我们当时搬家到这边，就是为了让孩子上学方便啊！等他们有你那样争气读到大学毕业，我就退休啦！"

眼看着吴叔吴婶双双忍不住地咧开嘴笑，麦希明还想要说什么，林小麦使了个眼色给他。麦希明硬生生忍住了。

回到了车上，打开空调吹散车内闷热空气，麦希明打开车门散热,一言不发,但眉梢眼角全是失望。回头看了看炊烟又起的吴记面馆方向,他轻声说:"这么清雅的味道,往后却要有缘分才能再尝到了……"

看到麦希明如此失望,林小麦跟着叹气:"真可惜。当年的松下君子问小童……现在松针面不做了,君子面收山了,童子面……半退隐。当年名动洋城的三碗文人面,十几年前还在面点大赛总决赛上拼得火热的盛况,怕是再看不到咯……"

麦希明定了一定,顺着林小麦的话尾重复了一遍:"三碗文人面?"

林小麦说起了"三碗文人面"的由来:万般皆下品唯有读书高,读书人做出来的斯文菜,似乎在食客心目中也是高一等。好比说,松下君子问童子,又或者松下君子问小童,是洋城里最出名的三家文人面。这三家做面的风格大同小异,创始人也都是斯文人家出身,于是就有了前面那句俚语。所谓同行如敌国,何况还是风格口味雷同的三家人。他们在洋城勤行里,既是认识多年的老熟人,又暗暗较劲。从前有个外商回来举办过一次面食的厨艺比赛,这三家龙争虎斗,可是叫当时的看客开了眼。最终,他们也没分出个胜负来。但是做君子面的那家,就被最大的那家赞助商请去了十月初五街开起了面馆,开了没多久又回来了。童子面那家,进了食堂。

麦希明一听,眼睛一亮:"这么说……这三家是有过竞争关系啊?倒是可以从侧面来想想办法!"

他的表情阴转晴太快,林小麦有些不明所以,只是睁大了眼睛,盯着麦希明看。麦希明却是目不斜视,平稳驾驶:"从前有个年轻人……他有个项目,需要拉投资。为了分散投资风险,还不能拉同一个投资,俗称的'不把所有的鸡蛋放在同一个篮子里'。年轻人的列表名单里,有三个投资人,这儿简称他们为A、B、C吧……

"可是光有项目说明书的话,投资人凭什么来相信你呢?这个年轻人很聪明,他去跟A投资人说,B投资人已经投资了自己,A投资人一听,有人承担风险,于是就答应了投资项目。转脸,年轻人对B投资人说，C投资人也愿意投资项目，以此争取到了B投资人的支持……这时候，A投资人的第一笔投资已经到了，于是年轻人拿着A的投资去给C看，告诉C说，你看，我这个项目已经有人进行前期投资了，来吧Baby！就这样，年轻人就拉到全部投资……用一句中文老话来形容，空手，套到了白狼。"

他不疾不徐地解释着，林小麦豁然开朗，忍不住笑了起来："我明白了！既然如此，那我们就先去找另一家，这边儿暂且放放？"

第二十章　逢考必过，学院之面

看了看熟悉的楼宇外观，麦希明摸了摸鼻尖，掩饰着眼底一闪而过的一抹不可思议——万万没想到，"童子面"的传人竟然在大学食堂里。

林小麦熟门熟路地往一号食堂里走去，二楼的"岭南特色"食堂装修得极有岭南风情。这是去年才装修的，突出的就是一个地方特色。来到了倒数第二个窗口，透明的玻璃橱窗擦得锃亮，大红纸贴着各色面点及价格。最后的名字就写着"童子面"三个字。麦希明看了看价钱，倒是不贵。

林小麦笑着说："老板，大学食堂是有补贴的……你看到的价钱，不等于外面市场价。郑叔叔的这碗童子面属于简易版，不过意思倒是差不离。他档口外号叫'逢考必过面'，每年到了考试周、四六级、考研季前夕，生意特别火爆……"

她比比画画地说着，倒是把麦希明给逗乐了："什么逢考必过面？"

林小麦说："按照老规矩，童子面上必得卧一个鸡蛋，而且不能是煎蛋，也不能是打碎的蛋，是那种……嗯，现在俗称叫水波蛋，我们叫渌蛋。不知道哪位人才说，'渌'和粤语'六'同音，蛋就是零，渌蛋就是六十分，于是就开始玄学了。"

麦希明哈哈一笑道："那不就跟国外的学生快考试之前的疯魔行径一样吗？戴紫水晶的、戴银饰的……都湿湿碎了。我记得我去参加大学面试的时候，要上台做演讲，排在我前面的那个妹子随身带了一张扑克牌'A'……"

"那她拿到offer没有？"

"没有。"

二人爆笑，笑声却被橱窗里传出来的争执声打断，后厨入口，门口的花基旁边面对面站着两个人，郑叔没说话，说话的是站在他对面那个条纹衬衫配西裤皮鞋的男人："老郑，这么多个窗口，就你卖得最多赚得最少。你说卖得少赚得少也就罢了，可你……你再这样搞法，我很难跟别的股东交代的啊。"

郑叔叔不紧不慢地说："卖得多那不就好事吗？学生喜欢我啊。不光学生，就连老师们也喜欢吃我的童子面。上次校领导带人来参观，还特意到我的窗口买面条吃。罗经理，那时候你可不是这么个态度啊，你一直在夸我，让我保持下去。"

罗经理点了支烟，猛吸一口，说："此一时彼一时嘛，我不是说了，差不多就行了……可是你总是用那么多料，特级靓面粉，海鸭蛋压面，压完还要往面里放虾子和鱼子。你不怕费工，我还怕费料啊！现在成本真的是嗖嗖高。给你添个打荷，你没两天就打发走人家，人家也就是提议把水波蛋换成煎蛋，可以提前备好简单快捷省事，也不用你每一碗每一碗现打蛋来煮，还要火眼金睛地盯着那水波蛋的火候，你也不听。也太没意思了！"

耐心地听着罗经理数落完，郑叔叔的国字脸也没了表情，说："老板，我也说过了，童子面本来就不是什么复杂高档的东西，就是一个用料实在汤底火候老到。还有，水波蛋的作用，除了好看之外，还在于可以夹破蛋面，以蛋黄充酱，拌均匀面条，那才够顺滑！不是拌面，比拌面口感更佳。放了煎蛋，就没有这支歌唱啦！"

罗经理说："没有就没有，学生哥胃口好，就跟垃圾焚化炉似的，什么东西都能扔下去一把火烧完。你也在窗口这几年了，看得到谁用你说的那种吃法来吃了？没有吧？也就是博个好口彩，叫成了'逢考必过面'，那还不如放一条菜梗两个卧蛋搞个一百分的造型，不也有那效果吗……"

郑叔叔摇头："话可不能这样说，你这是打算一个煎蛋另加两块钱吧？鸡卖不起价就卖豉油……我才不做这种事。反正我们之前君子协定好的，我完成了销量，赚到了钱，那不就行了？做烂市的事情，我做不到，那些学生哥那么喜欢我，我可不想临老坏口碑，被人戳脊梁骨！"

罗经理一下子火了，说："原来你是算好了的？那干吗不多卖一些？"

郑叔叔很是理所当然地道："当然啊。那根老竹竿，每天压面有限，还有汤底，汤底才是关键，得熬三个小时……一天有多少个三个小时？两大煲汤，上午一煲下午一煲，用完就没啦！没有汤底的白水面，煮给你，你吃？"

罗经理瞠目结舌，无言以对。林小麦趁机喊一声："师傅——有吃的吗？"

看了一眼已经把校园卡挂在了胸前的林小麦，罗经理收了声，狠狠把烟头摁灭，扭脸就走。走之前还瞪了郑叔叔一眼："你啊，真是钢筋脑壳拐不过弯弯！"

看到林小麦，郑叔叔很惊讶地看着她："大妹！你不是毕业了吗？什么风把你又吹回来了……哦，对了，现在你们还没有正式离校，难怪还有校园卡！哈，找到工作了没有啊？来，请你吃面，不过你现在已经顺利毕业了，以后都不用考试啦，就让渌蛋童子面保佑你工作顺利，早日找到如意郎君。"

嘴里絮絮叨叨地说着，郑叔转身朝着厨房走去，嘴里还说："你们也别到前面去了，一会儿学生放学人多。在这儿等着，郑叔给你吃小灶。"林小麦说："那不太好意思吧。一会儿四点半之后，如果窗口没有人，会被抓了扣钱的啊……"郑叔毫不在意地说："我才不管罗经理那厮扣不扣我钱——扣我钱又怎样？也就是那么十来分钟，难道会死人咩？来来，到这边坐，我很快回来。"

见他径直去了，二人来到郑叔指点的那张供食堂工作人员休息的桌子旁边坐下。麦希明松了松衬衫领子，有些咂舌道："这位郑叔脾气不小啊……小麦，你有没有办法进去，录到他做面的过程？"林小麦摇头："没有必要。渌蛋童子面的大部分材料，比如高汤、面条、调味汁，都需要提前准备，现在录不了。前面开放打饭窗口，则是明厨亮灶，做渌蛋、煮面条的手法随时可以去拍摄。"

这时饭堂门口已经出现了三三两两来打饭的学生，青春洋溢的。麦希明是真没想到，一种传统的面食，竟然会藏身在大学校园里。正感到稀奇，郑叔回来了。只见他用托盘稳稳当当地托着两碗面，脚步平稳，人走动不见滴汤出。二人份的面条，托盘里竟有六个碗。原来郑叔把面、汤分开放了。嫩蛋绿葱粒，细面碗中卧。不知道麦希明口味，把辣油和酱油都各准备了一份。

拆开一次性筷子，林小麦说，吃渌蛋童子面是要把渌蛋戳开，以蛋黄为酱，加入三到五滴辣油拌匀，这样才是最好味。不过很多人是直接把汤倒进面条里，做汤面吃的。不能说这么吃不对，就是失去了童子面独特风味了。她一抬眼，发现麦希明正盯着辣油发愣，眼底闪着畏惧的光芒。感受到了林小麦的目光，麦希明就说出了自己心底里的疑惑："粤菜不是以清淡为主的吗？怎么还有放辣油的吃法？"

已经把水波蛋戳破，蛋黄缓缓流淌而出，闪着蜜蜡般的光芒，林小麦用多出来的那双公筷，耍开了凤凰三点头的架势，把辣油点在蛋黄上，一边把面条搅拌均匀，一边款款地道："谁说粤菜就是清淡的，纵观一省，有山，有河，有海……靠山吃山，靠海吃海，同样地，靠近吃辣省份的那边，也会近朱者赤，变得口味重一些。想想在那自古以来瘴疠横行的山区，遇到寒冬，冰凌挂树，冷雨彻骨，怎么不吃驱寒祛湿的菜——不过，倒没有邻省那么辣就是了。"

而这种辣油，是炮制过的，颜色比较淡，红润中透着金色。也没有什么冲鼻子的辣味，反而香味更浓郁。林小麦从前曾经跟郑叔讨教过熬制辣油的配方，极为琐碎。第一步用新鲜牛肉，加胡萝卜、洋葱、大葱、子姜、调料，略煸炒脱生之后煲一个小时，加入大量的酒来煮，一直把牛肉的香味煮出来。第二步再选用二荆条、小米椒和红灯笼，乱刀砍剁成蓉，生姜、独头蒜也剁成蓉，放入盐糖调味。第三步加入牛肉粒炒制辣椒酱，兑入煮牛肉的酒，不加一滴水……最后红油沥出，辣味被冲淡，香味突出……用来拌面，连不能吃辣的岭南人也能吃得习惯……不过吃得多呢，还是要去喝凉茶的。

已经拌好了的渌蛋童子面,每一根面条都裹上了蛋浆、辣汁,条条清爽。低下头嗅了嗅味道,又发现原本碗底下藏着的虾子被拌到了每一根面条上。尝过了面条味道,麦希明点点头:"这面条煮出了水平。用微辣来突出了它本身的鲜美,本身又足够爽口,水波蛋很滑溜,这碗童子面……很有辨识度。"

忽然之间,他话锋一转:"林小麦,你是不是很喜欢下厨?"

林小麦一怔。也是觉察到自己问得突然了一些,麦希明低下头去吸溜面条,掩饰着突如其来的尴尬。倒是一旁的郑叔说话了:"靓仔,你又说对了。我们大妹心灵手巧有想法,很是能得阿茂几成功力的啊……"

林小麦连耳根子都红了,嗔怪着瞪了郑叔一眼。郑叔说:"这有什么好害羞的?我就没有阿茂那么好福气。不过各人有各人享福,我没有两个乖女,我有一堆学生等着我开饭,而且年年不一样。偶尔有一两个好像小麦这样的,毕业之后回来看看郑叔,郑叔就好开心啦!"

看着郑叔笑得开心的模样,林小麦也跟着一起笑:"做人最紧要开心嘛!郑叔叔,大家那么熟了,我就多口问一句。刚才那位……好像叫罗经理来着,跟你在这儿脸红脖子粗的,这是有什么龃龉吗?"

眼瞅着郑叔脸上的笑容消失了,麦希明说:"郑叔,我们不是故意的。"郑叔说:"没事,反正也不是第一次了。老罗呢,人是没什么问题,就是爱钻钱眼里。自从承包了这层饭堂之后,又说要抓高质量伙食,又要搞特色的东西,好了,销量口碑搞上去了,又开始作妖。嫌我熬高汤做好面搞自制点料成本太高,又觉得可以增加销路。反正这里头啰里啰唆的,展开一匹布那么长,都是些糟心事!"

把筷子放在已经吃光抹净只露出个碗底的面碗上,林小麦说:"既然做得那么不开心,你家又有楼在收租的,为什么还要在这儿待着?不如回去收租饮茶叹世界更舒服啦……"郑叔又是摇了摇头，说："那怎么行？我不甘心啊，如果说是我做的味道不好，又或者口味不对，没有人来吃我的东西，那我自己也没脸往这边搁，自动乖乖走人。问题是现在那么多学生老师喜欢吃我的东西，那证明我的东西好啊！我干吗要认输？"

他越说越激动，脖子上的青筋都露了出来，林小麦递给郑叔一瓶没打开的矿泉水，说："郑叔别激动，先喝口水顺顺气……你这么说，又确实是这么个理儿。我还记得我们宿舍答辩结束那天，难得人齐，原本想要去外面烧烤园撮一顿的。不知道谁提议说，还是得吃一碗逢考必过面……大家二话没说地就一起来了一号饭堂。没想到那天恰逢考公，你的窗口挤得水泄不通，还是我刷了脸才搞到四碗面……那时候大家就说毕业之后大家可能会不记得学过什么知识，但一定会记得一号食堂的逢考必过面。"

郑叔嘴角泛起一丝笑容："你们有心。所以我就觉得还是能够做下去的，哼，我这个面档可是摇钱树，铁鸡罗就算再怎么看不顺眼，在找到人顶替我之前，肯定不舍得放我走。我就看看到底谁命长！"

打饭的人群喧嚣声响仿佛浪潮一般打向食堂，几百上千个饥肠辘辘的大学生从校园各个角落里冲了进来，朝着已经在童子面窗口聚拢起来的学生们看了看，麦希明还担心会影响郑叔做事，郑叔却不愿意离开。最后是林小麦说出了缘故："汤还没喝呢。"

郑叔微笑着点了点头："大妹说得对了，吃面怎么可以不喝汤呢？汤面也好，拌面也好，汤都不能少……我用了猪骨、牛头、鸡架、牛大力、淮山、洋葱、萝卜来熬这个汤底，还放了特等海米、蟹子、蟹甲来吊味，煲足了火候的。就算直接打来喝，也比那边快餐窗口清水白汤的要有营养得多。有几个家里比较困难的学生，就打饭只能打个白饭加青菜那种，会来我这儿打汤回去喝。人家一样拿奖学金考研究生。"

低头喝汤，林小麦抬头就笑："好啊，原来不光是逢考必过面，还有逢考必过汤！"

郑叔也禁不住跟着露出笑容："对，煮有煮的规矩，吃有吃的门路。我这童子面啊，过去就是开在考试院门口，给那些应试赶考的童生们吃的，要说起渊源，是三碗文人面里时间最长最久的了！你想，进那考试院内，关进号室之中，几天几夜吃喝便溺都在里面，啃冷馒头喝凉水，体力不支晕倒的人不在少数，所以要用滚烫鲜汤，一口回魂；要用辣味拌面，两口回魂；还不能过于重油重盐，不然的话刺激肠胃很容易生病。还要'二水夹一山'，先喝汤，再吃面，最后再喝剩下的汤溜溜缝，很舒服的！"

林小麦双手捧着碗，对郑叔说："郑叔，这童子面真好吃，我们现在正在找洋城里像你这么厉害的人，就是那种传统味道的早餐，把大家集中起来，用专业的市场化手段进行运营。我们有资金，也有专业的营销团队，完善的风控管理……缺的就是您这样有手艺的师傅。不知道您是不是愿意来跟我们试一试？"

先是吃惊，后是哑然而笑，郑叔说："集中在一起开档？那跟我现在在食堂里打这份牛工有什么区别？"

"当然有啦。"林小麦比比画画地说着，眼睛闪闪发亮，"店里的一切都由你来话事啊！不会有罗经理那样的人来对你指手画脚，对你要做什么东西指指点点，还有专业人士来帮你营销策划。你只要保持做一件事就好了，那就是保持出品水准，让客人吃到我们洋城正宗又美味的童子面！"

郑叔眼睛跟着她一起发亮，看到郑叔不由自主地咧开嘴微笑，麦希明不失时机地发出名片："郑叔，这是我的名片。您不妨考虑一下……现在我们不打扰您了。"

把名片放进上衣口袋中，郑叔送别了林小麦和麦希明，收拾了他们吃剩的碗筷，回到面档前，把"暂停服务"的牌子一撤下，嗷嗷待哺的大学生们顿时一哄而上……

在下课时间的校园里悠闲穿行，林小麦看着一群女生骑在脚踏车上蜂拥而过，向着教学楼的方向去了，麦希明看着她眼神游弋的模样，清了清嗓子说："小麦，你在想什么呢？"

林小麦猛地回过神来，说："我在想，我还是把事情想得简单了。没想到吴叔直接不愿意干，郑叔看起来是有点儿意思了，但是也没有明确说愿意加入我们……"

麦希明神情平静地说："万事开头难。你也不用太过灰心，最起码郑叔是有意思了……而且这会儿正是饭点，他忙着呢。等他静下心来，一定会打电话给我们的。来吧，我们说正经的，这第三家文人面在哪里？"

林小麦讶然道："老板，今天已经一连吃了两顿面条了，你还吃得下啊？"麦希明说："不一定要吃，先去看看嘛……见机行事。走吧，快上车。"

上了车之后，林小麦打开导航，那边全都是批发市场，比红荔街还要难找地方停车。恰好遇着晚高峰，车流量很大，幸亏没怎么堵，麦希明好脾气地按照交通规则行驶着，问林小麦道，他曾经简单地查了一下大王面馆，发现那家店资料很少，却罕有地，竟然专门有自己的百科。来头很大，还拿了不少奖。这相互矛盾的发现，着实稀奇。

原本对他知无不言的林小麦，这次却没有正面回答，只说等见了真佛，亲口问过就知道了。麦希明不好继续追问，也就专心开车。车速缓慢，足足开了四十分钟，才到了导航目的地。出乎意料的是，路边停车位很多，且店铺多数已拉闸关门，原来本地服装批发市场都做早不过午的。也就是早上五点钟开门，迎世界各地四方来客；下午一点之前收铺，回自家工厂跟进生产。所以早上来这条街上，水泄不通，现在都入黑了，就可以横着走。

这片地方，成片成片的服装批发市场延绵好几公里，规模宏大骇人，辐射全国乃至整个东南亚，所以才把区区一个停车问题，放大到令人头疼的地步。这也算是千年商都的地方特色了。很轻易地找到了路边咪表停车位停好了车，麦希明发现周围并没有面馆，他略一沉吟就有了答案，拧着眉试探性地问："难道大王面馆也不做了？"

挂了电话，林小麦苦笑说："老板，你咋那么聪明呢？王伯伯说他现在已经退休了。不过好消息是，他现在在家里，邀请我们去他家坐坐，喝个茶。走吧！"

原本麦希明打算拿车子后备厢的进口巧克力和洋酒去拜访王伯伯，被林小麦否决了。按照粤人的风俗习惯，买了些大吉大利平平安安的橘子、苹果，麦希明正准备掏信用卡，却发现林小麦已把水果钱付了，他主动接过老板娘递过来的水果袋子，有些尴尬地看了看正在把钱包往自己包里装的林小麦："以后让我来付钱就行了……我是老板，现在还是工作时间，这些花销不能让你破费。"

林小麦倒是坦然地说："可是王伯伯是我的长辈，又不是老板你的长辈，晚辈去探望长辈，自然是我掏钱啦！"

来到种满茉莉花的屋子前，林小麦摁响了门铃。麦希明好奇地打量那扇已有了岁月痕迹的趟栊门，趟栊门里头的双扇门打开了，一个头发花白的健壮男人出现在趟栊门后面。王伯伯虽然年纪已经不轻了，但看起来还是跟牯牛似的块头，对着他们笑："小麦，很久不见了。快进来，怎么还带东西来了，不用客气嘛……"

第二十一章　君子一面，绝迹江湖

王伯伯把趟栊门打开，林小麦打着招呼就跨进了门槛里面，笑着把手里的果篮送了过去。双方分宾主坐下，煮水烹茶间，王伯伯听了林小麦一五一十地说了林茂病倒的经过，也是唏嘘："真是天有不测风云，还好有你们姐妹俩，相互之间有个照应……不然只有一个，都不知道怎么办才好。你放心啦，阿茂一定会吉人天相，大步跨过的。"

林小麦连连点头，说："谢谢伯伯心意。对了伯伯，你刚才在电话里说打算休息了，这是想休息还是退休呢？"王伯伯呵呵一笑，说："退休了，不做了。怎么？不舍得伯伯啊？"林小麦说："就觉得挺突然的。当年你从海外回来，开了这家大王面馆，开张时候生意火爆，你还说外面的人就没有退休年龄这一说，所以你也要做到老。如今还年轻呢，这么快就退休？"

拿起茶来呷了一口，王伯伯说："年轻？不年轻了，原因嘛，我儿子帮我把退休办下来了，每个月有退休金拿，我干吗还那么辛苦起早贪黑地开档？刚回来那会儿不知道我们还能退休，现在知道了，真香！！哎呀，还是咱们祖国好啊……呵呵呵……"

王伯伯咧开嘴笑得很是开心，反倒是麦希明一愣："退休？"看到麦希明一脸蒙的样子，林小麦低声跟麦希明把社保制度解释了一遍，扭过脸来对王伯伯恭喜："王伯伯，原来是这样，那不就好咯？有退休金领了。不过我这次来，还真的是冲着君子面来的，不知道你还能不能出山继续做？"王伯伯乐呵呵的，一副退休老人的模样，特别是聊起他的种花经，那叫一个没完没了乐在其中。和林小麦交换了个眼神，见到林小麦满脸无奈，意识到劝说王伯伯出山是不可能的了，麦希明就对王伯伯说："那王伯伯您能不能跟我们说说君子面的来历？"

眼见王伯伯面露疑问之色，麦希明缓声道："其实我和您差不多，我也是从国外回来的，我家在国外也是做餐饮行业。回来实地考察过之后，就觉得我们好多好东西其实都没法儿出去，出去了，也不是原来的味道了。还有很多好东西已经濒临失传。如果您真的不打算做君子面了，那么就算把君子面的典故做法传下来也好，您认为呢？"

拿起杯子，浅浅地呷了口茶，王伯笑了起来："那当然可以，反正现在没什么事做，就当给年轻人讲古咯！"听见王伯伯说话，麦希明早就习惯性地把手机的录音功能调了出来，看到他有些犹豫，王伯伯点了点头，示意无妨。麦希明才大胆地摁下了开始录音的按键，微微一笑。重新烧起了一壶开水，拆开一饼新的老树普洱，王伯伯说："所谓的君子面，君子，是双关语。一个意思是说，这是君子才配吃的面；还有另一个意思，源自它的主要食材——那就是各种各样的菌子吊出来的汤。王家祖籍客家，惯读诗书，且有血性，从前居住在西江上游的一个名叫黄沙岛的地方，封建时代出了非常多的读书人……"

林小麦恍然道："原来是这样！难怪君子面是咸鲜口！那是客家风味啊？！"王伯伯点了点头，继续说："大妹是在S大学读书的，应该没少吃老郑的童子面吧？"林小麦不好意思地低下头捋了捋头发，说："王伯伯，你怎么知道我在S大读书？我和细妹今年刚毕业……"王伯伯呵呵一笑道："你们年轻人有圈子，我们上年纪的就不聚啦？你爹可没少拿你们姐妹俩出来显摆……哼，好像就他有两个学霸闺女一样！"

林小麦赶紧道："王伯伯，别扯远了……回到正题上。君子面和童子面有什么关系？"

和童子面大同小异，俗话说，隔山容易隔水难，黄沙岛上的小童生出门考试一般都是成群结队，由族里出人护送去考场。每三年出发一次。临出门之前，由家族里组织一场送行宴，有句老话说，雏凤试鸣一鸣惊人。所以这个宴席，就叫作凤鸣宴。君子面，是凤鸣宴上一道压席主食。凤鸣宴以山货为主，因为黄沙岛孤悬在西江之中，物以稀为贵，靠水的地方就是山货比较稀罕了。于是就把山珍做一桌。最常见的山珍，说穿了不过是些蕨菜、竹笋、菌子等物。延绵至今，君子面也就成为这些人记忆中的乡愁。但真正让君子面跻身洋城三碗文人面的，是一个人……还是一个女人。

"大妹，你听说过王五梅吗？"王伯一脸"考考你"的表情，被问到的林小麦则震惊地说道："这……王五梅是少有人知的近代巾帼啊，我也是校外实践的时候捡当地老人家的舌漏听回来的。听说抗战之前，游击纵队掩护爱国文人后撤，其中就有一批梨园人才亟须转移。王五梅当时是个面馆老板娘，擅长搭配料理，为了掩盖这批金嗓子的行踪，就配出一种沙声茶给金嗓子们喝。金嗓子们喝了之后，短时间内声音嘶哑，不让关卡守官起疑心，等到了地方之后，再服下解药，仍旧是一条条甜美圆润的金嗓子……她孑然一身，既无人知道她的身世，后来抗战胜利之后，也没有人知道她的去向……君子面竟和她有关？"

王伯伯忽然容光焕发起来，说："你等我一下。"

他起身到了楼上，不一会儿就带着一本簇新的相册回来，翻到一张发黄发脆的旧照片，指给二人道："你看。这就是五梅姑婆了！"

看着旧照片上的大辫子姑娘，林小麦更震惊了，看着王伯伯道："姑婆？"王伯伯很是骄傲地说："按照族谱来算，她是我阿爷的小堂妹。当年家国多灾难，姑婆被游击队吸收做通信员，然后又被安排回来开档口搜集情报。仗着会点中医，又会做少见的广府客家融合菜，很快就在羊城声名鹊起。原本城里的那些权贵子弟见她一个人无依无靠，隔三岔五找借口欺负她。

"日子难熬，上头都准备下令撤了这点儿了，恰逢城里巡捕署段署长老娘生日，按规矩要吃寿面。谁知赶上了那几日封城，像样点的面馆供不起几百份面条，姑婆一咬牙一跺脚，来了招'平安险中求'，把交通站的同志全部拉过来，全员出动，愣是把寿面提供给了老太太，吃得老太太舒心了，那署长也就顺理成章成了面馆的保护伞，面馆因此转危为安，无人再敢骚扰。然后，才有了'金嗓子行动'!"

麦希明也听得入了神,看着照片上姑婆脚边一套担子家伙什,问:"这一套架罉,就是当初煮君子面的吗?能煮几百份面?"

手指轻轻点在那家伙什上,王伯伯微笑着说:"这一套当然不行啦,听说,姑婆既开档,也送厨上门——还不是现在的外卖那么简单。那会儿保鲜不好,交通也不发达,面送过去就坨了。所以姑婆是挑着担子,一头高汤一头料,上门用人家的柴火灶头现煮。这张老照片,就是那个警署署长老娘安排她照的。那位老太太问她,她的面条叫什么名字,姑婆告诉了她,老太太就给起了'君子面'的名头,后来还请了一位大师写了牌匾送给姑婆。"

掀开相册下一页,露出"王记君子面"的招牌拓片照,笔致圆柔,锋中藏骨。王伯伯饱含深情地注视着那拓片照,说:"写得很好,对吧?可惜后来没有保存下来……我姑婆后来是逃出了国外,再想回来的时候,却是回不来了。我留下妻儿在国内,自己出去赚钱,就是和她会合,在大马槟城州开面馆,再后来给我家老人们都送了终,我就回来了。"

林小麦低声道:"王伯伯当年也是为了爱情牺牲的……伯母家里不舍得放伯母走。那时候王伯伯全家都出去了,王伯伯为了伯母留了下来,直到大哥哥上了中学,伯伯才出去。"

看了一眼楼上,王伯伯老脸却露出忸怩的神色,竖起手指到嘴唇上"嘘"了一声。听了一耳朵楼上传来那若隐若现的电视响,林小麦嫣然一笑,绕开了话题,说:"伯伯,幸亏你出去把五梅姑婆的手艺学了回来。我吃过君子面的次数不是很多,那股鲜甜的味道,好像现在还留在嘴边……"

王伯伯说:"你这丫头,拐着弯地就是想套我君子面的做法!别急,我这就跟你说。你看看五梅姑婆的这套架罉,这边是装汤的。菌汤是君子面的精华,也是最费时费工的地方,用的是三菇三耳三菌为材料——三菇,即干草菇、蘑菇、花菇;三耳,是石耳、桂耳、火耳;三菌,是羊肚菌、竹荪菌、荔枝菌。除此之外,再无别的材料,合上九至尊之数。"

麦希明说："王伯伯，这九种菌菇口感不同，有些湿热，有些滋补……如果要融为一汤，应该是要事先加以炮制吧？"

王伯伯冲着麦希明比了个大拇指："年轻人说是在海外长大，对中厨食性倒是了解很深嘛！没错。这些菌菇在熬汤之前，都要花功夫做准备。比如说桂耳，正宗桂耳每朵长得就跟真的桂花差不多大小，根部呈现蜂窝状，口感和营养价值极佳。羊肚菌和干草菇、花菇要泡发，口蘑要洗干净皱褶内的泥沙。等我回来的时候，火耳已成为濒危保护植物……我用了上好的林中黑木耳代替，汤底仍旧保持鲜美，大妹，你喝过的，你觉得呢？"

林小麦笑着，连连点头。王伯伯说："黑木耳的鲜美滋味，确实没有火耳好……火耳只寄生在扁担藤上，色泽火红。从前黄沙岛上的山里有大量亚热带雨林，扁担藤蜿蜒过树顶，上不见顶下不见根，雨季的时候火耳俯拾皆是。这几十年气候变化，雨林被蚕食，扁担藤变得稀少了，火耳就更少。火耳小小的一朵，菌体厚、出味慢，讲究焖炉煨得三分熟，再连汤带菌加入大煲中继续煮……得益于如今精确到分钟和零点几度的温度计，我把汤煲的温度调高了，能把黑木耳处理出那种风味。"

一丝不苟地记录下王伯伯说话的要点，麦希明赞成道："是的，今时不同往日，现在科技发达了，好多东西其实反而方便了保存和传承。就好比说，从前兵马俑刚挖出来表面带彩色的，可是没有好的保存手段，只能眼睁睁看着彩色风化消失，近年来却有了科技突破，能够有限地保存彩漆了！"

看了一眼麦希明放在茶几上录音用的手机，林小麦说："又好比说要保存老味道老配方，从前靠的是师父带徒弟，口传身授，中间出什么差错，不免打了折扣，甚至直接失传。事实上历史上好多能工巧匠的技术活就是这么传丢了的，但现在可以有不止一百种高科技保存手段，哪怕一时三刻没找到合适的人来学，也能把技术保留下来，甚至还能够在网络上发个英雄令，召集人才来学习……"

王伯伯见她眉飞色舞的，若有所思。林小麦还没反应过来，麦希明立刻说："您放心，我们不会找别人来学您的君子面，必须保护知识产权。我们只是做个纯粹的记录而已！不过，王伯，你不觉得大妹的话有道理吗？"

不知什么时候开始，麦希明对林小麦的称呼变了。

浑浊的老眼底下精光闪烁，王伯伯呷了一口老普洱，缓缓点头。半晌，才又继续往下说。说完了汤底，自然就到面。君子面用的是手擀细圆面。客家人是从中原地区迁徙过来的，黄沙岛的客家，又和别的地方有所不一样，习惯吃手擀面。扁面筋道圆面滑，想面香，要宽汤。黄沙岛上男耕女织，男人还兼打鱼狩猎，上山下海带干粮都是面食比较方便，黄沙岛的乡下家家户户会做包子馒头算盘子手擀面。过去有一个笨媳妇，刀功笨，有一把子傻力气，揉得面团光滑起膜之后，死活切不出粗细均匀的面条来，她一气之下把面团擀成许多小面片，放进酱油红汤里煮了，人家见到觉得稀罕，问她这是啥，她说那叫——"水鬼跳潭"！

林小麦听着就乐了，说："难怪当初大王面馆里还有这么一道面食呢，我觉得挺好吃的，纯纯面粉的味道，香。我爸却不让我多吃，说那是笨婆娘的偷懒菜，吃多了会变笨。"王伯伯说："哪儿是吃多了变笨啊，你那时候才那么小一点，那水鬼跳潭全都是面疙瘩，你爸担心你吃多了消化不良！就跟现在我那媳妇哄小孙子不能多喝可乐，说喝多了会掉牙齿一样道理，都是骗小孩子的大话。"

听完他的话，林小麦脸上就堆起黑线了，倒是麦希明笑得开心："哈哈哈哈……原来全世界父母都一个样。我小时候不愿意睡觉，我爸爸妈妈就骗我说再不睡觉，屋角上的石像就会变成活的，从火炉里飞进来咬我！"

瞪了麦希明一眼，林小麦扭脸对王伯伯说："王伯伯，您继续说。细圆面有什么讲究？"王伯伯说："黄沙岛人的细圆面和别处不一样的，是加入了一定比例的荞麦粉的。这也是君子面能够不用鸭蛋碱水依然长时间保持弹牙不坨烂的秘密。烧面的时候，必用猪油、牛油的二合油做底，炝炒底料。我用的底料是一红二白——胡萝卜、葱白、豆腐。"

又剥了个橘子，林小麦笑道："豆腐是你们的拿手好戏，我记得，你家的豆腐是放了花生麸的，特别香。"很是自豪地直了直依然硬朗的腰板，王伯伯说："新黄豆，山泉水，新压出炉带热气的麸料，这般选料就不说了，点卤的时机才是诀窍，要等到豆浆如丝滑，色泽似玉还深的当口，再好像点茶一般凤凰三点头地点进卤水，那豆腐才特别嫩滑柔韧，炝炒既出水分，又不会烂糊一团。炝炒好之后，倒入菌汤、面条，一分钟后滴入麻油，就成了。特别简单——"

凝视着相册上五梅姑婆的老照片，麦希明满眼怅然惋惜，道："既然简单又好吃，还有历史渊源，王伯伯为什么不继续做下去？文人三碗面，如今独缺您。那多可惜啊！"吃了一瓣橘子，王伯伯笑了："你看看，你又来了，不用说啦，我这退休是退定了，每个月不用干活儿还有钱拿，我都不知道多自在。如果你们找到人要来学，我也无所谓。君子面有人往下传，我还高兴……就一个要求，学就学好点，有不懂的也能来问我，别坏了君子面的招牌。"

麦希明微讶道："王伯伯……你这算是，传艺授权吗？"

指了指面前开放录音的手机，王伯伯说："从你开始录音，我就有这想法了。其实五梅姑婆流落海外回不来的时候，就绝望过一次，她曾经亲口说过，她不怕死，就是遗憾凤鸣宴没了，君子面也要毁在自己手里。幸亏有我在，又活了几十年……现在我一个儿子一个女儿，都没有做回老本行的意愿。我也做不动了，你们来得正好。"

林小麦说："话虽如此，不过哪怕勤行学厨，也是要师父带进门。我自己的切身体会，自己瞎琢磨半天，不及懂行的点拨两句。"王伯伯轻轻叹了口气，说："大妹，实在是做不了啊。君子面有一样最佳搭档，你还记得吗？"

眼珠子转了一转，林小麦叫道："我当然记得——清口三宝嘛！黄金脆瓜白玉螺，酥皮虾饼赛金玉。因为君子面主料偏素，就算用了荤油提味，吃了也口淡。所以需要这三样东西配着吃……我记得过去在大王面馆里，这三样都是用透明玻璃缸密封了陈列在店内，大大方方供客人看的。每碗面条免费配一份，其他两样可以任加,酥皮虾饼多要就另给钱。"

王伯伯说:"大妹,你记性是真的好!酥皮虾饼我们自己会做,问题不大。黄金脆瓜老梁也退休了,市面上那些化工货我实在瞧不上。还有白玉螺,其实不是螺,是一种黄沙岛附近流域特有的水藻,腌制过后色泽透明,口感鲜脆似螺肉。会做白玉螺的传人,一年前急病走了。红花虽然好,绿叶凋零了,你说说这情况怎么办?"

一句话问住了林小麦,她呷了一口茶,试探着开口道:"老枝未必凋零,新芽蕴藏其中。我们前阵子也走访过北艮村,看望了梁爷爷,金房其实一直没有彻底关闭,他还断断续续地在做黄金脆瓜,我们见到了,吃到了,还感受了一次盆菜宴。问题关键反而是白玉螺,难道⋯⋯就真的彻底失传了吗?"

听到林小麦说去过北艮村,王伯伯浑浊的眼底闪过一丝微光:"要说失传,那是言重了。我的族弟王三娣,是正经拜过师父学艺的,手法规矩配比精确,不光味道很好,而且每一批的出品十分稳定,所以我们这些人才愿意在他那儿进货。小小配菜不起眼,要保持三四十年如一日地出品精良,也是很不容易的。"

麦希明赞同不已,林小麦看着王伯伯说:"王伯伯,你有没有听说过退休返聘?"王伯伯说:"知道,那是医生、老师那种有文化的人才有的待遇吧⋯⋯"林小麦说:"王伯伯,医生老师都叫专业人才,你也是专业人才嘛。如果出来做君子面的话,一边发挥余热,一边不耽误你拿退休金,那也就是退休返聘了。做一份工,拿两份退休金,也就是在我们国内才有的待遇了⋯⋯"

颇为心动地嘿嘿笑起来,王伯伯拿起茶喝了一口,说:"不过白玉螺的问题,还没有解决啊。"麦希明说:"白玉螺对吧?我们会想办法解决的。您等我们的好消息。"

⋯⋯⋯⋯

就在林小麦开始安排出差时间的时候,守在医院里的林佳茵接到程子华发给她的一个新地址。结果这家店的老板,居然是林佳茵同学,倒是让程子华很惊讶。一待换班下来,程子华直接开车到了医院门口，接上了林佳茵。

在等程子华的时候，林佳茵也没闲着。一圈消息打听下来，原来这家野路子私房的主厨，是她同学的二舅。洋城面积着实不小，这餐厅同市不同区，开高速也得一段时间，幸喜还没到晚高峰期，交通路况尚好。来到饭店门口，只见一个身材微胖笑容可掬的青年厨师迎了出来："欢迎欢迎。"

这个青年就是林佳茵的同学肥仔健了，用林佳茵的话来说，肥仔健读书的时候胖，现在更胖。可见当厨师养人，养出一身过劳肥。她小嘴叭叭的，迅速把气氛搅热起来。原本有些生疏的程子华，破天荒地主动跟肥仔健提出了来意。肥仔健本身就是个活泼的肥仔，二话不说，把他们带进了厨房，还一个劲地说他们来得及时。

跟着肥仔健来到厨房，门口处蹲着一个人，正在拿刨子给一块砧板打磨，砧板四周已落下一层黄黄的木屑。砧板、刀、锅、勺等就是厨师的武器，就像武侠片里的大侠对待自己珍爱的神兵利器一样，平日我们做菜的也要珍惜爱护这些揾食架罉。

随着肥仔健一声"二舅"落地，地上蹲着的那人把刨子拎起，仰脸一看："阿健，你朋友啊？"

好家伙，是个比肥仔健还要胖大健壮的肥佬！一瞬间，林佳茵被衬托成了一株弱不禁风的小娇花……肥仔健简单介绍："二舅，她就是我刚才跟你提起过的初中同学佳茵。"

阿健二舅关掉了刨子站起身来，叫来两个伙计收拾东西，从口袋里掏出块帕子擦擦手，才过来跟程子华和林佳茵握手："你好你好，很高兴见到你们。阿健已经跟我说了，说你们都是大公司的人，大海归……想要过来交流学习。哎呀，不用那么客气，说什么学习呢，不敢当不敢当！"

把早就捧在手中包装精致的两瓶国外好红酒递了过去，程子华微微一躬，笑着说："初次见面，小小意思。"二舅接过了红酒，更高兴了，笑得脸上堆起了褶子："那就更不好意思了。来……进来。"看了一眼那个被伙计收拾起来的砧板，林佳茵好奇地问道：

"这砧板该不是现在用着的吧？那是准备换砧板了？"二舅说："没那么快呢，刨子打皮砂纸磨，去掉所有毛刺之后，还要三干三湿，把木块彻底养结实了。正好五月节的时候开张。"

带着些显摆的味道，肥仔健对二舅说："二舅，今天不是接了个两桌的谢师宴吗？为此还专门去进了好鸡好鱼，还有两头可爱的小动物……"

所谓可爱的小动物，确实很可爱。那是两头小香猪，长不大，肉乎乎，二舅说，一看就特别适合做麒麟蒸猪。换上了二舅亲自递过来的卫生罩衣、厨房帽子，连袖套都没落下，全副厨房武装，林佳茵和程子华跟在肥仔健身后向备料台走去。所谓的麒麟蒸猪是一道粤菜名菜，一般乳猪都是烤的，麒麟蒸猪却完全不一样。

正在说着，大家都见到了放在水槽里收拾得干干净净的小香猪。筷子骨琼脂肉，白白嫩嫩的。肥仔健拎起一条塑料软管来，一手掀起光猪一手对准了冲洗，说："饯别送行，文鸡武豕，今天的饯别宴是送兵入伍，所以要吃猪。这种小香猪还是香猪里的多肉品种，叫矮脚香。供货给我们的农户说，已经在山里养了四个月了，断奶之后一直吃的绿色饲料，每天一颗鸡蛋，还喂鱼骨粉和虾壳。所以别看这骨头才筷子粗细，实际上极其坚硬。肉也特别香，有肉味。"

眼看着不少血水污垢被肥仔健冲了出来，程子华大致上已适应了厨房里的节奏，他说："阿健师傅，你二舅师承何处？怎么会懂得从前饯行宴上文鸡武豕的规矩？"肥仔健却直摇头："那是客人点的菜。顾客即上帝，客人提出要求问我们能不能做……我们自然尽力满足。至于我二舅，他没有正式拜师，路子杂得很。主要还是做粤菜为主，之前在不少酒楼主理过，现在见到家里人手够了，就索性自己跳出来创业单干。"

所谓家里人手够了，就是肥仔健已经可以出来帮忙了。他高中毕业就没有读书了，被二舅介绍进了勤行。几年打拼下来，也到了独当一面的时候，舅甥搭档开店。很多家族企业，也是这么起步的。

说话间，洗好了猪。帮着肥仔健关闭了水龙头，一名穿着蓝色工衣的打荷师傅看着肥仔健用干净毛巾擦干小香猪表皮直至不见半点水汽，很是默契地快步到屋角，抄起一根一人高的铁钎子。一具三尺长、一尺宽的铁槽里已燃起了炭火，眼瞅着打荷师傅用铁钎子拨弄开烧红了的木炭，荔枝木炭特有的炽香充盈工作间内，似乎连温度也上升了几度。铁钎子三扒两拨，把木炭铺得平平整整的，林佳茵皱着眉头，不解地说："奇怪了，不是说要做蒸猪吗？怎么却摆出烤乳猪的模式来？"

看着打荷师傅把一张平平整整的铁丝网架在铁槽上。肥仔健两只手一手抓住一个猪蹄子，提溜着乳猪走向铁槽，边走边对林佳茵解释："不是啦……刚才不是说了吗，要烤干乳猪表皮水分，但这种猪的皮太嫩了，如果用喷枪一下子就烧坏了。炭火火缓，就得架在炭火上烤。强哥，计时器。"

他话音才落，那名蓝衣打荷师傅应了一声，取来了一个计时器。等到两只小猪全都背朝下腹朝天安置好，蓝衣打荷师傅取来两块平平的木板压平小猪，肥仔健就把计时器定好。程子华连连点头，说肥仔健这做法十分科学。压平小猪，使它受热均匀，一会儿上盘清蒸也能够更好摆盘。在国外有些厨师制作非常规食材的时候——比如说，他曾经在湖区吃过的一家使用贻贝和腌渍松果制作成头盘冷菜。为了保持形状一致，餐厅专门定造一大批圆形的铁环，让厨师在铁环里装饰制作。事实上，许多餐厅都有自己定制的炊具。

肥仔健钦佩地说："帅哥说话不简单啊！一听就是见过大场面的人。不过我们这两块板也不是定做的，就是我二舅跟别人学到这么个法子之后，找给我们做砧板的木工给我们做的。"

林佳茵嘿嘿笑："没事，说不定以后就成了你们的镇店之宝了呢！这一手'压猪技'以后也成了你们的独门秘方！"肥仔健一听，就乐了："我们也就是勤勤恳恳做点小生意糊口，别说笑了。"

林佳茵摇头道："我可不这么认为。小孩子不是一生下来就会走路，老字号也不是一创办就是老字号嘛。一切皆有可能！"

程子华忽地插进一句："别打岔，人家厨师在工作呢。"

林佳茵翻了翻白眼，乖乖闭嘴。看着肥仔健迅速地备好了葱白、姜、大料，那位打荷师傅阿强，取来了一小坛泥巴封口的酒坛子。肥仔健拿起小铜锤沿着酒坛子不疾不徐地敲打了一圈，泥封应声而落，酒味窜出。林佳茵吸吸鼻子，嗅到那股酒香，讶然叫道："这是……状元红荔枝酒？"

程子华乐了："哈！林佳茵……你别是搞错了吧，状元红是黄酒。这酒味冲得很，透着米香，明显是高度米酒啊。"

林佳茵摇了摇头："老板，我说的状元红，不是众所周知的那个'状元红'酒，而是指荔枝里的'状元红'。我们本地的果农收采荔枝，按照果子个头大小来分级。每一棵果树，都有一两颗个头特别大、特别红的果子，一眼就能够看出来，这颗荔枝就是整棵树的状元，又因为它个头大得出圈，跟古代状元郎帽子上的红缨球相似，就被叫作'状元红'。我小时候去果园玩，相熟的叔伯专门爬了十几棵树，采足了十二颗'状元红'来招待我和姐姐。这是产地人才有的讲究……要搁在古代，就连喜欢吃荔枝的杨贵妃，怕也没有这般奢侈。"

程子华听见了，不免吐槽："荔枝吃多了容易得高血糖症，你们父亲也真心大！"林佳茵笑嘻嘻地说："哎哟，在别的地方吃荔枝可能会得病，偏偏树上才采下来的荔枝，木性未失，阴阳平衡，最不会上火。就算吃到最后口渴了，喝一杯淡盐水就完事了。完事了还能在果园里杀只荔枝鸡，在土窑里烤了，真是超好吃。唯一不好的，就是荔枝园里很多蛇，特别多竹叶青……须特别留意，咬一口可就挂了。"

把满满一坛子酒筛到大碗里，打荷师傅阿强高声说："靓女识货啊！你看看，这不就是货真价实的状元红！以前有个鬼佬厨师见到我们这种酒，眼睛放金光，问我们要了一坛。后来我才知道，他不是要酒，而是要里面的浸透了酒味的荔枝，做成巧克力里面的夹心。一颗荔枝切成一二十粒颗粒，放入巧克力里面，一颗巧克力卖二三十块……欧元！赚大发了！"

强哥摇头晃脑啧啧赞叹，程子华说道："也不能光看着别人赚钱，西厨里的甜品是极其考厨师工艺的，每一位有所成就的厨师的甜点配方也不一样……这样的富有东方风情的酒渍果肉夹心巧克力，卖的不光是材料，还有工艺和创意。"

林佳茵说："我知道了，就跟现在产业转移似的呗。基础的材料不值钱，但是加工技术和专利值钱。"看了她一眼，程子华说："话倒也不能说满了，好的、稀罕的材料，也是可遇不可求的。仍旧拿这个巧克力来说吧，如果它的酒心不是罕见的酒渍状元红荔枝，而是别的，就卖不了高价。"

说话间，焦香味道从木板底下窜出来，伴随着计时器刺耳的蜂鸣响，拿开了木板，肥仔健和强哥提起了猪崽。只见猪皮已经被烤黑了，要把外面这层黑乎乎的刷洗干净，再用刷子蘸酒涂抹，肉不离酒，酒助肉香。说话工夫长，做事时间短，不过三五分钟，二人就用丝瓜瓢把两只乳猪刷得干干净净，露出雪白如玉的猪皮。接下来，就要交给二舅斩件掌灶了。

林佳茵说："肥仔健，我看你刚才的刀功备料，也有火候了，难道还不能上灶？"

肥仔健笑道："小菜我没问题，但这清蒸麒麟猪，必须交给二舅来做……我只能给他打荷。过两年啦，争取过两年我可以出师，哈哈……"

他笑得没心没肺的，程子华不禁莞尔："你同学脾气真好，厨房里多这么一个性格亲和的人，团队气氛一定很好，我刚才看他们搭档做事，很是融洽，就跟一家人似的。"林佳茵说："传统的厨房里，师父带徒弟，那必须讲究规矩。但也有句老话，一日为师终身为父，师父和徒弟就跟父子似的了。不过呢，有的家庭里是严父，有的家庭里是慈父。"

毫无疑问，二舅就是"慈父"型的。他看到猪崽，就夸肥仔健整治得不错。眼看着二舅随手一抽却是取出剔骨刀，肥仔健惊讶道："二舅，我记得是斩件啊，怎么现在成了剔骨了？这小猪皮嫩肉嫩的，要是没有了骨骼支撑，蒸一会儿就塌了。"

二舅笑了笑说："你是聪明仔，不过还嫩了点，只知其一不知其二。什么叫麒麟？仰头翘尾，身披鱼鳞甲，就是麒麟。我们不可能真的吃到麒麟兽，野猪是山林之王，一猪二虎三豹，成年野猪在山林里狼奔豕突，罕逢敌手，所以古人用来比作猛将！麒麟猪成菜后，须得身如麒麟，仰天卷尾……这是今日摆酒的主家老爷子跟我说的，差错不得。"

差点儿犯了错误的肥仔健讪笑着退到一边去，说："二舅果然厉害……我……我给你打荷……"

取过被肥仔健压得平平板板，洗得干干净净的猪崽，二舅嗅了嗅那股似有若无的酒香味，露出赞许笑容，这才又解释，要把猪肉去骨，再用甘蔗、甘笋代替骨架撑起猪身，以酒代水清蒸熟透。最后做成麒麟。

刀花闪闪似银星，寻筋断络胜庖丁。林佳茵看着二舅干净利落地给猪崽去骨，根根筷子粗细的骨头被剥离出来，且关节分明，她看着看着，眼睛闪闪发亮："肥健，我要收回我刚才说的话了……你的刀功比起二舅还差了九条街呢。你看看这拆骨不损肉的功夫，快去练练啦。"

二舅边拆骨边说："阿健，把骨头敲碎取髓。待会儿还要用！"响亮地答应着，肥仔健捧着拆下来的骨头到一边去抽刀取髓。程子华拿出手机过去拍，肥仔健对着镜头比了个V字："把我拍瘦一点啊！"

程子华认真地说："这个要求有点难……"

镜头晃过了肥仔健，聚焦在那些猪骨头上，肥仔健显摆本事一般，一刀下去，骨头应声一开两半，肥仔健取过一把三寸长短的不锈钢小直钩，那钩子不过米粒长短，却是锋利无比，轻轻钩住了骨髓一撕一扯，半凝固状、色泽暗红的猪骨髓整条被扯下来，小心翼翼地被归置到一个小碟子里。这道猪骨髓，将要做成伴碟用的"铁血丹心"。

肥仔健讶然道："二舅，铁血丹心很难做的啊！"二舅感慨道：" 之前试做的时候，以为不过是一家不知从哪儿听到过饯别宴的土豪家族，抱着猎奇心理来闹这蒸麒麟猪。没想到他们是真正的'光荣之家'啊！爷爷是援朝回来的老兵，伯父翻过喜马拉雅山，叔叔守过老山……一个家族两桌子人，愣是三军俱全兵种齐备！那负责筹办此事的主家公笑着跟我说，他们家里的男人们身上残留的弹片要都挖出来，卖废铁都能卖不少钱。满门忠义，我这个当年报名当兵被体检刷下来的死肥佬，怎么能不多下两钱力气，尽个心意？"

林佳茵见程子华很迷茫，低声说："参军光荣。我们的军人叫人民子弟兵，是最可爱的人。你们出去得早，怕是很少接触这方面的事情。"程子华摇头说："靓女，现在互联网时代啦，我们也很关注国内的情况好不……原来是这么一个可敬的家族办饯行宴，我们真的是太幸运了！阿健师傅，铁血丹心是一样什么菜？"

手边碟子上已堆起了一小堆骨髓，肥仔健兀自动作如行云流水般忙碌着，解释道："不是菜，是伴碟。把铁棍山药挖空，塞入去尽血腥味、调味得法的骨髓，上蒸笼蒸，最后淋上红汁，就是铁血丹心。取的是麒麟降祥瑞，碧血伴长天的寓意！也是对携笔从戎的年轻人的一句告诫。赫赫雄狮，民具尔瞻，那才是我们的军爷啊！"

三言数语，林佳茵已然热血沸腾，看到程子华举着手机开着录影功能站在原地发愣，就轻轻扯了扯程子华衣角，问他为什么发呆。原来程子华在遗憾不能尝味道，不过，他很快又自我安慰，能看到就是福气了。

二舅的声音在身畔传来："阿强，仙人掌呢？准备好了没有？"

那打荷师傅阿强捧了一碗青青绿绿的仙人掌来，这一盆食用级品种的甜掌品种叫沙中蜜，肉刺少，肉质有咬口，味道清甜，最喜吸油脂。把肥肉里的油全部吸走，就可以化解清蒸乳猪皮下的肥腻感。华南属亚热带，采购新鲜仙人掌很容易的。仙人掌浑身是宝，清热解毒，果实可以当作水果吃，清清甜甜；花朵晒干可以煲汤，滑滑嫩嫩。就连仙人掌本身，也能用来炒肉炒腊味，别有一番风味!

此刻二舅用平底石锅来干烙仙人掌。程子华满眼震惊,问:"这……真的不是学墨西哥人?"二舅说:"我们这儿老外虽然多,不过拉丁人就真的很少有!南洋人也好,阿差也好,都不吃仙人掌。只有我们海边渔民,才有这种风俗,说起来也是穷人苦习惯。靠海挣饭吃,天公不作美的时候出不了海,全家没米下锅。西瓜皮、地瓜叶、仙人掌……几乎都想法子做了盘中餐。吃着吃着,还吃出讲究来了,生活好了也没忘记老本。咦,锅热了,开工!"

话音一收,二舅用跟他身形极为不相称的敏捷动作迅速把仙人掌卸刀切薄片,右手菜刀停,左手平平地一甩,已切成透光薄片的仙人掌从砧板上直接飞出了个弧圈,整整齐齐落在平底锅上,顿时"刺啦""刺啦"地冒出不少水汽,那原本看着饱满多汁的仙人掌眼瞅着瘪了下去。用平整石板压在仙人掌上,片刻之后关火,仙人掌已被压得平平整整。林佳茵没什么感觉,程子华却发现了石板拥有不一样的颗粒感和闪烁的色泽——这是一块岩盐石板。程子华的发现,倒赢得了二舅一句称赞,还大方地让他们尝味。

眼见程子华还真接过一块生烤仙人掌片,林佳茵不甘落后地也拿了一片试了起来,口感脆脆的、韧韧的,带了点点盐味,跟零嘴儿似的,好吃得两眼发亮。处理好了仙人掌,二舅又取发好了的新鲜支竹,用剪刀剪成和仙人掌片一样大小的薄片,浓郁豆香味飘出。乡下工坊里带回来的百分百纯豆浆鲜支竹,厚度好像条棉被似的,久煮不烂又够豆香味。

二舅斜刀开片,一片肉一片仙人掌一片支竹,码放整齐,方才入笼盖盖开蒸。稍微喘了口气,二舅才又说,按照传统做法,应该是用过山獐、金龙肉。过山獐日行千里,能挖土能游泳,性情凶悍;金龙能挖洞钻山,身披金甲,只懂前进不懂回头……都是取的"勇悍善战"的寓意。不过现在过山獐早就在国内灭绝了,金龙已是保护动物,时人又潮流兴清淡饮食,就索性替换上两样素菜。味道也还好。

从工具架上取下一个迷你玩具枪般的不锈钢工具来,肥仔健对准了铁棍山药扣动机栝，随着他步步推进，一条圆柱状长条被推了出来，山药中间空出了一个洞。肥仔健笑嘻嘻地说："这个推芯还能替换，你喜欢圆形有圆形，你喜欢心形有心形，你喜欢花花，我推个花花给你……好使得很！"

工欲善其事必先利其器，眼见不过两三分钟工夫，肥仔健就利利索索地把所有山药都挖空了芯子，注入调味去腥的猪骨髓，随即放上蒸笼蒸起来。也就是到了七分熟的火候，肥仔健就把山药取出来了。林佳茵问道："这还没有熟透吧？半生不熟的山药吃下去，不怕拉肚子？"肥仔健说："你看到没有，蒸得水淋淋的，不够清爽。所以我们要先冻一下，再重新上笼二次蒸。二蒸二冻，才算完工。"

二舅袖手在旁，笑着说："喏，现在是你表现的时候了……快给你同学看看你的本事！"肥仔健用冷冻喷枪把山药喷了一遍，直到山药表面挂上一层白霜，才又放进了蒸笼内，仍旧调好计时器，对二舅嬉笑着说："我的那点本事，佳茵早就知道啦。还是二舅你亮一手调和明油芡汁的功夫来看看，也好让佳茵知道，当年她不给我抄作业是多么大的损失……"

大伙儿都乐了，二舅笑骂："好啊，原来你的作业是抄的。我还跟你妈出面保你！这掩口费怎么算！你想学我的明油挂芡功夫，直接说就是了，我又不会要你拜师费，最多也就是把你珍藏那几个八头身妈见打的手办匀给我……"

"想都别想！"

话是这么说着，等到二舅开始取出马耳葱和小葱切段，做出晃葱油的架势时，大家伙很有默契地停止了嬉笑。用姜片葱片热锅下油，煸炒出葱香味后，二舅高声念着"慢火闻香，看那颜色一明亮起来，就是油到了火候了"的口诀，手中功夫，真是精妙绝伦！林佳茵说："二舅，按照规矩，应该是一咸一甜两种口味的蘸料。这葱油明显是咸口的……传说中，还有米醋料呢！"

二舅讶异地看了林佳茵一眼，说："可以啊，这你都知道。那不叫米醋，叫金银醋。是用米醋、白醋混合，加入蒜蓉、姜末、砂糖、红白萝卜调和而成……取的是米醋的香,白醋的酸,再要砂糖的甜……也有的地方不讲究的,是点春成碎末的熟白糖……我们家的金银醋早就准备好了,在保鲜柜内镇着。你怎么知道的?"

林佳茵说:"现成网上查的呗……"说话间,阿强打了一小碗金银醋来,让大家尝尝味道。程子华老实不客气,用小勺子舀了金银醋来尝了尝:"好,酸酸甜甜,爽口不腻,而且香味不会特别冲……真好。听着做法也不难,真是好东西。"林佳茵嗔怪着说:"老板你是鬼佬口味啊,就是偏爱酸甜口。我就比较想看看咸芡是怎么做法。"二舅笑道:"马上就给你看……不过现在呢,我们要先把可爱的小猪从锅里起出来。"

把沉重的蒸笼盖子打开,只见之前还带了三分生性的猪崽已变成皮紧肉收,衬托着仙人掌和支竹的翠绿鹅黄,林佳茵两眼放光,情不自禁吞了口馋涎。手中机器保持摄录,程子华提醒她:"忍一忍。"

这菜的摆盘配色好看不说。加上猪头朝天猪尾立地,精气神就出来了。二舅把大碟子里的蒸猪水倒掉,抡圆了胳膊使出阴柔力道来,一记原地大挪移,把麒麟猪放到了早就准备好的上菜盘上。另碟蒸出的猪头猪尾摆上,越发出彩。同一时间,肥仔健在熟食砧板前,手腕圆转刷开了雕花师傅那阴阳刀法,片刻已雕镂出祥云不到头的形状。快刀切片,把山药切成朵朵祥云,祥云中心一点暗红。阿强不禁喝了声彩:"好!丹心映红日,铁血耀长天……阿健雕花的功夫是学到家了!"

手脚麻利地把祥云摆在碟子周边绕了一圈,肥仔健才颇为满意地一笑,顿时两只眼睛眯成两道细缝。

生抽陈醋各一半,细盐以糖加咸,香菜芹末细如蓉,如米青绿小葱段,细细搅拌均匀,这种三青料,最是解肥腻。再加一点葱油——一定要趁热,这样才能彻底地把生抽、陈醋、盐、糖,以及别的配料香味彻底激发出来。二舅话起而油落,刺啦声中,碗底的蘸水沸腾起来,二舅说:"客人已经落座了,准备上菜吧——送的四道小菜上了没有?"

肥仔健说:"都安排好了,两咸两酸甜。两道咸的是振翅高飞、平步青云,两道酸甜是黄金脆瓜、白玉螺。"看到二舅满意点头,又把程子华整不会了,他问道:"振翅高飞是什么?平步青云呢?"林佳茵说:"老板,振翅高飞,就是卤水鸭翅尖。平步青云就是凉拌木耳。因是宴席,取了个吉利的名字。"

目送着两只清蒸麒麟猪上了席面,热厨里的忙碌才刚刚掀开帷幕。看了一圈人人各司其职,个个脚不沾地,熊熊烈火燃烧的声音,越发衬得厨房里平添三分热烈。林佳茵就把程子华往外拉。谁知道才挪动脚步,一个熟悉的声音却从厨房外面欢然响起:"老板——踏破铁鞋无觅处,得来全不费工夫,真没想到这儿就有正宗白玉螺——哎呀,佳茵,怎么你也在?"

看着推门进来的林小麦,林佳茵也很震惊。跟在林小麦身后走进来的,就是麦希明了:"真巧啊。小麦,你说这儿有一位你的同学……这位同学在哪儿呢?"

林小麦指了指热灶旁正给二舅打荷的肥仔健……眼看这儿不是说话的地方,林佳茵就拖着所有人往外走。众人坐下后,换了一身格子衬衫七分裤的肥仔健也出来了,一屁股坐了下来,笑嘻嘻地说:"老同学,好久不见啦!今天难得来一趟,我请大家吃个便饭……想吃什么尽管说,千万不要客气啊!"

大家才道了谢,肥仔健扭过半边身子,对着服务员挥手高叫:"香姐,来一碟白玉螺,一碟振翅高飞!"

服务员动作利落,两分钟不到,就笑眯眯地来上菜了,眼看着那碟白玉螺,麦希明第一个举起了手机:"林小麦,你来试试这个白玉螺正宗不正宗?"举起手来挡住镜头,程子华眯起眼睛,带着怀疑:"等等……这个不是说好的螺吗?这个斧足是怎么回事?这不是贝壳吗?"

其中就有误会了。一般来说有壳呈螺旋状的叫螺,有壳但是两边合起来的叫贝嘛。但白玉螺原产地的人,习惯性一切有壳的水生货都喊螺,一来二去喊讹了,连带着长得有几分像贝类的这种水藻,也喊成了"片片螺"。用片片螺水藻去色、腌制、增香加工做出来的,就是白玉螺!听了肥仔健解释,程子华这才明白了,点了点头说:"所以……这是个专业术语,terminology?"

挠了挠头皮,肥仔健表示不懂英文:"算是吧。哎呀,不要多说了,来,先起筷。我二舅说他一会儿要亲自下厨整个'步步高升'的好菜给我们吃,还有靓汤喝。来点酸甜脆口的白玉螺开胃,最好不过了。"

那白玉螺色泽雪白半透明,叶片肥厚,夹起来如果冻般微微颤动着,咬下去满口汁液流出,酸甜微辣,开胃无比,让人越吃越想吃。也不过是巴掌大小碟子的分量,片刻之间就被大家分食一空。吃完了之后,程子华才想起忘记拍大特写,又叫了一份。林小麦问肥仔健道:"阿健,你们家的白玉螺是自产自销吗?"

肥仔健道:"当然不是,白玉螺、黄金脆瓜这样的开胃小菜,用量又不大,店里又不能缺,为了照顾口味,做工还不能省……我们家半路出家,红案白案,灶上灶下还要花功夫钻研,哪儿腾得出手专门来学泡制腌制的活儿啊?所以都是进货的,还好我二舅早些年混过社会,交游广阔,白玉螺就是他朋友家里的。"

才说了两句话的工夫,第二份白玉螺又上桌了。已经尝过了味道,众人下箸速度明显放慢,程子华拿来一个干净的小碟子,把一片白玉螺放在碟面上,把手机调到微距模式拍摄。给白玉螺拍了一大堆资料,程子华方才露出心满意足的笑容。麦希明问肥仔健:"黎同学,如果可以的话,能不能请你二舅带我们去见一见做白玉螺的人呢?"

他客气多礼,倒是让肥仔健有些不适应,肥仔又挠了挠头说:"大老板不客气,叫我阿健就好了……其实那地方离市区也就一个小时车程,我之前去接货也跑过。不过我面子没有二舅大,还是二舅出面好点。等一会儿闲下来,我问问二舅去。"

那还有什么好说的,心急吃不了热豆腐,就还是先吃了眼前这顿饭再说呗。

第二十二章　步步高升，步步寻味

　　吃完饭后，二舅也忙完了。一行人来到饭店门口，二舅已脱掉了厨师服，换了一身家常便服站在门口抽烟等他们，跟他们打了照面，二舅摁灭了香烟："走吧，我刚才已经打电话过去了，让白可明留在店里等我们。走，抓紧时间，要开一个小时车呢。"

　　等到麦希明和程子华一前一后把车子停在明明零食专卖店门前时，习惯性地看了看手腕上的运动手表，麦希明道："比预计的快了15分钟到……这国内的公路质量真好啊，要不是有限速，我能开更快一点。"

　　打开了车门准备下车，二舅顿时语重心长："后生仔，安全驾驶第一条啊……你车就直接停在门口行了，现在天晚了，不会有人抄牌的。这边有灯光照着，还能防止有浑小子经过刮花你的好车。"

　　听了二舅这么说，麦希明和程子华果真一前一后把车子贴着明明零食店门口墙根停好。下了车，他们跟着二舅走进了商店。满架缤纷糖果，半柜咸酸蜜渍，透明有机玻璃盒子里，装满了印着各种文字的糖果，给这家店添上三分异域风情。

　　经过琳琅满目的腌渍果品类别的柜子前面时，林佳茵惊讶地扯了扯林小麦衣角："姐姐，你看，这儿的金梅做得好饱满，而且是进口货。"一个乐呵呵的声音接过了她的话头："不是进口货，是出口货。有些外贸货尾剩下有多的，就摆在店面销售，出口转内销咯！"

　　眼看着从货架后面转出来一个穿着白衬衫休闲裤的老板，他人已经不年轻，头发仍旧留着讲究的三七分刘海儿，明亮的灯光照得他头发上发蜡闪闪发亮。很有些年头的老式金丝眼镜后，一双因长年熬夜有些发红的眼睛，盯着走进店里的众人，笑眯眯地："肥佬笙，他们就是你说的小朋友吗？"

二舅说："对。这是我侄子阿健，你认识的。两个美女是阿健的初中同学，这两位是麦总和程总监。他们对白玉螺感兴趣，我就带人来看看……两位老板，这是白老板。"

麦希明和程子华执晚辈礼跟白可明见过。对他们的懂礼貌很是满意，白可明脸上笑意越发浓，说："嗯嗯，所以两位老板是想要从我这儿进货吗？不是我王婆卖瓜……白玉螺这种东西，整个洋城估计只有我这儿才有得卖了。别看它不起眼又不是什么名贵料，实际上做起来很考功夫的。从前这道凉菜，还上过两广总督的饭桌呢！"

也没有正面回答是不是要进货，麦希明一副谦逊态度："我们正是在二舅的饭店里尝过了白玉螺的味道，才慕名而来，没想到这道菜竟然大有来头，不知道这里面有什么典故呢？"二舅在旁边插嘴道："你个讲古明，老毛病又来了……见到谁都翻你的老书包。你就不能先带两个老板去工厂实地看看，然后再说那些几百年前的典故来历？"

林佳茵打蛇随棍上，笑着说："对呀对呀，我们可以边走边说嘛。白老板的白玉螺真好吃，软嫩香滑，卖相又好。原来是做零食的行家，还搞出口，难怪白玉螺做得这么好！"

千穿万穿，马屁不穿，白可明越发笑得灿烂了，二话不说拉起了店闸门，沿着一条仅容两车通过的水泥路往前走。一个城乡交界的世界在众人面前徐徐展开帷幕，这些地方从前都是渔村，现在城镇化了，于是形成了世界上最独特的城镇景观。此地名叫"珠沥"，这一带恰好被两条水夹在中间，形状如珍珠，所以得名。从前珠沥还有码头，如今早就被高架路连通了，珠沥历史上特产甘蔗、莲藕、香蕉，现在还保持了一些菜地。过了桥就是新的会展中心，所以很多出租屋……白天很安静，人都往城里上班了；晚上就非常热闹。

耐心地听着林小麦说话，沿路拍摄着街景，麦希明手机电池开始告急，他一边拿出充电宝连上，一边问在前面带路的白可明，是不是自己有工厂。白可明倒是坦诚:"当然有工厂,生意一般过得去。我们家的生产线归两边,一边按照工艺流程流水线工作,接订单赚钱。一边有一道线,纯粹算是我自己的一些老古董情怀,生产一些旧时老口味。掏心窝子说一句,第二条线纯粹不赚不亏,就算挣了,前几年还亏不少钱,得靠第一条线来养……现在算是好一点了,有些人古老当时流行,白玉螺啊,麒麟菜啊,酸荞头啊这种老东西,居然也有饭店要了,能卖得动一点是一点。不过我儿子也说了,等以后我退休,他接手之后,这第二条线肯定就搁置不做了。"

林佳茵不禁失望道:"那多可惜啊,你不是说,白玉螺全市仅你一家供货了吗?"

白可明两手一摊:"丫头,你别那么丧气嘛……酒香不怕巷子深,现在来买老东西的人越来越多,就连你们这么年轻的都跑来买了。哼,等过几年我这第二条线开始挣钱了,那臭小子还不自打嘴巴……"

说话间,就来到一个只有四五栋楼的小园区门前,看到保卫室门口只挂着"明明食品厂"一个招牌,此地竟然是独立园区。这么一来就很好地保障生产卫生了。白可明自豪地笑说,这片地自古以来就是他家的,从前是家族老祖屋,后来钻了个空子,宅改商。这可是个会下金蛋的鸡!

进门脱衣换鞋,穿戴好了一身干净无尘制服,众人成了一群高矮胖瘦的蓝企鹅,瞧着很是滑稽。

进屋消毒,戴好手套,还得跟着白可明通过紫外线消毒灯。又走进了一间屋子,看到一屋子齐腰高的百十口大缸,林小麦倒吸一口凉气!这规模!比想象中大多了!

一个蓝衣人站在屋子里等着,是今晚值班的徐师傅。和来参观的人不一样,他没有戴手套,双手的皮肤皱巴巴的,手指缝洗得发白,显见是长年极严格的消毒洗手造成的。徐师傅迎上来,彼此问好过后,随意打开了最近的大缸展示白玉螺。

在淡黄澄澈液体里浸泡着的白玉螺看起来带着些咸菜绿,仍旧是片片分明，圆头圆脑的模样。偶尔会从水里冒出一串细细的泡泡，在大缸肚子内回响。飞快地把盖子盖回去，徐师傅介绍道："不好意思啊，正在缓和期的白玉螺不能见太久空气，得让它们'睡'一'睡'。"

麦希明道："可以理解……那么它们什么时候会投入到生产中呢？"

徐师傅说："这就已经开始的啦！片片螺呢，长在河边水流缓慢的滩涂上，最喜沙质土，这样的片片螺才会叶片肥厚，长得像那贝壳的斧足，做成成品才能保持充盈汁水……"

程子华插嘴道："据我所知，如今这一带水网河涌都已经硬底化了，适合这种水藻生长的水域不多了吧？你们的原材料得从什么地方送来？"

打了个响指，徐师傅亮出笑容："这位四眼靓仔说到点子上了！确实啊，现在适合天然生长的滩涂越来越少了。何况片片螺藻还必须离水之后两个小时内进缸入睡，否则片片螺就会脱水失味。按照现有的交通方式，最远不能超过75公里。还是白老板办法多，他离水装箱的时候，会装入一定量的产地活水养着片片螺，这样虽然亏一点分量，不过时间能拖多一个小时才会脱水——三个小时，正好可以往西江上游去，去到片片螺原产地黄沙岛。"

麦希明失声道："所以你们的螺藻也是从黄沙岛来的……"

"是啊。"徐师傅说着，往西边走去。跟在他身后，众人绕过了水缸阵，只见一条活水明渠淙淙流过，经过逐级的三个分级池子才消失不见。这就是淘洗池了。既然是带沙的原材料，必须好好清理才能进缸。洗的不光是原材料，还有随着片片螺一起来的几大缸黄沙岛上的清溪水。把这些天然活水按照一定比例稀释过后，就是大家看到的缸里的水。片片螺洗泥脱沙之后，放入紫金缸中睡一晚，方可腌制。

其实在原产地黄沙岛，大家只需要直接从滩涂中采回螺藻，放入疏眼竹篮中，屋子前面的井水浸一浸洗干净泥沙就可以腌制。这儿始终不是原产地，为了让螺藻恢复到刚出水那鲜活口感，只好出此下策。朝着那百十口颇具规模的缸阵指了指，林小麦问道："这么多……全都是做白玉螺吗？那片片螺藻不过是野生的藻类，产量这么大啊？"

白可明就笑了："一半一半啦。西边这些都是，东边是别的东西。你说是野生……哪儿那么多野生哦？就算真的有，几毛钱一斤的水草，人工比它还贵呢，划不来也就没人做了。"

林小麦惊讶道："那……这么多的螺藻是……"

白可明说："黄沙岛上如今很多农户做乌龟养殖。其中有一种名贵龟品种叫金线淡水龟，也叫作金玄武，背部带着一条明显的金钱线，金钱线越明显售价越高。为了让金线淡水龟长得金线分明，就得在池子底下铺沙子，不然就会肚黑背白，品相下降。既然有沙池底，自然也就多片片螺藻。

"且龟池是要轮流休养养塘的。我就找了当地朋友，去养塘期的龟塘收藻。所以这三层清洗，越发必要……我们用的水也是经过几十层活性物质沉降干净，再让它们过一层由盐岩、矿石配好的加料层增加矿物质含量，尽可能模仿大自然的生态系统，来还原风味。"

听到这里，麦希明不禁低声对林小麦说："回想起北艮村的随意粗放，这边却需要大力气才能还原自然效果。其实大自然给了人类多少馈赠啊……"林小麦点头道："白老板如此煞费苦心，也是真的难得了。有一说一，亏得这块地是他的，节约下来的地租房租才能让他任性折腾啊！"

麦希明一下子被她逗得笑了起来，忽然之间，白可明略略提高了声音："靓女，那个不能摸啊！"被白可明吓得整个人跳起来，林佳茵已然垂落水面的手忙不迭缩回来，满嘴道歉："对不起，我不是故意的。见到沉降池下面有东西，还金光闪闪的，就想看真切点儿……"

白可明打开沉降池旁的工具箱，取出一个可伸缩的机械臂抄网，在水池下面一捞，金色光芒越发闪亮，众人不约而同倒抽一口凉气："这……这是黄金？？"

白可明笑了笑说:"不是黄金,是铜!我的这个水槽底部是用纯铜铸造的,铜离子能够彻底吸附水里的脏东西。然后水槽底部用累金绞银的技术,用可食用级别的真金白银,累了九横九纵的净水网格在上面。一来能够利用突出的金银阻滞性能,用以吸附水底的杂质;二来求个长长久久的好意头。"

没想到外面看着平平无奇的工厂,里头暗藏珠玉。白可明高声道:"别耽误时间了,进里面的泡制车间来,我让你们见识见识白玉螺前十道工,淘洗炒腌各不同!"

离位立灶泽流水,坤位没的东西放,很是显眼地镇了一块黄油油的大石头,看到程子华很好奇的目光在石头上来回逡巡,林佳茵小声嘟哝,告诉他这是萤石。最上乘的萤石,油润程度不下于美玉,且石头上适宜雕刻⋯⋯大家也就看到了雕刻在石头上的"古法制白玉螺"的十个步骤。

本来大家想要好好看看雕刻的,不过麦希明觉得工艺鉴赏放着慢慢来也不迟。反而是旁边长流水的位置,引起了他的注意。徐师傅闻弦歌知雅意地挽起了衣袖,提着一个乳白色塑料桶,小碎步,径直来到长流水精钢水槽前,只见他提起水桶放在置物台上,手往水桶里一探,已提起了一串暗绿色片片螺藻。

拧开出水口,任由长流水冲着片片螺藻,徐师傅扭脸对着几个人道:"走近点儿看,离那么远,看什么呢?咦⋯⋯两个肥仔怎么不见了?"

白可明说:"别管他们,他们避嫌,自己撤到外头了。来吧,麦总、程总监、两个靓女,到水槽边去,看看徐师傅怎么处理片片螺。别看那片片螺看起来不起眼,实际上主骨坚硬如铁,要用进口钢剪刀才能剪得干净利落。这是一项细心手工活,至今没办法找到机器能够代替⋯⋯幸好我们这儿的工人都很不错,个个都是全把式。"

走近徐师傅,才发现他手里的剪刀不过三寸长,刀刃紧窄,寒光闪闪,只见他左右开弓,刀影翻飞,几秒钟工夫已然剪下了三四片猫耳模样的藻叶,小心放在一旁的收集筐内,仍旧任由流水冲洗着。程子华说:"这不是一台剪刀机的事情吗?为什么说不能用机器代替?"

随手拿起一片藻叶,也没见白可明怎么用力,"吱!"墨绿汁水喷射而出,要不是程子华躲得快,就喷他眼镜上了。白可明说:"因为'睡醒'之后的片片螺藻叶片饱满多汁,一不小心就戳穿了。从前也有人试过用机器来剪叶片,最终出来倒有七成废品,不堪再用。性价比太低,自然而然就变成了保留人工处理的做派。"

林小麦跃跃欲试,上手亲力亲为试做了一下,甚妥。林佳茵比她还高兴:"姐姐从小动手能力就比我强,也不知道为什么,老爸硬要我将来继承阿茂粉店……姐姐做的味道比我好多了。而且无论多复杂的热炒冷烹,过了她的眼睛舌头,就能够从她手里差不离地做出来。唉,人比人,比死人……"

瞄了她一眼,程子华说:"别妄自菲薄,你也不差啊。"

一道道工序看过去,录够了素材,在白可明的感慨中,众人离开了车间。白可明喋喋地道:"当年,白玉螺做出了名气之后,黄沙岛上能做白玉螺的人家一下子都敝帚自珍起来,家家发了财,也就死死护着食。尤其是最先开始发达的那家,味道最好,名气最大,做的是总督生意,不说是'皇商'了吧,总也是盖了官印了。家业兴旺之后,讲究起来,专门盖了个大院子做工坊,开辟了私人码头,逢四逢九在码头出船,把东西运到城里……存放白木津的库房被称为'芽房',又叫作'雅房',熬汤窖存,都得老板一个人关在里面做完。平时专人把守,钥匙由老板自己带在身上,就连跟媳妇儿亲热都不离身的。"

程子华说:"如果老掌柜有点什么三长两短,那配方不就失传了吗?"

白可明高声叫道:"可不是!也就传了三代人的工夫,家里就开始出纨绔子弟了!守着家里生意不好好做,手艺也不用心学。等到老爷要传秘方,小的不乐意学,反而是身边一个跟了三代人的老仆得了钥匙和配方。一开始二代老爷还活着,一切相安无事,等到老爷两腿一伸去了,就来了一出恶仆欺主的大龙凤。孤儿寡母被老仆鹊巢鸠占扫地出门……"

程子华问："白老板，那您现在手上的配方，是从哪儿传下来的？是那名恶仆吗？"

摇了摇头，白可明道："怎么说人逼急了什么事都做得出来呢？那位被赶出去的老夫人还留着一手，儿子不争气，她就把儿子赶进了城做工，自个儿顶门立柱地开了一家新的白玉螺坊，而且就跟今天一样，坦荡荡地敞开了大门让客人看着自己制作的过程。这样一来，老仆手里的方子就不值钱了，加上之前鹊巢鸠占本来就不占理，那老仆急火攻心，一病死了。老夫人报了大仇，却也失去了白玉螺的独门秘方，只好做个普通工匠，守着夺回来的家业平淡过了一辈子……传了十几代人之后，也就泯然众人了。"

麦希明轻叹道："富不过三代，穷不过五代……也算是善始善终。那么，白玉螺后来又是怎么式微到如今只剩下您独此一家的？"

"独此一家？"白可明重复了一遍，笑着摇摇头，"麦总，您这话就大错特错了。那黄沙岛上，上到八十老人，下到三岁小儿，人人都会说几句做白玉螺的口诀！小学课堂上的自然科学课上就有工艺流程说明！差不多我这个年纪的人，也都多少懂一点，只要有人组织起来稍为培训，就可以上岗。为什么没有人做？还不是因为没有市场？统共市场也就那么一丁点大，现在我家占了，别家犯不着跟我抢饭吃，就做别的事去咯……螺藻是生嫩东西，一般来说四十八小时之后就能吃了，不是很酸，带着淡淡的水生味。第四天是最佳时间……早先那逢四逢九出船的时间节点也是来源于此。"

以为来不及尝试新鲜白玉螺的滋味，正在失望间，白可明却道可以把今晚演示用的白玉螺带走，程子华和麦希明又惊又喜。特别是程子华，他在本地有实验室，可以充分地研究这些白玉螺了，笑得跟一朵花似的。

徐师傅变戏法般取来一段红尼龙绳，把圆咕隆咚的坛子放在一个四耳篮内，红绳在篮耳上灵巧穿插："好了！"稳稳当当提起来。白可明亲手把坛子交给麦希明，说："回去之后避光保存。"

程子华问:"白老板,这个工厂只是生产一样产品,且产量还不大,是不是太亏本了?"

白可明笑着说:"程总监问得好……白玉螺之外,还有别的几样产品发卖。这样才能勉强持平。做白玉螺,说真的,一开始也就是个情怀……毕竟市区里也还有一些像肥佬那样的饭店需要我们供货。如果你们要货的话,我可以给你们个熟人价的。"

这时林佳茵指了指那块大萤石,说:"我们能过去参观一下吗?"

得到了白可明的同意之后,大家向着那块萤石走去,麦希明跟白可明交换了名片,商议定了之后专人联系的事情。白可明和麦希明压低声音讨论正事的时候,林小麦和林佳茵、程子华已来到了萤石前面,仰起头细细欣赏上面的浅浮雕。只见第一幅画上就是一群人挽起裤腿在河边拔片片螺藻,远处依稀可见高耸山峦,程子华不由得脱口而出:"背山面河,好一个世外桃源啊!"

林佳茵忍不住笑了:"老板,对于你们有钱人来说,是世外桃源。对于世世代代生活在那里的人来说,是巴不得早日逃离的穷山恶水!野生的片片螺藻看起来好小,你看……叶片看起来也不是很丰腴的模样。我有理由怀疑,最早的这些螺藻,说不准没有现在龟池里出来的那么肥美。"

林小麦说:"是这么个道理……"

她比比画画地说着,麦希明听完之后忍不住就笑了:"食物里倒也有些追求干硬韧性口感的。我和子华曾经在北欧的苔原上吃过一种地衣料理,用粉彩甘蓝卷十三种地衣,蘸鱼汁食用。地衣的口感就是干干韧韧的,像某种饼干……"

林小麦惊讶地问道:"那好吃吗?"

程子华耸耸肩,摊开两手:"别有风味,是一种有趣的尝试。"

林佳茵忍不住"哈"了一声,说:"老板,不好吃就直说嘛。"

程子华很认真地说:"那又不至于不好吃,确然很有特色。厨师为了收集食材花了很大的功夫,灵感来自《呼啸山庄》里怪风啸叫的荒原。有创意，有特色，有诚意，味道的调和，也做了充分融合，哪怕不符合我个人口味，那仍旧不失为好的料理。就好比说臭豆腐，我也从来不吃啊，可路边的小姑娘小伙子，不也吃得满嘴是油？"

"噢——"林小麦心有戚戚焉地表示赞同，"我也不喜欢黑色那种臭豆腐。反倒是江浙口味的臭干子，你一定得尝尝，闻着臭，吃着一包汁水，精华在于他们的辣汁。入口不怎么辣，后劲儿足足的，越嚼越香。只可惜我们粤地极少见。闻说是水土不一样，做不出那种豆腐来。"

边聊边参观，浮雕上的画面和工坊内的步骤差不离大同小异，看到最后，林小麦"咦"了一声，指着上面一个步骤道："这地方有古怪。那是一种什么果子？"

一问，原来是一种叫作"矮脚莓"的野果，古法用来取酸的。如今白可明却换了用米醋来制作。他自觉无甚不妥，程子华却大摇其头："不对，老板，不对。做戏做全套，果酸和醋酸，又是完全不一样的东西……你可以试试用别的树莓科来代替。完全用了醋酸，却是不妥……"

一席话，倒是说得白可明深思下来。

保安室里，正在泡第二道熟普的二舅和肥仔健，迎来了参观完毕从厂区内鱼贯而出的麦希明等一行四人。二舅很高兴，站起身大声招呼大家，而且一定要请大家吃消夜。恭敬不如从命，程子华高兴地搀掇着麦希明，一直说要去。麦希明也就答应了。在工厂门口和白可明道了别，麦希明看着街景，忽然面露微笑："虽然已经不是第一次了，但每次看到临近晚上十二点了还这么多人穿着拖鞋大裤衩在大马路上晃来晃去，我就觉得……还是国内的治安好。"

看着林家双姝一脸蒙地看着大老板，程子华扶了扶眼镜，说："这点确实国内完爆国外任何一个国家……其实有件事你们不清楚，早在两年前我们已经在做回国发展的计划了。那时候我们还雇了一位顾问，谁知道那天晚上稍微晚了一点下班就出事了。陈顾问穿过地下通道的时候被人打了，头部受到了重击，幸好及时交出了身上的财物才算是捡回一条命……等到送去医院的时候,问他案发过程也说不清楚,脑子已经打出轻微脑震荡了。就出于这个缘故,他也没办法继续工作,项目才搁浅到今天……"

林佳茵和林小麦交换了个眼神,都是一脸震惊。

程子华微微一笑,似乎是自言自语,又似乎是说给她们听一般低声嘟哝:"来这儿之前……我从来不相信半夜十二点能够不带枪走在街道上……"

第二十三章　霸王升出，食材有记

检查过了林茂的各项数据指标，医生对守在病床旁边的林小麦说："现在你爸爸虽然已经可以说话了，但还是不太理想。你要多跟你爸聊聊天说说话，刺激下他的语言功能，这样会比较有利于他恢复。其他的运动功能康复理疗照旧就行，这段时间是康复关键期，辛苦点。"

医生说一句，林小麦答应一句，简单几句交代过后，医生领着查房大军离开了病房，没过多久轮班的林佳茵带着瓶瓶罐罐也来到了："姐姐，我给你打包了粥，你快趁热吃。七婶帮我们煲了宽筋草鸡血藤的汤，宽筋活血的，我来喂爸爸喝汤……"

一扭过脸，看到病床上林茂对着自己笑，林佳茵也笑了："嘿，老爸，早啊！"

林茂含含糊糊地说："早……早……"

林小麦说："老爸，等会儿喝过了汤，我们带你出去晒太阳好不好？"

很是吃力地想做出点头动作，林茂却只能僵硬地微微摆动脑袋。

林佳茵一边喂汤，一边说："姐姐，你有没有发现，那天晚上拜访完明明零食加工厂之后，两个老板就消停下来了，也没有新任务给我们了。我听说，你们那边找的几家做早餐的，有的直接拒绝加入，有的就算加入，开出来的条件也够呛……出师不利，老板会不会打退堂鼓？"

林小麦说："我觉得吧，老板不是那么容易放弃的人。听说当年他们家也是赤手空拳打出来的江山，他自己也是参加了创业过程的，不是简单的富二代。他跟我说过，万事开头难，他早就做好了相应的心理准备，反而让我多找几个人家来备选。只不过，洋城虽大，能够符合他们挑剔要求的，着实不多。"

看到林茂皱了皱眉头，林佳茵察言观色，再喂下一勺的时候先轻轻吹了吹勺子里的汤，再送到林茂唇边，林茂舒服地把汤咽了下去。"你这么说我就放心了！我也不是说那么容易对人没信心啦……总监看起来呆里呆气，实际上也蛮有料，各种生僻的食材食物，都能说出个一二来。别的不说，光是为了一口吃的跑遍全世界，有钱是真有钱，执着也是真执着，只是……只是……"

林小麦跟着把话接了下去："只是你总得听我说一句，对不对？"

林佳茵笑了笑，没再说话，专心喂林茂喝汤。

忙好了病房里的事情，借来了轮椅，姐妹两个合力把林茂抬到了轮椅上。三个人到了电梯门口，恰好电梯门打开了，只见麦希明从电梯里走了出来，一脸惊讶。他的身后，程子华拿着个果篮，下意识地扶住了眼镜……林小麦迅速回过神来，说："老板，这么巧啊？"

林茂眼睛定定地看着麦希明，麦希明对他微微一躬身，首先问了好，才又直起身子，对林小麦说："是啊……好巧。我们是打算来看看茂叔的，没想到你们也在。你们这是打算去哪儿呢？是要做什么理疗，还是要做检查？"林小麦摇了摇头说："不……我们这是准备带爸爸到楼下晒晒太阳，透透风……"

另一边，林佳茵接过了程子华递过来的果篮，笑着道谢。林小麦对林茂说："爸，这是我老板，这位是程总监。有客人来，我们就不出去了，回病房里去聊聊天，我削个苹果给你吃，好不好？"努力做了个点头动作，林茂极为微弱地说："好……"

大家回到了病房……

从公事包里取出一个信封，麦希明双手捧着递给她们："按照公司规定……员工直系亲属生病了是有慰问金的。这是茂叔的慰问金，请收下……"程子华指了指道："还有，记得签字。"在随信封一起递过来的签领表上工工整整签下自己的名字，林小麦让林佳茵跟林茂细细解释，她自己把表格交还麦希明，道："真是太感谢公司上下的关心了。喏……今天老板很忙吧？会不会很耽误时间？"摇了摇头，麦希明说："不会，本来就是专门安排出来探望茂叔的。"

林小麦说："那多不好意思啊。那天回来之后，还有很多资料要整理的，结果还得占用你的时间……其实回来之后，我也想过。二舅说得对，好竹出好笋，光是有好的工艺还不行，得有好的原材料才行。也不知道白老板那边有没有采纳程总监的意见……"斜对角飘来程子华的声音："你放心好了，白老板才联系我们，对我们表示感谢呢。他说在当地找到了好几种可以代替矮脚莓的莓果品种，正打算逐样试。他送给我们的样品也开坛试味了，风味很理想。没有问题的话，就能够带过去杀回马枪了！"

林佳茵惊讶道："老板可以啊，回来这才多点时间，就连回马枪都会用了！"程子华扶了扶眼镜，说："嘿，我是很有语言天赋的……别扯远了。但现在公司确实需要懂分辨原材料的人才啊。真的是，关关难过关关过，这游戏越来越有意思了。"

听了程子华的话，林小麦很赞同地连连点头："程总监说得在理，爸爸从前也一直在教我们选料的重要性，只可惜，我们家做的是牛腩粉，选粉选腩选牛肉选香料……一句话说全了，粉店经营相关的，我们满打满算，也就有七八分火候。再要说别的……真的没有那个金刚钻，不敢揽这个瓷器活儿……"

麦希明说："你别急。办法是人想出来的……"

正要说几句什么话转移话题，从他进门开始，就盯着他的林茂忽然开口了："麦……麦……姓……麦……"看到林茂憋红了脸，却越发说不出话来，林小麦忙凑上前，一边安抚地轻拍林茂，一边说："爸，我在呢。"林茂眼珠子一斜，盯着她，说："小……麦……他……好……像……"林小麦侧过耳朵，对着林茂嘴巴："爸爸，我听着呢，你有什么要跟我们说吗？"早就站起身来，微微躬身面对着林茂，麦希明放低声音缓声说："茂叔，别急，有话慢慢说。"

眼珠子又从小麦身上，转回到麦希明身上，林茂呼地吐出一口长气,说:"家里,我房间,柜子,第一格……"

………………

回到家里,林小麦拿出钥匙打开林茂反锁着的房间门。麦希明跟在她身后走进房间,见房间里光线昏暗,径直走到窗边往两边拉开窗帘。昏暗的房间顿时变得明亮起来,林小麦拿着钥匙,打开了林茂床头写字台第一格抽屉。

她低声嘀咕道:"爸爸从来不让我们翻这个书桌里的东西,小时候他每天算账,然后把现金也是放这个抽屉里的,攒得差不多了就拿去银行存定期。我看过爸爸数钱放钱,就是不知道里面还装了啥……"

麦希明到客厅里搬来一张四脚凳,坐在林小麦身边看她翻找林茂的抽屉,忽然"哈"的一声,顺着他的视线,林小麦也发现了抽屉深处一个物件儿,她摸了出来。入手又重又凉,竟是一个纯铜的,把玩得起了包浆的物件。底下隐约可见"嘉庆""铜盆森"等字样,这东西有年头了,来路不明。

把手指伸进物件里面摸了摸,林小麦打开台灯,放到台灯下看:"里面好多道线,看起来是刻度。嗯……这东西里面底部有字……写着……霸王升?"眼看着林小麦眯着眼睛对着那霸王升一惊一乍的,麦希明拉着椅子坐近了些:"能给我看看吗?"

林小麦递给他:"给。我想起来了,这是一种标准量器,家里开粉店的,自己磨浆做粉的,都会备一个。不过,我从来没有见过做工这么精致的量器,所以一时半会儿没认出来。"

接过霸王升在手里观察把玩,麦希明问:"为什么叫霸王升?"

林小麦说:"从前文盲很多,特别是做勤行的,基本上大字不识一个。煮东西又需要看分量啊,所以就做这种标准的量器出来,一开始叫作'量天尺',后来发现有一种攀缘在悬崖上的花,也叫'量天尺',量天尺花又叫霸王花,就把霸王花的名字挪到了这家伙什上来,换了个更加霸气的名字,叫霸王升。有了霸王升,只要教会弟子们看线下料,各步骤记得滚瓜烂熟,就能够差不离地出师了。"

麦希明微微点头道:"这也算是个聪明办法……虽说是填鸭式的死记硬背……但要是遇到笨点儿的,不就传不齐整了吗?"

轻轻叹了口气,林小麦说:"谁说不是呢?"

她把台灯往抽屉上方拽了拽,让台灯灯光更好地照到抽屉里面,越过两捆捆得整整齐齐的票据钞票,林小麦又有了新发现:一个本子。她把本子拿了出来,红色的胶皮,中间插了不少加页,书脊处用针线加固过——是林茂的针线。翻开扉页,上面写了一行字"为人民服务",这本子年纪看着比林小麦还要大,歪歪斜斜地写着三个二简字:食材记。

麦希明说:"食材记,是记什么的?"

林小麦又翻开一页,说:"字面意义来看,是记录食材的吧。我们家也有惯常合作的进货商,你看看,第一页就是了,陈记牛肉,地址在青萝大市场,北街102档,电话号码……下面是另一家牛肉,这家姓叶的,牛肉没有陈记新鲜,但他能弄到一些稀罕东西,牛杂是最上等的。

"原本我们家是不认识这种十万大山里养牛的人的,是有段时间,我家这边来了一档卖牛杂的流动摊贩,每天下午四点多来开档,卖两个小时。老爸见他一个外地人在本地讨生活不容易,正好那个时候我们家不开门做生意,就让他在屋檐下做生意,算是有个遮风挡雨的地方。投桃报李,牛杂档的梁大叔就把这家牛杂商介绍过来了。后来做了两年,他生意做大了,就回老家入室经营了,偶尔还会寄些土特产过来。"

林小麦又翻过一页,忽地"咦"了一声,说:"不对啊……这记录的是什么?北艮村,密植白玉瓜、紫皮脆豆角,梁四,电话号码……住址是北艮村北约三街64号,不是梁伯家后面两条巷子吗?"

笔记本的纸页上,分门别类地记载着各种资料、荤腥蔬果、调味菜、调味料,每一样东西后面,简单写着该样原料的特性、姓名、地址、电话。麦希明眼珠子上下飞快滑动着,恍然道:"林小麦，这本就是茂叔要给我们的东西！刚才我们在讨论原材料的时候，他那反应眼看着就激烈起来，然后让我们回来找……就是要找这本笔记本啊。真没想到茂叔这么有心，做了这么多的笔记！"

他兴奋地一把抓住林小麦的手："真的就是——踏破铁鞋无觅处，得来全不费工夫！林小麦，你是我们公司最大的贵人啊！"

兴奋之下，麦希明忘形了，等看到女孩羞红的脸，对上那欲说还休的视线，他才猛地惊觉起来，赶紧放下那双柔软中带着些许粗糙的小手，讪讪地别过脸去……

……………

谁知道，他们还是高兴得太早。

等林小麦和麦希明兴冲冲赶到墩河大市场门口时，一排湛蓝铁围栏，围栏内的挖掘机正在忙碌作业，看了看斗大的"施工重地闲人免进"八个大字，麦希明很是失望地撇了撇嘴……出师不利，这第一家干制海鲛皮的商号，就这么无声无息地消失在日新月异的都市建设那滚滚洪流中……

海鲛皮干吊汤鲜美无比，不少懂行的面馆粉馆汤底都得用它。它如同达摩克利斯之剑，要是用不好，反而透出一股油腥味。林茂特意在食材笔记里记下了这家地址，只有一个昵称"峻哥"……这整个市场都没了，怕是难找。

麦希明想了一想，说："市区里没有的话，郊区有没有？近郊没有的话，海边有没有？办法总比困难多嘛。"

低着头飞快地翻着笔记本，林小麦发现，还真有。但那地方在海边，叫龙巢岛。是最近十年才并区入市，并入洋城区域内的。从行政上来讲，属于洋城的一个区，实际上离我们这儿有八十多公里，一来一回不堵车也得两个小时。

正是因为有了龙巢岛，洋城才算是有了真正意义上的优秀深水港。

听见她这么说，麦希明才道："那行吧，我们明天去。你把家里的事情安排好然后跟我出趟短差。"

始终还是不甘心，林小麦说："一家店在市场里开了几十年，不可能不认识周围的街坊邻里的。我去打听打听，说不定有什么消息呢。"趁着工地大门没关，她一个箭步冲到保安亭那里，问那保安："大叔，请问这个市场是拆了还是改造？这里头的商户都安置到哪儿去了？"保安扭过脸，冷漠道："拆了！我怎么知道他们搬到哪里了？一拆迁就发达，拿了赔偿款还不走人？回家叹世界啦！"

碰了一鼻子灰，林小麦绾了绾头发，仍旧礼貌地道了谢，转身却看到麦希明人不见了。身后保安说："和你一起来的那个靓仔去了绿化带后面的糖水铺啦，那个糖水铺一直在开的，你想要找谁，问问老板娘说不定还清楚！"

林小麦喜出望外，大声说："谢谢保安大叔！"

迈开腿朝着那间"绿豆"糖水铺走去，才刚进门，就见到唯一的客人麦希明坐在进门第一张桌子后面。麦希明把一杯冒着凉气的红豆冰朝林小麦面前推了推，林小麦才刚说了声"谢谢"，胖乎乎扎着围裙的短发老板娘一掀内厨帘子，双手端着一个托盘，里面放着青瓷小碗和白瓷碟子，走出来了："靓仔，你要的龟苓膏加蜜糖和枨果肠粉。"

仍旧把枨果肠粉往林小麦面前推了推，剩下的龟苓膏才是麦希明自己的，他很有礼貌地轻声细语道："谢谢老板娘……苦楝树蜜，现在很少有了。老板娘这儿有好东西啊。"

老板娘笑得两只眼睛眯得弯弯的，露出雪白牙齿："苦楝树蜜能解百毒，味道上又正好能够调和龟苓膏的微苦，是我们老家那边的绝配……这一层也是很少有人知，是靓仔你识货啦。"

看了看收银台上纸皮手书"有蜂蜜卖"四个字，问明了是老板娘家里自产的，麦希明一口气要了四罐蜂蜜，顺便打听起海鲛皮传人的事情。老板娘果然道："认识啊，在市场里开档口的嘛……夏天的时候经常叫我家糖水外卖的。他们那种生意很少见，听说都是做酒楼食肆生意，三年不开张，开张吃三年那种。那会儿我崽绞肚子，天天哭，人又小，不听话，我们又没有钱去医院，还是峻哥送了我们一张不知道什么东西的皮，砍成小块炖熟，混上虾钳草蜜给我崽吃了，才吃了两天就好了。后来我才知道，那是一条海里长了十二年的大刺豚的皮！有钱都买不到！我崽吃完了那张皮之后，肠胃可好了，现在长得比我高两个头啦。"

林小麦留神听着，笑着说："既然家里是跟海货打交道的，自然有门路找这些奇奇怪怪的东西……也是难得的缘分哦。"

"是啊，"老板娘眼底闪过一丝凄凉，叹了口气，说，"本来他说好了，等这边的商住一体项目落地之后，仍旧搬回来。也是注定的，就撤场那天，他遭到了意外，人没了。可怜他老婆年纪轻轻，小孩也才没多大，那个惨啊！"

猝不及防听到这个坏消息，麦希明和林小麦顿时一起陷入沉默。看了看他们两个的脸色，老板娘"呸""呸"两声，说："大吉利市，大吉利市。两位老板，我还有事要忙，你们慢慢吃，还需要加点什么，尽管吩咐啊！"

一边说着，老板娘一边转身进了内厨。

…………

回到车上，闻着装蜂蜜的袋子里隐隐约约飘出来的香甜味，林小麦拿出那个本子，在峻哥那一页后面备注上："鲛皮峻，已故……绿豆糖水店，有虾钳草蜜卖，味清芳。地址，墩河市场西区外1002号地铺，联系电话……"

看着她摸出一张老板娘放在收银台旁边的外卖单子，逐字逐句登记，麦希明轻轻叩了叩方向盘，说："既然你拿了资料，就不急在这一时补充了。"

林小麦说："如果是普通的乡下农家花蜜也就罢了，可虾钳草就不同了。那种草看起来毫不起眼的样子，实际上用来解疮毒有奇效。虾钳草蜜也有如此效果，用来兑了牛奶涂痘痘，比好多面膜都好用……我前几年高考脑门上长了好多痘痘，我同桌教我的。"

看了一眼她光洁的皮肤，麦希明收回了目光，眼睛平视前方专心开车："那你先记下来吧。这算不算是应了那句老话，失之东隅得之桑榆？"林小麦忍不住笑了笑，说："你这样说也没错。"

看了看天色，又看了看时间，麦希明说："龙巢岛……"

早就打开了地图应用，定位都给设置好了，林小麦把自己手机竖着往驾驶座斜前方一放，说："我就知道老板你今天不去一趟是不会死心的了。定位红林村，我们先过去看看。如果摸门钉的话，就熬夜回来咯！"

就算一路顺顺利利，来到龙巢岛上，也已日暮西垂，一下高速车头转了个方向，只见海面上金光粼粼，几千上百个渔排在海面上横平竖直地立着，麦希明顺手取出太阳镜戴上，一边平稳驾驶一边说："这是浅海养殖吧，都有什么品种？"

林小麦说："石斑、龙虾、梭子蟹，都有。这儿还有万亩蚝田，专门为蚝油厂输送原材料。这个地方相传是珠龙游入大海时歇息之地，整个岛的形状又像一个窝，所以得了这么个名字。传说归传说，从科学角度来看，它恰好在咸淡水交界处，且一边有天然海湾和红树林，正是产海鲜的好地方。不光产海鲜，岛上还有河流，有鱼塘，还出淡水水产……也就是现在还没开发起来，如果开发起来的话，不出十年，定是一个旅游旺地。"

麦希明有些不以为然地："姑娘，你怎么老把开发挂在嘴边呢……过度开发，不一定是好事啊。远的不说，你就看看刚才那个墩河市场，如果不是出了大拆大建那事儿，鲛皮峻也不会英年早逝。就这么着消失了一门手艺，还是悄无声息的，你不觉得很可惜？"

轻轻摇了摇食指，林小麦严肃起来："峻哥那件事确实很不幸。但是用孤例来举证发展不好，就偏颇啦。发展是必须发展的，我们穷了太久了，好不容易这几十年追上来，不光要发展，还要发展得越来越好。发展和环境是共存的。你回来是不是一直待在洋城？"

麦希明想了想，说："也有去一些东部城市拜访故旧朋友，就那几个一线城市呗。"

林小麦笑道："我大学有一门选修课，是环境治理的。除了学做复杂的环保指标计算模型之外，课上讲师也给我们讲了一些环境的事……比如说，退耕还林退耕还草，如今好多地方啊，沙漠变成绿洲了。又比如说，每年一度的休渔期，让很多江河湖海恢复了生态。如果国家没有钱，饭都吃不饱，哪儿来这样折腾的底气？"

前方红绿灯，麦希明看了看地图，打灯变线等待左转，用眼角余光瞥了一眼林小麦，说："靓女，不用这么严肃吧……"林小麦调整了一下坐姿，笑眯眯道："就当我给国际友人多介绍了两嘴？"

红灯转绿，麦希明边左转边说："我听程子华吐槽说你妹妹嘴巴厉害，我看……林佳茵应该是跟着你学的吧？"

林小麦恢复温和模样，笑容无害："不是不是，老板你说了算。前方300米处左拐，小路直接到海边去。我们先去鲛皮厂看看吧。能够叫厂的地方，规模应当小不了。老板姓王，叫王海明……一看就是海边人的名字啊。"

注意力被她絮絮叨叨转移过去，麦希明听到这里，忍不住问："你还知道他是海边人？"

林小麦说："很简单，海边人特别喜欢用'海'和'洋'做名字。如果是河边的，就很多用'江''航'做名字。我从前有个同学，名字叫周航，就是江边人。他妈妈生他的时候，恰好有一条船经过医院，发出了一声长长的鸣笛，给他起了这么个名字。"

麦希明顺口问："那你的名字为什么要叫小麦？粤地可不是小麦产区……"

话音未落，小麦忽然坐直了身子，指着前方，眼睛发亮："看到了，那个路牌……'大浪鲛皮'，联系人王先生，电话就是他的……前行一公里。老板，转弯！"

……………

第二十四章　龙巢岛上，金鲛皮干

先是关公巡城，后是韩信点兵，茶过三巡，王老板略带几分得意地对陈海辉说："阿辉，你看看，我没有介绍错人吧？麦总和林小姐，都是闻多见广，知味晓吃的识家。林小姐和我侄子大洋是同学，刚才来到我店里，指名道姓要吃九门鱼卷，我就知道她不简单了……他们想要来找靓干鲛皮，你有什么压仓底的好货，别藏着掖着，都拿出来亮一下相！他们时间不多，坐一会儿就要去鱼码头看鲜货了！"

微微惊讶地再看了麦希明一眼，见麦希明落落大方地点了点头，陈海辉道："不知道麦总是做哪一行的？"

麦希明就跟他们介绍了公司业务范围，言谈之间很是简明扼要。林小麦在旁边见缝插针地做一些补充，二人之间配合已颇为默契。末了，麦希明看着听得入了神的王老板和陈海辉说："目前我们重点是抓传统早餐整合加入的项目，除了手艺、工具，还必须有好的原材料。只是我们运气方面似乎稍有欠缺，就是这一道干鲛皮，您这儿已经是我们寻访的第三家了，才算是见着了真君。"

轻轻呷了口老树熟普，陈海辉琥珀色的眼底闪过一丝光芒，说："麦总诚心，让人感动……你们也看到了，其实我这儿的主业并不是干鲛皮，利润太薄啦，根本撑不下去。我的干鲛皮倒是按照传统方法来制作的，如果你们不嫌弃的话……就先看看货？"

麦希明欣然答允："好啊。"

林小麦这时忽然插话道："陈总，能不能直接看你柜子里的这几张皮？"

陈海辉一怔，说："我刚才好像已经说过了，这几张是非卖品。"

站起身来，指着玻璃柜下面的双扇门实木柜，林小麦说："凤翅镇蛟龙……玻璃柜里的鲛皮固然是年头老，成色好，有纪念意义，是上等好货，但那干鲛皮其实是感光之物，被光照得厉害，反而会氧化……所以，讲究避光保存，通风透气。我从刚才进门开始，就闻到这个鸡翅木柜子里隐约传出一股海腥气，应该藏着满满一柜子，上等干鲛皮？"

骤然变得安静的屋子里，林小麦保持平静，看着满眼震惊的陈海辉。陈海辉定了定神，朝着林小麦比了个大拇哥："果然是识家……你们家是不是也曾经料理过干鲛皮？"

林小麦嘴角边始终泛着一丝笑意，其实，她是没吃过猪肉但见过猪跑。阿壹云吞也好，松针面也好，都离不了它。她曾经见过收藏干鲛皮的鸡翅木匣子，约莫也就尺把长，半尺宽，匣子内厚厚包了油纸，为防干鲛皮香味走散。但像陈海辉这么豪横，也是第一次见！

在腰间取出一把古色古香的铜钥匙，陈海辉蹲在鸡翅木箱前面，轻轻掀开一块活板，用钥匙轻轻捅开了同样造型古怪的锁头，从柜里取出一本线装书似的物件来，书脊书封标签一应俱全，打开数层复合纸粘在一起的厚封皮，里面挖空了的内层藏着一张张干鲛皮，王老板垂目凝视，眼神温柔，微笑着赞叹道："从古籍保存的法子里学到干鲛皮保存方法……从前天后庙的老庙祝就是用这法子来保存的。后来有了冰箱，大家图方便，都用旧报纸捆捆塞冰箱里算了。但冰箱其实极容易流失风味，不及这样自然阴干。"

陈海辉说："以前我也不懂这个方法，有个学霸发小帮我复原出来。我觉得很好用，就宁愿麻烦一些了。你们看我这干鲛皮的成色如何？"

只见他手中轻如无物一般，平平托着一张金灿灿的物件儿。众人看得分明，惊呼："金鲛皮！"

陈海辉笑道："竹纸能使鲛变金。有打火机吗？"

王老板从裤兜里摸出一个路边小超市卖的那种一块钱的一次性打火机来，递给他。接过打火机，从鱼皮上掰下一小点边角，陈海辉小心翼翼地燎了一下那鱼皮，伴随着火烧毛发般的轻微声响，空气中弥漫起一股蛋白质烤熟的焦香,林小麦嗅了嗅鼻子,说:"不对啊,怎么后面会跟着草木的香味?又带着点甜脆感……"

陈海辉笑得更欢了:"鲛皮用竹纸藏的时间足够长之后,水分尽失,越发耐存储之余,还会沾上草木清香。用来吊汤底,滋味复杂悠长,除了海腥鲜之外,还带清气。老王,你还老说我的东西贵,你自己今天是亲眼看到了,值不值那个价?"

王老板喜得眉开眼笑,点头不已。麦希明问:"陈总,我可以拿来看看吗?"

"当然可以。"

把那张薄薄的鱼皮拿在手里,麦希明的眼睛惊讶得微微一睁。

好轻!

干鲛皮放的时间越长,随着水分流失,就会越来越轻。真的是熬汤至宝!

王老板跟陈海辉耳语完毕,开始往下拿各式的鱼皮、鱼干、鱼肚等物,归置成堆。陈海辉随手拿起茶桌上的计算器,飞快地摁下一连串数字,计算器电子音大声报起数来。原来王老板也没白跑,趁机给自己的食肆进好货呢。做完了生意,陈海辉忽然对麦希明说:"麦总,既然来了,要不要干脆试试味,把这个金鲛皮煮了?看过不为真,吃过方为实。就算不买也无所谓,就当交个朋友嘛。现在也差不多消夜时候了,吃点东西填填肚子,正好去鱼码头看人抢海货……"

好的海货,都得靠抢的。有一些有实力的酒楼,包起了小船,直接在渔港入口拦截渔船,有什么好东西,先下手为强。如此热闹景象,就算是不买,也值得一看。

林小麦感谢道:"我们知道了,谢谢陈老板提醒……不过,我比较想知道,这金鲛皮就这么吃,怎么个吃法?"

从她手中把金鲛皮拿过来,陈海辉不免考校起了林小麦,问她金鲛皮的做法。

林小麦说:"勤行勤行,全仗一个'勤'字。我爸几十年来,没怎么睡过囫囵觉,早上三点钟起来熬汤。晚上他睡得特别早,白天就见缝插针地睡点儿零碎觉,非常辛苦。他自己倒是说习惯了……做我们这些低成本餐饮的,做的是街坊生意,挣的是辛苦钱。

"大家也算是同行,我就不喊辛苦了。做餐饮,要时间,也要用料。我从小看到大的了,看我爸配料煮汤底,每年以四个时节为节点,春秋分、冬夏至,会有所调整汤料配比。

"说白了,牛腩粉到处都有,老街坊们天天来光顾,吃的,就是那么一点细节……汤底需要鲛皮,只在夏天那么一小段时间里,分量还不能多了,多了显腥。阿壹云吞家的汤底,倒是不惜本钱,鲛皮大把地放,还有大地鱼……只是不知道他老人家是不是在陈老板你这儿拿货了。"

陈海辉笑了起来,说:"以你的年纪来说,懂得真不少了。实操经验多一些,以后必定可以走更远。阿壹是不是在我这儿拿货不要紧……就冲你这一番见解,就值得试试我的味道。来,跟我走。"

店铺后面竟别有洞天,是个不到十平方米的小厨房,一边取下厚实的铁木砧板,这个地方是陈海辉的私人乐园,东西很齐全。林小麦目光落在陈海辉身上,眼里充满好奇,不知道他要怎么处理那块金鲛皮。不单她好奇,麦希明更是直接问出了声:"现在再发水已经来不及了,陈老板,你是打算干炸下酒吗?"

取出围裙穿上袖套,陈海辉说:"干炸也行啊。关键今晚没有酒,所以煮个急就章的好汤。"

也就是在磨刀石上正三反四抹了七八下的工夫,陈海辉已将一把牛耳尖刀磨得光可鉴人。刀过火鲛皮过水,麦希明看着陈海辉刀光如雨点般疾风骤雨落下,鲛皮已切成头发般粗细的丝,不禁叫了声好!陈海辉微笑着,气定神闲道:"做鲛皮怎能不亲力亲为?从我立志接手这间商行开始,就下了一番苦功夫去琢磨。三尺长的海鲛鱼,每天三箩筐,不收拾干净不许抬头,抬头歇一歇,师父的栗暴就落脑门上咯。从一开始就高要求,没有开膛破肚那说法,一根竹签子对准鱼嘴,三下就要掏干净鱼肚子,不许多不许少。怎么样？这就叫苦心人天不负了，任这些金鲛皮干似柴薄如纸，在我的快刀之下，也是如同切豆腐。"

自动自觉站在了打荷的位置，王老板拿出一个雪白碟子，装起了切好的鲛皮，笑着说："来，难得有机会，我给你打荷，你这是要做什么汤？"

陈海辉说："白天的时候，腐竹厂给我送来了好腐皮。做个'双雄会'吧。劳驾，打开柜子那个万字不到头的玻璃罐，里面有海米皮，再拿好元贝。元贝撕成细丝，和海米皮一比一，加上水，上笼蒸10分钟出高汤。"

依言照办，一把罐子拿到手，看着里面大半罐海米皮，王老板眼睛都亮了。陈海辉介绍，这是磷虾里的一个变种，在亚热带水域也能捕捞得到，找营养学家测过，营养特别丰富。可惜产量低，只有冬天才随着洋流到我们这边海域来。所以他就留着自己吃了。

随意抓了拳心大小的一团海米皮，又在旁边一个同款罐子里取出新鲜金黄的干贝，王老板啧啧道："好东西就留给自己……做人怎么可以这样？当然要叫上一帮兄弟来帮你吃掉啊。"

麦希明打开手机要拍摄，看到电池已经显示红色了，略一踌躇，手边多了个充电宝，他如获至宝接过来充上电，回过头去正好和林小麦目光对视，相视一笑。

稍微侧了侧身子，尽可能不影响到配合默契下厨的王老板和陈海辉，林小麦轻声道："新鲜腐皮在熬制豆浆的阶段，加上一点花生麸，那么做出来的腐皮就会特别香浓顺滑，而且久煮不烂。缺点就是不耐放……腐皮看着很便宜，实际上滋味鲜美，从前开始就是穷人补充营养的恩物。"

麦希明说："你知道国外的人觉得中餐最不可思议的是什么吗？"

林小麦摇摇头，麦希明说："他们觉得中餐最不可思议的，是可以把一切东西都做成食材。不止一个明星厨师跟我说过，他们引以为傲的创意食材，结果都沮丧地发现中餐早就有所应用了，很是打击他们的傲气。我就会安慰他们说……"

林小麦忍不住问:"安慰他们什么?"麦希明说:"安慰他们说,毕竟他们的国家满打满算才几百年历史,而我们,已经是一条活了几千年的巨龙了。"林小麦扑哧笑出声来:"老板,你犯得着那样戳人家肺管子么……"麦希明说:"喜欢美食的多半都好相处。也有一些细节狂,我认识一个在阿尔卑斯山下专门做奶酪的,他们家族生意经营已经二三百年历史了吧。他庄园里一种很名贵的黄丝缎奶酪口感就跟绸缎一般丝滑华丽,但产量极少,供不应求。恰好我跟他交情不错,有次闲聊问起,非得要用当地一种小母牛的初乳做原料。一盘黄丝缎奶酪22公斤,要用10升的牛奶。还要用盐水浸泡,而不是常用的直接兑盐的工艺……在没有牛初乳的年头,又或者缺盐的时候,他们索性——停产。"

林小麦惊讶道:"口感好,那味道怎么样?"麦希明说:"很好吃,余香满口。和白葡萄酒特别相配。此外还可以加热来制作鱼或者禽鸟的肉,都是风味十足的。"

说着说着,麦希明微笑:"说起来,倒是跟现在这股味道有一二分相似……陈老板不是在煮金鲛皮吗,怎么却闻到有淡淡的牛奶香味?"

细火微煎切好了的腐皮丝、鲛皮丝,色泽金黄松脆,倒入热气腾腾从蒸笼里取出的鲜汤,入锅就听见连串绵密的细碎声响,整锅汤渐渐泛起米白色的同时,睡醒了一般沸腾起来。小小的厨房里弥漫着扑鼻香味,滴入三两滴纯米吟酿,投入两星盐花,三两个步骤做完,陈海辉就关了火,把一锅牛乳般雪白的浓汤连汤带锅端上来。

王老板跟在陈海辉身后,手脚麻利地分碗筷汤勺,笑着说:"现在还不太饿,如果饿了的话,下个面条来吃就更加精彩了。剪一圈葱花进去,喷香……"

林小麦说:"现在已经很香了。"麦希明夹起一筷子鲛皮腐皮丝,煮软了身的双丝在他筷子尖上晃晃悠悠的,顾虑着什么,迟迟不下箸。王老板站在麦希明对面,也没有坐下,就这么连汤带水地舀了一碗喝得很是痛快,就这么一小碗汤下去的工夫,他那浑圆的鼻尖上已沁出一层细细的汗珠。王老板抬起头来看了麦希明一眼，笑了笑说："麦总顾虑也有道理……刚才我听您提起一道很珍贵的奶酪，叫什么丝绒来着？"

"黄丝缎奶酪。"

王老板说："对，对，黄丝缎奶酪。请问那种奶酪制作需要多长时间？"

麦希明眨了眨眼睛，回忆了一下，说："工厂里的人告诉我，要发酵两年吧。制作完成之后，奶酪表面会形成风干层，窖存时间可以非常久……噢，我明白了。我在参观奶酪工厂时，甚至直接用小旋刀挖取奶酪试味，那天我吃了十几种奶酪，不算最后正餐……最后也是活蹦乱跳，什么事情都没有。"

说着说着，麦希明自己都给笑了。嬉笑声中，麦希明细细咀嚼着金鲛皮丝，说："和想象中的不一样啊，很爽口。腐皮也很有嚼劲，越嚼越香……汤自然是很浓郁的风味。呵，王老板你说得对，我们现在这顿夜宵，有汤无主食，确实失了很多乐趣。"

陈海辉说："谁说没有主食？我是怕你们吃不下，所以没动我冰箱里的好东西。既然大家还能继续吃，那就再煮两味？"莫说麦希明欣然点头，就连林小麦，也大声附和赞成："好啊好啊。正好下半夜要去渔港，这会儿吃饱一点，等会儿有力气摸黑走路！"陈海辉"哈"了一声，说："靓女倒是不娇气。真是难得啊……倒是有几分我们海边女孩儿的气质。你是龙巢岛上的人吗？"林小麦摇了摇头："土生土长洋城人，春秋游爬的越秀山，写作文写的五层楼。除非跟着老爹小妹出门，不然打从幼儿园到大学毕业，没离开过老八区……"

陈海辉笑嘻嘻地说："有男朋友没有？没有的话考虑在这边找一个？我们海边的男人热情开朗，最重要的是对老婆好……个个都是潜力股，很值得入手的！"麦希明插嘴道："陈老板，别扯远了，刚才不是说吃的吗？要动作快点，去渔港犹在其次，这鲛皮汤凉了怕是有损风味……"

看了麦希明一眼，陈海辉笑容不减半点，说："明白明白。老板说话,立刻做到。说起来很简单,来来……'酒鬼快活油'伺候上——"麦希明和林小麦疑惑地异口同声,轻声重复道:"酒鬼快活油?"

不约而同地放下手中碗筷,重新凑到了灶前。陈海辉从橱柜里拿出一包米粉,搅拌挂浆,重新取一口干净铸铁锅烧热,打开一个油壶倒入里面泛着淡青色的清油。王老板眼睛冒光,笑嘻嘻地说:"自家小火熬制的葱油,家家户户配方都不一样,香味浓郁,最适宜做炸货。哪怕简单的油炸花生米,做出来也是格外香酥。酒鬼一看到没有不喜欢的,久而久之,就得了这么个雅号咯。"

只见陈海辉一双筷子在碗中不住搅拌,至米粉浓稠,又打入一个鸡蛋,撒些许葱末、盐花、糖末,等油温到七成时,以筷子打着旋儿把米粉浆随意抖入油锅中,整个油锅顿时欢快沸腾起来,哗啦啦地响作一团。伴随着"刺啦刺啦"的足以能让密集恐惧症患者身上冒三层鸡皮疙瘩的响声,陈海辉稳稳当当地扎起了马步,紧握着锅耳,使唤起哪吒大闹东海的手法,沉重的铸铁锅内,米浆在离心力作用下均匀地旋转着,渐渐地在沸腾的滚油中转得浑圆的模样。

眼神始终不离锅中吃食,陈海辉看到米饼已然成型,低声吆喝:"笊篱!"

"来了!"王老板早就站好了位置,伸手取下挂在墙上的笊篱,倒转手柄递给陈海辉。陈海辉一捞下去,只见米浆经过油炸,已经变成一个个浑圆的小米饼,散发着阵阵诱人的香气。很是满意地眯起眼睛笑了笑,陈海辉仰起下巴对着麦希明道:"需要调和点儿蘸水吗?"

麦希明欣然颔首:"好啊。"

陈海辉把满满一笊篱的米饼放在吸油纸铺面的白瓷大平盘上,残油撤了,动作麻利地重新炒了个泰式甜辣汁。

不等大家答应叫好,他大步子迈开,直奔院子,只看到外面手电筒的灯光晃了几晃,不过几分钟工夫,陈海辉去而复返,手里拿着两条尺来长的顶花带刺黄瓜,外加一把断茬儿还带着清香的肥大紫苏叶子。王老板来到门旁边,指着门外对二人道:"现在天黑了,看不真切,陈总这个后院,其实是菜园子。贴着墙那一面,套种着三种常吃的瓜菜……沿着楼梯往上走,还有一架酸倒牙的葡萄!"

王总话音未落,陈海辉不服气的声音晃悠悠地飘过来了:"王大叔,别以为我听不见。我那葡萄虽然酸,用来调和我的秘制海鲜大凉拌汁水,可是人人吃了都叫好!我家老娘拿着去市场里瞎凑热闹,竟然还有人出钱买呢……"

王老板笑了起来:"是是是,你厉害。快点吧,不然汤就真的凉透了,没法儿喝了!"

陈海辉大声说:"放心,要不了几分钟。"

用了猪油急火快炒的紫苏青瓜,简单得就像白纸上的铅笔画,偏生送入口中又香又爽口,带着三分嫩生生的口感,更加解腻。葱油香炸的米饼看着大吃着脆,入口即化,内里含着的米香混合葱香喷薄而出,满溢口腔。明明才吃过饭没多久,麦希明和林小麦还是不知不觉地吃了大半份。

再一次把筷子伸向米饼碟子,却发现碟子已经见了底,林小麦一愣,脸蛋上泛起一丝晕红,幸好天色昏暗无人留意。她悄悄地放下筷子,冷不防一抬头,却对上麦希明略带三分善意戏谑的目光,小麦的粉脸越发透红。就连王老板都发现了,提起嗓子叫道:"喂,有没有空调啊?快把空调打开啦……这小厨房里不通风,把人家靓女的脸都热红了……"

于是林小麦的脸,红得更加厉害了。

若无其事地放下手里的碗,麦希明抬起手腕看看表:"时间差不多了……打扰了您大半个晚上,还蹭了陈老板一顿夜宵。真的是多谢啦。接下来不打扰两位休息了,我们这就出发去码头。"

正常来说,渔船凌晨五点出海,晚上八点回港,无论刮风下雨,不管收获多少。而林小麦选这个点到鱼码头去,除了海潮的因素之外,还想要看传说中的"蝙蝠船"——这名字听着不太好听,实际上却是这一带独有的作业模式。林茂的笔记里写着,在夜半海潮暴涨的时候,专门有一种船逆流而出,去捉顺着潮水而来的大东西和贵东西。那种船船底涂着特殊涂料,能吸引夜视的海洋生物趋近,而人肉眼不能觉察,在夜色中来去自如,就像那日落而出、日出而歇的蝙蝠一般,所以得名叫"蝙蝠船"。

来都来了,她就想碰碰这个运气。

穿上王大叔送的塑胶底雨鞋,到了凌晨五点的鱼码头上。只见灯光如白昼,百舸归流,那石棉瓦大棚下,各色新鲜离水的海鲜打着氧,冰镇着,热闹非常。麦希明跟着林小麦穿梭其中,看到大红桶装着的辣螺,大蓝桶装着的长尾螺,堆积得如山一般高。只可惜传说中的蝙蝠船没能遇上,就算这样,也让麦希明对洋城丰茂的物产,有了一番新的认识……

从龙巢岛回来,很快就到了和秋姐签约的日子。

第二天上午十点整,麦希明换了一辆适合跑高速的好性能的车子,准时到达医院门口,接上了林家姐妹。家里、工作两边忙,两姐妹都瘦了,但精气神都很好。在车上补了一觉,新高速果然很快就到了目的地,下了高速,就换了林佳茵的导航。程子华看到林佳茵的目的地是行政服务中心,就说:"不对啊。他们不是要先去派出所吗?这么快办好了手续了?"

林佳茵自己也有些迷惑,说:"不知道。反正刚才我收到秋姐的信息,她说她现在在行政服务中心。"

林小麦就说:"现在很多工商程序都简化了,说不定不用迁户口也能够办分拆呢……再说了,秋姐的户口挂在村子里的话是一直有分红的。现在的农村户口,迁出容易迁入难,能够不迁也好啊!"

反正也不远,麦希明一脚油门,也就到了县主村所属的罗山镇坑口区行政服务中心大厅门口。在宽敞的广场停车场停好了车子,麦希明看着眼前崭新的行政服务中心,很是惊讶:"不是说这地方相当于县城吗?房子很新,设施也很好啊。"

林小麦脸上泛起自豪的笑容,说:"粤地的GDP,是可以跟欧美发达国家媲美的。厉害吧?"程子华看了一眼俩女孩的打扮,扶了扶眼镜:"既然有钱人多,怎么满大街的短袖拖鞋……包括你们二位,出来工作了,公司应该是有专门置装费的吧,也不添置两条品牌裙子?"

低头看了看自己身上的棉布小裙子,又看了看姐姐身上的知性风连衣裙,林佳茵说:"老板,你也不看看外面多大的太阳?穿得舒服不就行了?再说,你自个儿不也是越穿越休闲吗?"

用眼角的余光看了一眼穿着休闲衬衫和休闲裤子的程子华,麦希明嘴角不由得泛起一丝笑容。看着他笑了,程子华的脸也涨成了粉红色,翻了个白眼说:"那好,就把置装费扣下来了……"

林佳茵立刻就跟被马蜂蜇了似的高叫起来:"那怎么可以!公司规定的,你剥削啊!!"林小麦忽然扯了扯她:"秋姐他们出来了!怎么怨种似的脸面?是不是事情出波折了?我们快过去看看!"

等他们下了车赶过去,秋姐和她的大哥徐春娣都到了。徐春娣在本地经营一个食材园林场,经过秋姐介绍和麦希明考察,也成了他们的合作对象。但他们也有他们的麻烦,就是他们的弟弟徐冬不学好,协商无效之后,就要先把户口办理了拆分,也就是俗称的分家,然后才能跟立行集团签订合同。看到他们,徐春娣眼底闪过一抹愧疚,说:"今天还不能签合同,几位先请回吧。"秋姐叹气:"有人说话不算话,说好来办分家的,临门一脚又变卦。"

一边说,一边气呼呼地看向了身后趿拉着人字拖慢条斯理地从冷气大开的办事大厅里往外走的徐冬。看到了麦希明等人,徐冬的脸色也不好看,他说:"你们就那么急着来救灾脱贫啊?"

秋姐厉声道:"徐冬,你说啥呢!"

也是多亏这个点儿办事的人不多,这么些人堵在门口,也没有人来驱赶。徐冬扬起下巴,对他们说:"我们才是一家人,一家人,当然是要齐齐整整的了!当初我死鬼老窦咽气之前就千叮万嘱,让我们兄弟四个一定要团结一致!我想过了,为了区区几个钱伤兄弟姐妹和气,不值当……所以就先不分家了!"

林小麦顿时反应过来,扯了扯麦希明衣袖,低声道:"他这是要拖着!徐大哥园林场里的农产品,耽误了农时就只能烂在园子里面了……拖不起……"

徐冬却是听见了,视线越过了秋姐和徐春娣,看着他俩说:"喂,话可别说得那么难听啊!我从来不会逼人做事的,如果你们等不及,那要不然就按照我的价格来,做个一锤子买卖?"

听了徐冬报出来的数字,麦希明倒是没有什么动静,林佳茵跳起来:"你还不如去抢!"程子华扶了扶眼镜,皱着眉毛,说:"我们根本没有去你的厂子里考察过,从考察再到出报告,都需要时间……加上品质品控……"徐冬很嚣张地打断了他,笑着说:"如果你们动作慢,那就注定吃亏啦。市场嘛,从来都是快鱼吃慢鱼的!"

徐冬的笑声在门廊下回荡着,就跟蛤蟆叫似的,顿时激起了林家姐妹的怒意。示意程子华拉住她们两个,麦希明主动上前来,跟徐冬面对面站在一起,指了指身后停车场,说:"徐先生,你突然之间反悔,是不是那边两位主顾给了你什么承诺?"

随着他手指的方向,大家看到了一辆闪着金属漆颜色的黑色豪车停在停车场不远处。林佳茵看了一眼就认出来了:"是他们!"秋姐又惊又怒,一跺脚,声音都透着荒腔走板:"徐冬,我们徐家的人,什么时候当了别人走狗了?!"

徐冬没有否认:"对啊。曾总这边给出的价格,就是我刚才的价格。怎么样,价高者得,很合适吧?"

麦希明很是赞同地点了点头,说:"确实很合适。但你开的这个价格,我没办法答应你,不是我们出不起这个钱,而是你的园子厂子里面,没有值这么多钱的东西。我们的钱只能花在刀刃上,有些东西值得,我们可以不计成本;有些东西不值,那我一毛钱都不会花。"

一群人站在办事大厅前面说话,难免引人注目,这时,保安过来赶人了。众人无奈,只得进了办事大厅再说话。而车上的人,也不紧不慢地下了车,跟了过来。一边走,林佳茵一边压低声音对程子华说:"老板,我有个想法。现在八成是我们打乱了他们的阵脚,慌了。我敢赌一根黄瓜,他们原本也没打算出到徐冬那个价钱来买他的不知质量如何的厂子。"

程子华点头，眼底闪过一丝赞许："你说对了。我查了资料，这个姓曾的餐饮掮客，专门做低买高卖的勾当。这两年文化餐饮有利可图，他们就瞄准了进场，打算吃一水走人。至于徐家的产业，徐冬是个花架子，厂子园子里吃的还是老爸那时候打下来的老本。"

林佳茵问道："徐春娣的园林场占的份额不多啊，为什么还要咬死了？"程子华微微扬起下巴，说："占着市场呗……先以本伤人，占下来了，宁可烂掉都不给你吃。等你饿死了，定价权不就是在他手里了？"

三言两语之间，到了行政大厅角落坐下。林佳茵走在最后一个，自然而然地站到了林小麦身边，才站定，就听见麦希明的说话声传来："徐总，你喜欢一锤子买卖，我能理解。但是从来安乐养废人，我敢肯定如果你把所有产业卖给那边，不到一两年时间，徐家的品牌价值就会被蚕食殆尽，然后直接被人当成垃圾般扔掉。至于你到时候能不能继续当经理，就两说了。

"我们也不打算改变我们的合作方式……自主权在你手里，五年保底的价格，五年之后，盈利部分按照五五分成，但必须达到我们要求的品质。品牌带来的利润是复利，那力量排山倒海，并非区区几百万能够换到的。"

徐冬眼神乱闪，没有之前那么笃定了。徐春娣说："阿冬，你之前不是说，不会做烂徐家百年招牌的吗？我们旗下可是有十几个产品的，还不算原材料那部分。"

麦希明说："其实曾总那边不急，我也不急。但我想，你们园林场里的东西应该不太能等……特别是徐大哥场子里的东西，马上就要到时间了。之前推掉的买家现在再找回来也迟了，急着和曾总签合同的话……本来能够赚上百万的，现在也就只好仨瓜俩枣了。你说是不是这么个道理？"

徐冬梗着脖子，但是，眼神已经闪烁不定了。徐春娣很是愧疚地对麦希明说："你就是程总监口里的那位麦总吧？真是不好意思，你们千里迢迢地过来，让你们看了一场闹剧。如果……我是说，如果我们不分家，按照你说的那个合作模式来合作的话，可以吗？"

麦希明微微扬起下巴，说："前提是……"

徐春娣闻弦歌而知雅意地说："满足品控要求。我们能够做得到。"

徐冬怒道："大哥，我可不答应！我答应的是曾总那边……"

徐春娣道："那你先去跟他们确认，是不是一笔过付给我们钱？如果是的话，我们再谈。反正园子在我们手里，你为什么上赶着要做他们生意？是不是跟着他们多去了两晚会所，就不记得徐字怎么写了？"

腾地涨了大红脸，但徐冬还是梗着脖子说："大哥，反正我就是不分家了。你能奈我何？行了，我还很忙，先走了！告辞！！"

他转过身就走，果然，经过曾总身边时，他们两个人也跟着一起站起来。徐冬自然而然地落后了曾总半个身位，和瘦子两人簇拥着那曾总走了。徐春娣看着麦希明，叹了口气："唉，真是家门不幸……"

麦希明道："来都来了，干脆再去一次你们的园林场看看？"

仁面凭山绿，素馨满园开。回到徐春娣园林场内的麦希明和林小麦，再一次被那气势雄壮的勒杜鹃墙壁、道旁士兵似的仁面树、香气扑鼻的素馨花镇住了。秀丽的山水中，麦希明和林小麦绕道到了园林场的另一角，看着无数喷淋头朝天洒出一片柔和水雾，半空中出现了柔和虹光，林小麦情不自禁夸道："真美啊！"

这地方，从中药园改造而来，除了给秋姐的饭店供给蔬菜之外，还供给村子里的两家饭店，最大的大头是专供海外。一大片包心菜地，里面的菜直径比林小麦小臂还要长，饱满，浑圆。光是这种多肉圆菜，已经是能够在市场上乱打的品种。小小挫折，大家浑然没有当一回事。茶过三巡，反而因为那曾总的介入，越发有了同仇敌忾的精气神！！

…………

第二十五章　同行交流，行业峰会

阳光从窗户外照进来，照在林佳茵床上，她熟练地翻了个身，顺势一卷被子，把自己卷成了个蛹继续睡。林小麦一身洗面奶香味地从门外走进来，伸脚踩住林佳茵屁股的位置："起床了！"

被子往上拱了一拱，林佳茵拉起被子捂着脑袋，说："让我多睡一会儿嘛……"

林小麦说："要去医院了。快点，晚了会堵车。"

把林佳茵拽起床，看着她眯着眼睛梦游似的去了洗手间，林小麦重新把松脱了的丸子头扎扎好，挽起袖子下了楼。等林佳茵把自己捯饬干净，林小麦把汤准备好了。到了医院门口，医院斜对面一处新开的肠粉店花篮仍在，红绸半挂，顿时勾起了林佳茵的好奇心，她扯着林小麦胳膊说："姐姐，那边有新开的店，我们去试一试？"

这个林佳茵是越发像她老板了，看到什么新店有特色的都想要尝尝！

新开的店子，是简约的INS风格①，林小麦捋了捋头发，说："厨房里有石磨，酱油香味闻着也地道。在医院门口做的是病人生意，薄利多销，应该是不会差的。"

谁承想，这道肠粉，却是粉质软烂，口感烂糊，完全不能入口。姐妹两个对望一眼，都是脸色一沉。不动声色地走出门外，一讨论，果然想法一样——明显是预制品的粉再加上现调酱油的做法。这家店的做派风格，从制服到运营方式到装修风格，很像之前见到过的那些被收编了的云吞店、艇仔粥之流！

先把这个发现跟麦希明汇报好了，进了医院，主任说要用药，

---

① 指的是Instagram上的图片风格，其流行的图片风格往往色调饱和度较低，整体偏向复古冷调或者清新干净。

而且还建议要多跟病人说话,刺激他的语言能力。这个要求可让姐妹两个犯了愁,原因很简单——林茂自己,本身就不是个爱说话的人。她们的妈妈很早就没了,林茂既当爹又当妈,操持着一家子的生计。而从她们记事开始,他就不断地在店内忙碌,沉默而寡言,他有一条大嗓门,极少说话。就像一头老黄牛,镇日沉默,偶尔鸣叫一声,却声震寰宇!

送走了主任一行,林小麦摆下一句"你陪陪老爸,我去弄汤",就走了,林佳茵在林茂身边坐下,拍着床对林茂说:"老爸你听到了没有?要多和我们说话啊,这样才好得快啊!"

林茂断断续续:"听……到……了……"

林佳茵笑起来:"老爸,你是不是有什么话要跟我说?"

林茂问:"班……上……得……怎……样……"

林佳茵说:"挺好的,工资按时发,就是最近出差有点多。"

谁知道林茂话锋一转:"我……我……问你……姐……店……呢?"

眼皮就跟着一垂,明眸中闪过一抹黯淡,林佳茵说:"店……还在的。"

林茂欣慰地笑了起来,正好林小麦回来了:"你快点好起来,我们一家人齐齐整整的,重新开起粉店。到时候还可以开个分店!老板今天就是去看场地了。"

林茂点了点头,已谢顶的脑门上沁出微汗。姐妹合力把林茂抬上轮椅,送他到了康复室,交给了理疗师开始复健。林佳茵习惯性地摸出手机看了看,林小麦见到了,就说:"你记挂着公司的事情?"

眼睛不自觉看向窗外远方,林佳茵点了点头,说:"对啊,听说找到的场地就在老城区不远,不知道地方大不大,交通方便不方便……想事情想到两三点才睡着,搞到今天爬不起来。"

昨晚,还有一个事情——他们收到了担山文一个同城交流会的邀请。经过商量,决定让程子华和林佳茵联袂出席。

林佳茵要去开的会在下午两点半。程子华准时开车来接她。林佳茵穿一套浅绿色的连衣裙，虽说留着短头发，但还是在耳后别了两个珍珠发卡，很是俏皮可爱。程子华看了她一眼，说："你这样穿很好看。"

林佳茵开心了，说："老板，这种行业会议，会是什么个情况呢？有什么需要我们做的吗？"

程子华只说了三个词："观察，观察，再观察。"

等到了地方，林佳茵一看那黄墙玄瓦，葱郁树木，忍不住笑出声。原来这地方，就是过去的毛纺厂，七婶就是在这儿下岗的。林佳茵很小的时候就来玩过。

沿路鸡蛋花树正爆出浅白的花蕾，瓦蓝瓦蓝的天空下面，植被好像铺开了一张绿绸子，铁灰的水泥路面一尘不染，呈蜘蛛网状伸向各处翻新过的屋子。沿着主干道走了七八分钟，一栋全落地玻璃的二层房子出现在路边。林佳茵只看一眼门前的小庭院布局，就忍不住喝了一声彩："好啊，这地方一定是有高人来摆弄过。门前水车流水，三足蟾蜍背挂七星口衔铜钱，池里莲叶加锦鲤，池边的灌木丛长得也够旺……正宗的水木两旺，五蕴化财之局啊！"

程子华看了她一眼，说："啊哈？看不出来啊，你还会看风水？"

林佳茵揉了揉鼻尖，扬起下巴，咧开嘴笑道："不会，我随口编的。"

程子华："……"

林佳茵已经抬脚朝着人影绰动的磨砂玻璃门走过去了，边走边说："但是呢……老人家说过，一块地方只要树木长得旺而不过密，遮阳透光，流水清澈，生机勃勃，那就是有生机的大吉之地。"

一时之间程子华竟然觉得她说得还挺有道理，陷入了思忖中。走到了门前按了门铃，里面很快有人出来开门，穿着精致制服的别墅管家模样的青年男子对着他们微微一躬，很是礼貌周到地把他们迎了进去。

来参加今天这个行业交流会的还有几个林佳茵的熟人。一个是她大学时选修毕业论文跟的指导老师,那位教授是作为特邀嘉宾过来的,老先生一身学究气息,在人群中格外惹眼。林佳茵走了过去跟他大大方方地攀谈了几句。

还有一个老熟人,就是之前曾经尝过味的经营创意菜馆的肥仔健。脱了厨师服,穿着长到膝盖的T恤,五分休闲裤加皮凉拖,如满月般的脸更加饱满。看到林佳茵,肥仔健顿时眼睛都亮了,贴了过来寸步不离。

有一位名叫卞赛的女老板,吸引了林佳茵的注意力,她五十出头了,腰板挺直,行动敏捷,只有笑起来的时候,眼尾深深的鱼尾纹才暴露了些许年龄。她和程子华在某个行业群里一起聊过两句,加了好友,这次线下碰面也很合眼缘,还直夸林佳茵:"林助理真漂亮。之前程总监分享过我们一些资料,对我们帮助很大。以后也欢迎你们到我的农庄来玩,我们农庄里除了种植之外,还有房车露营基地,很适合年轻人来游玩的。"

看了一眼手里卡片上印着"福满农场"四个字,林佳茵又惊又喜。原来卞赛的福满农场早就是市内响当当的品牌!好多高端超市都能见到福满农场出产的蔬果,品种多,品相好,味道也不错,包装得还很精致。有过一段时间,甚至男孩子送女孩们平安夜礼物,也会送福满农庄出产的苹果。

程子华听见了,就说:"第一,平安夜习俗不吃苹果。第二,粤地……不是苹果产地吧?"

他话音未落,卞赛就忍不住咯咯笑起来了:"程总监这话就说得太过武断了,我们粤地也种苹果的哦……只不过,很少人知道罢了!"

程子华说:"别人不知道,我知道啊。叫落月珊瑚苹果嘛,长在阳山一带的山里,产量少,味道酸,香味浓烈。用来做水果是打不过北方品种,但用来做陈设取它们的果香,那是所有苹果都没法儿比的。就是现在不知道还有没有了,我看报告说,如今产量已极少,几乎沦为野苹果了。"

卞赛微讶道:"程总监见识真广啊,我以为落月珊瑚苹果没什么名气，所以不大有人知道呢。这种苹果属于印度青苹的一个分支，成熟之后是呈青白色的，就像将要下山的月亮一样。奈何味道不好，没什么人喜欢它。我们在阳山县里包了个山头，在山里发现有八棵百年落月珊瑚苹果古树，我和我的团队都被它的香味迷住了，就开始琢磨要怎么留住它。

"我们首先要优化口感，其实从现代科技来说，嫁接苹果真的很容易。难的是怎么保持落月珊瑚苹果独特的青白外观，以及它的浓郁果香。味道方面，我们建立在实际情况上，也不苛求它能够脆甜，只要酸酸甜甜好入口就行。用了三年时间，我们才培育出了新型的落月珊瑚苹果。那时候可真的很辛苦！"

林佳茵忍不住轻轻鼓掌，说："落月珊瑚苹果是真的很好，它的颜色太美了，包装得特别炫。其实我们也知道平安夜是不吃苹果的，就凑个热闹。现在想来，落月珊瑚苹果刚好踩到了那个点上，就一飞冲天了。我做梦都没想到，几年之后，我会和培育出落月珊瑚苹果的农场主本人站在一起说话……哇，真的好荣幸啊！"

眼见她宛然迷妹附体，程子华也不禁莞尔，顺势问起了卞赛家的其他产品，卞赛微笑着说："我们的农场既有自己生产的部分，也有做品牌的部分。跟周边的农户达成协议，等他们种植出作物之后，经过挑选和包装之后贴上我们农场的品牌，再转卖出去。"

程子华关心地问："那品控方面呢？"卞赛说："我们手里握着大量的高品质订单，当然不会做砸了自己招牌啦！我们专门雇用了一个品控团队，高薪，还相互监督管理，防止滋生腐败。"

越听越有兴趣，程子华拿出自己的名片道："卞女士，我们公司的新项目如今也正在物色好的原材料供应商，如果以后有机会的话，希望可以登门参观拜访。"

交换了名片之后，很快，林佳茵发现，不单是他们，周围好些人似乎已交换了一圈联系方式，言语神情动作之间也比刚来的时候显得亲切热络了很多。主持人俨然就是这儿的主角了，满场飞舞地跟大家交谈。肥仔健又走了过来，轻轻拍了拍林佳茵肩膀："细妹。"

他手里拿着两碟点心,递给她一碟:"要不要尝尝这儿的点心?你有没有吃出来?"

这点心,聊天的时候林佳茵已经尝过了。当时没留意,看到肥仔健挤眉弄眼的,林佳茵又尝了一尝,不禁扬起了眉毛:"这!"

话音未落,主持人笑眯眯地说:"今天的点心,由我们的素食协会周善水会长旗下的一捧雪豆腐食堂提供,全部都是用豆腐和豆渣做成的甜食。不知道在座各位有没有尝出来呢?"

一只肉嘟嘟的胳膊就举起来了,大声说:"我!"

主持人赞许地看了肥仔健一眼,又扫了一圈稀稀落落竖起来的十只八只胳膊,笑着说:"看来今天来参加我们聚会的美食行家还真不少啊!我们的聚会真是卧虎藏龙!让我们掌声感谢一下自己好不好!"

掌声响起来,明显热烈了些。主持人侧过身子,露出站在甜品台旁边的全套披挂的厨师,以及厨师身边西装革履头发浓密的五十来岁男人,扬起声音道:"让我们再感谢一下跟我们分享美味的赞助商,周善水会长和窦大厨!"

林佳茵眼波流转,若有所思。肥仔健问:"细妹,你在想什么呢?"

看了一眼正滔滔不绝地发表演讲的周会长,林佳茵把肥仔健扯到了角落,问:"肥仔健,这种豆腐做的甜品,你觉得怎么样?"

思忖了一下,肥仔健皱着眉毛说,站在半个外行的立场而言,这些豆腐甜品吸收了分子料理的手法,把豆渣重新打碎了,再混合上各种果汁及牛奶,重新凝固成型,而后再用模具制作。技术含量不高,科技含量倒是挺高的。不失为一种创新……然而,更加难得的是他们的营销手法。

在一些面包房里,甜点卖得死贵死贵的,也没几个人消费。其实每天的客流量只是其中一种收入,还有大的收入来源就是承包各种会议活动的甜品台,那才叫大宗消费。比如今天,就是极好的广告机会——一捧雪原本号称高端素食餐饮,也来夺这块蛋糕了。

林佳茵一听,连连点头:"原来如此。你问我在想什么,其实我刚才也是在琢磨,他们这里面的门道……对了,你再给我说说一捧雪的来历呗?"肥仔健笑道:"那你可问对人了。他们家有个老奶奶是信佛吃素的,好像是他奶奶体质不大对劲吧,吃了外面那些带着添加剂的豆制品就会过敏,他倒是孝顺,原本是做文玩古董的文化生意,忽然有一天转型做斋菜馆。你看到一捧雪的名字就知道,这家店主就是豆制品。自己又投资了个豆腐厂。这下他奶奶吃自己家产的东西,倒是不过敏了,捎带手的,连斋菜馆的名头也打响了。"

"不过……"肥仔健摸了摸下巴,"他奶奶不久之前已经去世了。我二舅还去送花圈来着。"林佳茵看着周善水的眼光顿时添了几分同情:"那可真是不幸啊……店还在,老人家却不在了。"

肥仔健说:"生活嘛,还得继续的。"也是被肥仔健一番话触碰到了自己心事,林佳茵轻轻叹了口气,垂下了眼睛。肥仔健递了一杯果汁给她,喝了两口果汁之后,林佳茵眼睛一闪:"这是豆浆和果汁混合在一起的特调?"

肥仔健了摇头说:"不是一般的豆浆,名字挺复杂的,叫什么高阶豆乳。口感是比一般的豆浆面滑很多,豆腥味也不怎么重,适合混搭做特调饮品。其实我也去光顾过一捧雪,他们家的菜式卖得还挺贵的,听说是用古方纯手工制作,要求严苛,成本高了,价格也就上去了。"

林佳茵笑道:"古方豆腐?听起来像是噱头噢。"

肥仔健也笑了,说:"有阵子二舅想要学做一道名菜百宝箱,主料就得用到豆腐。他就去周善水家的豆腐厂,软磨硬泡地想要一些豆腐,谁知道周善水咬死了他们工厂的产品专供自己门面店使用,概不外售。生意做不成,二舅却也因此看了一眼他们的工厂。后来他回来跟我说,一捧雪家,直接联系了国内的农科所下属农场,买的黑土地上种植的非转基因好豆。抽取深层地下水,用天然的石头过滤池子来过滤,传统石磨百磨千转,细细磨好,更别说点卤师傅的手艺了——雇的豆腐师傅,都是做了二三十年豆腐的老把式。所以我一直觉得,他们家的豆腐确然是千里挑一。就是一点,产量特别低，只能做精品市场。多了也供应不了，天花板太低了。我想也是出于这个原因，他们才要开发新的市场吧。"

不知什么时候，消失了一会儿的程子华静悄悄地来到了他俩身后。听了一会儿，程子华在两人中间开口道："你只说中了一部分，还有另一个原因……"两人吓一跳，齐刷刷地侧过身来，林佳茵低声惊呼："老板，吓死我了！——还有另一个啥原因啊？"

程子华说："另一个原因就是，有人入股了周善水，给他投入了做点心的技术人员和师傅啊。不然短短半年光景，从做中餐热灶，转成西式甜点，怎么可能呢？"林佳茵恍然大悟，笑了起来："没错。自身学艺难，外雇能人易。所以他们现在是两套班底，两面开花……可是，老板，我个人觉得他们是不是仓促了些？"程子华问："这话怎么说？"

且不急着回答，林佳茵又走到了甜品台旁边，取了几件甜品，大家才留意这种豆渣豆乳做的点心。也就几个品种，慕斯、手指饼蛋糕、迷你蛋挞、千层杯……颜色是乳白桃红粉黄深橙。林佳茵直接上手，拿起一块迷你蛋挞，正要送入口中，程子华忽然明白过来了——原来，这些点心都特别适合拍照，镜头里，显得特别精致和高大上。林佳茵点点头说："直男不直嘛。其实我想要说的，也是这个。这种点心开发出来，明显就是针对流量带货市场的。从味道来说中规中矩，但如果说卖点，我用我不成熟的小脑瓜想一想，就能想到好几个，健康低脂啦，高蛋白低热量啦，创新分子料理级别点心啦……"

拿了一块慕斯吃掉，肥仔健舔舔嘴唇说："除了处理豆渣这一块之外，做这样的慕斯蛋糕技术含量其实不高。早些年有那种教人做蛋糕的手工作坊，专门教一些速成的烘焙基础品，很多小白领小师奶喜欢去学。"

程子华说："这种模式我们那边也有，如果是专业的烘焙学校，学生毕业之前就被预订一空的。"

肥仔健摇头："不一样……我们这种，都闹着玩的，重点是做完了之后，也是对着产品一顿拍，其中保留项目四大天王就是，曲奇戚风慕斯千层杯。真的是非常简单！我见过最糊弄人的，教人家做千层杯，一层奶油一层奥利奥再一层水果，反复叠个几层，上面弄两片薄荷叶子一块杧果，齐活。就这每个周末爆满，一课难求。"林佳茵咯咯笑起来，说："说白了，就是这些豆渣甜品，看起来很牛，实际上也属于空心气球，吹起来很胀，实际上内里空空如也。"

程子华倒是惋惜道："真是可惜，原本应该是个蛮不错的点子。我刚才也查了查，这个品牌在点评APP上面的定价、排名等等。这个新推出的子品牌是半年前开业的，也是走中高档路线，售价不低。从买家秀和点评质量可以明显看出营销痕迹……有那个本钱，再好好抓质量，肯定水到渠成地爆的。"

林佳茵嘟哝着："可惜揠苗助长啦。"

聊着聊着，周围安静了起来，原来周善水已经退场了。程子华不愧是查资料的高手，他还查出周善水真正抬起头的时间节点，正好是他奶奶去世之后，就在那时候引入的新技术和股东——再说白一点，他引入的股东就是在文家厨里跟林佳茵他们打过照面的短发头巾女士，曾总身边跟着的那一位！

说到这里，程子华嘴角带些嘲讽笑意："这个时间节点是真的很微妙啊，就刚才我还听到了'曾总'的名号。想来周善水今天不过来了个傀儡表演罢了……根据我的观察总结，曾总那边的做法，基本上都是压低成本，量大管饱。而这个豆渣点心，倒是很有几分自己的想法。本人倾向于猜测，曾总没有直接掺和这件事，而是当了个掮客的角色，为周善水自个儿弄的新想法加了一道火。"

肥仔健这会儿简直对程子华要佩服得五体投地了，两眼冒光："大老板果然就是不一样，我们这些只会埋头死开饭馆，菜卖得好了和不好了，也就会从味道上去分析。你的层次比我们高多了！"

"不不不，千万不要这样说！"程子华被夸了，脸上那常挂着的微笑反而消失了，很是严肃认真地说，"你们做的味道才是根本。如果可以，我宁愿一辈子沉浸在美食的快乐中……"

轻轻敲了敲自己的脑门，林佳茵觉得脑壳疼，万事不决先吃饭。她硬留下肥仔健要请他吃饭，临行之前，人有三急先上洗手间。洗手间外面，规规矩矩地站着一个丰腴矮小的背影，林佳茵认出那是卞赛，连忙喊了一声："卞姐！"

卞赛露出一个无奈的微笑，耸了耸肩，说："老地方翻新，洗手间不够……"

从洗手间出来，一起沿路返回，趁此机会，林佳茵对卞赛说："卞姐，其实我刚才还有个疑问，正好现在请教一下。你们的苹果，真的全部都在省内种植吗？而且落月珊瑚苹果的口感是又爽又甜的，很好吃啊。"

卞赛笑得更欢了，赞许地说："叻女……产品培育，是在省内没错。可是卞姐我没有说过大规模种植也是在省内哟。"看着卞赛的狡黠笑容，林佳茵眼珠子转悠了两圈，豁然开朗："所以，您是在省外有种植基地？"

卞赛说："我本来是河北人，我们那边的县里，就盛产苹果，我认识很多苹果种植能手。不过……我的种植园也不在河北。你猜猜是哪里？"

这话问的，林佳茵哪里知道，什么河南、河北、山东、山西的猜错了四五个地方之后，卞赛才咯咯笑着说："前几年国家做了大工程，引了黄河水灌溉到固原地区，把那儿原本的大片戈壁滩变成了日照充足的千里沃野……那儿别的没有，就是地多。我有朋友在那边做技术扶贫，我提供了种苗，他们在那边种，长势比在阳山山上要好多了，关键是土地充足，一下子就是一千亩土地起种，产量上去了，除了供应我们，还能供应许多地方咧。这些苹果里，除了本来的落月珊瑚之外，再做了许多落月珊瑚的变种苹果，口感上也有了改进。"

林佳茵听得目瞪口呆，赞叹道："好厉害啊！卞姐，可那是你们辛苦开发嫁接出来的良种苹果啊！就这么拿去给别人用了？"

卞赛笑着说："那又怎么样？做生意，总是要双赢的嘛。我阳山的那个果园也还在的，里面也还有最原始的老树落月珊瑚。最近两年，我也把重心放在开发农庄里的文创旅游这方面了，希望可以让更多人亲近农业、亲近大自然。我还打算在我的福满农场里,再做一个苹果博物馆。放上我们古老的粤地苹果品种在大西北扎根推广,帮助乡亲们脱贫致富的故事。还要介绍我们全国的苹果!"

卞赛激情四射,林佳茵鼓掌叫好!也许卞赛不是她认识最漂亮最有钱的人,但她在快要接近知天命的年纪了,还在朝着一个一个目标奔袭奋斗,简直就是巾帼枭雄,励志典范!卞赛嘻嘻一笑,说:"我听说过立人餐饮集团,你们的东西在行业内也是有口皆碑的。我随时欢迎你到福满农场找我。到时候一定要让你总监带上你来哦。"

林佳茵说:"那我先谢谢卞姐了……其实我还想问一下。你久居阳山,可曾知道那边最正宗的鸡公粿还有吗?"

卞赛脸上的笑容渐渐消失,很是惊讶地看着她道:"鸡公粿是那边本地人早餐所吃的米粉,你小小年纪,又是洋城本地土生土长的,怎么会知道?"林佳茵说:"我怎么会不知道呢?在十几年前,我刚记事那会儿,鸡公粿可是在我们这边卖得很出名的啊。我还记得,那都是一些走鬼档,推着三轮车卖的。车子上面有煤炉,一锅高汤,一锅清水,一大锅炒鸡,一小锅炖豆腐。五角钱一碗斋粉,一元钱一份鸡公粿。豆腐是一毛钱两块。那个粉是真正的米浆做的,软烂香浓,汤汁也是极浓稠的,吃的时候要充分搅拌到碗底没有半点汁了,粉身充分吸饱了汤汁,才最入味好吃。"

听着林佳茵绘声绘色的形容,卞赛越发惊讶了,因为,林佳茵说的半点都没错!在林佳茵介绍完公司的愿景之后,她兴奋起来,抓住林佳茵的胳膊肘,声音都扬高了半个八度:"这件事包在我身上了,你什么时候到阳山来,我亲自带你们去吃!"

人家话都说到这份上了,林佳茵当然满口答应了。

说说笑笑地一起推开磨砂玻璃门,程子华和肥仔健走过来,叫着林佳茵的名字,程子华说:"我们今天先撤吧。"

林佳茵听话地转身就走,卞赛还在她身后喊:"小林,记得我们的约定哦!"

还没来得及关上门,后面有人顶住了。程子华向后一看,正是那戴头巾的女抬桩。那女抬桩却说:"怎么连招呼都不打一个就走啊?现在的年轻人越来越没有礼貌了!"

扶了扶眼镜,程子华微笑着说:"这位女士,我们好像不认识啊?不认识的话又怎么打招呼?"

卞赛说:"这位黎慧慧黎女士……你们认识?"

直到这时候,林佳茵才知道这人名字。她摇了摇头。黎慧慧看了卞赛一眼,笑了笑,也没说什么就走了。大家都看到她上了曾总的车,林佳茵问卞赛道:"卞姐,你是怎么认识她的?"

卞赛说:"在另一个活动里认识的,她背后老板姓曾,做过很多行业,被称为'品牌营销教父'。在进入洋城餐饮行业之前做出过好些名堂。而且他还有个规矩,在一个地区的一个行业里做成了之后,三年之内不碰国内的同类型行业。反正就很有逼格一人吧。"

林佳茵说:"他是要跟你合作吗?"摇了摇头,卞赛说:"合作个啥啊?也就是做个市场调研,找到我来问了一些问题。之后就再没有交集了。那你们呢,是怎么认识的?"

林佳茵就笑了:"还说不上认识呢,就是见过几次面,觉得面熟。"挥手告别了卞赛,直到上了车里,林佳茵才对程子华说:"什么品牌营销教父,我看了一眼,大热的天老穿个唐装,身上挂的串儿都能去摆摊了……"

看到程子华那么淡定,林佳茵奇怪了,问程子华怎么不惊讶。程子华说:"我早就知道了啊,有什么好吃惊的?如果连这点情况都掌握不了,开什么公司?立人早就在海外那会儿,就被竞争对手打沉了好吧。"

眼珠子骨碌碌乱转,林佳茵惊笑出声:"哇。你们真的是好厉害啊!可是为什么都不跟我说一声,老板你好不厚道哦!"

程子华一脸淡然道:"因为没有必要啊。你和你姐姐,只要负责带我们去寻找辨别到那些真正的好东西即可。其他事情,麦希明自然会帮你们处理好,不用担心,也不用操心!"

很是怀疑地,林佳茵低声嘟哝:"真的吗?事情真的有这么简单吗?"

不过,转念一想,程子华似乎说得也没错。

摆在他们面前的当务之急,应该是尽快把名单全部列好,然后把这个项目做起来。

打铁还需自身硬。

若是自己强大了,怕它什么妖风?

第二十六章　食物本味，最为根本

会议过后，林佳茵带程子华和肥仔健去尝的店，诨号"毛纺鸭"。毛纺厂已经成了创意园区，然而附近的这家鸭子店，依然名头不改。老板牛叔把鸭子做得特色无比，更出色的，却是传说中至奢至廉的礼云烤饭。

这道从粤西船码头流传至洋城的美食，以整团礼云子调味腌制之后放在铁盘上烤干水分，做成形状和烤饭一致的礼云饼，仿效洋人面包吃法，用两张烤饭夹一块礼云子，吃起来齿颊留香，除了贵之外，没有半点毛病。

那是什么年月？那是世纪初！正是船王一口饭，穷人一年粮。后来粤湘桂大溃败，发明烤饭的侯家跟着一蹶不振，当家人侯猫气急攻心一命呜呼，子孙寥落，只剩下礼云子烤饭的故事夹在故纸堆里传下来。

"我那会儿去学艺采风，粤西河边有些上了年纪的水上人家骂自家挑嘴小孩儿的时候，还会骂上那么一句……"牛二手底下似乎长着眼睛，及时给火候恰好的鸭翅涂上蜂蜜复烤，打开了的话匣子仍继续，学着一口尾音高翘的粤西白话，神韵十足，"——咁拣择，系唔系要用礼云子来捞饭先至肯食啊！"

听了牛叔的话，程子华思忖着扭脸对林佳茵说："牛师傅的这口粤语怎么听着和你的不太像？尾音高亢，你的比较平。"

林佳茵说："粤语也是十里不同调，八村不同音的，说着一样的话，但根据口音，就能够认出地方人来。过去还专门有人编相声说过这件趣事，简简单单一句'你吃了没'，就能变出十好几种粤语方言变化来。牛二师傅刚才说的是贴着粤桂交界那边的口音，再往上游去的桂白，也不一样……这里面的学问可就太深了，不是我专业范围，哈哈哈哈！"

看着她挤眉弄眼打哈哈，程子华倒是没有打破砂锅问到底。牛叔还说，他看过一本文献，做礼云子烤饭讲究用的是粤西名产禾花米，"层岩故石云霞映，礼云圆米齿留香"，圆胖大粒的巨型稻种禾花水稻，已经几十年不见踪迹，原产自端城星岩山脚下。那地方粤地无人不知无人不晓。如今的星岩水面烟波浩渺，湖平如镜，却很少人知道，星岩其实是个人工开挖出来的湖……就在这一百年前的民国时期，那地方也不过是北山之水，和石室、禾婆诸岩汇作一片水沟沥湖，说白了，就是一片大沼泽。在那沼泽地里，有一种野生的湖稻，非常强壮，又因为湖稻盛产于禾婆岩脚下，所以就叫了禾花稻。

禾婆岩上有禾花仙庙，当地百姓逢年过节都要集中到这个地方来祭祀禾花仙女，祈求来年风调雨顺，稻谷丰收。这种湖稻，和当地水域盛产的芡实、菱角、莲子等，一起成为居民的盘中餐。

植株强壮，颗粒大而圆，耐烹煮，正是做礼云烤饭的理想用料。想到礼云烤饭，以及做礼云烤饭的禾花稻都消失了，林佳茵不禁郁闷起来，反而得了牛叔一顿取笑。牛叔说，她的惆怅，纯属叶公好龙，和女大学生穷游全国一样，猎奇的心理比较大。

牛叔这么一说，林佳茵就更郁闷了，倒引起程子华的共鸣。程子华说，现在的交通物流发达了，如果说到做烤饭，作为情怀，他自己也很想亲眼见见传说中的湖稻是什么样，作为生意人，他就宁愿去买现成优质大米了。

穿过餐厅出门去，三层自建房的饭店人密密麻麻的，紫红紫红的灯光交错摇晃，烟雾夹杂酒味让空气变得黏黏糊糊的。河涌两边成了消夜街，气味浓重。告别了肥仔健，林佳茵和程子华走向停车的地方。她想起刚才程子华提起，项目落地选址就在附近，忍不住好奇问道："老板，你们定了的地方在哪儿啊？能不能带我去看看？"

程子华摇头道："现在太晚了，那边被拆得乱七八糟的，车子过去也不安全。等过段时间你自然就知道了。"

话都说到这份上，林佳茵也就不纠缠了。她上了车之后，有些怅然:"毛纺鸭也算是老字号了,看样子好像生意不太好,闹得要搞消夜来贴补,也不知道哪儿出了问题。"

程子华边开车,边说:"牛叔升级店面花了很多钱。附近同质化抢生意的迅速崛起,竞争一激烈起来,就容易乱了方寸。有个招牌菜式出品支撑着,就还好……如果某天牛叔一拍脑袋,连鸭子都不做了,那才是大麻烦。"

林佳茵忽然问道:"老板,我觉得,现在市场应该是越来越精细了。还是要保持自己的传统特色,才能活得久吧?"程子华嘴角边泛起一丝笑容,说:"孺子可教。"他的话锋一转,又道:"不过对于我来说,市场怎么样不重要,重要的,始终是味道。就像那些街头讲古佬招揽听众,故事讲得不好对于他们来说是原罪,而对于我来说,放进嘴巴里的东西如果做得不好吃,那就是原罪。"

林佳茵眼底里原本点燃的一点萤火,被他这顿说话浇灭:"是是是,你是老板,你说的都对……"

程子华说:"林佳茵,你有什么话就直接说吧。"

话音落下好一会儿,林佳茵还是没吱声,看着车窗外的眼波流动,随着光线变换而流离莫测。肚子里组织了一番言语,她才说:"我觉得做餐饮运营比较有趣啊!从小,看着老爸围着灶头打转,但做来做去都是街坊生意。也不是说不好,可是一眼看到头的日子,总觉得没有什么意思。我老爸本来是要把店子交给我的。我们这边父母都是跟幺儿过,我是小的嘛……"

程子华安安静静地听着,完全没有平素那种尖酸刻薄不近人情的模样。等了好久,见林佳茵还是没说话,程子华就问:"你什么时候发现自己有这么个意愿的?"

林佳茵倒没瞒着,说:"大一的时候吧。那时候我们还是上公共课,很轻松,我有很多时间去听讲座。有一次新传学院邀请了一位营销专家来做交流讲座。我就觉得,真的很神奇,厨师负责好好做菜,出色的餐厅运营者负责好好运营餐厅,然后一起赚钱,多好啊……"

程子华不禁微微一笑:"你说得很有道理啊——现在不就是在

做这种事吗？"

林佳茵不服气道："现在哪里有啦？不过就是天天吃东西而已……就连我刚才说要去看看场地也不行，好歹，也让我见识见识，你们做一个项目是如何从无到有的吧？"

程子华哈哈一笑："好，让你见识见识。"

傻丫头啊，不识庐山真面目，只缘身在此山中！

…………

粤地三大方言，全都是六音九调——不必说北上客家语区考察了卞赛的农庄，更不必说意外品尝到了奇妙的甜品"大战"和"蛋大战"。粤北尚辣，翻车鸡煲香，三代辣酱强，又有白茶煮梨医治上火喉痛，还有遇雨生泡的白土奇缸，更有百年母果树和二十八树杂灰水粽。这块深藏在一线城市边缘的山区处女地，堪称古方大全，保留着最为原汁原味的本土味道……

林小麦一趟出差回来，收获满满，喜气洋洋。

而有一老汉自称九爷，主动找上门来，接待他的是程子华。九爷自称已病入膏肓，只可惜手头一客五更汤，再无传人。听说立人集团正在四处搜罗粤菜老菜谱，于是来毛遂自荐。他甚至不求任何经济回报，只要求展示一遍给大家看看，看看能不能进了这个项目。

…………

凌晨四点多，大马路上车少人少，街灯寥落。随着一只干枯老手抓着煲盖掀开，雪白的水蒸气蓬勃而出，吓杀人的浓香飘满了半条珍宝路。看了一眼熬了半个夜晚仍然手脚麻利的林佳茵，长得方面阔腮，满头花白头发如同钢针般根根崛起的老人又扫了一眼已准备就绪的筷子消毒器，以及摆放到位的调味品，露出一丝笑容。

那笑容里，既有欣慰，更多的，却是不舍……把公用的卷纸装在门口挂着的大纸筒里，程子华忍不住打了个呵欠。林佳茵说："老板，不太习惯吗？"

程子华说："还好……"

看了看他们，老人取过两个碗并排放一起，把锅中白汤满满舀了两碗,撒上葱花芝麻,淋上一小勺香油,说:"来吧,整两碗五更汤下去,担保提神醒脑。"程子华道了谢,取汤的时候,看了看灶台上陈列的鱼肠羊杂等物,说:"九爷,这些就是给食客自己调配的加料吗?为什么不帮他们配好,吃现成的?"九爷说:"加料是填肚,白汤才是精华。"

林佳茵端着汤碗,垂眸看着那如玉色般温润的白汤,二人不做分毫怀疑,一一照做。在九爷的店里,就是九爷最大!

哪怕是他们出资买……那也是人家看得起咱!

说来也是奇怪,之前在公司里看着佝偻得有些卑微的老头儿,一回到灶前,一开始料理捯饬这些锅碗瓢盆、鱼羊料酒,那股被生活打磨过的卑微劲儿愣是一扫而空。切羊宰鱼,备料熬汤……有条不紊,一气呵成!

在这三尺灶头前,仿佛他才是掌控千军万马的指挥官!——专卖五更汤的,洋城珍宝路九爷!

一碗白汤,鲜浓热辣。光阴初始,神清气和。林佳茵放下喝得涓滴不存的空碗,又恢复到元气美少女的模样。看了一眼对面的程子华,她忽地咯咯笑道:"老板看着也精神多了!这五更汤果然名不虚传呀!一羊九鱼,一元复始。牛!"

程子华颇有些无语地说:"注意一下用词好不好,你是女孩子……"

活动了一下恢复好体力的胳膊腿,他自觉把碗收了下去,又去到九爷身边,饶有兴致地看着那锅微微冒着虾眼泡的白汤。九爷很是情绪复杂地说:"这个炉子,这个灶台,这家店,陪了我几十年了……我都九年没有涨价了,九年前是两块钱一碗白汤,四块钱一份加料……现在也还是这么个价。早就不指望它们赚钱了。如果不是被缠得烦,我是真不舍得啊!"

隔着下拉到一半的铁闸门,有人朝这边探头探脑,又传来试探的问话:"九爷——回来了吗?"九爷扯着嗓子喊:"今天不接客!"林佳茵看了一眼三三两两离开的人群,还替九爷惋惜。多少年来,就是这锅汤陪着街坊们。那些逢年过节也不回去陪家人的打工仔,多少能有碗汤暖暖肚子,提个神。九爷今天为了传艺,却不打算开门了。她唉声叹气的,九爷说:"打开门做生意的事,一会儿再说。我心里有数的。林助理,我想问问你,忙活了这大半夜,你学会了五更汤的做法了吗?"

浑浊的老眼透出和年龄不相称的精光来,宛如考官一般看着林佳茵。林佳茵说:"是不是学会了,我先说说步骤看看,让九爷定夺。

"五更汤中用一羊配九鱼。羊是黑山羊,鱼是青草鲢鳙四大家鱼,外加黑皮生鱼、银皮泰鲮、红鳃淡水石斑、三寸蓝刀、长身鳊,每样选重不过一斤半,新鲜活杀,用作汤底。其中长身鳊在秋天可换作文庆鲤。其他季节,粤地鲤鱼身含热毒,千万不可加在汤中。"

九爷满意地点点头,说:"那羊呢?"

林佳茵说:"虽然用的黑皮山羊,但此羊非彼羊。春天用粤北山里的瑶羊即可,那时候的瑶羊正是啃百草长身子的时候,筋肉舒张,皮爽肉滑。夏季瑶羊发情好斗,肉质开始发臊了,就要换性情温和的蕉岭羊。南岭脚下蕉岭一带,盛产草药。啃食草药长大的蕉岭羊性情温驯,肉质不功不过,适合夏天过渡期。秋天可选择的羊就多了,既能用回瑶羊——最好还是羊羔儿,嫩的不行,又可以选择粤西雷州羊。雷州一年四季气候稳定,羊肉肉质也很稳定,可以说永不失败。"

九爷说:"那冬天呢?"

林佳茵说:"冬天粤地寒冷起来的时候,哪儿的羊都不适合。这时候就要花重金买琼州羊,琼州羊以文昌羊和临高羊为贵。这两个地方都靠琼州北部。文昌自不必说,是琼州物华天宝、钟灵毓秀之地,既出自然物产,又出历史人物……"

九爷进一步追问,语气里多了两分咄咄逼人:"临高又是个什么地方?"

同样地回答得飞快,林佳茵说:"临高却是个罕有人知道的宝地。那地方是琼州文澜江的出海口,琼州少有的冲积平原,鱼米之乡。那地儿生长的黑山羊个头不大,劲儿十足,跑起来比狗还快,皮薄肉滑,不带丝毫膻腥,口感比南部五指山、保亭一带的羊肉要强太多。"

听着林佳茵头头是道叭叭一阵,不带半点儿喘气的,九爷心里就满意了一大半,笑得满脸褶子,连连点头。就连程子华那素来没什么表情的面孔,也不禁有了波澜。等林佳茵说完了,停下来,他主动地递给了林佳茵一杯水。林佳茵毫不客气地接过了程子华手中的水,道过了谢,抿了一小口。九爷说:"只说不做假把式,你的记性很不错,把关键诀窍给记住了。现在你过来,我们开门营业。"

第二十七章　一羊九鱼，五更早汤

程子华抬头看了看时间——早上六点半！他眼底闪过一丝震惊，问："你从前在家里，也是这么个生活节奏吗？"林佳茵点了点头："我和姐姐从懂事开始就在店里帮忙，早就习惯了。今天凌晨三点开始跟着九爷来熬汤，你没见我呵欠都没打一个吗？"

程子华默默地站起身来，把桌面收拾干净。来到了九爷身边，九爷已经把掌勺的位置让了出来，自个儿站在了打荷助手的位置上。程子华对九爷道："九爷，今天我就是这儿的……waiter……服务生。有什么事情，听您吩咐。"

看了看垂手恭立，站得笔管条直的程子华，林佳茵说："老板，苍蝇小店，没有那么正式的称呼。搁从前，就叫跑堂的，现在就是打杂伙计。眼里有活儿，腿上跑得勤，嘴巴应得甜，就好了。"

正式开门做生意。看着店里两个年轻身影忙活，一个虽然笨拙些，上手快，像模像样的。一个显然驾轻就熟得多，趁着还没有客人进来，在案板前抄起菜刀切起了葱花姜丝。九爷拿了把大葵扇，往灶台后面的竹编靠背皇帝位上大马金刀地一坐，摇起了扇子："加油，看看你能学到几成……记得什么时候加酒吗？"

刀子如雨点般均匀落下，切出细如米粒大小均匀的葱粒。林佳茵头也不抬地说："九爷你又唬我了，放料入锅下一次，汤沸去沫第二次，汤色八成初见白时第三次，三道酒都下完了，哪儿还需要再下料酒？"

九爷呵呵一笑，说："算你记性好，但还有一种情况须得加一道酒，就是食客点了鱼肠鱼头等腥发之物时……切记，不可拘泥，不能死板。人的味觉会因为身体状态而变化，我们煮的是汤，不是做化学实验。"

在林佳茵高声答应中，程子华却不知被这话触动了哪门子心事，眼神微闪。容不得他们再细聊，第一个客人进门了，熟门熟路地直奔最靠墙的桌子，面对着大门坐下，腰上挂着的收音机往桌子上一放："九爷，可算等到你开门了。来一碗老样子的！"

　　九爷微微一笑，对林佳茵说："鱼头五更汤，加一截鱼尾，多放葱花和芫荽。"那阿叔抬眼看了看林佳茵，不等他发问，九爷主动解释道："收了个女徒弟，做些手把眼见活儿。汤——还是我亲自熬的。你放心好了！"

　　阿叔果然放心，眉头都展开了。

　　开了炉火锅热入油，林佳茵左手持着单柄锅左右三圈工夫，已是滑锅完毕。鱼头入锅，小火慢煎，香味徐徐飘出，不知道什么时候开始，引得那侧耳凑在收音机上听新闻的阿叔伸长脖子专心看，看到林佳茵一个漂亮的掂锅，把鱼头稳稳翻转之后，阿叔忍不住大声叫："好！靓女好手势啊！名师出高徒啊！！"

　　九爷拍着大葵扇，连连谦虚道："那可不是我教的，是她自己本身就会的！"

　　阿叔说："你就别谦虚了，名师出高徒！肯定的！"

　　林佳茵微微一笑，也没有承认，也没有否认，夹起一箸鱼肠在锅底上反复轻抹，随着她轻快连贯的动作，鱼肠表面迅速变白，泛起一层金黄，渗出香味来。程子华也不禁比了个大拇哥，说："女厨师烹饪最大的长处就是擅长细节处理……鱼肠娇嫩，不好掌握火候，佳茵的处理方式绵里藏针一般，真是看不出来，那丫头竟然有如此细心的一面……"

　　火候已足，酒淋下，锅中升起数寸高的幽蓝火焰来。与此同时，林佳茵舀起满满一大勺白汤，扬手仰腰，汤如白练落入锅中，如白龙压蓝莲，赏心悦目。不过两三分钟工夫，锅中汤呱呱叫着开了，林佳茵迅速关火！九爷看着程子华，扬了扬下巴，程子华立马回过神来，去灶台上端起还烫手的大碗，给阿叔上菜去……

　　这时，店里又进来好些客人了。一客到，满客来，也就十来分钟工夫，不大的店面里坐满了食客。点单的声音此起彼落，且没有纸笔，全凭脑瓜子记。程子华一开始还跟着报个名字什么的，到后面彻底乱了，只顾着埋头端盘子，收碗，擦桌子，忙了个脚打后脑勺。

　　第一轮客人骤来骤往，如风般吃完结账走人。在这期间，程子华是一直没有停过，如陀螺般转动着，这边正在擦桌子，那边催促着递茶水。九爷由始至终坐在角落，说笑打招呼，稳如泰山。等他终于能够停下歇一口气时，抬头看了看墙上挂钟，时钟已指向八点半。程子华忽然想起一件事，转脸看着林佳茵："刚才上菜似乎一次都没有搞错过，你……全都记得的吗？"

　　林佳茵脑门上一层细细的汗珠，脸上也有些疲倦，但她看了一眼已经见了底的葱花碗，拿起一把小葱来又切上了，边切边说："当然啊。"

　　程子华很是震惊地扶了扶眼镜："你这是特意练过记忆术的吗?!"

　　林佳茵说："怎么说呢……如果真的说是特意练的话，就是练的童子功吧。"

　　程子华肃然起敬："就是我家楼下那个幼儿园那种，每天一大早跟着老师练的中国功夫吗？我就说，国人就该从娃娃抓起，才能重现李小龙的辉煌！"

　　林佳茵无语……擦了擦脑门上的汗珠，她说："老板，你想多了。"九爷被他们逗得乐不可支，说："程总监啊，佳茵的童子功可不是在学校里练出来的，是从小在店里剥蒜拔葱，搬桌洗碗，忙里忙外，经年累月地练出来的！不然怎么餐饮行从前叫作勤行咧？苍蝇小馆子里，一家人守望相助，起早贪黑，全年无休，挣个辛苦钱。如果是在大酒楼里呢，就老老实实从学徒做起，也是一样的睡三更起五更，跟着师父学眉高眼低。从打杂到砧板，从三砧到头砧，就得花上小十年工夫……像林助理这样的，也算是基本功很扎实了。可惜没有经过名师指点，尚未找到自己的方向啊！"

　　林佳茵不服气地叫道："谁说我没有找到自己的方向？"

　　她说话声音大了些许，引起店里食客注意。那才踱进门的食客,穿一身运动衣,脚上踩了一双名牌运动鞋,秃脑门反射着灯光,眼袋子几乎挂到了下巴上,一脸宿醉未醒的模样,拖长了尾音说:"来碗五更汤——白汤!"

林佳茵扬声道:"来了!"

看着她态度一百八十度地转变,程子华觉得有些惊讶。九爷用大葵扇挡住自己的脸,低声对他说:"喏,这就是勤行的敬业了!"

白汤煮沸了,入葱花香油,模仿了九爷个九成九相似。等她亲自离了灶头,把一碗白汤,一份热气腾腾的白灼鱼腩放到那秃子面前时,秃子停下打呵欠到一半的嘴巴,翻起眼皮看着她。

林佳茵微笑着说:"宿醉光喝汤回魂还不行,送份鱼腩给您填填肚吧。"那秃子咧开嘴笑了:"谢谢啊。"九爷在角落里低声笑骂:"借花献佛!拿我的东西去做人情……"

喝完了白汤,神清气爽,酒气顿消。秃子走的时候,仍然多扫了几块钱,比鱼腩钱还多一点点。程子华去收拾了碗筷,很快第二轮忙碌又来了……九爷站起身来看看锅里剩下的汤,就要闭门谢客。程子华看了一眼几乎用干净的汤料,不禁佩服九爷估算备料的准确度。九爷笑了笑,说:"卖了几十年,心算都给算准喽!"

程子华想了想,说:"难道您就没有想过,通过精确计量和制式化去达到一个平衡,节约人工,扩大销量,自己实力强大了,也不至于被曾总那样的人给打得毫无还手之力?"九爷苦笑摇头:"程总监,类似的话,五年前我儿子已经跟我说了!我也尝试过,要找到一个代工的中央厨房不难,难的就是你说的'平衡'二字。我摸索过几次,都失败了,还遇到过骗子,差点把我的方子给骗走了。这次把配方教给林助理,希望你们可以把它传承下去啦。"

听见九爷语气里挥之不去的惆怅低落,随手把空置盒子收拢起来,手脚不停地,又拿了抹布擦灶台擦架罉的林佳茵笑着说:"九爷,您放心。如果我老板不是诚心收您的方子,谁会三更半夜不睡从头跟到尾地守店?九爷,那您觉得,那留了一手的五更汤诀窍,是不是得全部教给我?"

边听边点头微笑不已，连声"是是是"的九爷，听到最后，也是一句"是"字出了口，那话音才落，九爷下意识地举起大葵扇捂住了嘴巴，嘿嘿讪笑起来。

林佳茵朝着他，抱拳行了个标准大礼，笑眯眯地说："九爷——您可答应了啊！"

九爷把大葵扇从脸上拿开，摇着头说："你可真是个小滑头。真是想不明白，牛腩茂那个贵人语少的为人，怎么教出居然会说话套人的闺女！"

林佳茵收敛了嬉皮笑脸的样子，很正经地说："九爷，既然您都已经打算过了大海不回来了，又好像旧时候师父那样，教了徒弟留一手，那样不太好吧？"

林佳茵异常耿直，异常认真。九爷摇着大葵扇的动作，就停了一停，眼底分明闪过一丝局促。这时候又有客人进来了，进门看了看灶台，说："咦，九爷，今天荣休啦？还没到六十哦……"

九爷站起身说："是啊，年纪大啦，做不动了。这边教了个小徒弟，多指点啊……"

"小徒弟？"那人上上下下看了林佳茵两遍，态度骤然变冷，不咸不淡地说，"那就要先恭喜你啦！嗯……手机响了，我接个电话啊！"

拿出手机来放在耳边，一边大声地"喂喂喂"，一边大步流星走出门去了，再也没回来。九爷停下了摇扇子，挂下了脸。感受到店里气氛的难堪，程子华收拾干净最后一张桌子，来到九爷身边说："九爷，你也看到了。"

放下了大葵扇，九爷站起身来，说："行啦，本来就没打算真的留着。不过总得看看悟性如何嘛……落闸，收档。去市场！"

把没有招牌的小店门关上，贴上东主有事的纸条。擦灶洗锅，收碗抹地，把店里收拾得干干净净了。九爷开着他的货车，一路去了水产市场。南粤的水产市场永远都挤满了人，尤其是如今半早不晚的时候，更是批发散客俱全。他们运气不错，来到就找到了一个车位停下，林佳茵就跟中了五百万似的，兴高采烈："我们去市场看看有什么稀罕海鲜,整一些回去做晚饭吧?"

程子华不免泼冷水:"先做正经事。"

林佳茵看着九爷,说:"不用费多少工夫啊,九爷肯定有相熟的档口……这是打草搂兔子的事儿。老板,难道你不知道这是餐饮行的福利吗?"

很老实地摇了摇头,程子华说:"市场是去过,甚至世界各地的市场都曾经踏足。但你说的这些江湖规矩……似乎是国内才有。我还真不太清楚。这一点麦希明比我强。他是经历过从创业到成功的全过程的。"

林佳茵很好奇地问:"你是指大老板他父母吗?"

程子华说:"是。他的父母抓住了好几次时机,打下了这片江山。早些年是我们家帮助他们,如今轮到他带着我玩了。有句中文俗语怎么说来着?三十年河东三十年河西……"

林佳茵道:"老板,不是这么用的……我们是没想到啊。原来公司这么年轻啊。"

"呵呵,你不知道吗?一般的创业公司生存时间是三年,三年之后能活下来的,不到三成。而能够存活十年以上的,已经能够炼就金刚不坏之身。立行,已经存活了十七年了!中间经历过无数脱胎换骨,然后回来国内。"程子华说着,仪态休闲地伸了个懒腰,不咸不淡地说,"不过都不关我的事。我只是觉得做中餐有意思,好玩,所以才加入的。最重要的……是做我想做的事。"

林佳茵越发好奇了,问:"那你想做的是什么?"程子华避而不答,反问道:"你刚才说,你已经找到你的方向。你又想做什么?难道是做助理?"没想到林佳茵爽快地点头,一口承认:"对呀!"程子华扶了扶眼镜,摇头道:"你别开玩笑了!我以为,我们已经很熟悉了,可以说几句真心话了呢!"

林佳茵说:"我是认真的!是真的想要找个大公司,走职场路线。外面的世界很大,我总是需要历练的啊——程总,谢谢上天让我遇到了你……"

难得一见的温柔,让程子华怔在了原地。

"哗啦——"

一道污水打横飞溅出来，吓得林佳茵尖叫一声，程子华一个箭步上前，抓着林佳茵胳膊肘往后一拖，污水落在林佳茵面前的地上，就此打断了二人说话。话题就此终止，跟着九爷继续往鱼市场深处去。

在九爷介绍下，找到了能在休渔期搞到珍贵渔获"大白金"的胜叔。整个市场里，他这儿的稀奇古怪鱼种最多，有自己的渔船和渔排。任凭你休渔期也好，刮八号风球也好，都不愁凑不齐九种鱼！早就注意到了林佳茵，卖鱼胜说："九爷你收了个女徒弟啊？终于舍得把你那手五更汤的绝活儿传人啦？我早就说了，当年你家的五更汤多兴旺啊，你，你两个大哥，你的堂兄弟们，开了五六间店。谁知道也就二十年不到，死的死走的走，改行的改行，剩下你一根独苗苦苦支撑，你又能撑多久？"

林佳茵好奇地看着九爷，九爷别扭道："旧事就别再提了！他们是大老板，不但愿意真金白银买我的五更汤配方，还愿意纡尊降贵到我的店里跟我正正经经地学艺，录影。是我的贵人！"

卖鱼胜一听，咧开嘴就笑了："那不就好了？你也可以安享晚年啦，对得住你列祖列宗了！"嘴上闲聊着，手底下动作丝毫不慢地打包好了所有东西，从卖鱼胜处出来，九爷说："再去买一些水，买一些冰。"

水产市场有专门的冰店，但说到买水……程子华就有些疑惑。还是林佳茵解开了这个谜底，好水才出靓汤。有条件的大酒楼，会专门花大价钱安装专业过滤水系统。但是九爷这边小本生意，只好去买别人家的好水了。九爷点点头，说："你是真的聪明啊。如果我那衰仔有你这样的脑瓜子，我们家的五更汤，也不至于风光过后尽凄凉。"

第二十八章　九爷传艺，老饕刀功

顺着九爷的话头，林佳茵打蛇随棍上地问道："九爷，我查过问过，当年五更汤馆花开五朵，珍宝路、多宝路、惠宝路、福宝路、珠宝路上各有一家，除了供应汤品，还卖茶点，即点即蒸。早市生意旺场的时候，摆出来的桌子沿着路边摆了一长串。后来短短一个月全部没有了，大家都以为是赚够了钱移民了。所以你找上门来，我是真的很惊讶……这后面，难道有什么故事不成？"

九爷长长地叹了口气道："都是陈芝麻烂谷子的事情咯，走吧，我们边走边说。"

回去的时候，九爷特意绕到了离珍宝路不远的惠宝路，指给林佳茵看昔日五更汤馆创始的店址。那个铺子如今已经被画着创建文明城市的宣传画的隔板隔离起来了，又是商业繁华地带，用程子华的话来说就是，如果保留到今天，就是印钞机。

九爷的阿爷就是在店门口，开走鬼档卖五更汤的。一开始的时候没有一羊九鱼的说法，就是羊骨杂鱼汤，三杯酒按时候下，炭火慢熬，煲足了火候，汤就很好喝了。再后来他自己摸索出了最佳的配比，还有一个重要的心得，就是按照四季微调鱼羊品种。这个做法一直保持到今天，就现在，也没有丝毫改变。

程子华微讶，看着九爷问："一点儿改变都没有？"九爷说："原汁原味，原来的配方，完全不变。"程子华赞赏地笑了笑，说："那很难得……难得的地方有两点。第一，从好几十年前坚持到现在，原来的配方彻底坚持到底。第二，用这不变的配方，满足了好几十年跨度的食客的味蕾需要。有些传统老字号坚持着原来的配方不假，但没办法满足现在食客口味，实际上已经失去了市场，不过靠着情怀或者扶持而吊着一口气罢了……这样的老字号，死而不僵，没什么意思。"

九爷挺了挺胸膛，骄傲起来："那当然啦。粤人普遍属猫，对鱼鲜是真爱嘛。那时候我爷爷生意很好，自己又俭省，省下了一笔钱。好多食客怂恿他找个铺面安顿下来，免得喝碗汤都不安生，日晒雨淋的。正好遇到这家绒线铺的败家子抽大烟，想要卖了店面，风声透露出来，传入了一个金铺老板耳中。

"那金铺老板是我爷爷的熟客，就游说我爷爷，让他把店面买了下来。我爷爷本来还不太敢，还是那个金铺老板再三找他谈，才把他说动了的。我阿爷总说，人家做大生意的，想事情就是跟我们不一样，有想法，有魄力。就小小一个主意，已经扭转了我们整个家族的命运！"

林佳茵听到这儿，忍不住插嘴道："不对，应该来说，如果没有那位贵人，估计压根儿没有整个家族了。那年月，一个走街串巷的小贩，想要成家立室留下后代，可就太难了。"

倒也算是赞同地点了点头，九爷说："可以这样说咯——就这样，五更汤馆就开起来了。用了我阿爷在族里的名号，再取了财源广进的好意头，就叫作九源五更汤。我们家的规矩，谁继承这门生意，谁就叫阿九。传到我这儿，只剩下我一根独苗了，别人也就开始叫我阿九了。"

程子华问："九爷，听卖鱼胜说，你们家之前很兴旺发达的啊。怎么短短二十年，会变成了现在的局面？这二十年，恰恰是经济腾飞，社会环境大好的时代……对不起，我真的是太好奇了。"

九爷苦苦一笑，说："还有什么好避忌的？贪字得个贫咯。那年首先是惠宝路店失火，烧到了左邻右里，赔了一大笔钱。有个堂哥烂赌，等发现的时候，连屋契都已经押出去了……还有个信了那些装神骗鬼的，拿了钱去投资……生意好的时候，大家坐在一桌子一家人，一人负责一个铺头，热热闹闹。真的出了事，全都是缩头乌龟，树倒猢狲散。最后烂摊子连同我奶奶、我盲眼老母，一起落到我这个最不成器的报应仔头上。

"然后我阿嬷才舍得教我全套的五更汤口诀，好在我还算有两分悟性，把档口顶住了。等我收拾完烂摊子，陆续给老人们送了终，把原来的铺头顶了出去，搬到了珍宝路这家店里去。又过了两年，开放了技术移民，我的儿女都拿了厨师牌，那时候中餐厨师很容易移民，我见在本地还不如出去揾美金，就让他们出去揾食了。剩下我们老两口在家里，本来没打算那么快走的，又遇到了那个曾总……"

几十年的风风雨雨，汇在了九爷这寥寥数语中，林佳茵听着，心头就有些发堵，轻声安慰道："你放心好了，我们一定会好好记录这份五更汤，原汁原味保存下来的。"

九爷脸色稍缓："九爷信得过你们……杀鱼会吗？"他话锋转得急，林佳茵反应也很快："当然会。"没想到和她异口同声的，还有程子华。听说程子华会厨艺，九爷很惊讶，程子华说："刀功火候，主菜甜品，都略懂一点。就是比不上专业厨师的水平。"

他这么一说，林佳茵才想起来，上次还吃过程子华临时发挥做的菜式，创意十足，口感惊艳。有了她拍胸脯保证，九爷说："真的吗？那我就得长长见识了！"

车多人多路口多，车子开开停停，很快林佳茵就晕车了，程子华坚持下车买好藿香正气水给林佳茵喝了，她硬撑着回到九爷家里。看了一眼脸色苍白的林佳茵，这次不是程子华都得是程子华了。

架起了吊臂，拉起了排插，拿捏好角度布置了好几台摄像机，让林佳茵监管。程子华眼瞅着九爷手持牛耳尖刀，在自动磨刀砂轮上来来回回地磨蹭了几下，长流水冲刷过后，满意地看了看刀刃上闪着如水般薄而寒冷的光。九爷点点头，示意开始。

把一袋子鱼倒在盆里，把那些还在呼吸乱蹦的鱼冲刷得干干净净。九爷倒转刀柄，交给程子华，说："来把这几条大白金都处理干净。鱼内脏连鳃，要从嘴巴勾出，身上不许见伤口，不许见黑膜，不许损伤鱼眼睛。能办得到吗？"

接过了刀子，程子华眉头皱了起来："这是要留个全皮全脂，尽可能保存鱼身上的油脂和胶质吗？我只能尽力。"

九爷说："程总监并非专业的厨师，我也不指望你一下子能做到。吃鱼，初级食客吃生死；中级食客吃品种时令；高级食客，就要讲究细节。刀功火候，因时而变。夏薄冬厚，有零有整。里面全都是学问。最终还是要上手做一做，体会才更深刻……来，我给你示范一次，好好看着。"

眼见九爷把一柄牛耳尖刀使得如雪过无痕一般，三勾两翻的工夫，就把大白金的鳃腺内脏挖得干干净净。再从刀架子上抽出一柄巴掌长，刀柄只有拇指大小的异形小刀，刀刃极薄且窄，长身弯刃。这是九爷的片刀，参考着古代千刀万剐之刑用的刑具设计出来的，只见九爷从鱼鳃处伸刀子进去，用的是俏姑娘点茶般的轻柔手势，似有若无地一刮一勾一提，一张黑黑红红散发着腥臭味的黑膜就从鱼鳃开口处被勾出来了。

林佳茵看得直了眼睛，忍不住大声叫："好啊。这是细活，讲究的是眼明心定手快，难的是肉眼不能看到鱼腹中，一刀深浅，全凭手感。如果刮得深了，会刮走太多鱼肉，甚至刺破肚子。如果刮得浅了，还有黑膜残留在鱼腹中，就会影响鱼的味道，这么完整地一张刮下，九爷太厉害了！"

她迅速拉近镜头，去给翻转鱼身，照样从另一边鱼鳃伸刀取膜的九爷大特写——当然，是大特写那条鱼。林佳茵又有了新发现，目光一凝："九爷……您的手……"

把另一张黑膜取了出来，九爷轻轻吐了口气，一脸轻松，若无其事地笑道："前两年中过风，很轻微的。然后就落下了这个手抖的老毛病。不过没关系，影响不大！"

程子华一脸震惊："您中风手抖，竟然还能够使出如此精巧细腻的刀功！"九爷笑眯眯地说："程总监，我几乎杀了一辈子的鱼啊……"

又从工具架上取下了一把工具——一个牙刷柄上，并排粘着两个圆形布满锯齿状的金属片。林佳茵看着眼熟，一下子乐了："九爷，你也太会整活了。怎么把啤酒瓶盖给粘到牙刷柄上了？"

九爷笑着说："这个小东西是我自己弄的，用来去鱼鳞，比外面卖的什么专业工具都好使！大鱼用深力，小鱼轻且柔。而且还便宜容易得,坏了不心疼。"

果然,用着自制刮鳞器,也就两三下功夫,大白金身上细小得几乎肉眼看不见的鳞片全部被刮了下来,堆成了细细小小的一堆,兀自闪着银光。冲洗干净大白金,九爷把它放在砧板上,展示给程子华看。仔细揣摩一番之后,就轮到程子华上手实操了。

九爷安抚说:"你们不用着急。就算真的失手了,也无所谓。我刚才不是说了吗,我的那一手还没跟你们说的绝活儿,其实就在这里了。几十年的刀功和经验,别人会戳穿的鱼腹部,我不会。别人刮不干净的黑膜腥筋,我能够刮得干干净净。所以,我的五更汤,就可以做到和我死鬼阿爷的味道一模一样。"

林佳茵伸长了耳朵听着,心里好像重锤震击。程子华扬起了一边眉毛,喜悦道:"这不就是标准化的制作和标准了吗?你爷爷做出来的五更汤,味道和你做出来的一样。如果能够继续在我们手底下也一样,那么——这道五更汤,将会成为我们展开这个项目以来,第一道实现了传统和标准完美结合的洋城早餐美食啊!"

九爷笑了笑,说:"你说得太专业了,我听不太懂……"程子华嘴角边的笑意越浓:"九爷,每天卖的五更汤其实味道都是一样的,对不对?"

思考了一下,九爷说:"如果你这么说,也可以算是啦。我阿爷,再到我的兄弟和叔父辈,就是一花开五叶的好光景那年头,我记得食客们也都夸过我们,说每一间店的味道都是一样的。有一些客人,是跟着我阿爷来喝的,后来带着老婆来了,再后来带着自己的儿女来了……最老的一批客人,比我还要大好多。家道中落那阵子,他们不见了人,后来我重新开张,他们又来了。说是闻着香味找过来的。食客们说,不会认错我们家五更汤的味道。"

程子华喃喃自语道:"味道独特的特色食品,不出奇。但能够自发地形成标准一致的传统家族美食,难怪可以死而复生。嘿嘿,真是踏破铁鞋无觅处……"

自个儿嘀咕了两句,程子华又问:"那……九爷,你们是凭什么做到这一点的呢?"

九爷说:"很简单啊,就是练呗。鱼的品种是不变的,根据四季来的变化,也是不变的。羊的品种——待会儿跟你们说,也是有规律的。乃至用的酒和加水的学问,都有一套。为了根据变化的时节来达到味道不变的目的,我们需要做出更多的变化。最终都得落到'熟能生巧'四个字上,都得凭经验。"

听到最后几个字,程子华眼里的光芒"咻"地熄灭了。九爷看了看他,笑容里多添了几分意味深长,说:"后生仔,宝剑锋从磨砺出,梅花香自苦寒来啊……来,试试看?"

林佳茵很想跟九爷解释,程子华绝不是怕吃苦,他心里另有想法。话到了嘴边,又硬生生忍住了。原因是看到程子华耍弄起了九爷的那套家伙什。和九爷的处理顺序不一样,程子华先去了鱼鳞,手法轻柔稳中透力,漂漂亮亮地把鱼鳞给去掉了。然后是用长嘴剪子去鳃腺内脏,林佳茵忍不住叫了声好:"老板好厉害!你这刀功是练过的吧?"

程子华说:"八年级那年的暑假,曾经专门拜师学习过刀法,之后常常温习。那位厨师也是个天才少年,当时也才25岁,已经是两个米其林餐厅的主厨了。他的要求极其严格,在他的餐厅里,有一道鱼料理,是把鱼肚子掏空,里面再填上剁碎的鸡肉虾蓉。用流行的低温烹煮方式,再烤得外皮酥脆。鱼和虾的品种,根据季节来变化。很多人为了尝这一口,攒上三个月的钱,再提前一年预订位置。"

九爷一声"小心",程子华手里的蝎尾片刀刀尖,已破腹而出。九爷笑了笑,说:"还是让我来吧。对了,你继续说,让老爷子我开开眼界……我的儿子虽然在国外开餐馆,但从来不跟我说这些。"

程子华说:"很正常,我和我父母也是很少谈及工作的。我们各自有各自的事业。"林佳茵娇嗔着说:"老板,继续说嘛。你跟着你师父学了什么?"

程子华说:"就是学处理鱼的刀功啊。西人不善吐刺,餐厅里的鱼,不许带一丝骨刺。而为了让鱼保持完整,需要用特殊的剪刀配合镊子,从鱼鳃伸进去,剪掉鱼背脊,抽取整条鱼骨出来。隔肉分离骨刺的手法需要非常细心和手巧的厨师才能够胜任。"

九爷点头道:"原来是这样。我就说你的手法很专业,但欠火候。不过……程总监愿意沉下心来体验生活,已经非常难得了。我常常跟我儿子说,洋城之大,卧虎藏龙,我们侥幸有一技之长,才能够死过翻生。就算他认为卖五更汤独沽一味的没有前途,要去做热厨,也应该精进才是。可惜他左耳进右耳出的。今天程总监的经历,我回头一定要跟他好好说一下,让他知道天外有天人外有人。"

林佳茵忙说:"九爷别闹了,这是会起反作用的。谁都不喜欢被比较啊!就算是我老爸平时夸我姐,我也觉得不爽呢。"看了林佳茵一眼,程子华凉凉地说:"如果我是你爸,我也夸你姐。你姐多优秀,长得又好看,性格又好,哪儿像你……"

九爷哈哈大笑说:"林助理很好啊!难道她姐姐比她更优秀吗?"

"那必须啊。"程子华顿时来了劲,夸道,"她姐姐和她完全不一样,有女人味得很,很知性的感觉。做起事情来一套一套的,只要资料交到她手上,就会令人很放心。"

难得林佳茵与有荣焉地附和:"当然啦,我姐姐是最好的!"九爷就有些放下心的样子,对程子华说:"程总监,你还想要再试一试吗?"

程子华欣然道:"好啊,我也正想要再试一下。九爷,您这套手法,真的必须练个一二十年?"

"练十几年,那是夸张了。如果说要上手的话,最多三天工夫……要到熟能生巧的地步,一年半载,也就成了。之后再要精进,就得看有没有用心用脑子。有的人杀了一辈子鱼还会割破苦胆,有的人不过练了三年五载,刀法行云流水,能上生鲜台片刺身。"

听到九爷这么一说,林佳茵脑子里闪过一个身影来,她说:"除了用心之外,能够做到三年五载上生鲜台当主理的,还得讲究天赋吧？没几分悟性和天赋，是不行的。"九爷说："是啊。有天赋的人很多……读书有读书的天赋，热炒有热炒的天赋，使刀有使刀的天赋。我守着档口几十年，真见过有的父母都是工人老大哥，没有什么学历和能力的，儿子是一学就会。就守在档口里看书学习，也不见怎么用功就考上清华北大的，这就是读书有天赋的孩子了。要说学烹饪，也是讲究天赋的。腰腿臂力，先天条件要好。还有味觉嗅觉，甚至视觉，也得要有感知……"

林佳茵说："是啊，是啊。确实有这种人，这是命中带着天厨贵人的！"看了她一眼，程子华问："你说这人，该不会是担山文吧？"

林佳茵摇了摇头，说："不是啦，我是想起我姐。她也是那种，吃过一次，就能够做出差不离味道的手艺。我们家的调粉酱汁，我现在都还没学会，我姐两年前就学会了。就连最熟悉我们家口味的食客都吃不出来。就连我老爸都说，我姐的天赋比我好。"

话一出口，就连程子华都惊讶了。林佳茵又说："你别看她平时棉花糖似的，又软又甜好说话，她真要做起什么事来，那也是心里有算盘脑里有主意，杀伐决断得不行。"

程子华不吱声了，伸手又拿起了蝎尾片刀，再次开始练习。而九爷这次再次提醒，必须追求速度。时间耽搁得久了，鱼会渐渐不新鲜。要搁别的地方，或者还能凑合，在五更汤里嘛，就不能凑合了。任何一种原材料变了味道，都会坏掉整锅汤。

默默地点了头，程子华再次洗干净蝎尾片刀，随意取过一个陶瓷碗来在碗底蹭蹭，那片刀刀刃越发锋利了。从鱼鳃上缓缓探入，轻轻地贴着鱼腹，用力柔中带刚，林佳茵看着他那认真凝重的模样，情不自禁地屏住了呼吸。当看到一块连着皮肉的黑膜从鱼鳃里勾出来时，林佳茵重重地呼出一口气，小嘴嘴角扬起笑容来，就连九爷，也惊讶地瞪大了眼睛，比起大拇指来："厉害啊，这些年来陆续来跟我学艺的年轻人也有小一二十号，全都学了些皮毛就止步不前。尤其是这一手蝎尾片刀的绝活儿，看过见过，有一个算一个知难而退。某种程度上……程总监，你也算是……独一份了。"

程子华轻声说:"谢谢九爷夸奖。"

看到他一脸平静,完全没有平日那精英式惯以为常的清高矜持,林佳茵眼底闪过一抹惊异。她隐约觉得程子华有什么地方不一样了,定了定神,说道:"九爷,这样我们算不算就学会了?接下来呢?"

九爷说:"抢个时间,一起来处理这些宝贝吧。鱼抢时间羊靠熬,来,看看我的蕉岭羊。"

拨开有年月的柴炉灶门,可以看到灶膛里阴火暗燃的几截荔枝木炭,每一截都有男人手臂粗。耐烧无比,柴火老灶,真材实料。一声"请看",九爷掀开了直径逾两尺的铸铁大锅,只见里面摆放着羊头羊蹄羊骨,林佳茵一看,脱口而出:"妙啊!这是全羊汤!难怪滋味如此鲜美!皮开肉绽,骨头都露出来了……这是焖的火候足够了啊!"

九爷说:"果然识货,对了,你家也是做牛的。难道你们也是用全牛来煮汤底?"林佳茵摇头道:"不,那样就太燥热了,吃多了要流鼻血的。汤粉的汤底另有讲究……和五更汤这类专门的汤品有出入的。九爷,这蕉岭羊,我看着很精瘦啊,就没多少肉?"

九爷说:"对。它的个子特别小巧,皮薄肉削,胜在肉中透着微微的草药香。尤其久煮成汤之后,口齿回甘。特别适宜和鱼搭配。无论是哪一种羊,在这头灶汤的时候,水没至羊眼睛的位置,就是刚刚好。"

程子华打量着那已被岁月浸染得满身痕迹的大锅,发现这真的是个好法子!以羊眼睛为标准,很原始,但很灵活,且形成了某种程度上的标准化!九爷说:"当然啦,我阿爷从生意好起来的那时候就想到,要让儿子孙子辈都保持一样的味道,那样才可以长做长久。他后来专门去读书识字,研究出一套怎么把五更汤的味道保持一致的方法来。可惜人算不如天算,算不到自己子孙不肖啊。"

听到这儿,林佳茵忍不住扭脸对程子华说:"老板,我想,我知道为什么曾总会看中五更汤了。有历史有来龙去脉,还有现成的制式化。稍微一包装,就可以推广销售。甚至还能够搞成加盟的形式,直接卖汤包……"

程子华淡声道:"如果是要打传统牌的话,割韭菜肯定不止割加盟这一波。在团队给力的前提下,包装起来玩概念,坑个上市之类的跟玩儿似的。"

林佳茵震惊:"这么夸张?"

"不夸张的……"程子华淡淡地说,"有些事情,你把它当事业来做,它就是事业。你把它当生意来做,就是生意。"

很是迷茫地抬头看看天,林佳茵似懂非懂的。幸好手头有事忙,现在是时候把羊捞起来了。配合着九爷把锅中软烂细嫩的羊肉全部捞出,放在半身高的大汤桶中。林佳茵忽然很怀念地说:"这种汤桶和我家用的一模一样,黎记白铁,靠,还真的是同一家生产商!"

九爷呵呵笑:"城里的餐饮行用大汤桶,除了高档酒楼自个儿联系厂家特别定制之外,就数黎记的最好用啦!既有大路货的白铁桶,又有这种精细的铜胎瓷骨高汤煲。丰俭由人,我光顾他好多年了……既然你也是老熟人,正好,免了我引荐的工夫。"

盯着汤煲上很是规矩方正的正方形"黎记"的标志看了两眼,林佳茵沉吟不语。正好程子华处理好了鱼,提着很是有分量的食材筐来到她身边,剥开厨房纸巾一张张地吸干净鱼身上的水分,程子华说:"工欲善其事必先利其器……今天,老大似乎也是去寻访那个叫作白土坳的地方,去找那边的陶器。"

"白土坳?好地方啊!"九爷叫了一声,"那地方原来还有吗?"

林佳茵觉察到事情不那么简单了,说:"九爷,你又知道那里?我老爸好多事情没教我们。色香味形器,这器皿一道,水太深,学问太讲究,细节太多,现在机会难得,你跟我们说一说?"

看到九爷面露踌躇,林佳茵又温言软语哀求了九爷好一会儿,终于把九爷哄得心软了,松了口。

开始讲故事之前,得先把鱼煎上。

荤油热锅,耐心等候至油香扑鼻,才贴着锅边把鱼滑入锅中。

鱼肉入锅,伴随着阵阵清脆的声响,等到动静小了,就是鱼肉里的水分被炸得干了,彻底地把香味煎出来。这样的汤才够浓白。羊头汤滚了,就把煎好的鱼放进去。再加那三杯酒,就行了。大道至简,五更汤全凭这么简单的手段,才容易做到五家店出品都一样。

这煲汤要煲四个小时,和最后一道封汤酒一起,再放三尾两面煎得金黄的鱼。什么品种因时而定,只长不过半尺宽不过巴掌的淡水小鱼就行了。这三条鱼,叫作压味鱼,给五更汤增加鲜活滋味的。把汤踏踏实实地煲下来,九爷也就在院子里煮开了茶,程子华说:"九爷,您这边有很多熟客,这些熟客应该也是早就习惯了你家味道的吧……"

九爷说:"那是当然。五更汤,一碗暖身,两碗暖胃。煲底的汤渣,更是健胃补元气的药了。"

"药?"程子华忍不住重复一次。九爷点了点头,浑浊的老眼闪过一抹自豪的精光:"在我阿爷刚刚开始做五更汤的时候,有一年冬天特别冷,洋城竟然下了雪。雪粒子打得一条街都白了,我阿爷开档的时候,发现有个乞儿佬倒卧在店门板前,阿爷心地好,摸了摸他的心口还有暖气,就叫我阿奶抬了那乞儿佬进店里,放在炉子旁,搓热了手心脚心,喂了小半碗五更汤,乞儿佬就醒了。我阿爷把沉底汤渣捞了给他吃,煲了小两个时辰的汤渣,就跟烂糊糊没区别了,什么味道都没有,平时我阿爷留着来喂家里的猫狗鸡的。但是乞儿佬吃完了,就活了过来。他对着我阿爷磕了几个响头,就走了。我阿爷本来也没有当一回事,没想到……没过两天,雪过天晴,天气转暖,那乞儿佬又上门来了。我阿爷还以为他是缠上了我们家,心里有些不高兴,想着怎么去打发那要饭的。别闹得请神容易送神难……那年代,很多这种事。好心不得好报,前头救了人,后头被贼认住了门脸之后搬空家当的,时有发生的。我阿爷就怕这个。"

看了眼一脸陌生无感的程子华,林佳茵倒是很能理解,连连点头道:"解放前的洋城……历经战乱,是真的人命不如草,也是真的穷凶极恶无下限。嗯,不扯远了。九爷,后来呢?"

九爷说:"那乞儿佬来找我阿爷,却是为了报信。说是在东山有个做官人家的少爷,被野戏子迷住了,好些天茶饭不思,饿得人瘦脱了相。家里人没法子,把野戏子接进了门,少爷却吃不下东西了。现在想来,应该是得了厌食症一类的病症,那会儿不懂啊,只是说是生了积。家里人遍寻医药都无效,就放出消息,谁能让少爷吃东西,重金酬谢。消息被乞儿佬知道了,乞儿佬特意跑了九条街来报信给我阿爷,告诉我阿爷五更汤可以救那人。我阿爷自己都不相信,乞儿佬赌咒发誓的,说五更汤里的汤渣,滚肉糊烂,补脾健胃,一定能成。我奶奶又跟我阿爷说,就算不图那几个钱,万一能够救人一命,也胜造七级浮屠。就这样我阿爷从当天的五更汤里捞了一瓦罐提着去东山口,揭榜治病。

"过了好久,我阿爷想起那件事,还记得很清楚。说这辈子没见过瘦得这么厉害的人,一个二十多岁的大男人,手腕就是一层皮包着一层骨,颧骨突得两层楼那么高。我阿爷按照乞儿佬的指点,用酱油、醋、姜米、炒熟的精细青盐,拌好了汤渣。第一次是喂下去的。看着儿子把汤渣咽下去没呕吐,那官儿家里的老太君激动得哭出声来……第一次能吃下去,等到当天晚上吃第二顿之后,少爷就能坐起来了,嚷着饿。又给五更汤他喝。老夫人留着我阿爷不让走,只让在家里熬五更汤。我阿爷没办法,说必须得在自己家里才能熬出来……于是老夫人专门拨了个跑腿儿的,每天来取汤渣。一个月,能走动自如;两个月,彻底痊愈。半年过去,那少爷生生养胖了三十斤,又是白净佳公子一名,可以挽着那野戏子招摇过市上戏院了。"

林佳茵听得唏嘘不已:"你阿爷在这件事上确实是救了人一命。"程子华思忖着说:"如果是厌食症,喂容易消化的肉糊确实是一种很见效的法子。再用收敛的酸味调和,是有一定的科学道理的。粤菜中药食同源,真是价廉物美。"

一口气牛饮了两三杯红茶,林佳茵双手捧着茶杯,长长地吐出一口气,闭着眼睛微笑着说:"好爽啊……"

程子华提醒她说:"形象呢?注意一下形象。"

林佳茵问他:"会扣工资吗?"

程子华愣了一下,说:"为什么要扣你工资?"

林佳茵于是瘫坐得更加舒服,笑容愈深:"不扣工资,不炒鱿鱼,不丢饭碗,还要什么形象?"

看着程子华一脸无语的样子,九爷哈哈大笑,说:"有这么好的老板,难怪员工放肆。没想到程总监私底下这么好相处,在公司里见到你那会儿……我可是从心里犯怵啊。"

轻轻呷了口茶,程子华说:"她和她姐姐,在我们公司属于特殊的存在,专门为了寻访传统粤地美食而设岗。"九爷问:"洋城里遍地名嘴识家,为什么不去找已经成名了的美食家或者行内人士?"

林佳茵埋头喝了一小口茶,却不禁支棱起耳朵。程子华笑了笑说:"就是要找生面孔,年轻人啊。她们工作表现很好,我和我搭档都很满意。九爷,时候不早了,我们长话短说——这边还有两件事。第一,您如今把五更汤的做法传授给了我和林佳茵,收购价方面,刚才我搭档已批复给我了,就按照我们说定的来。具体的手续,麻烦您明天再跑一趟公司,和我们的商务人员对接。"

九爷老浊的眼底,闪过一抹微光,边点头边叹气:"唉。就这么把我家三代传下来的方子转了出去,希望我阿爷九泉之下,不会怪我。但我知道,我是斗不过那伙人的。连粥都可以用水冲了……工业化的巨轮下,我们这种小手艺人,算得了什么?螳臂当车,十死无生啊!"

仿佛没有听见九爷五味杂陈的嘀咕声,程子华垂目盯着自己交握茶杯的手,脸上表情欠奉:"你放心。"

九爷看着程子华,眼神变得肃穆和敬佩,微微点了点头,嘴角边泛起一丝欣慰的笑容。两人收拾好档案资料,九爷趁着火候没到,眯一会儿。等汤好了之后,他自有去处。

明天的明天,这家店就将要彻底成为历史了。九爷也将要跟儿子到大洋彼岸去,颐养天年。

第二十九章　悠悠南音，久久绕梁

　　晨光熹微，九爷早早地来到了街上，今天他要吃一碗云吞面，然后出发去机场。熟悉的街景，道旁杧果累累，空气中弥漫着杧果的甜香，道上行人还不多，很是慵懒的氛围感觉……
　　活动了一下胳膊腿，九爷还不是很习惯这新的生活节奏。从前都是他供应早餐给别人吃，如今自个儿成了觅食大军一分子，九爷在心里点兵点将一番，最后选了多年老友阿壹云吞。走过市场口，看到水果摊子夫妇，老公正在给新到水果开箱，老婆搬个小马扎坐在路边，把打开的泡沫箱子里的莲雾放进快餐盒里，排列整齐。她的脚边放着一卷保鲜膜，一会儿就要用保鲜膜来密封好快餐盒里的水果。
　　千种情绪涌上心头，九爷不禁伸手摸钱包，买了一份已经打包好了的莲雾。老板娘给了他个开市价，不贵。九爷就这么拎着一袋子莲雾，溜溜达达进了才开业的阿壹云吞面店："一份净云！"
　　阿壹答应着，九爷发现他的神色有些不对劲，问道："阿壹，怎么？脸色铁青，不舒服啊？不舒服就要休息一下啦……钱是挣不完的。"似是回魂一般，阿壹咕哝着答应了一声，说："没什么。"九爷拿现金来付了账，坐在靠门的桌子边等。过了一会儿，发现不对劲："今天怎么人那么少？你徒弟抢光了你的客人啊？阿贰现在是挣不少啦，怕是很快就要开连锁店了吧？"
　　也不知道是不是阿壹没有听见他问话，也没见里面有人声，只有炉子呼呼响，还有煮滚云吞的咕噜声。九爷也没有往心里去，说完之后，跷起二郎腿，一边哼着小曲儿，一边等上菜："依稀往梦似曾见，心内波澜现……"
　　也就扯在高音"射雕——引弓——塞外奔驰——"并且死活扯不上去，跟拉风箱似的拉拉着的工夫，阿壹又出来了，端着云吞放到九爷面前。道了谢,九爷撒上胡椒粉,低头吃了起来。又快又狠地连吞了两三个云吞下肚,九爷才解恨道:"还是你的手艺好啊……"

抬起头看了一眼还是空荡荡的店面,九爷有些错愕,阿壹苦笑:"好吃就来多帮衬我几次啦!你看看这副拍苍蝇的光景,也不知道能撑多久!"九爷皱了皱眉头,沉声道:"阿壹,你跟徒弟争生意,输到这地步?我这儿还有些钱,要不要重新搞好个门脸,然后找些客人来坐旺个场啊?我早跟你说了,现在的年轻人讲环境……"听闻阿贰,阿壹说话声越发涩:"我徒弟?我徒弟的店,上个月就执笠啦!他比我死得更快!"手里的汤勺险些掉落到汤水里,九爷大吃一惊:"什么?阿贰执笠了?"

横竖没有外客,阿壹捧着茶水往九爷面前一坐,诉起了苦:"是啊,早前街尾开了档新牌子,叫'快脆云吞',看着一样的料,吃起来味道跟我们传统手法的八九分的差不离,冲的汤就不说了,味精水,但是,是很好喝的味精水,我去尝了两次味,差点儿上瘾。本来各赚各钱无所谓,谁知道它就跟生癌似的,扩散得极快,一个月开一间,店里粥粉面饭品种俱全,虽说味道差那么一点点,又差不太远。所以间间有钱赚。几个月工夫,就这条街上,已经有四间了!你说死不死?"

眼珠子转了两圈,已经在心里把一笔账算得差不离,九爷脸色就黑沉沉的:"一条街上统共也就那么点居民,做的都是街坊生意……江湖规矩,一人做一样,人人有工开,个个有饭吃,不要把人往绝路上赶。这般开抽水机一样逼死人的做法,是什么神圣?"

把杯中茶喝了一大口,阿壹苦苦一笑:"我还算好,多年坚持老味道,老街坊认我的店,有一些人撑着,上个月勉强收支平衡,这个月还不知道怎么样……我徒弟就惨了,那反骨仔之前就追求创新,追求快速,追求变通,结果被人模仿了过去,不到一个月,生意被挤得稀碎。又是租的铺子,又是花大价钱新装修,现金流一断了,当场被人淋了红油,这几天就转让了。那个衰仔,我就说他扛不住压力……其实再撑一下,说不定还有转机。"

九爷说:"对啊。再撑一下,说不定你就心软了。让他重归师门,师徒俩撑这家店,说不定能撑下来。你说的那种快脆店,说不定就是那些一阵风的网红店,新炉火旺烧三天,之后还不知变数如何呢。不过现在阿贰不战而降做逃兵……那没办法咯,神仙都救不了!来吧,吃个莲雾下下火,别急了。"

接过九爷递过来的莲雾,随意用桌子上的餐巾纸擦擦,阿壹一口咬掉半个,边用力咀嚼边说:"反正只要有我在一天,我就挨一天,做到死再算!——对了,今天怎么有空儿过来帮衬我的?你自己不用开档啊?"九爷说:"我今晚的飞机,走啦!这不就是临走之前来看看你这个老朋友,再喝一口大地鱼汤咯!等出去了,就没这么好味的云吞啦!"

阿壹愣住了,半张着嘴巴呆滞了好几秒,这才合上嘴巴说:"早说啊。好歹给你弄两片炸鲛皮增增鲜!你等着!"

伸了伸脖子把莲雾吞下去,擦擦手,站起身朝着厨房里走去。谁知道没有走两步,身后传来一声沉重闷响……

就这么着,林茂住的单间旁边,又多了位邻居。仗义出手帮忙的阿壹,拉着林小麦的手千恩万谢:"大妹,这次真是多亏了你……不然阿九那条老命就冻过水啦……"

林小麦抽回了小手,说:"也是冥冥中自有天意,上次留了联系方式,没想到我们还没有找上门来,就遇到了……嗯,反正不要谢我,要谢的话,谢谢我老板啦。"

林小麦身后站着的,就是麦希明了。他对着阿壹拱了拱手说:"救人之急,应该的。还好这次有经验了,处理及时,没有耽误黄金救助六小时。九爷的情况会比茂叔好些。"

林小麦问阿壹道:"您通知了九爷的家人没有?"

阿壹说:"我用他手机告诉他儿子了,机票取消了。这边没有人,说是还有个乡下的阿姑,正坐车赶来。一会儿我去接她。等人来了,再好好交代吧。他儿子也订机票回来了,就是仓促之间,好多事情张罗不开。"

林小麦说:"那等先见了人再说吧……这事儿我有经验,只要用上了好药，发现及时，康复得也很快的。佳茵，你过去陪爸爸，我在这儿和阿壹伯伯一起守着九爷。"

她身后不远处，林佳茵眼睛红红，点了点头。公司里还有别的事，麦希明确认好一切上了流程，就先告辞了。看着麦希明要转身离开，阿壹忽然叫住了麦希明："麦总！请留步！"

麦希明应声停下了脚步来，阿壹说："麦总，听说你们现在已经启动了一个传统餐饮保护项目……我……你看看我可以加入吗？"

麦希明眼底闪过一丝惊喜，良好的情绪管理让他很好控制了自己的情绪，说："阿壹先生，我们很荣幸可以得到你的加入。不过这件事不是我一个人能够拍板的，需要提交一些资料。这样，如果你现在有空儿的话，直接跟我到公司去，我安排专人和你对接。"

阿壹鸡啄米似的连连点头："没问题！我现在就有空的！"

他一边说，一边叹气，麦希明很是理解同情地看着他，拍了拍他肩膀……

这边厢，麦希明和阿壹匆匆联袂而去，另一边病房里剩下林小麦守着九爷。时不时地，林佳茵串个病房来瞅一眼，结果没多久林茂就知道了隔壁病房住了个同行，模模糊糊地盘问了林佳茵一番后，丫头片子没能顶住老父亲盘查，竹筒倒豆子倒了个一干二净。结果林茂强烈要求林佳茵推着轮椅带他过来探望九爷。

一见到九爷，林茂潸然泪下："果然是五更汤老九……我们当年……承……承过他……他恩……情……"

姐妹俩大急，说道："爸！别激动啊！""老爸！稳着点！！"瞪着九爷，林茂含含糊糊地喊："五更……汤……没……了……"

"有呢，有呢！"林佳茵连忙道，"不然你以为我们怎么认识九爷的？九爷已经把五更汤传给我们了，录影啊文字啊照片啊一样不缺，我手头还得了他的蝎尾刀。回头老爸出院了，我给你看看。"

听见女儿这么说，林茂情绪才平稳了些。林小麦温言软语哄着林茂，软硬兼施地，最终还是把林茂哄去做复健了。林佳茵不放心，跟着他们去了。林小麦盯着他们走远，低声嘀咕道："世界真小啊，这样都能认识？爸爸年轻时，是不是也是年少轻狂一靓仔？……唉，九爷，你可快点好起来吧！"

照料九爷的护工来了，正在安顿着新护工，林小麦边一二三四，ABCD地交代着，边心里有些自嘲地想："我这也算是老司机了……"

忽觉背后异样，转脸一看，林佳茵正站在门口探头探脑呢。和她视线一接触，林佳茵就苦笑着走了进来，林小麦问："爸爸怎么样了？心情平复了吗？"

林佳茵说："放心吧，有我的嘴，还搞不定？我是没想到他们会认识……也好，有个伴儿了。真是没想到，九爷竟然会突然病倒！"林小麦说："幸亏现在倒下啊，还是倒在熟人店里。如果在飞机上病发，那才麻烦咧！大半夜的，跨国航班，孤家寡人年纪大，就算找乘务员帮忙，都不知道摊着哪国空婶空大妈……说英文还好，如果是说别的小语种的，我都不敢想。"

"姐，你也忒会想了，那么能发挥，给你个键盘去写网络小说得了！"

"你拿我开玩笑？"

"可不敢！阿弥陀佛，反正现在能做的都做了，希望九爷快点醒过来啦……"

伸手握住了林小麦的手，林佳茵轻声安慰："没事的，姐姐。一定会吉人天相，没事的！"从妹妹手里感受到温暖，林小麦眼底又有了力量和光彩，用力点了点头。

时间一晃而过，到了下午，九爷的远房阿姑来了，当看到是个四十来岁的粗壮妇人时，姐妹俩双双松了口气。心直口快的林佳茵忍不住咯咯笑："太好了，我还担心九爷的阿姑是个奔八十的老太太咧……"那个名叫阿蕙的远房阿姑也乐了，一开口声震屋宇："我辈分大而已，还不是很老！这次真的是谢谢你们两位小姑娘啊，真的好危险！"姐妹俩忙道："不客气，应当的！"

于是姐妹俩对阿蕙以"蕙姨"称之。蕙姨手脚麻利，很快把病房收拾得干干净净,有了忙里忙外的蕙姨,反而让姐妹俩成了多余的了。两个人很自觉地坐在了九爷床头不动,林小麦正好趁着这个机会,跟林佳茵说:"今天早上,阿壹伯伯跟着麦总回公司去了,要主动加入我们的美食城计划。不知道现在进度如何……"

林佳茵一下子没反应过来:"阿壹?哪个阿壹?"

林小麦说:"还有哪个阿壹?阿壹云吞那个啊。之前跟徒弟打生打死,谁知道突然开了个连锁的快手早餐店,没两下把阿贰打垮了。我总觉得,九爷中风,是跟这件事有关的……说不定就是被气的!"她蹙着眉尖,眼底隐约有忧色,"之前我们曾经去过阿壹的店里踩点,他是个很有原则的人。现在口风大转变,看来是真的被逼得没办法了。我的心情挺复杂的,既觉得又有一个好的店家加入来很开心,又觉得,美食城开起来,只怕以后面对的对手会很强劲……估计,就是曾总那伙人……"

仔细地听着林小麦的分析,听完之后,林佳茵才说:"有信心点,把估计去掉。这样不也好吗?坏事总会变好事的。没有他们扩张,阿壹大叔也不会知道拧成一股绳的力量啊!反正跟着大老板我很有信心,我们一定比他们强!"

眼尾余光一扫,九爷醒了,姐妹两个立刻围拢床前,随着她们呼唤,九爷眼睛微微睁开一条缝隙,首先看到林小麦,眼珠子缓缓一转,到了林佳茵脸上,然后到了蕙姨,嘶哑且模糊地叫:"阿蕙?"

"太好了!他还认得人!快去叫医生!"林佳茵从椅子上一跃而起,叫医生去了。蕙姨擦着眼泪道:"阿九,这次大步跨过了啊!!"

眼睛直勾勾盯着林小麦,九爷说:"阿贰……倒了……五更汤……"

林小麦凑上前,问:"五更汤怎么啦?"

刚刚醒来,带着些涣散的眼底含含糊糊地,哼起了一首粤曲:"闻得老友……不如坐低饮茶……云吞虾子面五更汤……"

林小麦一怔,九爷又闭上了眼睛……

"九爷!九爷!!"

九爷看着还有呼吸,林小麦不敢乱动,站起身来要找医生,一回身,看到麦希明。麦希明身后还有人,林佳茵的声音在他身后高高扬起:"大老板,麻烦让一让,医生来了。"

麦希明大步流星来到小麦身边,急声问:"小麦,你怎么哭了?"

抬起泪光闪闪的脸,林小麦说话声带着些麻木:"嗯?"

顾不上避嫌,直接用双手擦掉林小麦脸上横流的泪水,麦希明盯着她,眼神深邃:"你怎么哭了?"

轻轻摇了摇头,长发散乱,林小麦茫然道:"我也不知道啊……听到了九爷那曲儿……不知道为什么就忍不住了……"

"老爸……"林佳茵在身后,眼睛也是红红的,擦着眼角说,"这首《老友叹茶》,老爸也很喜欢的。"

"闻得老友话来咯……"

医院走廊里,程子华是最后一个来到的。见到麦希明,对他简单打了个招呼,说:"阿壹师傅那事儿已经全部安排妥当了。——这是什么曲子?你们在医院走廊里外放,不太文明哦。"

迅速关掉手机里的音乐,同样地略点了点头,不需要多言语便即了然。麦希明指了指自己身边座椅:"只此一次,下不为例。来,坐。"

程子华坐下,扶了扶眼镜:"我们的项目要加快进度了……本来我们是打算各走各路线,你走你的阳关道,我过我的独木桥。但现在,他们是要把那些正经个体户全部挤垮……时间等不及人了。"

麦希明眼睛也是红红的,为素来文雅的他身上添了几分杀性:"再者,九爷身上还有癌细胞,医生说没多少日子了。算是完成他的遗愿也好,其他什么也好,我们……让他看一眼传统的早餐还活着,还有市场,还有人保护着,传承下来——"停了一停,加重了语气,"我们的传统味,绝不会被消灭,和打败!!"

程子华张了张嘴,用力点头:"本来就该这样。我早就说要加快进度的了，要不是连连被打乱计划，按照我们过去做事的效率，这会儿早就第一期项目开张了……那么现在需要我们做什么？"

麦希明胸有成竹地说："没事，现在也不晚，耽误的时间正好给了我们调拨资金的空间。David，你带着细妹还是做品控。其他的交给我和大妹。加急，赶紧。该散味散味，该进驻进驻，该找先生择日子择日子。总之，和时间赛跑，七天之内必须开起来！"

林小麦、林佳茵、程子华，一起站得笔管条直，异口同声："是！"他们红着眼睛，冲到车上，就像一群激起斗志的小兽，呼呼喘气，迫不及待上战场去。

病房里，护工来到林茂身边，关上房门，打开手机某音乐APP，外放粤曲频道："闻得老友话来咯，我实在见开心。老友你难得来呀到，不如坐低饮茶。听我细讲，洋城早餐，多到食唔晒呀。云吞面又及五更汤，肠粉叫人思量。喂，整笼包先啦，等住衣肚饿啊。望下街边石磨肠，香杀天边活凤凰……"

悠悠南音韵，久久绕梁声。

若解曲中意，何须共箫笙。

第三十章　热火朝天，纷纷进驻

也就是两三天工夫，居民们讶然发现，被称作"311"号地块的前厂房现创意园，彻底地变了样子了！小皮卡、小面包、五十铃，其中也不乏骚包车，比如不知道谁把奔驰越野给开来了……各色各样不同牌子的车子，载着同样各色各样的家伙什，蜂拥进宁静的311号园地中。

今天是黄道吉日，各商户进驻的日子。一大早，林家姐妹骑着共享单车来到了园区门前，跟男士们会合。麦希明今天穿着健步鞋，显然已做好了走很多路的准备，就连程子华也一身休闲装，没有平日那么正式了。在门岗处略作停留之后，麦希明借来了物业管理的电瓶车，亲自开车。这种厂内电瓶车，就跟个玩具似的，正好坐四个人，还有脚踏板可以放东西。坐上去之后四面透风，头顶遮阳，别提多惬意了。来到了主建筑群，广场上已经画好了车位，停满了车，穿着荧光背心的交通指挥员正在指挥车流。一眼看到银姨拖着一辆平板车，车上一扇石磨沉甸甸的，压得车轮子都不大会转动了，林小麦大声喊着银姨的名字，跳下电瓶车去："银姨！需要帮忙吗？"

银姨站直了身子，擦了擦脸颊上的汗水，笑道："不用客气，我拖到门口，就有专门的人手来帮忙搬搬抬抬了。"

"这……好吧！"

告辞了银姨，林小麦在麦希明招呼下回到了电瓶车上，麦希明说："前面停车位紧张，我们不和大家抢，绕到后面去，不拘找个啥角落临时停一下就好。我们从后门进去。"

林小麦好奇地问麦希明今天是怎么安排的，回答的是程子华，他扶了扶眼镜，说："你不知道？运维部安排了搬家公司在门口接应，大件辎重搬到各自的铺子里，水、电、泥水工统一由物业安排调配，先来后到。各个铺子的细节自行调整。下面千条线，上面一根针，专门由运维部的总经理负责。"安排得井井有条，林佳茵惊讶地看着他："老板，你不是只会吃东西的技术宅啊？"程子华呵呵笑道："世上无难事，只要智商高。做什么事情都好，找到一个点切入进去，顺藤而上，那不就是很简单理顺了吗？"

这才真心实意地拱了拱手，林佳茵很佩服道："老板，那是我之前小看你了，从前多有得罪的地方，不要见怪啊！"不知道为何，程子华竟有些扭捏地别过了脸，从鼻孔里冷哼道："什么时候怪过你了？A great man rarely stoops to pettiness or harbors grievance for past wrongs（大人不记小人过）……"

麦希明开汽油车驾驶技术了得，开这种玩具似的电瓶车也不含糊，就像一条水里灵活穿行的泥鳅，绕到了场院后面，找了两棵树的间隙就倒车入库停了进去。进场日，所有进出口全开，每一个进出口都很忙碌。从最后面敞开的安全铁闸门走了进去，沿着麻石主甬道走没多远，又跟银姨打照面了。

走进阿银肠粉，就看到银姨正在监工盘灶，银姨老公在门口，一声闷吼，把半扇石磨稳稳当当装在已固定好的座子上，简直可以直接去拍武打片。

自从再聚首之后，吴叔、郑叔、王伯三个人就跟桃园结义刘关张似的，片刻不离。三家店毫无疑问地紧挨在一起，就连招牌字体也要求广告公司做得一模一样，仅仅是文字上做了区分。此刻三个人聚在一起，边聊天边干活儿，气氛火热。

这个说，要不是你们家大妹不知道哪儿寻摸到上好的三菇三耳三菌，诚意十足地三顾茅庐，他也不舍得出山。

那个说，后生可畏干劲高。

——三菇，即干草菇、蘑菇、花菇。

——三耳，即石耳、桂耳、火耳。

——三菌，即羊肚菌、竹荪菌、荔枝菌。

听见三菇三耳三菌的名头，程子华扶了扶眼镜，喜不自胜地提起了秋姐村子里那位回乡创业的大学生徐翼，那一位可是过去的高考状元，回乡创业，栽培的菌种质量极好的……都道能入了王老先生的眼，总算没有白白浪费一场机缘。

听林佳茵一五一十地把徐冀的事迹说了一遍，吴叔叔和郑叔叔两位也都很叹服。两位老人家直言后生可畏，又是把林佳茵一顿夸，倒是把林佳茵夸得一顿脸红。

看了一眼脸颊绯红的林佳茵，程子华既吃惊又好笑，忍着笑意道："你竟然也会脸红啊？"

私底下冲着程子华翻了个白眼，林佳茵说："怎么不会？只是没到时候而已！这么说，君子面回归，也有老板你的功劳噢！"闹得程子华的白净脸皮又红了。

…………

同一时间，创意园内快乐迎开业的时候，同样的老城区老字号的星云煲仔饭，同样是林家姐妹的老朋友老板阿星，却是迎来了不速之客。阿星很是冷淡厌恶："你不用在我这儿浪费时间了。我现在过得很好，星云的牌子，我不会卖的。"

对面那个男人倒是不以为意："现在都是做品牌的时候了，单打独斗的时代过去了。我们对于这片老城区内的美食整合是非常有诚意进行合作的。除非是不愿意跟我们合作的人。比如说……阿贰云吞……不好意思，我可以抽烟吗？"

阿星点了点头，那人拿出一包华子，递给阿星一支。阿星摇了摇头，双手紧紧抱住胳膊，说："我很敬佩你们的手腕，不过你开你的连锁店，我做我的煲仔饭。市场那么多，钱是挣不完的，大家各自发达，做个街坊咯。"

那人脸上泛着一丝微笑："当然，当然。"

他自己抖了一支华子出来，也不点，打横放在鼻子下面来来回回地嗅着。回头打量着已热闹过了的饭市，进入忙碌尾声的煲仔饭店，微微眯起眼睛，一脸欣赏："老字号果然就是不一样。洋城里八个老区，就数这一带最多老字号老馆子了……不好意思，我粤语不太好，我可以用普通话说话吗？"

阿星说："当然可以。"

那人换了一口流利普通话，说："如果我记得没错的话，三年前，从星云煲仔饭走出去一百米的距离，开张超过三十年的老字号，就有六家。星云煲仔饭，许记炖品，九爷五更汤，云台肠粉，魏公甜品，津津烧腊……现在，只剩下星云煲仔饭和九爷五更汤了。"

阿星眼神闪烁，没有说话，只是换了一条重心腿站着。那人继续说："哦，对了，九爷五更汤也结业了。就前几天的事。那真是遗憾，仅仅剩下星云煲仔饭了。不过那也说明你很有本事，你说是吧？"

阿星垂下眼眸，看着地上，生硬地挤出俩字："过奖。"

那人说："之前我的同事过来吃过煲仔饭，真的很好吃，品控，流程，都是一级棒。难得每天卖的300煲煲仔饭，都是出自你一人之手，很辛苦。我同事因此回去叫你做煲仔饭王子，很是敬佩你……"

阿星说："客气。"

那人说："但是我们也因此知道，煲仔饭的品控其实不难。一个人，程式化，用好料，掌控了火候。甚至连洗米也可以用机器搅拌，你妈妈说得没错——煲仔饭是没有秘密可言的。"

阿星又不说话了。那人说："我的同事在你这儿吃瘪了之后，回去跟我道歉。我觉得大可不必，你真的是个很优秀的人才，人才都是有傲气的。但是老板非常中意星云煲仔饭，他说从前曾经来这儿吃过，那个时候还是你妈妈做掌勺，味道一样鲜美。所以给他留下了很深刻的印象。我们老板是很有情怀、很怀旧的人。

"而且，他思考问题的角度，也不是像现在一些年轻人那样，只顾眼前，不顾身后。无论是一厢情愿地闹什么美食园啊，什么网红店包装啊也好，还是说死脑筋地抱着老祖宗留下的东西哀哀痛哭着说已经卖不掉啦只能让它们消失了啦，后继无人啦……都不是他的作风。一个成熟的商人，要做到的就是从顾客的角度去想问题，现在的顾客想要什么？——效率，性价比，流量，显摆，虚荣。

"对了，我好像忘记介绍我自己了。我姓曾，叫作曾世荣。在餐饮行业也有一点小小的名气,好像管我叫——"

阿星说:"叫作餐饮品牌营销教父。"

曾世荣微笑了一下,说:"过奖,过奖,那是一点江湖上的虚名罢了。根据平均原理,一个人收入来自和他最亲密的十个人的平均数……其实同样的道理,一个人的认知水平,也是取决于他身边最亲近的人。就像老板你这种吃苦耐劳、用心做事的性格,不就是全盘来自你的父母咯?"

阿星不说话了。

曾世荣忽然问:"我现在可以抽烟了吗?"

"可以。"

这才点燃了华子,又把打火机递给阿星,阿星犹豫了一下,接了过来。曾世荣吸了口烟,看着阿星的眼睛,说:"老板,星云煲仔饭真的是很好的品牌,我们会花很大价钱去包装它的。你觉得这样行不行?"同样地也吸了口烟,阿星很是微弱地点了点头:"行。"

曾世荣唇角勾了勾,视线越发如鹰隼般,一眨不眨,死死盯着眼前猎物:"那我们什么时候签合同?"

阿星:"……"

"要不要我来代替你定个时间……比如说,后天?"曾世荣看着阿星再次点头,又说,"那么就后天早上九点钟,我在虹湾大厦九楼等你……我很期待。"

又看了阿星一眼,曾世荣笑得很友善,告辞之际忽然换了粤语,说:"拜拜。"他转身走了,阿星久久伫立在马路边,泥雕木塑一般……

半夜十二点,黎慧慧正从浴室里走出来,看到手机亮着,关联邮箱里提示有新邮件过来。打开一看,眼底闪过一丝不甘,正要把手机关掉,曾世荣的电话打进来了:"慧,睡了没?不好意思,打扰你休息了啊。"

黎慧慧难掩佩服:"你的邮件我收到了,但我现在电脑里没有你要的东西。明天一早我就回公司叫人给你出合同,办妥所有的后续手续。"

曾世荣夸道:"不愧是慧慧,闻一晓十。"

黎慧慧垂着眼睛,一边用毛巾擦脚丫子一边懒洋洋地道:"老板,还得是你出马。经过我那师弟一番改造,谁知道挂着星云牌子的,是煲仔饭还是煲䖰饭……而且应该很快就会跟着流水线生产线出来,往各个大小超市冰柜里送去。啧啧,冻过又再加热的煲仔饭,想想都没胃口。"

曾世荣笑:"你是识家,你说不好吃,那是一定不好吃的。没关系,好卖就行啦。"黎慧慧说:"那倒是……不过,老板,他们在我们眼皮子底下,张罗起来了。你怎么看?"

曾世荣说:"这是又一次抢在我们前面了啊。"

皱起了眉头,黎慧慧把化妆棉往桌子上一丢,说:"什么美食园?只是做早餐和糕点,看准了实死无生的。还有,你没发现他们现在还没开始宣传吗?一没有广告投放,二没有制造话题,三没开业活动,营销三大雷一个没落下。第一天能有100个客人就不错了!我们时间宝贵,好好地做自己的事情,赶紧麻溜利索地做完这个项目借壳上市割韭菜就好啦。"

吧啦吧啦一大堆,说话跟机枪似的,曾世荣一一照单全收,完了说:"行吧。既然你心里有数,那就最好了。"

…………

红荔街上,接了阿星电话之后失眠的林小麦分明听见林佳茵翻身的动静,她忍不住低低地叫了一句:"细妹,还没睡?明天还要接爸爸出院呢……"在林佳茵看不见的角落,林小麦眼睛也是瞪得铜铃大,"事情都赶在一块儿了。"

林佳茵说:"姐姐,爸爸出院了,我们家的档口一定得重新开了。那么到时候我们怎么分得开身呢?我好焦虑啊!"林小麦安慰道:"焦虑也没用。见一步行一步咯。其实我也有想过把阿茂也带进产业园里,可是没有经过爸爸的同意,还是做不了主。反正先跟老爸商量着来吧。"

"五更汤的架罉我已经全部收好了。"林佳茵说,"David叫我这么做的,也不知道那个书呆子要干吗。"

林小麦忍不住笑了起来:"他是你的老板,也是你搭档,你还是尊重点人家吧。他人是有点儿迂腐,但不是笨蛋,甚至是那种——顶尖的聪明人。反正听他的办就是了。"

安静了好一会儿,就在林小麦以为林佳茵睡着了的时候,林佳茵忽然又说话了:"姐姐,我们要不要来一出打死狗讲价?"林小麦一愣:"什么意思?"林佳茵说:"我之前已经跟大老板打了个招呼,让他留一个位置给我们……我们可以先把东西搬进去了。然后明天再跟爸爸说。你自己是亲眼看到星哥哥是怎么被逼着签卖身契的。我觉得,等老爸回来之后,曾总迟早会找上门来。与其是那样,不如化被动为主动,直接选择让立行来运营。你觉得呢?"林小麦想了一想,觉得还是打个电话请示一下麦希明为好。

这么晚打电话给麦希明,没想到麦希明还没有睡,秒接了电话。"小麦,有什么事吗?"深夜在电话里听到麦希明的嗓音,透着和平时不一样的磁性,林小麦不禁脸上泛起一丝晕红:"老板,今天你们走了之后,我们这边发生了一些事……"

她一长一短地把事情跟麦希明说了,一开始还有些紧张,磕磕巴巴的,后来越说越顺,越说越激动,语速也跟着飞快起来。麦希明耐心听着,听到她不由自主地拔高了音,还让林小麦冷静下来。林小麦可没法儿冷静:"老板,我亲眼看着阿星被曾总的人收服,就跟猫抓老鼠似的。你让我怎么淡定?"

麦希明安抚道:"所以你是兔死狐悲,担心茂叔出院之后,曾总的矛头会对准你——而且一定会对准了你?"

就算麦希明看不到,林小麦还是拼命点头。仿佛看到了她在电话那边的动作,麦希明也是自然而然地说:"那很简单,你一直跟我在做调研和选品,你是很清楚我们的进驻标准和流程的。按道理说,最少是需要试吃过,才决定能不能让阿茂进来。但因为是你,我给你们开个绿灯,直接搬进311来。现在就行动,离开业剪彩的时间还有——36个小时。你们只有两个人,做得到吗?"

林小麦倒抽一口冷气,很是用力地说:"我们——做得到!"

这日，比夏日第一缕阳光更早出现在311号美食园里的，是一群街坊。站在洞开的铺子前，已经一宿没睡，双眼熬得红红的莫叔，嘶哑着嗓子，高声叫嚷："灶已经砌好了，大妹细妹，来看看你莫叔的手艺？"

"这么快？"在前头看布线开接口的林佳茵大步流星来到厨房，戴着纸帽子的莫叔笑着说："还好五年前给你家砌灶时的图纸还收着。这全都是现成的，做起来很快——话又说回来，你老板真是很有心啊，一早就留好了位置，做好了三通，而且室内的大格局和原来的阿茂差不离。省了好多功夫！"

帮忙抹灰的七婶挤眉弄眼地说："这是老板特意关照你们两个的吗？"

莫叔轻声呵斥："七婶，怎么这样说话呢！她们两个还是年轻女孩子呢！"

就算挂着两只熊猫一般的黑眼圈，林佳茵精神头还是十足的，扬起下巴神气一笑："哎哟，大家不妨猜得更加大胆一些嘛！没错啊，老板就是关照我们家啊——不过不是关照我和姐姐，是关照老爸！当初老板刚开始展开调研的时候，我们还没有入职，阿茂牛腩粉就第一个在他的名单上面了——"

蹲在林佳茵脚边，拿了一本本子在记账的林小麦，头也不抬地接着话头道："对呀。七婶那会儿不还给老板指过路吗？难道都不记得了？"

七婶说："记得，记得。那可是个大帅哥，见一次就记得啦。大妹，你看看还缺些什么，我回去给你搬人马过来。我们人多，今天简单捣鼓一下，明天一早来打扫卫生，担保不耽误开张！"莫叔说："不对啊，什么不耽误开张？这不是缺了个掌勺的吗？你放了鞭炮开了张，让客人吃空气？"低头飞快地在本子上唰唰唰写下备忘事务，林小麦说："放心好了。锅碗瓢盆，店里现成的，回去消毒好了之后拉过来就行。还有菜贩粉厂那里，我已经打电话订好了需要的食材啦。"

街坊们听见，全都惊讶了。搞电工的王叔说："大妹，买回了食材，现在缺的是师傅哦！你不会叫你才出院的老窦就立刻开工吧？"林小麦站起身来，和林佳茵交换了个眼神，说："当然不是啦。掌勺的另有其人。"大家问："谁啊？"林小麦、林佳茵一起拱手，异口同声道："我们呀！"

"你们？"街坊们笑了，也都纷纷松了口气，"还好还好，我还以为你们趁着老窦生病，卖了店呢。"

"大妹的手艺可以的，细妹还差点儿火候！"

"那你们两个是准备继续把店开下去了？原来的工作怎么办？"

"我可不可以先订一碗加料牛杂牛腩粉啊……"

一片纷纷乱中，莫叔大喝一声："烧头灶火啦——大妹过来！"

林小麦应声而出："来了——"

特意在徐春娣的农庄里订购回来的优质木柴，在指定位置，以砖、石、木为主要构成，堆放成为一个极具艺术感的柴火堆，既可以供欣赏拍照、怀旧留念、发圈炫耀，又是公司专门供进驻商户们举办一项粤地餐饮个体户们的特殊仪式——烧头灶火。按照规矩，这道仪式得林小麦和林佳茵亲手来。看着她俩一人一刀，此起彼落地把柴火改小。生嫩的小手和黑黢黢的厚背柴刀形成鲜明对比。黑白相映，仿佛世间最美的素描。林小麦擦了擦头上的汗水，看了一下放在筲箕里的柴火差不多了，就让林佳茵把引火的纸媒子拿过来。

过去，新抹好的灶塘里要先点一灶火，叫作烧头灶。头灶火越旺，说明这盘灶越好，以后的生意会越旺盛。甚至还有说头灶火烧得好的灶，煮出来的东西会更加美味的说法。但现在都改用煤气天然气的炉了，自然不能够在灶塘里点火。提来了一个有年头的炭火盆，林小麦把柴火堆好，中空易燃，边捻着纸媒子边笑道："从我们记事起，家里的灶换了两次，从柴火灶换成煤气灶，从煤气灶换成管道煤气灶，都是莫叔帮忙做泥水。还好我还记得怎么烧火，不然就麻烦了。"

她很感激地看了街坊们一圈,说:"各位街坊,这次又是多亏了大家熬夜帮忙呢!等开业之后,不说别的,一会去吃顿好的,我买单啊!"

"嘿,这有什么啊……你们这段日子也是辛苦,一边上班一边照顾老爸。钱就留着自己用压袋吧……"正了正头上略有些歪了的报纸帽子,莫叔说:"最近一次翻新才过了五年,你都很大了。还好我没有老糊涂,图纸也还好好地收着,满满半个抽屉,一张没少!"

林小麦说:"莫叔你有心了。以前还有些人说怪话,什么我们家又没有儿子,我们两个迟早要嫁人的,下了那么多心血到店里,最后也是便宜了外人什么的。只有你们这些街坊,从来不会说怪话,一直支持我们。"

七婶说:"切,都什么年代了!就大妹细妹这么争气的,一个顶三个儿子。"

说话间,林小麦打火机一打,纸媒子烧起来了,引燃了干柴,噼噼啪啪地烧起来,火舌蹿起老高。红红火火的火炭盆,照亮了姐妹俩的脸。街坊们鼓起掌来:"太好了!火起来了!烧起来了!"

"红红火火!生意兴隆!!"

"大妹,细妹,俾心机做嘢啊!!"

"我们大家一定撑阿茂的!"

"灶王爷保佑,生意兴隆,财源广进,四季平安,五味调和,六六大顺……"

七嘴八舌中,街坊们再不歇气,撸起袖子忙活起来……

…………

五月十五,阳火当旺,火神得令。正适宜餐饮生意开业大吉,风借火势,龙舟水满,水起风生。迎着大马路的美食园正门,门户大开。

吉时才近,门口鞭炮由远而近地响起,还响起了南狮庆贺的铿锵锣鼓之声。声音由远而近,家家户户洞开门户,摆出香案,烧开五路财神大元宝,这才开锅煮汤,手拢红包,等待狮王拜会。

四头小狮子领头,再过来一个大头佛引路,后面跟着一金一红两头雄狮,跳跃舞蹈,虎虎生威,从门外一步一跃进来。在停车广场上,一弓一跃,踩上了高低桩。钢桩上缠着红布,桩身上还绕着桂枝、富贵竹、万年青、利市封、彩色糖果……讨的就是个一步更比一步高,后钱更比前钱多好意头。

程子华站在麦希明身边,一边看醒狮,一边用力鼓掌,眉开眼笑:"还是你厉害,弄出这么一场大热闹。南狮是真的好看,我记得还有采天上青的说法来着,不知道今天会不会表演?"

话音才落,那金色狮子高高跃起,在半空中翻转腾挪转体,一口叼住了挂在半空的青菜。好一个精彩绝伦的"天上青"!旁边早就被吸引过来,围得水泄不通的观众,掌声雷动,纷纷叫好!就连麦希明请来的那些贵人,秋姐一家,卞赛,担山文……以及两个穿着夹克西裤皮鞋,相貌清癯的中年人,也一起看得如痴如醉。

这两个中年人自来了之后,一直非常低调,离人群远远的,只是保持了两个动作:微笑,观察。就连麦希明专程想要过去陪他们,也被他们笑着摆手婉拒了。看了一会儿醒狮,程子华视线再落下来,不禁扶了扶眼镜:"那两位领导,不见人了?"

麦希明说:"他们说,让他们随便走走看看就好。他们想要看到真实的……"

程子华说:"这位日理万机的,却专门带着大秘书走这么一趟。老麦,我真不知道你什么时候面子这样大了啊?"

一边聊天,麦希明的眼睛一边不时斜向人群外面,是人都能看得出来,他在等人。程子华问:"你要等的,难道不是这两位?"

摇了摇头,麦希明说:"不是。"

"那你还在等哪位?"

麦希明说:"你猜。"

铁闸门拉开的声音在人群后面传来,跟外面的寻常商铺开门无异。麦希明眼底闪过一阵笑意,拉着程子华微微侧身,程子华张大嘴巴,扶了扶眼镜,惊讶道:"五更汤开业了?"

还是摇了摇头，麦希明说："不是开业。你再仔细看看……或者，等九爷到了之后，我们一起去看吧。"

"九爷——"

"茂叔——"

"九爷来了！茂叔来了！！"声音最大最响亮的，是担山文，他吆喝着，"都让开，让开！给九爷和茂叔让个路！！"

林茂亲自推着轮椅，来到了美食城前。人群自动自觉让开两条道来，有人喊着林茂的名字，有人叫着九爷的名头，此起彼落，带着的，全都是对前辈的尊重和敬意！包括卞赛、徐春娣、梁伯，包括担山文、秋姐、肥仔健、二舅，还有同辈的老貔貅、田鸡炳……所有人都在，但没有人说话，目光所及，就是林茂推着九爷的轮椅缓缓向前。

一步，又一步。

走得很是沉重，又很是稳当。

徐徐行至当街正门前，奶油百篇糕的浓烈奶香随着冉冉轻烟弥漫，九爷微微抬头，浑浊的眼底闪过一抹光亮。林茂低声说："九爷，前面是我的老街坊们，说了要带你来看看的……我们进去走一走？"

林茂推着九爷绕着整个美食园转了一圈，从街头到街尾，一间间一户户，有一个算一个，都没有错过。林茂走得不快，有人想要来帮他，林茂只是客气笑笑，说："我们商量好了，让我来陪着九爷。我们这是相见恨晚，相逢何必曾相识啊！"

见他如此坚持，那要帮忙的人只好作罢。人也不愿意离开，就这么亦步亦趋跟在他们身后。听着林茂絮絮叨叨："金银双花里那个阿银的肠粉啊，绿水河阿池的艇仔粥，这个你还记得吗？胭脂粉，很少见了。从海边传回来的……"

跟在九爷身后的人越来越多，店里坐着大快朵颐的食客也忍不住左右打听起这两个老人的来头。

"他们是谁啊？"

"听说，走路的那个两个闺女帮着创办了这个美食园。轮椅上的那个，是五更汤的最后传人——"

"五更汤?!我知道，我小时候喝过!又白又浓，很好喝的!哎呀，我家老母昨天还念叨着想要喝一碗，我特意开车十公里过去买，谁知道执笠了!就为这件事，我老母伤感了很久……今天这个311开张，说是主打老味道，我老母就说什么都要过来!"

搭讪着的食客旁边坐着的鹤发老妇人，眼神涣散，赫然已有些老人痴呆的征兆。微抖着手舀了一勺艇仔粥送进没牙的嘴巴里，咧开干瘪的嘴巴笑了。

——对呀，这两个老人什么来头?

为什么那些厨子、那些师傅，看到他们经过，都纷纷出来问好?!

他们是很有地位吗?

——衣着朴素，面容沧桑，显然不是。

这两个老人是什么来头?!

又有人说了，他们只是两个普通的厨子，一辈子就干了一件事：一个煮了三十多年牛腩粉，一个卖了五十多年五更汤。

……林茂推着九爷，回到了当街正门的西边，程子华拉开了卷帘门，和麦希明两个左右当门而立，就像两尊雕琢精美的门神。店内陈设如九爷当日的老店，一锅高汤，一个玻璃柜，两三排塑料盒子，本应该装了入汤之物品，如今是空空如也——这家店，是全场唯一一家没有开业的店。

门口是一尊担担卖汤的老人铜像，面目宛然九爷，穿着民国服装，一边汤锅一边炭炉，一担架罉就能走全程。铜像前面的名牌雕琢着"九源五更汤"。

麦希明上前，微微躬身，执晚辈礼，说："九爷，今天开业大吉，请为我们取个名字。"

没有人提出异议，这件事如此天经地义。九爷已经不能执笔了，颤抖着嘴唇，眼睛里闪着和衰弱外表毫不相称的灿烂光芒。他抬脸看着麦希明，啜嚅道："就叫……就叫……"

所有人支棱起耳朵，想要听到九爷能说出什么名字来，恨不能拿个大声公贴九爷嘴边去。

九爷最后挤出五个字:"就叫粤食……城……"

然后解释道:"粤……车牌的粤……

"城,城市的城……"

第三十一章　名师收徒，厨艺传承

那一天回去之后没多久，九爷就走了。林茂才出院，又回去，陪着他，一直陪到最后一刻。麦希明把填了新名字的"粤食城"工商牌照证书拿给林茂过目，林茂看了一眼，点了点头。

美食城开起来之后，路边生癌似的不断扩张的速食店，又以惊人的速度凋零。在这个城市里，不好吃的东西，始终是原罪，食客们会用脚来投票。在快速地抛售了手中积压的资产之后，曾总那伙人神秘地消失了。

也许有一天，这位品牌营销教父，会以别的方式再次杀回这座让他铩羽的城市吧。

谁知道呢？

…………

九爷头七过后，天气越发炎热，洋城进入了最令人畏惧的火炉模式。

这天，是担山文的收徒大典。这次，四个年轻人都是座上宾。

仍旧是江心岛，还是文家厨味道私厨馆，只是比起上次来的时候，路边的白玉兰花事已了，只剩下郁郁葱葱的巴掌大的树叶。路旁的杧果树掉了花，垂下一颗颗蚕豆大的小果子来。

触景生情地，麦希明提起了他们家的往事。麦氏夫妇秉承了粤人最大优点——脑瓜子灵敏，就连做菜也是灵活多变，海纳百川，无物不可入馔。他们刚出去的时候，手边除了护照什么都没有，仅剩下的一点点钱也被蛇头搜走了。麦父冒险摘了一点果子，用盐糖做成蜜饯，在电影院门口卖给来看电影的小情侣。竟然被他卖完了……然后他就这样一点点地赚到了做早餐车的钱，然后从早餐车换到实体店。

林小麦很是敬佩，不禁脱口问道："这中间花了多长时间？"

"哦，后来我父母中了大乐透，就有了第一桶金。所以也就是六个月时间吧。"麦希明直言不讳。

众人："……"

抬眼看着张灯结彩，里里外外粉刷清洗一新的饭店门面，大家不由自主地肃然起来。文家厨味道内部，已重新做过了一番布置。灯亮如昼，地铺红毯，当中一张端端正正的大红酸枝明式太师椅，手边一张小茶几，上面陈设的物件用红布盖着。今天的桌椅重新陈设过，每一个角落里的宾客都能够清楚看到舞台上拜师的场面。

据说，今天来的客人里，有同行，有熟客，还有一些专门擅长舞文弄墨，讲饮会吃的文人老饕、媒体博主、金牌主播、王牌策划……人才济济挤一屋，麦希明一行人被安排到了最前面的一张小桌子前。

担山文来到了中间，双手扶膝，挺胸直背，端端正正地坐了。五个被他选中的徒弟，一字成列入场。当前一人是个三十左右的高壮男青年，白净脸，厚嘴唇方下巴，两条毛毛虫般的浓眉毛给他的脸增加了几分憨厚。

大家都是鸡啄萤火虫，心知肚明，这五个都是按照序齿排好了的。眼睛滴溜溜地注视台上，凝望了一两秒钟，林佳茵吃惊道："我认得他！"林小麦比她还吃惊，问道："排第一的，如无意外，应该就是入室大弟子，以后就是大师兄了。必定在厨艺功架上有过人之处。你什么时候认识这种青年才俊了？"

摇了摇头，林佳茵说："不，我不是说第一个。我是说排第二的那个小奶狗。老板，你认得吗？就是之前在这间店里，被文叔带在身边的二厨。他用古法做出了肝胆相照，还有正宗的牛气冲天汤。因为鹰嘴桃难寻，用黄桃来取代，不光功底扎实，还头脑灵活会创新。所以我对他印象很深刻……"

程子华说："当然记得啦！不对呀……实力这么强横的师傅，竟然只能排第二？那么这个大师兄，是出自原来四家店里的哪一位？"林小麦说："你们之前不是逐家试过的吗？难道就没有试出点儿眉目来？"这句话一说，顿时桌面上陷入了沉默中，看了陷入回忆里的程子华，麦希明低声说："他叫洪家宝，是原本在文厨主理店内做热炒的三厨……"

话音未落，程子华和林佳茵异口同声："芋头熟了鸭先知？"林小麦一听，又乐了："哈。一直听你们念叨那道鸭先知如何好吃，没想到今天见到了本人。"程子华微笑着说："我就知道，是金子总会发光。嘘，他们开始了。"

悠扬不失庄重的丝竹音乐奏了一段过后，礼仪小姐托着托盘走上前去。托盘内只有一碗清水。红布掀开，底下是简单的一口锅，一个铲，一撮盐，一把米。先拜过祖师爷牌位，从托盘上双手捧起清水，洪家宝稳步上前，清水高高举过头顶，深深鞠躬。受了洪家宝的鞠躬，担山文示意他站起身，微微一笑，说："有锅有铲有盐有米，以后就是炉火长旺，时时有工开。见过了祖师爷，以后就要眼明手快勤勤力力地学好手艺了。"

一边说，一边取一小撮盐，巡城三圈，均匀撒入碗中。看着洪家宝喝过了淡盐水，担山文问："家宝，味道如何？"洪家宝态度不卑不亢，响亮的声音清清楚楚地传到每个人耳中："咸淡心照，冷暖自知。"

一问一答过后，礼就成了。

看着排第二位的徒弟也是一般上前去，行礼，接受训诫……程子华有些惊讶地微微张大了嘴巴。看着他，麦希明微微一笑，说："我来之前问过人。这是新中国成立之后简化了的拜师礼。据说从前拜师，就是如你我在海外所见，真的要三跪九磕。那是因为过去的厨师属于下九流的行业，就连厨师这个称谓，也是后来才有的，那会儿都叫伙夫、掌勺，好听的叫声大师傅，就完事儿了。越是如此，越是敝帚自珍，各种规矩大得不行。那是真的一日为师终身为父，师父对徒弟生杀予夺，旁人不敢说半个不字。到了新中国成立之后，人人平等了，师父是人，徒弟也是人，人不跪人。这个习俗就破了，改成更为文明的鞠躬了。"

程子华说："我觉得这样也挺好啊。那你知道桌面上的四个东西代表了什么意思吗？"麦希明说："锅和铲是揾食架罉，应该好理解吧？盐为百味之首，没有了盐做不成菜，所以要放盐。让徒弟喝盐水，也是这个道理——一个做厨师的，如果连味道咸淡都尝不好，火候都不到家，怎算是合格的厨子？大米，是粮食呀。人是铁饭是钢，有饭吃，有工开，就是一般平头百姓最朴素的愿望咯。"

林小麦赞叹道："老板厉害，我现在怕是个假的本地人。这些规矩，连我和细妹都不知道呢。"

一阵轮子转动的声音，转移了他们注意力，程子华定睛一看，眼睛一亮："哇，还要现场做菜给师父吃啊？这是考校功夫吗？还是说露一手给我们看？"

只见五张烹饪餐车如五梅攒花一般，半弧形围绕着担山文。林佳茵摸着下巴，思忖着说："简易炉灶的话，很难做功夫菜。这五个徒弟，已知的两个都是擅长做热炒的，不知道那三个会做出什么菜来？我们有没有那个口福？"

林小麦微笑着说："能够来做嘉宾，口福是少不了的啦。谢师宴我们高考结束的时候就吃过，勤行拜师宴却是没见过，好好开开眼界才是真的。"

开炉开火，不光是林小麦这一桌，就连别的来宾，也多多少少重点关注到洪家宝身上。不言不语地突然成了担山文大弟子，想要不受关注都难。但看到他拿出了一个砂锅出来，开始取猪油、大葱、香菜根落煲底，轻摇慢晃，滑锅润煲。大家都惊讶了，旁边一桌子坐着的嘉宾失声道："竟然做啫啫？"

麦希明惊喜道："韦记者，好久不见！"

原来那人是先前曾经有缘结识的美食记者韦铨坤，对着他们打了个招呼："麦总，林助理，又见面了。"

简单地对着程子华和林佳茵介绍了一下，林小麦也很高兴。韦铨坤身边也有他的朋友，大家简单打了个招呼，他就开始介绍煲仔啫啫的奥妙之处，原来煲仔也很讲究锅气和火候的，而且因为砂煲传热性和铁锅不一样，对炉火要求更高。而这种简易烹饪车上的炉头火力，就更要考师傅的临场应变功夫了。坐在他旁边的发胶擦得特别亮的男人一脸猜测："不知道他要做什么……这个季节，应该是黄鳝片最好，或者鸭胸肉？猪肉青？"

那位也是识家，说出来的都是适合夏天吃的时令肉类。话音未落，被台上传来的喧哗给打断了。

"哇——"

"这道食材却是少见啊！！"

"够明目咯！"

洪家宝完全不受外界影响，把打杂送过来的一捧羊眼珠放入碗中。一弯腰一起身，愣把一桶山泉水扛了起来，倒了小半锅清水，一边操作一边说："我今天要做的，是啫啫羊眼。这是师父布置给我的指定菜式，也是登门拜师必须做的菜式。羊眼睛在粤地很少见，却是北方烧烤的常客，烤得好的羊眼睛，不臊不腥，弹牙，坚韧，既有胶质口感，又有羊肉香味，非常独特。由于啫啫做法和烧烤不同，我现在要做一些先行处理，去一下羊眼珠的异味……"

说话间，他手中大菜刀如鼓点般均匀迅疾落下，片刻把半个新鲜白萝卜切成均匀薄块。再拎起一个胡萝卜切了滚刀块。最后拿起一根青皮甘蔗，一横一竖破为四片，和羊眼珠一起放入了山泉水中。

麦希明说："这种去腥臊的法子，很粤式。"

尽管粤人身上关于吃的段子不少，比如说"天上飞的飞机不吃，地上跑的汽车不吃，水里游的潜艇不吃"，但羊眼珠也是真的很少吃。洪家宝此举，激起了大家好奇心，拿起手机拍摄的人不在少数，还有坐得远的，按捺不住，索性往前凑。

等到清水煮沸，羊眼珠断了生，那锅清水上也多了许多浮沫杂质。把羊眼珠捞出来之后，洪家宝再次扛起水桶，冲刷着大碗里的羊眼珠滴溜溜地转。看了一眼洪家宝粗壮的大臂，程子华扶了扶眼镜，说："就算厨房佬里面，能耍弄三五十斤的铁砂锅跟玩儿似的人不在少数……可是洪师傅这张飞绣花——粗中有细的功夫，也算是到家了。能举起一桶桶装水很容易，如此平稳地稳住出水量，且落得准确，那就难了。"

二次清洗断生过后的羊眼珠变得滑溜溜的，宛如剥了壳的新鲜龙眼一般，在灯光下泛着莹润的光芒。飞快地把一大块肉姜切成大小均匀的方块，接着拿起另一块沙姜如法炮制，林佳茵啧啧道："这刀功确实不怎么需要花刀，但刀刀均匀，连眼睛都用不着多动一下，这是形成了肌肉记忆了啊。"

朝着林小麦挤挤眼睛，林佳茵调皮道："姐，你学会了吗？"

林小麦就笑着，斜斜地瞥了林佳茵一眼："好好看嘛。就你话多。"

言者无心听者有意，麦希明问道："细妹，小麦的刀功很好？"

林佳茵继续挤挤眼睛："你猜？"

程子华插嘴问道："那和我比起来如何？"

林佳茵扬起小脸，思忖片刻："那得让你们比比才知道。"

程子华当场惊讶了，不过麦希明比他们更惊讶："你意思是说，小麦的刀功和David可以媲美？David可是跟从名师学过的哦！"

看了一眼已经满脸羞涩的林小麦，程子华说："别闹了，我是闹着玩的。小麦的刀功好，我大致能够猜到原因，肯定是在店里帮忙练出来的。我这是用我的兴趣来挑战你挣钱吃饭的本事，属于我高攀了。"林小麦忙说："瞧你说的，哪儿的话呢。有机会真的可以切磋一下……看，洪师傅备好料了！"

肉姜沙姜切方块，干葱切片葱切段，蒜米如纸片般薄，玉色般匀停。今年"姜将军""蒜你狠"齐上阵，这小山似的辅料，比羊眼珠还要贵！此外还有上好的纸皮白辣椒。这不是传统粤菜的用料，不过用来给食材增香吊味，是极好的。除了白辣椒，还用了豆瓣酱和剁椒酱，也就一勺的分量，切碎了那些酱料，放入捣臼中，捣得如丝绸般光滑。把酱汁加上调味品，拌入羊眼睛中腌制，最后裹了一层生粉薄油，静置在旁。

林小麦暗暗点头，说："时间才是味道的好朋友，这样腌制过后，时间一到，羊眼珠里就有味道了。有一说一，洪师傅那材料配比，就算腌拖鞋都好吃啊……"

洪家宝从身边的工具架上双手端出了一只圆身白釉,上面画满了"万"字不到头祥瑞花纹的白土窑砂煲来。先以热油涂抹了煲底一回,静候片刻,放入两片肥肉和蒜瓣,也就是一两分钟工夫,肥肉发出了嗞嗞响,锅底却出现了一层淡金色的薄油。

把炸得干透的肥肉蒜瓣捞了起来,弃置不要,洪家宝抓着砂煲让煲底离了火,这一招叫回魂火,意思就是避免煲底过热,否则容易烧煳过火。稍离一离,让煲里稍为"回"一"回"魂。也就是数息之间,差不离煲中温度下降,回魂得差不多了,洪家宝才再次放入姜块,单手拎着砂煲耍弄出搅海神针般的动静,另一边锅铲配合,翻炒滚动,矫若游龙。闻着那冲鼻而来的姜辣香味,林佳茵拿起一张纸巾捂住口鼻,打了个无声喷嚏:"他刚才说什么来着?很简单?用砂锅当炒锅用,很简单?嗯?"

程子华说:"对于他来说是简单咯。不过话又说回来,他这个做法还是讲究的。现榨的猪油底,还用了蒜末去掉猪油的腥味。两种姜,肉姜取辣,沙姜增香。干葱水分少,煸炒起来也是香味十足。满满的全都是细节。"

只见洪家宝一个寸劲,砂煲里的底料在半空中翻了个弧线,来了个漂亮的鹞子翻身,噼里啪啦宛如下雨一般,又落回煲中。这么一翻的工夫,轻烟中,香、辣、辛,三味俱全,刺激中又带着一股淡淡回甘。看了一眼底料成色,洪家宝把砂锅往炉火上一坐,一个个地夹起羊眼珠平铺在底料上。从里到外顺时针,一个挨着一个,不重叠,不凌乱。林佳茵站起身看了一眼,又坐下来微笑着说:"看来羊眼珠也是很快熟的呀!"

程子华疑问:"你怎么知道?"

随手拿起桌子上备的桂圆剥起来,林佳茵说:"就是……就是知道呗。反正这不是常识吗?水生鲜货内脏,都是快熟的,所以啫啫的时候不能叠在一起,防止有的熟了有的没熟,吃了出毛病。理论说不上来,我们这块三岁小毛孩都知道的。"

看着洪家宝排列好了羊眼珠,以关公巡城手法沿着锅边淋了一圈料酒,青烟腾空而起,酒香激发了肉香味,就跟那孙大圣变出来的馋虫入肚，勾得人馋涎欲滴。正欲再看个究竟的时候，洪家宝却把锅盖盖上了。程子华略显失望："好香的酒，不知道用的是哪一种好酒。"

林佳茵说："人家连装酒的器皿都另外分装了，估计就没打算给那个酒庄打免费广告。老板别遗憾了，看看二师兄那边，已经准备得差不多了，这位刀法也好快啊，竟然这么一会儿工夫把一尾野鳜鱼用麦穗刀处理好了……麦穗刀可是很难打的！"

"妹啊，你说得没错，可怎么我觉得二师兄这称呼怪怪的咧……"

姐妹俩嘴上开着无伤大雅的玩笑，一桌子人眼睛却齐刷刷转向了担山文刚收的二弟子——那白净脸小哥身上。早在洪家宝处置羊眼珠的时候，打杂小伙子同样地用一架四轮高脚小推车，把盖着不锈钢盖子，遮挡得严严实实的水族箱推到了小哥面前。

看着小哥白净的脸庞，林佳茵又有话说了："这个小哥哥叫什么名字啊？长得好好看……"

林小麦说："姓胡，名字也好听，叫胡同庆。"

麦希明和程子华对望一眼，异口同声："靓女们，别光看脸了，看手艺！"

第三十二章　活鱼打花，剪如月舞

羊眼珠太过显眼，把大家的注意力吸引过去了，当大家注意到胡同庆的时候，他已经不声不响地把一条二尺长的大鳜鱼取皮起骨，打成了麦穗状，用一根开叉铁枝分挂左右，宛如两条粉色玉髓雕琢成的大麦穗一般。看着那条缕分明，道道不粘连的麦穗状的鱼身，胡同庆稍微整理一番那刚片下来，厚薄均匀，不带一星半点破损的鱼皮。手里一把不过三寸长短，小指粗细的小刀，把鱼皮里朝下，刀刃切入，如丝般顺滑一带。一条带着血色的鱼肉，应声从似乎很干净了的鱼皮上削了下来！

周围忍不住一阵微微轰动，林小麦耳听着韦铨坤就说了："难怪刚才洪家宝说他的菜用不着什么刀功，还是得看跟谁比啊！"

眼眸如深潭，安静，清明，安然不动，胡同庆三刀把鱼皮处理干净，放入冰水中过冷河。接着如法炮制另外一边的鱼皮……比起隔壁大师兄的砂锅热嗒，热热闹闹，胡同庆这里如一座万年冰川，安然、克制、沉稳、冷静。

尽管手边一锅鱼骨高汤已色呈雪白，翻滚不休，胡同庆也只是打了鸡蓉放入汤中吸渣淘澄，动作有条不紊，淡声介绍道："我要做的是鳜鱼，这道菜名字叫'蛟龙入水'，传统做法是放入上汤中氽熟，边煮边吃。今天由于场地特殊，我会改良成现氽全熟，以热菜形式呈上。"

对着全场来了个四海揖，鱼骨汤里的鸡肉蓉已浮到汤面上，中间裂开一道大口子，露出里面的清汤来。胡同庆小心翼翼地滗出清汤，倒入砂煲中，不再另外添加作料，直接放在火上烧开。拿一把大剪刀来，一刀一刀把麦穗鱼剪开。那鱼片片落下，入水即沉，胡同庆绕着铁架子走来走去，一刀接着一刀，动作越来越快，但落入汤中的鱼片似乎活着投入水中似的，不泛半点水花。

林佳茵忍不住低声叫道:"姐姐,他竟然晓得压水花!"麦希明听着就奇怪,顺口道:"又不是跳水梦之队,鱼片还会压水花?"林小麦忍不住莞尔:"老板,你也关注国家跳水队啊?我最喜欢看十米跳台和双人三米跳了,你呢……"麦希明被她逗笑了,说:"别岔开话题。说正经的!"

不等林小麦说话,隔壁桌的韦铨坤粗豪的说话声已经传过来了:"很多人不知道,鱼片也会压水花。过去这道功夫鱼是伺候有钱人吃的,那些人自己很少动手,都得人来烫熟了布菜。如果汤汁四溅烫着了贵人们,那不是讨打吗……久而久之,就有了这么一门压水剪刀法了,当然,也有文雅的名字,叫作'月舞'剪子。"

林佳茵忍不住哧哧笑,说:"名字挺女性化的啊……"

她说话小小声的,却也被韦铨坤听到了,韦铨坤索性侧过身,对着他们这一桌子,摇了摇手指说:"小林助理就说得对了,这种做法一开始确然是从女人身上传出来的。其实就是那些吃席的人,按惯例选了年轻袅娜的娇俏丫鬟来伺候,剪剪生风,莲步生尘,就连手里拿的剪刀也取个风流名字。后来传到了五大三粗的大男人手中,也叫作'月舞'。"

听起来真有点香艳。还好卖相也很好,配得上这么香艳的名字。等到鱼片落入清汤之中,胡同庆盖上了砂锅盖子。和旁边的洪家宝似乎约定好了一般,两人分别抄起一小瓶烈酒,一圈潇洒的飞鸽巡天,划着了火柴轻轻一撩,幽蓝的火焰顿时覆盖在煲盖上,熊熊燃烧。火光持续了不到一分钟就熄灭了,掀开煲盖,胡同庆的鱼汤雪白,洪家宝的啫啫喷香,交相辉映,好不精彩!

林佳茵拽了拽林小麦:"姐姐,你看看,第三个女弟子,是一道凉菜欸——白云猪手?"

顺着林佳茵指的方向看过去,目光落在了正在给白云猪手切片的女徒弟身上,林小麦惊讶了。其实她刚才已经留意到了,这位是唯一的女徒弟,到底有什么长处,可以入得了文叔的眼?这时候,程子华出了个题目给林佳茵道:"你还记得当初探店的时候,我们曾经在担山文旗下哪一家店里,吃到过最惊艳的凉菜?"

"这个问题太简单了，是鱼皮啊！"

"那为什么不是胡同庆做的鱼皮呢？"

林佳茵笑眯眯地说："我们不是跟胡同庆打过照面吗？必然不是他。至于吃到鱼皮的地方——是第一家店，汤水味道不对，卤水花生也味道过重，仅仅只有一道水晶鱼皮过关的鼎尚天汤！"

花园中百花争艳固然可贵，而出淤泥而不染，就越发难得。当时在他们去过的几家店里，鼎尚天汤的管理是最混乱的。唯独这位女厨师，谨守本分，做出了合格的鱼皮。是金子总会发光，文叔最终也就选择了她登堂入室，收作弟子。

女徒弟发现人们注意力集中在自己身上，不由得有些赧然地微微垂了垂头，眼神羞涩地望向了地面。穿着防滑便鞋的脚也不由自主地往后退了半步，稍做犹豫，又站稳了。下意识地把已制作完成的一道白云猪手，向前面推了推。像琼脂白玉一般的白云猪手！一看就知道会很好吃！就连卖相上面也已经做了改进。"色香味形器"，之前的鱼皮味道很好，美中不足的是略带凌乱。这道白云猪手上双手虚托，似乎是有什么典故。

程子华发现了蹊跷，征询的目光就看向了林佳茵。林佳茵说："老板，这道菜还没有完成呢，托着的东西，那妹子手里正在捏弄着。姐姐，我这边看不清楚，你那边看看，她在做什么？"

林小麦说："她在捏果子，手真巧啊，这做的是个……桃子？"程子华就笑了，说："做桃子有什么难的？不过是面点师入门基本功而已。老大，你还记得那个被誉为'被神匠神亲吻过双手'的厨师吗？他能够用面粉、糖胶等，做出任何你能够想象出来的动物，跟活的一样。"麦希明说："我当然记得了。他还把珠宝设计工艺中的失蜡法引入了热厨中。用可食用的蜡来为热菜倒模。那天我们吃的是一只小鸭子，做得可真是纤毫毕现，闹得在场的女士尖叫起来，后来知道是用肉馅做成之后，就是更响的尖叫了……"

林小麦纠正道："不是的哦。这就是中西式厨师区别的地方了。中式厨师，全靠一双手。"

经她提醒，大家再仔细地看那妹子，果然不借助任何工具，直接用手捏。妹子手臂垂直于案板，轻轻一旋，醒好的白面团就在她掌底变成一张均匀的小圆饼。拿起小圆饼来，妹子对大家介绍道："大家好，我叫余胜娣。原来在鼎尚天汤凉菜部做主理工作，今日有幸在大家面前献艺。我要做的还是我擅长的凉菜白云猪手。这道菜经过自己琢磨改良的，现在猪手已经经过脱骨焯水了，刷了九道酸，稍为放凉后，上锅蒸熟即成。为了美观大方，我还要做七个伴碟的子母桃儿。"

原只白桃新鲜榨出桃子汁来，余胜娣打开榨汁机的瞬间，清幽芳甜，沁人心脾的桃儿汁香气，愣是在左右热厨的荤香中刷出了存在感！把桃汁兑入了栗蓉中，按照"先少后多，先慢后快"的原则，贴边注入，轻轻搅拌均匀，再兑入少许的蜂蜜和白糖——要想甜，加点盐。撒入耳挖勺那丁点多的细盐。不过几分钟工夫，一团香喷喷的馅料就做好了。坐得近的林小麦不争气地拼命猛咽唾沫，说："那个馅料似乎就这么白嘴吃都可以了。姑娘动作好麻利呀……"

把馅料裹入发面团中，余胜娣左手固定右手微转，面团在她双掌中一转圈的工夫，就捏成了个圆乎乎的桃子屁股出来，翻转了个个儿，仍旧是左手固定，换成右手三个指头轻拢慢捻。林佳茵眯着眼睛凝神瞅了一会儿，恍然道："姐姐，这不是旧时欢喜楼点心部总厨余四眼的拿手好戏吗，叫……叫……叫……"

卡壳了半天，想不起来了。林小麦说："叫'田螺法'。"

"对对对，就是叫这个手法！余师傅的招牌动作，就是右手三只指头在动，俗语说，三只指头捏田螺，时间一长，这个手法就叫开了，变成了余师傅的独门手法。"

程子华说："话说，他们每个人都有一身本事，难道担山文不忌讳带艺投师这种事情吗？"林小麦摇了摇头道："勤行里，博采众家之长太常见了。担山文自己成才路上也拜了好多师父啊。只要不是做坏事，砸招牌，这是刀切豆腐两面光的好事。"

用田螺法捏出来的桃子，一大六小。麦希明看在眼里，说：

"我倒是有兴趣看看怎么用手捏出像真的一样的叶子来的？别的不说，叶脉就没办法手捏吧？"林小麦很有信心地说："中厨一身功，全靠一双手。喏，她不是用菜汁染出了绿色的熟面团来了？这次拿出来的是什么？是牙签，还有画笔。"

余胜娣竟然用画笔染绿树叶，画出叶脉。落笔丹青，眼定，手灵。做热炒的还需要翻江倒海的臂力，做白案面点，则对巧手耐心要求更高。余胜娣妙手画笔画好了叶子，动作越发加快。两个蒸笼，一边蒸上了白桃面果，另一边打开来，把已熟透的白云猪手拿了出来。一手抄起冰铲子，铲起满满一簸箕冰块把冒着热气的猪手给埋了个严严实实！埋好了猪手，余胜娣一扭腰身，打开了炉火，抄起铁锅架在火上，左右三圈工夫，锅里水汽尽消，注入葱油。等葱油香气一冒出，立刻倒入剁好的沙姜干葱碎粒。锅中顿时烟雾笔直上升，夹杂着"刺啦"的爆豆似的声音。等到声音稍小之后，余胜娣迅速关火，把滚热的姜葱沙姜连料带油，使了个"银河落九天"的路数，撞入已拌上碎干红辣椒的秘制酱油中。

再次"刺啦"一声，香味四溢。看到红辣椒裹上一层油，渐渐变软，余胜娣嘴角边这才泛起满意的笑容来，对大家介绍："这是蘸水。白云猪手要保持皮爽肉滑的口感的话，就不可长久泡在汁水中。要一块一块地蘸水吃。下面我的桃子也好了……"

程子华忽然扶了扶眼镜，皱起了眉毛："不对啊。时间赶不上了……"

林佳茵问："这话怎么说？"

程子华说："一般来说，中式的面点是先定型再上色。蒸好的面点稍为放凉之后，以可食用色素或者植物提取的颜色，以画笔一笔一笔画上。无论南北，都是这种做法。而白云猪手冰镇时间一长，水汽入了皮，就松化软口不好吃了，以三分钟之内为最佳……这马上就要到时间了。要么牺牲猪手口感去做好桃子，要么不给桃子上色拿个白面团去搭配最佳口感的猪手。没有第三条路可走。"

听他这么一分析，林佳茵明亮的眸子底下顿时闪过一抹担忧，两条细细的眉毛也跟着皱了起来。林小麦却道："不用担心，桃子已经做好了啊。"

桃香加面香，Q弹加形象，开笼取桃，余胜娣取出来的七星伴月七个桃儿，又红又白，惟妙惟肖。韦铨坤用力鼓掌，大声叫好！原来，余胜娣在和面的时候加入了遇热变红的食用色素。直接一步到位！当真是巧心妙手！

担山文今日收徒，门下几个弟子，以余胜娣这道菜卖相最佳。一摆出来，顿时吸引了不少人伸出长枪短炮拍摄。就连坐在上首的担山文也忍不住点头微笑，看向最末的两个。

排在第四的是个身材瘦长，面孔也瘦长的青年人，一身厨师服，围裙扎到最紧了，腰围还是显得有些松松垮垮的。在前面几位干得热火朝天的时候，这位一直在备菜。他对着担山文微微一躬身，说："师父，我已经准备好了。我的菜是清炒油麦菜，所以只需要到锅里兜两下就可以。等师兄师姐们做好了，我才好动手。"

众多识家，很是赞赏地点了点头，这就是会吃了，似乎内中暗含深意。至于第五个徒弟，则更加简单——只有一煲白米饭。掀开了煲盖，米香惊人浓郁。第五个徒弟说："清清白白做人，干干净净吃饭。我本是文厨主理的地厘，机缘巧合得到师父指点我学会了煲饭。我现在什么都不会，只会煲饭。希望以后能够跟师父，还有师兄师姐们学习，学会煮更多的好菜，可以给大家尝到我做的菜。"

林佳茵忍不住笑出了声，说："这个小哥哥好老实啊。居然这个场合说自己什么都不会？"

带着笑意看了她一眼，麦希明缓声道："是吗？我反而觉得这是大智若愚的表现。"

林佳茵说："这话怎么说？"

麦希明很少有地转文了一句："知己不足而虚怀若谷。不是我们古书上说的老话吗？"

"轰"地火光冒起，长长的火舌笔直向上，足有两三尺长。大家顿时来了劲儿，齐刷刷朝着开猛火热炒的四徒儿看过去。也就是十几秒工夫，起碟上菜！油麦菜油光闪闪，泛着墨玉般的光芒，中间夹着几星猪油渣，越发诱人食欲。啫啫羊眼、白云猪手、麦穗鳜鱼、清炒油麦菜、白米饭，一个席面奉上担山文面前。担山文眉开眼笑地连声说："好，好，真好。眼明手快，贵贱相宜。你们要记着，学厨学的，就是这八个字。吃了羊眼珠，眼里有活儿；吃了白云猪手，灵活又手快。不论鲍参翅肚，不论青菜咸鱼，都要尽心尽力地煮出最好的味道……一定要让食客吃饱，再吃好。"

一番训诫，平平实实，没有什么大道理，却让人情不自禁地鼓起掌来。

"好！说得好！"

"就是这么个道理啊。正宗老饕就应该既能吃咸鱼白菜，又可以啖鲍参翅肚，平有平吃，贵有贵味！"

"担山文，真有你的！以后谁再在外面乱说你生意做不下去了要折现，老子第一个兜巴扇过去！"

热闹中，锣鼓响，伴随着欢快的音乐声，穿着打扮焕然一新的服务员们手脚麻利地鱼贯而入，安排宾客们移步入席，开围吃饭。

第三十三章　无常之火，化为乌有

谁也不知道火从何而起，以摧枯拉朽的姿势吞噬了一切。消防车尖锐的呼啸声中，猩红的火舌在夜空中划出一道道令人心悸的痕迹，苍青的浓烟把没有一丝云朵的暗蓝天幕涂抹得东一块西一道的，就像一张非主流画家随意涂抹的恐怖画。大火没有伤到人，消防员来得及时，十条高压水龙一块儿上，把火舌压了下去。站在警戒线外面，麦希明不作一声，盯着正在忙活的人们。程子华站在他身旁，扶着眼镜，很有些自我安慰地说："在消防员来之前，园区内分布合理的智能消防系统也起了作用，减慢了火势蔓延。不然这会儿就该成了一片白地了。不幸中的万幸……没有人员伤亡……"

坚持跟着他们过来，林小麦站在麦希明的另一边，此时挑起一边眉毛。有些惊讶地看了林小麦一眼，程子华说："大姐头，刚才你坚决让佳茵先回去照顾茂叔，自己跟了来，我以为你在逞强。没想到，你居然没有被吓哭。"

林小麦叹了口气，说："哭有什么用！……老板，保险公司的人打电话给我了。他们的人十分钟之后就到。那接下来，评估理赔就交给他们了。可是我担心的是……"麦希明接着她的话头："你担心的，是让老师傅们失了信心，重新回到之前一盘散沙的模样？"

鸡啄米似的用力连连点头，林小麦指了指另一边黑乎乎聚成一团的人群。他们现在差不多已经到齐人了，在等着麦希明主持大局。这么晚，师傅们又都年纪不小，麦希明过去聊了几句，就找个地方安顿大家坐下来细聊。

敞门大开对马路，冷气开放尽清凉，门宽店更阔，人气满满，粥热菜香。不得不说，林小麦是真会选地方，只见三四十平方米大的屋子里，两横两纵四张桌子，房间一头垂着超宽屏幕，一角有独立的家庭式KTV机，有麦克风可以说话。

麦希明走进大包厢的时候，正看到林小麦站在音响旁边，一手拿着麦克风试音，二人视线在半空中接触，麦希明嘴角扬起一丝笑容，冲着林小麦点了点头。酒是没有心情喝了，饭还是要吃的，这里面不少人收到消息之后，丢下饭碗大老远跑过来，站在现场饿了半宿。

林小麦事先点好的，都是刺激胃口的东西——生滚粥、咸酸菜炒牛肉、烧腊拼盘、酸笋炒竹肠、生炒时菜、白切石山羊，等等等等。好像要把担忧不满化成食量，师傅们一个个大口大口地吃，没有人说话，吃得满嘴流油，吃得盘空碟净。

看到大家吃得差不多了，拿着调好了的麦，麦希明说："各位老板，今天我们园区发生了不幸的事故。不幸中的万幸，我们没有发产生人员伤亡。至于各位的财物损失，进驻的时候，我们安排签署了保险合同，所以会在保险公司统计清楚之后，逐家逐户进行理赔。"

听了麦希明的话，肉眼可见大家伙脸上那紧绷的面孔就变成了松弛的模样。银姨当场开始喘大气："有保险就好咯……不过我不太认识字啊，怎么办？"

林小麦说："公司会有专人对接跟进。再有什么不明白的，就来问我。"

麦希明紧接着说："对。而且除了小麦之外，我还会把秘书室的几位秘书全部派出来，这几天全力处理好这件事。尽最大可能减少大家的损失。"

银姨大声叫："好！有你这句话我就放心了！"

跟在银姨身后附和的，是卖童子面的郑叔，他说："我也是看着大妹细妹长大的，大学四年，看着她们从稚嫩学生哥成了优秀的知识分子，我相信你们！"

但阿壹却是微微摇头，拧着眉毛，问麦希明道："麦总，现在房子被烧了，我们就算拿到了理赔，那么我们去哪里开铺？难道在重建房子的时候，我们都要在家里待着？这么大的楼房，怕是要一年半载吧?做餐饮的,手停口停,从来都是一年忙到晚的。最多也就是过年、清明休息个两天。让我们歇那么久,那可怎么行?就算是吃谷种,也坐吃山空啦!"

林小麦愣住。

麦希明轻轻把她往自己身边拉了半步,说:"阿壹叔的顾虑有道理。肯定不会让大家停工这么久的……不过,饭要一口一口吃,路要一步一步走,我们先把理赔的事情给统计好了,接下来大家要在哪里重新开张,我一定会尽快把解决办法给大家的!"

…………

这一天,红荔街的早晨似乎和平时一样,林佳茵一大早坐在鸡蛋花树的麻石条凳上,跟不时路过的街坊打招呼,路过的七婶打量了她一番,忽然重重叹了口气,说:"你看看你,两只黑眼圈,跟个大熊猫似的。听说你们公司那个美食园出事了。你最近一定没有好好睡觉吧?不要太过担心啊,没有过不去的河,没有过不去的关,你们还年轻,有的是机会东山再起!"

"七婶,我知道的啦。你放心好了,我们没事!"说话间,街口出现一道苗条的倩影,大步流星地直奔林佳茵这边,后脑勺又长又粗的马尾辫子随风甩动。林佳茵眼睛顿时亮了,高声喊:"姐姐!你回来了!"

林小麦眼底也是挂着两个黑眼圈,但精神看着还好,来到她们面前,开口道:"七婶,早啊!"

七婶笑着说:"知道你们姐妹俩有话要说,我回去煲汤。今晚如果你们不回家吃,也叫阿茂别动火了,我多放一把米,让他来我家吃啦!"

"那怎么好意思!你太累了!"林小麦道。七婶摆了摆手道:"年纪大了,老病患啦。天天不是这里痛就是那里痛的,哪儿有那么娇气!我们这些干活儿习惯了的人,要真整天在家里躺着,才真的躺坏了……就这么说定了!到时候煮饭之前我打电话给大妹啊!"

话都说到这份上了,林小麦只好跟七婶道了谢。送走了七婶,看了一眼眼巴巴盯着自己的林佳茵，林小麦摸了摸她的头，说："我饿了，走，去肥姨那儿吃个粉去。"

来到肥姨店里，点了个经典鸡汤米线，又把附送的满满一碟六十日菜倒进粉里，搅得风生水起，林小麦恨不能把脸埋在碗里开干。稀里呼噜地，一口气吃了大半碗鸡汤粉，林小麦才嘘了口气，接过林佳茵掐着时机递过来的餐巾纸，擦了擦脑门上的细小汗珠，放下筷子，吸了一大口酸奶，活过来了。

林佳茵自个儿只要了一瓶酸奶，把吸管叼在嘴里，有一口没一口地吸溜着，说："姐，现在那边情况怎么样了？"

一口咬断了正在往上吸溜的米粉，林小麦："目前来看也还行，没死人没伤着，只是烧坏了房子，损失了物资，等着保险公司理赔呗。"

皱着眉头，林佳茵说："那房子重新修起来的话，也得要时间啊。我们的经营方式又不是那种整个儿一大块的商厦什么的……那些师傅没工开，要断顿的。怎么办？"

打了个完全不响的响指，林小麦说："这个问题问得好！早就有人问过了！大家都是一个山里的狐狸，最担心的也就是这个事情，不能开档怎么办？虽说到不了手停口停的地步，可这一年半载不开工的，吃着谷种过日子也是糟心。一时半会儿，也没办法找到好的地方来重新开张。后半夜我们在公司里，商量的就是这个事儿。"

满眼担忧地看着林小麦，林佳茵小心翼翼地说："那有什么解决办法没有？"

摇了摇头，林小麦说："没有呢。会议开到天亮，都没想出个四角俱全的法子，老板看我们都不太行了，就放了我们回家休息。"

林佳茵顿时满眼失望："啊？"

"所以啊，"林小麦打了个呵欠，说，"我们赶紧回去睡一会儿，下午还要回公司开会。"

林佳茵点了点头，说："能赶回来吃饭不？要不要去七婶那儿挂个饭牌？"

林小麦说:"估计是赶不回来了,帮爸爸挂上吧。再跟爸爸说一声,免得爸爸担心。"

林佳茵说:"你就不用多想了,老爸什么都知道。今天出门的时候,还叮嘱我来着。说是我们家到现在还能够一家人齐齐整整,多亏了麦总的帮忙。就算那边的分号东西被烧坏了,那也全都是瞎子吃馄饨——心里有数的损失。我们就自个儿把折损的钱扛下来得了,别给公司添麻烦……"

眨了眨眼睛,林小麦脸上闪过一丝惊讶,忍不住停下筷子:"爸爸真的这样说啊?那你怎么说?"

林佳茵挠了挠腮帮子,说:"我当然是让他老人家放心啦,说全都是保险公司赔偿的……他这才放下心来,跟着小勤哥出了门。还说,于公于私,我们都要站在麦总那边,反正那个架势,好像担心我们因为公司有困难就跑路似的。"

林小麦忍不住莞尔,说:"爸爸很少长篇大论的,这会儿中风还没好利索,难为他说那么多。让他别担心就是了。"

"那还用说!我拜托小勤哥了,如果赶不回来吃饭,麻烦他把老爸送去七婶那儿。他们会一起在七婶家里吃饭,晚上陪着老爸,等我们回来。万一……真的要加班到很晚,今晚就我留下,你先回家。"林佳茵说着,挺直了身子,眼睛看着林小麦,扬起下巴,说,"昨天晚上你熬了一整晚,今晚轮到我了。"

扬起一边眉毛,林小麦没有像平时那样宠溺哄诱的,问道:"你怎么知道?"

林佳茵笑嘻嘻地说:"有人给我直播啊,还夸姐姐你很厉害,做事比他想象的还要有条理,真是让他大吃一惊!"

林小麦眼珠子一转就琢磨过来了,说:"是程总监吗?"

林佳茵连连点头:"他让我别跟任何人说的,所以,这是你自己猜出来的啊!姐姐,你是从什么时候开始,变得这么厉害的?"

林小麦说:"这个嘛,很难一句话说清楚欸……嗯,要说,就是……就是从前我们最喜欢看的《美少女战士》里的那句话咯……"

"月棱镜威力，变身？"林佳茵满脸嬉笑，眼底下透着的却分明是不解。林小麦摇了摇头："不是啊。我说的是漫画版那句——女孩子一定要变得强大起来，这样才能保护自己心爱的男人！"

顿时就跟发现了新大陆似的，林佳茵来了劲儿："姐，你喜欢谁?!"

林小麦矢口否认："没有！我意思是，女孩子一定要变得强大起来，这样才能保护自己心爱的人！"

看到某人窘迫得满脸通红，林佳茵也不好追问，就问一个更关心的："那么这个心爱的人里，包括我吗？"

"那必须的！"林小麦笑吟吟地，举起手机扫码付款，"你和爸爸，是我最爱的人啊！——走吧，我困得不行了，回家睡觉去！"

林小麦也真是累了，一觉睡到中午。醒来，林茂已经做完复健，直接被小勤接到家里去了，小勤打电话来说不用担心。街坊们的好意，真是姐妹俩最强大的后盾。带着感动，草草吃了一碗牛三星汤，她们一起出发赶往公司开会。

掐着时间回到公司，前台小姐姐看到姐妹两个，眼珠子就朝着小会议室的方向一路横了过去。放轻了脚步，林小麦压低声音问："大老板和程总监呢？"

前台小姐姐说："有客到，接客呢。"

拧起了眉毛，林小麦不解了："客人？这当口，还会有什么客人来见我们？是希望加入项目的传统手艺人吗？那可就来得不巧了啊……"

前台小姐姐把脑袋摇成了拨浪鼓："不，不是传统手艺人。我看那样子，有点儿像是个——官！"

耳听着林佳茵在自己身后猛然倒抽一口冷气，林小麦一把抓住林佳茵手腕，制止了林佳茵尖叫！林小麦继续问："是哪儿来的官？昨晚我们已经按照程序，报警报消防，全部做妥了呀！"

说曹操曹操到，小会议室的门开了，程子华走了出来，一眼看到了姐妹俩，扶了扶眼镜，说："你们来得正好，快进来！"

跟在程子华身后悄声轻步地走进了小会议室，几张扇形锐角边的桌子拼成了圆形，一坐下来倒不显得彼此分了座次。但坐下来之后，有意无意地，林佳茵还是朝着林小麦身边靠。林小麦抬眼看着自己正对面五十上下的夹克衫男人，戴着一副金丝眼镜，花白头发梳理得一丝不苟，相貌清癯，通身气派。她深深吸了口气，不自觉挺直了腰板，双手叠放十指交叉，放在桌面上。

侧身正面朝着那清癯中年，麦希明身子微微前倾，简单地对那男人道："查老。"

查老旁边的中年微秃男人自称刘秘书。刘秘书很是和善地说："好，那我们现在开始吧。"

话音才落，他自个儿却是往后退了一退，埋头在笔记本上沙沙地记录起来。

游目扫视了一圈，查老微笑着道："大家好像都有些拘谨呀……不要紧张，现在不是正式地开什么会议，不过我知道我突然过来，大家有些意外，也是很正常。"

林小麦看着那张平时在电视新闻节目上才能见得到的脸，有些眩晕，脑子里只有一个想法："老板，什么时候引起了这一位的注意?!不对，看他们的样子，好像对我们很熟悉？什么情况?!"

一个个画面在眼前飞快掠过，开业，采天上青，喧嚣的人群，九爷苍白而满足的笑靥……最后定格在阴凉角落处，不起眼的两个穿夹克的男人身上……她脑子再次眩晕！抬起眼睛，正好和那双已经上了年纪但依然澄澈的眸子视线相对，查老对着她和善慈祥地微微一笑，林小麦赶紧垂下眸子，心里道："他知道我认出他来了!!"

耳畔传来查老娓娓的说话声："其实，原本我和麦希明早就约好了，要在今天见面的。想要聊一下关于你们这个项目的事情。原本是看你们做得很好，想要下来调研，看看能不能争取立个典型拿个扶持什么的，没想到发生了意外。麦希明今天一早就打电话给我，说是不能交材料了，也不能赴约了。我一听，立刻赶过来。"

停了一停，查老继续道："反正废话不多说了。现在目的就变了。你们如果重建，有什么困难的地方，有什么为难的地方，都说来听听，看看我这边有没有什么办法，可以帮助你们的？"

查老话一停，刘秘书手底下笔跟着停，游目四周，轻声说："欢迎大家畅所欲言。"

压力排山倒海地压过来，林小麦没来由地感到呼吸有少许困难。她求助地看着麦希明，恰好查老的目光也是落在了麦希明身上，脸上是那始终如一的和煦笑容，缓声说道："麦希明，这里面你职位最高，做的事情也最多，就由你先来说。除了今天电话里说过的那些，需要场地，需要人手接引，希望可以有绿色通道之外——"

麦希明说："没有了。我们现在最着急的，就是如何保障老师傅们有工开。他们嘴上不说，可心里肯定是要着急的，希望能够给一颗定心丸大家吃……否则的话，好不容易才攒起来的一股藤，还没有长叶开花，就要枯死了。对于我这个园丁来说，可以另外找块地从头再来，但对于那些上了年纪的老藤来说，可能这辈子也就……那样了。"

留意到麦希明语气里的些微激动，林小麦的心不由自主轻颤，心里想道："老板很少这么多愁善感的……他对这个项目，是真的有感情……"

点了点头，查老说："当初你来社院参加培训，就给了我很深的印象。倒是不像有些人，长篇大论，恨不能五分钟的自我介绍用到四分五十九秒……我记得那时候你说，你从第一次走进你家餐厅帮忙的时候开始，你就觉得找到了一辈子要奋斗的行业。就冲这句话，我认为你是个好苗子。后来几次开会，我看着你成长，觉得自己果然没有看错人。你为什么不先让我们帮忙解决资金上的困难？有几个银行，老朽不才，也是可以介绍你认识的，他们资金雄厚……"

麦希明微微一笑，说："谢谢查老关心，我们目前的资金缺口确实很大，能够有帮助真的太好了！这就安排人去对接。但是……"他话音未落,程子华有点猴急地抢在了前面:"查老您好,我们之前也曾经见过面。我叫程子华,是公司里的业务总监,比起有数的钱银损失,这次更加严重的,是无形的资料流失啊!"

查老眼睛朝着程子华看了过去,示意刘秘书做记录,正面对着程子华,道:"程总监,我认得你,你虽然不是本地人,但是对于饮食文化的专业认识之高,令人叹为观止。就连我认识的那几位勤行里的老厨师,饮食界能写会吃的老朋友,都对你赞不绝口。来来,请说,我这边洗耳恭听。"

不光是刘秘书拿笔记录,就连查老,说完这番话之后,自己也拿起了笔,做好了记笔记的准备。

程子华还是那副不卑不亢自信满满的模样,只语速比平时放慢了些许,说:"查老过奖了,我不过是个只会吃的人而已。回国之后,无论在311美食园开业之前,还是之后,甚至更早之前,我一直致力于收集洋城传统美食的资料,包括但不限于这道食物的来龙去脉、用料选材、制作手法,等等等等。而在这个过程中,我发现一个事情。就是这些食谱手艺的资料流失的速度,远远比我们想象的要快。打个不恰当的比方,我们常说,君子之泽五世而斩,但放在一道传统的菜式上,也许传个两三代,就完全走样了,更多的情况,师父传徒弟,徒弟传徒孙,就失传了。比如说,码头上的老白白粥,现在还有人熬白粥的时候用他手攥盐花吊米香的手法没有?又比如说,我们机缘巧合才得到的奶油百篇糕,还有就是用心用力,费了九牛二虎之力才凑齐的三碗文人面……更不用说,眼睁睁看着失传的胭脂粉、五更汤……"

会议室里,一时之间安静无比,只有两支笔尖落在白纸上那微弱的沙沙声,倒显得很是刺耳了。刘秘书写了一会儿,微微抬了抬头,把程子华面前的水往他跟前推了推。轻轻点头致谢,程子华拿起杯子呷了一口热茶,声音听着清亮了许多:"这些古早的、传统的、改良的、创新的味道,私以为都应该做一个保存,以飨子孙后代。我之前做过尝试,想要把资料放在园区里,我甚至想要在园区里做一个展示厅,展示我们粤人早餐,就像之前我们去过的无数个小小的、私人的博物馆展示厅那样。"

查老面露关切:"那么这个演示厅是不是也在大火里遭受了损失?资料抢救出来没有?"

程子华扶了扶眼镜,说:"很幸运,资料还保存着。又很遗憾……之所以没有受到损失,是因为这些资料压根儿没有一个展示出来跟大众见面的机会。事实上,我们只需要一个小小的角落,去妥善存放,去展示,去给大家看看,我们的爷爷辈是这么吃东西的,我们的父辈是吃这些东西的,我们现在吃的食物,来龙去脉,渊源又是怎么来的……总好过,动不动就是千篇一律的什么……皇帝下江南,尝了这味道之后龙颜大悦之类的民间传说吧?"

安静。

还是安静。

持续安静。

刘秘书再次停下笔,悄步离开了座位,从角落茶水柜上取来滚热茶水,给在座每个人满上。加完茶水之后,他又悄悄地回到自己的座位上坐下。

这时候,查老方才停了笔,看着满纸黑黢黢的字迹,嘴角边露出一丝笑容。

不知道从什么时候开始,记笔记的人除了刘秘书之外,查老自个儿也亲自动起手来。他看向林小麦,而骤然被看中的林小麦下意识地挺直了背脊,迎向了查老的目光:"您好!我是麦总身边的助理,我叫林小麦。长期以来我担任的工作是配合麦总做市场调研……"

查老温和地道:"姑娘,就说一下,你觉得现在面临什么难处?"

林小麦看了麦希明一眼,麦希明点了点头。林小麦受到鼓励,胆子大了起来:"我们公司所面临的困难,其实刚才老板已经说了。我这边的想法不太成熟。嗯……就是我们家也是做餐饮的,餐饮行,在过去被叫作'勤行',吃的就是起早贪黑、手勤脚快的饭。一年到头,也就是过年、清明、中秋那几天休息。现在骤然之间停业那么长时间，谁心里都没有底……那是情况之一。之二，是很多人反映，希望可以更加方便地、就近地吃到传统的早餐。我有个想法，在这个过渡时期，能不能给我们一些房屋？不必凑在一起的，只在一个大区的就成，化整为零，先让师傅们有工开了。同时也做一些宣传，让好这口的食客们知道我们还在经营！"

对面的几双眼睛，听着听着，纷纷亮了起来，都盯着林小麦，倒是让林小麦紧张起来了，涨红了脸说："这种做法，我给它想了个名字，叫'聚是一团火，散是满天星'。如今既然遭了火灾难，那么先保留星星火种也是好的……这是我一点小小不成熟的想法，说得不好，请大家指点下。"

刘秘书始终保持低着头，眼睛盯着本子，沙沙地写。查老略一点头，视线投向林佳茵："轮到你了……嗯，怎么称呼？"

林佳茵直了直腰，说："我叫林佳茵，我的工作是跟着程总监收罗宴席正菜，采集粤菜资料并归整入档。就如总监刚才所说，我们收集到的资料，不一定能立刻用上，但求记录下来。我的意见就是……没有意见。但是希望美食园尽快重建，这不光是我们的心愿，也是我们一群街坊的心愿。"

查老微微一笑，语气倒是很轻快："哦？难道还做过了民意调查来着？"

"您还真说对了。"林佳茵很认真地，从脚边放着的大包里，拿出了一个装订整齐的长边拉条夹，"喏，这是我们做的市场调研报告。"

程子华惊讶地扶着眼镜看她，林佳茵侧过脸对他笑了笑，说："我提前整理好了，本来就打算今天带来公司交给您来着。"

从林佳茵手里接过那份调研报告，刘秘书自己先翻了翻，说："粉色的封面，还排了目录和页码。这是委托外面的第三方机构做的吗？"程子华说："调研报告是第三方机构做的，不过这些花里胡哨的东西，是林助理的手笔。嗯……佳茵，你这次带来得太好了，有数据和报告说话，希望查老能够看得入眼。"刘秘书边翻着报告，边露出了笑模样："林助理很细心啊。你这是专门学过档案学?"把垂落耳畔的发丝重新拨到耳后,林佳茵难掩喜色,笑眯眯地说:"没有。不过是从小帮着家里整理账单进货单之类的,养成的习惯罢了。然后大学的时候,自学了所有办公软件,懂一点儿粗浅的文书工作功夫……"

刘秘书夸道:"林助理自谦了,办公软件说起来人人都会,实际上很多人也就会用软件来打几个字,什么分栏啊,排版啊,页眉页脚啊,一窍不通,用表格来自动求和也够呛,真的能用得好的人,一百个里面也没有两三个。"

林佳茵两眼亮晶晶,嘿嘿笑起来。

把翻过了一遍的资料呈给了查老,刘秘书啧啧夸赞道:"查老,您看,封面是自己手打的目录,目录下面压着调研报告,最下面的是手写的原始资料!每一份原始资料上,字迹都不相同,有两份抹平了的也还能隐约可见油迹,不怎么雅观,但真实原始可靠。报告我就略看了一下,很专业,署名的教授还是我们省里民俗文化专家库的。"

查老果然感兴趣,接了过来仔细翻看。在查老看材料的当口,刘秘书又觉得原始资料只有这么点,样本量太少了。他追着林佳茵问,林佳茵朝着会议室角落的文件柜指了指,说:"这些是最有典型性的,被我们单独拣出来了。剩下的两千多份原始资料都在那边柜子里锁着呢!"

刘秘书和查老交换了个眼神,刘秘书低下头,飞快记录起来。看过了材料,原封不动交还给林佳茵,喝了口热茶,查老说:"这次专门到访立行公司收获很大。你们的诉求,我都收集起来了。我们会尽力争取,希望可以帮立行打开一条绿色通道,尽快重新开起来。麦总,我还有一个问题……不知道立行现阶段运营中,海外控制的部分有多少?"停了一停,温言道:"这屋子里没有外人,你跟我实话实说。出了这道门,绝不会有第七个人知道……但,我们必须考虑这个因素的。"

很是理解地点头不已,麦希明道:"我完全明白你们的顾虑……就这么说吧,立行从离开母公司回国发展开始,所有的发展方向、策略、执行，全都由我们国内自己做主。换句话说，我们只花他们的钱，不受他们的管。这一层您可以完全放心。"

果然，查老听着，脸色就又松弛了些许。

刘秘书在旁边记录着，不禁插了一句嘴："资本逐利，伟人曾经说过，为了100%的利润，资本就敢践踏人间一切法律，有300%以上的利润，资本家能够把套在脖子上的绞索卖给行刑者。就算是天使投资应该也够呛做到这地步吧？"

"话是这么说没错。"麦希明还是那副不卑不亢的模样，说，"但我们是百分之一百的华人企业。所以我们的价值观和西方那一套是不一样的，这里面很多微妙的情怀和情结，我相信查老和刘秘书，会比我要明白得多。也正是因为有情怀，所以我们父辈的母公司，愿意不求回报地投资给我和我搭档，让我们回国做这一件事。"

刘秘书扬起一边眉毛，看向查老，查老问："你们的父母，都是上一辈出国热潮的时候出去的吗？"

程子华指了指麦希明，说："他是，我不是。我往上算起，是第三代了。所以我父母让我务必回来，好家风，传三代。他们担心我再不回来，家族里就彻底西化了，黄皮白心，可不是什么好事情。尤其是在这个大国崛起的时代。"

很是赞同地点了点头，刘秘书忍不住朝程子华比出了个大拇哥。就连查老，也不禁颔首微笑，说："如今确实是回国发展的大好时机。不是我盲目自信，我三十岁了才开始学英语，看世界，进修拿学位。到现在活了五十岁了，感觉真的是最好的时代，只恨岁月不饶人，不得问天借百年啊！"

他看着麦希明，说："那么麦总父母，如今年纪应该也不是很大吧？千古艰难唯创业，还是在人生地不熟的国外，真的很不容易！"

麦希明微微一笑，说："确实是这样的。所以我们年轻一代要更加努力。"

查老连说了两声"后生可畏"，转头跟刘秘书说："这边也聊得差不多了。你有什么需要补充的吗？"眼睛快速在记好的笔记上面浏览了一遍，刘秘书说："没有了……对了，查老，最近要搞的那个粤菜工程的培训，是不是可以给两个名额这边？要给年轻人机会嘛！"

查老顿时一言惊醒的模样，对麦希明等人说："刘秘书提醒我了。省里最近在筹办一个粤菜工程的培训，针对的是粤菜从业人员。正好这几天在统筹报名，你们能抽得出时间的话，建议来参加一下。多认识点人，对你们没坏处的。"

几乎不带丝毫犹豫地，麦希明指着林小麦道："小麦，那就你去呗。"

…………

俗话说，吃饭不积极，思想有问题。

但在这人声鼎沸，点单靠吼，座位靠抢，一张桌子上八个人共用一瓶调味酱油的午饭饭点时分，坐在好不容易抢到的四人桌旁，林小麦却对着眼前香喷喷热腾腾的猪脚饭，双目无神纵横四海，手里筷子夹着的一根潮汕酸菜也险些滑到桌子底下去了。

原来，她们是担心一走一星期，林茂没有人照料。填饱了肚子鼓起勇气，回家跟林茂一说。谁知道林茂二话不说开始翻钱包，边翻边问要交多少学费。林小麦一脸哭笑不得地按住了林茂，说："爸！你当我们还是中学生交春游费呢？不用钱，真不用……我们自个儿也不用花钱，国家管吃住，自己出个车费就好了。"

林茂就开心了，连声让她们去，姐妹两个一起去！惹得林佳茵连连追问："那你一个人在家，能煮饭吗？能洗澡吗？店里怎么办？能看顾得来吗？可不能像从前那样，三点起来熬汤底了啊！"

林茂指了指门外，说："小勤照顾我。"

姐妹俩一起看向门外，正好看到小勤来到，刚准备按门铃呢。林小麦连忙一阵风地奔过去，把小勤迎接了进来。而林茂下面一句话，让姐妹俩更加震惊："我打算，收小勤做徒弟，教会他我们家的牛腩粉秘方……"

在姐妹两个震惊的目光注视下，小勤略有些拘谨地坐下，双手捧着茶杯，喝了一口茶才开口说："大妹，细妹，我早就考虑清楚了。这段时间茂叔跟我聊了很多店里的事情，小时候我每次来红荔街，叔父都带我到阿茂吃早餐。你们可能不曾留意到我，我却对这里印象很深。我本身读书不怎么行，有机会学个一技之长，是我的运气。"

林佳茵就问林茂，要不要摆几桌？林茂缓缓道，设香案祭五味神，开围摆宴，说重要，很重要。说不重要也不重要，都是虚的，就免了。有那工夫不如扎实学好本事。小勤也有同感，强调茂叔的身体也经不起摆酒设宴的折腾了。大家一切从简。

这一天，天地为鉴，姐妹做证，一杯热茶，三跪九磕。

就这么一个平凡的傍晚，林茂收下了自己的第一个弟子。入门序齿，从此以后姐妹俩对小勤以兄长尊称。小勤每天到店里，跟着林茂学刀功，学选料，眼见心想，手勤脚快。很长一段日子里半死不活的阿茂粉店，因有了年轻的气息而日渐活泛起来。

....

一眨眼，出去培训的日子到了。

洋城历史长，一山一水和五羊。山是云山，水是珠水，五羊叼着稻穗，屹立在五层楼下，也不知道多少年，直到沧海变桑田，桑田变商圈。就在这么个热闹商圈旁边，那有门岗的小院子里，挂着"长期共存　互相监督　荣辱与共　肝胆相照"的十六个红底黄字口号宣言，平添几分严肃活泼庄严之感。

"姐姐，你看看刚才发的学习资料呗……看看有没有我们认识的人来参加这个培训。"已经坐到了客房，翻开了学员手册，林小麦说："那还用你讲……咦？原来余胜娣也在欸。还有肥仔健。这就有两个认识的了，居然还有秋姐？还有文昌鸡的邹叔叔……哈，熟面孔不少！"

从浴室里走出来，林佳茵就凑了过来："真的？让我来看看！"

四五十个学员名单看过去，认识的也就是这么四五个。也就是这么四五个，让林佳茵和林小麦心定了些，那种第一次出来参加行业培训的陌生感消减了不少。说曹操，曹操到，门外响起了秋姐的喊叫,林佳茵连忙打开门:"欢迎欢迎!"

浑身带着汗水暑气,秋姐热烘烘地走进房间,身后还跟着一个和她年纪仿佛的女人。秋姐进了房间,大声笑着说:"我看到签到表上有你们的名字,还担心认错了。就跟登记入住的服务员打听了一下,没想到真的是你们,放下行李就摸上门了!阿嫦,她们就是我跟你提起过的那姐妹俩!这位是阿嫦,你们有没有听说过'嫦娥粉果'啊?就是她家传统的老手艺,传到她这里第五代啦!我特意带过来给你们认识的!"

姐妹俩又惊又喜,一起对着阿嫦执晚辈礼见过面。阿嫦穿着薯莨布的衣服,圆领宽袖褂子,宽腿裤子,花白头发扎成小圆髻,用朴素的基本款发卡卡得整整齐齐,一丝不乱。她对林小麦和林佳茵道:"阿秋说你们年轻,我没想到你们竟然这样年轻!真是后生可畏……我听说了你们在做的事,就想着机会难得,一定要认识两位。"

闻弦歌而知雅意,就算耳朵不好,这会儿也听出来,阿嫦无事不登三宝殿了。

第三十三章 无常之火,化为乌有

第三十四章　薪火须传，未雨绸缪

待客之道，滚水热茶。

就在林小麦冲起了从家里带来的分装小袋红茶之际，门外又来了两个人。肥仔健扭扭捏捏的声音，在走廊上辨识度反而更高，嚷嚷着要打林佳茵电话，旁边还有邹叔叔的声音。俩大男人在走廊里说话，秋姐听见站起身往门外走去了："邹记真是，总是这么客套的。我去请他们进来，给个惊喜他们。"

一边说，秋姐一边走到门外去了。耳听着走廊上传来打招呼的说笑声，阿嫦脸上不由得泛起一丝笑意，对林小麦和林佳茵说："老朋友好久没见，都很兴奋。平时各自有各自忙，如果不是参加这些活动，真的很少聚一起……你知道啦，我们这一行，又很困身的。"

林小麦点头称是，说道："起早贪黑挣辛苦钱，手勤眼快迎四方客。选了这一行，都习惯了啰。"

阿嫦笑着说："你们不认识我，我却认识你们。我不但认识你们，我还认识你们的爸爸……牛腩茂，身体还挺好吧？"

听闻林茂身体好多了，还收了个徒弟，阿嫦也很高兴，而且打开了话匣子。原来，阿嫦竟是个当代自梳女。她当初为了学一个"嫦娥粉果"，铁了心拜了观音梳了发髻，跟着姑婆学艺。本来她还想收养个女孩子，传下去，但看了这么些年，总没有合适的。现在，她想要把秘方交给林家姐妹，交给这个公司！

话都说到这份上，什么推辞谦虚的话语也都是矫情了，林小麦大大方方地，权且代替麦希明做了一回决定，一口答应下来！谁知道，阿嫦还是个行动派，直接拿出手机，说："你们说要录像的话，我这边日常喜欢玩短视频，我邻居侄女帮我录过一点，你看看行不行？第一次录的时候我很不好意思，觉得不过都是洗米舂米做粉做工，有什么好拍的？后来她坚持要拍，我就由得她去了，慢慢也习惯了。"

林小麦很惊讶："阿嫦大姐挺时尚啊！"阿嫦害羞地笑了笑，说："拍照好看嘛……"

看了一会儿视频，秋姐带着客人们进了屋子。原本尚算宽敞的房间，因骤然拥入这四个客人而显得拥挤起来。秋姐坐下来喝了一口热茶，笑着对邹师傅说："老邹，好久不见。没想到你和细妹竟然也认识！世界真小！"

邹师傅笑着说："我更没有想到，肥仔健和大妹细妹还是同学。这下都坐一起了！哈哈！"

秋姐问："你的店生意那么好，抽得出时间过来被关上几天集中学习啊？"

捧着自己带过来的保温杯，喝了一口里面的东西，邹师傅还是那副气定神闲的模样："瞧你这话说的！再忙也要充电啊！这次全省培训哦，高手如云，说什么也得来开开眼界，长长见识，多认识几个朋友——再说了，正好趁此机会，让辉仔阿星几个锻炼下。跟了我几年，看看他们能不能撑起我这个场子。阿秋，你那个小饭馆全靠你一个人掌勺的，又怎么走得开？"

秋姐说："你都说啦，小饭馆而已。正好最近天时暑热，就关几天门，给员工们放一个礼拜暑假咯！他们很高兴呢！"

邹师傅顿时也笑了，说："你看看，你看看，包租婆就有这底气。自己的物业，不用交租，背后有家族撑腰，说放假就放假！真是羡慕死人！"

秋姐斜眼看着邹师傅，揶揄道："那要不咱俩换换？别的不说，先把你那手文昌鸡教我……"

"可以啊，先拜个师，我立刻就教，倾囊相授！谁留一手谁是小狗！"

肥仔健则忙着给林小麦和林佳茵看自己老婆孩子的近照。

茶过三巡，叙旧已毕。

林小麦注意到阿嫦频频拿眼睛朝着自己这边看，就说："阿嫦姐，事缓则圆，不急。"

她原意是安抚阿嫦，孰料，邹师傅感慨万分地说道："大妹，其实我第一时间来见你们，也是和阿嫦一样的。自从上次细妹带着程总监来过我们店之后，我就一直寻思着，把这件事情放在了心上。虽然我眼下是带了几个徒弟，看着过得不错，可是难保有一日，他们学艺未成而我先去了呢？到时就后手不接了！"

林佳茵一愣，不免安慰邹师傅。邹师傅直摇头："不是的……你们现在应该也意识到了，洋城里很多老味道，已经没有了。但这个现象不是经济高速发展之后才有的，而是一直都有。我给你们讲个事情，就知道了。

"在我很小的时候，洋城里有个客家人，卖的盐焗小吃，味道特别好。她是怎么学到这一手的呢？其实是她跟的师父牛×。她的师父是洋城里的客菜大师。那位大师也是个传奇人物，从粤东五华蕉岭一路打过来，沿路博采众家之长，终于在洋城开山立派，把原本洋城人多少不放在眼内的客家菜愣是做成了高端宴席。捎带手的，让客籍大厨也能够进了洋城，挣到一口饭吃。

"正因为有满身的绝活儿，老头儿就很是敝帚自珍，把收徒弟的标准定得堪比公主招驸马爷。人品天赋不必说了，就连生辰八字也得找诗书街街口的铁口直断吴半仙算过……就这么千挑万选的，最后选中了她。老师傅很是郑重其事，选了良辰吉日，请了士绅乡贤，开香案禀祖师爷，大摆宴席。谁知道宴席上喝多了，年纪也大了，当天晚上睡过去就没醒来，等第二天一早家里人发现的时候，人都凉透了。她一天厨艺都没学过，倒是有良心，照样执徒弟礼，披麻戴孝，担幡买水，那几天迎来送往，跟着老师傅的妻儿一块儿辛苦。

"老头儿的遗孀也实在过意不去，等忙完了白事，送了老头儿入土为安后，那遗孀取来一本本子，就上面头两页有图样字迹，告诉她，这是那老头儿准备收徒之前记录下来的做菜秘籍。师母告诉她说，原本师父打算一边教她基本功，一边写好这本图册，等她有小成了就传给她以供她精进琢磨。没想到才写了第一道菜，人就没了，艺也没传成……师母就把这只有两页纸的图册，传给了她。那第一道菜，就是客家人宴席第一道上的凉菜小吃，盐焗鸡爪。"

一圈人都听得入神了，肥仔健道："所以赚到就要给人，学到就要帮人！"

众人默默点头，林佳茵问："那后来呢？肯定是学成了吧，不是说后来她就仗着一味盐焗鸡爪在洋城安身立命了吗？"

邹师傅说："没错，是学了，可就学了这么一样啊。她师父满身的本事，就传下来了这么一样。而就是这一样盐焗鸡爪，吃过的就没有说不好吃的，味道跟一般的客家店卖的完全不一样，更香，更滋味悠长，据说，还带着点儿食疗作用，有那口腔溃疡口角生疮的，问她要一点儿盐焗卤子，回头兑酒一擦，隔天就好。她也不吝啬，从来有求必应，名气就大了。"

忍不住脸上露出笑容来，林小麦欢然道："那不就齐活了？"

摇了摇头，邹师傅脑门上却是写满了"事情并不简单"六个大字，说："但一开始她也没完全学会，她本人，我是聊过几次的。那时候她年纪也很大了，想要找个人说说话吧……也是缘分。根据她的回忆，说当时按照册子回家一做，做出来的盐焗鸡爪只能说味道中规中矩，比大路货好吃一点点，味道怎么也跟拜师宴上吃到的不对。

"要我说，她也是老天爷赏饭吃，很多味道她只吃了一次就记住了。她吃过味道不对，就没急着把东西拿出去卖，而是关起门来慢慢试……一试，就试了两年。两年时间，她一直没有试出来，这时候师门传来消息，那家人要搬了。她就去送行。

"那时候大家都难，师父家也就比别人略好一点。可没有电视上那种又是送钱又是送东西的。临别时，师父的儿子到底过意不去，说：'听说你学盐焗鸡爪，学了两年都没什么进展。白跟了我爹一场，空有师徒名分，没有师徒之实。这儿有我爹当年留下的两个腌盐焗鸡爪的缸子，就送给你，算是代师父送你的谋生架罉，这就出师立门户挣钱吃饭吧。'"

到了这儿，秋姐对年轻人们解释道："你们读书考大学，在学校拿个毕业证学位证，名正言顺地就毕业了。旧阵时不是这样的，徒弟跟在师父身边，一天不得师父开金口说出师，一天不能离开。遇到坏心眼的师父，就靠这规矩拿捏徒弟，压榨徒弟白干活儿。师父的儿子这么一句话，可是积大德了！"

都点头表示了解，大家连连追问后来的事。

邹师傅说："后来她把两口缸带回去之后，发现这是两口双面釉的缸，立刻就知道自己缺了的地方在哪儿了。过去的民用陶瓷，都是很粗糙的。为了省料，很多都用的单面釉，也就是外面见人的地方烧个釉，里面还是泥胚层。但陶瓷土多多少少都有渗水的物理特性，涂了釉之后，就能防止渗水渗油……所以她用单面釉的缸子来做的盐焗鸡爪，就总是味道不对。

"毕竟也是琢磨了两年的盐焗鸡爪了，一点通了要紧关窍，她马上就做出了和师父味道一样的盐焗鸡爪。洋城里，从来不缺识家啊，她把东西送给几个拜师宴上见到的老主顾尝了尝，那些老主顾都激动哭了。毕竟两年过去了，她也没学成艺，大家都以为再吃不到老师傅手里的味道了，没想到竟然过了两年又吃到了。她就这样一炮打响，但是只能独沽一味，就是盐焗。盐焗鸡爪鸭掌鸡肫，了不起再多加个鸡翅，别的也不卖了，也不会做。"

一口气说了这许多话，脸上倒是一副轻松模样，邹师傅捧起保温杯来，喝了一口，说："这番话压在我心里好久了，今天终于可以说个痛快！"

说罢，脸上泛起笑容来。

秋姐恍然道："我想起来了，这个盐焗嘢我应该吃过！很小的时候，跟我父母进省城，是不是开在码头市场口的那家？只有个阿婆在卖的，味道咸鲜入骨，而且他们家的凤爪是去骨的，只保留了软骨，吃起来异常爽口，名字叫作'阿凤'？"

邹师傅连连点头，说："对。十年前阿凤去世，在此之前她未雨绸缪，把方子卖给了食品厂。现在做成了包装零食，在本地市场颇有一席之地。然而，她说当年她在拜师宴上吃过的她师父的手艺，八道凉菜，四咸二甜二酸，她只学到了八分之一，别的都没有了。就是因为这样，我才早早地收徒弟……阿秋，你是半路出家，如今做得也是风生水起的，我这儿劝你一句，你也该趁年轻，早早地找好继承人了。"

秋姐点了点头，说："我就算了，野路子，开店只是闹着玩儿。要哪天真的做累了做不下去，我就把我的秘方打包送人拉倒。"

一直默默听着，只喝茶没吱声的阿嫦却说道："话虽这样说，就算是从师父手里学到的手艺，我们尚且寻思着怎么发扬光大，最起码别断在我们手里。何况是自己苦心琢磨出来的独门秘方？母不嫌儿丑，还是好好地选个靠谱人，靠谱法子，流传下去好。否则的话……"

目光流连在林小麦和林佳茵身上，阿嫦意味深长道："否则的话，我也不会坐在这儿了。"

林佳茵连忙摆着手，谦虚一番。秋姐笑道："阿嫦，你千万不要说这么生分的话，你想要吓坏两个妹钉吗？——所以，阿邹，你坐过来，是不是也是想和我们一样的事？你不是有徒弟了吗？还不够？"

邹师傅说："有徒弟是一回事，有技术是一回事啊。不瞒你说，早段日子细妹带着她老板，来到我们后厨拍摄了文昌鸡的做法。后来她把视频发给我，又清晰又好看。我琢磨着这个法子不错，拿回去问我的徒弟们，谁知道班契弟有一个算一个，全都是技术白痴，都说不会。所以……嗯……"

看着邹师傅开始嗯嗯啊啊的，秋姐越发乐了，嬉皮笑脸地揶揄道："啊，老古董，教出一群小古董。这是想要求助专业人士啦？"

邹师傅就点了点头。

阿嫦羡慕地说："邹师傅，阿秋，你们两个，一个有徒弟，一个有家族。你们都已经很好了，像我这样，孤家寡人，自己没有老公，侄子侄女辈个个都嫌做粉果辛苦。再不抓紧时间存下我的这门手艺，怕就成了第二个阿凤了。"

很是好奇地看着阿嬗,林佳茵问出了心里的问题,问阿嬗是不是做专业定制的买卖。果然,阿嬗一口承认:"现在叫专业定制,在从前,我们这种就直接叫作'野厨子',一无门店,二不受雇,只有客人来找我订货,我按单做货,做好之后送货上门。图一个自由自在。比如我专门做粉果,就叫我粉果嬗,有的人专门做鸡,就叫鸡佬林。"

林佳茵骇然笑道:"哇,那么生意怎么样?"

秋姐说:"那还用讲?当然很好啦。你看看她这一身的香云纱,那可是软黄金,还有脖子上的这块佛公,正宗大师工冰种豆绿,值两平方米房子咧!"

很是坦然地微笑着,顺手把无意间露出来的冰种豆绿大肚佛收回衣服里,阿嬗来了个默认。林佳茵问:"我们对粉果知道得不多,是粤东一带传过来的点心,在茶楼里卖。一般人家里不常吃。我听说粉果其实只是一个大类的统称,实际上种类多得很,味道也非常不错。"

阿嬗顿时非常自豪,整个人都来劲了,说:"对对对,就是这样!所以我逢年过节,多人来订货的时候,就是最忙的了。我现在什么都做,过年有过年粿,二月龙抬头的茶果,三月三的女儿桃花粿,五月节的端午粿,中元节的祭神粿。这些也都是我姑婆教我的。对了,我还带了一些送茶的利口荷露粿来,趁着现在人多,我取了来给大家尝尝?"

看了看时间,秋姐立刻就代大家答应了,还自告奋勇跟着阿嬗去拿粉果。看到秋姐那江湖四海的模样,林佳茵好不羡慕!林小麦看到她那没出息的模样,不免提醒道:"妹妹,秋姐的底气,来自她自己也是有一手灶上灶下、调和百味的厨艺,那一份离家创业且成功了的实力呀!她的私房菜馆虽然小,也是开了十几年,且在商圈里有那么一号了的。换了你,有没有底气?"

若有所思地点头,眼底里全是恍然和憧憬,林佳茵说:"你说得对。有实力自然就会有底气,底气源自绝对的实力。"

林小麦拍了拍林佳茵手背,说:"对,所以,认真做事吧,然后你也可以这么江湖四海，自由肆意！"

阿嬷粉果好吃吗？

好吃！

带来的清热消暑粿有两种。一种是桃桃粉粉的外皮，水滴般形状，里面是松软可口的米馅。就着红茶来品尝，简直就是刘备得着了诸葛孔明，相得益彰。一种是青青翠翠的颜色，做出云纹来，里面是咸味的素馅，空口可食，喷香又饱腹。

就这样，培训还没有到开班，姐妹俩的名声就不胫而走。

培训进修只有短短一个星期，也一样有班主任带班，有班长，有学习委员，下课之后有些任课老师还要交个三五百字的学习心得。姐妹俩都才刚结束校园生活不久，都很适应。那几天，白天是满满当当的课程，到了晚上，林家姐妹的房间内，高朋满座，热闹不已。甲带乙，丙带丁，纷纷在林佳茵和林小麦那儿挂名报号，彼此之间也是互通有无。林小麦姐妹俩，自然是谦逊以待，同时埋头记录。做笔记，开录音，搜罗照片，分门别类，规整清楚……倒是真的回到了学生时代，孜孜不倦地求学的模样。

这日又是忙到晚上十点半之后，才送走了善做竹篙粉的来客。林小麦一屁股坐在床上，把笔记本电脑放在膝上，就开始导出录音，边看着进度条往前爬行，边说："细妹，你说我们要不要提前跟老板打个招呼，我们收了这么多资料回去？"

在盥洗室里洗漱的林佳茵大声说："急什么？明天就结业仪式了，到时候回去再给个意外惊喜呗！"

林小麦说："不是太好吧，平时过日子就说搞搞浪漫搞搞惊喜……工作里，那就不叫惊喜啦，叫惊吓。老板受惊吓多了，就影响饭碗啦！"

林佳茵拖长声音道："哎呀，你放心啦，短时间内我们饭碗还是稳的咧。"

"这话怎么说？"

"很简单啊！如果老板对我们不满意，怎么愿意把培训名额给我们？"

林小麦正想要告诉林佳茵，这都整整一个星期过去了，连群带私信，两位老板都像断了线的纸鹞——无声无息。不过她还是觉得，做好手头上的事情最重要——手头上的事情嘛，就是要写明天的学员代表发言稿。

经过七天的同学相处，彼此间熟络了很多，亲热了很多。离别时的依依之情在空气中隐约流动着。

掌声中，邹师傅上台来，拿着稿子念了个中规中矩的发言。大家用掌声把他送下去后，就轮到了林小麦。走到讲台上，看到下面一张张面孔，林小麦想要稳住，稳不住，忍不住咧开嘴笑了起来，说："对不起，我第一次这样当众发言，现在有点儿紧张。"

说来也神奇，这句话一说出口，那股紧张的感觉反而消失了，她的话语也渐渐流畅起来："感谢老师，感谢推荐我来这儿参加培训，今天不在场的我的老板，最后要感谢我们自己，在百忙中抽出时间，来上这样略带枯燥无味的课程。"

台下诸人，脸色就有些精彩纷呈，第一排的秋姐不自禁低声道："哇，说话好敢啊。"

而林小麦，嘴角边始终泛着一丝淡定的笑容，她眼睛并没有盯着稿子，而是看着场内，也就是说，她在脱稿讲话："如果说到餐饮行业，那真是最古老的行业之一了，我们这边除了我和我妹妹以外，来参加学习个顶个的，全是行家里手，煎炒烹煮，无所不精，洗切选品，无所不会。所以我们不光是来跟着老师学习，还是来跟着各位前辈学习。

"说句心里话，不参加这个学习，我们意识不到，原来传统粤菜，很多品种已面临后继无人的困境了。满大街的食肆虽然热闹，然而有一些菜还有传人在，却差点儿不做了，比如文昌鸡，比如鸽肚饭。有一些秘方还在，人没了，等待重见天日，比如五更汤，比如私房菜里的某些菜式。有一些只能在洋城周边的地方才能吃到正宗的了，比如女粥，比如大战，比如白玉脆瓜。还有一些，靠着一两个人苦苦支撑，比如嫦姐粉果，比如银姐手里的麒麟酱……有大菜，有正餐，有小吃，有调料，有贵有平，但无一例外，都是值得我们珍惜的好东西。

"单木不成林，从前是因为没有平台和力量让我们聚在一起。如今有人关心，有人整合，不正是我们互相沟通交流的好机会吗？我记得开班第一节课，是讲的国际关系和经济格局，老师提到，过去的四十年，我们都在放进来。现在不一样了，我们要走出去。不光到外面去给别人修铁路，修房子，搞基建，搞硬件，而且还要把软件带出去，把文化带出去。

"吃也是文化，而且是最直观的文化。记得当年的武侠小说风靡全球，有那么一句话，'有华人的地方就有金庸的小说'。那么我们能不能争取做到，有人的地方就有中国菜，有中国菜的地方就有粤菜呢？我曾经是个骨子里很小女人的人……"

说到这里，底下认识她的好几个长辈忍不住笑了起来。秋姐笑着说："看不出来啊。"

同样地跟着笑了一笑，林小麦继续道："是的……很多人看不出来。其实那时候我所真正希望的，是继承阿茂粉店，继续开下去，继续服务街坊。我喜欢看到街坊们吃我做的东西。所以那时候我甚至出主意支持妹妹去参加面试。因为我们两个的愿望，是恰好反过来的，爸爸希望我去上班，妹妹留在家里。而我希望留在家里，我妹妹想要出去上班。

"但是后来，我的想法改变了。特别是在上了那节课之后，我就在想，我做给街坊们吃都已经很高兴，那么如果可以做给全世界的人吃，岂不是更有意义了吗？

"可能我的想法还有些天真……然而，这一个星期以来，又收集到了很多老前辈的意见和建议，都希望可以把手里掌握着的技术，通过我们公司的运营方式保存下来，推广出去。我就想，可能我的天真也不是一无是处的。"

肥仔健在下面大声吼："说得好！"

跟着肥仔健身后，几个声音一起重复："说得好！"

目光在眼前面露狐疑之色的行业师傅脸上一扫而过，林小麦直了直腰，站得更加笔直了一些，说："就算凭我个人之力所做有限,再有限,我们也找回了白玉螺,找回了君子面,找回了白玉脆瓜……就像那个救海星的寓言那样,可能我们做的一切对整片大海里的生物来说作用有限,然而对眼前这只海星来说,是有作用的。那就足够了。"

看到那位师傅收回了目光,垂目微笑,林小麦微微一笑,说:"同学们,寻味寻根,冷热自有人生百态。知古兴今,寒暑皆孕春华秋实。一粥一饭成情愫,一饮一啄思故乡。民族的才是世界的;最真的,才是最美的。人的胃在哪里,他的心就在哪里。有幸生在这个最好的年代,有幸从事这最有意义的行业,有幸结识到大家,有幸参与到这些项目,有幸来到这次培训……回去之后,我会继续努力,把精力投入到保全传统粤味,为保全粤菜文化并推向海内外,略尽绵薄之力。

"我的发言到此结束,祝各位生意兴隆,前程似锦,身体健康,家庭幸福。谢谢大家!"

随着林小麦的一礼,会议室里响起了如雷鸣般的掌声,经久不息……

隔着人群,林小麦看到了查老,看到了刘秘书。她微微眯起眼睛,一不留神间,那两位特别嘉宾却又隐身不见了。

第三十五章　各方合力，重新开锣

洋城的老城区里，街头巷尾，有着无数豆腐般大小的废报亭、法拍房、政府接收了的空置屋。以雷霆效率外加惊人财力，合二为一，迅速把这部分零碎房子装修改造，半个月之内，保准能够让赋闲的师傅们重新开张！

一开始的时候，它们的数量并不多。也就是那么三间五间、十间八间……毕竟要找到符合要求的房子，哪怕有了政府的帮助，也是很难，很少。但到底是张罗起来了，炊烟冒起来了。

第一家银姐的肠粉重新开了之后，眼瞅着那袅袅炊烟，那满堂食客，那忙碌个不停嘴角始终带着笑意的银姐两口子……师傅们眼中又有了光。保险赔偿的钱一笔笔汇入大家的银行卡里，还有那份沉甸甸的红头文件……

星星之火，在311美食园的余烬里复燃了，越烧越旺！

林小麦和林佳茵拖着行李箱，看着手机里程子华分享的共享位置，刚一到地方，不禁双双瞪大了眼睛！

身材高大皮肤乳白的女人，正是前阵子伺候九爷给九爷送终的蕙姐，她系着围裙站在盘好的三眼灶后面，面前是两排排开的备料，鱼肠鱼子鱼泡，羊杂羊肝羊肉片……食客捧着一个脸大的海碗，痛饮碗里浓白鱼汤，那叫一个畅快扎实！

挽起衬衫衣袖，手里捧着资料，站在灶旁，指点蕙姐做事，程子华抬起头来看到她俩，对林佳茵打着招呼。林佳茵嘴里应着是，眼光却一个劲儿地往蕙姐身上瞟，程子华就笑了一笑，说："觉得很出奇吗？蕙姐早就有心学个一技之长，正好跟了九爷身边，动了学艺心思。不过九爷身体不好，只跟她口说了些大道理上的诀窍，没办法动手教她实操。恰好我这边保留了全套的五更汤录影材料，趁着我自个儿也还没忘记，就借花献佛，索性把这套本事传了她……这套五更汤的本事,在我身上不过是锦上添花,在她手里,却能够雪中送炭。"

现在五更汤要变五点汤了,辛苦是辛苦,但保持这样的翻台率那是很赚钱的!

五更汤活了!!

店面狭小,不是说话的地方。程子华就带了她们去附近的糖水店。坐下来喝了一碗绿豆沙,林小麦才回过神来,直叹我们的程总监竟在街头小店当技术指导,还蛮享受的样子,哇,还是我们之前认识的程总监吗?

程子华倒是很平静地说:"既然要教人,当然要彻底教会,何况蕙姐还很支持我们的复兴重开计划,这几天我只要有空儿都在店里。跟她说,不必拘泥五更汤的说法,只要保证质量,哪怕五更汤开到下午五点钟也行。首先把市场打开了,别的宣传经营手续等等,有公司团队兜底,她只管放心做。她上手得不错,最多两天我就可以不用来了。"

林佳茵"咦"了一声,说:"这法子其实不错啊。老带新,等新人可以自立之后,就可以抽身到别的店去……这样就可以给开很多家店了。其实这是那种流水线加盟店的套路,我们稍微化用一下,不就行了?"

到底稳重一些,林小麦没有像她那样喜形于色,而是说那得看成本。我们得对海外的股东们负责吧……对了,老板在哪儿呀?我有好多问题要问他呢!她实在有些挂念麦希明。而程子华嘴角边泛起了一丝神秘的笑容,他说:"海外股东这一层你们真不用担心了——事实上,麦希明现在,就是在从机场回来的路上,接回的就是那一群海外的股东!"

姐妹俩异口同声:"什么?!"

但程子华下一句,又改了口:"严格来说,还是不要把他们当成股东来看吧。"

姐妹俩再次傻眼:"啥?"

程子华眼底闪过一抹微光,说道:"一会儿你们见面,就清楚了……嗯，对，我也要去接风的。你们既然来都来了，就跟我一起去吧。老大没有说要你们去参加，我想有你们在一定可以帮上忙的。"

二话不说，姐妹俩齐声答应，林佳茵和林小麦把行李往程子华后备厢一放，程子华在前面开车的工夫，两人竟还能在二排座上迅速补好了淡妆。等到了公司，走下车的又是两个神清气爽的小美女。

程子华很是赞赏地比了个大拇哥，说："你们两个是越来越敬业了，升职加薪指日可待啊。"林佳茵羞赧一笑，正要说两句话谦虚谦虚，林小麦却是东张西望的，脱口而出道："不对，这地方安静得过分了。总监，你去打个电话给老大，去确认一下他们到底是不是要来公司？"

程子华脸上的笑容也僵硬了，看着林小麦，狐疑着拿出手机："是到公司没错啊……你说得那么确凿的，有什么理由？"

"第六感……"

换了平时，换了别人，程子华准是翻个白眼过去，外带一顿撑了。不过对面是林小麦，程子华就直接打给了麦希明："老大……你们到哪里了？我带了两个惊喜回来，嗯，她们也有惊喜给你。什么？! 在红荔街街口？!"

第三十六章　叶落归乡，开枝散叶
（大结局）

临近晚高峰，就算是程子华的车子装上了翅膀会飞，也赶不及去红荔街和大部队会合了。

等，是不可能等的。

赶，又彻底赶不上。

卖关子失败，开车把姐妹俩送回家路上，程子华老老实实地开始竹筒倒豆子地交代情况。他说："他们从外面回来寻亲访乡的。老大扯的线，主导的力量却是远远比我们大得多。我们的股东只占了一部分……一小部分。他们年纪大了，想要回来走一走，看一看，听一听乡音，吃一吃记忆中的味道。这么说……你们应该能明白吧？"

林小麦和林佳茵一起点头："明白。"

到了红荔街，姐妹两个首先回到家里，家里没人。打了林茂的手机没有人接，林小麦又打了小勤的手机。小勤倒是接了，林小麦听见那边吵吵嚷嚷的，拔高了嗓子说："小勤哥，你们在哪里？"

小勤说："陪着师父出来见几个老朋友，师父说今晚不回家吃饭了，你们自己搞定吧！"

林小麦大声说："什么？！"

"啪"，电话挂了……

没辙，反正都那么大个人了，学林小麦的话说，拐子佬都不要。程子华只好打道回府，没有和麦希明碰上面的姐妹两个就留在家里，收拾好东西和自己，到了快要开始吃消夜的时分，麦希明在群里丢了一份通知出来，内容是让她们明日早上十点参加活动。

躺在床上敷着面膜高举手机盯着屏幕，林佳茵乐了："古码头黄沙龙母庙？我们这儿走路十分钟就能到了呀！哈！明天可以睡懒觉了！"躺在另一张床上的林小麦，侧身躺着，也是看的同一份文件，说："还是要准时去的。这活动好大型的，宗亲会，同乡会，好几个地方的商会都参与进来……还有这些公司，啧啧，水蛇卵一大串的。明天是要去唱大龙凤？"

林佳茵却是一副天塌下来当被子盖的模样。夜深了，姐妹俩一边聊一边打瞌睡，也不知道是哪一边首先没了声息，取而代之的是均匀悠长的呼吸声……

…………

一大早的，林茂今天没有到店里，却是坐在树下，双手捧着一杯热茶，旁边放着一个收音机，收音机里传来地水南音之声："我呢个绒线仔，行到我脚都跛，讲起今天生意亦算得唔曳（不坏）……"

林佳茵扯了扯林小麦胳膊肘，林小麦心领神会地走上前去，凑到林茂耳边道："爸爸，我们去上班了！"

林茂扭过头来，笑盈盈地看着她们："好啊。去上班啦。生性啊……"

"姐姐，爸爸今天有点奇怪。"林佳茵和林小麦步行去活动的黄沙龙母庙路上，低声嘀咕，"不对，从昨天晚上回来开始，就很奇怪了，一会儿嘀嘀咕咕，一会儿默不作声，还摸出抽屉里那个霸王升，把玩个不停。还叫我们有空儿邀请两个老板回来吃饭……"

林小麦一脸哭笑不得，说："人嘛，年纪大了，总是心肠软，容易怀旧的。这几天我们多哄哄，也就好了。"

昨天晚上，林茂很晚才回，姐妹两个又怎么问都不愿意说。嘀咕着，姐妹两个路过了才开门的士多店，熟人家才上幼儿园的小孙子坐在店门口的婴儿椅上，指着她俩喊："阿嫲，你看，两个姐姐好靓啊……"

走过了红荔街，打横一条长堤大马路，穿过了马路是沿江亲水步行带。都是可以走路的地方……朝着西边去，一路上全是榕树阴影，道旁江面上是开得灿烂如锦的三角梅。走不到几十米，就听见锣鼓声，抬头看那一抹红黄身影，矫健腾挪，让人赏心悦目。

黄沙龙母庙好久没有这样热闹啦！

似乎受到某人习惯传染，林小麦举起手机，换着角度来拍照，边拍照边说："从前下南洋也好，过大海也好，都是选了良辰吉日来这里拜了龙母，之后再远行。其实那些所谓良辰吉日，无非就是风平浪静，洋流顺转的季候风，那时候没有那么先进的工业，出海之后基本上把一条命捏在了老天爷手里……选个顺流而下的合适日子，也算是一定概率降低了风险。"

"少小离家老大回……"不知为何，林佳茵脱口一吐，念出了这句小学生古诗。

上午九点半光景，黄沙龙母庙门口已是红毯铺地，彩旗遮天。倒是有了些忙里偷闲的感觉，林家姐妹俩跟麦希明和程子华会合后，也就是在现场站着观礼看香，走走停停，仿佛成了参观的游客。林佳茵趁机客串了一把导游，跟两位老板介绍了黄沙龙母庙的来龙去脉，说得绘声绘色，很是吸引人。乃至一边说一边深入古庙之内，越走，身后就跟滚雪球似的，来了一大串蹭听的……

林小麦亦步亦趋跟在麦希明身边，看着他淡定如常的模样，忍不住好奇地问："老板，听说一会儿你父母也过来。你不会觉得紧张吗？"

麦希明说："我为什么会觉得紧张？"

林小麦说："不知道他们对你的答卷是否满意嘛。"

麦希明微微一笑，垂目看着她的脸，眼神很是温柔："答卷，昨天已经交了。也就打了个95吧，扣掉的5分，是不让我们骄傲……"

林小麦惊讶道："我们的园区被烧了欸？"

"那是天灾。"麦希明说，"小麦，天灾和人祸是有区别的。我们做事，不可能替所有因素担责。最多也就是吸取教训，爬起来重新再打。现在不就已经爬起来了吗？接下来还要请大家辛苦着，重新把我们的星星之火再燎原起来。"

一阵喧嚣,犹如海浪潮涌,自龙母庙外汹涌而至。锣鼓声如台风暴雨般越发紧密迅疾,龙狮齐舞,喜庆欢腾。

看呀!他们来了!!

数辆大巴缓缓开来,在龙母庙的旗杆石前停下。车门打开,当先联袂走下两名满头银发、腰板挺直的男女,只一看那气质脚步,林小麦忍不住满眼笑意地看向麦希明:"老板,你长得跟你父母不太像!不过那身气质,活脱一个模子脱出来啊!"

麦希明轻笑一声,然后交给林小麦一个陪同导游的任务。面对资本家压榨,林小麦还能咋的?当然只有答应啊。麦希明又补了一句:"这次我不带你,你全面统筹,全面负责,要用谁配合,要怎么办事,你全权负责,大胆去工作就行。"

林小麦就傻了,站在原地。带着些笑意地,在她脸上扫了一圈,麦希明拔脚朝着大巴车上下来的归乡团走去,说:"恭喜你,你升职了。"

他们没留意到的是,才下车的老麦太太把麦希明和林小麦的互动尽收眼底,老麦太太微笑着说:"老麦,你看看,那个女孩子,好眼熟,是阿茂的女儿吧?"

含笑点头,老麦饱含深情地从林小麦身上扫过,到众人,再到一草一木,到龙母庙的琉璃瓦顶,蓝天白云,红花空气。悠悠然,怅怅然,隐带泣声,难分悲喜。如千言万语,汇成一句:"我们终于——叶落,归乡了啊——"

....

立冬季节,洋城里还穿短袖。阳光晴好,洒在街边,暖洋洋的。道旁树的树叶竟也只是变成了墨绿色,不见落叶。

是的,不是眼神出错,也不是逻辑乱了,洋城的冬天,是没有落叶的。

小女孩儿把脸往旁一拧,躲开了递到嘴边的勺子,小眉头皱得紧紧的,小嘴嘬得能挂油瓶:"公公,我已经吃饱啦!"

坐在儿童餐椅旁的老人随着女孩儿扭脸的角度,极其自然地把勺子跟了过去,温柔无比地哄劝:"囡囡乖,再来一口……这是你最喜欢的肉肉粥粥哦……"

"我不要!"

见囡囡不领情,林茂叹着气放下碗,忽然眼底一亮,说:"囡囡,公公给你讲羊咩咩的故事好不好?"

"好啊!"

林茂于是打开了话匣子:"禾花仙女惦记着湖稻,把那五只山羊随意拴好,然后就去了田头。看到田里稻穗压得沉甸甸地低了头,又是一年大丰收,正欢喜,有人叫道:'羊跑啦……谁家的羊……竟飞啦……'禾花仙女抬头一看,只见一朵祥云从她家方向腾空而起,驾云的正是那五头山羊。当先一头大公羊,嘴巴里叼着她的湖稻谷穗,迎风招展。道路两边全都是跪下磕头的老百姓……后来这些羊,就飞到了我们这洋城,成了五羊啦。"

趁着囡囡愣神听故事的工夫,林茂动作如行云流水般,把小碗里的粥送入她口中。眼见一碗粥吃得干干净净,林茂很是满意,眯起眼睛一笑:"吃饱饱咯,囡囡要不要去玩?"

一边说一边把囡囡从儿童餐椅上放下来。听说可以出去玩,囡囡顿时来了劲儿,大声说:"我要去公园!"

"好啊!"

收拾停当,爷俩大手牵小手从家里出来。朴果树下,七婶领着一群师奶开会开得正是兴高采烈,聊得那叫一个口沫横飞。冷不丁看到了林茂,七婶高声打招呼:"茂叔!带囡囡出来逛街呢?你真是的,自家两个女孩儿不急着招女婿,帮徒弟带女……"

林茂牵着囡囡往街坊堆里凑,说:"没办法,两个都只顾着搞事业,看起来一副不打算谈恋爱的模样。人家男士逢年过节往我家里跑,用什么……家里人都在海外,没节日气氛之类的借口来蹭饭蹭酒了。我这个老头儿都看出来心思了,她俩愣是跟那五羊雕塑似的八风不动。唯有帮徒弟咯,反正一样都是孙女!"

带着显摆地,囡囡奶声奶气地对七婶说:"婶婆,爸爸妈妈开档口,公公带我去公园玩……"

七婶掩嘴笑:"阿茂你也够厉害的,明明是去看铺头,跟囡囡说去玩……"

死鸡撑饭盖一般,林茂理直气壮道:"铺头不好玩吗?三五聚落,梅花间竹,小而精巧,有花有树,有吃有玩,比逛公园还好咧!大妹细妹都出差了,我不过去瞧瞧,不放心!"

七婶说:"你一身技术都教会了那些小师傅啦,现在卖的是正宗阿茂牛腩粉,口碑口感一流。就连阿莫吃过都叫好,我现在老了,走不动,我仔还会三天两头打包回来给我吃。你以前就经常诉苦说你没有儿子,传不下去。现在不光传下去了,还发扬光大,还有什么不放心的?我看你就是那冬天的煤炉——闲不住!"

这会儿才老脸一红,林茂颇为扭捏地挠了挠毛发稀疏的后脑勺,讪讪一笑:"随便你怎么说都好啦……反正我一天不去那边看看,心里不舒服。"

一席话,说得大家都笑起来,笑声引起了另一个方向走回来的莫叔注意。没留意到莫叔走近,七婶叨叨个不停:"真是好啊,我那天带了嫦娥粉果去送我妹,她从澳大利亚回来探亲,吃了连连说好,然后直接寻摸过去了。我自己也做梦都没想过,有生之年还能吃到那么多老点心。而且生意这么红火,都是你两个妹头有本事!"

林茂大声说:"喏,东西可以乱吃,话不能乱讲啊!是大家的本事!而且赶上现在这个好年代好环境,又得了政府大力支持,这是大家的功劳,七婶你乱夸,她们两个当不起!"

七婶还在坚持,从旁边路过的莫叔忍不住插嘴道:"七婶,茂叔说得对。大妹细妹是聪明伶俐,招来了金凤凰,不光保住了阿茂,还保住了那么多的老字号老吃食。不过归根到底,还是我们长在了好时代啊!"

眼见林茂突然多了个强援,七婶笑着说:"行了,不和你们争了。今天路口药店免费量血压啊,买汤料还送鸡蛋,等会儿药店开门,谁和我去?"

"我去!"

"预我一份!"

"一起一起！"

眼见群雌粥粥，簇拥着七婶，大军出征往路口去了，林茂笑着摇摇头："真是永远都说不过七婶……莫仔，从哪里来？"

莫叔说："这不是早上有事儿耽误了，现在准备去你家店里吃个粉吗？你是不是也过去？一起呗？今天他们还搞来了半片雷州羊，就连甘蔗都是从雷州砍了送过来的，晚上正好焖羊肉，有食神啦！"

"那一起走。"

莫叔抱起了囡囡，"起"一下，骑到了自己脖子上。囡囡揪着他头发咯咯笑："骑膊马！骑膊马！！去公园，去公园！！"

莫叔看了林茂一眼，林茂笑着说："就是去那个美食城的红荔点，我都跟她说去公园的，她妈咪跟她纠正好多次啦，可她就信我，没法子。"

莫叔一听，乐了，说："囡囡，我们去公园咯。"

俩老一幼，说说笑笑地往那不过三五间小店聚落，六七棵大树掩映的美味汇聚之处走去。眼前早市正旺，老少欢声笑语。还有一些上班族匆匆经过，拐进来打包一盒，又拐出来，直奔附近地铁站而去。

一弯麻石路，粗壮大树前，一段原木牌，低调悬挂"美食城传统美食有机聚落"，寥寥数字，暖暖心情。囡囡磕磕巴巴念了一半："美……传……有……公园！"

大人们大笑："对呀！公园！"

洋城人的——早餐公园！

——全文完——